VARANDO
A NOITE

VARANDO A NOITE

DA RUA PARA HARVARD: MINHA JORNADA DE SUPERAÇÃO E SOBREVIVÊNCIA

Liz Murray

Tradução: Carmen Fischer

1ª edição
SEOMAN
São Paulo, 2013

Título original: *Breaking night*
Copyright © 2010 Liz Murray
Copyright da edição brasileira © 2013 Editora Pensamento-Cultrix Ltda.

Publicado mediante acordo com Hyperion.

Publicado originalmente nos EUA e Canadá por Hyperion, como *Breaking night*.

Texto de acordo com as novas regras ortográficas da língua portuguesa.

1ª edição 2013.

Foto da capa © Jannis Werner

Foto da p. 11 © arquivo pessoal da autora

Todos os direitos reservados. Nenhuma parte deste livro pode ser reproduzida ou usada de qualquer forma ou por qualquer meio, eletrônico ou mecânico, inclusive fotocópias, gravações ou sistema de armazenamento em banco de dados, sem permissão por escrito, exceto nos casos de trechos curtos citados em resenhas críticas ou artigos de revistas.

A Editora Seoman não se responsabiliza por eventuais mudanças ocorridas nos endereços convencionais ou eletrônicos citados neste livro.

Coordenação editorial: Manoel Lauand
Preparação de texto: Solange Gonçalves
Capa, projeto gráfico e diagramação: Luis Vassallo

CIP-BRASIL. CATALOGAÇÃO NA PUBLICAÇÃO
SINDICATO NACIONAL DOS EDITORES DE LIVROS, RJ

M962v

Murray, Liz, 1980-
   Varando a noite : da rua para Harvard : minha jornada de superação e sobrevivência / Liz Murray ; tradução Carmen Fischer. – 1. ed. – São Paulo : Seoman, 2013.
   400 p. ; 23 cm.

   Tradução de: Breaking night
   ISBN 978-85-98903-73-6

   1. Murray, Liz, 1980- 2. Estudantes universitários – Estados Unidos – Biografia. 3. Filhos de toxicômanos – Estados Unidos – Biografia. I. Título.

13-02337   CDD: 926.1689156
                              CDU: 929:615.851

Seoman é um selo editorial da Pensamento-Cultrix.

Direitos de tradução para o Brasil adquiridos com exclusividade pela
EDITORA PENSAMENTO-CULTRIX LTDA.
R. Dr. Mário Vicente, 368 – 04270-000 – São Paulo, SP
Fone: (11) 2066-9000 – Fax: (11) 2066-9008
E-mail: atendimento@editoraseoman.com.br
http://www.editoraseoman.com.br
que se reserva a propriedade literária desta tradução.
Foi feito o depósito legal.

Dedico este livro a três pessoas que, com seu amor, tornaram-no possível.

EDWIN FERMIN, pelos anos que ficaram para trás e por aqueles que temos pela frente, lado a lado. Muito obrigada por ter cuidado de meu pai quando precisamos de você. Muito obrigada por dividir seus sonhos comigo e por ser minha família. E muito obrigada por estar disponível em toda e qualquer situação. Quando olho para tudo de bom que tive na vida, vejo você em tudo.

ARTHUR FLICK, pelas pescarias, pelos passeios de motocicleta, acampamentos e por todas as aventuras que empreendemos juntos e das quais jamais me esquecerei. Muito obrigada por ser meu Anjo da Guarda e a bússola do meu coração. Você estava certo, Arthur, cada um escolhe a família que quer ter.

ROBIN DIANE LYNN, por sua confiança, força e generosidade. Robin, você é uma alma maravilhosa e a personificação da capacidade de doar. Foi uma bênção para este mundo ter você nele. Por sua causa, muitos de nós continuamos sendo abençoados. Muito obrigada por me ensinar o que é manter um compromisso assumido, aconteça o que acontecer.

*"Não deixe o que você não pode fazer interferir
no que você pode."*

Treinador John Wooden

*Quem está a fim de cantar sempre encontra
uma canção.*

Provérbio sueco

PRÓLOGO

Eu tenho apenas uma fotografia que restou de minha mãe. Em preto e branco, 10 x 18 cm, que acabou com vincos em diversos lugares. Nela, minha mãe está sentada, levemente curvada para frente, com os cotovelos apoiados nos joelhos e os braços suportando o peso de suas costas. Sei muito pouco sobre a vida que minha mãe levava quando essa foto foi tirada; tudo o que sei é o que está escrito em laranja no verso: *Eu na frente da casa de Mike, na Sixth Street, em 1971.* Fazendo as contas, sei que ela tinha 17 anos quando a foto foi tirada, um a mais que eu hoje. E sei que a Sixth Street fica em Greeenwich Village, mas não faço ideia de quem seja Mike.

A fotografia me diz que ela era uma adolescente de olhar duro. Com os lábios comprimidos, ela posa para a câmera com uma postura reflexiva. Modelando seu rosto, uma vasta cabeleira solta, com lindas mechas mais escuras sobressaindo-se dos cachos de tons acinzentados. E os olhos dela, minha parte preferida, brilham como duas bolinhas de gude, cujos movimentos foram congelados no tempo, para todo o sempre.

Eu examinei minuciosamente cada traço, gravando todos na memória e levando-os comigo em minhas idas para a frente do espelho, onde deixo meus próprios cabelos ondulados caírem soltos. Fico ali buscando nossas similaridades; com a ponta do indicador, sigo cada curva de cada linha em meu rosto, a começar pelos olhos. Temos os mesmos olhos pequenos e arredondados, só que, em vez de castanhos como os dela, os meus são verde-amarelados como os de minha avó. Em seguida, percorro com o dedo a curvatura de nossos lábios; curvilíneos, finos e idênticos em todos os sentidos. Apesar da semelhança de nossos traços fisionômicos, eu sei que não tenho a beleza que ela tinha na minha idade.

Nos tempos em que eu não tinha onde morar, trancada no banheiro do apartamento de um ou outro amigo, eu passava secretamente todas as horas da noite fazendo essa brincadeira diante do espelho. Mandados para a cama por seus pais, meus amigos dormiam enquanto eu imaginava os graciosos movimentos de minha mãe dançando. Eu passava a noite toda diante do espelho nos banheiros dos apartamentos, com os pés descalços no piso frio e as palmas das mãos pressionando a beirada da pia para suportar meu peso.

Ali eu ficava fantasiando até as primeiras manchas azuladas do alvorecer penetrarem no banheiro pela janela coberta de gelo e os passarinhos anunciarem sua presença com seu canto matinal. Se estou na casa de Jamie, é hora de saltar para o sofá antes que a mãe dela a acorde e a mande para o banheiro. Se a casa é de Bobby, o barulho do caminhão de lixo me diz que é hora de voltar para debaixo das cobertas.

De volta para o meu ninho, eu atravesso em silêncio o apartamento que começa a despertar. Eu nunca chego a me acomodar em um lugar, porque não sei se vou dormir na mesma casa na noite seguinte.

Deitada de costas, percorrendo o meu rosto com as pontas dos dedos no escuro, eu visualizo minha mãe. A semelhança de nossas vidas ultimamente tem ficado mais clara para mim. Com 16 anos ela também não tinha onde morar. Mamãe também abandonou a escola. Como eu, ela tinha diariamente de escolher entre um corredor e um parque, entre uma passagem subterrânea e o alto de uma escadaria para passar a noite. O Bronx, para minha mãe, também significava perambular por ruas perigosas, lugares com postes de iluminação cobertos de panfletos da polícia pichados e sirenes tocando a qualquer hora da noite.

Eu me pergunto se, como eu, minha mãe também passava a maior parte dos dias com medo do que poderia acontecer com ela. Ultimamente eu venho sentindo medo o tempo todo. Eu me pergunto aonde vou dormir amanhã – se no apartamento de outro amigo, no trem ou em algum poço de escada?

Descendo com as pontas dos dedos da testa até os lábios, sinto saudades do corpo cálido de minha mãe me abraçando. Essa lembrança me traz lágrimas aos olhos. Viro-me de lado, secando as lágrimas, e me cubro com o cobertor emprestado.

Eu afasto esse sentimento, a falta que ela me faz, para longe de minha mente. Eu o empurro para longe das paredes cobertas de fotos da família de Bobby; para além dos latinos bêbados bem ali na Fordham Road, sentados sobre engradados de leite jogando sua sorte nas peças de dominó que lançam sobre a mesa; para além das luzes alaranjadas piscando nas bodegas e dos telhados dessa parte do Bronx. Forço minhas lembranças a se desvanecerem até os detalhes da face de minha mãe tornarem-se indistintos. Eu tenho que afastá-las para poder dormir um pouco. Eu preciso dormir; restam apenas algumas poucas horas antes de eu voltar para a rua, sem ter para onde ir.

Minha mãe, Sixth Street, Greenwich Village, 1971

Capítulo 1

University Avenue

A primeira vez em que papai soube de minha existência foi através de uma parede de vidro, durante uma visita à prisão, quando mamãe, chorando, ergueu a blusa para expor sua barriga e, com isso, convencê-lo de que ela estava grávida. Minha irmã, Lisa, com pouco mais de um ano na época, estava em seu colo.

Refletindo sobre aquele momento de sua vida, mamãe mais tarde me explicaria: "Não era pra ser desse jeito, Abobrinha. Teu pai e eu não havíamos planejado".

Embora ela vivesse por conta própria e andasse envolvida com drogas desde os 13 anos, mamãe insistira: "Teu pai e eu íamos mudar de vida. Em algum momento de nossas vidas nós seríamos como as outras pessoas. Teu pai ia ter um emprego de verdade. E eu trabalharia como estenógrafa no Tribunal de Justiça. Eu tinha sonhos".

Ela usava cocaína, injetando o pó branco dissolvido diretamente nas veias; a droga então circulava por todo o seu corpo, deixando-a acesa, ligada, fazendo-a sentir, por mais passageira que fosse a sensação, que estava seguindo em frente, dia após dia.

Ela chamava isso de "grande barato".

Mamãe começou a usar drogas na adolescência; sua própria casa era um lugar de ódio, violência e abuso.

"Vovó simplesmente enlouquecia, Lizzy. Papai voltava para casa bêbado e nos batia até tirar o couro, com qualquer coisa – fios de telefone, pedaços de pau, qualquer coisa que encontrasse pela frente. Ela simplesmente ia limpar a cozinha, sussurrando, como se nada estivesse acontecendo. Cinco minutos depois, ela simplesmente se comportava como a Malvada Mary Poppins, batendo em todos nós."

Sendo a mais velha de quatro irmãos, mamãe costumava falar da culpa que alimentava por ter finalmente cansado de ser maltratada e ido embora, deixando seus irmãos para trás. Ela foi viver na rua quando tinha apenas 13 anos.

"Eu não aguentava mais ficar lá, nem mesmo por Lori ou Johnny. Pelo menos alguém teve pena de Jimmy e o tirou de lá. Caramba, eu daria qualquer coisa para sair de lá. Viver debaixo de uma *ponte* era muito melhor, e mais seguro, que naquela casa."

Eu precisava saber o que mamãe fazia debaixo das pontes.

"Bem, minha Abobrinha, sei lá, ficava zanzando e conversando com meus amigos... sobre a vida. Sobre os trastes que eram nossos pais. Sobre como vivíamos melhor sem eles. Conversávamos... e depois, naquele estado de euforia, não dávamos a mínima para o lugar onde estávamos."

Mamãe se viciou aos poucos, fumando maconha e cheirando cola. Passou os anos de sua adolescência dormindo entre um sofá e outro na casa de amigos, prostituindo-se para ganhar a vida e também fazendo alguns servicinhos ocasionais, como entregas com bicicleta. E acabou se viciando em anfetamina e heroína.

"O Greenwich Village era um lugar muito louco, Lizzy. Eu andava com aquelas botas de couro de cano exageradamente alto. E não estava nem aí para o fato de ser magra como um palito; usava shorts bem curtinhos e uma capa cobrindo as costas. Sim, é isso, uma capa. Eu era joia. Que papo furado, cara! Era assim que falávamos. Pois é, Abobrinha, você precisava me ver."

Quando minha mãe conheceu meu pai, a cocaína havia se tornado uma tendência popular dos anos 1970, assim como as calças de cintura baixa, as suíças e a *disco music*. Quando o viu pela primeira vez, mamãe achou papai "um moreno lindo e inteligente pra caramba".

"Sabe como é, ele simplesmente conseguia as coisas. Enquanto a maioria dos caras com quem eu andava não sabia diferenciar o próprio traseiro do cotovelo, seu pai tinha algo de especial. Acho que poderíamos dizer que ele era *perspicaz*."

Papai vinha de uma família irlandesa católica, de classe média suburbana. O pai dele era capitão de navio e alcoólatra violento. A mãe dele era uma mulher muito diligente e voluntariosa, que se recusava a aceitar o que ela chamava de "loucuras" dos homens.

"Tudo o que você precisa saber sobre seu avô, Lizzy, é que ele era um bêbado violento e odioso que gostava de intimidar as pessoas", papai me disse certa vez, "e que sua avó não tolerava isso. Ela não deu a mínima ao fato de o divórcio ser algo incomum na época e tratou de consegui-lo". Infelizmente para o meu pai, quando os pais dele se separaram, o pai o abandonou e nunca mais voltou.

"Ele era osso duro de roer, Lizzy. Talvez tenha sido melhor não tê--lo por perto; as coisas não foram nada fáceis e, provavelmente, com a presença dele só teriam piorado."

As pessoas que conheceram papai na infância o descrevem como um garoto solitário e uma "alma ferida" que parece nunca ter superado o fato de ter sido abandonado pelo pai e, com isso, ter sido uma "criança largada em casa sozinha". A mãe dele passou a trabalhar por tempo integral para dar conta dos compromissos, e assim ele passava muitas horas sozinho em casa, procurando uma saída, algo ou alguém com quem estabelecer contato. Também passava a maior parte das noites sozinho, ou na casa de algum amigo, tornando-se parte dessas famílias. Em sua própria casa, ele e vovó passaram a se distanciar cada vez mais e, na maioria das vezes, o clima era pesado e silencioso entre eles.

"Sua avó não era do tipo que gostava de falar muito", ele me disse um dia, "algo muito típico dos católicos irlandeses. Em nossa família, quando alguém dizia 'eu sinto', era preferível que continuasse dizendo 'fome' ou 'frio', porque nós não nos envolvíamos de forma pessoal, simplesmente era assim que as coisas funcionavam".

Mas o que vovó não dava em termos de carinho, ela compensava com sua dedicação incansável para assegurar o futuro de seu filho. Determinada a não deixar que papai sofresse a falta de seu próprio pai, vovó decidiu dar a ele a melhor educação possível dentro de suas posses. Ela tinha dois empregos como guardadora de livros para poder pagar as melhores escolas católicas de Long Island para ele. Na Chaminade, uma escola com reputação por ser rigorosa e elitista, papai conviveu, tanto nas aulas quanto na vida social, com gente tão rica que ele nem imaginava existir. A maioria de seus colegas de classe ganhava de presente um carro novo quando fazia 16 anos, enquanto papai tomava dois ônibus para ir à escola, com sua mãe rezando para que o cheque com que pagava a mensalidade não caísse antes do pagamento de seu próximo salário.

A ironia é que, em vez de alcançar o sucesso, que era o objetivo de ele estudar naquela escola particular cara, foi ali, naquele ambiente, que meu pai descarrilou para sempre: ao mesmo tempo em que recebia uma educação de alto nível, ele foi se viciando nas drogas.

Papai passou os últimos anos de sua adolescência lendo os clássicos americanos; passava as férias nas casas de praia de seus colegas de classe, ignorando os incessantes telefonemas de sua mãe; e, como passatempo, injetava anfetaminas embaixo das arquibancadas do campo de futebol da escola.

Apesar de ele sempre ter tido facilidade para aprender e assimilar sua educação rigorosa, as drogas passaram a dificultar sua concentração, e assim ele começou a negligenciar os deveres de casa e a cochilar nas aulas. Em seu último ano, papai requisitou uma vaga e foi admitido em uma faculdade situada bem no centro da cidade de Nova York. Ele mal conseguia passar nas provas. Foi em Manhattan que ele de fato entrou em contato com a vida real, a faculdade foi apenas um trampolim. Mas logo o mundo em que ele viveu no colegial voltou a envolvê-lo, só que agora ele era mais velho e não vivia mais no subúrbio de Baldwin, Nova York, mas no centro de tudo. Em poucos anos, papai utilizou sua aptidão mais para vender drogas que para estudar. Aos poucos, ele alcançou os mais altos escalões de uma pequena quadrilha. Por ser o membro mais culto do grupo, recebeu o apelido de "o professor", e os outros o procuravam para receber conselhos. Era ele quem traçava os planos para as ações do grupo.

Papai abandonou os estudos quando estava a dois anos de se formar em Psicologia, período em que também adquiriu alguma experiência com trabalho social, ganhando pouco mais que um salário mínimo. Mas manter duas vidas totalmente separadas – uma tentativa sincera de levar uma "vida honesta" em oposição a uma "vida de luxo" – exigia dele demasiado esforço. Seus ganhos lucrativos com as drogas tinham enorme importância, que simplesmente excedia o que uma vida normal podia oferecer. Então ele alugou um apartamento no East Village e passou a trabalhar por tempo integral com o negócio de drogas, cercado de tipos estranhos da baixa Manhattan com fichas criminais e ligações com quadrilhas – a sua "galera". Por coincidência, mamãe estava entrando na mesma situação, exatamente por volta da mesma época, andando com o mesmo tipo de gente.

Naqueles anos, eles se conheceram no apartamento de um amigo em comum. Anfetamina e cocaína eram oferecidas como se fossem refrescos, e as pessoas passavam as noites ouvindo música de discoteca sob a luz fraca de lâmpadas de lava e o ar perfumado de incenso. Eles já haviam se encontrado algumas vezes, quando papai vendera anfetamina ou heroína para ela. Vinda da rua, a primeira impressão que mamãe teve quando o viu foi a de que estava diante de uma estrela do cinema.

"Você precisava ver a maneira como seu pai comandava o lugar", ela me disse. "Ele dava todas as ordens e exigia respeito." Quando eles se juntaram, mamãe tinha 22 anos e papai, 34. Mamãe se vestia à moda dos anos 1970, usando blusas infantis de padrão floreado e shorts tão curtinhos que eram quase invisíveis. Papai a descreveu como uma presença radiante e extremamente sedutora, com seus longos cabelos escuros e ondulados e olhos cor de âmbar, brilhantes e penetrantes. Papai disse que adorou sua inocência ao primeiro olhar, mas também sua ousadia e intensidade. "Ela era imprevisível", ele disse. "Não dava para saber se ela estava sendo calculadora ou totalmente ingênua. Ela podia ser tanto uma coisa como outra."

Eles se envolveram imediatamente e, em muitos sentidos, formaram um casal como qualquer outro, apaixonados e sempre ansiosos por estarem juntos. Mas, ao invés de ir ao cinema ou frequentar restaurantes, usar drogas era a afinidade que mais os aproximava. Eles precisavam do estímulo propiciado pelas drogas para alcançar a intimidade. Aos poucos, mamãe e papai abandonaram sua turma para ficarem a sós, fazendo longas caminhadas pelas ruas de Manhattan, de mãos dadas ou agarrados um ao outro. Eles levavam saquinhos de cocaína e garrafas de cerveja para o Central Park e lá iam para o alto das colinas, onde se deitavam ao luar e entravam em êxtase um nos braços do outro.

Se as vidas de meus pais tinham diferentes graus de promessa antes de se conhecerem, não levou muito tempo para que seus caminhos se tornassem totalmente paralelos. O começo prematuro de nossa família colocou-os no mesmo plano quando eles foram morar juntos no início de 1977. Lisa, minha irmã mais velha, nasceu em fevereiro de 1978, quando mamãe tinha 23 anos.

Quando Lisa era bebê, meus pais iniciaram um dos negócios mais lucrativos de drogas criados por meu pai. O negócio envolvia a existência de um falso consultório médico para legitimar a compra de receitas de analgésicos que, segundo meu pai, "eram fortes o suficiente para abater um cavalo". Prescritas especificamente para pacientes com câncer em fase terminal, uma daquelas pílulas minúsculas era vendida ilegalmente por 15 dólares. Só entre sua clientela de estudantes universitários, papai podia usar receitas falsas para despachar centenas daquelas pílulas por semana, rendendo a ele e a minha mãe milhares de dólares por mês.

Papai tomava muito cuidado para evitar ser preso. Paciência e atenção aos detalhes os manteriam longe da prisão, ele insistia. "A coisa tinha que ser feita da maneira *certa*", ele dizia. Papai usava meticulosamente a lista de telefones, juntamente com mapas de todas as cinco divisões da cidade de Nova York, para criar uma lista das farmácias nas quais eles sistematicamente dariam o golpe, semana após semana. A parte mais arriscada do plano era, sem dúvida, entrar na farmácia para mandar aviar uma receita, uma vez que o farmacêutico era, por lei, obrigado a telefonar para o médico e conferir se a "prescrição" de analgésicos fortes como aqueles estava correta.

Papai bolou uma maneira para interceptar os telefonemas dos farmacêuticos. A companhia telefônica não verificava naquela época as credenciais dos médicos e, assim, ele escrevia receitas e fornecia números novos de telefone de pessoas cujos nomes ele escolhia ao acaso ou, às vezes, copiava ideias de seus antigos professores, Dr. Newman, Dr. Cohen e Dr. Glasser. O farmacêutico chegava de fato ao médico do outro lado da linha; a secretária passava o telefone para ele, mas na realidade eram meu pai e minha mãe trabalhando em equipe. Eles trabalhavam muitas horas do dia, utilizando salas alugadas por uma semana em casas minúsculas de toda a cidade de Nova York, enquanto seus amigos cuidavam de Lisa que, na época, tinha apenas alguns meses de idade.

As receitas eram criadas por meu pai, com a ajuda de seu pessoal. Ele tinha amigos em gráficas, para os quais dava parte de seus lucros em troca de fornecerem continuamente carimbos de borracha com os nomes dos falsos médicos e um suprimento de blocos de receitas que parecessem legítimos. Com a ajuda de seus contatos e ao preço de 25 dólares por bloco de receitas, papai transformava folhas de papel em branco em ouro, uma máquina que fazia dinheiro a cada carimbada. O seu plano, ele disse, era "infalível" e teria continuado a funcionar se não fosse o erro cometido por mamãe.

Apesar de ele assumir a responsabilidade por pelo menos a metade do erro, admitiu que "Nós jamais deveríamos ter misturado o consumo pessoal com o negócio, esse é um erro de principiante. A dependência obscurece a mente, deixa a gente desesperado".

Mas não havia como afirmar se fora o vício de mamãe que a deixara suficientemente desesperada para ignorar o óbvio sinal vermelho ou simplesmente sua típica impaciência. Papai havia tomado o cuidado de advertir mamãe sobre os sinais no comportamento do farmacêutico: com certeza, se você havia mandado aviar uma receita de analgésicos altamente suspeitos um dia antes, só podia haver uma razão para o farmacêutico mandar, ao ver você chegar, aguardar 20 minutos adicionais – ele estava ligando para a polícia e você devia dar no pé o mais rápido possível. Papai havia antecipado para mamãe todo esse cenário de maneira perfeitamente clara.

Mas sobre o dia em que foi presa, mamãe, que era conhecida por sua inflexibilidade e por nunca abdicar de algo que queria, explicaria mais tarde: "Eu simplesmente não consegui sair dali, Lizzy. Havia uma chance de o farmacêutico me vender os comprimidos, você entende? Eu tinha que tentar". Ela foi algemada, em plena luz do dia, e marchou sem cerimônia para dentro do carro de radiopatrulha; foi levada para a delegacia mais próxima, pelo policial que havia atendido à chamada do farmacêutico e esperava (com razão) pegar os criminosos responsáveis pelas constantes investidas a incontáveis farmácias de todas as cinco divisões da cidade. Sem saber, minha mãe já estava grávida de mim.

Por mais de um ano, os agentes federais vinham coletando provas que incluíam informações escritas e uma série de imagens de câmeras de segurança que não deixavam dúvidas quanto à ligação de mamãe e papai a quase todas as investidas a farmácias. E, se isso não bastava, quando os federais derrubaram a porta para prender papai, eles encontraram sacos de cocaína e dúzias de comprimidos espalhadas sobre a mesa de seu apartamento no East Village, juntamente com itens de luxo, como um armário repleto de casacos de pele, dúzias de sapatos e casacos de couro, peças de ouro, milhares de dólares em espécie e até uma enorme serpente birmanesa dentro de um aquário de vidro.

Papai, que havia orquestrado e executado a maior parte de suas atividades ilícitas, foi acusado de uma lista enorme de fraudes, inclusive a de se passar por médico. No dia de seu julgamento, para efeito dramático, o promotor apresentou no tribunal três carrinhos de compras cheios de receitas, todas elas escritas com a letra de papai e com carimbos falsos. "Alguma coisa a dizer a seu favor, senhor Finnerty?", o juiz perguntou. "Não, Sua Excelência", ele respondeu. "Acho que isso fala por si mesmo."

Por tudo isso, eles quase perderam definitivamente a guarda de Lisa, mas mamãe frequentou assiduamente o programa corretivo a pais nos meses entre sua detenção e a atribuição final de sua pena. Isso, somado à sua barriga apresentando uma gravidez avançada no dia de seu julgamento, foi motivo suficiente para colocá-la em liberdade.

Papai não teve a mesma sorte. Foi condenado a três anos de detenção. Ele foi levado da prisão provisória para a Penitenciária do Condado de Passaic, em Patterson, Nova Jersey, no dia em que Ronald Reagan foi eleito presidente.

No dia em que mamãe deveria ser julgada, ela levou consigo dois pacotes de cigarros e um pacote de moedas de 25 centavos, certa de que passaria um bom tempo na prisão. Mas, para surpresa de todos que acompanharam o julgamento, inclusive para o advogado de mamãe, o juiz olhou para ela denotando compaixão e, em seguida, simplesmente ordenou a suspensão condicional da pena e chamou o caso seguinte.

O dinheiro da fiança, mil dólares – o último que restava a meus pais de seu período de vacas gordas –, foi devolvido a ela em forma de cheque na porta de saída.

Com o cheque na mão, mamãe percebeu que era a sua oportunidade de começar de novo e tratou de abraçá-la. Com aquele dinheiro, ela comprou latas de tinta, cortinas grossas e mandou acarpetar todos os três quartos do nosso apartamento na University Avenue, no

Bronx, área que em breve se tornaria uma das mais dominadas pela criminalidade de toda a Nova York.

Eu nasci no primeiro dia do outono, no final de uma prolongada onda de calor que havia levado as crianças das redondezas a abrir os hidrantes à força para se refrescarem e mamãe a colocar ventiladores barulhentos em cada janela. Na tarde de 23 de setembro de 1980, papai – detido, mas aguardando sua sentença – recebeu um telefonema de Charlotte, a mãe de minha mãe, informando-o que sua filha havia nascido, com drogas na corrente sanguínea, mas sem nenhum defeito de nascença. Mamãe não havia se cuidado em nenhuma das gestações, mas tanto Lisa quanto eu tivemos sorte. Eu fiz xixi na enfermeira inteira e fui declarada saudável com meus quatro quilos e duzentos gramas.

"Ela se parece com você, Peter. Tem a sua cara."

Em sua cela, naquela mesma noite, meu pai me deu o nome Elizabeth. Como papai e mamãe nunca se casaram legalmente e ele não estava em condições de comprovar sua paternidade, eu recebi o sobrenome dela, Murray.

Um berço novo em um quarto que havia sido decorado só para mim aguardava-me em casa. Mamãe nunca esqueceu a reação da assistente social em sua visita domiciliar. Lisa e eu estávamos vestidas com roupas novinhas em folha, o apartamento impecavelmente limpo e a geladeira bem suprida de comida. Mamãe sorria de orgulho e o relatório a seu respeito ficou repleto de elogios. Foi concedida a ela uma renda fixa da assistência social para cuidar de nós e, assim, nossa família pôde começar uma vida nova.

Os anos seguintes foram marcados pelas visitas que minha mãe fazia sozinha a papai e por seus esforços em obter ajuda para o cumprimento de seu papel como mãe solteira que se mantinha sóbria. De vez em quando, pela porta lateral da Igreja Tolentine, próxima de nossa casa, uma freira passava para mamãe pedaços de queijo americano e tubos enormes de creme de amendoim sem sal, que vinham com pães inteiros em grandes sacos de papel marrom. Com os braços carregados de pacotes, mamãe ficava parada diante da irmã, que fazia o sinal da cruz sobre nós três. Só depois disso tínhamos permissão para ir embora, com Lisa ajudando a empurrar meu carrinho.

Aqueles suprimentos, além de pacotes de uva-passa e aveia, eram tudo o que tínhamos para o café da manhã e para os lanches. No supermercado Met Food, um pacote de oito salsichas de porco custava apenas 99 centavos. Nossos banquetes eram feitos daqueles pacotes de salsichas baratas cortadas em fatias grossas, com colheradas de macarrão com queijo quente vendido em caixinhas.

Para nos vestir, a mãe de papai nos ajudava, apesar de nunca a termos encontrado pessoalmente. Nos dias festivos, ela nos enviava pacotes vindos de Long Island, onde, segundo papai, as ruas tinham lindas casas enfileiradas. As caixas de compras volumosas de toalhas de papel ou garrafas de água eram reusadas, mas traziam tesouros em seu interior. Sob camadas de jornal, nós encontrávamos roupas, pequenos utensílios de cozinha e biscoitos de nozes fresquinhos e cheirosos em latas decoradas, que iam parar em uma pilha desordenada ao lado de latas de "alimentos básicos" no armário da cozinha. Bilhetes com palavras gentis e escritas com uma letra bem cuidada – que mamãe nunca se deu o trabalho de ler – vinham pregados na tampa da caixa, às vezes com uma nota amarrotada de cinco dólares fixada com fita adesiva no interior da caixa.

Mamãe jogava os bilhetes fora, mas guardava o dinheiro preso por um elástico, em uma caixinha vermelha em cima da cômoda. Quando o maço de dinheiro ficava suficientemente grosso, ela nos levava ao McDonald's, onde tomávamos um McLanche Feliz. Para si mesma, comprava pacotes de cigarros Winston, cerveja em garrafas grandes e escuras e queijo Muenster.

Quando eu tinha três anos, papai espalhou os papéis de sua libertação ao meu lado, sobre o enorme colchão de casal no quarto de meus pais. Eu arregalei os olhos de espanto ao ouvir a voz de um homem no apartamento; mamãe andava cautelosamente ao redor dele, à luz do sol da tarde. Os movimentos dele eram tão rápidos e impacientes que ficava difícil focar as feições de seu rosto.

"*Eu sou o seu pa-pai*", sua voz alta veio de baixo de seu boné de jornaleiro, como se sua seriedade fosse impactar o meu entendimento.

Mas eu me escondi atrás das pernas de minha mãe e, confusa, chorei baixinho. Eu passei aquela noite sozinha em minha cama, em vez de ficar ao lado de mamãe. Meus pais, juntos pela primeira vez em minha vida, eram vozes confusas que subiam e desciam imprevisivelmente de tom através da parede grossa que separava nossos quartos.

Nos meses que se seguiram, mamãe ficou mais relapsa com a arrumação da casa. As tarefas eram negligenciadas; louça suja passava dias empilhando-se na pia da cozinha. Ela nos levava menos para passear no parque. Eu passava horas esperando para fazer parte das atividades de mamãe, e não conseguia entender por que não podia mais me encaixar nelas. Sentindo-me excluída por aquelas mudanças, decidi encontrar meu caminho de volta para ela.

Eu descobri que mamãe e papai praticavam juntos hábitos estranhos, dos quais os detalhes completos eram ocultados de mim. De forma ritualística, eles espalhavam colheres e outros objetos sobre a mesa da cozinha, como se fosse algum tipo de preparativo apressado. Diante da mesa posta, eles se comunicavam em ordens curtas e rápidas um para o outro. Usavam água – uma pequena quantidade da torneira – e também cordões de sapatos e cintos. Eu não devia incomodá-los, mas podia observar, a certa distância, suas mãos em atividade. Da porta, eu costumava ficar olhando, tentando entender o significado de tudo aquilo. Mas, toda vez que mamãe e papai acabavam de colocar aqueles estranhos objetos sobre a mesa, no último minuto, um deles fechava a porta da cozinha, bloqueando totalmente a minha visão.

Aquilo tudo continuou sendo um mistério, até uma noite de verão em que eu estacionei meu carrinho (que eu continuei usando até ele não suportar mais meu peso) diante da cozinha. Quando a porta foi fechada à minha frente, eu não saí do lugar, mas continuei ali esperando. Fiquei vendo baratas entrarem e saírem pela fenda da porta – uma recente aquisição do apartamento desde que mamãe havia deixado de limpá-lo regularmente – enquanto os minutos se arrastavam. Quando finalmente mamãe apareceu, seu rosto estava tenso e seus lábios comprimidos.

Percebendo que haviam terminado, eu disse algo que seria recontado muitas vezes em forma de anedota durante muitos anos.

Eu ergui os braços para o alto e cantarolei "Tu-do a-ca-ba-do!".

Tomada de surpresa, mamãe parou, abaixou-se e, sem acreditar no que tinha ouvido, perguntou: "O que foi que você disse, minha Abobrinha?".

"Tu-do a-ca-ba-do!", eu repeti, encantada com o súbito interesse de mamãe.

Ela gritou para o papai: "Peter, ela sabe! Olhe para ela, ela entende!".
Ele deu uma risada fraca e voltou para o que estava fazendo. Mamãe continuou ali comigo, acariciando o meu cabelo. "O que você sabe, minha Abobrinha?"

Feliz por ter encontrado um jeito de participar do jogo deles, eu criei o hábito de ficar sentada na frente da cozinha toda vez que eles iam para ali.

Eventualmente, eles acabavam deixando a porta aberta.

Quando eu estava com quase cinco anos, nossa família havia se tornado uma família funcional, que dependia da ajuda do governo. O primeiro dia do mês, em que mamãe recebia o dinheiro da assistência social, era comemorado como se fosse o dia de Natal. A expectativa coletiva pela chegada daquele dinheiro corria o apartamento como uma espécie de corrente elétrica, pois ele era a garantia de que mamãe e papai estariam dispostos e felizes por pelo menos 24 dias de cada mês. Era a única coisa certa na vida de meus pais.

O governo dava algumas centenas de dólares mensais para aqueles que, por um motivo ou outro, estavam incapacitados de trabalhar para ganhar o próprio sustento – embora muitas vezes eu tenha visto nossos vizinhos fisicamente aptos juntarem-se ao lado das caixas de correio, esperando ansiosos pela chegada dos envelopes azuis. E mamãe, que era considerada legalmente cega em consequência de uma doença degenerativa dos olhos com a qual havia nascido, era uma das destinatárias legítimas daqueles envelopes da SSI[1]. Eu sei porque fui com ela à entrevista obrigatória para que fosse reconhecida como apta a receber o benefício.

A funcionária, sentada do outro lado da mesa, disse a ela que era tão cega que, se algum dia dirigisse um carro, "provavelmente acabaria com a vida de todo ser vivo que por acaso estivesse em seu caminho".

Em seguida, ela apertou a mão de mamãe, tanto para parabenizá-la por ter sido considerada apta a receber o benefício quanto por conseguir atravessar a rua em segurança.

---

1 Supplemental Security Income

"Assine aqui. Você pode aguardar seus cheques no primeiro dia útil de cada mês."

E foi o que fizemos. Na realidade, não havia nada que nossa família aguardasse tanto como aquele cheque. A chegada do carteiro tinha um efeito dominó, mobilizando o nosso dia, com todo o seu ritual que tanto prezávamos. Era função minha esticar a cabeça para fora da janela de meu quarto, que dava para a frente do edifício, e anunciar para mamãe e papai qualquer sinal da aproximação do carteiro.

"Lizzy, avise quando aparecer *algum* sinal dele. Lembre-se de olhar para a *esquerda*."

Se mamãe conseguisse antecipar por alguns minutos a chegada do carteiro, ela pegava seu cartão assistencial da gaveta de tralhas, tirava o cheque da caixa do correio e corria para ser a primeira da fila na loja que trocava cheques. O papel que eu exercia naquela época era parte inestimável daquele processo.

Com os cotovelos pressionados para trás, eu forçava a janela enferrujada para que se abrisse, esticava o pescoço o máximo possível em direção ao sol e ficava repetindo isso muitas vezes por toda a manhã. Aquela tarefa me dava uma sensação de ser importante. Quando eu via o uniforme azul aparecer no alto da ladeira – um Papai Noel urbano empurrando seu carrinho moderno –, eu me apressava a anunciá-lo. Nesse meio tempo, eu podia ouvir o som da espera de meus pais.

Mamãe, em sua enorme poltrona das preocupações, catando bolinhas amarelas.

"Maldito. Droga. Como ele está demorando!"

Papai, andando de um lado para outro, repassando pela centésima vez seu plano enquanto desenhava círculos no ar, como se aquilo pudesse aliviar sua ansiedade de espera.

"Tudo bem, Jeanie, vamos parar de comprar cocaína e, assim, colocamos em dia a conta de luz da Con Edison[2]. Depois podemos comprar meio quilo de macarrão à bolonhesa para as crianças. E eu preciso de dinheiro para os meus 'alfinetes'."

No instante em que eu avistava o carteiro, podia avisá-los imediatamente ou aguardar um pouco mais. Essa era a diferença entre obter e não obter a atenção deles – renunciando ao único momento em

---

[2] Consolidated Edison, Inc.

que eu era tão importante quanto eles e tão necessária quanto o carteiro ou até mesmo quanto o próprio dinheiro. Mas eu não conseguia me conter; no instante em que eu avistava o carteiro aparecendo na curva, eu gritava: "Ele vem vindo! Eu vi! Ele está chegando!". E então podíamos prosseguir para a próxima etapa do dia.

Atrás da vistosa frente envidraçada da loja que trocava cheques, cada um tinha algo interessante para fazer. As crianças eram atraídas para a máquina que vendia objetos a 25 centavos: uma fileira de gavetas abertas sobre suportes de metal contendo uma variedade de brinquedos. As crianças esperavam ansiosamente pelas moedas de 25 centavos para poderem liberar a aranha de plástico presa a uma argola, o homem que aumentava 10 vezes de tamanho na água, as tatuagens laváveis de borboletas, os heróis de gibis ou corações cor-de-rosa e vermelhos. Um pouco mais acima, perto do caixa, havia bilhetes de loteria para homens viciados em jogatina ou mulheres esperançosas a quem restavam apenas alguns poucos dólares da família para gozarem de uma pausa feliz. Aquelas senhoras faziam muitas vezes o sinal da cruz antes de empenharem uma moeda. Mas, para muitas delas, até mesmo o item mais insignificante estava totalmente fora de seu alcance quando chegava sua vez na fila.

As mulheres formavam aquela fila interminável; mulheres agarradas às contas mensais, mulheres carrancudas, mulheres com filhos pequenos. Seus maridos (quando estavam presentes) ficavam de lado, afastados, calmamente recostados nas paredes metálicas. Ou eles vinham com elas, mas ali se afastavam, esperando que o cheque fosse descontado, ou chegavam antes, antecipando a rotina, certos de que conseguiriam arrancar uma parte de suas esposas ou namoradas. As mulheres se defendiam da melhor maneira que podiam, dando a eles o que lhes cabia e fazendo o máximo com o que restava a elas. Lisa e eu estávamos tão acostumadas com aquela confusão que nem nos dávamos o trabalho de olhar para os adultos gritando uns com os outros.

Lisa se demorava diante das máquinas de moedas, encantada com os rótulos cintilantes. Eu ficava perto de nossos pais, que eram diferentes dos outros adultos por atuarem como um casal que vinha em busca de um mesmo propósito. Eu participava da leviandade deles, ansiosa por experimentar a mesma excitação.

Se eu pudesse dividir a alegria do dia do recebimento do cheque em pequenas partes, então nada superava o tempo que mamãe e eu passávamos juntas na fila. Enquanto ela esperava por sua vez na fila do caixa, eu também era sua auxiliar. Naquelas horas prementes, repletas de antecipação, era quando mamãe mais contava comigo. Era o meu instante de glória e eu sempre correspondia às expectativas.

"Agora são oito à nossa frente, mamãe. Sete. Não se preocupe, a fila está andando rapidamente."

O sorriso que ela abria quando eu a informava sobre o andamento da fila pertencia apenas a mim. Dizer os números em um tom tranquilizador determinava o grau de atenção que ela me dispensava. Eu trocaria o resto do dia do cheque com 10 pessoas à nossa frente na fila, porque, pelo tempo que esperávamos ali, ela não iria a nenhum outro lugar. Eu não teria que me preocupar com o hábito de mamãe nos deixar em meio ao que estávamos fazendo.

Uma vez, nós quatro fomos ao cinema Loews Paradise Theater, na rua Grand Concourse, para ver uma apresentação promocional de *Alice no País das Maravilhas*. Papai explicou durante o percurso que aquela havia sido uma rua de luxo que, por sua sofisticada arquitetura, atraía os ricos. Mas tudo o que eu vi quando andamos por lá foram enormes prédios de tijolos sujos, alguns com anjos ou gárgulas sobre as portas, lascados e quebrados, mas ainda lá. Nós ocupamos nossos lugares em um cinema quase vazio.

Mamãe não ficou até o final do filme. Ela bem que se esforçou; saiu uma, duas, três vezes para uma "tragada". Depois saiu pela última vez e não voltou mais. Quando voltamos para casa naquela noite, o toca-fitas reproduzia a voz triste e gutural de uma mulher. Mamãe estava tragando seu cigarro enquanto examinava seu próprio corpo esguio despido diante do espelho de corpo inteiro.

"Onde vocês estavam?", ela perguntou com tanta naturalidade que eu fiquei me perguntando se imaginei que ela havia saído conosco.

Mas, enquanto esperava na fila, ela não ia a lugar algum. Por mais que a impacientasse, ela não deixaria a fila sem o dinheiro. De maneira que eu aproveitava a ocasião para segurar sua mão e lhe perguntar sobre como ela era quando tinha a minha idade.

"Sei lá, Lizzy. Eu era má quando pequena. Roubava coisas e matava as aulas. Quantas pessoas ainda estão à nossa frente, Abobrinha?"

Toda vez que eu olhava para ela, mamãe fazia um gesto na direção do caixa, instando-me a ficar de olho. Prender a sua atenção era algo complicado, um ato de equilíbrio entre continuar fazendo perguntas e mostrar que eu estava no controle das coisas. Eu sempre lhe assegurava que estava quase chegando a nossa vez; mas, no íntimo, eu desejava que demorasse o máximo possível, mais que para qualquer outra pessoa.

"Eu não sei, Lizzy. Você era uma criança muito melhor, nunca chorava quando era bebê. Só fazia um ruído como *é, é*. Aquilo era muito engraçadinho, quase educado. Lisa quase explodia a própria cabeça de tanto chorar e destruía tudo, rasgava minhas revistas, mas você nunca chorava. Eu receava que você pudesse ser retardada, mas disseram que você era normal. Você sempre foi uma boa menina. Quantas pessoas faltam agora, Abobrinha?"

Mesmo que as respostas dela fossem sempre as mesmas, eu nunca me cansava de insistir nas perguntas.

"Qual foi a primeira palavra que eu disse?"

"'Mamãe'. Você me entregou sua mamadeira e disse 'mamãe', como se estivesse me dizendo para enchê-la. Você era uma figurinha."

"Que idade eu tinha?"

"Dez meses."

"Há quanto tempo moramos em nossa casa?"

"Anos."

"Quantos?"

"Lizzy, pare com isso, está chegando a nossa vez."

Em nossa casa, nos separávamos em dois cômodos: a sala de estar era para nós, crianças, e, ao lado dela, a cozinha, para papai e mamãe. Diferentemente da maior parte do tempo, naquele primeiro dia do mês, a comida era farta. Lisa e eu nos fartávamos com nossos Lanches Felizes diante da televisão em preto e branco, ao som de colheres batendo na mesa ao lado e de cadeiras sendo empurradas – e aqueles momentos prolongados de silêncio que sabíamos em que eles estavam concentrados. Papai tinha que fazê-lo por mamãe, porque, com sua fraca visão, ela não conseguia nunca encontrar a veia.

Finalmente, nós quatro desfrutávamos a segunda melhor parte do dia. Ficávamos todos sentados juntos, esparramados pela sala, olhando para as imagens tremeluzentes da televisão. Lá fora, o carrinho do sorvete passava tocando sua típica música, e a criançada se juntava, se estapeava, se separava e voltava a se juntar em uma brincadeira de pega-pega.

Nós quatro juntos. As pontas de meus dedos lambuzadas de gordura das batatas fritas. Lisa devorando um cheeseburger. Mamãe e papai repuxando-se e contorcendo-se atrás de nós, eufóricos.

"Entre as almofadas, Lizzy. Sim, eu estou te dizendo, no sofá. Coloque seu ouvido, bem apertado, espere alguns minutos para ouvir o som do mar."

"Verdade?"

"Sim, Lizzy. Não me obrigue a dizer duas vezes. Você sabe que eu não gosto de ficar repetindo a mesma coisa. Decida se quer ou não ouvir o som do mar."

"Eu quero!"

"Então coloque o ouvido na almofada, aperte-o bem e *ouça*."

"Está bem."

Como era minha irmã mais velha, Lisa fazia cara de mistério; havia um poder nela que me cativava e que, quando criança, eu admirava. Alguns de seus talentos que mais me impressionavam – para dizer apenas alguns – iam de trançar seu cabelo até estalar os dedos enquanto cantava a canção inteira que era tema da série *A Feiticeira*. A meus olhos, ela era uma rainha, que se mantinha no trono, exercendo sua autoridade em diversos assuntos sem nenhuma consistência particular; afirmações que eu, em minha infância, acreditava sem nenhuma dúvida. Mesmo que parecessem abstratos, eu achava que ela possuía conhecimentos como os dos professores de matemática que dominam a aritmética: tão misteriosos e inquestionáveis quanto. A confiança cega que eu depositava nela me deixava à mercê de muitas das peças que ela pregava.

"Muito bem, coloque agora esta outra almofada por cima de sua cabeça."

"Por quê?"

"Você está me irritando. Você quer ou não quer ouvir o som do mar?"

Por que não? Eu sabia que se podia ouvir o som do mar dentro das pequenas conchas marinhas que trouxemos de nossas idas com mamãe a Orchard Beach, que ficava em algum lugar perto do mar, por que então não se poderia ouvi-lo em uma almofada? E como é que eu podia saber o que Lisa ia fazer quando ela se levantou e se sentou em cima de minha cabeça? Como eu podia adivinhar que ela ia soltar um imenso peido quente por cima de mim?

"Tome isto! Ouça agora o ruído do mar, Lizzy!", ela berrou enquanto eu me debatia debaixo dela e meus gritos eram amortecidos por seu peso.

Aquela experiência deveria ter me preparado para o Halloween, quando Lisa e sua amiga da primeira série, Josenia, "experimentaram" todas as minhas balas para "provar seu sabor", deixando apenas alguns trocados e algumas pastilhas expectorantes em minha bolsa de doces ou travessuras pregadas no Halloween? Durante toda a sua "inspeção", eu havia escondido uma única pastilha de goma em minha mão fechada, acreditando realmente que *eu* estava separando uma para *ela*.

Mas, como irmã menor, nem sempre era eu a enganada; de vez em quando era o contrário que acontecia. Como segunda na fila, eu podia encarar grande parte das curiosidades da vida com conhecimentos emprestados, por assim dizer, graças à minha irmã mais velha. Observando Lisa lidar com todos os tipos de problemas em nossa casa, eu aprendia a enfrentar situações semelhantes com menos dificuldade.

Essa vantagem me ajudou a conviver com nossos pais. Observando os erros de Lisa, eu aprendia no mínimo o que *não* fazer. Eu era capaz de saber qual era a atitude certa para conquistar a aprovação e a atenção de meus pais – algo que nem sempre podia dar certo em nossa casa.

Sábado era o dia de as pessoas que viviam em Manhattan jogar coisas fora, era o que papai dizia, e isso significava automaticamente que elas levavam "uma vida boa". As pessoas de Manhattan jogavam fora coisas que ainda eram perfeitamente usáveis; só era preciso procurar atentamente para encontrar coisas boas. Papai sabia de muitos lugares onde procurar. Eu já tinha toda uma coleção em meu quarto: três soldadinhos de metal com a tinta apenas levemente lascada, seus mosquetes salientes rachados em diferentes lugares que mal apareciam; um velho par de algemas que eu gostava de pendurar na cintura com um revólver de plástico para ficar parecendo um policial de verdade; e uma coleção de bolinhas de gude em uma bolsinha de couro usada, com a marca Gleason's gravada ao lado.

Sempre, com os presentes, vinha uma história triunfante sobre como eles haviam sido apreendidos; histórias sobre como papai revirava os sacos enquanto os passantes olhavam com nojo, torcendo o nariz para "aquelas coisas em perfeitamente bom estado". Em suas histórias, papai era sempre o herói, subestimado pelas pessoas que ele conseguia, eventualmente, encantar com seu espírito brincalhão.

De vez em quando, eu o acompanhava nessa atividade. Parada lá diante do lixão, era difícil saber o que pensar quando as pessoas olhavam e papai simplesmente lhes dava as costas e calmamente continuava a revirar o lixo. Eu tentava ver pelos olhos delas como era aquele homem, vestindo uma camisa de flanela suja, totalmente abotoada e enfiada dentro de seus jeans igualmente sujos, resmungando consigo mesmo enquanto vasculhava o lixo – como se, por teimosia, tivesse se vestido para a vida profissional que há anos havia perdido. Um homem sério, cabelo escuro, com uma fisionomia angular que o tornava tão bonito quanto austero, com uma filha pequena, parada em meio ao lixo que todos os outros evitavam passar por perto. Eu me lembro da sensação nítida de constrangimento, até que papai ralhou comigo.

"Do que você tem vergonha, Lizzy?", ele perguntou, erguendo por um instante a cabeça de um monte pútrido de onde tirou seu boné de jornaleiro. "Quem se importa com o que as pessoas pensam?" Ele fixou seu olhar dentro dos meus olhos, sem piscar, e se inclinou. "Se você sabe que algo é bom para você, trate de ir em frente e agarrá-lo, e deixe que eles se explodam. Isso é problema *deles*."

Olhando para papai, com tanta confiança em sua rebeldia, eu senti orgulho dele, como se ele estivesse me confiando um segredo: como esquecer o que as outras pessoas pensam de você. Eu queria sentir como ele sentia, mas para isso eu teria que me empenhar muito. Nos momentos em que eu me esforçava o bastante, eu conseguia, estando lá ao lado dele e retorcendo o nariz de volta para as pessoas que passavam por ali olhando com desdém. Mas só se eu usasse a voz dele para dizer a mim mesma, muitas e muitas vezes, isso é *problema deles*.

Papai tinha certo orgulho de sua caçada em busca do tesouro. Ele nunca deixou de contar a história de como ele havia encontrado um teclado novinho em folha no exato momento em que um sujeito o chamou de "catador de lixo". Em seu relato, o sujeito teve o desplante de perguntar, quando viu que o teclado era de fato novo, se papai ia ficar com ele. Papai adorava repetir sua resposta em tom de indignação: "Sem chance, cara!".

"O que eles perdem, nós ganhamos", ele costumava dizer quando curtíamos nossos brinquedos de segunda mão, muito pouco usados, ou quando dava de presente para mamãe uma blusa com algum ponto solto que era só costurar.

Sentado no sofá à nossa frente, ele cantava a letra incompreensível de uma antiga canção enquanto remexia em sua bolsa e nós aguardávamos ansiosas. Papai tinha sua própria maneira premeditada de fazer as coisas, como abrir a mochila ou o estojo de óculos. Nós não devíamos interrompê-lo, seus gestos precisos eram uma rotina que ele não estava a fim de quebrar. Se errava um passo, ele ficava confuso e tinha que começar tudo de novo. Mamãe chamava seus hábitos de obsessivos.

Lisa e eu ficávamos impacientes.

"Diga logo o que você trouxe! Eu quero saber", Lisa exigia.

"Sim, por favor, papai!", eu pedia.

"Dá pra esperar um minuto?"

Ele estava empenhado em abrir um zíper, não que estivesse emperrado, mas ele tinha um jeito próprio de fazer isso. E continuava cantarolando.

"Daa, da dum, darlin', you're the one."

Mamãe, recém-saída de um cochilo e ainda sonolenta, encolhia os ombros.

Finalmente, ele tirava um secador de cabelo de brinquedo cor-de-rosa para Lisa. As dobras onde as peças de plástico se uniam estavam sujas. Havia rótulos no lugar dos botões, indicando com uma cor o nível de funcionamento: alto, médio e...o rótulo que indicava o nível mais baixo havia sido arrancado, restava apenas uma risca branca. Lisa pegou o secador pelo cabo e girou os olhos.

"Brigada, papai", ela disse sem entusiasmo.

"Eu achei que você fosse gostar", ele comentou, revirando sua sacola em busca do que ele havia trazido para mim.

"Podemos comer agora?", Lisa quis saber.

"Em um minuto", mamãe respondeu com um dedo em riste.

Em seguida, papai ergueu um monstruoso caminhão de brinquedo branco e azul com janelas luminosas e grossos pneus com ranhuras. A sujeira havia penetrado em cada ranhura, deixando as partes brancas amarronzadas e fazendo o caminhão parecer como se tivesse realmente percorrido estradas lamacentas.

Antes mesmo de ele deixar as mãos de papai, eu sabia exatamente qual seria a minha reação ao presente dele. Quase todo meu comportamento diante de meus pais era deliberado; minhas escolhas de atitudes e palavras exatas eram pensadas cuidadosamente. Eu não abandonava as coisas à sua própria sorte. Ao invés disso, usava uma habilidade que havia desenvolvido, sabendo exatamente como conseguir a atenção deles. Nesse caso específico, papai estava me dando aquilo que ele considerava ser um "brinquedo de menino" e eu sabia exatamente como responder. Os anos que havia passado ouvindo atentamente seus comentários escarnecendo as coisas "de menina" me ensinaram isso.

Sempre que mamãe assistia a algum programa na televisão discutindo problemas de mulheres, como "sentir-se gorda" ou "decepcionar o marido", papai entrava na sala imitando, com um tom de voz bem alto, as lamúrias das mulheres.

"Oh, o mundo é tão cruel com as mulheres. Vamos fazer uma sessão de lamentações que não irá nunca acabar. Oh!"

Ele reagia da mesma maneira ao hábito de Lisa se olhar no espelho. Lisa gostava de se sentar enroscada em um canto, examinando o reflexo de seus diferentes sorrisos e expressões faciais ensaiadas. Ela podia passar uma hora inteira olhando para si mesma.

Em resposta a isso, papai girava as órbitas dos olhos para trás, erguia o queixo e, com os dedos estirados atrás da cabeça, representava uma coroa. Ele falava naquele mesmo tom de voz, que eu aprendi a interpretar como a maneira dele de ver tudo o que era "feminino". "*Você vai ficar só olhando pra minha cara? Oh, claro, eu vou só ficar olhando pra ela.*"

Papai sempre dava risadas de suas próprias piadas e, com isso, irritava Lisa e a fazia esconder seu espelho.

"Droga!", eu a ouvi dizer furiosa certa vez.

Muito cedo eu decidi ridicularizar tudo o que fosse "coisa de menina" da maneira que papai fazia e, com isso, ele esqueceria que eu também era uma menina. Esforçava-me para não deixar minha voz soar dengosa. Usar vestido era uma piada – "coisa de menina" que absolutamente não me interessava. Eu soube que meu comportamento estava dando certo quando papai começou a trazer para mim aqueles brinquedos de menino, sorrir e ficar olhando para mim por mais tempo do que para Lisa.

Eu arranquei o caminhão de brinquedo (do qual, aliás, gostei de verdade) com força das mãos dele e exclamei: "Caramba! Brigada, papai!". Passei as rodas dele por sobre a mesinha de centro fazendo ruídos e roncos altos de seu motor para ele ouvir.

Papai sorriu em aprovação a mim e voltou para sua sacola.

"Eu deixei o melhor para o final", ele disse, voltando-se para mamãe, que olhou curiosa para ele de seu assento junto à mesa da sala. Ela havia ajustado o ventilador de mesa na direção de todos nós, mas, por causa do mormaço, ele fazia circular apenas ar quente.

O presente para ela deve ser especial, eu pensei ao ver papai retirando-o de dentro de um cuidadoso embrulho em folhas de jornal.

"Aqui está", papai disse, passando a língua nos lábios e erguendo na ponta de seus dedos estirados uma caixinha de vidro para guardar joias, como um garçom apresentando uma travessa fina.

Mamãe soltou um longo suspiro de satisfação quando tomou o presente em suas mãos. No início, ela parecia só um pouco interessada, mas, por sua reação, percebi que ela realmente gostou do presente – embora eu não pudesse deixar de pensar que ela não tinha nenhuma joia para guardar naquele estojo. Enquanto mamãe olhava deslumbrada para o estojo, papai ia narrando.

"Você tinha que ver a cara daquela mulher me olhando como se eu fosse um maluco remexendo nos sacos de lixo de seus vizinhos. Você sabe o que eu digo para isso."

Ele ergueu seu dedo médio para o alto e fez uma cara de nojo. "Vá pro inferno, é isso. *Nariguda*."

O estojo para guardar joias era baixo, arredondado e entalhado em vidro. Uma grossa tampa prateada o cobria, decorada com motivos sofisticados. A tampa tinha uma única rosa prateada em um canto, que se inclinava graciosamente para frente. Ao girá-la, começava a tocar uma música muito suave, enquanto a rosa girava lentamente em círculos, como se estivesse dançando um balé triste. Era muito bonita e eu queria ficar com ela.

"Papai! Posso ficar com ela?", Lisa gritou antes de mim. Papai ignorou-a.

"Ela é tão bonita, quem poderia jogá-la fora?", mamãe perguntou.

"Não sei, mas pior para eles. Eu a encontrei no Astor Place, logo abaixo daqueles grandes prédios de apartamentos pequenos", papai disse, desamarrando os cadarços de seus tênis com movimentos rápidos e desajeitados. Ele tinha o hábito de amarrá-los com dois e, às vezes, até com três nós.

"Muito bem, podemos comer agora?", Lisa perguntou.

Eu me senti aliviada por ela ter tomado a iniciativa; meu estômago estava começando a roncar, mas eu não queria interromper aquela atividade. Nós não havíamos comido mais nada desde cedo, quando Lisa e eu fizemos sanduíches de maionese. Na maior parte dos dias, isso era tudo o que comíamos: ovos e sanduíches de maionese. Tanto Lisa quanto eu detestávamos aquilo, mas era tudo o que tínhamos para saciar a fome, além de beber água, quando sentia ardência e cólicas no estômago. A essa altura já haviam se passado cinco dias do dia do cheque e o dinheiro já acabara totalmente, e na geladeira quase não havia mais nada para comer. Eu não via a hora de comer algo no jantar.

"Só mais um minuto", papai disse. "Esperem só mais um *minuto* para eu ficar pronto."

Enquanto Lisa assistia a algum programa na televisão, mamãe e papai estavam ocupados em seu quarto. Do lado de fora, eu os via pelo canto da porta, que era a única coisa que separava o meu quarto do deles.

Mamãe procurava algum disco entre a fileira que guardava na estante. Desde que estava com papai, ela não colocava Judy Collins para tocar; ela estava em bom estado de ânimo e deveria, portanto, ser algo leve. Juntos, eles estavam fazendo algo como uma espécie de linha de produção, com algum propósito misterioso. Papai estava sentado à beira da cama, mexendo com algo que parecia sujeira, que ele apertava entre as pontas dos dedos e espalhava cuidadosamente sobre um exemplar da revista *New Yorker* em seu colo, tirado da gaveta guinchante da mesinha de cabeceira. Mamãe então enrolava aquilo em papel muito fino e passava a língua nas pontas antes de torcê-las, até deixá-las bem apertadas. Mamãe ergueu o isqueiro, tentando várias vezes antes de conseguir acendê-lo, seus olhos voltados para o cigarro. Ela deu três tragadas profundas e passou o cigarro para papai. Eu nunca vira antes papai com um cigarro na boca.

"O que vocês estão fazendo?", eu não consegui deixar de perguntar. Fiz a eles perguntas, desde "Por que vocês estão fazendo cigarros se mamãe tem prontos sobre a cômoda?", até "Por que eles não cheiram como os outros cigarros?".

A risada nervosa que eles deram me disse que estavam mentindo.

"Agora chega, Liz", papai disse, rindo com mamãe. Eu tive a sensação de ter dito alguma bobagem e fiquei com vergonha. Senti que começava a enrubescer.

"Agora chega!", papai repetiu.

Uma fumaça estranha enchia o ar e eu tapei o nariz com a gola da camisa para não inalar seu cheiro. Eles estavam em um mundo à parte e nenhuma de minhas tentativas deixou-me entrar nele. Eu fiquei parada, procurando os olhos de mamãe com a esperança de ela me deixar penetrar no segredo deles, mas ela não olhou para mim. Sobre a cama, a *New Yorker* estava aberta em uma página impressa onde jaziam as cinzas do cigarro.

"Quando é que afinal vamos comer alguma coisa?", Lisa reclamou quando a lista de créditos do programa começou a aparecer na tela de nossa televisão.

"Vamos, sim, querida", mamãe respondeu com doçura. Ela se ergueu e tropegamente foi até a cozinha, movendo as pernas em passos largos, como um astronauta entrando na superfície da Lua.

Seus movimentos desajeitados não foram percebidos por mais ninguém além de mim.

Logo, Lisa e eu estávamos sentadas à mesa para jantar ovos mexidos com água gelada. A briga começou assim que mamãe colocou os pratos à nossa frente.

"Por que temos que comer ovos *de novo?*", Lisa reclamou. "Eu quero frango."

"Não temos frango", mamãe respondeu secamente antes de voltar para junto de papai e dar outra tragada.

"Bem, eu quero comida *de verdade*. Não quero mais saber de ovos: comemos ovos todo santo dia, ovos e salsicha. Eu quero comer frango."

Foi com dificuldade que papai conseguiu falar em meio a risadas. "Imagine que está comendo um franguinho."

"Vá pro inferno!", Lisa gritou.

"Está gostoso", eu disse, esperando melhorar as coisas.

Lisa sussurrou através da mesa: "*Mentirosa*. Você detesta tanto quanto eu esta porcaria".

Lisa odiava a minha compulsão a ser agradável, vendo-a como uma ameaça ao progresso de sua campanha que exigia coisa melhor de nossos pais.

Eu espichei a língua para ela e despejei ketchup sobre os ovos para melhorar seu sabor. Lisa estava certa: eu detestava ovos. Na televisão, uma imagem de Donald Trump apertando a mão de um alto funcionário da cidade tremeu e em seguida ficou estática. Eu comi às pressas, esperando me livrar logo daquela papa quente, empurrando goela abaixo grandes colheradas. Fiquei passando meu caminhão em volta do prato, fazendo ruídos que sopravam fragmentos de ovo por cima da mesa e de Lisa.

Indo de lá para cá, eu a assistia travar uma batalha perdida. Se não havia mais nada além de ovos, então tínhamos que comê-los. A coisa para mim era assim, simples. Se ao menos Lisa ficasse quieta, podíamos conviver em paz. Mas eu também era grata por Lisa ser exigente, pois isso me dava a chance de ser agradável. Eu seria a filha descomplicada. Eu não precisava ficar me olhando no espelho; eu não era vaidosa e nem me importava com "coisas de menina". Eu gostava de caminhões e limpava o prato de ovos mexidos.

Lisa continuou insistindo até chegar às lágrimas. Quando se assegurou que sua briga não ia dar em nada, ela berrou para os dois "Eu odeio vocês!". Mas, do quarto cheio de fumaça, de onde também vinham agora os sons de guitarra e a voz de um homem, nenhum dos dois respondeu.

As exigências de Lisa pareciam vir sempre de alguma posição mais elevada, que existia só para ela. Se eu tivesse hoje que adivinhar de onde vinha sua resistência a se deixar enganar, eu diria que tem algo a ver com o ano anterior a meu nascimento.

Quando estava grávida de mim, mamãe teve o que ela chamou de colapso nervoso. Com papai na prisão, ela teve dificuldade para administrar sua doença mental e, ao mesmo tempo, tomar conta de Lisa; por isso, Lisa foi entregue a uma família adotiva, com a qual ficou por quase oito meses.

O casal que ficou com Lisa tinha boas condições financeiras, mas, como não conseguia conceber um filho, tratava Lisa como parte permanente de sua família. Eles davam a ela tanta atenção e carinho que, quando mamãe melhorou e foi buscar Lisa, ela protestou, trancando-se em um armário e se recusando a sair. Mamãe teve que tirar Lisa à força do armário e arrastá-la de volta para o apartamento da University Avenue, ambas se debulhando em lágrimas – experiência que Lisa parece nunca ter superado. Dali em diante, segundo mamãe, era difícil agradar Lisa. Parecia que ela tinha desenvolvido uma consciência aguda do que lhe era devido como direito, e sempre recusava comida quando considerava ser em menor quantidade que esperava – o que acontecia quase sempre.

Lisa berrou um último "Eu odeio vocês" da mesa, cruzou os braços sobre o peito, voltando a olhar para a televisão. "E *eu não sou* pobre – *meu* papai é Donald Trump!", ela berrou.

"Bem, então, por que você não vai pedir frango ao papai Trump?", papai disse. Mamãe conteve sua vontade de rir enquanto papai ria abertamente de sua própria piada, batendo nos joelhos com as palmas das mãos.

Abruptamente, Lisa bateu seu prato contra o meu, que virou, formando uma pilha de ovos mexidos. Ela foi se trancar em seu quarto, batendo a porta. O barulho da batida desapareceu com o som de música pop em último volume que veio de seu quarto. Mamãe e papai haviam ocupado a sala de estar, dois corpos cansados esparramados sobre as almofadas, tão moles quanto macarrão cozido.

"Eu comi *tudo*", eu disse, mas ninguém ouviu.

Vovó, a mãe de mamãe, morava em Riverdale, em uma rua paralela a Van Cortlandt Park, em uma velha casa estilo anos 1960, onde ela fumava, rezava e fazia chamadas diárias a cobrar para nós. Afora nós quatro, ela era a única pessoa da família com quem tínhamos contato real. A nossa avó paterna nos mandava, às vezes, presentes de Long Island, mas, por ter se metido com drogas, papai havia se tornado a ovelha negra dessa família de classe média. Em toda a minha vida, eles nunca nos visitaram; jamais apareceram para ver como vivíamos no Bronx. Apesar de mamãe ter fugido de casa quando tinha 13 anos, ela e sua mãe se reconciliaram mais tarde. Por ocasião do meu nascimento e do de Lisa, vovó vinha nos visitar uma vez por semana, aos sábados: tomava o ônibus da linha 9, que passava pela University Avenue, usando seu cartão de idosa, que lhe dava direito a pagar meia passagem.

Quando ela estava para chegar, mamãe dava uma arrumada geral no apartamento, enfiando os lençóis nos cantos das camas e colocando os pratos sujos na pia sobre os quais deixava escorrer água quente. Dava uma varrida na casa, empurrando o lixo em um monte debaixo do sofá, e borrifava purificador de ar sobre nossas cabeças.

Do sofá, Lisa espantava mamãe que, passando o aspirador de pó, bloqueava sua visão do *Video Music Box*, programa que aparecia em forma de chuvisco em nossa TV apenas se Liz ficasse girando de um lado para outro o botão UHF.

Em uma tarde quente de verão, a chegada de vovó era esperada para meio-dia em ponto, mas mamãe – como sempre – deixou para fazer as coisas no último minuto. Os jatos de aerossol estavam me atingindo com seus borrifos gelados quando vovó chegou, com roupa demasiadamente quente para o dia. Ela respirava com dificuldade depois de ter subido dois lances de escadas e, quando nos abraçamos, senti o cheiro forte de cigarro impregnado em seu suéter. Usava o cabelo cinza e prateado em forma de um coque bem esticado.

Seus olhos eram verdes e brilhantes, e sua pele era enrugada e com manchas escuras que lhe davam um aspecto desagradável. Lisa nem se deu o trabalho de tirar os olhos da TV. Para ela, se vovó quisesse abraçá-la, que viesse até onde ela estava. Joguei meus braços em torno da cintura de vovó e perguntei como havia sido sua viagem de ônibus – um dos acontecimentos mais importantes de sua semana. Suas respostas eram sempre muito breves e acompanhadas de um sorriso complacente.

"Tudo correu maravilhosamente bem, minha querida. Eu fico extremamente satisfeita por nosso Senhor me ter concedido outro dia para poder vir ver minhas lindas netinhas."

Vovó era profundamente religiosa. Em sua bolsa de couro curtido – que levava enganchada em seu braço direito aonde quer que fosse, até mesmo ao banheiro (hábito que ela atribuía aos "ganchos sujos da casa") –, vovó carregava uma Bíblia – a versão do rei James –, grampos para cabelo, saquinho de chá Lipton e dois maços de Pall Mall, seus "cigarros".

Em geral, ninguém além de mim se interessava em bater papo com vovó. Mamãe dizia que ela vivia tão sozinha em sua casa que, quando tinha alguém para ouvi-la, falava pelos cotovelos sobre o único assunto que lhe interessava, a educação religiosa. Mamãe insistia em dizer que eu acabaria perdendo o interesse, como todos os demais, quando percebesse que vovó "não estava totalmente presente".

"Ela não tem os parafusos muito no lugar", mamãe dizia. "Acho que ela nem sabia o que estava fazendo comigo. Um dia você vai entender o que estou querendo dizer, Lizzy."

Mas eu podia imaginar. Vovó era diferente dos outros adultos. Ela respondia invariavelmente a todas as minhas perguntas. Minha curiosidade ia desde assuntos como do que o arco-íris era feito até quem se parecia mais com mamãe quando bebê, Lisa ou eu. E vovó respondia com prontidão a absolutamente todas as perguntas, desenvolvendo seu raciocínio com base no conhecimento extraído de sua experiência religiosa e me garantindo que todos os mistérios do mundo eram criações de Deus. Parada no umbral da porta, minha mãe nos observava e comentava que nós duas éramos feitas uma para a outra.

Vovó se instalava em nossa cozinha, oferecendo chá e ensinamentos bíblicos para quem quisesse tomar e ouvir. Eu gostava do chá adoçado com duas pedras de açúcar e um pouco de leite, que contrastava com os anéis de fumaça que saíam do cigarro de mamãe. Eu ficava ali sentada, com os joelhos puxados para junto do peito, a camisola cobrindo as pernas, bebericando a bebida quente e ouvindo-a descrever como os pecados impediam que os maus fossem para o céu.

"Nunca blasfeme, Lizzy, Deus não gosta de quem tem boca suja. Limpe a casa para a pobre de sua mãe de vez em quando. Deus vê e ouve tudo e jamais esquece. Ele sabe quando você ajuda os outros. Pode acreditar em mim, menina, existe uma multidão de pecadores que jamais percorre os caminhos dourados do céu que levam ao amor de Deus. Tome cuidado, Deus é o nosso Senhor e Ele é Todo-Poderoso."

A única coisa sobre a qual vovó conversava, além de religião, era sobre o que eu ia ser quando crescesse.

"Comediante. Eu quero contar piadas no palco", eu declarava, lembrando as noites em que assistira na TV a homens de terno preto contando piadas nervosas para espectadores invisíveis; a confiança deles aumentava a cada explosão de risadas. Eu achava que vovó fosse ficar tão impressionada quanto eu com a ideia. Mas, ao invés disso, ela me dirigiu um olhar de preocupação e tirou os óculos para apontar o dedo para o céu.

"Oh, por Deus, não, não faça isso. Não faça isso. Lizzy, ninguém vai rir. Minha querida, seja uma empregada doméstica. Eu me tornei empregada doméstica quando tinha 16 anos. Você vai adorar. Você vai morar com uma família decente e, se cuidar bem das crianças, poderá ter comida de graça e levar uma vida boa e honesta, da qual Deus terá orgulho. Isso não lhe parece ótimo? Seja uma empregada doméstica, Lizzy. Ademais, você ganha uma boa experiência para quando tiver seu marido, você vai ver."

Naquela época, com a idade que eu tinha, era difícil entender o que vovó queria dizer. Eu visualizava um casal, marido e mulher, sentados diante de uma mesa quadrada, em uma enorme casa branca e quadrada. O filho deles, bochechudo e chorão, esperava que eu o servisse, assim como o casal, todos com cara inexpressiva. Vovó dava um sorriso tranquilizador. Eu sorria de volta. A visão dela de meu futuro era tão desanimadora para mim que eu decidi apenas aparentar concordar com tudo o que ela dissesse e guardar o que eu realmente desejava para mim mesma. Eu assentia e sorria, fingindo adorar seus conselhos. Depois eu lhe dava uma desculpa para ter de ir até a sala, e lá eu me juntava a Lisa no sofá.

Mas vovó não precisava de mim – aliás, de ninguém – para manter uma boa conversa. Se era deixada sozinha na cozinha por muito tempo, ela, de bom grado, ajoelhava-se no chão e levava uma conversa particular com Deus, em pessoa. Lisa abaixava o volume da televisão para que pudéssemos ouvir as preces apaixonadas de vovó de "Ave-Maria, cheia de graça, o Senhor é convosco". Ela ficava repetindo a oração em murmúrios, por vezes sem fim, com os dedos avançando as contas do terço, até que sua fala ia se tornando mais um sussurro ritmado do que palavras. Isso significava que ela havia alcançado o contato direto.

Lisa tirava totalmente o som da TV quando vovó elevava o tom de suas preces com uma voz tão alta e profunda que me dava medo quando ela pedia orientação do céu – sua própria frequência de rádio chamando o Senhor. Vovó podia passar horas nesse estado de transe, sem se mexer nem abrir os olhos, enquanto o sol se punha e tudo ficava escuro ao seu redor, e os chás nos copos de plástico esfriavam sobre a mesa. A cozinha era um espaço proibido de entrar para todos nós quando vovó falava com Deus.

"Lisa, psiu, eu quero ouvir." Eu acreditava que ela realmente estava em contato com o céu e me esforçava para ouvir, pelas respostas de vovó, os conselhos diretos de Deus. Lisa retorcia os lábios em um sorriso malicioso.

"Como você é estúpida", ela xingava. "Vovó é simplesmente maluca. Mamãe disse que ela ouve vozes. Ela não está falando com Deus – é apenas maluquice dela."

Muitas vezes, enquanto limpava a casa para a chegada de vovó, mamãe nos contava histórias sobre como sua infância havia sido destruída pela doença mental de sua mãe. Quando pequena, mamãe era obrigada a voltar para casa todos os dias assim que as aulas acabavam, embora tivesse que andar muitos quarteirões. Vovó acertava o relógio de mamãe de acordo com o relógio da sala e, se mamãe se atrasava, mesmo que apenas por alguns minutos, ela recebia uma tremenda surra. Vovó usava qualquer coisa, de fios de telefone a saltos de sapato; todos os golpes atingiam a parte interna das coxas de mamãe, até que manchas azuladas cobriram toda sua pele das virilhas até os joelhos. No meio da noite, mamãe, sua irmã Lori e seu irmão Johnny eram muitas vezes arrancados da cama e panelas e colheres eram enfiadas em suas mãos. Ela mandava que eles batessem com força as colheres nas panelas, para fazer o máximo de barulho possível, e gritassem bem alto a frase repetida por ela: "Fa-ni-qui-tos--de-pe-ri-qui-tos", muitas e muitas vezes, até as vozes que a atormentavam ocrem abafadas pela barulheira.

Segundo mamãe, esse foi, em parte, o motivo que a fizera fugir de casa e morar na rua quando era ainda muito jovem, e também porque chorava quando ouvia música triste em seu quarto, lembrando as dificuldades pelas quais passara desde então.

"Ter uma infância como a que eu tive pode realmente levar a gente a cometer erros", ela dizia. "O que ela esperava que eu fosse depois de tudo, Miss América?"

Mais tarde, seu tratamento rigoroso com remédios e suas conversas com Deus mantiveram vovó calma. Sem isso, mamãe jurou, o diabo era facilmente provocado nela.

"Mas é importante saber que isso não era por culpa dela", mamãe explicou certa vez com tom de voz suave, dizendo-me que amava sua mãe. "É hereditário. A mãe dela tinha o mesmo problema e a mãe da mãe dela também. E, de vez em quando, minha querida, eu também dava algum sinal disso, só que não chegava nem perto do problema delas. Com tratamento, eu fiquei totalmente curada. Ela vive fora da realidade. Mas não tem culpa nenhuma."

O "tratamento" a que mamãe se referiu foi passar um período de dois a três meses na ala psiquiátrica do North Central Bronx Hospital, quando papai descobriu que ela tinha alucinações e ouvia vozes. Antes de eu nascer, eles tentaram alguns outros medicamentos, até ela começar a tomar Prolixin e Cogentin para mantê-la nos eixos. Papai explicou que a probabilidade de ela ter outros surtos era quase nula, porque havia anos que ela não apresentava nenhum sintoma. O fato é que eu me convenci de que mamãe continuaria cem por cento bem, em parte porque pensar que pudesse ser de outra maneira me deixava muito assustada.

Na cozinha, minha avó ria, com certeza, de alguma piada engraçada que havia contado para si mesma.

"Veja o que ela está fazendo", Lisa disse, girando as órbitas dos olhos para mim e fazendo pequenos círculos com o dedo ao lado de sua cabeça. Antes de Lisa e mamãe terem comentado, eu nunca havia estabelecido qualquer ligação entre o fato de vovó falar sozinha e sua insanidade. Eu corei ao constatar minha ingenuidade.

"Eu sei que ela não está falando com Deus. O que você acha, que sou retardada?", eu disparei de volta.

Durante o verão, mamãe conseguia completar a falta de recursos para a nossa manutenção com outros programas do governo, como o almoço gratuito oferecido em todas as escolas públicas locais. Como Lisa e eu tínhamos muitas vezes que arrancá-la da cama para se vestir, nós quase nunca chegávamos a tempo. Por esperar até o último minuto, mamãe acabava correndo freneticamente pelo apartamento e se apressando para recuperar o atraso.

"Dá pra ficar quieta? Se você ficar se mexendo de um lado pra outro só piora as coisas."

Minha cabeça era arremessada e sacudida pelos puxões do pente de dentes finos que mamãe usava, que pareciam pregos enfiados em meu crânio. "Aaai, mamãe!"

"Nós temos apenas 15 minutos, Lizzy. Temos que nos apressar. Estou sendo o mais delicada possível. Se você parar quieta, não vai doer", ela insistia, puxando meu cabelo para provar seu argumento. Eu sabia por experiência que aquilo era uma mentira deslavada. Parada na porta, Lisa espichava a língua para mim; o cabelo dela era fácil de pentear. Minhas faces queimavam de tanta raiva. Quando ia devolver o gesto, os dentes do pente se prenderam em uma enorme maçaroca. Sem hesitar, mamãe ficou furiosa e puxou aquele monte de cabelo como se fosse grama seca. Eu fechei os olhos com força e agarrei a ponta do colchão em que estava sentada para aliviar a dor.

"Veja, se você fica quieta, não é tão difícil."

Eu passava o resto da manhã esfregando o couro cabeludo, que latejava de dor.

Estávamos correndo o risco de receber comida fria pela terceira vez naquela semana – ou, pior ainda, podia não restar nada de comida. A situação era especialmente difícil quando estávamos naquele período em que o dinheiro de um mês acabava antes de receber o outro e aquele almoço gratuito era a única refeição que fazíamos diariamente.

O sol intenso de julho expunha totalmente a realidade do Bronx, infiltrando-se no centro e revelando seus conteúdos. As altas temperaturas expulsavam os moradores do bairro de seus apartamentos úmidos e sem ar-condicionado para apinharem as calçadas quebradas.

Eu acenava para as velhas senhoras que passavam o dia sentadas fofocando em cadeiras de jardim, cada uma reclamando um quadrado cimentado para si e para seu rádio de pilha.

"Olá, Mary", eu cumprimentei sorrindo a mulher que me dava moedas para comprar saquinhos de amendoim sempre que eu a encontrava na calçada.

"Bom dia, meninas. Bom dia, Jeanie", ela acenava de volta.

Velhos porto-riquenhos jogavam dominó em frente à loja da esquina, sobre tábuas de madeira podre em cima de lajes de concreto. Mamãe costumava chamá-los de *velhos sujos* e dizia para eu ficar longe deles, porque eles tinham *más intenções* e fariam *mal* a garotinhas como eu, se lhes fosse dada oportunidade. Quando nos aproximávamos deles, eu olhava para os pés para mostrar a mamãe que eu era uma menina obediente. Eles diziam coisas para ela que eu não entendia: "*Mami, venga aquí, blanquita*", e assobiavam e estalavam os lábios molhados e reluzentes de cerveja.

Passávamos por algumas amigas de mamãe debruçadas sobre as sacadas, com os olhos fixos em seus filhos, balançando pesados molhos de chaves decorados com a bandeira de Porto Rico e figuras de *coqui*, sapo sorridente, em seus chapéus de palha. Aquela coleção de berloques tilintava toda vez que uma das mães levantava a mão para impor disciplina. As crianças ficavam em volta dos chafarizes e os adolescentes se apossavam das esquinas.

Por todo o quarteirão, até o número 188 da University Avenue, espocava o ritmo de salsa e Lisa e eu íamos puxando mamãe pelo braço, para guiá-la na travessia das ruas.

"Mais quatro quarteirões, não é, mamãe?"

Mamãe dava um sorriso distante: "Muito bem, Abobrinha".

A cantina recendia o cheiro típico de peixe. Eu engoli a minha decepção, peguei a bandeja amarela de isopor dividida em quatro partes e entrei na fila. Hesitei diante de uma pirâmide de torta de peixe reluzente de gordura.

"Você tem algo melhor para comer em casa?", a mulher que servia o leite perguntou, elevando a voz por cima da balbúrdia da cantina.

"Não", eu respondi, baixando a cabeça ao me deixar servir aquela coisa molenga.

"Então, vamos lá, continue andando." Eu peguei um copo de leite, escorregadio entre os dedos, e prestei atenção para não deixar meus biscoitos Tater Tots caírem da bandeja, enquanto fui me sentar a uma mesa comprida já lotada.

Lisa enfiou o garfo na torta de peixe para pegar seu recheio de queijo amarelo. Eu estava com o olhar fixo em um cartaz desbotado com a imagem de crianças erguendo os talheres – uma colher e um garfo de plástico – para demonstrar a importância da alimentação apropriada, quando uma mulher com uma prancheta começou a falar com mamãe.

"Que idade tem *suas* filhas, senhora?", ela perguntou.

"Sete, e a menor tem quase cinco", mamãe disse, piscando os olhos e sorrindo vagamente, mas eu sabia que o rosto da mulher estava longe demais para mamãe, com sua visão fraca, enxergar claramente. A mulher anotou, sussurrando rapidamente algo como "Mmm, de fato", como se mamãe tivesse dito algo interessante.

Elas conversaram um pouco, a mulher fazendo perguntas pessoais sobre o quanto nossa família recebia da assistência social, o nível de escolaridade de mamãe e se ela vivia ou não com nosso pai. "Onde ele está? Tem trabalho?", e coisas do gênero. Eu enfiei os Tater Tots na boca, quebrando-os com meu único dente da frente. Ainda frios no interior, eles tinham gosto de papelão umedecido com gelo.

"Entendo. Então, quando é que a senhora pretende colocá-la na escola?", ela apontou o dedo para mim. Eu fui me deslocando para perto de mamãe. A mulher com a prancheta dirigia a ela o mesmo tom de voz que os adultos usavam quando se abaixavam para me dizer o quanto eu estava crescida.

"No próximo outono, no final do quarteirão, na escola pública 261", mamãe respondeu.

"Mmm-hmm, está certo. Muito obrigada, senhora. Bom almoço para vocês, crianças", ela nos desejou enquanto passou para a próxima mãe.

"Minha bebezinha está crescendo", mamãe disse, ignorando a intrusão da mulher e me puxando para abraçar. "Você vai começar a ir à escola em apenas dois meses."

Eu pensei nas palavras "está crescendo" e disse para mim mesma "adulta". Procurei com os olhos os adultos ao redor da cantina para me certificar de como era ser *adulto*, tentando encontrar algum indício do que esperar de mim mesma.

Fiquei observando como a mulher da prancheta entrevistava a próxima mãe, deixando-a nervosa ao se aproximar com suas perguntas. Eu não gostei do jeito de mamãe sorrir para ela, exatamente como quando procurava ser simpática com as mulheres gélidas da assistência social sentadas em suas cadeiras altas de madeira, como se fossem majestades; parecia que ela estava pedindo esmola. Eu não gostava do medo que sentia ante a visita da assistente social, quando mamãe ficava nervosa e andava correndo para colocar o apartamento em ordem para ser vistoriado, como tampouco quando a via exageradamente agradecida às mulheres taciturnas que trabalhavam na cantina. Assustava-me muito o fato de pessoas estranhas terem tanto poder para dar ou tirar aquilo de que dependíamos para viver.

Segundo as regras da cantina, a comida era servida apenas a crianças, mas, a pedido de mamãe, Lisa guardou um pedaço de torta de peixe para ela. Tomando cuidado para não deixar que o pessoal dali visse, mamãe o enfiou na boca e pediu que eu ficasse de olho no salão para verificar se ninguém estava olhando. Olhando para ela e para Lisa, eu fiquei pensando nas palavras que mamãe havia dito sobre eu estar crescendo.

Eu ficava de olho nas portas que davam para as escadas que guardavam tanto mistério para mim naqueles verões, em que havíamos frequentado o programa de almoço gratuito da escola pública 33. Eu adorei aqueles últimos anos em que Lisa saía cedo de manhã para a escola e eu podia ter mamãe só para mim. Levantávamos quando estávamos a fim e mamãe me colocava sentada no sofá, onde comíamos à vontade e mamãe me servia iguarias raras, como pão com creme de amendoim e geleia. Assistíamos aos programas matinais na TV; mamãe adorava Bob Barker e seu programa *O Preço Certo*. Ela dizia que ele era "o último cavalheiro de verdade que existia", e se sentava mais perto da TV, piscando os olhos quando o rosto dele ocupava a tela inteira, com seu cabelo branco perfeitamente alinhado e seu terno que havia acabado de ser passado a ferro. Juntas, nós tentávamos adivinhar as respostas certas, uma de cada vez, fingindo participar do concurso, cujos prêmios eram barcos, conjunto de móveis para sala de estar e viagens maravilhosas ao redor do mundo. Eu me levantava e batia palmas com mais entusiasmo para os participantes que ganhavam os melhores prêmios. Às vezes, mamãe aproveitava o tempo para passar o aspirador de pó sem fazer barulho, enquanto eu ficava grudada diante da TV por horas a fio, e a luz do sol inundava o apartamento. Passou muito rápido aquele tempo em que eu podia sentir que mamãe era só minha.

E depois havia também aqueles dias em que papai me levava à biblioteca, onde me ajudava a escolher livros, quase todos ilustrados. Para si mesmo, ele escolhia grossos volumes com fotografias de homens pensativos ao fundo usando paletó, que ele empilhava em algum lugar da casa e jamais devolvia. Ele estava sempre pedindo um novo cartão de empréstimo com nomes diferentes. Em certas noites, eu gostava de pegar um de seus livros e levá-lo para o meu quarto, onde tentava lê-lo da mesma maneira que papai fazia – colocando-o diretamente à luz da minha lâmpada de cabeceira, buscando reconhecer as palavras que me eram familiares às leituras de cabeceira que mamãe me fazia. Mas, como suas palavras eram longas demais, eu me cansava e logo caía no sono, sentindo o cheiro de suas páginas amareladas e satisfeita por ter partilhado algo especial com meu pai.

Preocupava-me então a ideia de ter de sair pela manhã, de perder tudo aquilo. Eu tinha a sensação de que alguma coisa estava escorrendo de meus dedos e que eu era a única que via o fim de nosso tempo especial como algo ruim.

Eu me perguntava como seria ir à escola e como ela poderia me ajudar a me tornar adulta. Eu me perguntava o que significava *ser adulta*, quando havia tantos tipos diferentes de adultos ao meu redor. Apesar de querer muito, eu não ousava pedir à mamãe que me ajudasse a entender as coisas, porque sabia que só serviria para ela se sentir mal consigo mesma e com a vida de parasita que levávamos. Certas coisas eu teria que procurar entender por conta própria.

Alguns dias depois, naquela mesma semana, o apresentador do noticiário da noite – um homem de cabelos brancos, usando terno e um chapéu em forma de triângulo com fitas coloridas suspensas de seu topo – disse que aquele dia, Quatro de Julho, era *a data de comemoração de nossa independência*. Em seguida, ele e a mulher de cabelo empolado ao seu lado apareceram dando "tchau" enquanto rolava a lista de créditos e, simultaneamente, passaram a soprar instrumentos musicais. O som ressoou em nossa sala, competindo com o barulho do ventilador atrás de mim. Eu estava sentada sozinha no sofá. Mamãe havia me prometido mais cedo, quando ainda havia luz lá fora, que nos levaria ao centro, para assistirmos à beira d'água, com todo mundo, ao espetáculo de fogos de artifício. Eu havia me apressado para me vestir e escolhido shorts azul e blusa tingida própria para ocasiões festivas. Mas demorei demais em meu quarto. Quando saí, percebi que mamãe fora para o Bar Aqueduct – um novo local que ela descobrira há pouco e que passou a frequentar com cada vez mais assiduidade – sem dizer nada a ninguém.

Suas incursões àquele bar haviam começado no Dia de São Patrício, no mês de março anterior. Mamãe e papai nos levaram espontaneamente à parada de São Patrício, depois de termos assistido a seu anúncio na televisão.

Sob uma chuva leve, assistimos da Eighty-sixth Street, bem perto do parque, aos homens de saiote tocando melodias tristes em suas gaitas de fole e batendo tambores com tanta força que eu podia sentir suas batidas no peito e nas pernas. Lisa e eu tínhamos as faces pintadas com trevos de quatro folhas, para atrair sorte, e papai me deixou adormecer em seu colo por toda a viagem de trem até em casa.

Mamãe não voltou para casa conosco. Quando estávamos saindo da Fordham Road, ela encontrou uma velha amiga que estava a caminho de um bar e decidiu que nos encontraria mais tarde. Afinal, o que era o Dia de São Patrício sem beber algo, ela havia insistido. Sem me dar o trabalho de lavar a pintura do rosto, eu coloquei meu cobertor sobre o peitoril da janela para ver mamãe chegar. Esperei por horas, cochilando junto à janela, até que finalmente ela voltou, por volta das três horas da madrugada, cheirando a álcool e cambaleando. Ela então dormiu como costumava fazer depois de suas longas injetadas de pó, sem acordar nenhuma vez por todo o dia seguinte. A partir daquele dia, ir ao bar tornou-se sua prática regular. Podíamos estar no meio de uma conversa, ou sentados para jantar, não importava, ela resolvia sair.

Horas mais tarde, naquela mesma noite do Quatro de Julho, ainda usando minha blusa tingida e meu shortinho azul, eu me acomodei no sofá, liguei a televisão e fiquei pulando de um canal a outro, que continuavam apresentando as transmissões das celebrações. Foi quando eu concluí que mamãe saiu por minha causa. Tudo porque eu havia criado o hábito de ficar perguntando a ela se tinha *mesmo* que ir ao Aqueduct e a que horas *exatamente* ela voltaria. Às vezes, era muito difícil deixar de fazer isso e eu chegava a acompanhá-la até a porta, segurando sua mão pelo máximo de tempo possível. Eu a segurava com tanta força que apertava até as pontas de nossos dedos antes de ela sair. "Volte logo, mamãe, não demore, está bem?", eu ficava repetindo muitas vezes até ouvir a porta do edifício se fechar. Naquela noite, então, concluí que isso foi demais para ela suportar. Tinha que ser esse o motivo para ela ter se evadido secretamente. Se ao menos eu tivesse sido menos insistente.

Passaram-se mais algumas horas, e a retransmissão das notícias terminou. Eu levantei e atravessei a sala para ir para a minha cama. Naquele exato instante, mamãe entrou pela porta.

"Adivinha quem chegou?", ela cantarolou. Eu ouvi o ruído de duas tentativas de acender o isqueiro e achei que ela estivesse tentando acender um cigarro. Mas, em seguida, eu ouvi algo como o zumbido de um enxame de abelhas.

"Mamãe!"

"Veja o que eu trouxe, Abobrinha. Vá chamar sua irmã!"

Mamãe olhava fixamente para a vareta que faiscava como se fosse mágica. Ela disparava luzinhas intensas através da sala, fazendo listas prateadas sobre os dedos que apertavam a vareta e sobre seus braços desnudos. Flocos de luz dançavam em seus olhos.

"Ta-da!", ela cantarolou, erguendo a vareta. Foi então que eu vi o grande saco plástico cheio de fogos de artifício em seu outro braço.

Naquela noite nós não chegamos a ir assistir ao espetáculo de fogos de artifício à beira d'água, mas ficamos sentados na sacada da frente cercados pelos vizinhos do mesmo prédio. Soltamos todos os fogos que mamãe havia trazido para casa. Com as crianças da vizinhança, nós disparamos busca-pés, fazendo-os girar e dançar no ar. Explosões de rojões ressoavam em nossos ouvidos. Papai cuidava da minha segurança e de Lisa. Com uma garrafa que tirou do lixo e limpou com jornal, ele me ensinou a soltar um rojão e mandá-lo para o espaço sem machucar os dedos. Mamãe ficou sentada na sacada conversando com Louisa, do apartamento 1A, cujas filhas brincavam ao nosso lado com suas próprias bombinhas.

"Aqui, Lizzy", papai me disse em um tom grave e tranquilizador. "Você primeiro tem que enfiar a vareta na garrafa para não se queimar."

Eu me agachei enroscada no chão para ajudar papai a acender a espoleta. Papai se curvou por cima de mim, protegendo todo o meu pequeno corpo. Eu senti seu cheiro, de almíscar e suor, misturado ao de fósforos acabados de ser riscados. As mãos dele eram enormes, envolvendo totalmente as minhas para me ensinar a posicionar o pequeno explosivo. Juntos, nós retrocedemos para vê-lo voar, zumbindo no ar e soltando raios luminosos coloridos no céu escuro. Disparando foguetes cada uma por sua vez, Lisa e eu acabamos com todo o saco em meia hora. Eu mandava cada um deles para a noite escura com uma salva de palmas, olhando por cima do ombro para mamãe, que tinha seu braço enganchado no de papai e sorria com a cabeça sobre o ombro dele.

Isso foi no verão de 1985, um pouco antes de eu começar a frequentar a escola, e a última lembrança que eu guardo de nós quatro juntos e felizes. Antes daquela noite, o que quer que tenha ocorrido em nossa casa simplesmente não era nada que possa ser comparado. Eu não fazia ideia do quanto éramos diferentes das outras pessoas. Tudo o que eu sabia era que mamãe era então uma mãe de verdade e que meus pais, juntos, zelavam por nossas necessidades. Ou se havia alguma pela qual eles não zelavam, não tinha a menor importância, porque eu não precisava de mais nada.

O fim daquele verão não levou consigo apenas seu calor, mas também a única unidade familiar que eu tive na vida e, em consequência, minha última lembrança de estabilidade. Eu imagino que é possível dizer que, antes dele, nós vivíamos em alguma espécie de bolha, um mundinho à parte feito apenas de nós quatro. Mas, na minha visão, nós éramos apenas uma das muitas famílias vivendo e lutando pela sobrevivência na University Avenue. As coisas podiam ser difíceis às vezes, mas nós podíamos contar uns com os outros e, portanto, tínhamos tudo de que necessitávamos.

Naquele mês de agosto, eu criei o hábito de subir em uma das cadeiras da cozinha para marcar no calendário do supermercado Met Food, pendurado ao lado da geladeira, os dias de comida grátis – algo que eu havia aprendido com minha irmã mais velha. Pelo segundo mês de agosto, eu via Lisa olhar repetidamente para as datas bem demarcadas ao lado de cupons para aves em oferta e burritos congelados a 99 centavos, enquanto resmungava e rosnava lamentando o começo das aulas. Amanhã seria o primeiro dia que eu iria com ela.

"Chegou a sua vez", ela disse, procurando seu material escolar para dividir comigo. "Nada de ficar aqui vagabundando, disso você pode estar certa. Você vai ter que dar duro a partir de agora, exatamente como todo mundo."

Eu pensei em todas as vezes que Lisa voltava para casa e ia direto para o seu quarto fazer o dever de casa, voltando a aparecer horas depois, com um olhar abatido e exausto, apenas para constatar que eu havia passado quase todo o tempo assistindo à TV no colo de mamãe. Normalmente, ela logo provocava uma briga comigo por causa de alguma ninharia e exigia o controle sobre a TV ou o sofá, porque enquanto ela dava duro eu refestelava o traseiro amassado no sofá. Eu senti sua disposição a me preparar para a escola como uma espécie de vingança.

Lisa abriu um pacote de blocos de papel pautado que tirou de seu armário e dividiu-o ao meio.

"Você vai precisar disto", ela disse, passando uma pilha para mim. "Não pegue as folhas de ponta-cabeça se não quiser que riam de você. As crianças gostam de encher por qualquer motivo, você vai ver." Com as mãozinhas que eu tinha, tive que fazer força para agarrar toda a pilha de uma vez e enfiá-la na pasta de três divisórias, exatamente como havia visto muitas vezes Lisa fazer. Mamãe não parava de dar voltas pela sala.

"Amanhã, Lizzy. Nem consigo acreditar. Não faz muito tempo que você usava fraldas. Fraldas!" A voz dela era de pânico. Eu não sabia se ela sabia que estava gritando.

Mamãe havia acabado de passar um tempo na cozinha com papai, os dois se drogando. Agora, com o maxilar comprimido, os lábios apertados e os olhos esbugalhados, eu sabia que ela ia continuar por um bom tempo dando voltas e falando sem parar. Eu passara a semana toda pressionando-a para me aprontar para a escola, mas ela não saía da cama. Felizmente, o dia decisivo havia chegado. E agora, depois de se drogar, mamãe recobrara seu ânimo. Qualquer que fosse o motivo, eu estava feliz por ter sua atenção.

"Imagine você, indo para a escola. Não consigo acreditar, minha Abobrinha." Ela acendeu um cigarro e tragou com tanta força que fez a brasa brilhar.

"Você vai adorar a escola, Lizzy. Você vai se sair bem."

O entusiasmo dela me contagiou. Eu *ia* adorar a escola.

"Espera, você tem caderno?", ela perguntou subitamente com uma preocupação maníaca.

Eram onze e meia da noite. Eu havia encontrado a pasta usada embaixo da cama de Lisa cinco horas antes. O papel que ela me dera, que resgatamos na primavera passada do quarto de tralhas no térreo, havia amarelado com o tempo.

"Sim, mamãe. Está aqui." Com muito esforço, consegui levantar o bloco grosso para ela ver, mas ela nem olhou.

"Ótimo, mas eu cortei seu cabelo?"

"Se cortou o cabelo? Não. Mas é preciso?"

"Sim, minha Abobrinha, no dia antes de ir para a escola todo mundo precisa de coisas novas, como cortar o cabelo e escovar os dentes. Sente-se no chão ao lado da mesinha de centro, vou pegar a tesoura e cuidar disso agora mesmo. Não é preciso cortar o cabelo de toda a cabeça, apenas a franja. É só para ela que as pessoas olham mesmo."

Ela foi procurar a tesoura na gaveta de tralhas. Os movimentos dela eram impacientes, inacabados, como suas frases, que costumavam ser interrompidas antes de concluir o que queria dizer.

"Lizzy, você... Seu cabelo vai ficar ótimo. Espera pra ver..." Eu senti sua energia fora do prumo.

Dava para ouvir o barulho que as coisas da gaveta de tralhas faziam enquanto ela as revirava lá na cozinha. Lisa tinha ido dormir, dizendo que precisava levantar cedo e me advertindo que era melhor eu fazer o mesmo.

Algo no jeito de mamãe se mexer estava me deixando nervosa. Será que ela entendia alguma coisa de corte de cabelo? E sua visão não era ruim? Eu não queria que meu cabelo parecesse com o dela, que era comprido e ondulado, mas também enroscado e descuidado. Esse pensamento me encheu de preocupações.

"Aqui está!", ela gritou, mostrando uma tesoura enferrujada. Papai continuava lá na cozinha; eu podia ouvir os pequenos ruídos que seus movimentos faziam. Não havia nada a fazer a não ser deixar que minha mãe seguisse em frente, e foi o que eu fiz.

Ela me fez ficar totalmente imóvel para não perturbar a sua concentração, segurando o meu queixo com as pontas de seus dedos enquanto ia dando uma tesourada após outra. Ela me mandou fechar os olhos para que não entrasse cabelo neles. Eu fiquei segurando uma folha de papel embaixo do queixo para aparar o que caía. Eu nunca havia usado franja, mas mamãe parecia não saber disso. Ela ia pegando chumaços de cabelo e cortando o que achava necessário. O pânico de verdade só tomou conta de mim quando senti o metal frio da tesoura passar por minha testa, apenas uma polegada acima das sobrancelhas.

"Mamãe, você tem certeza de que não está ficando curto demais?", eu perguntei.

"Abobrinha, está ótimo, só preciso emparelhar um pouco. Eu quase consegui; só preciso tentar de novo. Estamos quase chegando. É só você... ficar... quietinha."

No chão ao meu lado, meu cabelo havia caído aos montes. Mamãe batia impacientemente um pé no chão. De tempos em tempos, ela assobiava um palavrão.

"Merda!"

Meu coração bateu acelerado e eu procurei não me mexer para não atrapalhar sua concentração.

Pouco a pouco, mamãe cortou toda a franja, deixando-a tão curta que restava apenas uma apara, de tal maneira que chumaços dela iam rolando diretamente de minha cabeça. Quando ela depôs a tesoura sobre a mesinha de centro, eu passei a mão em minha testa e passei a esfregá-la desesperadamente à procura de cabelo, puxando o que restava sem conseguir acreditar. Lágrimas brotaram de meus olhos.

"Ma-mãae", eu choraminguei. "Você o cortou muito curto, mamãe. Não está curto demais?"

Ela já estava calçando os sapatos para ir ao tal bar. Pelo desânimo em seu rosto, dava para saber que o efeito eufórico da droga havia passado. Agora só o álcool podia acalmá-la. De novo, ela estava fora de meu alcance.

"Eu sei, miha querida, mas ele vai crescer de volta. Eu tinha que emparelhá-la. A porcaria da tesoura não presta pra cortar cabelo. Eu tive que refazer muitas vezes para emparelhar a franja."

Lisa dizia que as crianças da escola ficavam tirando sarro da gente por qualquer coisa. Imaginando o que elas achariam quando me vissem, comecei a chorar em silêncio. Mamãe puxou-me pela mão até o espelho no hall do banheiro, que ficava bem ao lado da porta da frente. Ela se colocou atrás de mim e ficamos as duas de frente para o espelho. Ela já havia colocado a jaqueta. De repente, debruçou o rosto sobre meu ombro e passou os dedos pela minha testa.

"É só cabelo, Abobrinha, ele vai voltar a crescer. Quando eu era pequena, minha irmã Lori cortou o cabelo de minha boneca preferida. Eu fiquei furiosa. Ela me disse que ele voltaria a crescer e eu *acreditei*. Você pode imaginar?"

Eu passei a mão nas faces para secar as lágrimas e fiquei examinando a imagem de nós duas juntas no espelho. Os olhos de mamãe não paravam em lugar algum e suas mãos sobre meus ombros estavam manchadas de sangue. Havia alguns fiapos de cabelo grudados em seus dedos.

"Mas o seu com certeza vai voltar a crescer, Lizzy. Está muito bonito. Vai ser muito divertido ir à escola, você vai ver."

Quando ela terminou de falar, eu a vi no espelho dando um beijo na minha cabeça e escorregando porta afora. Fiquei ouvindo seus passos rápidos descendo os degraus da escada. E logo ela estava longe.

Capítulo 2

No meio de tudo

"Eles não gostam de vermelho. Estou te dizendo. Se você usar uma coisa vermelha no cabelo, eles vão embora. Eu juro, Lizzy. Foi assim que aconteceu comigo."

"Pois sim, sua *mentirosa*!"

Parece que, só para se livrar do tédio, Lisa enchia meu saco na ausência de nossos pais. Quando mamãe e papai passavam o dia fora ou quando ficavam entrando e saindo de casa para arranjar drogas, deixando nós duas sozinhas por noites inteiras, ela tramava coisas novas e terríveis para me atazanar.

"Olha, primeiro eu vou ter que trançar seu cabelo, Liz. Mas não qualquer tipo de tranças – têm que ser duras e espetadas para todos os lados."

"Mas por quê? Eu *sei* que você está mentindo. Que importância tem trançar ou não meu cabelo?"

Apesar de acreditar em quase tudo o que Lisa me dizia, ela já havia, na época em que eu estava no primeiro ano de escola, enganado-me tantas vezes com seus trotes que eu estava aos poucos ficando mais esperta. Aquilo que ela estava dizendo parecia demasiadamente maluco, eu pensei; com certeza, estava aprontando alguma das suas.

"Tudo bem, Lizzy", ela disse, dando-me as costas. "Só estou tentando te ajudar. Não era o que você queria? Bem, eu sei o que é preciso fazer, mas, se você não quer se livrar de seus piolhos, não há nada que eu possa fazer."

Mas eu queria me livrar dos piolhos. Fazia semanas que eles vinham rastejando em minha cabeça. De tanto catá-los com as unhas, meu couro cabeludo estava dolorido e sensível ao toque. Durante a noite, eu podia senti-los andando por minha cabeça, enroscando em meu cabelo e me mordendo ao ponto de eu provocar arranhões profundos, de tanto coçar para aliviar a sensação. Muitas vezes, eu acordava de sonhos com bichos irados comendo meu couro cabeludo e botando ovos por toda a minha pele.

No começo, a coisa não era tão grave. Eu mal notava a presença deles. Foi preciso que Debbie, a filha do zelador do edifício, batesse à nossa porta, dizendo para mamãe ver se não tínhamos piolhos, para eu ligar a constante coceira que sentia no couro cabeludo a essa possibilidade específica.

"Todas aquelas porcarias que papai tem lá embaixo", Debbie disse, "eu aposto que a metade delas vem diretamente da sarjeta, Jeanie. Examine suas filhas; elas passaram tempo suficiente com você lá no porão para pegá-las. Eu sei. Passei a tarde inteira catando essas coisas desagradáveis de meu próprio couro cabeludo."

Ocorreu-me uma lembrança do apartamento do zelador no último fim de semana. Eu ficara no corredor que separava o apartamento dele do porão, esperando mamãe entregar a Bob o troco pelo pagamento de um pequeno embrulho em folha de alumínio. Era meio-dia; meu sorvete de baunilha estava derretendo e escorria por minha mão. Por toda a minha volta, as pessoas estavam dormindo ou apenas levantando de dois colchões sujos estirados no piso do térreo. Debbie também estava lá; ela havia se levantado para me abraçar e abraçar mamãe, e estava fedendo cerveja. O lugar estava entulhado de gente, alguns roncando e outros seminus. No teto, havia um catamosca coberto de bichinhos mortos: a iluminação ali vinha apenas de lâmpadas elétricas.

Um pouco antes de mamãe me tirar dali, um homem sem camisa sentou-se e esfregou os olhos sonolentos. Sem perceber minha presença, ele cutucou uma outra pessoa que dormia, uma garota, e despertou-a. Eu estava ali parada, passando o peso do corpo ora para um pé, ora para outro, sentindo-me pouco à vontade ao vê-los se beijarem, com garrafas vazias de cerveja e cinzeiros transbordando de bitucas a seus pés.

Quando Debbie foi embora, mamãe entrou na sala para nos perguntar, delicadamente, se alguma de nós estava com piolhos. Como eu não sabia ao certo, simplesmente respondi: "Tenho coceira na cabeça". Lisa disse a mesma coisa. Foi-nos prometido um xampu de nome Quell, mas já havia se passado um mês e nada de xampu. Foi por isso que eu, apesar de relutante, deixei Lisa fazer tranças para todos os lados em meu cabelo, enquanto minha cabeça se contorcia de dor.

"Agora, alcance-me a tiara." Toda vez que uma trança ficava pronta, Lisa me fazia girar para admirar seu progresso e se mostrava radiante como se tivesse um prazer especial em me ver. Eu fiquei ainda mais desconfiada quando ela deu uma risada descarada.

"Sinto muito, Liz. De verdade. É que fica engraçado. Não dá pra não deixar de rir. Você também teria rido se me visse fazer isso com meu próprio cabelo. Pode acreditar. Você precisava ter visto a melecada que foi. Mas não se preocupe, isso faz parte da cura."

Eu acreditei em Lisa o suficiente para deixar que ela fosse em frente, mas as risadinhas dela tornavam difícil conter minha raiva crescente. Uma vez, quando me pareceu que ela estava tirando sarro de mim, eu cheguei a me afastar, mas acabei tendo que suplicar para que ela fosse até o fim. Afinal, ela era a minha última esperança de me livrar dos piolhos. Ela concordou em continuar, mas de má vontade, e me advertiu para que não fosse tão desconfiada das boas intenções das pessoas. Eu tratei de me convencer de que era melhor eu me concentrar menos nela e mais no quanto seria bom ficar livre dos piolhos de uma vez por todas.

Ela puxava meu cabelo com tanta força que deixava os bichinhos enlouquecidos. Encolhida, eu via os ponteiros do relógio seguirem seu percurso. Papai e mamãe tinham prometido fazer compras, mas já estavam fora há horas. Preocupada com o que eles iam achar quando chegassem e descobrissem que toda aquela meleca não passava de outra das peças de Lisa, eu desejei que ela acabasse logo.

Depois do que pareceu um período de umas três horas, quando minhas pernas começavam a doer de tanto eu ficar ajoelhada naquele carpete fino e eu começar a me virar de um lado para outro, em busca de uma melhor posição, finalmente Lisa tirou as mãos de minha cabeça.

"Muito bem... Acabou! Agora, preste atenção, Lizzy! Nós precisamos encontrar alguma coisa vermelha para colocar em seu cabelo. Eles têm pavor do vermelho. Vamos achar algo vermelho e então você vai ver como funciona. Mas você tem que se apressar senão eles vão voltar."

"Uma coisa vermelha?"

Lisa colocou um dos achados que papai havia encontrado no lixão, um vestido vermelho da Barbie, em volta da trança maior bem na frente da minha cabeça. As mangas ficaram apontando para os lados e o decote aberto enfiado em um tufo de cabelo.

"É assim mesmo? Isso vai funcionar?"

"Mais! Nós precisamos de mais coisas vermelhas. Depressa, eles estão todos indo para o outro lado. Assim fica difícil. Depressa!"

Sem nada à vista que servisse, eu atravessei correndo o apartamento e abri gavetas, esparramando bugigangas e tralhas de todas as espécies pelo assoalho de meu quarto. Eu procurava como doida, mas parecia que não havia nada de vermelho – até que me ocorreu a cômoda de mamãe. Com um puxão forte, agarrei todo o buquê de rosas vermelhas de plástico de seu vaso verde e esparramei-as sobre a cama, com Lisa ao meu lado cutucando.

"Depressa, Lizzy! Coloque as rosas sobre todo e qualquer espaço livre da cabeça, rápido!"

Uma a uma, eu arranquei as rosas de seus caules e comecei a colocá-las sobre meu cabelo, em volta da raiz de cada trança. Eu fiz o melhor que pude para cobrir cada espaço livre que restava em minha cabeça. Entre as mechas das tranças, elas ficavam bem assentadas. Quando terminei, minha cabeça era um capacete reluzente de rosas vermelhas, e na testa o vestidinho vermelho parecia um chifre de unicórnio. Eu olhei para Lisa em busca de sua aprovação.

Ela explicou que seriam necessários pelo menos 20 minutos para se obter alguma diferença notável. O mais importante agora era permanecer o mais imóvel possível. Eu tranquei a porta do banheiro e me acomodei na banheira. Achei que deveria deixar cada uma daquelas criaturinhas nojentas descer pelo ralo para fugir do vermelho que elas tanto temiam.

Decidi tirar toda a roupa, para o caso de elas tentarem sobreviver em alguma dobra da blusa ou em algum bolso. Fiquei completamente nua, encolhida na banheira, aguardando.

O tempo passou e nada aconteceu. Lisa bateu na porta, querendo saber o que estava acontecendo, mas eu a mandei embora. A banheira vazia ficou gelada sob meus pés e eu comecei a tremer. Então, de repente, um piolho saltou.

Senti um arrepio por todo o corpo. Sacudi a cabeça e caiu outro piolho. O tempo passou e nada mais aconteceu. Os piolhos ficaram se movendo, andando sobre a louça branca da banheira, exatamente como quando, recentemente, haviam me causado tanto embaraço na escola.

Até o ano passado, tinha sido diferente. A professora do jardim da infância nos mandava formar pares, mas eu chorava toda vez que tinha de fazer isso, porque não queria ninguém próximo o suficiente para ver os cabelos espetados de minha franja, Eu sabia que as crianças iam ficar olhando. Logo eu passei a ser vista como a criança chorona de cabelo esquisito. Passaram a me chamar de tudo quanto era nome e eu me isolei e acabei me tornando uma espécie de rejeitada. E justamente agora, já na primeira série, quando eu repetia para mim mesma que seria uma criança perfeitamente "normal", os piolhos vieram para, de novo, estragar tudo.

Foi durante o teste de escrita da professora McAdams, quando eu estava sentada ao lado de um menino chamado David na carteira três. A professora Reynolds, que era assistente da professora McAdams, uma mulher pesadona com o pescoço enrugado e mechas de cabelos grisalhos, ficava andando pela sala para ver se estávamos nos comportando bem enquanto a professora McAdams fazia em voz alta o ditado com a lição da semana.

Os únicos ruídos que se ouvia na sala eram os de lápis arranhando o papel e dos passos da professora Reynolds pisando no assoalho. Eu espalhava meus garranchos por toda a folha de papel do teste, esforçando-me para escrever a palavra *Domingo*.

De sua mesa, a professora Adams ditou a palavra seguinte, *tempo*. Quando eu estava me inclinando para tentar escrevê-la, senti uma tremenda coceira no couro cabeludo. Quando cocei a cabeça, uma minúscula coisinha cinzenta caiu no meio da minha folha de papel, com um leve estalido. Meu coração deu um salto e eu fiquei apavorada, ao ponto de sair totalmente da sonolência. Tratei rapidamente de empurrar aquela coisinha para fora de minha carteira. Meus olhos giraram para todos os lados em busca de alguma testemunha, mas ninguém tinha visto nada.

Eu estaria livre, se a coceira não tivesse continuado. Outra coçada e dois outros bichinhos caíram sobre a carteira. E de novo eu os empurrei para fora. Um deles caiu no chão; o outro saltou de minha parte da carteira e foi parar na parte de David. A professora McAdams ditou outra palavra, mas eu não a ouvi. Estava ocupava demais em fingir que não via o bichinho lutando para se firmar embaixo do nariz de David, que prestava atenção no ditado.

A coceira continuou e até piorou, exigindo atenção. Eu tive que empenhar toda a minha vontade para não voltar a coçar. De repente, David ergueu a mão, colocando toda a classe em suspense.

"Professora Reynolds, tem um bichinho estranho aqui em minha carteira." A criaturinha tinha parado para descansar no alto da folha de papel de David, no exato lugar em que ele havia escrito a palavra *tempo* em letras miúdas e legíveis.

A menina ao lado dele gritou, "Eca, que nojo! David, você é nojento!".

"Não sou – ele não saiu de mim. Não sei de onde veio." A classe inteira começou a cochichar. David ficou vermelho e cruzou os braços no peito, esforçando-se para não chorar.

A professora Reynolds correu para investigar o problema e inspecionar cada carteira, achando erroneamente que era alguma migalha de comida. Ela estava no meio de seu discurso, sobre como trazer comida para a sala de aulas atraía baratas, quando eu tive que coçar de novo a cabeça e, pimba, outro piolho caiu em cima de minha folha de teste. A menina sentada a meu lado direito não teve dúvida de que a criatura havia caído de meu cabelo sobre a folha de papel quase em branco.

"Meu Deus, eles estão vindo do *cabelo* dela", Tamieka disse em voz alta.

Assobios e exclamações de nojo explodiram por toda a sala.

A mão fria e ossuda da professora Reynolds me agarrou pela cintura e me levou, no meio de toda gritaria e algazarra, para fora da sala, pelo corredor. Sob o olhar da secretária, ela me mandou sentar em uma cadeira colocada no centro da sala, longe de tudo mais. Ela tirou dois palitos de picolé de uma caixinha, com suas pontas repartiu meu cabelo e imediatamente encontrou os piolhos. Mas, em vez de recuar, ela continuou remexendo e observou o quanto minha cabeça estava "infestada", colocando-se de lado para que a secretária desse uma olhada, enquanto continuou usando os palitos para soltar mais alguns piolhos, que caíam sobre as lajotas verdes do piso, sob o olhar das duas.

A professora Reynolds arrastou-me de volta até a sala de aulas e mandou que eu esperasse na porta. Ela foi até a sala dos professores e ficou dando voltas à procura de algo.

Olhando para mim, Tamieka cochichou algo no ouvido de outra menina. Elas ficaram dando risadinhas, enquanto olhavam para mim e me apontavam. A professora McAdams bateu com força suas mãos na mesa e, aos berros, pediu que se comportassem, mas, sem querer, chamou com isso a atenção do resto da classe para mim. Foi naquele instante que a professora Reynolds apareceu erguendo uma garrafa de vinagre e dizendo em voz alta: "Consegui isto. Vamos lá, acabar com esses parasitas". As crianças faziam algazarra às nossas costas. Mas, por maior que fosse a humilhação, eu estava mais preocupada com o que ela faria com o vinagre.

Ela me levou para a frente da escola, onde dois professores estavam fumando. A rua estava movimentada; carros passavam buzinando e, por cima de todos os ruídos, o ribombar de um trem passando. Por um momento, eu pensei em fugir.

Mas a esperança de me livrar daquilo se desvaneceu quando a professora Reynolds colocou suas mãos sobre meus ombros. Ela me forçou a me curvar para apoiar as mãos na parede de tijolos. Arregaçando as mangas de sua blusa, preparou-se para o que ia fazer.

"Vamos, este é um remédio caseiro usado em minha família. Não se preocupe, não vai doer nem um pouco. Tudo o que você precisa fazer é fechar os olhos. Eu cuido do resto."

O líquido frio foi despejado sobre minha cabeça, provocando ardência nos lugares em que eu havia coçado. A professora Reynolds esfregou o couro cabeludo com suas mãos fortes, fazendo círculos em meus cabelos. Eu engoli tantas tragadas de vinagre até me sentir enjoada e tonta.

Do lugar em que eu estava, apenas respingos de vinagre chegaram ao solo, e nossos pés – meus tênis e os mocassins da professora Reynolds – ficaram bem visíveis. Logo, uma pequena multidão de outros pés se juntou ao redor – era o recreio dos professores.

Eu não voltaria de maneira alguma a entrar na sala de aulas. Como eu poderia olhar para todas aqueles rostos e, além disso, ocupar meu lugar entre David e Tamieka? Eu desejei morrer, ser morta por cheirar vinagre, e ainda desejei que a professora Reynolds fosse responsabilizada por minha morte.

Quando a professora finalmente permitiu que eu me erguesse, ela disse: "Agora basta. Você não vai querer ser confundida com salada, não é mesmo, menina?", ela soltou uma risadinha. Mas logo retomou seu ar sério: "Vamos. De volta para a sala de aulas".

Já em casa, encolhida na banheira, eu fiquei olhando os piolhos totalmente desamparados serem levados pela torrente de água da torneira que eu tinha aberto. As tranças apertadas faziam doer o meu couro cabeludo. O tal de "remédio caseiro" da professora Reynolds parecia não estar fazendo nenhum efeito, assim como a "cura" de Lisa não havia dado em nada.

Fiquei de pé para me olhar no espelho. A imagem que vi refletida nele era espantosa. Quando Lisa viu que eu não estava conseguindo arranjar as rosas na cabeça, ela se ofereceu para fazê-lo. Eu tinha uma perfeita coroa de rosas ornamentando toda a minha cabeça – uma espécie de buquê simétrico.

Um piolho estava rastejando sobre a barra do vestido de Barbie, andando tranquilamente sobre o tecido vermelho. Será que Lisa havia mesmo inventado aquela história de piolho odiar vermelho? Ou será que ela havia esquecido alguma coisa? Mais que depressa, eu me vesti e saí do banheiro correndo, gritando para Lisa.

"Esse negócio não está funcionando. O que é que eu faço?"

Lisa tapou a boca para abafar sua vontade de rir. Então, antes de eu ter tempo para pensar em fazer alguma coisa, ouvimos as vozes de nossos pais subindo as escadas. Lisa desandou a rir, segurando-se para manter-se em pé de tanto se divertir com a minha desgraça. Naquele instante tenebroso, eu entendi que ela estava apenas tirando sarro da minha cara. De novo, ela havia me feito de boba.

Lisa segurou meus braços para me impedir de desfazer seu trabalho. Sua risada me acompanhou, quando consegui me livrar dela e bater a porta de meu quarto. Eu enfiei a mão nas pétalas artificiais e arranquei até o último fiapo delas de minha cabeça.

Arranquei o vestido de boneca, corri até a janela e furiosa joguei-o fora. Em seguida, joguei as tiaras, que caíram lá fora na calçada sem fazer ruído. Do quarto ao lado, vinham os ruídos de sacos plásticos que meus pais estavam fazendo. Eu empurrei com o corpo a porta de meu quarto para trancá-la. Do outro lado, Lisa usava seu peso para tentar vencer a minha resistência. Com uma mão eu desfazia as tranças, enquanto com a outra mantinha a porta fechada. Soltei-a por um instante e foi exatamente quando ela empurrou a porta com o corpo e se estatelou de cara no chão. Eu fiquei olhando para as rosas vermelhas espalhadas pelo chão ao redor de meus pés descalços.

"O que vocês estão aprontando?", mamãe perguntou, enfiando a cabeça pela abertura da porta. Eu desandei a chorar.

"O que aconteceu? Lisa, o que foi que você fez?"

"Nada. Eu não fiz nada! Lizzy me pediu para trançar o cabelo dela. E agora está chorando. Eu não sei por quê."

"Fora daqui!", eu gritei.

"Lisa, me diga o que aconteceu" – mamãe começou.

"Fora, sua idiota!", eu berrei ainda mais alto.

Lisa se ergueu e saiu do quarto, sem fazer mais nenhuma tentativa de me atormentar.

Agachando-se, mamãe abriu os braços e me abraçou. Eu me deixei derreter em lágrimas no calor de seus braços.

"O que aconteceu com a minha bebezinha? Diz pra mamãe o que foi."

Ela passou os dedos entre meus cabelos e, com os polegares, secou minhas lágrimas. Mamãe beijou minhas faces e minha testa, com os olhos tão condoídos que eu achei que ela fosse chorar também. Em seus braços, a minha raiva evaporou.

"Fala pra mamãe. Psssiu, não chore, minha Abobrinha."

Mas era o choro que a estava mantendo próxima a mim; eu não ia parar.

O mundo estava cheio de gente que sentia repulsa por mim. Apenas minha mãe sabia que eu merecia ser abraçada. Portanto, deixei que ela continuasse me abraçando e perguntando o que havia acontecido para poder continuar ouvindo sua voz, sentindo as vibrações de seu peito repercutir por todo o meu corpo e dando-me uma sensação de segurança. Eu enterrei minha cara no pescoço de mamãe, tremendo e puxando sua blusa toda vez que suspeitava que ela fosse me largar.

Eu me esforçava para ser uma boa aluna. De verdade. Eu queria ser uma daquelas crianças que erguiam a mão nas aulas, sabiam as respostas e sempre entregavam as lições de casa. Como Michelle – nas horas de leitura, ela era a que lia melhor em voz alta para toda a classe. Ou como Marco, que sabia as respostas certas para as questões de matemática. Eu queria ser tão boa aluna quanto eles; procurava ter boas notas. Mas simplesmente não conseguia. Havia coisas demais acontecendo.

Talvez ajudasse se eu dormisse mais nas noites em que teria aulas no dia seguinte. Mas eu não estava dormindo o suficiente; ninguém me deixava. Em quase todos os sete dias da semana eu presenciava uma movimentação sem fim em nosso apartamento. Mamãe e papai passavam a noite entrando e saindo do apartamento feito corredores incansáveis. A necessidade de se drogarem havia se tornado, como nunca, mais premente e fora do controle, e os hábitos deles estabeleciam uma rotina que ocupava todo o espaço de nosso apartamento. Se eu quisesse, poderia pegar um calendário, marcar nele um determinado dia e saber, por antecipação, o que exatamente aconteceria e a que horas. Tão previsíveis eles haviam se tornado.

Em seis ou sete dias de cada mês, mamãe e papai davam cabo do dinheiro que recebíamos da assistência social e ficávamos no vermelho. Então, quando o dinheiro acabava – o que sempre acontecia –, mamãe tratava de arrancar alguns dólares dos frequentadores do bar Aqueduct ou McGovern's. Eram homens mais velhos, dos quais ela arrancava um dólar de um, dois de outro, trocados de uma nota de cinco ou uma nota inteira de dez. Às vezes, ela pedia algumas moedas de 25 centavos para tocar alguma música na vitrola, mas lhes passava a perna. Outras vezes, ela levava os homens para o banheiro ou para algum canto escuro e depois de alguns minutos com eles conseguia arrancar-lhes mais algum dinheiro.

Mamãe fazia isso até conseguir o suficiente para uma dose de droga. O mínimo era cinco dólares, valendo um papelote de cocaína, mas havia uma forma barata de se "chapar" com uma dose de heroína. Ao voltar dos bares, mamãe comunicava diretamente a papai: "Peter, eu consegui cinco dólares. Petie, eu consegui cinco." Então, ele vestia o casaco ali mesmo no quarto e saía silenciosamente para não chamar a atenção de Lisa, caso ela estivesse acordada.

Papai sabia que nunca mais teria paz se Lisa o pegasse saindo para comprar drogas enquanto nós passávamos fome. Ele não teria como evitar os insultos, maldições, lágrimas e gritaria.

"Você não pode esbanjar dinheiro com drogas! Nós precisamos de comida! Meu estômago está roncando de fome. Nós não jantamos e você vai comprar drogas!", ela berrava.

Ao ouvir Lisa brigar com papai e mamãe, eu dava razão a ela. Não havia como desculpá-los por gastar os últimos dólares com drogas, quando na geladeira só havia um vidro de maionese estragada e um pé de alface murcha. Lisa tinha toda razão em ficar com raiva.

Mas as coisas nem sempre eram tão claras para mim quanto eram para Lisa. Mamãe dizia que ela precisava se drogar para esquecer as lembranças horríveis de seu pai e sua mãe, que a perseguiam e atormentavam-na o tempo todo. E, mesmo sem saber ao certo o que exatamente em seu passado papai precisava se drogar para esquecer, eu sabia que tinha que ser algo muito doloroso, porque, quando não se drogava, ele passava dias aboletado no sofá em um estado de depressão induzido pela abstinência. Naquele estado, ele me era totalmente irreconhecível.

O que Lisa exigia de nossos pais era simples – tudo o que ela queria era uma refeição quente e que nos tratassem melhor. Eu queria o mesmo. Mas eu não podia deixar de notar que, se nós duas havíamos passado o dia todo sem uma refeição quente, fazia dois ou três dias que papai e mamãe não comiam nada. E, quando precisava de um novo casaco de inverno, eu ficava vendo os tênis de papai, arrebentados e colados com fita isolante. De um jeito ou de outro, eles sempre deixavam claro que simplesmente não podiam nos dar o que não tinham.

Eles não tinham a intenção de nos magoar. Não é que eles passavam o dia fora tomando conta de outras crianças e que, quando voltavam para casa à noite, nos tratavam mal. Eles simplesmente não podiam ser os pais que eu queria que fossem. Como culpá-los, portanto?

Eu me lembro de uma vez, no dia do meu aniversário, em que mamãe me roubou cinco dólares. Havia sido um presente da mãe de meu pai, enviado de Long Island pelo correio. A nota enrugada havia chegado pelo correio, cuidadosamente pregada a um cartão brilhante com a assinatura de minha avó e seus votos de feliz aniversário. Eu guardei a nota dentro de uma gaveta de minha cômoda e pretendia gastá-la em uma loja de doces. Mas isso nunca aconteceu. Mamãe esperou que eu saísse do quarto para pegar a nota e comprar drogas.

Quando ela voltou, meia hora depois, com um saquinho de moedas, fiquei furiosa com ela. Eu exigi que ela me devolvesse o dinheiro e a insultei com palavras das quais tenho até hoje vergonha de me lembrar. Ela não disse nada em resposta. Agarrou suas coisas – seringa e cocaína – que estavam sobre a mesa da cozinha e correu para o banheiro. Eu corri atrás, xingando-a com todo tipo de palavrões. Eu achei que ela estivesse fugindo de mim para se drogar em paz, mas achei errado. Da porta do banheiro, eu a vi jogar algo no vaso sanitário. Em seguida, ouvi seu choro e entendi que o que ela havia dado descarga era sua cocaína. Ela havia jogado fora toda a dose de que precisava para se chapar – por mais desesperada que estivesse.

Ela me fitou com lágrimas nos olhos: "Não sou nenhum monstro, Lizzy", ela disse. "Não consigo parar. Me perdoa, Abobrinha?"

Então eu também comecei a chorar e ficamos chorando juntas. Acabamos abraçadas no piso do banheiro; a seringa estava sobre o balcão da pia, bem à minha vista, e os braços de minha mãe estavam perfurados de cima a baixo, com antigas marcas de agulhas. Com uma voz extremamente macia, ela continuou sussurrando seu único pedido: "Por favor, me perdoa, Lizzy".

E foi o que eu fiz.

Ela não fazia por querer; ela pararia se pudesse. "Tudo bem, mamãe, eu perdoo você", eu lhe assegurei. Eu a perdoei naquele momento e voltei a perdoá-la dois meses depois, quando ela pegou do freezer o peru que a igreja nos havia dado para o Dia de Ação de Graças e vendeu-o para um vizinho, para comprar droga com o dinheiro. Perdoá-la não queria dizer que eu não ficasse arrasada. Eu sentia o coração destroçado e me sentia profundamente magoada toda vez que eles nos deixavam passar fome. Eu simplesmente não os culpava por isso. Eu não tinha raiva deles. Se havia algo que eu odiava esse algo era a droga e o próprio vício, mas nunca odiei meus pais. Eu os amava e sabia que eles me amavam. Eu tinha certeza disso.

À noite, mamãe dava um tempo com as drogas e ia se sentar à beira de minha cama, me abraçar e cantar para mim um único verso de "You are My Sunshine". Ela sorria para mim e passava os dedos por entre meus cabelos. Beijava-me nas faces e dizia que suas meninas eram as melhores coisas que já haviam acontecido em sua vida. "Você e Lisa são meus anjos, meus bebês", ela dizia, e eu sabia que era amada. O cheiro de seus cigarros Winston, assim como o cheiro azedo sufocante de cocaína, sempre permanecia no quarto e embalava o meu sono.

Em uma noite de inverno, por volta das quatro horas, mesmo estando exausto, papai cedeu a meu capricho de querer dar uma caminhada pelas redondezas sobre a neve que havia acabado de cair. Aquela hora da madrugada e a neve recém-caída, que brilhava como um manto de diamantes à luz das lâmpadas que iluminavam as ruas do Bronx, isolaram-nos do mundo e fizeram parecer que nossas pisadas eram os únicos ruídos em um raio de muitos quilômetros. Quanto mais eu o pressionava, mais nós andávamos. Ele contou histórias do tempo em que estudava Psicologia na faculdade; ensinou-me coisas que havia aprendido lá, insistindo em que elas me seriam necessárias algum dia. "Eu amo você, Lizzy", ele me disse. Percorremos quilômetros de distância naquela noite sem ver ninguém pelas ruas vazias, cobertas de neve, como se não houvesse realmente mais ninguém no mundo além de nós dois; como se papai fosse só meu e o mundo apenas de nós dois. E eu sabia que era amada.

As drogas eram como armas que destruíam a nossa família e, mesmo que Lisa e eu sofrêssemos seus impactos, eu não podia deixar de sentir que eram mamãe e papai que mais precisavam ser protegidos. Eu me sentia no dever de mantê-los em segurança. Havia neles algo de extrema fragilidade, a maneira como o vício obrigava-os a sair de casa, a qualquer hora da noite, sem nenhuma consideração por sua própria segurança, apesar das abundantes notícias de sequestros, assaltos e de taxistas baleados para serem roubados, tudo isso dentro de um raio de 10 quarteirões de onde morávamos.

Como se fosse invulnerável a qualquer ataque e como se não fosse oficialmente cega, mamãe andava pela University Avenue totalmente destemida, a qualquer hora da noite, apesar de sua visão colocá-la em situações traiçoeiras ao andar pelas ruas do Bronx. Mamãe era cega o suficiente para passar por alguém conhecido na rua – até mesmo alguém de sua família sem reconhecer. Mas ela tinha suficiente familiaridade com formas e movimentos para distinguir um veículo em movimento de um parado, uma pessoa que estava vindo em sua direção de outra que estava indo na direção contrária e até mesmo a luz verde da vermelha na sinalização do trânsito. Mas, mesmo assim, ela não estava livre de se deparar com situações de perigo.

Por um punhado de vezes, mamãe foi atacada nas proximidades de onde morávamos. Os incidentes me deixaram apavorada e supliquei a ela que ficasse em casa, mas nada era capaz de detê-la quando era impelida pelo vício. Uma noite, ela foi atacada por homens armados de facas. Muito provavelmente ela não conseguiu ver que estava na mira dos assaltantes, coisa que qualquer pessoa com capacidade mediana de visão teria percebido. Ela voltou para casa com um olho roxo, um lábio cortado e uma história sobre como o assaltante havia ficado furioso por ela não ter nada de valor e, assim, vingado-se, atacando seu rosto.

Outra vez, ela entrou em casa percorrendo seu costumeiro caminho da porta de entrada para a cozinha, com sua bolsinha de cocaína, sem que eu notasse de início que seus jeans estavam cortados de cima a baixo e que sua perna sangrava. Ela me disse que havia sido atropelada por um carro.

"Nada de grave, Lizzy. Ele não estava em alta velocidade e eu levantei e saí andando. A mesma coisa que me aconteceu quando eu fazia entregas de bicicleta. Estou bem", ela disse, encurtando a história para pedir sua seringa a papai. Mamãe parecia negligenciar o fato de tais momentos representarem perigos de morte, ou ela não se importava com isso. Era difícil saber. A única coisa certa era que, quando mamãe estava a fim de algo, ela era capaz de qualquer coisa para consegui-lo.

Mesmo cega como ela era, mamãe havia passado três semanas nos anos 1970 trabalhando de bicicleta como entregadora nas ruas movimentadas de Manhattan. É claro que normalmente uma pessoa quase cega não conseguia trabalho, mas, como mamãe precisava de dinheiro, ela omitia a informação de que era deficiente visual. Tomava emprestada uma mountain bike de um amigo e, como recebia por entrega, pedalava em meio ao trânsito em velocidades que colocavam sua vida em risco. Mamãe havia desistido daquele trabalho depois de seu segundo acidente, mas apenas porque a bicicleta de seu amigo fora destruída e ela não tinha como substituí-la. Esse era simplesmente seu jeito de ser, incapaz de ser detida quando estava decidida a conseguir algo; destemida e aparentemente sem noção do quanto sua vida era frágil.

Papai não era muito melhor em relação a cuidar de si mesmo. Sob o efeito de drogas, ele subia a University Avenue e atravessava os territórios das gangues, as perigosas ruas Grand Avenue e a 183. Uma vez, ele voltou para casa gravemente ferido, com sangue escorrendo de seu rosto até o pescoço e a camisa. Um homem socara a cabeça dele contra o asfalto, logo ali no mesmo quarteirão, e ele tinha levado quase uma hora para se arrastar até em casa. Mas, já no dia seguinte, voltou a sair de casa atrás de drogas. Assim como mamãe, a dependência dele era tão forte que o fazia brincar com sua segurança noite após noite, enxergando apenas o ponto de destino à sua frente e não os perigos que o rondavam. O ponto de seu destino era a porta azul na Grand Avenue, em que subia correndo os degraus para trocar os dólares que mamãe conseguia pelos papelotes de pó que regiam o mundo de meus pais.

Dormir nos dias da semana em que tinha escola era impossível. Alguém tinha que ficar vigiando a janela e o relógio para saber quanto tempo eles levavam para voltar. Alguém tinha que cuidar de sua segurança. E, se não eu, quem? De 30 a 40 minutos era o tempo médio de uma saída atrás de drogas. Se o tempo excedia em muito a esse espaço de tempo, era sinal de encrenca. "9-1-1", eu contava em silêncio enquanto me debruçava sobre a janela para ver papai subindo a avenida, depois desaparecendo na esquina em sua ida atrás de outra dose para saciar seu vício. Se ocorresse algum problema, eu tinha meu plano determinado. Frequentemente nós ficávamos sem telefone por falta de pagamento das contas, mas nessas horas eu podia ir até a esquina e usar o telefone público.

Mas minhas responsabilidades nessas noites não acabavam aí.

Enquanto eles faziam suas eternas peregrinações atrás de drogas, eu passava as horas ao lado deles, procurando outras maneiras de poder ajudar. Mamãe e papai estavam dispostos a me incluir em suas atividades e eu me sentia entusiasmada por poder participar delas. Uma dessas maneiras era ajudar papai a se desviar de Lisa, que, com certeza, aprontaria uma baita confusão se o flagrasse saindo de casa. Como o quarto dela ficava bem ao lado da porta de saída, sair de casa sem ser notado envolvia uma operação cuidadosa. E era aí que eu entrava.

No corredor que levava para a porta do apartamento, eu ficava de vigia, enquanto papai esperava. Eu me sentia ousada, como um personagem da série policial preferida de papai, *Hill Street Blues*; como se fôssemos comparsas em atividades criminosas.

"Avise-me quando posso sair", ele sussurrava, já vestido e pronto para sair, escondido atrás da meia-parede da sala, esperando que eu desse o sinal verde.

"Agora!" Ao sair de casa, papai sempre assentia para mim em sinal de agradecimento, coisa que provocava em mim uma onda de felicidade. Nós formávamos uma dupla. "Não se preocupe", eu sussurrava enquanto ele avançava pelo corredor, "você está em segurança".

E como eu poderia dormir com a agitação de mamãe no cumprimento das "tarefas" deles enquanto aguardava a volta de papai com as drogas? Não tinha como eu ignorar aqueles breves instantes em que ela falava pelos cotovelos, irradiando um brilho de entusiasmo de seus olhos cor de âmbar. A escola não podia ser outra coisa que uma lembrança distante quando mamãe e eu passávamos juntas nossas horas mais agradáveis. Ficávamos sentadas na sala e ela me falava sobre sua adolescência no final dos anos 1960 e início dos 1970 no Greenwich Village.

"Você precisava me ver, Lizzy. Eu costumava usar botas de couro de cano alto até as coxas e saltos de madeira."

"Verdade?", eu fingia que não era a centésima vez que ela estava me contando a mesma história e fazia de conta que cada detalhe era novidade para mim, mostrando-me chocada e curiosa.

"Claro, pode acreditar. Eu também usava penteado afro. Eu sempre tive o cabelo crespo; provém da parte italiana da minha família. Mas todo mundo na época andava com penteados extravagantes. Seu pai usava enormes costeletas, *muttonchops*. Dá pra acreditar?"

Naquelas noites, mamãe falava comigo como se eu fosse uma velha amiga sua, não omitindo nenhum detalhe sobre a vida que levava nas ruas, usando drogas, fazendo sexo com ex-namorados e, especialmente, sobre as mágoas que guardava de sua infância. Eu fingia não ver nada de surpreendente ou vulgar no que ela me contava. Pelo contrário, eu bancava a valentona e procurava mostrar a mamãe que a compreendia, balançando a cabeça para fingir concordar com coisas que eu mal sabia o que eram. Mamãe nunca percebeu que eu fingia. Ela simplesmente continuava falando, entretida em suas próprias histórias.

A parte divertida da noite era que, invariavelmente, o passado de mamãe tornava-se uma coisa positiva para ela, uma espécie de aventura. Mas eu sabia que essa abordagem positiva duraria pouco, era um efeito colateral antecipado da droga que logo viria. Mais tarde – do outro lado de sua euforia, quando a droga começava a perder seu efeito –, essas mesmas lembranças a deixariam deprimida. Eu estaria com ela também nesses momentos. Se eu não me dispusesse a ouvi-la quando ela precisava confiar em alguém, quem o faria? Mas primeiro havia aquela breve, porém maravilhosa, janela do tempo enquanto aguardávamos a volta de papai. Enquanto mamãe contava suas histórias, eu ia dando de vez em quando uma espiada pela janela, sentindo um prazer extraordinário.

"Caramba, naquela época eu vivia viajando! Sim, o ácido pode confundir totalmente a cabeça da gente, Lizzy. Especialmente quando se está num show de música. Não tome ácido, sim, Lizzy? Ele faz você pensar um monte de besteiras. É muito louco."

Antes de os passos pesados de papai no corredor se fazerem ouvir, mamãe pegava colheres nas quais colocaria o pó para ser dissolvido em água morna. A água era colocada em velhas tigelas de plástico, que eram usadas para se tomar sopa. Ela colocava tudo ao lado de cadarços de sapato, que eram usados para facilitar a injeção na veia; cada um deles sempre usava sua própria seringa para injetar a droga. A nossa conversa prosseguia enquanto ela ia examinando as agulhas, colocando-as sob a forte luz fluorescente antes de colocá-las de volta sobre a superfície preta da mesa de fórmica da cozinha. Vê-la realizar sua "tarefa" fazia parte da rotina.

"Pois é, eu vivia recebendo propostas para ser modelo. Mas a maioria dos agentes queria sexo. Tome cuidado com esses tipos de caras, eles estão em toda parte. Apenas uma transa rapidinha", – ela fazia uma pausa para esguichar água da seringa para testá-la. "Sim, estou te avisando, os homens podem ser apenas sacos de porra, mas de qualquer maneira eu me divertia um bocado." Enquanto ela falava, meus olhos seguiam as manchas de sangue salpicadas na parede atrás dela, das vezes em que as agulhadas não acertavam as veias. Se não fosse pela falta de esterilização, o ritual poderia parecer o de uma enfermeira dispondo os utensílios médicos para a realização de uma pequena cirurgia. Em breve, papai chegaria com o pequeno embrulho em papel metálico – o remédio para a doença de ambos.

Toda noite era a mesma coisa. Enquanto mamãe e papai injetavam em si mesmos suas doses de cocaína, funcionando como uma equipe com o mesmo propósito, eu ficava por perto e compartilhava a noite com eles. Enquanto Lisa dormia, eu os tinha só para mim, e ajudava a mantê-los em segurança. E, mesmo drogados, eles continuavam ali, a meu alcance.

As reações de mamãe e papai ao pó eram sempre as mesmas: olhos esbugalhados, como se em choque permanente, e movimentos rápidos involuntários, como se fossem choques elétricos em suas faces. Por algum reflexo, mamãe era impelida a ficar dando voltas, fungando, apertando os dedos e falando para o teto. Quando entrava nesse estágio, nunca fazia contato com os olhos.

Mais ou menos 20 minutos depois, quando começava a passar o efeito prazeroso da droga, o lado negativo de mamãe retornava. A mudança de perspectiva de suas narrativas refletia isso.

"Ele prometeu – papai *jurou* que ia nos tirar de lá. Ele ia nos levar para Paris, Lizzy. Você sabe, eu era sua filha preferida, eu sabia disso e Lori também sabia. Todo mundo sabia. Sua favorita. Você sabe, ele quebrou minha clavícula quando eu era pequena, tentou me jogar pela janela!", ela gritava, com os olhos fixos no teto da sala. A dor que mamãe sentia ao lembrar seu passado me cortava o coração, e eu desejava ardentemente poder afastar todo mal que seus pais haviam lhe causado. Eu queria mais do que tudo poder remover sua dor.

Atrás dela, papai mexia e remexia seus "instrumentos de trabalho", limpando-os uma vez e mais outra com movimentos extremamente lentos – esvaziando coisas, errando o alvo e se atrapalhando, com a mente confusa pelos efeitos da droga.

"Era o álcool que deixava papai assim, Lizzy. Ele sempre pedia desculpas por isso. Ele me amava. Você acredita que ele me amava, não acredita?", mamãe perguntava, chupando sua garrafa de cerveja. Era quando ela começava a chorar.

Muitas vezes, ela puxava sua camiseta pela gola para expor a diferença entre uma clavícula e outra. Um dos ossos se projetava para fora, desconjuntado de seu par desde a colisão contra a parede, quando era bem pequena. O medo estampado em seu rosto, sempre muito real, dizia-me que ela estava de volta ao mesmo lugar quando revivia a experiência. Ela se drogava para aliviar a dor, para fugir, mas de alguma maneira a droga sempre a levava de volta à mesma experiência, como se estivesse acontecendo de novo, bem ali em nossa sala de estar.

"Eu amo você, mamãe. Estou aqui com você", eu lhe garanto. "Nós todos aqui te amamos, mamãe."

"Eu sei, Lizzy." Mas eu sabia que minhas palavras nunca a atingiam. A tristeza dela tinha uma camada demasiadamente espessa, e a colocava a uma distância enorme de tudo e de mim.

Enquanto mamãe falava, eu abria mão de minhas próprias necessidades – meu sono, meu dever de casa, a televisão e meus brinquedos, abandonados em meu quarto às escuras. A dor dela me encobria com sua premência, ao ponto de ficar difícil eu perceber, em relação a idade e diferença de idade, alguma distância entre nós.

Assim, eu me acostumei a falar com ela como se fosse uma amiga, mesmo sem saber exatamente o que lhe dizia. Eu insistia: "Com certeza, ele amava você; ele era seu pai. Acho que era a cerveja que o fazia ser mau, mamãe. Se ele tivesse conseguido parar de beber, ele seria um bom pai para você". Se isso significava algum consolo para mamãe, tinha pouca duração. Em meia hora, no máximo, ela vestia seu casaco bege, com os punhos sujos, e secava as lágrimas para voltar às ruas escuras em busca da próxima rodada. No quarto deles, à luz da iluminação fraca que vinha da rua através da janela, papai caía em estado de catatonia, deteriorado pelos muitos estados de euforia que tivera a essa altura da noite, mas tendo ainda alguns repentes ocasionais provocados pela ação do pó que circulava por sua corrente sanguínea.

Eu voltava para meu posto de vigília junto à janela, para ter a certeza de que mamãe estava subindo a University Avenue. "9-1-1", eu contava para mim mesma, enquanto ela se desviava da avenida para voltar ao Aqueduct Bar e retomar, mais uma vez, toda a rotina.

Quando ela saía de meu raio de visão, eu contava cada meia hora pelos programas noturnos de humor de que eu gostava, o *Cheers* e o *The Honeymooners*. A televisão me fazia companhia nos intervalos entre um e outro ciclo de minha mãe e meu pai. Eu costumava passar as noites assistindo primeiro a esses programas, depois à sessão de comerciais e, finalmente, ao noticiário da manhã, por volta das cinco horas. Quando eu me preparava para ir dormir, uma mancha azul-clara tingia o céu da manhã. A essa hora, os bares já haviam fechado suas portas e, portanto, as únicas pessoas que continuavam na rua eram as prostitutas, os moradores de rua e os viciados em drogas – todos tão duros e alvos tão inúteis de pedidos de esmola quanto a própria mamãe. E assim ela finalmente voltava para a segurança do lar. Finalmente em segurança, ela desmoronava na cama ao lado de papai e a exaustão vencia a necessidade de droga. Na verdade, a exaustão era uma das poucas coisas certas. Quando eu tinha a certeza de que ela estava em sua cama, eu podia finalmente relaxar e, então, todos podíamos ter algumas horas de sono.

Ao amanhecer, os únicos ruídos em nosso apartamento eram os sons típicos que acompanhavam o noticiário da manhã e os roncos de mamãe. Eu me preparava para dormir, vestindo a camisola azul enviada de Long Island e vendo os corpos de mamãe e papai subirem e descerem enquanto respiravam, mamãe totalmente vestida e papai de cuecas. Eu desligava a televisão e me enfiava na cama, sabendo que, se não precisassem tanto de drogas, mamãe e papai passariam mais tempo com Lisa e comigo. Eles tornariam as coisas mais fáceis, se pudessem!

"Liz, você vai ou não levantar da porcaria desta cama?", Lisa não tinha qualquer paciência com a minha preguiça para sair da cama desde o meu tempo de jardim da infância. Quando então eu estava na primeira série escolar, ela passou a me tratar com franca hostilidade.

"O mesmo inferno todos os dias! Vamos, levante já desta cama!", ela puxava as cobertas de cima de mim, fazendo meu corpo tremer de frio. Do lado de fora da janela, as crianças corriam para pegar o ônibus. Uma mulher de capa de chuva azul soprava seu apito para chamá-las à ordem. Eu não tinha dormido mais que duas horas.

Todo dia, movida por alguma força misteriosa em seu interior, Lisa acordava antes de seu despertador tocar, jogava água na cara e pegava uma das duas ou três blusas gastas do gancho fora de seu armário. Já vestida, ela começava a costumeira batalha contra mim antes de sair.

Ela começava de maneira delicada, cutucando-me no ombro e chamando: "Lizzy, é hora de levantar... Liz, já é de manhã", procurando me encorajar de forma suave. Mas logo ela percebia que teria que agir com mais firmeza para me acordar e muito mais ainda para me fazer sair da cama e me vestir.

Lisa passou meses arrancando os lençóis de cima de mim, por dezenas de vezes, expondo meus braços e pernas ao choque do frio em nosso apartamento raramente aquecido. Para me defender, eu enroscava meu corpo formando com ele uma bola e me agarrava ao travesseiro enquanto ela o puxava pela outra ponta, tentando me fazer soltá-lo. Naqueles momentos, eu a odiava mais que a ideia de ir à escola; mais que as caras horríveis das crianças que atormentavam minha mente o tempo todo em que eu lutava para ficar em casa. E eu me ressentia especialmente pelo prazer que ela tinha em assumir voluntariamente o papel de figura disciplinar.

"Eu sou sua irmã mais velha", ela berrava. "Você tem que me obedecer. Vou jogar água fria em sua cabeça se você não *levantar já seu traseiro* daí!"

E ela cumpria suas ameaças. Uma vez ela despejou um copo de água gelada em minha cabeça, deixando-me furiosa, mas havia dias em que, nem eu estando molhada ou gelada, ela conseguia me arrancar da cama.

Naquelas manhãs em que passara a noite acordada com mamãe e papai, parecia que eu tinha acabado de deitar minha cabeça no travesseiro quando Lisa vinha para cima de mim, furiosa e frustrada. Naquela manhã específica, resmungando, eu vesti a roupa que havia jogado ao lado da cama na noite anterior, andando para lá e para cá nas pontas dos pés para não acordar mamãe e papai. Mas Lisa parecia nem perceber que eles estavam dormindo. Ela gritava as horas a cada cinco minutos para me dizer que nos atrasaríamos se eu não me apressasse. Lá fora, o ar gelado batendo em meu rosto despertou-me um pouco mais; mas a iluminação fluorescente e a barulheira nas salas de aulas da Escola Pública 261 tiveram efeito contrário. Deixaram-me sonolenta e, com isso, minha cabeça vagava; a essa altura, minha vontade de aprender já tinha ido para o espaço.

A cada dia, a professora McAdams ditava lições de leitura, e eu já conseguia fazer isso mais ou menos por conta própria. Mamãe já havia lido para mim o livro *Horton Hears a Who!* na hora de dormir, em quantidade suficiente para eu saber lê-lo sozinha e, assim, também outras coisas, como as lições da terceira série de Lisa e um pouquinho dos livros policiais de verdade que papai largava por todos os cantos do apartamento. Isso me ajudava a ignorar as lições passo a passo de ortografia e gramática e, também, a deixar-me levar pelo cansaço. Então, meus olhos vagavam pela sala, viam tudo balançando e acabavam se fechando.

Eu me perguntava, ainda semidesperta, se mamãe já havia se levantado. E, se tivesse, estaria assistindo ao *The Price Is Right* sem mim? Estaria com disposição para dar uma caminhada? Se eu estivesse em casa, ela me levaria junto?

Quando a professora McAdams terminou a lição de leitura, ela revisou alguns problemas de matemática que eu, absolutamente, não me lembrava de algum dia ter visto. Cada minuto na aula parecia uma hora. Enquanto ela falava, eu aproveitava o tempo para inventar os motivos que daria à enfermeira da escola para ser mandada mais cedo para casa: dor de estômago, gripe, febre, peste. Eles não eram totalmente falsos. Toda vez que os olhos da professora McAdams percorriam a sala em busca de alguém para aleatoriamente pedir que respondesse a uma pergunta, eu sentia umas pontadas tão fortes em meu estômago que achava que fosse vomitar.

Quando a sirene finalmente tocou, tratei rapidamente de enfiar minhas coisas na mochila. Eu procurava sempre sair antes do restante dos alunos, porque eles me deixavam nervosa. Andar no meio deles só fazia aumentar a tensão por todo o meu corpo. Pelo menos mamãe havia conseguido eliminar todos os piolhos da minha cabeça, usando Quell e pente. Mas eu continuava sendo totalmente diferente de todos eles. Eles sabiam disso e eu também; seus olhares deixavam isso bem claro. Minhas roupas sujas pendiam pesadamente de meu corpo. Minhas meias tinham sempre semanas de uso e minhas calcinhas eram usadas até o elástico se desfazer. Eu sabia que fedia e que, portanto, eles também sabiam.

Quem se importa com o que os outros pensam? Papai havia dito. *Isso é problema deles.* Eu tentava convencer a mim mesma de que o julgamento deles não importava. De certa maneira, eu estava amadurecendo muito mais rapidamente que todos eles – quem mais, com apenas seis anos de idade, podia dizer palavrões em frente a seus pais, ir para a cama à hora que quisesse, saber tudo sobre sexo e saber demonstrar, cruamente, como se injetava drogas? Esse conhecimento me fazia ter uma sensação de maturidade diante deles. Mas, ainda assim, e de maneiras que eu não saberia apontar, as outras crianças pareciam muito mais aptas que eu a estarem *juntas*, uma vez que elas podiam ser crianças. Intimidava-me a facilidade com que elas se misturavam e faziam amizades, ou levantavam a mão para responder às perguntas da professora, transmitindo tanta confiança. Talvez eu estivesse crescendo mais rapidamente, mas talvez eu também estivesse pulando muitas etapas do percurso, tomando atalhos que me faziam sentir fora de lugar, com muitas falhas. Diferente.

Era a sensação de ser diferente que me atormentava na sala de aulas, aumentava o meu cansaço e provocava pontadas em meu estômago. Eu sempre me sentia grata quando o dia terminava e eu podia finalmente ir embora.

Em pouco tempo, eu estava de volta à rua e, depois de uma rápida caminhada, em casa, deixando a escola finalmente para trás. Eu ficava feliz de poder estar em outro lugar onde pudesse descansar. E era o que eu fazia, por toda a tarde até o começo da noite; eu dormia no sofá para poder estar no centro do apartamento, no meio de tudo.

No mês seguinte, dezembro, depois de semanas explicando para mamãe como a escola me deixava deprimida, ela permitiu, contrariando o que ela dizia ser sua opinião, que eu ficasse em casa a maior parte do tempo. Juntas, nós voltamos a ver nossos programas de concursos na TV e a comer sanduíches de maionese no sofá. Papai dormia até o começo da tarde e ficava furioso toda vez que acordava e me via em casa. "Lizzy, você de novo em casa?", ele gritava, como se fosse surpresa o que já havia se tornado rotina normal. "Na próxima vez, você tem que ir à escola, sim?", ele dizia, sem nunca cumprir sua parte, que era me acordar na manhã seguinte. Ele me via em casa dia após dia e simplesmente balançava a cabeça, em reprovação.

Em uma manhã de quinta-feira, quando faltavam três semanas para acabarem minhas férias, depois de Lisa ter perdido a batalha para me obrigar a levantar e, finalmente, depois de ter saído para a escola, eu ouvi fortes batidas na porta. Eu era a única que estava acordada para ouvir. Ouvi duas pessoas conversando no corredor: uma mulher e um homem. Eles voltaram a bater, com mais força dessa vez, fazendo meu coração disparar. Eu fui pisando nas pontas dos pés até a cama de meus pais. Em seu sono, nenhum deles se mexeu. Então, ouvi vozes vindas do corredor, falavam de mau cheiro. Eu sabia que eles estavam se referindo ao nosso apartamento. Fazia uns seis meses que mamãe e papai não o limpavam direito. A sujeira se acumulava por todas as partes. O vidro quebrado de uma janela em uma noite na qual mamãe havia tido um chilique, fazendo um corte profundo em sua mão ao esmurrá-lo, continuava quebrado. O máximo que conseguimos fazer para impedir que a chuva e a neve entrassem na cozinha foi cobrir a janela com um saco plástico fixado com fita adesiva. Mas aquele arranjo não funcionou e a cozinha ficava molhada sempre que chovia, e o apartamento, gelado. Lisa e eu ficamos resfriadas naquele inverno. A geladeira também estava quebrada e papai colocava as embalagens de leite e requeijão no peitoril da janela. Mas o mau cheiro que as pessoas ali no corredor estavam sentindo devia ser o que vinha da banheira.

O ralo da banheira estava entupido. Mas Lisa tomava banho de chuveiro nela mesmo assim; usava um balde para retirar apenas o suficiente da água suja e depois o colocava virado, para subir nele e tomar seu banho em uma pequena ilha em meio a toda sujeira. Ela fazia isso repetidamente, mas a água que usava continuava ali parada e, com os meses, ficou escura. Um limo sujo também havia se acumulado nas bordas da banheira. Quando mexida, aquela água exalava um cheiro fétido.

As batidas foram interrompidas e as pessoas das vozes enfiaram um pedaço de papel por baixo da porta. Passados alguns minutos, ouvi-os indo embora.

Pela janela do meu quarto, eu espiei para a rua lá embaixo. Um homem escuro carregando uma pasta e uma mulher de pele bronzeada usando um casaco comprido aproximaram-se de um carro estacionado em fila dupla. O homem olhou para cima e eu me abaixei, certa de que ele havia me visto. Mas eles simplesmente foram embora.

Lentamente eu andei nas pontas dos pés até a porta e peguei o papel. Era uma ordem aos pais ou responsáveis por Elizabeth Murray para telefonarem para um tal Sr. Doumbia, a respeito do fato de ela não estar frequentando a escola. Havia um número de telefone no rodapé da página, ao lado de um desenho em que um adulto parecia estar segurando a mão de uma criança. Eu não sabia exatamente o que significava frequentar a escola, mas entendi perfeitamente que tinha a ver com o fato de eu não aparecer por lá.

Eu verifiquei duas vezes para ter a certeza de que meus pais não ouviram nada, antes de dobrar o papel e rasgá-lo muitas vezes até transformá-lo em pedacinhos, que coloquei em diferentes partes do lixo, sob coisas úmidas, cascas de banana e latas de cerveja, onde não podiam absolutamente ser vistos.

Uma noite, mamãe entrou em casa dizendo que tinha acabado de fazer uma nova amizade na vizinhança com uma mulher chamada Tara.

"Eu estava na fila para comprar um saquinho de cocaína quando vi aquela senhora *branca* lá, parada. Isso é raro, vocês sabem. Por isso, comecei a falar com ela." Mamãe fez uma pausa, parecendo decidir naquele momento ali em nossa sala: "Eu gostei dela".

Elas se entenderam tão bem que saíram dali e foram juntas se drogar no apartamento de Tara, na esquina da Rua 233 com a Broadway. Depois disso, mamãe, Lisa e eu passamos a ir lá regularmente.

Tara tinha cabelo loiro cortado ao estilo *mullet* e um leve tique facial quando se irritava. Com seus blusões largos e seus jeans clareados e rasgados, ela poderia ser tomada por alguém sempre a caminho de um show de uma banda de rock dos anos 1980, se não fosse por sua idade, que devia ser quarenta e poucos anos. A filha de sete anos dela, Stephanie, era maluca, dando chiliques imprevistos a qualquer momento; por suas costas, Lisa e eu vivíamos tirando sarro dela. Com sua pele cor de oliva, olhos pequenos e escuros e cabelo liso preto-azeviche, Stephanie devia parecer mais com seu pai, com quem Tara não tinha contato. Mamãe disse que ele havia sido mais ou menos famoso por ter atuado em uma comédia dos anos 1970. Mas, mesmo com todo o dinheiro que ele ganhava, não dava quase nada para Stephanie, segundo Tara.

No apartamento de Tara, Lisa, Stephanie e eu brincávamos com seus brinquedos e assistíamos a desenhos na televisão, enquanto ela e mamãe se drogavam na cozinha. A falação delas enquanto preparavam as drogas no apartamento de Tara não tinha nada a ver com o silêncio que mamãe e papai faziam em nossa casa; Tara falava o tempo todo. Antes disso, eu sempre achei que havia alguma razão técnica para eles se manterem tão calados. Mas, vendo o quanto mamãe e Tara falavam, suspeitei haver algum outro motivo e fiquei me perguntando se papai e mamãe se davam realmente tão bem quanto eu supunha.

No tempo que passavam juntas, as conversas de mamãe e Tara giravam sempre em torno dos três mesmos assuntos: o pai de Stephanie, a qualidade da droga e o método de cada uma chegar ao estado de euforia. Tara cheirava sua cocaína; descobri que isso era o que a maioria das pessoas fazia com a droga. Quanto a isso, mamãe e papai eram diferentes. Eu ouvia mamãe explicar para Tara quase todas as vezes em que ela via mamãe usar a seringa.

"Caramba, Jeanie, como você consegue aplicar isso em você mesma?"

"É melhor que deixar o pó acabar com seu nariz. Você acha que eu vou querer que o meu nariz não tenha mais cartilagem quando eu chegar aos 50 anos?", mamãe perguntou.

"Pois é, Jean, ele acha que criar um filho é tão simples quanto enviar um cheque quando lhe dá na telha, o que, aliás, nunca acontece. Bem, você sabe que a coisa é muito mais complicada."

Eu percebi que mamãe não era muito de conversar com pessoas que conhecera recentemente, pelo menos não quando estava drogada.

"Eu entendo", era tudo o que ela normalmente dizia em resposta; mas era o suficiente para Tara continuar falando.

"Pois bem, ele vai ficar maluco quando eu o processar e ele ficar sem calças. O Sr. Grande Homem, ele não vai se livrar dessa", ela insistia, com dois dedos apontados e um cigarro entre eles.

Acontece que mamãe e Tara tinham muitas coisas em comum. Ambas tiveram pais ausentes e violentos e depois tiveram filhos quando ainda não estavam minimamente preparadas para isso; e, além do mais, ambas eram dependentes de programas sociais do governo. Acima de todas as drogas, ambas preferiam o "barato" que a cocaína lhes proporcionava. Mas diferiam em um sentido de máxima importância: os métodos que elas usavam para sustentar seus vícios. Tara ofegava de maneira dramática ao ouvir mamãe falar do quanto odiava ter que, a cada mês, esperar pelo dinheiro do governo e de como achava mais fácil "dar" para os caras dos bares ou pedir dinheiro para as pessoas na rua.

"Quando faço isso, pelo menos sei que não vou ter que esperar. Detesto ter que esperar", mamãe enfatizava.

Tara chamava esse método de mamãe arranjar dinheiro de "esmolação", e dizia que não era digno de nenhuma delas. Mas mamãe não estava nem aí para seu orgulho quando precisava se drogar.

"Ah, não, por favor, Jean. Nós vamos ter que dar um jeito nisso. Você precisa conhecer Ron", ela disse para mamãe. "Ele toma conta de mim e, provavelmente, também vai ajudar você. E você não vai mais ter que esmolar. Isso é horrível", ela insistiu.

Todas nós conhecemos Ron já no domingo seguinte. Ele era um homem mais velho, por volta de 65 anos, muito magro, pele clara e enormes olhos castanhos. Usava uma jaqueta parda com reforços nos cotovelos. Ele usou outro tom de voz para falar conosco, as crianças.

"Olá, vocês, senhoritas, como estamos todas, hoje?", ele disse ao sentarmo-nos todas em fileira no sofá da sala de Tara. Era um começo de tarde e os raios de sol penetravam através das cortinas transparentes.

Stephanie se levantou para ir abraçar a perna dele. Lisa e eu estávamos um pouco tímidas e retraídas. Ele procurou conquistar a nossa simpatia nos oferecendo balas. Eu peguei três balas de manteiga do punhado que ele nos ofereceu e comecei a desembrulhar uma, rapidamente. Ele sorriu e passou a mão na minha cabeça.

"Você é uma boa menina", ele disse.

Lisa continuou calada e segurando a bala na mão até Ron voltar para a cozinha. Ele piscou para ela ao sair da sala. Ela se virou para mim.

"Não coma esta porcaria", ela disse, arrancando as balas de minha mão.

"Por que não?", eu choraminguei.

"Nós não sabemos quem ele é, é por isso."

"Você sempre tem que estragar tudo!", eu gritei.

De cara, Lisa não gostou de Ron. "Ele é um estranho", ela continuou me lembrando. "Nós não o conhecemos. Temos que tratá-lo como um estranho."

Mas como ele podia ser um estranho se era amigo de Tara? E um estranho nos levaria para comer fora? Compraria balas e nos levaria para passear em seu enorme carro vermelho? E, especialmente, mamãe se daria tão bem e tão rapidamente com um estranho?

Ron pagava pela maior parte das drogas que Tara consumia, e ela achava, acertadamente, que ele faria o mesmo para mamãe.

Enquanto Lisa, Stephanie e eu nos estiramos de bruços no carpete fofo da sala diante da TV para assistirmos a desenhos, Tara apresentou mamãe a Ron na cozinha. Logo, os três entraram no quarto de Tara, trancaram a porta e só saíram de lá muito tempo depois. De vez em quando, ouvia-se uma risadinha ou uma batida, mas era impossível saber o que eles estavam fazendo. Ron foi o primeiro a voltar para a sala.

"E agora, qual das minhas meninas está com fome?", ele perguntou, esfregando as mãos.

Ron nos levou para comer em um restaurante da Broadway, o International House of Pancakes, não longe do apartamento de Tara. Ele nos surpreendeu ao dizer que podíamos escolher o que quiséssemos – coisa que nem Lisa nem eu sabíamos o que era. A ideia de poder comer sem restrições nos pareceu irreal. Eu pedi uma quantidade de panquecas que nem nós duas juntas conseguiríamos comer. E Lisa pediu a mesma coisa. Eu me diverti despejando quase todo o vidro de melado sobre a porção que não comi. E ninguém percebeu. O hábito de Stephanie de pedir ovos repugnou tanto a Lisa quanto a mim; nós já havíamos comido ovos pelo resto da vida. Entre uma garfada e outra, Stephanie batia com o garfo na mesa e jogava as pernas para todos os lados.

Mamãe, Tara e Ron conversaram aos sussurros durante o almoço. Ron era o que mais falava, inclinando-se para lhes dizer algo em particular enquanto colocava a mão sobre as coxas delas, coisa que deixou mamãe incomodada.

Nossa próxima parada foi em uma área desolada do Bronx, perto de prédios incendiados e abandonados, onde homens parados nas esquinas usavam joias vistosas e dançavam ao lado de seus enormes rádios. Ron tirou dinheiro do bolso de sua camisa e entregou-o a Tara e a mamãe; mamãe disse para Lisa e eu ficarmos no carro de Ron. Ela e Tara se dirigiram aos homens e deram dinheiro a eles; e, com isso, eu soube que elas estavam comprando drogas. Ron se virou para falar conosco enquanto esperávamos.

"O que é que vocês, meninas, fizeram para ficar tão bonitas?", ele perguntou. "Fica parecendo um carro lotado de supermodelos."

Stephanie desatou a dar risadas. Eu me concentrei em mamãe.

Alguma coisa naqueles homens com quem ela e Tara conversavam me deixou nervosa. Eu fechei bem os olhos e só voltei a abri-los quando ouvi a voz de mamãe entrando no carro. Quando o carro já havia voltado a andar, Tara disse a Ron que cada uma delas havia conseguido um "dime bag", que era uma porção equivalente a 10 dólares de droga.

Por mais que mamãe já tivesse dito a Tara que Lisa e eu sabíamos tudo sobre drogas, ela continuava sendo discreta em nossa presença, e também na de Stephanie.

"Dime bag", Lisa repetiu, "Tara, eu sei como se escreve".

"Oh, fique quieta, Lisa", ela rebateu.

De volta ao apartamento de Tara, com Ron fazendo-lhes companhia, ela e mamãe ficaram horas se drogando.

Ron começou a aparecer em seu carro vermelho coberto de poeira todos os domingos para nos buscar no apartamento de Tara. Nossos passeios se tornaram a coisa pela qual eu passava a semana inteira esperando. Não me importava com qualquer outra coisa que pudesse acontecer, eu pensava no próximo domingo e contava os dias que faltavam até lá. Mas, a exemplo de mamãe, eu escondia meu entusiasmo e nunca falava, perto de papai, das horas que passávamos com Ron. Mais por instinto que pela razão, eu sabia que mamãe não queria que papai soubesse de nossas saídas. Ele só sabia que passávamos algumas horas com amigas de mamãe.

Ron devia esperar tanto quanto eu pela chegada do domingo, porque nunca se atrasava para chegar ao apartamento de Tara. Chegava pontualmente às 11 horas da manhã e dava três buzinadas. Andávamos sem rumo por várias horas. Tara colocava o rádio para tocar em alto volume e nós cantávamos todos juntos.

Novamente íamos à casa das panquecas, onde nos fartávamos de tanto comer panquecas, salsichas e tomar suco de laranja, enquanto Ron sussurrava mais histórias misteriosas nos ouvidos de Tara e mamãe, histórias que as faziam dar risadas com a cabeça virada para trás.

"É quando você tem que dar a volta por cima se quiser salvar o próprio TRASEIRO", Tara acrescentou a algo que ele havia dito, batendo com seu punho na mesa e fazendo tilintar nossos garfos e facas.

"Tara, você é demais! Só você, cara", mamãe respondia. Sempre agitada, Stephanie não parava de espernear em sua cadeira. Toda vez que elas não estavam olhando, os olhos de Ron perfuravam as camisetas de mamãe e Tara.

Um dia, quando Tara estava ocupada com algum outro afazer, nós nos encontramos com Ron sem ela e Stephanie. Ele sugeriu que mamãe, Lisa e eu fôssemos para a casa dele, no Queens.

"Vamos, Jean." Ele procurou persuadi-la já na frente de nosso prédio, passando os braços em volta de sua cintura. "Podemos pegar uma porção. Você vai gostar de minha casa, é muito confortável."

O percurso até sua casa era longo; foi a primeira vez que lembro perfeitamente ter andado em uma autoestrada. Os carros passavam zunindo por nós e aquilo era uma grande aventura para mim, mas Lisa caiu no sono.

Sem a presença de Tara, mamãe e Ron pareciam não saber o que dizer um ao outro. Ron ligou o toca-fitas e a voz melosa de um cantor de música country encheu o carro. Mamãe se revirou em seu assento por toda a viagem silenciosa até lá. Uma vez, achei que vi Ron passar a mão na coxa dela, mas mamãe mudou de posição tão rapidamente que não deu tempo para eu ver claramente.

A casa de Ron era uma verdadeira mansão, com dois andares, jardim na frente e garagem. A sala de estar era separada da sala de jantar por uma grossa parede de vidro quadriculado, e havia vasos de plantas que, pendurados em ganchos, desciam por sobre um grande piano preto. Tudo ali era feito de madeira clara lustrosa. Ron e mamãe foram diretamente para a cozinha. Lisa ligou a televisão e nós ficamos vendo desenhos, sentadas em seu enorme sofá de couro.

Horas depois, eu acordei com a mão áspera de Ron sobre meu ombro.

"Vamos, meninas, acordem!"

"Cadê mamãe?", Lisa quis saber.

"Ela foi comprar uma cerveja, mas não vai demorar."

Era a primeira vez que eu via Ron de shorts. Por que mamãe havia nos deixado ali?

"O mercado fica um pouco longe daqui e, por isso, leva um tempinho. Ela me pediu para tomar conta de vocês duas; disse que vocês estão precisando tomar um banho", ele disse, batendo palmas e baixando o tom de voz com uma seriedade que me soou falsa.

Como era normal eu passar um ou dois meses sem nem mesmo escovar os dentes, achei aquilo estranho. Certa vez, quando eu estava ajudando a distribuir as folhas de provas na sala de aulas, minha professora notou uma mancha de sujeira no meu pescoço e me disse que, quando tomasse banho à noite, escovasse com mais força ali. Apesar de a banheira entupida lá de casa me impedir de tomar banho, eu tomei a iniciativa de pegar um pano e esfregá-lo bem no pescoço. Rosquinhas de sujeira rolaram por cima de minhas mãos.

Por isso, como não dava para se usar a banheira lá de casa, eu achei que talvez mamãe quisesse que aproveitássemos a oportunidade para nos banhar ali.

Ron ficou olhando do toalete enquanto Lisa e eu entramos juntas na água cheia de espuma de sabonete. Assim como eu nunca tinha visto Ron de shorts, também nunca o vira sem seu casaco de tweed. Ali, no banheiro enfumaçado, eu percebi que, sem o casaco, ele era ainda mais magro, de uma maneira quase feminina, com grandes mamilos que transpareciam de sua camiseta. Eu queria que ele voltasse a vestir o seu casaco e fosse embora dali. Os azulejos brancos reluziam de tão limpos e todo o banheiro exalava uma fragrância de limão. Enquanto nos banhávamos, os olhos dele ficaram grudados em nós, no ponto logo abaixo do pescoço. Algo no olhar dele me levou a querer me encobrir. Eu me dobrei como uma bola, puxando os joelhos para junto do peito. A cara de Lisa parecia expressar algo que estava entre preocupação e raiva.

"A mãe de vocês pediu para ver se vocês duas estão se lavando direitinho", ele disse. "Eu quero ver se vocês estão se lavando de maneira a deixar cada parte absolutamente limpa. Vejamos esses pés. E essas pernas. Quero vê-las acima da água, ou então vou considerá-las não completamente limpas."

Cumprindo as ordens dele, Lisa e eu erguemos os pés, os tornozelos, as pernas e as coxas acima da água para esfregá-los.

"Agora, as partes mais difíceis de ser lavar são as partes íntimas. Vocês terão, portanto, que se erguer assim para o alto e lavar cada dobrinha. Vamos lá, quero ver vocês lavando bem essas partes."

"Como?", eu perguntei.

"Ora, usando as mãos para se erguer e colocar as partes íntimas acima da água", ele disse com impaciência.

"Eu sei tomar banho sozinha", Lisa disse irritada. "Você não precisa ficar olhando pra nós." Ron salivou e seus olhos percorreram rapidamente todo o banheiro; era a primeira vez que ele os tirava de nossos corpos.

Eu já havia erguido as nádegas para fora da água e estava lavando as partes íntimas quando Lisa falou. Eu me perguntei por que ela havia demorado tanto para se manifestar. Dava para perceber sua raiva desde que ele nos mandou entrar na banheira.

"Mas Lisa, eu estou só lembrando", ele disse com cuidado. "É claro que Liz também sabe, não sabe, Liz?"

As únicas coisas que eu sabia era que Lisa estava furiosa, mamãe não estava ali e eu estava ficando nervosa com os olhos dele grudados em mim.

"Saia daqui! Nós ficamos bem sozinhas!" De repente, Lisa berrou.

"Tudo bem, se é o que vocês querem. Eu suponho que a irmãzinha maior vai cuidar de tudo aqui", Ron saiu dizendo.

"Vá pro inferno!", Lisa berrou.

Então ele fechou a porta atrás de si. Lisa e eu nos vestimos sem dizer mais nada.

Cinco semanas depois, mamãe apresentou seu primeiro distúrbio mental em um período de mais de seis anos, e Lisa e eu fomos levadas à força ao serviço de assistência familiar para sermos examinadas, em uma noite da qual consigo lembrar apenas alguns fragmentos.

Deitada reta de costas, eu fiquei vendo o médico pegar uma luva de látex de uma caixa – apenas uma. Ao enfiá-la na mão, a luva produziu um estalido. Eu nunca vira aquilo antes, alguém usar apenas uma luva. Eu ia dizer a ele que havia se esquecido de colocar a outra. Mas, antes de eu ter uma chance, ele já havia se virado e estava conversando com uma mulher loira. Eu não conseguia ver o balcão, na frente do qual eles remexiam em busca de alguma coisa. Só conseguia ver seus jalecos brancos, as paredes brancas e os papéis brancos que cobriam a ficha com meu nome – Elizabeth Murray –, e, ao lado dele, minha data de nascimento, 23 de setembro de 1980. Tenho seis anos, eu pensei, orgulhosa por saber contar com tanta rapidez. Elizabeth, não Lizzy. Não, aqui meu nome é Elizabeth.

"Você está com fome, Elizabeth? Você comeu alguma coisa hoje? Gostaria de tomar uma sopa ou, quem sabe, comer um sanduíche? Você pode confiar em nós, Elizabeth, seu pai tocou em você?"

Aquela noite já havia sido muito longa; as semanas anteriores ainda mais longas. Mamãe estava fora de si. Tudo começou com seus ataques de raiva. Sem que ninguém tivesse feito nada, ela começou a gritar impropérios para o ar ou a fazer ameaças a ninguém em particular: "Tire suas mãos de mim! Eu vou te matar!".

Então, em um dia ela simplesmente parou e guardou todos aqueles berros e lágrimas em um casaco acolchoado, onde passou a viver sozinha, em um mundo distante. Se alguém tentasse falar com ela, mamãe puxava a ponta da gola com seus dedos esqueléticos. Seus olhos nos eletrizavam, como advertência para que tomássemos cuidado. Ela não nos reconhecia mais.

Quando a polícia chegou para colocá-la dentro da ambulância, ela achou que eles queriam tirar-lhe o casaco. A luta durou pouco, não mais que dois golpes rápidos, metodicamente dirigidos – uma demonstração do treinamento adquirido na academia de polícia. O corredor de nosso edifício se encheu de gritos fantasmagóricos por socorro. As portas dos vizinhos se abriram sucessivamente, da mais próxima até a mais distante. Logo depois, quando o caos passou para as janelas, as trancas foram fechadas da mesma maneira.

"A médica vai apenas fazer um exame. Tudo bem, Elizabeth? Não vai doer; é apenas um pouco desagradável. Seja uma menina corajosa e fique quietinha, sim?"

Um colapso nervoso, eu tinha ouvido alguém dizer. Não era a primeira vez, papai me lembrou; e talvez tampouco a última. Lisa e eu fomos colocadas dentro de uma viatura da polícia – sem papai –, que seguiu em silêncio atrás da ambulância que levava mamãe, com suas típicas luzes vermelhas cortando a noite enquanto subíamos a University Avenue.

Mantive os olhos bem fechados o tempo todo.

Eu nunca disse a ninguém que o colapso de mamãe fora por culpa minha, que eu o havia provocado ao contar o que acontecera. Quando mamãe voltou do mercado com as cervejas para a casa de Ron, Lisa a chamou para dentro do banheiro conosco. Eu achei que ela fosse contar, por isso contei antes e vi o rosto de mamãe se encher de horror. Mamãe saiu correndo para fora do banheiro, furiosa como eu nunca antes a havia visto. Ouvi as bofetadas que ela deu na cara de Ron. Em seguida, levou-nos para casa em uma viagem de trem que parecia não acabar nunca, quando Lisa lhe contou sobre a vez em que, no apartamento de Tara, Ron quis tirar fotos dela. Aquela conversa me deixou envergonhada. Com o cabelo ainda molhado do banho, eu permaneci totalmente em silêncio e dormi no colo de mamãe. Por muitos dias depois daquele, ela não parou de me fazer perguntas.

"Lizzy, conte pra mamãe quando Ron fez você se sentir mal. Por favor, conte pra mamãe, Abobrinha."

A vergonha era tanta que eu não conseguia olhar nos olhos de mamãe, e minha garganta doeu quando eu lhe disse que tinha ficado com medo lá naquela banheira e apavorada quando Ron dera um beliscão no peito de Stephanie por ela ter se comportado mal. Depois contei que, uma vez, Ron havia me ajudado a abrir o zíper, quando estávamos sozinhos no quarto de Tara, e passou os dedos na minha pele. Eu havia ficado paralisada: parecia congelada e só conseguia ficar olhando para o ventilador no teto, ouvindo o estalido que ele fazia a cada volta, contando-os, enquanto ele enfiava os dedos dentro de mim e eu sentia dor. Firmemente presa pela mão livre de Ron, as minhas partes íntimas ardiam. Eu mordia os lábios para não chorar.

Eu contei tudo para mamãe, menos um detalhe – o fato de eu saber que aquilo era errado. Eu sabia que bastava chamá-la para pôr um fim a tudo aquilo. Mas não chamei, porque Ron facilitava a vida de mamãe, de Lisa e a minha. Eu não queria estragar aquilo e, por isso, não a chamei. Quando ele terminou aquilo e voltou para a cozinha com mamãe e Tara, eu peguei a vaselina que encontrei no armário do banheiro e passei-a para aliviar a dor.

Eu sabia que era isso que havia deixado mamãe louca. Eu podia ter feito Ron parar antes de acontecer algo pior, mas não fiz. Depois, mais tarde, quando contei para ela o que Ron fez, foi a gota-d'água. Mamãe pirou.

Agora, uma voz no consultório médico estava dizendo que ela mesma havia provocado o seu colapso com "uso abusivo de drogas"; que ela nunca dera uma chance para que seus remédios contra a esquizofrenia atuassem. Só eu sabia que eles estavam errados. "As meninas precisam ser examinadas", outra mulher, usando salto alto, ordenou a enfermeira. "Você precisava ter ouvido o que a mãe disse sobre o pai delas. Procure um médico para examiná-las. Temos que descobrir o que vem acontecendo."

Com dois dedos apontados para o alto, como um padre abençoando, o médico despejou uma espécie de gel em sua luva. A enfermeira fez subir os estribos de metal da mesa. Cada um deles fez seu próprio ruído metálico ao ser erguido.

"Elizabeth, isso logo vai passar, querida. Você só precisa colocar seus pés aqui em cima. Seja boazinha e fique bem quietinha."

Meus calcanhares se encaixaram no metal frio. Minhas pernas abertas formaram um losango, mandando o avental hospitalar para o espaço – um barquinho de papel a alçar voo provocando uma brisa que me causava arrepios por toda a minha pele e gelava as minhas coxas. Um arrepio percorreu minha pélvis desnuda e o médico puxou sua cadeira para mais perto de mim.

Lá, deitada, eu queria mamãe, a sensação macia de seu cabelo em meus dedos, a sua mão tranquilizadora segurando a minha. Foi quando o médico colocou uma lâmpada quente sobre mim que eu senti mais necessidade de sua proteção, que as coisas voltassem a ser como eram. Se apenas eu tivesse lhe dito antes.

Uma dor aguda me atravessou quando o médico começou a examinar o lugar que minha mãe e meu pai sempre diziam que não devia ser tocado por ninguém e que nem eu mesma nunca havia tocado. Lugar que, mesmo que ninguém acreditasse, papai nunca havia tocado.

Senti um cabo de metal me rasgando ao meio. Consegui soltar apenas um fraco gemido quando os dedos do médico me penetraram. A intrusão do médico me provocou uma dor surda que fez minha coluna se arquear. As unhas da enfermeira me pinçavam enquanto ela segurava meu queixo. Lágrimas escorreram, descendo pelas orelhas.

"Acabou, Elizabeth. Nós vamos sair e você já pode se vestir, querida."

Uma coluna de dor latejava e subiu pelo abdome. Desci da mesa devagar e com cuidado, e vi uma mancha de sangue em minha coxa.

Em algum lugar, em uma sala próxima, minha irmã estava sendo submetida ao mesmo exame.

Eu voltei a sentar sobre a toalha de papel ruidosa e dobrei meu corpo na forma de C para dar uma olhada. Para meu horror, a origem do sangue era um corte vermelho entre minhas pernas. O medo percorreu meu peito. Meus olhos percorreram a sala vazia em busca de algo para cobrir o corte. Peguei rapidamente muitas almofadas de gaze de uma caixa metálica azul e branca. Meus tremores deram lugar a gemidos de pânico.

Minhas lágrimas caíram sobre a toalha de papel e a empaparam. Eu chorava olhando para o teto, enquanto apertava a almofada de gaze sobre o corte, incapaz de imaginar que algum dia eu pudesse voltar a me sentir normal.

Capítulo 3

Tempo de tsunami

Com o surto de 1986, a doença mental de mamãe se mostrou mais ameaçadora do que todos nós jamais havíamos esperado. Ao todo, mamãe teve seis surtos de esquizofrenia em apenas quatro anos, e cada um deles exigiu sua internação por não menos de um mês e não mais de três. No começo, eu considerei os ataques de mamãe como algo a ser temido pelas maneiras que a deixavam alterada e pelas imagens assombrosas que seus episódios ficavam repetindo diante de meus olhos.

Mamãe conversando com os personagens que apareciam na tela de nossa TV, os policiais uniformizados mandados para a nossa sala para levá-la embora, postados entre os nossos móveis, com suas botas pisando em nosso carpete, seus crepitantes aparelhos de comunicação presos a seus fortes cintos de couro. Com o corpo enroscado em nosso sofá, eu fiquei passando os dedos pela ponta de minha camisola cor-de-rosa, enquanto via os policiais juntarem os punhos de mamãe para algemá-la, uma vez que ela jamais ia voluntariamente.

As lajotas do piso da ala dos doentes mentais eram de cor bege para não deixar transparecer a sujeira; a vida de mamãe estava simplificada e restrita ao quarto que lhe fora designado com um leito para dormir, um armário para guardar seus "objetos pessoais" e uma pia para se lavar. Os olhos vazios de mamãe, grandes como dois ovos cozidos, parados, ficavam olhando para o nada à sua frente.

Com o passar do tempo, o vício de se drogar de mamãe duplicou e depois triplicou em frequência. O efeito das drogas estava evidente em cada parte dela, desde a sua capacidade reduzida para formar frases completas até o uso exacerbado do ponto em seu braço que andava sempre infectado, escuro e áspero como uma ameixa seca. Eu comecei a considerar de maneira diferente os meses em que ela passava no hospital psiquiátrico. Enquanto pudesse, mamãe continuaria se drogando; os surtos de esquizofrenia eram a única maneira de fazê-la parar.

Os cartazes espalhados pela escola diziam que a dependência de drogas era uma forma lenta de suicídio. No ritmo em que mamãe estava indo, eu comecei a achar que a internação era a única salvação para ela. E, a cada vez que era hospitalizada, eu tinha a esperança, por mais fútil que pudesse parecer, de que ela permanecesse sóbria.

Toda vez que retornava de um período de internação na ala psiquiátrica do hospital North Central Bronx, mamãe parecia disposta a levar uma vida saudável e sem drogas: com a cintura e as coxas mais grossas, sem as olheiras escuras, seus olhos e seus lindos cabelos negros recobravam o brilho. Ela frequentava regularmente os Narcóticos Anônimos e, naquelas semanas, a caixinha de joias de vidro que papai lhe dera se enchia, de maneira rápida e promissora, de chaveiros com as cores do arco-íris, dados pelo Narcóticos Anônimos para marcar os progressos rumo à libertação das drogas, um dia, uma semana, um mês sem usar drogas. Mas eles pareciam sempre parar por aí.

Tão inevitavelmente como a mudança de uma estação para outra, mamãe começava a dar sinais de outra recaída no vício não indo aos encontros do NA. Ela passava tempo demais na sala diante da TV, pulando de um canal a outro, até passar das seis horas da tarde; ela deixava de ir a um encontro, depois a outro e mais outro e, quando recebia seu pagamento do serviço social, passava a semana inteira se drogando até ficarmos sem nada. Então, dormia por dias seguidos sem atender às chamadas da pessoa do grupo responsável por ela. Como acabou se evidenciando, a cocaína anulava os efeitos de seus medicamentos psiquiátricos e o abuso de drogas sempre a levava de volta à ala psiquiátrica, deixando papai assumir sozinho a responsabilidade por nós.

Papai cumpria essa função a contento. Exatamente como havia sido mais fácil para ela lidar com as finanças quando ele estivera preso, também ele se mostrava capaz de esticar os cheques mensais de uma maneira que eu não imaginava ser possível. Eu constatava com certo grau de alívio, como também de pesar, que nós três podíamos passar o mês inteiro comendo todos os dias a refeição da noite, tendo, normalmente, algo para comer durante o dia também, com o mesmo dinheiro que eu havia passado anos vendo-os gastar em poucos dias. Teria sido possível nos alimentar tão bem o tempo todo? Cantarolando suas velhas canções preferidas, papai passava horas transpirando junto ao fogão para nos preparar bifes de dois dólares acompanhados de purê de batatas ou macarrão. Nos dois dias da semana em que Lisa e eu íamos visitar mamãe, papai dava quatro moedas de 25 centavos a cada uma. Eu sempre guardava a metade no meu cofrinho em forma de ursinho; não muito para qualquer aquisição futura, mas o bastante para eu passar a mão sobre o monte crescente e saber que era meu. No final do período de quatro anos de internações de mamãe, eu descobri que podia contar os períodos de sua ausência pela quantidade de moedas de 25 centavos. Por volta da metade de 1990, mais de uma vez, eu havia acumulado mais de 20 dólares em moedas, até mamãe encontrar e roubar todas as minhas economias. "Moedas malucas", eu passei a chamá-las, por causa da loucura de mamãe. Papai também tinha mais dinheiro, porque, quando mamãe não estava, ele usava drogas de maneira mais controlada, não mais que sete ou oito vezes por semana. Na ausência dela, papai também não fazia tantas corridas atrás de drogas. Ele parecia bastante satisfeito em manter-se sóbrio pelo resto do tempo.

E, finalmente, havia o breve período que se seguia ao retorno de mamãe – antes de os dois voltarem a recair totalmente –, em que se mantinham meio sóbrios. Nós quatro íamos juntos assistir a filmes no cinema Loew's Paradise, mamãe trançava meus cabelos, papai organizava idas diárias à biblioteca e o tapete andava limpo.

Mas, como um pêndulo, eu sabia que mamãe e papai estavam ou inteiramente em um lado – sociais e comunicativos – ou totalmente no outro – distantes e inacessíveis em quase todos os sentidos. Era um tal de ir e vir implacável, e o motivo da mudança era determinado pelos diferentes estágios da doença mental de mamãe. Esse padrão se seguiu até ser quebrado no verão de 1990, época que marcou um período alarmante de oito meses em que os dois se drogaram como nunca antes. Esse período se sobrepôs, não por coincidência, ao ponto mais baixo em que chegou o casamento conturbado deles.

A relação pareceu piorar quando mamãe teve seu período mais longo de sanidade dos últimos quatro anos. A melhora estava durando tanto tempo que não apenas parecia ser permanente como também me fez questionar meu amor por mamãe. Eu me via desejando, quase que diariamente, que ela perdesse a cabeça e voltasse a ser internada, para que alguma coisa, *qualquer coisa*, dissipasse o nevoeiro que se instalara sobre nós.

Foi o último verão antes de eu completar 10 anos, após uma série de brigas diárias e, às vezes, até discussões violentas, quase todas instigadas por mamãe, que se seguiram por todo o mês de junho em que eles dormiram em camas separadas. Os motivos das brigas mais recentes eram, sobretudo, as suspeitas vagas que mamãe tinha dele, declarando-o "imprestável".

"A culpa é *dele*", ela dizia. "Ele é um *dissimulado*."

Embora os médicos tivessem declarado "completa" a recuperação de mamãe em suas últimas três altas, ela mantinha uma imagem vaga e irracional, porém consistente, de papai como dotado de "algo estranho".

"É simplesmente o caráter dele, Lizzy. Você só vai entender quando for adulta."

Diferentemente das muitas coisas que eu sabia serem criações da doença mental de mamãe, com respeito às desconfianças que ela tinha de papai, uma parte minha ficava se perguntando se ela tinha ou não motivos para desconfiar. Quando ela começava a despejar suas críticas violentas sobre ele, eu o defendia, mas uma parte minha ficava pensando em todas as horas que ele passava fora sem dar nenhuma explicação sobre onde estivera. E, às vezes, esta minha vaga lembrança vinha à tona.

Nela, eu tinha talvez seis anos e Lisa, ao redor dos oito. Papai descia conosco um quarteirão de Manhattan e eu vi claramente que estávamos indo para um parque. Ao aproximarmo-nos do parque, ele soltou a minha mão e me empurrou na direção de Lisa. Eu lembro que havia algo nele que me deixou insegura.

"Vá com Lisa, Lizzy. Ela vai levar você para ver Meredith."

Eu fiquei me perguntando para onde estávamos indo e por que papai não vinha conosco ao parque. Eu estendi a mão livre para pegar a de papai, mas ele a afastou. Suas mãos estavam tremendo.

"Vamos, Liz", Lisa disse, puxando-me pela mão. "Vamos ver Meredith. Ela está logo ali adiante."

Uma menina adolescente estava parada no meio da rua na frente de uma entrada para o parque. Ela tinha cabelos castanhos e acenava para nós, sorrindo de um jeito que parecia nos conhecer. Anos mais tarde, Lisa confirmou a veracidade dessa lembrança e disse que, antes de conhecer mamãe, papai tivera outra filha. Nós tínhamos uma irmã, que se chamava Meredith. Papai abandonou-a com apenas dois anos de idade.

Eu não me lembro de ter ouvido papai falar de Meredith em casa ou na presença de mamãe. Ela nunca nos visitou. Às vezes, parecia que eu tinha inventado a lembrança dela, mas sabia que não. E, volta e meia, Lisa e eu dizíamos que queríamos encontrar Meredith de novo e conhecer nossa irmã mais velha. Mas ninguém falava sobre essa outra vida de papai na nossa frente, nem dessa nossa outra irmã. E, por causa do tempo que papai gostava de passar fora de casa, eu comecei a me perguntar o que mais eu não sabia a seu respeito. A sensação que isso me dava era a de que papai guardava algum segredo.

Se esse segredo era ou não a verdadeira causa, eu não sei, mas o fato era que mamãe muitas vezes ficava furiosa por suas desconfianças em relação a papai e expressava isso livremente, gritando e provocando brigas. Papai era mais retraído e havia se acostumado a mostrar indiferença aos ataques de mamãe. "Você só vai até onde não dá mais", ele me dizia, atitude que só fazia aumentar a desconfiança e a raiva de mamãe. Não foi nenhuma surpresa quando eles deixaram totalmente de funcionar como um casal. De certa maneira, mamãe ter passado a dormir no sofá foi algo que demorou muito para acontecer.

A sala passou a ser como um quarto que agora tinha as coisas de mamãe: cigarros, fósforos, chaves e peças íntimas jogadas sobre a mesinha de centro, entre revistas velhas e restos de comida grudados a pratos que se empilhavam cercados de um eterno torvelinho de moscas. Durante o dia, enquanto ela dormia e papai ia ao centro, eu passava pelo sofá sem fazer barulho, apenas para fechar a janela e afastar a corrente de ar de mamãe ou cobrir com um lençol seu corpo desnudo. Ao chegar perto dela, eu sentia o bafo azedo de cerveja que saía de sua boca enquanto roncava. Quando acordada, ela ficava dando voltas pelo apartamento e achando tudo deprimente. Ia várias vezes por dia até a bodega comprar garrafas de Budweiser, que bebia em grandes goles e, ocasionalmente, desatava em lágrimas.

Drogar-se foi uma das últimas coisas que mamãe e papai fizeram juntos. Quando não estavam fazendo isso, papai lia, soltando às vezes risadas tão altas que eu ouvia mesmo estando no banheiro. Papai evitava brigar, protegendo-se em seu quarto, que agora era só dele, e em seus livros. As únicas preocupações que ele demonstrava ter eram com coisas muito específicas. Enquanto tudo continuasse no lugar – suas velhas revistas desbotadas empilhadas em uma determinada ordem, o que era vital para ele, e a garrafa vazia de *Sunny Delight* ao lado da cama para não precisar ir ao banheiro durante a noite –, papai podia continuar deitado ali por horas a fio. Ele não tinha dificuldade para relaxar, ele dizia, desde que cada um simplesmente se lembrasse de *apertar bem* a porcaria da tampa da garrafa de Pepsi; ou se ele conseguisse entender por que todo mundo achava que duas fatias de peru não faziam um sanduíche; e se ele tivesse certeza, absoluta, de que todos os botões do fogão estavam *desligados*.

Sempre que as discussões entre papai e mamãe esquentavam demais, Lisa e eu nos trancávamos cada uma em seu quarto nas extremidades opostas do apartamento, ela com sua música e eu com meus livros. Eu me sentava diante da escrivaninha, onde podia ficar lendo por horas a fio. Eu lia muito devagar os verdadeiros romances policiais de papai, suas biografias e outros livros sobre generalidades. Finalmente, comecei a ler com rapidez suficiente para terminar a leitura de um de seus livros em pouco mais de uma semana. E, como eu continuava frequentando a escola só de vez em quando, essas leituras me ajudavam a passar nos exames de final de ano. Mesmo aparecendo nas aulas só de vez em quando, eu conseguia entender a maior parte dos textos que eram colocados à minha frente. Depois de tirar, de maneira persistente, boas notas nos exames, eu era promovida para a série seguinte, tivesse ou não aprendido alguma coisa na escola.

Mas, mesmo assim, não demorou para eu buscar uma saída fora da escola, dos estudos e de nosso apartamento. Logo depois do primeiro ano escolar, eu comecei, diariamente, a dar voltas pelas vizinhanças, em busca de algo para ocupar minha mente longe de minha família. Em julho de 1987, essas andanças me levaram até Rick e Danny.

Irmãos nascidos com dois anos de diferença, eles eram tomados por gêmeos em todos os lugares que iam. Ambos tinham a mesma pele cor de caramelo, o mesmo sorriso que revelava dentes salientes e o mesmo cabelo cortado à escovinha. Eu era um ano mais nova que Rick e um ano mais velha que Danny, coisa que me fez achar que eu podia muito bem ser irmã deles, afora o fato de eles serem filhos de porto-riquenhos.

Na manhã em que nos encontramos pela primeira vez, Rick e Danny estavam brincando em cima de um colchão do monte de lixo jogado fora na University Avenue. No instante em que os vi ali, percebi que eram diferentes das crianças da escola – sujos e quase maltrapilhos, como eu mesma –, o que tornou fácil eu me aproximar deles.

"Posso saltar na cama elástica de vocês?", eu perguntei a Rick quando ele e seu irmão saltavam à minha frente. "Você *ser* minha convidada", ele respondeu, dando-me passagem e sorrindo. Nós três passamos mais de uma hora daquele dia brincando e conversando. Ficamos encantados por termos tantas experiências em comum. Danny tivera a mesma professora que eu na Escola Pública 261. Macarrão escuro e queijo eram também a comida preferida deles. Rick também gostava de brincar mais de esconde-esconde que de pega-pega, e, além disso, seu aniversário era no mesmo dia do meu, embora ele fosse um ano mais velho. Algumas horas depois, naquele mesmo dia, eu estava no apartamento impecavelmente limpo de três quartos de Rick e Danny, cercada por sua família composta de seu irmão mais velho, John, do caçula, Sean, do padrasto e da mãe deles, que também se chamava Liz. Ela era uma mulher bondosa com cheiro de orégano e me sorriu afetuosamente ao me servir porções generosas de arroz e feijão. Depois, no quarto dos meninos, Rick, Danny e eu competimos ferozmente em um jogo de videogame até tarde da noite. Alguém havia colocado um cobertor por cima de mim na parte mais baixa do beliche, onde eu adormeci sem tirar os tênis.

Em três anos, eu havia conquistado meu lugar como parte da grande família de Rick e Danny. Depois de passar noites incontáveis e de fazer muitas refeições com pratos hispânicos em sua casa, de participar de passeios familiares comandados por Liz ao zoológico do Bronx, eu consegui aparecer em fotos que faziam parte dos álbuns de família e em muitos vídeos familiares. Causava-me um prazer indizível pensar que algum estranho ou amigo mais recente dos Hernandez que visse as lembranças da família *me* visse ali, nas páginas de seus álbuns, posando com naturalidade ao lado dos meninos ou com um braço em torno da avó deles em ocasiões familiares, e percebesse Rick, Danny, John e Sean ali comigo, crescendo juntos, à medida que ia folheando as páginas. Minhas imagens preferidas eram as das festas de aniversário meu e de Rick. Liz sempre fazia questão de encomendar da Valencia um bolo de abacaxi para cada um com o nome escrito em glacê em sua cobertura. Dezenas de fotos eram tiradas de nós dois apagando as velinhas, Liz aplaudindo com entusiasmo por cima de nós e o movimento de suas mãos congelado, mas tão vívido e persistente como as asas de um beija-flor.

Eu adorava a família de Rick e Danny, mas, mesmo assim, nunca mencionei para eles nada sobre minha própria família e também nunca deixei passar qualquer detalhe sobre minha casa. Não porque Rick, Danny ou Liz não quisessem saber, mas porque eu era boa em guardar segredos, ou porque tratava imediatamente de mudar de assunto ou porque falava de algum aspecto de mim mesma que pudesse preveni-los. Eu usava elástico para prender meu cabelo embaraçado em um rabo de cavalo e, com isso, esconder as bolas do tamanho das de golfe que havia nele. Para me desfazer da vergonhosa mancha de sujeira no pescoço, assim que entrava no apartamento deles, eu ia ao banheiro e esfregava o pescoço, até a sujeira rolar em pequenos filetes e minha pele ficar vermelha. E, para encobrir o fedor que saía de meus tênis podres quando eu os tirava para dormir na casa deles, eu sempre procurava um canto afastado do apartamento, no armário dos meninos ou atrás da lata de lixo na cozinha, onde Liz poderia achar que o fedor vinha do lixo. Se eu pudesse esconder as coisas que me faziam sentir diferente, eu poderia ficar mais relaxada e até sentir que realmente fazia parte da família. Quando voltava para casa, eu também escondia tudo de minha família.

Instintivamente, eu sabia que não devia deixar que mamãe e papai soubessem tudo sobre as minhas experiências com Rick e Danny e, em particular, com Liz. Vendo mamãe jogada no sofá, com moscas zumbindo por cima de sua cabeça, bitucas de cigarro mergulhadas em uma garrafa de cerveja ao lado, não parecia justo contar a ela que eu havia passado o dia em um piquenique ou à beira da piscina, brincando ao sol e comendo comida caseira com a família de Rick e Danny. O mesmo valia para papai e Lisa. Qualquer prazer que eu tinha fora de nossa casa me fazia sentir como se fosse uma traidora. Descobri que eu estava sempre me escondendo: não havia lugar em que eu fosse inteiramente eu mesma, nem em minha própria casa nem na de Rick e Danny, como tampouco na escola ou em qualquer outro lugar que eu ia. Tudo tinha que ser mantido separado. Se eu quisesse passar despercebida na escola ou ser uma "boa" filha em casa ou, ainda, ser uma pessoa "normal" para meus amigos, tinha que esconder partes de mim mesma.

Eu sentia, naquele verão em que tinha nove anos, cada vez mais cócegas por sair de casa, fazer parte do que acontecia no mundo lá fora. As ruas do Bronx em volta do prédio em que eu morava exerciam sobre mim uma atração magnética, apinhadas de gente, ruazinhas tortuosas, cobertas do chão até o céu com varais esvoaçantes de tons vívidos de púrpura, verde e amarelo, como se fossem bandeiras. Eu ansiava por movimento, por algum tipo de escape, e minha amizade com Rick e Danny – quando não estávamos com os pais deles – logo se tornou um canal para dar vazão a essas sensações de desassossego.

Nós três percorríamos juntos o Bronx, caminhando até nossos pés não aguentarem mais de dor, andando apenas para ver até onde conseguíamos ir, descendo o bulevar Grand Concourse, percorrendo a Jerome Avenue, seguindo por baixo dos trilhos de trem da linha 4 até eles fazerem a volta abaixo da superfície, a milhas de distância da University Avenue, perto do Yankee Stadium. Ali, o Bronx se encontrava com a parte alta de Manhattan e as ruas tinham nomes desconhecidos; os prédios de tijolos vermelhos ou castanhos haviam virado oficinas mecânicas sujas, frequentadas por motoristas que trafegavam pelas autopistas próximas. Então, dávamos a volta por um caminho totalmente diferente, enquanto o sol se punha sobre o Bronx e as ruas ficavam perigosas, com caixotes fazendo estrondo nas ruas escuras transversais e carrancudos estranhos reunidos sob a luz dos postes de iluminação. Muitas vezes, nossas brincadeiras viravam maldades. Juntos, nós nos tornamos crianças encrenqueiras, crianças de rua ou o que as pessoas mais velhas chamam de crianças abandonadas. Com o passar do tempo, o que preferíamos fazer juntos era qualquer coisa que fosse ultrajante e perigosa e, especialmente, qualquer coisa que não devíamos fazer.

Houve a vez em que nós acidentalmente colocamos fogo no barracão de ferramentas do asilo de idosos. Tudo começou no apartamento de Rick e Danny, onde havíamos assistido a um filme sobre exploradores de cavernas. Enquanto os homens subiam, abrindo caminho entre recintos perigosos, Liz nos servira Ki-Suco com sanduíches de presunto e queijo. "Aqui está", ela disse, "para os três mosqueteiros", como ela costumava nos chamar. Mais tarde, naquele mesmo dia, quando estávamos no Aqueduct Park, eu tive a ideia de fazermos por conta própria ferramentas de exploração com um tronco grosso de árvore embrulhado em montes de sacos de papel, atados por fitas elásticas no topo. Eu usei o isqueiro de Rick para acender a "tocha". A nossa tarefa, eu disse aos meninos, era "investigar" o barracão de ferramentas atrás do asilo de idosos, que era escuro e misterioso o bastante para nos qualificar como legítimos exploradores.

Enquanto entrávamos por um buraco nos fundos do barracão carregando a nossa tocha, sem querer, em segundos, nós incendiamos o barracão, fazendo soar o alarme na casa principal. Eu fui a primeira a dar a volta, enquanto Danny ficou parado, impressionado com as intensas bolas de fogo que se propagavam rapidamente, sem acreditar no que seus olhos estavam vendo.

"Caramba, *tá* tudo pegando fogo!"

Eu os puxei com força pelas camisas.

"Corram!", eu mandei. "*Já!*"

Nós corremos o máximo possível até chegar a uma van, grande o suficiente para escondermo-nos atrás dela; colocamos as mãos sobre os joelhos e ficamos ofegando. Dali, nós assistimos, petrificados, aos bombeiros correndo com mangueiras para apagar o incêndio, enquanto uma dezena de idosos, surpreendidos em seu jogo de bingo – segundo Rick – e vestindo apenas roupões, amontoava-se na calçada.

Nós explorávamos a região embaixo da ponte da Rua 207 e seguíamos ao lado dos trilhos da linha norte do metrô, onde colocávamos pedras nos trilhos para que voassem ao impacto do trem passando. Atravessávamos correndo a via expressa Cross Bronx só pelo prazer de mostrar que conseguíamos nos esquivar dos carros que passavam em alta velocidade. Eu dirigia as nossas rondas pelas redondezas, entrando às vezes em supermercados, onde enchíamos nossos bolsos de balas e barras de chocolate, e tratávamos de sair cada um de uma vez para não chamar atenção; eu conseguia devorar três barras de chocolate em um percurso de cinco quarteirões do supermercado. Atirávamos pedras do tamanho de nossos punhos em vidraças de estabelecimentos comerciais, desfrutando o barulho da explosão seguido do estilhaçar de cacos de vidro. Dar risada era o que nos unia naqueles momentos; travessuras ousadas eram o ponto alto de nossas andanças.

Um dia, no começo de julho de 1990, nós passamos horas entrando e saindo de prédios de apartamentos ao longo da Grand Avenue para pegar todo bendito capacho que encontrávamos em cada bendita porta e jogá-lo pelo poço do elevador; e ficávamos ali, parados, assistindo à sua descida desengonçada. Contínhamos o volume de nossas risadas e, assim, voltávamos para o andar térreo sem sermos flagrados.

Enquanto estávamos parados no saguão, loucos por outra aventura, Danny começou a abrir a caixa de correspondência de alguém com uma chave de fenda, que carregava sempre no bolso de trás de sua calça. Meus olhos perceberam que havia um cabo metálico de cortina recostado na parede. Peguei-o e passei-o para Rick.

"Prove isso", eu disse. Ele ficou olhando para aquilo e, em seguida, para mim, em busca de explicação. Eu indiquei um compartimento misterioso do tamanho de um ratinho na parte interna da porta aberta do elevador.

"É mesmo, prove", Danny incentivou sacudindo um punhado de envelopes no ar.

Sem qualquer hesitação, Rick enfiou a ponta fina do cabo no tal compartimento. No mesmo instante, ouviu-se uma crepitação e saiu uma faísca do ponto de contato. Rick saltou para trás de uma maneira que pareceu totalmente involuntária. Ele olhou para as mãos e abriu os dedos, que estavam cobertos de uma sujeira preta. Danny foi o primeiro que começou a rir e, em seguida, todos nós desatamos em uma risada histérica. A nossa balbúrdia ressoou nas escadas e seu eco voltou para nós. Eu estava sentindo um cheiro forte de queimado. Rick deu de ombros.

"Ao menos, eu consegui fazer", ele disse, com os olhos arregalados de espanto. Houve um instante de silêncio.

"Sim, você conseguiu!", Danny disse enquanto ria.

Ao contrário dos meninos, eu não tinha hora para chegar em casa, e eu os convencia a ficar na rua até muito tarde, desrespeitando as ordens da mãe deles. Não é que eu quisesse lhes causar problemas, mas queria menos ainda que eles fossem embora. Às vezes, nós ficávamos na rua até que o céu escuro começasse a clarear de novo – o que nós do Bronx chamávamos de "varar a noite".

Nas noites em que os meninos acabavam voltando para casa, eu ficava sem ter o que fazer. Caminhando de volta o mais lentamente possível, eu ficava repassando as imagens do que havíamos passado juntos. Enquanto entrava em nosso prédio e seguia até o apartamento 2B, eu ia fazendo planos para o dia seguinte. Talvez entrássemos às escondidas no cinema e passássemos o dia inteiro assistindo a filmes, ou na quarta-feira fôssemos ao zoológico do Bronx, dia em que a entrada era franca.

Comparado ao ar seco de verão que havia lá fora, o do nosso apartamento estava impregnado de um cheiro úmido, vindo, sobretudo, de nosso banheiro; a banheira continuava entupida e mais fedorenta que nunca. Papai chegou a chamar a substância escura que havia nela de "a Bolha". O apartamento estava completava às escuras, afora a fraca luz da televisão, em um volume que mal dava para ouvir. Eu sabia que Lisa estava em seu quarto, porque ouvi a música de Debbie Gibson vindo de seu toca-fitas, embora estivesse em um volume bem baixo. Seguindo para os fundos do apartamento, eu ouvi as fungadas de mamãe no quarto totalmente às escuras, onde só era possível ver a ponta alaranjada de seu cigarro aceso. Seu disco de música triste estava tocando de novo, algo que ela chamava de *Lamento das Baleias Corcundas*, indicando que ela havia acabado de ouvir Judy Collins.

"Oi, mamãe", eu disse para a brasa de seu cigarro. Houve um silêncio e, então, ouvi o som de sua inspiração profunda, seguido de um tinir de sua garrafa de cerveja.

"Oi, Elizabeth." Os gemidos das baleias atingiram seu volume máximo, impedindo que se ouvisse o final de sua saudação. Como ela só me chamava pelo nome completo quando estava voltando a entrar em um surto de esquizofrenia, ouvi-lo me deixou nervosa.

"Mamãe, o que você tem?" Eu avancei apenas dois passos para dentro do quarto, procurando às apalpadelas encontrar o colchão.

Sentei-me na beirada dele, o mais perto possível da porta. Enquanto mamãe falava, eu passava os dedos em volta de uma das molas expostas do colchão.

"Oh", ela começou, meio que rindo. "Eu simplesmente... não sei, Elizabeth. Estou me sentindo sozinha." A brasa de seu cigarro brilhou com mais intensidade.

"Cadê o papai?"

"Quem sabe?", ela respondeu secamente.

"Vocês andaram brigando de novo?" Ainda me sentindo culpada por ter passado tanto tempo fora de casa, eu fiquei balançando os pés de um lado para outro.

"Seu pai não é um homem carinhoso. Você sabia disso, Elizabeth? Mas algum dia eu vou te contar mais sobre isso, quando você tiver idade para entender", ela disse. A ponta do cigarro formou um risco de luz no escuro quando ela a agitou no ar para enfatizar o que estava dizendo.

"Eu quero saber sobre papai agora", eu disse.

"Não, você só ia defender o seu *papai*... e achar que sou solitária. Bem, eu só preciso ser amada... você sabe, as pessoas precisam *ser amadas*", ela retrucou, elevando a voz e tomando outro gole da garrafa. O disco continuava tocando, enchendo o quarto de sons profundos de um oceano em movimento, cortados pelos guinchos de enormes baleias invisíveis.

Os batimentos de meu coração se aceleraram. Eu não gostava de vê-la daquela maneira, defensiva e com um traço de crueldade. Todos os sinais da eminência de um novo surto estavam ali, os mesmos de todos os episódios anteriores. Da última vez, ela ficou completamente fora de si; ao ver a conta de luz, ela a tomou pelo cheque do seguro social e a si própria por Con Edison, o nome da empresa de eletricidade. Naquele momento, eu cometi o erro de chamá-la de mamãe. "*Eu não sou sua mãe, sou Edison, sua cadelinha*", ela me respondeu. "*E você não vai arrancar nenhum tostão meu. Portanto, pode ir dando o fora!*" Isso enquanto o cheque de verdade continuava sem ser descontado, enfiado no bolso de suas calças, enquanto a geladeira estava vazia havia semanas. Algumas noites depois, quando nossos estômagos finalmente roncavam de fome e seria constrangedor demais bater de novo à porta do apartamento 1A para pedir os restos, Lisa e eu recorremos a um tubo de pasta de dente e a um tubo de batom sabor cereja como últimos recursos.

Naquele momento, ali sentada, eu identifiquei o estágio atual de seu ciclo. Era quando ela deixava quase totalmente de falar conosco e, até mesmo, de nos reconhecer. Logo mais, eu pensei, ela se recolheria a um silêncio quase absoluto, falando só consigo mesma ou com as pessoas que ela acreditasse estarem com ela. Nós esperaríamos até ela estar suficientemente fora de si para poder legalmente interná-la contra a sua vontade. Então, Lisa e eu limparíamos a casa da melhor maneira que nos fosse possível, levando o lixo lá para baixo em grandes sacos, pulverizaríamos toda ela com spray perfumado e trancaríamos à chave a porta do banheiro. Papai chamaria a ambulância e a polícia, e ela seria novamente internada. Com base no comportamento que ela estava apresentando, calculei que levaria menos de um mês para isso acontecer.

"Bem, *eu* amo muito você", eu disse, usando um tom de voz o mais carinhoso possível.

"Não, Elizabeth, do que eu preciso é que um homem me ame, entende? Não é o que acontece com todo mundo? Eu simplesmente preciso do amor de um homem", ela disse, começando a fungar. "Eu preciso do amor de um homem", ela ficou repetindo muitas e muitas vezes.

"Papai ama você", eu disse. Não veio nenhuma resposta de dentro da escuridão que nos envolvia. "É verdade, ele ama você", eu sussurrei de novo, mais para mim mesma do que para ela.

Em uma tarde de quinta-feira, quando eu estava amarrando os cordões dos tênis para sair, ouvi uma forte batida na porta. Entrando imediatamente no modo de comportamento que adotei diante de possíveis assistentes sociais, andei nas pontas dos pés até a porta, preparada para espiar pelo olho mágico. Para meu horror, mamãe – na época, fora de seu estado normal e vestindo apenas uma camiseta extremamente comprida e obviamente suja – já estava ali abrindo as trancas. Vendo o tamanho da bagunça generalizada – lixo podre, roupas sujas, milhares de tocos de cigarros espalhados pelo carpete –, entrei em pânico.

A porta rangeu ao ser aberta e eu quase desmaiei ao ver quem mamãe havia deixado entrar – um homem de vinte e poucos anos, usando um terno engomado, sem dúvida um assistente social, com a função de relatar as condições inadequadas em que vivíamos.

Incapaz de botar ordem em toda aquela bagunça, eu tratei de, às pressas, buscar uma cadeira da cozinha para ele sentar, limpando-a com uma toalha. Foi exatamente naquele momento que Lisa, para minha surpresa, saiu de seu quarto e cumprimentou o homem, chamando-o pelo nome.

"É Matt, não é?", ela perguntou informalmente. Será que *Lisa* havia recorrido à assistência à infância para nos ajudar?

"Você é Lisa?", ele perguntou em um tom que pareceu de surpresa.

"Sim, sou", ela disse. "Vamos sentar na sala, onde podemos usar a mesa de centro."

Perplexa, eu corri a vestir uma camisa de manga comprida para parecer um pouco mais gorda, tática que adotei depois de um assistente social ter comentado sobre meu pouco peso e ameaçado nos levar se eu continuasse tão magra. Lisa se sentou no sofá, por cima dos jeans de mamãe, prendendo seus cabelos compridos atrás das orelhas. Mamãe sentou-se ao lado dela. Eu me sentei perto do assistente social, em uma cadeira da cozinha, onde achei que poderia controlar a situação da melhor forma possível. A porta da frente bateu, era papai voltando do mercado. Senti um aperto no estômago.

Ele entrou assobiando na sala e parou ao ver o estranho que, naquele momento, buscava um lugar limpo para colocar sua pasta. Eu rezei para que ele não visse a barata andando perto de seu sapato. "Oh, olá", papai disse, mudando de humor e adotando um tom deliberadamente descortês.

"Olá, senhor, meu nome é Matt", o homem respondeu, estendendo a mão para papai. A atitude dele era demasiadamente educada para ser de uma autoridade, eu pensei; alguma coisa parecia destoar. Pela expressão de papai quando eles se apertaram as mãos, eu poderia jurar que ele também havia notado isso. Terminei de remover alguns pratos para abrir espaço, mas o homem já havia colocado sua pasta de couro no colo.

Naquele instante, meu coração foi parar no estômago quando vi mamãe abrir as pernas, com certeza para ficar bem à vontade.

Papai me enviou um olhar de advertência e puxou uma cadeira à minha frente, ocupando o espaço que restava em volta da mesinha de centro. Eu me dei conta de que aquela era a primeira vez, depois de muito tempo, em que todos nós estávamos sentados juntos. A sala estava em completo silêncio. Aguardávamos, todos olhando para Matt.

"Bem", ele começou, percorrendo a sala com os olhos, passando pelas venezianas sujas e estragadas, os sacos rebentados de lixo que se espalhavam pelo chão com dezenas de baratas ao redor. Ele puxou a gola da camisa e pigarreou.

"Eu... eu vim aqui hoje a pedido para lhes oferecer oportunidades fantásticas – *tossidela* – da *Enciclopédia Britânica*."

Toda a tensão de meu corpo se desfez, mas apenas por um instante. Antes que eu pudesse respirar aliviada por saber que o homem não era nenhum assistente social, ao ver a reação de papai, a tensão voltou.

"*O senhor me desculpa*", papai disse, erguendo as sobrancelhas e inclinando-se demasiadamente na direção do homem. "*De onde* o senhor disse que era?" Papai tinha os braços cruzados sobre o peito, o queixo caído e um olhar desconfiado.

Uma lembrança de algo ocorrido três semanas antes me veio à mente. Era tarde da noite. Lisa e eu havíamos acabado de assistir a uma reprise de *Honeymooners*, quando um comercial da Enciclopédia Britânica encheu a tela. Uma menina e um menino estavam com dificuldades fazendo seus deveres de casa e, por muitas vezes, voltavam-se para os pais, dois profissionais bem-vestidos, em busca de ajuda. "Procurem, queridos", era tudo o que os pais respondiam a cada uma das perguntas dos filhos. E era o que as crianças faziam, com a ajuda totalmente confiável da *Enciclopédia Britânica*. E, quando tiravam notas máximas em seus trabalhos escolares, a família se reunia na sala para comemorar, junto de uma lareira crepitante e uma mesa de centro muito mais limpa que a nossa.

Lisa ficou totalmente concentrada na tela. Depois, quando o apresentador ofereceu uma apresentação em domicílio, que incluiria dois volumes *grátis* – eu lembrei com uma sensação de desamparo –, Lisa pegou uma caneta e anotou o número do telefone. Nunca havia me ocorrido que ela pudesse, de fato, ter ligado.

"Estas são as nossas brochuras", Matt disse, tirando papéis brilhantes de sua pasta. "Vocês todos podem dar uma olhada."

A cada tanto, ele passava os dedos por seu cabelo bem penteado com gel e a língua nos lábios antes de falar.

"Você gostaria de tomar um copo d'água?", eu lhe ofereci. Eu queria muito que pelo menos *eu* parecesse ser normal.

"Não, muito obrigado", ele respondeu imediatamente, sem nem olhar para mim. Eu senti meu rosto enrubescer. "Isto é para vocês todos", ele disse, passando para cada um de nós, no sentido anti-horário, um panfleto. Antes de chegar a sua vez, mamãe arrancou das mãos dele a cópia que era para Lisa. O homem saltou de leve e continuou distribuindo rapidamente os panfletos, passando bem longe de mamãe para entregar o de Lisa. Eu senti que estava começando a transpirar.

O homem também transpirava, de maneira bem evidente. Eu sabia, pela maneira de pigarrear a praticamente cada palavra que dizia, que ele também estava sentindo o fedor que vinha da banheira. Lisa colocou os óculos para examinar a brochura. Se ela estava constrangida, não deixou de maneira alguma transparecer.

"As vantagens de se ter a própria, *tossidela*, toda a coleção da *Enciclopédia Britânica* são realmente incomensuráveis. Para os estudos."

Papai apertou o panfleto em sua mão com tanta força que os nós de seus dedos ficaram brancos, e ficou interrompendo o homem a todo instante como se quisesse apressá-lo a ir embora: "Sim, sim, muito bem, certo".

Enquanto o homem falava, algumas moscas saídas do lixo zumbiam em volta de seu rosto. Ele fingiu abrir um panfleto e, com suas páginas, espantou as moscas. Eu achei que fosse cair morta ali mesmo quando mamãe disse:

"Você acha que pode vir aqui e simplesmente se livrar disto?", ela perguntou, olhando com escárnio para ele.

"Per-perdão, mas não entendi, senhora", ele gaguejou.

"Nada", eu me apressei a dizer. "Nada, por favor, termine. Quer dizer, prossiga, por favor."

Os olhos de mamãe estavam arregalados demais para demonstrar sanidade e assentiam para alguma coisa que era invisível para qualquer outra pessoa além dela mesma.

"Mamãe!", Lisa exclamou, erguendo os olhos de sua leitura. "Fui eu que *pedi* a Matt para vir aqui, é por isso que ele está aqui." Mamãe continuou olhando para ele sem piscar.

Fosse qual fosse o estado mental de mamãe, Lisa continuava tratando-a como se tudo estivesse na mais perfeita normalidade. Então, quando as atitudes de mamãe contrariavam qualquer que fosse o resultado lógico que ela esperava, Lisa ficava furiosa. Para mim, aquele padrão era tão frustrante quanto irracional. Não era apenas mamãe obviamente doente, mas também Lisa parecia viver fora da realidade. Por isso, às vezes, eu sentia que não tinha uma irmã mais velha, e sim uma mais nova.

"Quanto custa tudo?", Lisa continuou, olhando para o homem, que se mexia sem parar sob o olhar inflexível de mamãe.

"Bem, por sorte, a *Britânica* oferece muitas opções de pagamento."

Papai voltou a cruzar os braços e interrompeu-o com um sorriso forçado.

"Então, diga-me, senhor, toda essa mesma coleção não se encontra disponível na *biblioteca pública*, logo ali, neste mesmo quarteirão?" Papai tinha o hábito de se dirigir às pessoas como se elas estivessem querendo tirar proveito dele, mostrando que ele não o permitiria.

"Bem, mas, dar-se o luxo de tê-la em casa... *tossidela*... não pode ser subestimado. E para responder à sua pergunta" – ele se voltou para Lisa – "existem vários planos de pagamento, *tossidela*, condições que a tornam possível a quase todo mundo..."

Esquecida de Matt, mamãe apertou distraidamente o nariz com o dedo indicador e ele fingiu não notar, mas acabou reagindo com um franzimento das sobrancelhas quando ela o assoou por cima do braço do sofá. Eu gostaria de poder, de alguma maneira, explicar a ele – *eu* sabia como ele devia estar vendo aquilo; *eu* percebi. Continuei tentando atrair o olhar do homem para que ele visse que eu entendia a sua reação, mas ele o passava rapidamente por mim antes de voltar a dirigi-lo para longe.

"Bem, e se a gente quisesse ficar apenas com certos volumes?", Lisa perguntou. "Como, por exemplo, as edições especiais sobre os presidentes ou sobre as guerras?"

O que minha irmã estaria pensando? Em que apartamento *ela* acordava todas as manhãs? Se passávamos dias sem uma refeição sólida, por que iríamos querer saber sobre a Guerra do Peloponeso ou em que ano Abe Lincoln nasceu? Vendo-a assentir às propostas de planos de pagamento que o homem estava explicando e que eu sabia que jamais teríamos condições de pagar, tanto quanto ele provavelmente sabia que jamais aceitaríamos, enquanto mamãe comia sua meleca e papai não parava de revirar-se na cadeira, eu precisava que Lisa percebesse o tamanho de sua loucura, que visse a coisa com a clareza que eu estava vendo.

Não sei qual de nós dois, se Matt ou eu, ficou mais aliviado quando toda aquela provação finalmente acabou. Durante os próximos três meses e meio que mamãe passou internada no hospital, toda vez que aparecia um comercial da *Britânica* na TV, papai cruzava os braços e com os olhos me mandava olhar para Lisa. E, em todas as vezes, eu revivia a humilhação da experiência da única visita que esteve em nossa casa.

Para grande decepção de Lisa, os dois volumes gratuitos nunca chegaram.

Cinco dias depois de mamãe ter sido internada de novo, o cheque do mês seguinte ainda não havia chegado. Revirei os armários e não encontrei nenhuma migalha de comida. Eu estava morrendo de fome. Quando passei a sentir a dor do meu estômago como algo mais próximo a uma ardência e quando passei a sentir-me totalmente tonta, decidi sair para ver se conseguiria algo para comer. Eu tinha em mente um conhecido de Rick e Danny, um garoto chamado Kevin, que, mesmo não sendo muito mais velho que eu, sempre tinha dinheiro no bolso e vivia falando que trabalhava com alguma coisa.

Como já eram dez horas da manhã e Kevin nunca era visto pelo quarteirão durante o dia, os garotos e eu subimos correndo a Fordham Road e a University Avenue, para tentar encontrá-lo a caminho do trabalho. Encontramos Kevin no ponto de ônibus da linha 12, em frente a uma parte do Aqueduct Park que todo mundo chamava de Beco do Gato Morto. Alguns caras da Grand Avenue usavam aquela área cercada para soltar seus cães pit bull por cima de gatos extraviados, cujos corpos ensanguentados e desfigurados podiam ser encontrados sobre o cimento na maioria das manhãs de domingo. Eu só chegava perto daquele beco quando era absolutamente necessário; a visão do corpo de um gato morto, com sangue espalhado por sobre seu pelo, provocava-me pesadelos.

Quando atravessamos a University Avenue e entramos na Fordham Road, Kevin tinha acabado de sair da frente de um ônibus, cujo motorista gritara algo, que eu não consegui ouvir, antes de trancar as portas e seguir em frente. Kevin ignorou o motorista e, quando viu que estávamos nos aproximando, não pareceu nem um pouco surpreso. Pelo jeito de nos olhar – olhar baixo e um ar de eterno fastio –, parecia que estava nos esperando. Eu deixei que Rick nos apresentasse.

"Olá, Kevin, meu chapa... esta é a minha amiga Elizabeth. Nós queremos saber sobre o trabalho que você tem, sacou?"

"*Cês* tão *afins* de ganhar alguma grana?", ele perguntou, com um sorriso se espalhando por todo o rosto. Rick e Danny meio que deram de ombros, meio que assentiram com a cabeça.

"É isso mesmo", eu respondi imediatamente, dando um passo à frente. "Eu quero. Você sabe onde tem?" Eu sentia como se algum ácido estivesse roendo o meu estômago. "Eu faço qualquer coisa", eu disse. "Podemos ir lá agora?"

Kevin nos disse o que devíamos fazer para saltar no ônibus. Esperamos um pouco afastados da porta de trás, para não chamar a atenção do motorista. E então entramos correndo pela porta de trás enquanto um monte de gente saía do ônibus, impedindo que fôssemos vistos. O nosso destino, Kevin nos informou, era o posto de gasolina de autosserviço bem ao lado do zoológico do Bronx, onde a Fordham Road desembocava em uma autopista. Lá, nós podíamos correr pra cima dos clientes e nos oferecer para encher seus tanques e esperar que nos dessem uma gorjeta.

Kevin foi nos ensinando tudo o que devíamos fazer durante toda a viagem de ônibus até lá. Eu ouvia e assentia em silêncio, esperando com isso esconder minhas apreensões. Quando percebi que o "trabalho" de Kevin era mais um trambique que um emprego legítimo, a fome em meu estômago cedeu lugar à ansiedade. Mas mantive uma feição impassível, engoli minhas preocupações e continuei ouvindo os conselhos dele até o ônibus esvaziar na Fordham Road.

"Simplesmente fiquem ali parados, olhando para eles como se vocês fossem mudos, como se nem entendessem que eles pudessem *pensar* em não dar gorjetas. Eles devem se sentir mal e, com isso, dar alguns trocados, especialmente para uma menina branca. Vocês, caras, também vão conseguir alguma coisa, todos nós vamos. É só agarrar a bomba e não deixar que eles digam 'não'."

De fato, a coisa funcionou. No começo, tive um pouco de dificuldade para enfiar o bocal na abertura do tanque sem esparramar gasolina por todo o piso. Mas, em algumas horas, eu já era uma profissional. Quando escureceu, eu havia embolsado mais de 30 dólares, mais dinheiro do que eu jamais tivera em toda a minha vida. Não foi fácil no começo; os empregados legítimos do posto de gasolina saíam às vezes de seus lugares, atrás da parede de acrílico, para nos afugentar. Eles ameaçaram chamar a polícia, porque estávamos infringindo as leis. Mas nós quatro éramos rápidos demais, uma vez que eles estavam apenas em dois; e contava a nosso favor o fato de somente um deles poder deixar a cabine de cada vez. E, por nossa estratégia de um sempre ficar de olho e pelo nosso acordo de cada um correr para um lado para criar confusão, eles não conseguiam nos pegar. Nunca se passavam mais de cinco minutos até podermos voltar aos nossos postos. Notei que Kevin botava banca quando via que eles estavam de olho em nós de novo, lá da cabine.

As formas com que os motoristas reagiram a mim inicialmente eram desanimadoras e minha confiança diminuía a cada rejeição. Minha voz saía como um balbucio tímido e eu tinha que repetir minha oferta várias vezes até eles entenderem. "Você quer o quê?", eles perguntavam. "Meu tanque tem o quê?" Ou, pior ainda, ficavam me olhando em silêncio até eu criar coragem para dizer em alto e bom som: "Posso encher o tanque para você?" Mais de uma vez eu havia sido rejeitada por causa de minha hesitação. Finalmente, entendi que tinha que me mostrar confiante e, com isso, criava coragem mais facilmente. Logo, eu estava pegando a bomba e, com um sorriso gentil, dizendo: "Deixa que eu faço isso para você". E quase sempre dava certo.

Animada pela alegria de estar ganhando meu próprio dinheiro, fiquei lá até quase o final da tarde, quando Kevin, Rick e Danny já tinham ido embora havia muito tempo, dando-me apenas uma pausa para um McLanche Feliz na loja mais próxima do McDonald's. Eu fiquei babando enquanto esperava na fila para comprar meu cheeseburguer; devorei-o com apenas algumas mordidas no caminho de volta para o posto de gasolina e depois fiquei lambendo os dedos. Aquele foi um dos lanches mais deliciosos que eu já havia comido. Com o estômago finalmente acalmado, voltei para o trabalho, no qual continuei por mais algumas horas até o céu se tornar cor de safira e a brisa da noite provocar arrepios em meus braços e pernas. Finalmente, eu caminhei de volta até o ponto de ônibus e fui para casa. Durante toda a viagem gratuita de volta, minha mente se ocupou em repassar todos os acontecimentos do dia, e eu fiquei pensando em todas as novas possibilidades que eu havia acabado de descobrir com o ganho de meu próprio sustento. A experiência era extremamente excitante.

Ocorreu-me que Kevin devia ter aceitado nossa participação naquele empreendimento para resolver o único problema que ele não tinha como resolver sozinho – o de ser perseguido pelos frentistas. Tendo-nos como vigias, ele podia passar o dia ganhando o máximo de dinheiro possível, sem quase nenhuma interrupção. Nós trabalhamos com Kevin àquele primeiro dia e nunca mais voltei a falar com ele. Mas alguma coisa em minha breve estada com ele me deu a certeza de que eu podia fazer algo para mudar a minha vida. Apesar de não ser meu amigo, eu o admirei por ter encontrado um jeito de fazer algo por conta própria, sua maneira de ver a falta de dinheiro – situação que a maioria das pessoas vê como definitiva – como algo que ele podia superar. O que mais poderia não ser para sempre? Eu fiquei me perguntando que outras oportunidades haveria para mim.

Ao longo da Fordham Road, as vitrines das lojas iluminavam a noite. Pela janela do ônibus, eu vi pessoas entrando e saindo delas, carregadas de sacolas com as coisas que compraram. Pensei em quantas vezes eu havia passado de ônibus com mamãe por aquele posto de gasolina sem nunca imaginar que ali havia uma chance de fazer algo para matar a minha fome. Naquele momento, passando por aquelas lojas, fiquei me perguntando o que mais eu não vi. Com certeza, havia gerentes naquelas lojas dispostos a dar emprego a quem eles escolhiam. Apesar de saber que, com nove anos, eu não tinha idade suficiente para conseguir um emprego formal, talvez com algum esforço para convencer algum empregador este se dispusesse a me aceitar para varrer o chão ou limpar os fundos em troca de alguma gorjeta.

Talvez não precisássemos ficar sem comida o tempo todo, mesmo quando o cheque do auxílio mensal acabasse. Entre todas aquelas lojas, eu achei que deveria haver alguma, em algum lugar, onde eu pudesse fazer algo.

Enquanto o ônibus percorria a Fordham Road, eu me deixei afundar pesadamente no assento, acalmada pela exaustão. As moedas pesavam nos bolsos de meus shorts sobre as coxas – mais que o suficiente para comprar comida chinesa para mim, Lisa e papai. Comecei a planejar mentalmente o dia seguinte. Com a cabeça recostada contra a janela, tirei um cochilo leve, embalada pela ideia de que eu teria afinal alguma escolha, independentemente do que viesse a acontecer conosco.

Na manhã seguinte, com os 20 dólares que restavam de meus ganhos escondidos em meu quarto, subi e desci a Fordham Road em busca de trabalho. Com os frentistas do posto de gasolina me afugentando, aquele nunca poderia ser um emprego de verdade; eu queria algo com que eu pudesse contar, de maneira consistente. Eu entrava em cada loja e pedia para falar com um empregado, tentando parecer a mais séria e responsável possível. Mas, por mais que eu me esforçasse, ninguém me levava a sério.

"*Você* está querendo um emprego? É para alguma outra pessoa ou para *você* mesma?" Apesar de meu esforço para deixar claro – sim, eu achei que vocês pudessem ter algo; não precisa ser nada formal, talvez vocês precisem de alguém para varrer o chão –, as respostas na Alexander's, na Tony's Pizza e na Woolworth foram sempre as mesmas. Ninguém parecia disposto a nem sequer me dar ouvidos. Alguns chegaram a rir descaradamente na minha cara.

"Menina, você não sabe que precisa ter *pelo menos* 14 anos para trabalhar? Quantos anos você tem, 10?" Uma mulher sorridente reclinou-se por cima do balcão para passar a mão na minha cabeça, com uma grossa corrente de ouro entre seus seios cor de café. Seguiram-se risadas de todos os caixas. Eu dei no pé, envergonhada e profundamente frustrada. Eu tinha certeza de minha capacidade para trabalhar, só precisava que eles me dessem uma oportunidade; só que, à medida que eu ia recebendo recusas, ia também ficando mais constrangida. Comecei a perceber meu cabelo maçarocado, meus tênis sujos e furados e a crosta de sujeira nas unhas de minhas mãos. O entusiasmo do dia anterior pareceu tolice minha.

Eu desci tão rapidamente a Fordham Road – de recusa em recusa que acabei no final da área comercial, bem a caminho de volta ao posto de gasolina. Eu não tivera originalmente a intenção de voltar lá, por causa do problema de ter que ficar fugindo dos frentistas. Rick e Danny haviam me dito no dia anterior que trabalhar lá por um dia foi mais que suficiente para eles. Pelo menos, eu pensei enquanto avançava na direção das bombas, provavelmente não teria que voltar para casa de mãos vazias se conseguisse encher um tanque.

Decidi trabalhar até o começo da tarde, enchendo tanques até logo depois da hora do almoço. Então, eu faria a subida de volta até chegar a Grand Concourse, onde havia uma longa fileira de lojas para eu tentar a sorte.

Afora o problema de ter que ficar olhando por cima do ombro para controlar os frentistas, as primeiras duas horas foram bastante tranquilas. Descobri que o tráfego matutino vindo do zoológico do Bronx trazia um grande afluxo de famílias para o posto de gasolina. Eu corria de uma van para um carro e do carro para uma perua, cada veículo lotado com sua própria família. Havia bebês chorando, adultos contando dinheiro, crianças da minha idade brigando no banco traseiro e que olhavam para mim com curiosidade, os cheiros de fraldas mijadas e de fast food que vinham das janelas abertas e penetravam em meu nariz.

As moedas que recebia de gorjeta batiam contra as minhas coxas enquanto eu corria entre uma bomba e outra, acenando para que as pessoas se apressassem. Como perder um cliente era deixar de ganhar, eu não desperdiçava meu tempo. Logo depois, eu me deliciei com a possibilidade de comer o que eu quisesse no McDonald's. Cheguei a pensar, ao ver um ônibus passar, que poderia ir até bem mais longe se quisesse. Comecei a entender que, enquanto pudesse continuar trabalhando, eu não teria que ficar confinada a um mesmo lugar. Eu tinha escolhas. O entusiasmo do dia anterior retornou e eu corria de um cliente a outro, enchendo meus bolsos, esquecida das horas e dos empregados do posto de gasolina.

Por volta de uma hora da tarde, eu já havia conseguido ganhar quase a mesma quantidade de dinheiro de todo o dia anterior, mas fui três vezes botada para correr do posto de gasolina. Da última vez, decidi que não voltaria mais; foi quando um dos frentistas agarrou-me pela gola da camiseta, gritando comigo e ameaçando mandar me prender. Ele tentou arrastar-me até a cabine dele, mas eu esperneei tanto que consegui me soltar de suas garras e fugi, botando minhas pernas esqueléticas para correr como nunca haviam corrido e, à medida que tomava distância, eu ia deixando seus insultos para trás.

Parei para respirar sentada em um banco ao pé da ladeira, onde contei 26 dólares de gorjetas. Minha pele estava vermelha e sensível pelas horas que passei ao sol. Enfiei o dinheiro de volta nos bolsos e retomei a procura ao longo da Grand Concourse, abrindo caminho entre as multidões de pessoas, cujos cotovelos e sacolas pesadas, cheias de compras, batiam em meus braços queimados de sol. Grandes gotas de suor encharcavam minha camiseta, especialmente nas axilas e nas costas, mas congelavam toda vez que eu entrava em uma loja com ar-condicionado para repetir sempre a mesma pergunta.

Ao se aproximar o final da tarde, minha sorte para encontrar trabalho na Grand Concourse não apresentava nenhum resultado melhor em relação ao dia anterior. Não conseguia encontrar nenhuma pessoa que me levasse a sério. Enfim, tomei o rumo de casa. Enquanto caminhava, tentei pensar em outro lugar no qual pudesse procurar trabalho, talvez nas proximidades da Kingsbridge Avenue ou na passagem sobre a Dyckman, mas as dúvidas começaram a me fazer perder o ânimo.

Entrei pela porta automática do supermercado Met Food com seu ambiente refrigerado a quatro quarteirões do prédio em que eu morava. Furtar era algo que eu sabia fazer bem. Pegaria uma bandeja de carne e um pacote de manteiga. Eu podia pagar a comida com o dinheiro de minhas gorjetas, mas, enquanto não tivesse a certeza de poder ganhar dinheiro de forma regular, eu não queria gastar nada do que havia conseguido. Enquanto isso, furtaria coisas; depois de fazer isso tantas vezes com Rick e Danny, eu sabia que conseguiria me safar.

O supermercado estava cheio de pessoas que costumavam fazer compras no final da tarde, o que me deixou mais confiante de que poderia entrar e sair sem ser notada. Os clientes formavam longas filas tortuosas e os rapazes que refaziam os estoques, usando uniformes brancos sujos de sangue, abriam caminho entre elas, carregando engradados cheios sobre os ombros. Olhei ao redor em busca do gerente e de seu assistente, as únicas duas pessoas que eu sabia que ficavam de olho em possíveis ladrões. Mas, em vez deles, eu vi algo diferente – crianças apenas alguns anos mais velhas que eu paradas junto aos balcões dos caixas, sem os uniformes dos empregados, mas vestidos com suas roupas comuns, ensacando as compras dos clientes em troca de gorjetas.

Contei quatro deles e notei que todos tinham algumas coisas em comum. Eram todos meninos, ou latinos ou negros, e todos eles tinham uma tigela onde os clientes depositavam uns trocados antes de saírem. Meu primeiro impulso foi me postar junto a um dos dois caixas disponíveis, mas, pensando melhor, resolvi ficar ao lado do balcão de pães para observar como era feito aquele trabalho. Sacolas separadas eram usadas para ovos e pães. Itens mais pesados eram colocados com itens de peso médio. Sorrisos e palavras de gentileza atraíam gorjetas. Inspirei profundamente. Com uma mistura de entusiasmo e receio, aproximei-me de um caixa.

A função de caixa era ocupada por uma fileira de meninas hispânicas usando roupas justas e avental azul-claro, todas com penteados semelhantes à base de gel. A menina que ocupava o caixa em cujo balcão eu me postei sorriu com simpatia para mim. Não trocamos nenhuma palavra, mas com sua atitude ela me disse que eu era bem-vinda. Eu peguei uma sacola plástica de uma pilha e, antes que eu pudesse pensar ou fazer qualquer coisa, ela começou a rolar as compras pelo balcão em minha direção. Chegaram rolando uma caixa com bolo e frios sortidos; em seguida, latas de sopa e um frasco de Pepto-Bismol. Um homem forte de meia-idade observava, através de seus óculos de fundo de garrafa, suas compras sendo registradas no caixa. Eu me alegrei por ele não parecer notar que eu estava tocando em suas compras.

As embalagens de cartão têm bordas cortantes e, por isso, requerem duas sacolas. Os frios podem ser colocados por cima e não esmagam a embalagem de baixo, por isso podem ser colocados em uma mesma sacola. Apenas duas latas, elas podem ir juntas...

De qualquer maneira, eu consegui terminar de ensacar as compras antes de ele terminar de pagar, o que me deixou orgulhosa. Mas quando entreguei as compras perfeitamente embaladas para o homem, agora olhando diretamente em seus olhos, ele pegou a nota da mão da caixa e foi se dirigindo para a porta sem nem sequer olhar para mim. Eu continuei seguindo-o com os olhos, meio que esperando que ele percebesse seu erro e voltasse, mas ele seguiu em frente. Frustrada, lembrei que cada ensacador tinha sua tigela de plástico cheia de moedas.

Inclinando-se para fora de sua cabine, o gerente gritou: "Atenção, senhores clientes, fecharemos a loja dentro de 10 minutos. Muito obrigado por comprarem aqui. Boa noite!". Embaixo do balcão de metal, encontrei uma pequena tigela. Eu peguei alguns trocados que tinha no bolso e rapidamente passei-os para dentro dela.

Uma mulher enorme, usando um vestido longo solto e colorido, e suas crianças vinham empurrando três carrinhos de compras para o balcão do caixa. Pela enorme quantidade de compras, parecia que eles haviam passado o dia no supermercado. Eu entrei em pânico diante da enorme quantidade de mercadorias que rolavam rapidamente em minha direção. As crianças esvaziavam os carrinhos com muito mais rapidez que eu conseguia ensacar as compras. A mãe delas balançou um monte de cupons no ar, fazendo tremer a pele solta de seus braços.

"Eu tenho cupons, mocinha, não se esqueça de descontá-los."

A garota mal tirou os olhos de seu trabalho, o de lançar números.

"Trate de lançá-los direito, menina; estou de olho em você!", a mulher enfatizou.

Uma das três crianças começou a brigar com outra. A mulher girou e deu um tapa atrás da cabeça do menino, pondo um fim abrupto à briga. "Tire a porcaria da comida do carrinho e se comporte!" Eu senti minhas vísceras se contraírem; eu não tinha certeza de que por uma gorjeta dela valeria a pena passar por aquilo.

A mulher voltou a controlar a caixa registradora. Batatinhas fritas, patê, pudim, várias bandejas de carne e garrafas de dois litros de Pepsi rolaram para a minha ponta do balcão e paravam ali. Eu trabalhava rapidamente, evitando o contato com os olhos, apesar de esperar ser recompensada.

Carne com carne, pacotes de cereal com pão. Embalagens de leite em sacolas separadas.

Eu terminei de ensacar tudo enquanto a operadora do caixa calculava os cupons da mulher. Olhando para as sacolas prontas, senti-me de novo orgulhosa. Cada uma delas estava perfeitamente arranjada, com o peso distribuído por igual, os itens devidamente separados por categoria. Eu fiquei ali parada, esperando.

Foi quando notei a embalagem amarela de Lunchable projetada para fora da sacola de compras mais próxima de mim.

A embalagem continha mortadela bem vermelhinha, algumas bolachas crocantes e um pequeno pedaço de queijo. Eu fiquei imaginando a textura da mortadela e o sabor do queijo.

Olhando para aquilo, eu me dei conta do quanto estava faminta. Com os olhos grudados na comida, senti de repente um desejo ardente de comê-la. Minha boca salivou. Ao meu redor, o supermercado estava, enfim, fechando. Alguns operadores de caixa estavam conferindo seus registros do dia. Alguém desceu a grade de fora da vitrine e eu percebi que não teria tempo para pegar minha própria comida como havia pretendido.

Eu me abaixei e fingi amarrar os cordões de meus tênis. Ninguém estava olhando para mim; a operadora do caixa estava conversando com um estoquista enquanto a mulher organizava seus vales-alimentação. Abandonei os cordões dos tênis e rapidamente empurrei a embalagem de Lunchable para fora do campo de visão, embaixo do balcão de metal onde, alguns minutos antes, eu havia encontrado a tigela usada para recolher trocados. Ergui-me sorrindo, sem graça, para todo mundo que não estava olhando, com o coração acelerado.

"Vamos, crianças", a mulher berrou, pegando sua nota fiscal. "E já vou avisando, ninguém *vai* usar a máquina de moedas. Portanto, nem se deem o trabalho de pedir!"

Eu passei as sacolas com as compras, duas de cada vez, para as mãos dela e ela, por sua vez, passou-as para seus filhos. Achei que fosse morrer quando percebi que ela estava falando comigo.

"Veja que sorriso", ela disse, olhando para mim com ternura.

Por estar me sentindo culpada, mal consegui olhar para seu rosto. "Isto aqui, queridinha, é pra você."

Reclinando-se, ela colocou uma legítima nota de um dólar umedecida por sua mão na minha. Eu forcei outro sorriso para dizer "Muito obrigada, senhora".

"Que sorriso lindo", ela repetiu. "Agora, vamos, crianças!"

Ela passou pelas portas automáticas, com as crianças se arrastando e resfolegando sob o peso das sacolas atrás dela, a menor delas bamboleando como um pinguim.

Eu escondi a nota de um dólar e esperei um instante para ter a certeza de que eles já haviam ido antes de enfiar a embalagem de Lunchable em outra sacola plástica. O resto da garotada que trabalhara como ensacadores já havia ido embora e só restavam os operadores de caixa conferindo as contas do dia.

Com o campo livre, peguei minha sacola e saí. Segui o caminho de casa andando muito mais rápido que o necessário, olhando por cima do ombro, até entrar na University Avenue. A dois quarteirões de minha casa, rasguei a embalagem e enfiei os biscoitos, a mortadela e o delicioso queijinho gelado na boca; cheia de culpa e voracidade, eu devorei todo aquele lanche com apenas algumas mordidas rápidas.

O telefone do espaço de terapia ocupacional da clínica psiquiátrica do hospital North Central Bronx tocou até os toques se transformarem em um zumbido distante. A orelha em que eu mantinha o telefone lá de casa já estava quente de tanto esperar ser atendida. Com calma, eu havia discado e rediscado os mesmos sete algarismos, só para ouvir o som da linha e os ruídos da discagem se repetindo. Papai estava por perto, assistindo a um episódio de *Jeopardy!* e batendo nos joelhos toda vez que acertava as respostas. Descansando a cabeça em cima da mesa, fiquei ouvindo os toques até adormecer.

Em meu sonho, mamãe, uma figura minúscula e muito distante, estava gritando para mim de algum lugar afastado. "Lizzy!", ela chamava e chamava com uma voz fraca. "Lizzy, é você?" Eu voltei à realidade e percebi que era a voz real de minha mãe no telefone, que havia caído sobre a mesa, e peguei-o.

"Mamãe?"

"Lizzy, eu achei que era você, Abobrinha. Nós estávamos fazendo os malditos trabalhos manuais de novo. Eu fiz uma coisa para você. Uma caneca. Não ficou tão boa quanto eu queria, mas é que eu não consegui enxergar a borda."

"De cerâmica? Você é capaz de fazer *canecas*?" A ideia me impressionou; ela estava se mostrando extraordinariamente capaz. "Você está melhor, mamãe?"

"Acho que sim. Bem, na verdade, estou com um problema... Eu só estou precisando de uma coisinha. Já faz um tempo, sabia? Elas, as enfermeiras daqui, são como malditos soldados da Gestapo. Não posso nem pedir um cigarro a ninguém. Simplesmente não estou me sentindo muito bem neste exato momento."

Mamãe se queixou que o pessoal estava sempre lhe impondo castigos, com restrições a fumar, por "mau comportamento", como dizer palavrões e se atrasar aos encontros de grupo.

"Eu me sinto como se estivesse na droga de uma prisão", ela disse. "Elas não sabem o que é querer desesperadamente fumar e não poder. Elas não sabem o que é ficar sem cigarros, você entende?"

"Eu entendo, mamãe."

A perda de liberdade como interna da ala psiquiátrica era uma questão difícil de lidar para mamãe. As enfermeiras do North Central Bronx conheciam Lisa e eu pelo nome; perguntavam sobre como estávamos indo na escola, comentavam a perda de dentes de leite e lembravam-se de nossos aniversários. Mas eu resistia ao interesse delas. Havia alguma coisa nelas, somada à autoridade que exercem sobre mamãe, que me fazia sentir uma traidora. Eu fingia não ver quando elas alistavam "problemas de comportamento" com respeito à mamãe em seus quadros de avisos ou se dirigiam a ela com um tom de voz que a maioria dos pais usa para disciplinar seus filhos. Eu preferia me virar a ficar vendo como mamãe era obrigada a se postar alguns metros atrás delas, batendo com os pés, com seus sapatinhos de hospital e blusões desbotados dos achados e perdidos, vendo-as trancar e destrancar portas para dar-lhe acesso a outras partes. Simplesmente não havia como reconhecer as pessoas que confinavam mamãe sem reconhecer o confinamento dela; não havia, a meu ver, nenhuma maneira clara de tratá-las sem depreciar mamãe. Por isso, em minhas visitas, eu sempre me colocava de lado, olhando para o chão, e só respondia com balbucio às perguntas que elas me faziam.

Uma coisa que ajudava a diminuir a tensão era observar os outros pacientes: o chinês sempre suado, que enfiava em câmara lenta todas as pedras de xadrez dentro de sua calça; ou a senhora idosa de lábios franzidos, que fazia dos corredores da ala passarelas de desfile; ou o homem que ficava parado diante de uma parede sempre com um fio de saliva escorrendo de sua boca. Qualquer que fosse o planeta em que aquelas pessoas viviam, eu sabia que, em mais ou menos um mês de medicação, mamãe estaria muito melhor. A doença dela se manifestava em surtos periódicos, não como aquelas pessoas. Observando aqueles pacientes, eu percebia claramente a diferença que havia entre eles e mamãe; e tinha a certeza de que as coisas podiam ser piores e de que mamãe sairia daquela.

"Mamãe, ouça, quando você voltar para casa, nós vamos ao McDonald's." Eu procurei um jeito de levar a conversa para um ponto em que eu pudesse lhe falar de meu novo trabalho.

"Sim, Lizzy. Nenhum problema."

"Não, mamãe, eu não perguntei, eu *disse* que nós podemos ir ao McDonald's quando você voltar para casa. Vai ser meu presente para você. Eu tenho um trabalho."

"O que você está dizendo, Abobrinha? É mesmo? Você sabia que eu trabalhei em uma fazenda quando era pequena, mas só por um tempinho? Foi em um abrigo temporário, por mais ou menos seis meses."

Essa era ela de novo, com certeza. Soube pelo tom de sua voz.

"Nós tirávamos leite de vacas, era no-jen-to. Mas tinha gosto de leite fresco, muito melhor que o comprado no mercado, sabia? Você não faz ideia do tempo em que a vagem esteve enlatada quando é comida."

"Então, você vai voltar logo para casa, não é mesmo? Você está bem o bastante para voltar para casa, tenho certeza. Você parece bem."

"Em breve, Lizzy. Na terça-feira, o médico disse. Terça-feira."

"*Verdade*? Jura?"

"Com certeza, Abobrinha."

"Certo. Então quer dizer que você vai voltar com certeza para casa esta semana, é isso?"

"Sim, Lizzy. Ei, Abobrinha, eu te amo; agora coloque o papai no telefone, sim?"

"Tudo bem, mamãe. Eu também te amo."

Papai pegou o telefone e soltou um suspiro pesado, sem desviar os olhos da TV. "Oi, Jean", ele disse. "Não se preocupe. Sim. Certo. Ótimo."

Enquanto eles ficaram conversando, eu fui até o quarto de Lisa e entrei, chamando-a pelo nome.

Sentada em sua cama, Lisa rapidamente puxou um cobertor para cobrir seu peito. Ela estava sem blusa. Eu imediatamente dei um passo atrás.

"Oh, desculpe!"

"Você devia ter visto, Lizzy, que estou me vestindo", ela retrucou.

Uma sacola plástica amarrotada estava em cima da cama, perto dela; no meio da sacola estava escrito YOUNG WORLD em letras multicoloridas.

"Desculpe, é que mamãe está ao telefone. Ela vai ter alta."

"Espere um minuto", ela disse, evitando meus olhos. "E feche a porta."

"Pode deixar", eu disse, recuando.

A porta se fechou e voltou a se abrir, apenas uma fresta, mas o suficiente para a luz do corredor entrar no quarto de Lisa e permitir que eu pudesse vê-lo. Do final do corredor, vinha a voz de papai dizendo "sim, sim", de tempos em tempos ao telefone. Eu fingi me afastar alguns passos do quarto de Lisa, mas continuei ali perto, olhando. Passado um instante, ela afastou o cobertor, expondo um sutiã rosa claro meio solto em seu peito. Aquela visão chocou-me. Lisa nunca havia nem sequer mencionado qualquer coisa sobre usar sutiã, embora eu lembrasse que há poucos dias vira-a catando moedas entre as almofadas do sofá e contando algumas que havia economizado. Mamãe tinha apenas um sutiã sujo. Até aquele momento, eu não havia pensado muito na possibilidade de nós termos que usá-los algum dia.

Lisa puxou ambos os lados e segurou com os dedos um pequeno aro no meio do sutiã, esforçando-se para prendê-lo. Seu cabelo espesso estava preso com um grampo no alto da cabeça. O sutiã desprendeu-se duas vezes de seus dedos e ela voltou a segurar as duas partes, até finalmente conseguir prendê-las. Vendo seus seios descobertos, eu quase recuei. A nudez havia se tornado uma coisa estranha desde a época em que havíamos deixado de tomar banho juntas, quando eu tinha três anos e ela, cinco. Mas o sutiã era algo demasiadamente misterioso; a relação dela com ele era muito intrigante para não ser observada. Ela estava se tornando mulher, eu pensei, como mamãe. Eu me senti traída, como na primeira vez que vi uma caixa de absorventes internos em sua mesinha de cabeceira. Talvez se fôssemos mais próximas, se conversássemos mais vezes por mês, talvez então ela me confiasse seus segredos.

Pelo meu comportamento, por estar sempre de shorts e camiseta e, especialmente, pela aparência do meu corpo, pensei, eu podia muito bem ser um menino. Por trepar em árvores e me sujar com os meninos, eu era muitas vezes chamada de "traquinas" por outras crianças. Era um termo que me deixava com a cara vermelha e com o coração acelerado. Não via por que me comparar a meninos pelo simples fato de eu gostar de atividades físicas. Mas eu também não tinha nada a ver com as meninas que usavam vestidos cheios de babados, que as obrigavam a ficar sentadas em cadeiras sem se mexer, com as pernas dobradas e fofocando o dia inteiro. Como tampouco me sentia um menino. Eu não era nem um nem outro, eu pensei – era uma excluída. Um menino-menina. Ali, observando Lisa, eu me senti ainda mais deslocada.

Lisa tirou o sutiã e enfiou uma camiseta por cima da cabeça. Em seguida, pegou um cabide de arame de seu armário e colocou nele seu sutiã com cuidado. As paredes do quarto dela eram cobertas de fotos de ídolos dos adolescentes – garotas rebeldes, garotos pop stars e mulheres empetecadas tiradas de revistas. Lisa pegou um pedaço de espelho quebrado e voltou para a cama, onde ficou contraindo os lábios e piscando os olhos diante dele.

Recostei-me à parede e olhei para o meu próprio peito, tão achatado quanto o de Rick ou de Danny. Eu estava com uma camiseta das tartarugas Ninja e tênis de cano alto. Meu cabelo era uma coleção de maçarocas. Lá dentro de seu quarto, Lisa começou a passar batom nos lábios. Era de um tom rosa choque, que ela suavizava apertando a boca sobre um guardanapo. Ela ajeitou o cabelo e deu um largo sorriso para o espelho.

Eu me encaminhei para a sua porta e quase cheguei a bater, mas me detive ao perceber que não sabia o que dizer. Continuei, portanto, ali parada por mais um instante, admirando minha irmã mais velha.

Eu fui arrancada de meu sono no sofá por uma forte batida na porta. Ao erguer os olhos, vi mamãe atravessar correndo o apartamento, muito perturbada e aos prantos. Ela jogou o casaco de inverno de Lisa por cima de uma cadeira que estava perto de mim e se deixou desmoronar em sua cama. Eu levantei para desligar a televisão e fui ver o que estava acontecendo.

Quando eu estava parada na entrada de seu quarto, mamãe apagou a luz e começou a chorar. Ela não percebeu a minha presença.

"Qual é o problema, mamãe?"

"Lizzy?", ela perguntou, com um tom que parecia estar achando estranho me ver em nosso apartamento.

"Ei, mamãe... O que foi? Você está bem?"

"Nada, querida... Estou tendo uma noite péssima", ela disse, chutando os sapatos para fora dos pés no escuro. "Esse cara... eu achava que podia negociar com ele... Eu ia dar o casaco de Lisa, mas eles não quiseram. Eu fui caminhando até lá e não consegui nem mesmo uma porçãozinha." Ela desandou a chorar, gemendo de dor em sua cama. Ouvindo-a, senti meu coração se partir de dó. Eu odiava não poder fazer nada para aliviar seu sofrimento.

Com a expressão "esse cara", ela estava se referindo a um dos traficantes de drogas locais e, com "negociar", ela queria dizer trocar o casaco de Lisa por uma porção de cocaína, coisa típica de mamãe. Era comum, quando não tinha nenhum dinheiro, ela revirar o apartamento em busca de qualquer objeto que tivesse algum valor para levar aos traficantes locais e oferecer-lhes como possíveis trocas. Os traficantes de drogas – fortemente armados e com longas fichas criminais – que negociavam drogas ilícitas em nosso quarteirão estavam tão acostumados a ver mamãe aparecer, tentando conseguir droga a troco de qualquer coisa, desde sapatos velhos até despertadores, que a apelidaram de *Diabla*, feminino de diabo em espanhol, pelo grau de desespero a que ela chegava.

Como se não tivesse nenhuma noção do quanto os traficantes eram perigosos, mamãe esperava na fila de usuários de drogas pagantes e, quando chegava sua vez, em vez de colocar dinheiro na mesa para fazer sua compra, ela audaciosamente apresentava qualquer coisa que tivesse conseguido escavar: um aparelho de vídeo, algum videogame, um brinquedo ou até alguma coisa comestível. E ficava ali insistindo em não ir embora, nem mesmo quando os traficantes a ameaçavam. Eu não faço ideia do que os impedia de cumprir as ameaças ou, se eles chegaram de fato a cumpri-las, ela nunca me disse nada. Mas eu sei que um dos traficantes conhecidos de meus pais pediu certa vez a papai que ele fosse comprar as drogas para os dois e deixasse a "*diabla*" em casa, porque ela era uma péssima negociante. O cara também disse a papai que eles chegavam, às vezes, a dar a ela uma pequena prova, para que fosse embora.

Naquela noite em particular, quando mamãe tentou lhe dar o casaco de Lisa, o traficante não o aceitou, não com base no valor do casaco, mas por princípio.

"Pois é, pelo visto todo mundo conseguiu sua parcela", mamãe disse, "mas a mim ele deu *esta* porcaria", entregando-me frustrada uma estranha moeda, "e ainda por cima veio querer moralizar... como se ele fosse um santo".

Vendo que o tamanho do casaco era de criança, o traficante devolveu-o a mamãe, juntamente com aquela moeda, e disse que fosse para casa cuidar de seus filhos, o que deixou mamãe furiosa. Um dia, mamãe me explicaria que aquela era uma moeda dada aos frequentadores dos Narcóticos Anônimos que atingissem determinado número de dias sóbrios, como símbolo do progresso já alcançado e da luta que ainda tinham pela frente. De maneira alguma mamãe pareceu ver a ironia do fato de um traficante de drogas ter-lhe dado a moeda. Desmoronada em sua cama, tremendo por causa da abstinência, ela se consumia na premência desesperada por se drogar.

Eu fiquei ali até ela adormecer e então fui para o meu quarto e me enfiei debaixo das cobertas, com a atenção concentrada na tal moeda. Mais tarde, eu colocaria a moeda na gaveta de minha cômoda, onde ficaria guardada por anos. De vez em quando, eu a pegava e simplesmente ficava passando o dedo por cima das letras gravadas em seu dorso, perguntando-me sobre o mistério daquela "Prece da Serenidade":

Que Deus me dê serenidade para aceitar as coisas que não posso mudar, coragem para mudar as coisas que posso mudar e sabedoria para distinguir umas das outras.

Embora eu não entendesse seu significado exato, eu reconheci a sonoridade dessa oração como me sendo familiar pelas inúmeras vezes que havia ido com ela aos encontros do grupo de NA. As reuniões seguiam uma estrutura formal: os dependentes químicos sempre recitavam a prece da serenidade em uníssono, todos de mãos dadas, nos porões das igrejas urbanas, enquanto seus filhos, entre eles Lisa e eu, fartávamo-nos com os lanches gratuitos de doces e limonada. Uma vez no começo da reunião e depois mais uma vez no final, a prece *Que Deus me dê serenidade...* era um dos principais pilares dos encontros daquele grupo, juntamente com os depoimentos daqueles que deixaram o vício, daqueles que "seguiram os passos" e "derrotaram as drogas", os depoimentos do que "conseguiram". De pé diante de todos, cada dependente em recuperação dava seu testemunho, que seguia o mesmo padrão familiar: um estilo de vida que destruía a própria pessoa, sua família e as pessoas que amava, a redenção que alcançavam por meio do grupo; e, entre um e outro, uma recaída terrível e assustadora – momento que separava o antigo do novo estilo de vida –, caracterizada pelo fundo do poço na vida da pessoa.

Alguns desses ex-viciados que "haviam se recuperado" procuravam mamãe depois do término das reuniões. Eles queriam ajudá-la e eu sentia que recorriam a Lisa e a mim como meio de chegar a ela. Um homem se sobressai em minha memória, um sujeito branco de olhos verdes e tão alto que tinha que se agachar para olhar nos meus olhos e perguntar se eu gostava de biscoitos. Com muitos nas mãos e outro estufado na boca naquele exato momento, eu não sabia discernir se ele estava brincando ou se estava me acusando. Eu ficava olhando para ele com cara de boba. Ele sorria e se erguia para falar com mamãe sobre abstinência. Ela acendia um cigarro atrás do outro e evitava olhar em seus olhos enquanto o sujeito falava, balançando o corpo de um lado para outro (um efeito colateral dos remédios que tomava para esquizofrenia), enquanto ele tentava, em vão, estabelecer contato pelo olhar. Na época, mamãe havia acabado de sair de uma de suas estadas na ala psiquiátrica do North Central Bronx, e seu período de abstinência estava chegando no limite previsível.

Depois da reunião daquela noite, acabamos indo com ela ao ponto de drogas. Mas, por alguns instantes, a mensagem daquele homem era tão clara e potente quanto poderia ser para alguém que não estava disposto a ouvi-la.

"A senhora sabe como a gente tem certeza de que chegou ao fundo do poço?", ele perguntou. "A gente sabe que chegou ao fundo do poço quando para de escavar coisas para vender! Foi isso que me disse o meu assistente." Ele se esforçava ao máximo para estabelecer contato com os olhos dela, mas suas palavras não conseguiam simplesmente tocá-la.

Mais tarde, naquela mesma noite, mamãe vendeu a torradeira e a minha bicicleta para conseguir sua dose de cocaína.

Depois de anos de experiência, eu sabia que havia poucas versões de mamãe, mal chegando a um total de cinco personalidades: a mamãe louca, a mamãe drogada e embriagada, a mamãe sóbria e generosa, a mamãe feliz no dia em que recebia o dinheiro do seguro social e a mamãe agradável que acabara de sair do hospital. Essa última talvez fosse a versão mais simpática, apesar de durar por um período de, no máximo, duas semanas.

Quando voltava para casa, com esse alter-ego em ação, ela nos entretinha com histórias hilariantes de outros pacientes da ala psiquiátrica, rindo de cada caso ao ponto de perder o fôlego, de lhe cair o queixo e de bater com os punhos no canto do armário e se dobrar de tanto rir. Ela ainda tinha na pele e no cabelo o perfume do sabonete típico daquele hospital, que eu adorava sentir quando ela me abraçava tantas vezes logo depois de ter voltado para casa. Essa mamãe fumava menos; ela se preocupava com a simetria das cortinas da sala. Ela podia passar zunindo pela sala ao descer o corredor e, de repente, parar junto ao sofá para me dar um beijo na testa, só por dar. Simplesmente estar em casa bastava para deixar essa versão de mamãe feliz.

Mas daquela vez foi diferente. Daquela vez, o hospital nos mandou de volta uma estranha no lugar de mamãe, uma que não correspondia a nenhuma das versões anteriores. Eles a mandaram vestida com as mesmas roupas, para o endereço certo, familiarizada com nossos nomes e com as circunstâncias ao redor – só se esqueceram de parte de sua personalidade. A primeira coisa que eu notei foi sua absoluta rigidez, a maneira demasiadamente rija com que suas pernas atravessaram a porta, como uma modelo levando uma pilha de livros na cabeça. Nenhum de seus tiques nervosos normais: os tiques nervosos haviam sido totalmente removidos de seus maneirismos.

Mamãe simulou todos os gestos, estendendo os braços para nos abraçar um de cada vez. Ela conseguiu sorrir, mas a maior parte de sua face não cooperou. "Você está tomando algum outro medicamento?", eu perguntei enquanto ela desfazia sua mala em um silêncio extremamente embaraçoso.

"Não sei, Lizzy. É possível."

Lisa foi mais agressiva; ela ficou fazendo uma pergunta atrás da outra. Mamãe disse pouco e deixou Lisa falando sozinha, desviando os olhos para a parede, o teto, o piso, para qualquer lugar que não fosse os olhos de Lisa. Papai se mostrou afável, ou talvez tenha sido ela a afável; eles dormiram na mesma cama por quase uma semana. Então, mamãe voltou para o sofá, ou ficava sentada em uma cadeira junto à janela por horas, com os olhos esbugalhados, o cabelo puxado para trás, o corpo ereto, sempre com seu roupão cor-de-rosa, como se fosse uma manequim na vitrine da Macy, um quadro pitoresco de tristeza. Lá fora, o tempo parecia estar de acordo com o estado de espírito dela.

Choveu toda a primeira semana de sua volta para casa, fazendo transbordar os bueiros entupidos de latas de cerveja e bitucas de cigarros. Choveu tanto que os meteorologistas faziam diligentemente atualizações nos intervalos comerciais. O céu estava tão escuro que parecia noite durante todo o dia. Na terceira noite seguida de chuva, mamãe comentou que aquilo era "um tsunami", exagerando sua significação.

"Deve ser assim que fica o tempo nos lugares atingidos pelos tsunamis", mamãe disse, quando estávamos sentados todos juntos em uma noite ouvindo a chuva cair no asfalto da rua.

"O que é um tsunami?", eu perguntei, mais para animá-la que por verdadeira curiosidade.

Ela removia pedacinhos de tinta descascada do peitoril da janela, enquanto o cheiro de chuva entrava a cada rajada de vento gelado, quando disse: "Um tsunami é uma onda tão enorme que mata as pessoas e deixa um rasto de destruição por onde passa, Lizzy. É uma onda imensa, do tamanho de uma montanha".

Às vezes, a fortuidade dos assuntos que mamãe colocava em suas conversas deixava-a parecendo uma estranha. Eu gostava e, ao mesmo tempo, não gostava de vê-la assim. Era como catar pedaços de mamãe no espaço escuro que era o seu passado. Era tudo muito indistinto, sem nenhuma harmonia entre um episódio e outro que ela contava. Eu podia, ou não, tomar facilmente conhecimento de algo importante a respeito de mamãe. Pensar no quanto eu não sabia a seu respeito me incomodava; fazia eu me sentir separada dela, e eu odiava isso.

"Como pode causar tanta destruição se é apenas uma onda? As ondas estão no mar e as pessoas vivem na terra."

"Sim, mas essa onda é diferente, Lizzy. Não é como aquelas que se vê na praia. É muito maior." Relâmpagos riscaram o céu diante de nossa janela, iluminando as poças de água e formando desenhos em seu vidro. Em seguida, ouviu-se uma tremenda trovoada que fez disparar os alarmes dos carros lá na rua.

"Enorme como o quê?", eu perguntei, jogando um lençol por cima de meus ombros para me proteger.

"Enorme assim. Tão alta como este prédio, da altura de seis andares ou ainda mais alta." Mamãe estendeu o braço para o alto. Para poder enfatizar, a face dela ficou tensa. "Eu estou te dizendo, Lizzy, assim enormes. São gigantescas. Elas obscurecem todo o céu antes de se espalharem."

"Caramba! Você já viu alguma?" Eu queria ligar a informação à vida de mamãe.

"Oh, não, por Deus, não, elas só ocorrem em lugares longe daqui. Mas eu costumava ter pesadelos com elas o tempo todo. Depois de ter visto aquela reportagem sobre tsunamis quando eu era pequena, eu comecei a sonhar que nadava o mais rápido que podia, com aquela onda gigante atrás de mim. E eu nunca conseguia; a onda me pegava toda porcaria de vez."

"Você ainda sonha com elas?"

"De vez em quando. Na noite passada, acho que foi a chuva que me fez pensar nelas."

"Por que as pessoas não vão simplesmente embora antes de a onda chegar?", eu perguntei. Mamãe ficou olhando para a rua.

"Elas iriam se soubessem quando a onda ia chegar, mas ninguém sabe. Ela chega de surpresa e aí é tarde demais para ir embora. Vou tirar uma soneca agora, Abobrinha, estou cansada."

"Mas, mamãe, por mais que as pessoas corram?"

"Não importa o *quanto* elas corram, Lizzy. Quando elas veem a onda chegando, já é tarde demais para escapar."

Mamãe e papai deram cabo de todas as economias do seguro social em questão de dias. Para mim e Lisa, eles gastaram 30 dólares em comida, mas em menos de uma semana o dinheiro estava no fim, e nós tivemos que, de novo, reduzir nossas porções. Todos os dias eu voltava ao Met Food para tentar trabalhar, mas todos os lugares já estavam ocupados. Lisa e eu dividíamos, portanto, o que restava de comida. Naquela noite, eu estava comendo pão com creme de amendoim e geleia, comprados com meu dinheiro, enquanto fazia um diorama como lição de casa dada pela professora Benning. A chuva continuava caindo torrencialmente, trazendo rajadas de vento para dentro do apartamento com a janela aberta, congelando meus braços e pernas.

Na quinta série, naquele mês de outubro, nós havíamos lido *A menina e o Porquinho*, para a feira do outono. Eu estava usando cartolina, das aulas de Educação Artística, para colar cuidadosamente as figuras recortadas dos personagens Charlotte, Wilbur e Templeton em uma caixa de sapatos para representar a cena em que Charlotte tece uma teia com a palavra *humilde*. Os três melhores trabalhos de cada classe ficariam expostos no saguão da escola durante o mês de dezembro, onde poderiam ser vistos por todos. Na manhã do dia seguinte, a Sra. Pinders, bibliotecária da escola, escolheria os melhores. Eu tinha a certeza de que, se conseguisse tornar os personagens suficientemente vívidos, o meu diorama teria chance.

Eu passei a noite toda dando os retoques finais: com cola Elmer eu colei palitos de picolé para criar o cercado do estábulo. Com raspas de lápis, criei os montes de feno. Volta e meia, eu me afastava um pouco para ver como estava me saindo e ficava satisfeita com o resultado. Enquanto eu trabalhava à mesa da sala, mamãe e papai ficavam entrando e saindo do apartamento, correndo a bares ou atrás de drogas. As palavras agressivas que trocavam, embora não desse para eu entender exatamente, deixavam claro que alguma coisa estava acontecendo. Mais de uma vez mamãe saiu chorando, indo para o bar. Da minha janela, eu a vi desaparecer na chuva que despencava sobre a University Avenue.

Finalmente, por volta das quatro horas da manhã, senti os braços cansados e as pálpebras pesadas. Embora nem papai nem mamãe estivessem em casa, eu fui para a cama. Com o diorama pronto e colocado em segurança em cima de minha cômoda, fui no escuro para baixo das cobertas e afundei minha cabeça no travesseiro. Lá fora, os carros passavam zunindo e lançando sombras que se moviam rapidamente nas paredes nuas. Um portão batia com o vento e fazia ruídos, que mal se faziam ouvir por trás da chuva que jorrava. Os sons repetidos das batidas embalaram o meu sono, até que um barulho mais forte e próximo me acordou – o da garrafa de cerveja sendo tragada por mamãe acompanhado das pisadas de seus pés.

"Ei, Abobrinha." Na beirada de minha cama, mamãe estava sentada de pernas cruzadas, com a garrafa de cerveja quase vazia na mão.

"Oi, mamãe." Esfregando os olhos para afastar o sono, eu me preparei imediatamente para consolá-la, saber o que estava acontecendo.

"Você está bem? Quer conversar?", eu perguntei.

Lágrimas escorriam de seu rosto, reluzindo ao luar. Ela passou com força o dorso da mão para secá-las. Continuou sem dizer nada, apenas respirando profundamente e derramando mais lágrimas. Eu sempre sabia o que fazer quando mamãe falava, mas aquele silêncio era novo para mim. Deixou-me tensa e sem jeito.

"Mamãe, fale comigo... Você sabe que eu te amo, mamãe? Eu te amo. Seja o que for, você deve me dizer. Alguém ofendeu você lá no bar? Você sabe que eu preciso saber..."

"Eu te amo, Abobrinha. Não deixe nunca alguém dizer que você não é minha bebezinha. Entendeu? Não importa que idade você tenha, será sempre a minha bebezinha."

"Mamãe, por favor, o que está acontecendo?" Vendo seu rosto se contorcer por alguma dor específica, eu senti saudade de nossas melhores noites, em que ela deixava seu cabelo espesso e encaracolado se espalhar por cima de minhas faces, acariciando-as enquanto eu estava aninhada junto ao corpo dela na cama. Ela me fazia cócegas até eu me rebentar de rir. Mas, às vezes, ela simplesmente não conseguia fazer isso. Eu sabia que em noites como aquela as coisas eram difíceis para ela. Era quando as lembranças do passado a perseguiam e ela precisava mais do que nunca de minha ajuda. Era quando ela mais precisava ser ouvida e consolada.

"Mamãe, eu te amo. Não chore. Estamos todos aqui e todos nós te amamos. Aconteça o que acontecer, tudo ficará bem."

Eu perscrutei seus olhos para ver se ela estava entendendo, mas ela estava em algum lugar distante. Eu sabia que aquela ia ser uma das longas noites em que ficávamos conversando até o céu clarear e os cantos dos passarinhos serem os únicos ruídos a virem lá de fora. Só de pensar nisso fiquei exausta. Lembrei-me da Sra. Pinders e da exposição de outono que ocorreria pela manhã e desejei que mamãe se sentisse tão cansada quanto eu estava. Quem sabe então ela caísse no sono.

"Vamos, mamãe, fale comigo." Eu peguei sua mão; estava molhada de lágrimas.

"Lizzy, ouça, eu vou estar para sempre em sua vida. *Para sempre.* Quando você crescer..." De repente, ela soluçou, soltando um gemido tão alto que me assustou. "Quando você for adulta e tiver seus próprios filhos, eu vou cuidar deles. Vou ver você terminar a escola. Você sempre será minha bebezinha. Você sabe disso, não sabe? Não importa a idade que tiver, você será sempre minha bebezinha."

"Deixe-me abraçá-la." Eu comecei a tremer, mas usei todas as forças que me restavam para esconder o medo. "Eu sei que você vai estar sempre aqui. Eu também vou estar sempre aqui com você. Não se preocupe tanto, mamãe."

"Lizzy, Abobrinha, eu estou doente... Estou doente, eu tenho Aids. Fui diagnosticada lá no hospital. Papai achou melhor não dizer nada sobre isso por enquanto... Eles fizeram um exame de sangue. Eu tenho Aids, Lizzy."

Imagens televisivas de homens pálidos estendidos em padiolas atravessaram a minha mente; pessoas deitadas em catres, incapacitadas pela doença. Lembrei-me de ter ouvido alguém dizer que todos os doentes de Aids acabavam morrendo. Imediatamente, liguei as imagens e a palavra *morte* à mamãe. Mamãe ia morrer? Senti um nó no estômago e desatei a chorar.

"Mamãe, você vai morrer? Você vai morrer, mamãe?"

Eu estava totalmente desperta. Observei a chuva caindo atrás de mamãe chorando, iluminada pela luz que vinha de fora. A imagem dela era de uma silhueta, como se fosse um quadro totalmente vazio. Apenas alguns minutos antes, a chuva caía com a mesma constância, mas mamãe ainda não ia morrer. De alguma maneira, a minha cama e todos os móveis do meu quarto continuavam no mesmo lugar, as sombras dos contornos da janela continuavam paradas ali na parede, mas mamãe não era mais a mesma.

Mamãe me apertou em seus braços, afundando sua garrafa de cerveja em minhas costas. Abraçadas, com os corpos trêmulos pelos soluços silenciosos, ficamos ali sobre a cama por um tempo incrivelmente longo. Minha mãe e essa coisa, ambas ali comigo em meus braços. Abraçada a ela, procurei reter o que eu tinha dela, dissociada do álcool e da doença.

"Mamãe... você não pode ir embora."

"Não agora, Abobrinha. Vou ficar aqui por um tempo. Pelo menos, alguns anos."

"*O quê?* Não, mamãe!"

Agora era eu quem chorava desconsoladamente, sufocando minhas próprias lágrimas.

"Eu estou dizendo que vou ficar aqui ainda por muito, muito tempo. Não se preocupe, eu não vou a nenhum lugar. Eu te amo, Abobrinha. Não vou morrer. Vai demorar muito ainda para mamãe morrer. Quem sabe eu posso nem estar com Aids. Esqueça o que eu disse."

Mas era tarde demais. Eu conhecia mamãe bem demais, sabia de sua incapacidade para guardar segredos. Eu tinha certeza de que aquilo era verdade. Ela não podia mais desdizer o que havia dito. Eu desejava ardentemente que fosse delírio dela, sinal de outro surto eminente, mas sabia que era verdade.

"Mas você acabou de dizer... Mamãe, não minta pra mim. Você vai morrer?" Eu tossi e sufoquei as lágrimas. Estava tendo um ataque histérico.

Mamãe se levantou abruptamente e, já segurando o trinco da porta, disse:

"Esqueça tudo, Lizzy. Trate de dormir um pouco agora. Não importa o que eu disse. Quem sabe *o que* eu tenho? Nos dias de hoje, ninguém sabe nada. Não se preocupe, eu estava só brincando. Estou muito bem, estou ótima", ela disse tomando outro trago de sua garrafa. "Nós vamos ficar todos bem", ela acrescentou, antes de sair e fechar a porta com um empurrão.

"Espera", eu gritei. "Espera! *Mamãe*!...Mamããããe!" Eu sabia que ela havia se retirado porque eu não lhe dera a resposta certa. Tinha que ser por isso. Odiei a mim mesma por ser tão carente e chorona. Sempre que eu me mostrava demasiadamente carente acabava afastando papai e mamãe. Eu devia ter sabido. Chamei-a mais uma vez, "Mamãããe!".

Mas, por mais alto que eu gritasse e por mais que eu chorasse, ela não voltou. Também eu não encontrei forças para ir atrás dela. Saltar da cama iria de alguma maneira tornar aquele momento mais real.

Respirei profundamente por várias vezes e tentei me acalmar: agarrei os lençóis para aliviar os tremores. O silêncio deixou o quarto mais vazio que nunca. Apenas 10 minutos antes, eu estivera dormindo e mamãe não tinha Aids.

Por mais que eu quisesse manter as pessoas unidas, eu sempre acabava separando-as. Eu havia tentado ajudar mamãe, dar-lhe o que necessitava, mas talvez só tivesse conseguido piorar as coisas. Mesmo sabendo por que ela precisava do dinheiro, inúmeras vezes eu dera a ela as gorjetas que recebia em troca do meu trabalho no supermercado ou os dólares enviados de Long Island, colados com fita adesiva dentro dos cartões de aniversário. Naquele momento eu entendi, como uma martelada em meu peito, que talvez eu a tivesse enlouquecido e também *pago* a agulha que a infectou com Aids.

"Sua idiota!", eu gritei para mim mesma. "Sua burra!"

Eu atirei um travesseiro através do quarto, que foi bater no diorama e despedaçou-o. O cercado feito de palitos de picolé, ainda colados, foi parar no chão, partido ao meio.

Capítulo 4

Desencantamento

Se antes o nosso apartamento havia se constituído em um mundo à parte, quando eu estava para completar 12 anos, nós quatro estávamos vivendo em diferentes continentes, tão isolados uns dos outros, cada um trancado em seu quarto, separados e levando sua vida de forma tão independente que eu tinha receios de jamais voltarmos a ser uma família. Eu passava a maior parte do tempo fora de casa, na companhia de amigos ou trabalhando no supermercado ou no posto de gasolina. Lisa, em seu quarto, ouvia música em volume de fazer rebentar os tímpanos, com a porta do quarto permanentemente trancada. Papai continuava com suas idas ao centro e suas longas caminhadas pelas vizinhanças. E mamãe tinha um novo amigo para lhe fazer companhia, um homem detestável cuja presença aguçou as arestas entre nós, em uma época na qual já estávamos mais afastados um do outro do que podíamos suportar.

Leonard Mohn era uma figura extravagante, de aparência tão esquelética que lembrava o quadro de Munch, *O Grito*. Ele tinha pequenos tufos de cabelos em cada lado da cabeça careca e seus olhos saltavam das órbitas como se ele estivesse sendo estrangulado. Era nervoso, impaciente e sofria de uma doença mental, não diferente da de mamãe, que ele tratava com todos os tipos de pílulas coloridas. Ele e mamãe se conheceram em uma noite no bar e se tornaram ótimos amigos quando descobriram que tinham o mesmo gosto para homens. Juntos, Leonard Mohn e mamãe se apossaram de nossa cozinha e transformaram-na em algo como um lugar de encontros de um grupo de injustiçados, ou um fumódromo, ou aquilo que os viciados costumam chamar de "drogalândia"; em geral, um lugar deserto, onde eles competem para ver quem se injeta mais.

A rotina dos encontros deles coincidia com os dias de recebimento do seguro social de cada um: papai era o cumpridor de tarefas; era ele quem ia comprar as drogas enquanto mamãe e Leonard ficavam sentados na cozinha se queixando da vida, esvaziando garrafas de Budweiser e fazendo os preparativos para que, quando papai voltasse, todos tivessem enfim sua dose de euforia. Essa sequência prosseguia por quase duas semanas ininterruptas (o tempo que durava o dinheiro dele e o de mamãe juntos), até surgirem círculos escuros abaixo e entre os olhos deles e não haver mais nenhum centavo para ser gasto. A volta de Leonard era aguardada quando chegava a hora de ele ou mamãe receber de novo seu seguro. Ele não costumava aparecer na metade do mês para acompanhar mamãe em suas andanças pelos bares. Em sua ausência, mamãe dormia por dias seguidos.

Papai, mamãe, Lisa e eu tirávamos sarro de Leonard às suas costas. Acho que nenhum de nós gostava dele, nem mesmo mamãe. Com sua voz esguichada, sua preocupação obsessiva consigo mesmo e sua evidente antipatia por crianças (apesar de trabalhar como professor substituto em escolas para crianças), ele não era exatamente uma pessoa que se fazia gostar. Mas mamãe e papai não tomavam decisões baseadas no que gostavam ou desgostavam, assim como tampouco suas decisões eram baseadas no que fazia bem ou mal para a nossa família. As decisões eram baseadas unicamente no que favorecia as exigências de se drogarem, e Leonard era um recurso, se não outra coisa. Quanto mais ele estivesse por perto, mais dinheiro eles teriam para financiar suas euforias. Assim, nas noites em que eu acompanhava papai em suas longas caminhadas atrás de drogas, ele me fazia morrer de rir com suas imitações da voz exageradamente efeminada e das incessantes choramelas de Leonard, enquanto simultaneamente me ensinava a pressionar as letras piscantes e sonantes da senha PIN de Leonard, que era "WATER", para acessar sua conta no banco Chase ATM e sacar dinheiro para a próxima rodada de cocaína. Eu sempre conseguia fazer papai rir quando imitava Leonard, fazendo meus olhos saltarem para fora das órbitas e imitando sua voz chorosa ao falar com mamãe na cozinha: "Ai, Jeanie! A vida é tão dura, aaai!".

Papai se dobrava de tanto rir diante da máquina na cabine vazia do banco, com suas coisas espalhadas no chão, quando, nas horas antes do amanhecer, nós éramos os únicos a estar ali. Depois, ele pedia que eu o arremedasse mais uma e mais outra vez em toda a nossa caminhada até o ponto de drogas e de volta para casa. Quando estávamos chegando de volta ao apartamento, podia-se ouvir a voz esguichada de Leonard lá de fora do corredor, antes mesmo de colocarmos a chave para abrir a porta.

"Se não fossem as crianças, Jeanie, meu trabalho seria ótimo. Oh, aquelas pestinhas!", ele dizia. "Eu gostaria de poder lhes dar uma boa surra quando passam dos limites, aqueles monstrinhos!"

Leonard era tão contrário à ideia de se ter filhos quanto era pessimista e dramático. E não tinha absolutamente nenhum escrúpulo em dizê-lo. Em suas visitas, eu podia ouvi-lo se queixando para mamãe, como se segredando em voz alta, da sala ao lado, com a porta aberta.

"Jean, elas são tão ingratas que eu não sei *como* lidar com tanta ingratidão." Estava sempre tragando seus cigarros de forma audível, fazendo um estalido sair do nariz quando soprava a fumaça. "Eu não consigo suportá-las nem no trabalho. Que Deus proteja você com elas aqui em *sua própria casa*."

"Oh, Leonard, pare com isso", ela dizia em voz baixa.

Essa era a única resposta que ocorria a mamãe. Eu gostaria de pensar que era o dinheiro de Leonard que fazia mamãe silenciar, mas nunca terei a certeza de por que ela se mantinha tão complacente ali sentada, tomando seus tragos de cerveja e ignorando os ataques verbais que ele despejava contra nós.

Se fosse apenas por sua atitude sórdida para conosco que eu tivesse que tolerar, eu provavelmente teria suportado Leonard Mohn. Mas o que o levava de irritantemente difícil a impossível de suportar era a conversa recorrente que ele tinha com mamãe a respeito da condição comum de ambos serem HIV positivos. Essa conversa era dolorosa demais para eu suportar ouvi-la. Dava vontade de fugir dele e, mais ainda, de fugir dela.

O assunto sempre vinha à tona quando o efeito da cocaína estava passando, naquele ponto em que a euforia cedia lugar à realidade em forma de uma onda de melancolia.

"Jeanie, meu coração está disparado. Jeanie, segure a minha mão." Embora ela não segurasse a minha havia anos, embora o último abraço que ela havia me dado fora na noite em que me revelara seu diagnóstico, ela ficava lá sentada segurando a mão de Leonard com os dedos entrelaçados.

"Jeanie, eu só não quero ficar doente", ele dizia. "Bem, doentes nós vamos ficar, mas que pelo menos não tenhamos que nunca envelhecer. Não, nós jamais vamos deixar que isso aconteça, com a ajuda de Deus. Você não se sente agradecida por isso, Jean?"

Na maioria das vezes em que eles falavam sobre isso, eu estava a apenas alguns metros, deitada no sofá, a uma distância perfeitamente audível. Tão perto que podia sentir o cheiro azedo de cerveja, ver a nuvem de fumaça de seus cigarros atravessando a porta e ouvir cada palavra queixosa dele, dita tão ostensivamente e entrecortada por suas lágrimas.

"Oh, Jean, de alguma maneira pode ser uma bênção. Os bons anos se vão todos antes dos 40, de qualquer maneira."

"Eu sei, Leonard. Essa é a única coisa boa", ela concordava. "Nós jamais seremos velhos."

Qualquer ilusão que eu tivesse com respeito à dependência química de papai e mamãe ser inofensiva se desfez com o diagnóstico dela e a intrusão de Leonard em nossas vidas. Finalmente, eu esgotei minha capacidade de tolerância a continuar testemunhando tudo aquilo: os braços nus de meus pais à luz de nossa trêmula lâmpada fluorescente no exato instante em que a agulha perfurava suas carnes, magras e frágeis como uma casca de uva; o sangue deles subindo pela seringa como uma mancha vermelha e, em seguida, voltar a ser injetado, fazendo aquela onda elétrica de euforia atravessar suas faces. Depois, manchas de sangue por todos os lados – respingadas nas paredes, em suas roupas, por cima do pacote recém-comprado de pão, sobre o açucareiro. Talvez o pior de tudo fosse vê-los abusar do mesmo ponto de seus corpos, que ficava inchado e escuro, lustroso e até malcheiroso. A maneira de mamãe procurar desesperadamente por um lugar intocado em seus pés e até mesmo entre os dedos dos pés. Muito pior que ver sangue coagulado era o desespero deles que, com o tempo, foi se tornando evidente para mim. A coisa toda se resumia a isso – um filme de seu desespero rodando continuamente diante de meus olhos, como se eu fosse a única espectadora no escurinho do cinema, assistindo a um filme sinistro, em preto e branco e em câmara lenta, de suas vidas sendo espatifadas e destruídas. Cansei de assistir àquilo e, enquanto antes eu tentara com tanto afinco participar do espetáculo, agora eu estava farta dele e ansiava por algum lugar onde pudesse ficar longe de tudo.

Quando mamãe e papai passavam suas noitadas se entupindo de drogas, eu deixei de acompanhar papai e nunca expliquei a ele meus motivos. Ao invés disso, eu era movida por um sentimento de rebeldia que me levava a sair em silêncio e às escondidas para andar, subindo a Fordham Road e descendo as ruas de comércio àquelas horas desertas, sozinha e sem rumo. Em algumas noites, eu revirava os sacos de lixo colocados nas calçadas, à procura de roupas de lojas com pequenos defeitos, coisa que papai havia me ensinado. Enchia minha mochila com roupas estragadas ou com defeitos de costura enquanto meus pais cumpriam suas jornadas para o inferno e, às vezes, eu ficava na rua até o sol despontar no horizonte. Em uma daquelas noites em que revirava sacos de lixo, vi papai descendo às pressas a Fordham Road, mas fingi não vê-lo. Não chamei por ele, simplesmente fiquei parada diante dos sacos de lixo vendo-o caminhar a passos largos na direção da Grand Avenue. Chamá-lo iria, por algum motivo, deixar-me triste; não chamá-lo também me deixou triste.

Havia dias em que as crianças da escola faziam piadas de minhas roupas atrapalhadas, um bolso pregado nas costas de uma camisa ou uma perna de calça curta sobre meus jeans grandes demais. Pela maior parte dos dias, eu evitava ir à escola e percorria um caminho totalmente diferente, chegando logo cedo ao Met Food para estar com os caixas e ver o gerente abrir as portas para começar o dia.

Não é que eu *nunca* fosse à escola, mas eu passava por ela da mesma maneira que uma rede passa pela água, pegando passivamente o que quer que entre nela. Qualquer educação formal que eu tenha recebido deve-se aos dias em que frequentei a escola, somados ao conhecimento que assimilei de leituras feitas ao acaso de livros meus ou do estoque que papai tomava emprestado da biblioteca e jamais devolvia. E, enquanto eu aparecesse regularmente nas últimas semanas antes dos exames, continuaria saltando de uma série para outra.

Matando aulas, eu caminhava ou andava de metrô, percorrendo todo o Bronx e Manhattan, só pelo prazer de andar entre a multidão, ouvir as conversas, as discussões, as cantorias dos mendigos e o meu som preferido entre todos, o das risadas. Eu podia desaparecer em meios à multidão – quem notaria uma garotinha magricela que precisava de um banho, com o cabelo sujo e maçarocado, se eu colocasse um capuz na cabeça e andasse com os olhos voltados para o chão, em outras palavras, invisível? Apesar de me preocupar a possibilidade de ser presa por vadiagem, valia a pena correr o risco. Eu simplesmente precisava ter vida ao meu redor – sentir a pulsação e a vibração das pessoas realizando coisas no mundo. Eu dava a minha escola em troca disso. Eu dava a minha casa em troca disso. Logo, acumulei duas ausências constantes: uma em minha escola e outra em nosso apartamento.

Às vezes, eu tinha companhia. Rick e Danny abandonavam as aulas para andar comigo de metrô, de um lado para outro da linha 4 que seguia pela Lexington Avenue, por horas a fio. Essa era uma forma diferente de matar aulas, não como as minhas andanças solitárias, mas cheia de aventuras. Juntos, dentro do trem, nós balançávamos nas alças e com chutes abríamos as cabines dos condutores para usar o alto-falante e anunciar que sanduíches e bebidas estavam sendo servidos no último carro. Quebrávamos recipientes de mau cheiro – pequenos tubos de vidro contendo um líquido de cheiro horrível que escorria pelos pisos de vagões lotados – e nos divertíamos com as caras retorcidas de nojo que as pessoas faziam.

Bowling Green era a única estação em que costumávamos descer (a não ser quando éramos perseguidos pelo condutor). Ali, nós saltávamos para as balsas da Staten Island; se, na viagem de ida, viajávamos no convés inferior, a brisa do mar roçava nossas faces e o oceano se abria e se encrespava abaixo de nós. As viagens de volta a Manhattan custavam duas moedas de 25 centavos, mas nós conseguíamos facilmente nos safar, escondendo-nos no banheiro dos homens (eu era vencida em dois a um pelos meninos), com os tênis pressionados contra as cabines para suportar o nosso peso enquanto o pessoal da balsa fazia suas rondas à procura de passageiros clandestinos.

A volta para casa sempre me fazia cair na realidade. Cercada por hordas de crianças que voltavam da escola, com seus uniformes impecáveis ou roupas da última moda, eu sempre me sentia sozinha. Por todo o tempo da viagem, eu pensava no que tinha acontecido na escola, no que eu tinha perdido.

A visita de surpresa de um inspetor poderia ocorrer a qualquer dia, como no dia em que, ao voltar de uma viagem de balsa, encontrei a

Sra. Cole em nossa casa. Era sua segunda visita a nosso apartamento naquele mês. Mamãe a recebera em casa uma hora antes de eu voltar. Elas estavam em meio a uma conversa quando eu entrei pela porta, apertando a minha bolsa com livros como se fosse uma escora. Antes de atravessar a porta que dava para a sala, eu já havia sentido o perfume de lilás da Sra. Cole, bem diferente do cheiro desagradável que vinha do resto do apartamento.

Ela foi a primeira a falar, estabelecendo seu controle sobre mim e mamãe. "Bom te ver, Elizabeth", ela disse com o queixo erguido e o olhar fixo em mim. Estava de pernas cruzadas e com as mãos sobre os joelhos. O ventilador de papai havia sido arrastado de seu quarto para a sala. Ele parecia fora de lugar ali, na janela da sala, voltado para a Sra. Cole. O vento agitava as pontas emplumadas de sua malha quando ela falou.

"Elizabeth, eu vim aqui hoje porque, apesar de você ter prometido ir à escola, eu recebi outro comunicado. A professora Peebles disse que não vê você há uma semana. Agora, eu quero ouvir o que você mesma tem a me dizer. Por que você não tem ido à escola, Elizabeth?"

Por ser direta e de uma lógica a toda prova, a pergunta dela chocou-me. Em certo sentido, ela fazia sentido, mas em outro, não fazia nenhum sentido, dado o caos em que vivíamos. Porque, se a lógica bastasse para mudar as coisas, eu suponho que ela poderia com a mesma facilidade se voltar para mamãe e perguntar: Por que a senhora usa drogas? Por que a geladeira está vazia? Por que a senhora se deixou contaminar pelo HIV quando tem duas filhas e uma vida inteira pela frente? A Sra. Cole bem poderia igualmente ter feito qualquer uma dessas perguntas. Mas, em vez disso, escolheu me fazer essa aí – entre todas as possíveis interrogações em relação à nossa vida como família –, dirigida a mim.

Eu olhei para mamãe, que estava curvada em sua cadeira, com os olhos apenas semiabertos. "Eu não posso fazer nada, Lizzy. Você simplesmente tem que ir à escola. Você tem que." Ela dirigiu a última parte de sua fala para a parede. A Sra. Cole bateu de leve na mesinha de centro, fazendo seu anel de ouro clicar contra a tampa de vidro.

"Sente-se, Elizabeth", ela disse. Eu odiava ouvi-la me chamar de Elizabeth e, naquele momento, também a odiei por vir à nossa casa e querer mandar na gente. Obedientemente, sentei-me na ponta da mesinha. Ela me olhou de um jeito que dizia que o assunto era sério.

Se eu já não tivesse visto aquela mesma expressão por tantas vezes, provavelmente a levaria mais a sério.

"Você *precisa* ir à escola, Elizabeth. Se você não for, eu a levarei à força; é simples assim. Sua mãe me disse que manda você para a escola e você não vai. Bem, isso vai ter que mudar. E você e sua irmã precisam ajudar sua mãe a pôr *ordem nesta bagunça. Diga isso a Lisa. Estou falando sério. Esta casa é repulsiva,* um verdadeiro chiqueiro."

Eu poderia jurar que, pelo jeito de pronunciar a palavra *repulsiva*, ela se sentia todo-poderosa ao fazê-lo. A Sra. Cole adorava ostentar seu poder.

"Não sei nem como vocês conseguem viver aqui. Você tem idade suficiente para *tomar alguma providência*." Por um momento, ela elevou o tom de voz, mas, em seguida, disse em um tom mais calmo: "Existem lugares para garotas como você".

Essa foi a parte mais difícil de engolir de toda a sua preleção. Acho que ela era o tipo de pessoa sobre a qual Rick e eu jogaríamos do telhado um balde de água. Imaginei a reação dela: o grito que ela soltaria ao sentir o impacto, com o penteado cafona todo desmanchado. Eu faria questão de fazê-lo eu mesma e morreria de tanto rir.

"Você não vai gostar nada das casas para onde eu posso levá-la. E pode ter certeza de uma coisa, se não limpar aqui, *vai* limpar lá. Eles vão colocar você para escovar os banheiros. E as meninas lá são violentas." Eu me vi dobrada sobre vasos sanitários mais sujos que o da nossa casa, escuro nas bordas cobertas de limo e o piso escorregadio. Garotas enormes de olhar malvado, usando trapos, ficavam atrás de mim para supervisionar o trabalho. "Mas eu vou tirá-la daqui se é isso que você quer. É só você não ir à escola que eu *levo* você para uma dessas casas." E aqui vem a parte preferida dela; notava-se pelo meio sorriso em seu rosto, como se ela tivesse ensaiado o dia todo para dizer esta fala: "É uma coisa ou outra, Elizabeth, você decide".

A cara dela se retorceu em uma expressão entre repugnância e exasperação. "Você não quer dar um jeito em sua vida, cara mocinha? Você nunca pensou nisso?" Ela sentiu prazer em dizer isso, eu percebi o ardor com que as palavras saíram de sua boca. Não havia nenhum resquício de boas intenções em nenhuma delas, foi o que eu senti em minhas vísceras. Como tantas outras assistentes sociais que vinham querer disciplinar-me, a Sra. Cole gostava do papel de ameaçadora; ela curtia desempenhá-lo.

Onde estava o interesse legítimo que poderia tornar suas palavras eficientes? *"Trate de dar um jeito em sua vida."* As pessoas diziam coisas como essa o tempo todo, mas quem poderia explicar, em termos práticos, o que elas estavam querendo dizer? Quem estava tentando me *mostrar* por que eu deveria me importar com a escola e com a manutenção do apartamento limpo? Será que os adultos não conseguiam ver a dimensão dessas palavras, o quanto elas escapavam ao meu entendimento, e como os espaços entre elas eram suficientemente amplos para eu me afundar neles? Qual era a ligação entre a realidade para a qual eu acordava todas as manhãs e as metas vagas que ela esperava de mim? Do que ela estava falando? Se educação e emprego eram tão importantes, então por que nenhum de meus pais os tinha? *"Trate de dar um jeito em sua vida."* Como seria isso? Era para eu entender isso por mim mesma? Se não, como eu poderia extrair isso das preleções da Sra. Cole? Especialmente quando ela me explicava as coisas com tal tom de arrogância ameaçadora.

Eu estava furiosa, mas fiz o melhor que pude para aparentar calma, especialmente quando a Sra. Cole soltou sua ameaça final, enquanto eu a conduzia até a porta, com sua pasta na mão, e sua longa e curvada unha apontando para mim.

"Você sabe, Elizabeth, se realmente quisesse, eu levaria você hoje. Na verdade, posso vir aqui e levá-la no dia que eu quiser. Lembre-se disso. Eu só estou querendo ser boazinha com você."

Se aquilo era ser boazinha, não dava nem para imaginar o que ela considerava ser hostil.

Quando voltei para dentro do apartamento, mamãe já estava deitada com o travesseiro por cima da cabeça. O relógio indicava que eram quase três horas; Lisa logo estaria em casa. Eu havia acabado de fechar com um chute a porta de meu quarto, quando mamãe falou, com a voz abafada pelo travesseiro.

"Lizzy, você trabalhou lá no supermercado hoje? Estou perguntando para saber se você tem algum dinheiro. Estou precisando muito de cinco dólares."

"Não, não tenho nada hoje, mamãe."

Os sons que vinham dela eram algo entre gemidos e grunhidos, em um estado de desespero como o de alguém com a corda no pescoço. Senti um calafrio percorrer meu corpo, mas logo passou. Eu não sabia se o que estava sentindo era raiva dela ou se o que ela me inspirava era apenas pena. Entrei no meu quarto e me esparramei por cima da cama, sentindo apenas cansaço. Mamãe começou a chorar alto com a cabeça enfiada no travesseiro. Eu fiquei olhando para o teto sem sentir absolutamente nada.

Na noite daquele mesmo dia, Leonard Mohn apareceu com o dinheiro de seu seguro social. Ele, mamãe e papai passaram horas se entupindo de drogas. De meu quarto, eu ouvia suas idas e vindas, retinir de garrafas de cerveja, passos e batidas contínuas na porta da frente. A certa altura, eu saí do quarto e liguei para a casa de Rick e Danny. Apertei o nariz com a ponta da camiseta para impedir a entrada da fumaceira de cigarros e fiz planos com os garotos para ficar na rua até o nascer do sol. Talvez conseguíssemos entrar em um cinema sem pagar ou então ficaríamos simplesmente zanzando à procura de algo para fazer.

Quando eu estava enfiando o suéter por cima da cabeça para sair, uma coisa na conversa entre mamãe e Leonard chamou minha atenção. Eles estavam cochichando sobre alguma coisa a respeito de alguém. As batidinhas neuróticas que Leonard estava fazendo com os pés abafaram algumas palavras. Eu fiquei totalmente imóvel para ouvir.

Eles estavam falando de um homem que mamãe havia conhecido no bar. Pelo que consegui ouvir, alguém que ela conhecia já há algum tempo e com quem recentemente havia começado uma relação. O nome dele, ou o apelido pelo qual todo mundo o conhecia, era Brick.

"Eu não sei, Leonard. Ele me ouve, você sabe. Eu aprecio isso. Sinto falta de um homem capaz de me ouvir. Nós passamos bons momentos juntos, você sabia?"

Havia um homem com quem mamãe estava tendo *encontros*.

"Oh, Jeanie, não deixe escapar um homem que faz você se sentir bem. Eu não deixaria. Os homens com carreira são muito mais maduros." Leonard sussurrou esta parte: "*Vá atrás dele, Jean. Você merece o melhor*".

Eu era capaz de empurrar Leonard para fora de nossa casa com minhas próprias mãos. Ali estava ele, em um minuto todo sorridente para papai e, no seguinte, mandando mamãe ir atrás de outro homem. Ele era tão hipócrita quanto cruel. Ouvindo a continuação da conversa, levei um tempo para entender o que estava acontecendo, mas logo ficou claro que mamãe estava já há algum tempo se encontrando com o tal homem. Ali escondida, eu a ouvi contar sobre o dinheiro que ele gastava com ela, as transas deles e sobre o quanto ela o apreciava por não usar absolutamente nenhuma droga, ele apenas bebia de vez em quando para relaxar os nervos. As descrições foram ganhando cada vez mais detalhes com o passar do tempo em que estive ali ouvindo, cada um deles aproximando mais Brick de uma pessoa concreta, que ameaçava papai e os alicerces de nossa família.

Brick levava uma boa vida, ganhando bem com seu trabalho de segurança em uma luxuosa galeria de arte em Manhattan. Mamãe gabava-se por ele ter sido da Marinha. Em um bairro muito melhor que o nosso, Brick tinha seu próprio apartamento, amplo e de um quarto, e era solteiro. E, pelo visto, eu não era a única a passar noites longe de casa. Pelo que entendi, papai devia estar sabendo de tudo.

Meus olhos deram um giro rápido pelo apartamento. Em minha ausência, a casa estivera de mal a pior. Por todas as partes, havia sinais de deterioração: lâmpadas quebradas, garrafas vazias de cerveja e pontas de cigarros espalhadas pelo carpete. E, mais do que nunca, o ar estava carregado de cheiro de mofo, tão forte que era possível não senti-lo ao se respirar. Com Leonard ali, como o novo ombro no qual mamãe podia se apoiar, e com seu dinheiro, meus pais estavam se drogando por duas semanas e meia do mês, ininterruptamente. Senti-me culpada por minhas ausências: eu havia abandonado minha função no apartamento e, com isso, deixado as coisas desmoronarem.

Papai entrou assobiando pela porta da frente. Mamãe e Leonard pararam de falar. Eu abri e fechei a porta de meu quarto com uma batida, tossi e dei um passo para dentro da sala. Mamãe atravessou a sala e foi pegar o cinto de couro gasto, pendurado na porta, que eles usavam para prender o braço e injetar droga na veia. "Só um segundo, Petie", ela disse por cima do ombro. Papai estava contando o troco de uma nota de 20 para devolver a Leonard.

Eu cheguei a abrir a boca, com a intenção de dizer algo a ela, mas a fechei imediatamente ao perceber que não sabia o que falar. Os créditos de abertura do *The Honeymooners* encheram a tela da televisão, enquanto seu tema musical crepitava no ar. Os gestos de mamãe não sugeriam de forma alguma que ela sabia de minha presença ali. Voltei a tossir, propositadamente alto. Ela olhou para mim, apenas por um instante. "Petie, eu vou ser a primeira", ela disse, voltando com o cinto.

Algo havia roubado o afeto entre mim e mamãe, e transformado nossas interações em distantes e casuais. Desde o diagnóstico dela, feito dois anos antes, a dinâmica entre nós não era mais a mesma. Eu nunca falei com ninguém sobre o que mamãe havia me dito naquela noite. Pela maior parte das vezes, eu dizia a mim mesma que tinha sido apenas um sonho meu; supus que ela não contara nada para Lisa, porque, do contrário, ela teria feito algum comentário. Era como se mamãe e eu estivéssemos guardando um segredo sórdido e que isso a fizesse ter medo de mim. Eu deduzi isso pela distância que ela vinha mantendo de mim. Nós mal tínhamos o que dizer uma à outra, talvez porque tanta coisa tenha ficado sem ser dita.

Papai injetou a droga primeiro em mamãe. Pude ouvir as primeiras fungadas dela. Leonard Mohn foi o próximo. Papai injetou sua dose em si mesmo no banheiro, longe deles, como costumava fazer. Eu me levantei para sair ao encontro de Rick no instante em que Leonard, já drogado, começou a se lamuriar de novo.

O fato de eu saber que ela havia contraído o vírus da Aids fez de mim parte de uma realidade que ela se drogava para esquecer. Eu tinha tanta certeza disso quanto estava arrasada por seu abandono. E, quando eu era honesta comigo mesma, apesar de fazer enormes esforços para não admitir isso, o fato de saber de sua doença também me levava a evitá-la. Estar na presença de mamãe era estar perto de sua doença e da consciência de que em breve eu a perderia – o que era doloroso demais para mim.

Eu coloquei minha mochila nas costas enquanto passava pela cozinha. De lá vinham as lamúrias de Leonard, gritando: "Oh, Deus, Jeanie, meu coração está tão acelerado. Dê-me a sua mão".

Vendo-a segurar a mão dele, senti uma dor profunda atravessar todo o meu ser. Tratei de sair logo, a tempo – eu tinha certeza – de evitar ouvir de novo aquela mesma conversa insuportável.

Foi em um dia de semana, menos de um mês depois, que eu conheci Brick. Mamãe permitiu que eu não fosse à escola e me levou à galeria de arte onde ele trabalhava para tomarmos lanche os três juntos, a convite dele. Quando desembarcamos do trem na Twenty-third street, mamãe começou a parecer inquieta e obviamente pouco à vontade.

"Lizzy, como estou? Você acha que este suéter me cai bem?" Ela usava um suéter felpudo cor-de-rosa com decote em V e calças de cintura baixa; ela não havia nem bebido nem se drogado por todo o dia. Tinha seu cabelo longo e encaracolado preso. Era a primeira vez, em anos, que eu a via sem ser com suas camisetas e jeans sujos.

"Sim, mamãe, você está ótima. Não se preocupe. Por que você se preocupa com ele achar ou não você bonita? Quem realmente se importa com o que ele acha?", eu perguntei.

"Eu me importo, Abobrinha. Eu gosto dele."

As palavras dela, por serem tão diretas, chocaram-me. Fazia um tempo que nós duas estávamos de bem uma com a outra e pareceu-me, com aquilo, que ela estava me testando.

"Sua mãe está gostando de alguém. Faz anos que eu não me sentia apaixonada." Ela sorriu com nervosismo, descartando totalmente papai.

Eu sabia que não era apenas por Brick que ela estava nervosa, mas por mim também. Depois de Lisa ter saído para a escola e papai para o centro, eu passei quase a manhã inteira tentando convencer mamãe a me deixar ir com ela. Pela primeira vez, depois de um bom tempo, estaríamos sozinhas – mesmo que apenas até encontrar Brick e depois, de novo, na volta. Eu sabia que ela estava meio que sem jeito, porque era assim que eu também estava. E, embora eu tivesse sido ríspida com ela, eu ansiava por ter sua mão segurando a minha, falando comigo e me contando essa experiência. Eu queria que ela desejasse minha opinião e me perguntasse como tudo isso estava me afetando. Mas, por todo o caminho, ela falou apenas nele; sobre como ele dava importância ao trabalho, era um homem estável e realmente interessado em ter uma família. Eu me mantive calada e ia elaborando mentalmente um plano: eu o examinaria e, depois de ouvir minha desaprovação, mamãe passaria tanto a ver os defeitos dele quanto perceber a imagem distorcida que tinha dele. E nossa família estaria salva.

Enquanto íamos andando, as descrições que mamãe fazia da galeria pareciam cheias de respeito e admiração, como se seu *status* profissional fosse de alguma maneira um atestado da estabilidade de Brick. Atravessamos a rua em direção a um prédio estreito e muito alto, cujos andares, do térreo ao último, eram divididos por amplas janelas, através das quais eu já podia ver quadros e esculturas. Mamãe puxou-me por uma porta lateral, a entrada dos funcionários que dava acesso ao guarda casacos da galeria, onde Brick trabalhava das nove às cinco, alternando as funções de pendurar os casacos das pessoas e vigiar as obras de arte.

"Quem quiser entrar na galeria para ver as obras de arte expostas terá que comprar ingresso, Lizzy. Normalmente, tem-se que pagar por eles, mas não se preocupe, Brick conseguirá entradas gratuitas para nós", ela disse com orgulho. Constatei que, quanto mais familiaridade ela manifestava ter com ele, mais estranha ela me parecia. Isso me fez sentir arrependimento por ter passado tanto tempo afastada dela. A ideia de ela ter encontrado alguém que pudesse ser mais interessante que nós deixou-me em pânico. Ela nunca havia falado tanto a respeito de mim ou de Lisa, ou demonstrado orgulho pelo que *eu* fazia. Vendo-a se mover pela área dos funcionários da galeria e se dirigir ao posto dele com tanta confiança, eu de repente tomei consciência da quantidade de vezes que ela já devia ter ido ali, e me senti um pouco traída.

Brick era um homem careca, robusto e fumante inveterado, que falava muito pouco, mas assentia concordando com quase tudo o que mamãe dizia. Ele a queria muito, pelo que pude ver em sua maneira de olhar aberta e descaradamente para o rosto e o corpo dela. Eu não confiei nele. Eu desconfiava de homens estranhos que compravam coisas para ela; supunha que estavam querendo alguma coisa, como Ron.

Comemos juntos em um restaurante que ficava um pouco abaixo, no mesmo quarteirão. Eu tive permissão para escolher qualquer prato do cardápio de sopas. Com o canhoto do ingresso da galeria sobre a mesa à minha frente, eu fazia círculos com a colher no creme de cogumelos e observava o flerte deles. Brick colocou sua mão sobre a de mamãe em cima da mesa, alisando-a enquanto falava, bem ali na minha cara. As unhas dele eram intensamente amareladas, roídas até o sabugo. Até mesmo seus dedos pareciam um pouco retorcidos nas pontas, como se ele também os roesse.

Ela fixava os olhos nos dele quando falava, sem retirá-los por nem mesmo um instante. Eu não sabia que mamãe era capaz de manter a atenção em algo por tanto tempo.

"Eu contei para Lisa sobre o quanto seu apartamento é grande, como você se sente solitário morando lá sozinho", ela disse.

Ele dirigiu a ela um sorriso confuso e disse com uma voz de quem fumava cinco maços de cigarros por dia: "Jean, eu estou muito bem".

Ela bateu no ombro dele de brincadeira. "Oh, eu sei que você se sente sozinho, Brick. Ele me disse isso, Lizzy", ela disse, olhando por um instante para mim. "Você se sente sozinho, Brick, você me disse." A risada dela saiu nervosa.

Quando inicialmente nós entramos na galeria e nos encaminhamos para a seção de guarda-casacos, eu confundi Brick com um homem mais jovem, bastante bonito e de cabelo escuro que estava parado ao lado dele, até mamãe se aproximar e lançar seus braços em volta do pescoço grosso de Brick, que estava enfiando uma gorjeta no bolso quando chegamos. Por cima do ombro de mamãe, quando eles estavam abraçados, ele havia soprado um "pssiu!" para mim, com uma piscadela e um sorriso que revelou um conjunto defeituoso de dentes amarelados, enquanto apontava para uma pequena placa prateada com os dizeres: PROIBIDO RECEBER GORJETA. Mamãe não parava de sorrir abraçada a ele, enquanto eu continuava ali parada sem saber o que fazer, trocando o peso do corpo de um pé para outro.

Antes de sairmos para almoçar, eu fui instruída, por ter uma ótima visão, a ficar de olho enquanto Brick nos conduzia às escondidas para uma área deserta e pegava uma garrafa enorme de cerveja de dentro de um cesto preto coberto por um saco de lixo, silenciosa e secretamente. Quando ele foi ao banheiro masculino para tomar a cerveja trancado em uma cabine, mamãe me assegurou: "Ele só toma uma cerveja de vez em quando para acalmar os nervos. Você sabe, ter um emprego por tempo integral é realmente estressante".

Assistir aos agarramentos deles à mesa fez meu estômago se revolver. Vendo mamãe passar jocosamente sua mão nas coxas grossas e uniformizadas de Brick, eu me dei conta de que em toda a minha vida só havia visto meus pais se beijarem duas vezes e, mesmo assim, apenas beijinhos rápidos. Agora suas mãos passeando pelo corpo grosso de Brick não pareciam apenas uma ofensa a papai, mas também a ela mesma. A diferença me fez sentir sozinha. Eu quase caí da cadeira quando ela recomeçou a falar no espaço extraordinário do apartamento de Brick. Não pude deixar de interrompê-la: "Podemos ir agora, mamãe. Por favor!".

Quando terminou seu horário de almoço, nós o acompanhamos de volta à galeria, onde mamãe deu-lhe um beijo carinhoso. Então, ela e eu ficamos circulando juntas pelos pisos da galeria por um longo tempo. Eu me recusava a olhar para ela e mantinha os olhos fixos nas paredes enquanto percorríamos a galeria. Ela tentava falar comigo, mas eu fingia não ouvi-la. Quando passamos para uma seção que um dos funcionários próximos chamou de "arte contemporânea", cujas obras não passavam de respingos de tinta ou formas solitárias sobre telas totalmente brancas, mamãe voltou pela terceira vez à parte sobre o quanto Brick era maravilhoso, se eu apenas me dispusesse a conhecê-lo melhor.

Eu continuei fingindo não ouvi-la quando passamos do primeiro para o segundo andar, até que, finalmente, quando entramos em uma área dedicada ao trabalho de recriação feito por um artista de objetos históricos egípcios, eu a interrompi.

"Mamãe, sinto muito, mas realmente não estou a fim de conhecê-lo. Estou muito bem assim." De costas para ela, fiquei observando os detalhes esculpidos na versão contemporânea de uma múmia. "Eu sei que ele é seu amigo, mas talvez você não deva passar tanto tempo com ele. Certo?" Ela ficou em silêncio por um momento, antes de se dirigir a um estranho para saber as horas. Passamos para uma versão em argila de uma pequena tumba, com o teto e as quatro paredes cobertos de hieróglifos cor-de-rosa que viravam cor de laranja ao foco da iluminação.

"Ele sai do trabalho daqui a pouco, talvez possamos tomar o trem juntos", ela sugeriu, parada na passagem bloqueando a entrada para o pequeno recinto.

"Isto aqui é interessante, não é, mamãe?", eu perguntei, observando os hieróglifos inscritos em diversas fileiras de argila à minha frente. "Uma vez na escola nós recebemos uma folha com tradução de alguns deles. Talvez eu consiga lembrar-me de alguns ou mesmo de vários. Você sabia que alguns deles são feitiços para espantar ladrões de sepulturas? É de arrepiar, não?"

"Escuta, Lizzy, eu estou pensando em deixar as drogas... Eu, eu vou me livrar das drogas."

"Eu sei, mamãe...", eu disse gentilmente para não desacreditá-la. "Se há alguma coisa em que eu possa ajudar, você sabe que pode contar comigo."

"Está falando sério, Abobrinha? Porque desta vez pode ser pra valer. Eu só preciso estar em algum lugar onde não haja nenhuma droga. Você conhece?", ela perguntou, agachando-se até o chão onde eu estava sentada de pernas cruzadas, fingindo não tomar conhecimento de onde ela estava querendo chegar. A cara dela estava limpa e seus olhos bem abertos e atentos. Lembrei então que ela, de fato, não estava usando drogas havia quase uma semana, apesar de ter ido várias noites consecutivas ao bar e tomado coquetel à base de vodca, sua bebida preferida no momento.

"Se você não quer ter drogas à sua volta, então pare de trazê-las para a nossa casa", eu disse, virando a cabeça de novo para o outro lado. "É assim simples, se você realmente quer."

"Mas seu pai vai trazê-las para dentro de casa, Lizzy. Ele vai continuar usando e, com isso, eu também não vou conseguir ficar longe delas. Eu não consigo ter droga diante de mim e não usar. De maneira alguma." Nenhuma resposta me ocorreu, qualquer que fosse. Eu sabia que ela estava certa e não me lembrava de ter alguma vez ouvido papai falar em parar. Eu comecei a sentir claustrofobia dentro daquele espaço minúsculo. Em silêncio, passei a mão pelo acrílico que protegia aquela delicada peça de arte, contornando com um dedo o soldado armado delineado de forma rígida que tinha um olhar valente voltado para nada em particular.

"Eu não quero me mudar, mamãe. Não quero deixar o papai", foi tudo o que consegui pensar para dizer.

"Eu simplesmente não irei, Lizzy. Vou dar uma chance a seu pai. Talvez ele também pare e assim não teremos que ir a nenhum lugar."

A mão dela apareceu em cima de meu ombro. "Você sabe, Lizzy, eu não vou estar aqui para sempre. Não estou bem, minha bebezinha, você sabe disso. Eu preciso deixar esse tipo de vida. Eu quero estar por perto para ver minhas meninas crescerem. Assim... certas coisas terão que mudar."

Lágrimas brotaram de meus olhos e escorreram por minhas faces. Finalmente me virei para olhar para ela de frente. Mamãe caiu de bunda, fazendo um forte ruído. Sentada no chão à minha frente, ela pegou minhas mãos e apertou-as com força; as mãos quentes dela me proporcionaram a sensação de firmeza. A rara alegria de ter mamãe inteiramente presente e cônscia de minhas necessidades era algo que eu desejava ardentemente que durasse.

"É, mamãe, talvez o papai também pare de usá-las", eu disse.

"Ele bem que poderia, Lizzy."

Ficamos ali sentadas em silêncio por um tempo, ambas sabendo muito bem que nenhuma de nós acreditava que ele fosse largar as drogas.

Eu não esperava concluir a sexta série e passar para a sétima, em razão de todas as minhas faltas, mas, não sei como, eu consegui. Parece que alguns de meus colegas ficaram tão surpresos quanto eu, porque, no dia em que me viram recebendo o mesmo certificado de conclusão que eles, rolaram comentários do tipo: "Eles passaram você, Elizabeth?" Christina Mercado disse, voltando-se para seus amigos. "Por que raios nós nos demos o trabalho de vir à escola, se eles simplesmente acabam *distribuindo* certificados? Vocês sabem, meninas, do que estou falando?" Durante anos, toda vez que eu me sentava perto de Christina ou de alguma de suas amigas, todas elas abanavam seus papéis e tossiam exageradamente para chamar a atenção para a minha roupa suja e evidente necessidade de tomar banho. Ou elas assobiavam para mim nos corredores e faziam desenhos em que piolhos infestavam o meu cabelo e ondas de mau cheiro saíam de meu corpo. Quando eu estava sentada lá no auditório, transpirando por baixo daquela beca lustrosa de formatura, com a diretora chamando cada estudante pelo nome, elas riram dos últimos comentários que Christina jamais voltaria a fazer à minha custa. Agradeci por mamãe, papai e Lisa não estarem ali para presenciarem aquilo.

Enquanto eu recebia meu certificado, mamãe estava estirada de costas na cama, curtindo a ressaca de um porre de vodca. Papai estava fora em uma de suas incursões particulares ao centro, uma de suas malditas saídas que costumavam irritar mamãe, quando ainda se preocupava com o que ele fazia. Quando a cerimônia terminou e os pais estavam tirando fotos de seus filhos com seus professores e amigos, eu saí em silêncio pela porta lateral. No corredor do prédio em que morava, tirei o traje de formatura antes de entrar no apartamento, para que mamãe não ficasse se culpando por não ter ido à cerimônia. Quando ela acordou mais tarde, pedindo desculpas por não ter comparecido, eu lhe assegurei: "Foi uma coisa tão chata, mamãe, que você teria odiado. Não via a hora de sair de lá. Eu preferia ter ficado em casa dormindo, mas não quis deixar meus professores se sentindo mal, você sabe?".

Parecia não haver transcorrido absolutamente nenhum tempo entre o dia da minha formatura e o dia em que mamãe, usando uma camiseta de tamanho normal, o cabelo bem penteado e puxado para trás, debruçada sobre a minha cama, suplicou para que eu fosse com ela ao apartamento de Brick.

"Abobrinha, eu dei o melhor de mim", ela disse, "Por favor, venha comigo".

Mas eu apertei o travesseiro e não arredei pé da cama. "Eu não vou e você também não devia ir! Nós somos uma família, mamãe. Você não pode *ir embora!*", gritei. "Por favor, mamãe, fique!", eu supliquei, chorando, a ela. "Fique em casa, fique aqui comigo, por favor." Eu não parei de suplicar e cheguei mesmo a gritar da janela de meu quarto até ela e Lisa entrarem em um táxi. Eu não conseguia lembrar-me de algum dia ter sido tão honesta com respeito a algo que eu quisesse, mas assim mesmo não teve nenhum efeito sobre ela. Parecia que Lisa estava tão disposta quanto mamãe a ir embora, pois havia colocado duas fronhas cheias de roupas na mala, tão estufadas que eu tive a certeza de que ela não tinha nenhuma intenção de voltar para casa. Antes de dar a partida, mamãe abaixou o vidro da janela do táxi.

"Vou estar te esperando, Abobrinha!", ela gritou. "Quando quiser, você poderá vir." E, com isso, o táxi arrancou e elas foram embora.

Durante os três primeiros meses que papai e eu passamos sozinhos no apartamento, eu me ocupei em colocá-lo em ordem. Com trapos feitos de camisetas velhas e água quente, eu comecei por esfregar os tampos das mesas da sala e da cozinha. Lavei toda a louça suja e retirei todo o lixo. Todas as noites, quando os nossos programas preferidos iam ao ar, eu ligava a nossa TV em preto e branco e aumentava seu volume. Quando começava a escurecer lá fora, eu acendia as luzes de cada cômodo de nosso apartamento de três quartos e ligava o rádio que Lisa havia deixado (era grande demais para ela levá-lo), para que ficasse tocando música pop em seu quarto vazio. A luz e o barulho simulavam a casa cheia, em substituição ao vazio deixado por mamãe e Lisa.

Papai jamais disse estar triste por elas terem ido embora. Tampouco jamais se queixou. Mas andava mais quieto que nunca. Quando não estava se drogando, passava o dia inteiro dormindo com as cortinas de seu quarto fechadas e as luzes apagadas. A maior parte do tempo em que passava acordado ele ficava consigo mesmo, como se fosse uma velha jaqueta colada ao corpo. Eu percebia isso em seus ombros curvados e na maneira como evitava mencionar os nomes delas.

Às vezes, quando ele saía para ir ao centro, no instante em que desaparecia na curva da University Avenue, eu abria uma gaveta que continha algumas peças de roupa velha de mamãe e escolhia uma para deixar à vista no apartamento. Eu gostava, acima de tudo, de usar o roupão cor-de-rosa de mamãe – que se arrastava no chão por onde eu andava – e de comer tigelas de sucrilhos enquanto assistia ao *The Price Is Right*. Eu tinha certeza de que ela algum dia voltaria para ficar comigo, lamentando sua ausência e pronta para prometer que jamais voltaria a nos deixar. Usar a roupa dela era o jeito que eu tinha de tê-la de volta, nem que fosse apenas por aquele instante.

Na época em que comecei a sétima série na Junior High School 141, nosso telefone esteve ligado por algum tempo, e mamãe telefonou pelo menos quatro vezes para descrever o quanto o apartamento de Brick era limpo. "Bedford Park é um bairro muito melhor, Lizzy. Lisa também acha." Ela sempre telefonava quando estava cozinhando. Começara a cozinhar depois de ter ido morar com Brick. "Há meses que eu não uso cocaína. Você se dá conta do que isso significa, Lizzy? Estou me sentindo ótima. Eu não te disse que só precisava ficar longe das drogas para largá-las de vez?", ela perguntou, jogando por terra o meu argumento antes mesmo de eu formulá-lo em palavras.

Ouvi que Brick a cutucava por trás: "Jean, Jean, as costeletas de porco, Jean!". A gordura crepitou ruidosamente e ela voltou sua atenção para mim. "Tenho que desligar agora, Lizzy. Vamos comer. Eu te amo, Abobrinha!" Meu coração murchou. "Eu também te amo, mamãe." E, no mesmo instante, ouvi o estalido do telefone sendo desligado e, em seguida, os zumbidos normais.

A rotina escolar do nível intermediário era totalmente nova e exigia toda uma nova adaptação; eu esperava dar conta dele da mesma maneira que havia dado conta da escola fundamental – matando aulas e só aparecendo por ocasião dos exames anuais. Naquele outono, comecei a ir para a escola de ônibus, que iam lotados de adolescentes de 12 e 13 anos, e cujas viagens levavam meia hora; mas isso na verdade só durou um mês.

Como na escola fundamental, eu acabei faltando mais do que frequentando as aulas. A única diferença era que agora, como a escola ficava longe e eu tinha vários professores com os quais lidar, na verdade eu faltava quase o tempo todo. Comecei a matar aula mais do que nunca. Nas raras ocasiões que me viam, alguns de meus professores nem sabiam meu nome e nem eu sabia os deles.

Naquelas primeiras semanas do semestre, sempre que eu retornava à escola depois de alguns dias de ausência, encontrava muitos bilhetes escritos à mão enfiados em meu armário, intimando-me a comparecer na sala da orientadora escolar para explicar minhas faltas. Apesar de me deixarem nervosa, eu simplesmente ignorava aquelas intimações. Saía com aquelas folhas de papel-ofício e, enquanto andava até o ponto de ônibus, ia rasgando-as em pedacinhos e soltando-os pelo caminho.

Eu me tornei perita em jogar fora papéis da escola e da assistência a menores – assim como havia me acostumado a barrar as "autoridades" que pareciam viver em cima de nossa família: assistentes sociais, a assistente que cuidava do caso de mamãe, professores decepcionados e orientadores escolares. Eles nunca me pareceram ser entidades separadas. Para mim, eram todos uma única entidade repressora, a mesma voz repetindo as mesmas ameaças para me colocar na "linha", balançando suas cabeças ante minhas falhas, dizendo à minha família como devíamos levar nossas vidas. Eu respondia a todos invariavelmente da mesma maneira, jogando fora os comunicados que me enviavam e me protegendo deles atrás de barricadas em minha própria casa.

Papai saía diariamente para ir ao centro encontrar seus amigos e eu passava os dias satisfeita por poder ficar deitada no sofá diante da televisão. Algumas vezes, eu revirava as gavetas do armário de mamãe em busca de coisas que me trouxessem lembranças dela. Outras vezes, satisfazia-me simplesmente ao dormir usando o roupão de mamãe como um cobertor quentinho.

Um dia, quando papai havia saído para fazer algo no centro, passei a tarde remexendo no armário que ele e mamãe tinham em comum. Encontrei um enorme volume de coisas deles dos anos 1970, bem no fundo do armário. Por trás de caixotes de discos empoeirados e oito rotações, encontrei um saco plástico, no qual estava escrito FARMERS' MARKET, ao lado da foto de um velho de macacão trabalhando em uma plantação de feno. Eu esparramei tudo por cima da cama de mamãe e papai: um par de cachimbos da cor turquesa, um pingente de âmbar em forma de uma lágrima, o canhoto de uma entrada de museu, uma enorme pilha de fotografias antigas, cujos cantos haviam começado a se dobrar com o passar do tempo. Havia três anéis prateados de bijuteria, dos quais o menor trazia gravado um símbolo da paz e que coube bem no meu dedo. Espalhadas entre as fotografias, havia partículas de seus cachimbos, que exalavam uma mistura pungente de fragrâncias de tabaco e erva. A maioria das pessoas nas fotografias me era desconhecida – pessoas de vinte e poucos anos, usando tiaras e camisas tingidas, posando em parques da cidade ou ao lado de velhos carros Volkswagen. Provas de que mamãe tivera uma vida antes de mim e lembretes incômodos de que ela poderia muito bem voltar a ter outra sem mim.

Encontrei uma fotografia desbotada de mamãe e papai juntos, tirada em uma versão mais nova de nossa cozinha. Papai tinha costeletas escuras e largas que se juntavam a uma densa cabeleira. Mamãe usava um penteado afro e uma blusa estampada; nenhum dos dois olhava para a câmara, mas estavam ambos com os olhos e a cabeça voltados para baixo, como se tivessem recebido notícias ruins.

"Vocês parecem uns desgraçados", eu disse para eles. "Vocês *são* uns desgraçados."

Mas eu continuei manuseando o resto da pilha e acabei encontrando algumas fotos que revelavam que, na realidade, eles tiveram períodos muito mais felizes – como a foto deles juntos em uma sala que eu não reconhecia. Nela, os dois sorriam radiantes com os olhos protegidos por grandes óculos de sol avermelhados. Mamãe e papai usavam jaquetas de couro e estavam de mãos dadas, coisa que eu nunca os vi fazer. Outra foto mostrava mamãe em um ataque de riso. Ela estava sentada de pernas cruzadas sobre um grosso capacho cor de laranja, vestida com uma camiseta branca e um minúsculo short jeans. Ela havia jogado a cabeça para trás em um instante de júbilo. Enroscada em seus ombros e presa em suas pequenas mãozinhas, havia uma comprida e musculosa cobra de alguma espécie. Em outra foto, mamãe soprava as velas de um bolo de aniversário. Havia muitas pessoas ao redor dela que eu não conhecia, cujos movimentos das mãos, batendo palmas, estavam ali congelados. Papai estava ao lado de mamãe, com um braço por cima do ombro dela, inclinando-se para dar-lhe um beijo na face.

O gesto apreendido naquela fotografia era a única manifestação de afeto que eu jamais presenciara entre os dois. Senti como se estivesse olhando para estranhos.

Mas, de longe, a minha fotografia preferida de mamãe era uma 10 x 18 cm, em preto e branco, de quando era adolescente. Com aquele olhar pensativo em seu lindo rosto, ela poderia ter sido modelo, eu pensei. A foto me atraiu de tal maneira que eu fiquei olhando para ela por um tempo que pareceu uma eternidade, aquele momento único na vida de mamãe antes de ela acidentalmente fazer filhos, antes da doença mental, da assistência social e de ser contagiada pelo vírus da Aids. Eu fiquei me perguntando se era para aquele momento que ela sempre quisera retornar: à sua antiga vida, a tempos mais felizes que não tinham nada a ver com filhos nem com as constantes aporrinhações de sua filha relapsa, que a deixavam louca, tentando detê-la e fazendo-a adoecer. Quando finalmente coloquei tudo de volta dentro do saco plástico, eu peguei aquela foto de mamãe e guardei-a no bolso dos jeans que estava usando por baixo do roupão de mamãe.

Colocar o saco de volta na prateleira foi mais complicado do que tirá-lo dali, e, por isso, peguei uma cadeira na cozinha e subi em cima dela para ver o que havia por trás dos caixotes de discos. Percebi que ali havia algo que eu não vira antes: uma velha e empoeirada caixinha de madeira bem no fundo da prateleira mais alta do armário. Coloquei o saco com a inscrição Farmers' Market em seu devido lugar e tirei a caixinha de madeira de trás dos caixotes de discos; era muito mais pesada do que eu pensava por ser tão pequena. Desci da cadeira e me sentei na cama de meus pais, com a caixinha no colo.

Dentro dela, encontrei um álbum de recordações preso por um elástico tão gasto que se rebentou quando eu o puxei; algumas fotografias escorregaram para o chão. "*SAN FRANCISCO*" estava rabiscado no alto das páginas do álbum, com a letra típica de meu pai. Em cada página, havia uma foto seguida de outra de papai parecendo ainda mais jovem que nas fotografias com mamãe, com a cabeça ainda quase totalmente coberta de cabelo. Havia fotos dele apontando para a ponte Golden Gate ao longe, curtindo uma praia, assando hambúrgueres em uma grelha e rindo com amigos.

Em uma das fotos, papai estava diante de uma livraria chamada City Lights, entre uma fileira de quatro homens bem vestidos que se divertiam fazendo cara séria para a câmera, com as faces erguidas e os olhos piscando ao sol.

Havia também duas fotos em preto e branco de papai, em cujos versos estavam escritas três palavras com uma letra desconhecida: *"AT CITY LIGHTS"*. Em uma delas, papai aparece sozinho lendo, aparentemente sem saber que está sendo fotografado. Na outra, ele aparece acompanhado de um grupo de pessoas com feição séria, todas sentadas diante de um homem barbudo com os braços erguidos em um gesto que sugeria que estava contando histórias.

Presa por um clipe à contracapa do álbum de recordações, havia uma antiga carta desbotada, cujo endereço do remetente eu reconheci como sendo o de minha avó em Long Island. Desdobrei um bilhete escrito à mão, em que ela resumia em poucas palavras o quanto ficara surpresa no dia em que, pelo correio, recebera de volta, da faculdade dele, o cheque não descontado que ela enviou para pagamento de seu curso. No breve bilhete, ela explicava que o antigo colega de quarto de papai havia lhe dado seu endereço para remessa de correspondência na Califórnia e perguntava quando ele pretendia retomar seus estudos e por quanto tempo ainda ele continuaria "em férias" lá na costa oeste. Ela terminava o bilhete com "Com amor, sua mãe", exatamente da mesma maneira com que finalizava todos os cartões de aniversário que ela sempre enviava a ele, recebidos no nosso apartamento.

Presas por clipes à carta de vovó, havia duas outras cartas; essas não haviam sido abertas e não estavam endereçadas a papai, mas eram dele para um tal de Walter O'Brien, em San Francisco. Em ambas havia um carimbo RETORNAR AO REMETENTE. Em toda a minha vida, eu nunca tinha visto papai escrever cartas a quem quer que fosse e fiquei curiosa por saber o que elas podiam dizer, mas sabia que já estava bisbilhotando o que não devia e que não ficaria impune se as abrisse. Segui, portanto, folheando os postais. Um deles continha uma foto tirada ao pé de um monte cheio de curvas e dizia LOMBARD STREET; havia sido enviada a papai, em um endereço de Nova York, por uma mulher, cujo nome eu não lembro mais, dizendo que estava com saudades dele e de seu "mau gosto" em poesia. Ela também queria que ele soubesse que o amigo deles em comum, Walter, também estava com saudades dele e esperava que ele retornasse a San Francisco. *Papai gostava de poesia?* Eu não conseguia nem imaginar isso. Com seu genuíno gosto por romances policiais e outros livros sobre trivialidades, tudo o que parecia interessar a ele eram fatos e, normalmente, os mais obscuros, ou desprovidos de sentido mais profundo. A poesia não parecia estar entre eles.

Peguei as fotos que haviam caído do álbum. Havia uma foto de uma menininha usando um vestido cor-de-rosa. No início, pensei que fosse uma fotografia minha, embora eu nunca a tivesse visto e ela estivesse bastante desbotada. Mas, ao virá-la, vi que o nome escrito era *Meredith*.

Senti um nó no peito. Fiquei olhando por um longo tempo para a foto, tentando comparar seu rosto com o que tinha em minha vaga lembrança daquele dia em que no parque papai havia mandado Lisa e eu nos encontrar com nossa irmã mais velha. Examinei o rosto de Meredith ainda bebê e comparei-o com o de papai. Vendo sua total vulnerabilidade por ser bebê, eu fiquei me perguntando como ela seria agora, como papai pôde abandoná-la e por que nunca falávamos a seu respeito. Fui tomada por um profundo sentimento desagradável de dúvida quanto ao que mais ele era capaz de fazer.

Entre as últimas fotos, encontrei uma em que estava escrito: "*Peter e Walter, 4 de julho*". Nela, papai aparece sorrindo. Seus olhos brilhavam tão intensamente que pareciam também sorrir. O outro homem da foto, Walter, era bonito, alto e parecia ainda mais jovem que papai. Ele tinha a pele clara com sardas e cabelo vermelho. Também sorria e tinha um braço em volta dos ombros de papai. Ao fundo, viam-se pessoas com bandeiras americanas em um parque que não parecia ser de Nova York, mas de um lugar que eu nunca tinha visto. Era como se todo mundo estivesse em um piquenique.

Finalmente, cheguei à última foto daquele pacote, uma Polaroid. De início, a imagem que vi me deixou confusa. Fiquei estarrecida olhando para ela por um longo tempo, porque minha mente simplesmente não conseguia entender o que estava vendo. Aos poucos, a realidade foi, no entanto, infiltrando-se nela. No começo, eu simplesmente vi dois homens se beijando. Em seguida, minha mente processou que o homem de cabelo ruivo da foto era Walter, o amigo de meu pai. O mesmo Walter do cartão-postal. O Walter das cartas devolvidas. Walter estava beijando outro homem, e esse outro homem era meu pai.

Sem pensar, coloquei-me em pé, atingida por um súbito pânico, e enfiei as cartas, os postais e as fotos de volta no álbum de recortes e fechei-o com uma pancada. Coloquei-o dentro da caixinha de madeira, *rapidamente*, como se com isso eu pudesse também trancafiar a minha descoberta dentro dela. Guardei tudo de volta no fundo do armário, coloquei o roupão de mamãe em seu devido lugar e corri para o meu quarto.

Na cama, com a cabeça enterrada no travesseiro, as queixas que mamãe havia manifestado de papai tomaram de assalto minha mente. Lembrei-me de todas as vezes em que ela o havia acusado de ser cheio de mistérios e de não amá-la. Eu havia achado que era sua doença que a estava deixando paranoide. Eu o havia defendido e sentido pena dele por ter que lidar com a crueldade irracional dela. *Será que eu tinha realmente visto aquilo? Era verdade? Então mamãe sabia de tudo?*

Eu despejei todo o meu pranto no travesseiro. Chorei por toda a dor de ter perdido mamãe e Lisa. Chorei por todos os sentimentos profundamente perturbadores que me afligiam. Chorei porque, enterrada no fundo do armário no quarto que papai e mamãe um dia haviam compartilhado, estava a prova de que eu não conhecia de fato meu pai. Será que ele continuava se encontrando com o tal Walter? Ou com outros homens? Será que algum dia ele havia amado mamãe? Teria sido ele quem havia transmitido o vírus HIV para ela?

Nos meses seguintes, comecei a passar grande parte do tempo em meu quarto, com a porta fechada. Todas as noites, quando papai voltava de suas andanças atrás de drogas ou das horas em que passava no centro, eu saía por um breve instante do quarto para receber a entrega de comida pronta, que havia se tornado nosso habitual jantar, arroz frito ou uma fatia de pizza. Nós trocávamos então algumas palavras rápidas e, quando papai se preparava para se drogar na cozinha, eu me recolhia em meu quarto, para comer sozinha. Quando um dia ele trouxe para casa, encontrado no lixo, um segundo e menor aparelho de televisão, ele deixou que eu o tivesse em meu quarto. Eu havia dito a ele que o sofá não era mais confortável. Às vezes à noite, antes de ele ir para a cama, papai dava umas batidinhas leves na porta fechada do meu quarto para dizer: "Boa noite, Lizzy, eu te amo". Do outro lado, eu o fazia esperar alguns instantes antes de finalmente lhe responder "... eu também te amo, papai".

Alguns meses depois, quando eu já estava com 13 anos, a Assistência a Menores finalmente tomou a minha guarda. Quando eles chegaram para me levar, eu não me rebelei. Em algum recôndito nas profundezas de mim – é difícil reconhecer ainda hoje –, eu acho que meu coração se partiu ao ver que papai tampouco se colocou contra.

Em resposta a diversas denúncias com respeito às minhas faltas à escola (na época, a Junior High School 141), dois sisudos assistentes sociais de ternos engomados bateram à nossa porta para me levar de carro a um "internato". Um deles se apresentou como Sr. Doumbia e o outro continuou sem nome. Enquanto papai assinava os papéis, entregando oficialmente a minha custódia para o Estado, eu tive 10 minutos para colocar o que quisesse em uma sacola. Em estado de pânico e aos prantos, peguei algumas peças de roupa, a moeda de bronze dos Narcóticos Anônimos que mamãe havia recebido de um traficante e a fotografia em preto e branco dela, e isso foi tudo o que levei comigo. O abraço que papai me deu à porta foi rijo e nervoso. "Sinto muito, Lizzy", foi tudo o que ele disse, com as mãos trêmulas. Virei a cara porque não queria que ele me visse chorando. Se eu tivesse frequentado regularmente a escola, aquilo não estaria acontecendo.

No banco traseiro do carro, eu me acomodei com a sacola no colo. Ninguém me dirigiu uma única palavra. Eu ia tentando imaginar o que aconteceria a seguir, prestando atenção à conversa deles. Mas não dava para distinguir muita coisa de sua fala gutural, ainda por cima abafada pelo barulho do motor do carro. Eu ia com os olhos fulminados em todas as direções, para cima e para baixo das ruas do Bronx pelas quais passávamos, mas que eu não reconhecia. Eles me levaram para dentro de um prédio compacto de escritórios de aparência anônima feito de tijolos sujos, sem nenhuma placa na entrada; foi o que observei quando entramos.

Fui levada para uma pequena sala que parecia um consultório médico, mas sem mesa de exame. "Sente-se aqui", disse-me uma mulher alta, apontando para uma cadeira, antes de sair e deixar a porta totalmente aberta. As paredes da sala eram nuas. A janela estava trancada com uma grade grossa e enferrujada, e o sol iluminava uma vala cheia de lixo atrás do prédio. De minha cadeira, pude ver outra garota sentada sozinha no corredor, com um penteado de trancinhas e usando calças de moletom. Seu olhar era parado, parecia o das pessoas da ala psiquiátrica em que mamãe estivera internada, dopadas por remédios. Passou-se mais de meia hora sem que ninguém aparecesse. Eu levantei e me atrevi a me aproximar para falar com aquela menina.

"Oi", eu a cumprimentei. "O que você está fazendo aqui?"

"Eles acham que eu esfaqueei minha prima. Estou de saco cheio desta porcaria", ela resmungou, sem olhar para mim.

"Oh... desculpa", foi tudo o que eu disse e, depois de um instante, voltei para a minha cadeira. Não sei quanto tempo levou para a mulher alta voltar, mas, quando entrou, fechou a porta e ficamos só nós duas ali. Ela abriu uma pasta à luz da lâmpada de sua escrivaninha, leu alguma coisa e, então, voltou-se para mim, olhando-me por cima dos óculos. Era a primeira vez que alguém me dirigia o olhar ou a palavra desde que eu havia entrado no carro.

"Eu preciso que você tire a roupa", foi tudo o que ela disse.

"Ficar pelada?", eu perguntei.

"Sim, eu tenho que examinar você. Por favor, tire a roupa."

A última coisa que eu queria era tirar a roupa, mas o que mais podia fazer? O que eu não teria feito se ela me mandasse? Portanto, tirei a roupa. Ela ficou folheando as páginas de sua pasta enquanto eu coloquei minha roupa empilhada sobre a outra cadeira que havia ali disponível. Fiquei um pouco curvada ali naquela sala gelada, esfregando os braços para afastar os arrepios e à espera da próxima ordem.

"A calcinha também. Tire tudo."

"Por quê?", eu quis saber, descendo a calcinha. "Para que isso?" Se ela tivesse se dirigido a mim como um ser humano e me explicado o que estava acontecendo, seria muito mais fácil e muito menos assustador. Mas, em vez disso, ela se dirigia a mim com uma voz autoritária, como se eu não fosse uma pessoa, mas simplesmente uma função que ela tinha de cumprir.

Ela não respondeu diretamente à minha pergunta, mas olhou para mim de novo por cima da pasta e começou a recitar algo que para mim soou como um texto ensaiado.

"Elizabeth, hoje nós vamos examinar você e precisamos lhe fazer algumas perguntas. Tudo o que você tem que fazer é responder com sinceridade. Tudo bem?"

"Sim", eu disse ali parada, completamente nua e me sentindo incomodada por ter seu olhar perfurando meu corpo magro.

Olhando por cima de suas anotações, com a caneta apontando para um machucado em minha perna, ela perguntou: "Como foi que isto aconteceu, Elizabeth?".

Havia muitos machucados em meu corpo. Eu tinha a pele clara e sempre me machucava com facilidade. Toda vez que eu voltava para casa depois de brincar na rua, eu tinha algum machucado; como poderia, portanto, saber como havia ocorrido aquele em particular?

"Uhm... acho que brincando na rua."

Ela anotou alguma coisa. "E este aqui... e este?", ela perguntou apontando outros dois na mesma perna e aproximadamente na mesma área.

Qual seria a resposta certa? O que aconteceria se eu dissesse que não sabia? Será que eles iam achar que papai havia me batido? E, nesse caso, eu poderia algum dia voltar para casa? O que estava em jogo? Aquilo tudo era tão obscuro e, quanto mais incerto era, mais ela estava no total controle sobre mim e menos confiança eu tinha nela. Por que ela não me explicava o que estava acontecendo?

"Uhm... na bicicleta, ao montar nela, eu machuquei a perna."

Aquilo prosseguiu por mais um tempo. Fui mandada me virar, erguer os braços para o alto e estender as pernas. Finalmente, tive permissão para me vestir e me sentar. Ela saiu da sala e um homem latino entrou para me trazer comida. Ele tampouco falou comigo. Simplesmente acenou, colocando sobre a mesa um pacotinho embrulhado em celofane; dentro dele, havia uma fatia grossa de presunto e outra fatia grossa de queijo dentro de um pãozinho difícil de mastigar. Entregou-me uma caixinha de suco e saiu tão silenciosamente quanto havia entrado. Finalmente, o Sr. Doumbia apareceu na porta e era hora de ir. De volta ao carro, cruzei os braços no peito e fiquei olhando entorpecida pela janela, para nada em particular.

O Lar Saint Anne ficava em um prédio simples de tijolos, mas de aparência austera, no Lower East Side de Manhattan. Parecia uma mistura de escola pública e asilo de idosos. Eu saberia depois, por outras meninas que moravam lá, que o Saint Anne era "um centro residencial para diagnóstico" – lugar para onde meninas com histórico de problemas de comportamento, como falta à escola, doença mental, delinquência juvenil e outros, eram enviadas para serem "avaliadas" antes de seguirem para um lugar definitivo. Esse processo de avaliação deveria envolver sessões com todos os tipos de profissionais de saúde mental e corria o rumor de que levaria pelo menos três meses para ser concluído.

O período em que passei naquele centro – quase uma estação inteira do ano – vem-me hoje à lembrança em apenas lampejos de imagens, sons e cheiros. Durante aquele período, eu fui mais testemunha que dona de minha vida. E, mesmo que me esforce muito, apenas certos fragmentos retornam à mente.

Consigo ver o dia em que fui enviada para lá, aqueles dois indistintos assistentes sociais que me conduziram para dentro da casa, um de cada lado. A maneira de eles mostrarem suas carteiras de identidade pelo vidro da janela da recepcionista, para que ela permitisse a nossa entrada. O estalido da porta automática se abrindo e se fechando, o mesmo som que eu já ouvira ao entrar na ala psiquiátrica em que mamãe estivera internada. O nó apertado na boca do estômago ao me perguntar se aquelas pessoas achavam que eu era louca. Se estavam me mandando para um lugar como aquele e ninguém se dirigia a mim como um ser humano, seria porque achavam que havia algo de errado comigo? Era isso, *tinha que* haver algo de errado comigo.

Uma anã gorda e careca acenou para a minha escolta e os dois homens voltaram para a porta. Quando ela se abriu, uma torrente de ruídos da cidade encheu a entrada que antes estivera totalmente silenciosa, ruídos feitos por pessoas que desfrutavam a liberdade. Naquele momento, pude perceber a mudança de minha condição: eu não era mais uma delas.

Aquilo não era certo. Eu não devia estar ali e papai era frágil demais para ficar sozinho. Eu conhecia o sistema metroviário suficientemente bem para encontrar o caminho de volta até ele, isso se eu conseguisse escapar daquelas pessoas. Mas, ao olhar em volta, vi que qualquer tentativa de fuga havia sido antecipada e todas as precauções devidamente tomadas. Todas as janelas tinham grades de proteção totalmente fortificadas. Tudo era tão estéril e exposto que não havia onde se esconder.

"Pode me chamar de tia", a mulher me disse. "Eu sou a encarregada daqui. *Cê* vai ficar no *tercero* andar. É só ficar longe de encrenca e *cê* vai se dar bem... Está me ouvindo, mocinha?" Eu tinha lágrimas presas na garganta. Assenti.

Nos andares de cima, garotas deprimidas eram inspecionadas enquanto andavam pelos corredores com fileiras de quartos, com duas ou três camas cada um. "Este aqui será seu quarto, com Reina e Sasha. Nós não toleramos qualquer transgressão! Luzes apagadas às nove, café da manhã às sete e nada de faltar às aulas. Nada de confusão. Qualquer outra dúvida, pergunte a elas." Ela apontou as meninas com o nariz.

Reina era seca e escura, com o rosto fino e o corpo magricelo, e tinha o cabelo puxado em tranças esfiapadas. Ela passava todo o tempo falando de meninas que "põem na boca o que quer que apareça à sua frente... sabe o que *tô* querendo dizer?" Ela parava aí para receber a confirmação.

"Caramba", era a minha resposta pronta a toda sua falação incessante.

Sasha, minha outra companheira de quarto, era extremamente calada, especialmente na presença de Reina, e tinha todos os motivos para isso. Toda vez que Sasha ia ao banheiro, Reina imediatamente passava a falar mal dela, dizendo o quanto ela era "feia" ou "cheia de si". "Já eu era um exemplo antes de vir para este lugar, e minhas roupas eram um sucesso, antes de estragarem tudo aqui, mas *cê* não vai me ver parecendo uma molambenta! Deixe que ela continue se achando, eu *vô* rebentar a cara daquela cadela!"

Era verdade que elegância não era uma opção no St. Anne, uma vez que todos os objetos de valor eram inevitavelmente roubados e todas as roupas eram lavadas juntas em água tão quente que as deixava desbotadas. Mas Reina não era nenhum modelo e o silêncio de Sasha era mais uma estratégia que um egoísmo.

Reina olhava para mim de um jeito que parecia estar tentando decidir o que fazer comigo. "*Eu gosto de você, menina branca, a gente pode se dá muito bem, vigiando as costas uma da outra, sabe o que eu tô querendo dizer?"*

"Com certeza", eu lhe garanti.

Na primeira noite, quando eu estava sentada à mesa de jantar, desfrutando em silêncio o prazer de comer uma refeição quente, de repente um líquido quente veio parar em meu colo, queimando a pele de minha barriga. Ardia como fogo e eu gritei de dor. O caldo avermelhado da sopa havia atravessado a roupa, deixando apenas alguns pedaços de cenoura e alguns grãos de arroz grudados na camiseta e nos jeans. Um grupo de meninas deu no pé, dobrando-se de tanto rir. Mas não foi só isso; uma das garotas, sentada à mesma mesa que eu, resmungou entre os dentes: "cadela branca".

O término do dia era marcado por uma longa fila, onde ficávamos esperando uma fileira de garotas escovarem os dentes, que um dia foram brancos, em pias esterilizadas sob as lâmpadas fluorescentes do banheiro. As janelas dali também eram protegidas com grades. Eu já sabia quais garotas dominavam o pedaço pelo tempo um pouco mais longo que elas levavam se lavando, exagerando os movimentos, ajeitando o cabelo vagarosamente, enquanto nós esperávamos por nossa vez. Todas as outras jogavam rapidamente água na cara, passando as escovas pelos dentes em movimentos mecânicos.

Os cheiros de pasta de dente, xampu e sabonete Tone eram os mais fortes; as barras cor de manteiga nos eram distribuídas na fila do chuveiro. Uma atrás da outra, com os pés descalços sobre o piso, segurando nossas toalhas, até a ronda noturna chamar pelo nome de cada uma conforme a lista que tinha sobre uma prancheta, contando nos cronômetros os minutos que levávamos no chuveiro. A fragrância distinta do sabonete de coco enchia o espaço entre os boxes, vindo de trás das cortinas de plástico que nos separavam, deixando o vapor mais denso.

Ninguém se demorava porque a onisciência da Tia fazia parecer que ela estava bem atrás, pronta para, a qualquer momento, apressar a gente com suas ameaças. Assim, o corredor principal ficava totalmente vazio, com pirâmides de luz saindo pela porta aberta de cada quarto.

"Raguia-Lauryn-Elizabeth, este banheiro não é só para vocês. Andem depressa antes que a Tia perca a paciência! Vocês parecem umas lesmas." Era a primeira vez que eu tinha alguém para controlar minha higiene pessoal e hora de dormir; era estranho saber que as pessoas tomavam banho todos os dias e que eu era uma delas. Mas eu adorava a sensação de estar limpa e a da roupa limpa sobre a pele. A Tia verificava se as lâmpadas de todos os quartos eram apagadas às nove em ponto; como garantia, uma funcionária assumia o plantão no corredor para o turno da noite.

Uma das coisas mais difíceis de suportar, como acabou se revelando, além do confinamento, da permissão de telefonar meia hora por semana e da rotina minuto a minuto, era a voz trovejante da Tia, que ia da manhã até a noite, acompanhada do tilintar de chaves do molho suspenso na cintura de seu único avental. Todas as manhãs, nós, 12 meninas, acordávamos o mais tardar às seis e meia, se não quiséssemos que fosse ao som de nossas portas sendo abertas com força, à intensidade das lâmpadas fluorescentes acesas em nossas caras e, é claro, aos gritos da Tia.

"Melhor se levantarem já, *meninas*! Vamos, levantem, levantem logo!"

Às vezes ouviam-se os gritos de alguma menina (em geral, nova na casa) que se recusava a sair da cama e era, portanto, arrastada para fora dela, aos gritos e pontapés.

"Nem tente testar a Tia, porque a Tia não brinca em serviço. Tente para ver o que a Tia é capaz de fazer."

"Por que você não começa me dizendo como se sente aqui."

"Em uma prisão", eu respondi, ignorando o desapontamento em seu rosto enquanto o tempo se arrastava e eu continuava calada. O ponteiro grande do relógio Prozac seguia pacientemente seu tique-taque; no lugar do 12, havia a imagem de uma pílula em verde e branco.

A Dra. Eva Morales tomava seu café em uma caneca da Cornell University, que nunca saía de sua pequena sala sem janela para ir a qualquer lugar que não fosse sua boca e voltar para seu descanso, um guardanapo exatamente do mesmo tom de rosa de seu batom. As nossas sessões, como as de todas as outras meninas, duravam 40 minutos, três vezes por semana, por todo o tempo que eu passei no Lar St. Anne.

"A persistência leva ao progresso e o progresso é resultado da persistência", a Dra. Morales proclamava, balançando a cabeça a cada sílaba em um ângulo determinado pela seriedade do assunto em questão – que normalmente era a minha "falta de disciplina". No entanto, ela, às vezes, aproveitava a oportunidade para explorar outras coisas: "Esse cabelo na cara não incomoda sua mãe?" e "Se você continuar tímida desse jeito, nunca vai fazer amizades".

A expressão dela era apenas de duas variantes: o franzir das sobrancelhas em concordância (uma mão na face) e o olhar pensativo (mordendo o lábio e colocando uma mão em cima da outra). Eu preferia qualquer coisa ao olhar pensativo, porque ele sempre vinha seguido de uma afirmação irritante do tipo: "Viver é assumir responsabilidade e ser responsável por si mesmo".

Como se eu não tivesse sido responsável por mim mesma por quase toda a minha vida.

Ela parecia tão distante de tudo que dizia que, às vezes, eu sentia como se toda a sessão fosse para a Dra. Morales apenas um fórum para ela praticar frases que havia aprendido em seu curso. Em consequência disso, eu passava a metade do tempo em seu consultório agradando-a, concordando sem vacilar com ela e fingindo entender o que ela dizia.

"Eu quero ajudar você, mas, como todo mundo sabe, não se pode ajudar alguém que não se deixar ajudar." As sobrancelhas dela se erguiam; ela estava tentando me tirar de meu silêncio prolongado.

"Entendo", eu repetia constantemente.

Eu ensaiei o melhor que pude para lhe mostrar uma feição pensativa e não ter que suportar suas repetições. Era isso que a Dra. Morales e eu fazíamos durante 40 minutos – "entender" uma à outra pelo bem do progresso. Eu a entendia porque, ao fazer isso, estava mais próxima de ir para casa. Se ela era o bilhete de volta para a minha família, eu lhe provaria que não merecia ficar no Lar St. Anne por nem mais um minuto.

Eu gastava, portanto, o tempo que passávamos juntas fazendo cara de quem estava entendendo e assentindo o tempo todo, como se tocada e iluminada por suas afirmações. Sim, eu achava que estava na hora de começar a pensar no meu futuro. Sim, já que a senhora mencionou, eu quero sim ser uma jovem dama educada e tirar proveito de meus potenciais. Sim, a senhora é eficiente em sua função e eu estou mudando por sua causa, Dra. Morales.

Uma tarde, naquela mesma semana, eu descobri o que Reina quisera dizer ao me advertir para "ficar de olho nela", quando a Tia chegou abrindo a porta com força, espumando de raiva e arrastando Sasha atrás de si, completamente molhada e com os olhos vermelhos.

"Que nenhuma de vocês, meninas, tente enganar a Tia!" Seus olhos redondos passaram fulminando de mim para Reina. Com sua cabeça raspada e seu nariz empinado, ela parecia um buldogue com as orelhas cortadas. "Qual de vocês duas colocou alvejante no frasco de xampu de Sasha? Não obriguem a Tia a adivinhar!" Reina insistiu em dizer que não fora ela, de uma maneira tão convincente que, por um momento, eu duvidei de mim mesma.

"Foi Elizabeth quem fez! Eu disse a ela que não se faz isso aqui, mas Tia, ela simplesmente não ouve." Balançando a cabeça em exasperação, ela acrescentou: "Ela me disse para deixá-la em paz se não quisesse me encrencar, mas eu vou levar a pior se a culpa recair sobre mim! Tia, eu juro por tudo o que é mais sagrado e por minha vida que não fui eu". Depois de ouvir isso, a Tia se convenceu.

"Eu jamais fari...", comecei a dizer.

"Eu não quero saber de onde você veio, mas essa safadeza não se faz aqui – você não vai conseguir se safar da vigilância da Tia. Você vem comigo!" Eu segui atrás de sua reluzente cabeça raspada para fora do quarto, passando pelo sorriso de satisfação de Reina.

Eu acabei indo parar no "quarto do silêncio", um espaço de dois por três metros quadrados, com iluminação fraca e carpete que dá coceira, para onde as meninas que se comportavam mal eram levadas e trancafiadas.

Havia apenas uma janelinha, com grade como todas as outras, pela qual entrava uma luzinha medrosa. Ela dava para o lado atijolado do prédio vizinho e, com muito esforço, eu conseguia enxergar um pedacinho de céu. Cheirava a suor e urina ressecados e eu racionei minha respiração ao sentar ali, furiosa, naquele espaço miserável, gritando "Eu odeio este lugar!" para mim mesma.

Depois da safadeza de Reina, eu fui separada dela e de Sasha e levada para um quarto com apenas uma menina. Ela se chamava Talesha e tinha 15 anos, dois a mais que eu. Tinha olhos pequenos, sempre voltados para o chão, pele cor de café e um filho de seis meses. Por causa de sua idade, a Tia achou que "você não vai tentar nenhuma sacanagem com ela".

Enquanto eu entrava no novo quarto carregando um saco de lixo com minhas coisas, Talesha segurou a porta para mim, sorrindo. Suas tranças finas e longas batiam nos ombros. Ela tinha quadris largos e usava unhas que mediam uma polegada, pintadas com esmalte de um tom metálico de púrpura.

No instante em que a porta se fechou, ela saltou sobre sua cama e exclamou: "Reina tira sacanagens de seu rabo! Eu sei que você não ia fazer aquela maldade... especialmente por ser a única menina branca daqui. Só se fosse louca para fazer uma maldade dessas. E você não parece ser louca". O olhar dela era suave.

"Eu não fiz aquela maldade com Sasha", eu disse.

"Então, por que você está aqui? Onde está sua família?"

Eu não sabia se queria responder a suas perguntas, mas sabia que não queria falar de papai e nem mesmo pensar nele sozinho lá no apartamento da University Avenue por culpa minha. Portanto, dei de ombros e tratei de arrumar minhas coisas.

Fazia um ano que Talesha estava morando ali. Era a segunda vez que estava no Lar St. Anne e sabia tudo sobre todo mundo dali. Convivendo com ela, eu fiquei a par da vida de muitas garotas e até mesmo da Tia. Ela me contou que a mãe de Reina era viciada em crack e fora até o apartamento de seu fornecedor para dar a ele Reina em troca de algumas pedras.

"A mãe dela disse alguma coisa do tipo 'Reina pode limpar a casa para você'. Você sabe como é, ela propôs um acordo do tipo 'ela limpa a casa pra você e isso merece alguma coisa em troca'. Mas a mãe de Reina nunca mais voltou, ficou só cheirando as pedras!"

Ao ouvir a história de Reina, eu me senti feliz por ter mamãe. Ela jamais faria uma coisa dessas.

Talesha continuou: "E tem mais uma coisa! Você sabia que a Tia costumava usar trancinhas afro, grossas e compridas, mas daí ela ficou doente e elas caíram. Ela as colocou em um grande saco plástico e até hoje as guarda atrás do sofá em seu escritório!"

"Não pode ser! Sério?", eu perguntei.

Eu me recusei a acreditar naquilo até que, alguns meses depois, vi a Tia mostrando orgulhosamente as trancinhas a outra funcionária. Ela tirou aquelas coisas compridas e rotas de um saco plástico, que como cobras de brinquedo saltam para fora do saco de um impostor, e declarou: "Eu sou de descendência indígena. Meu pai era cheroquí e meu cabelo pode voltar a crescer. Estas trancinhas também ficavam bem em mim!".

Mas, mais do que tudo, Talesha falava de seu filhinho, Malik. Ficávamos muitas vezes acordadas por horas depois de as luzes terem sido apagadas, enquanto ela me contava e eu ouvia ansiosamente como era ter um namorado e engravidar. "É ótimo. Quando a barriga começa a aparecer, as pessoas se levantam para dar seus lugares no ônibus e tratam você com verdadeiro respeito. E sempre tem alguém disposto a amar você quando você tem um bebê e alguém a quem você também pode amar."

Muitas noites, eu ficava na cama acordada ouvindo Talesha chorar baixinho e me dizer o quanto ela sentia falta de seu bebê. E sobre o quanto ela odiava sua mãe por tê-la obrigado a ir para ali e ficar com o bebê para si mesma. Às vezes, quando ficávamos acordadas, ela me falava sobre como a vida ia ser maravilhosa quando ela saísse dali e tivesse Malik de volta. Eles teriam uma casa em algum lugar do interior, perto de Peekskill, com um lindo quintal onde Malik poderia brincar. Às vezes, muito depois de Talesha ter adormecido, no mais completo silêncio do quarto escuro como breu, eu chorava de saudade da minha família. De papai sozinho naquele apartamento grande, de Lisa se distanciando cada vez mais de mim e de mamãe com o vírus da Aids avançando pelo seu corpo a cada minuto sem que eu pudesse fazer nada para detê-lo.

Eu fui libertada do Lar St. Anne com a chegada da primavera, quando as cerejeiras estavam começando a florescer por todo o bairro de Lower East Side. Eu não sei se foi a Tia, a Dra. Morales ou o Sr. Doumbia quem tomou a decisão final em favor de minha saída dali para a guarda de Brick, mas estava mais do que feliz por poder ir embora. Além de deixar Talesha para trás, não havia absolutamente nada que eu lamentasse perder.

"Boa sorte, menina. Vou sentir sua falta", Talesha disse, dando-me o abraço mais caloroso que eu tivera por muito tempo. Eu agradeci a ela por tudo, desejei-lhe boa sorte, peguei o saco de lixo com minhas roupas e desci as escadas para ir ao encontro do Sr. Doumbia.

Foi só quando eu já estava na rua do lado de fora do St. Anne, parada na calçada e cercada pelos ruídos de um dia tumultuado de Manhattan, que me dei conta que não tinha a mínima ideia de como seria a minha vida dali por diante. Apesar de estar indo "para casa" ao lado de mamãe e Lisa, não era um retorno para algo conhecido. Em todos os telefonemas que dera semanalmente, mamãe havia prometido que viver com Brick era a melhor opção para mim – para nós. Mas seu "nós" não incluía mais papai.

Sentei-me no banco traseiro do táxi ao lado do Sr. Doumbia. Ao ouvi-lo dar ao motorista o meu novo endereço no Bedford Park Boulevard, eu reconheci um sentimento muito familiar se espalhar por todo o meu peito. Eu tive medo – ao ponto de ter certeza – de que, longe de "ir para casa", eu estava sendo levada para outro lugar onde não queria estar.

Capítulo 5

Sufocada

O apartamento de um quarto de Brick estava atravancado de uma infinidade de coisas que ele recebia como brindes por compras de praticamente tudo o que havia em um supermercado. Havia camisetas Marlboro, Newport e Winston largadas aos montes por todo o apartamento. As tigelas dele eram peças de uma coleção multicolorida de bonés de beisebol de plástico virados de ponta-cabeça e adquirida em troca de um determinado número de códigos de barra cuidadosamente recortados das embalagens de cereal matinal Apple Jacks que, depois disso, continuaram intocadas no armário. De enormes quantidades de embalagens de Pepsi e de molho franco-americano abertas haviam sido retiradas as etiquetas e enfiadas em qualquer lugar ao acaso para serem usadas posteriormente. Enormes quantidades de mistura para bolo Duncan Hines haviam dado a Brick assinaturas grátis do jornal *Sports Illustrated* e da revista *Better Homes and Gardens*. Espalhados por todos os lados, em ambos os braços dos dois sofás sujos, havia incontáveis cinzeiros, cheios até a borda de cigarros apagados e palitos de fósforos riscados. Eu sabia que papai comentaria o fato de não haver um único livro à vista.

Na manhã em que eu cheguei com o Sr. Doumbia, mamãe estava espalhando uma generosa porção de maionese por cima do sanduíche de carne assada de Brick, enquanto ele esperava sentado ser servido. A fumaça de seus cigarros impregnava o ar. De um rádio sucateado sobre a mesa, ouvia-se a voz do *The Platters* cantando "Only You". Lisa abriu a porta e me recebeu com um abraço frouxo. A boca dela estava pintada com um batom escuro e ela usava brincos de argolas douradas que pareciam maiores que seu rosto.

"Abobrinha!", mamãe exclamou quando me viu. "Que bom que você veio!" Ela me envolveu em um abraço apertado, ainda com a faca engordurada na mão. Ao abraçá-la, eu senti imediatamente o quanto ela havia emagrecido, seu corpo era frágil como o de uma criança em meus braços. Eu estava mais alta e mais larga que ela. A diferença me impressionou, fez-me sentir mais velha que ela. "Eu estava com saudades de você, mamãe", eu disse baixinho em seu ouvido, enquanto observava Brick atrás de mamãe assinando os papéis que o Sr. Doumbia havia espalhado pela mesa da cozinha.

"E aí, está gostando de ser livre?", Brick perguntou, sufocando uma risada com sua tosse de fumante. A pergunta dele me soou grosseira e eu não respondi, mas recuei para ver mamãe sorrindo para mim, olhando-me nos olhos. "Estou *tão feliz* por você estar aqui, Lizzy."

"Não esqueçam", o Sr. Doumbia tirou os óculos de sol para falar, apertando um palito entre os lábios, "esse é um período de experiência. Veremos como ela se sairá na escola para determinarmos se o arranjo é apropriado para a Srta. Elizabeth ou se ela terá que voltar para a custódia do Estado".

Muito embora no St. Anne eu tivera apenas aulas de costura dadas, em uma despensa, por uma mulher chamada Olga, tecnicamente eu havia concluído a sétima série. No dia seguinte ao da minha chegada à casa de Brick, eu deveria começar a oitava série na Junior High School 80. Mamãe tinha que me matricular. "Você sabia que Penny Marschall e Ralph Lauren estudaram ali?", mamãe perguntou quando atravessávamos a Mosholu Parkway em direção à minha nova escola. "Só que naquela época o sobrenome dele era Lipshitz. Imagine roupas da grife Ralph Lipshitz, como se as pessoas fossem comprar *merda*." Eu não achei graça. "É uma escola realmente boa, Lizzy. Se eu pudesse, voltaria a estudar. Como você sabe, eu nunca consegui concluir meus estudos. Espero que você consiga", ela acrescentou, mais para si mesma que para mim. Eu não sabia se conseguiria ir à escola por uma semana inteira, mas a possibilidade de voltar para o St. Anne me revolveu o estômago.

O segurança nos encaminhou para um pequeno gabinete, onde aguardamos para falar com a orientadora pedagógica e ver em que classe eu seria colocada. Crianças que mudavam de classe entravam e saíam aos bandos daquele gabinete. Olhando para suas mochilas e roupas coloridas, vendo-as rir e correr uma atrás da outra pelos corredores, eu me senti mais velha que todas elas. Ao entrar no gabinete, percebi, de repente, que minha mãe me deixava constrangida.

Ela falava gritando por cima das cabeças das crianças que passavam, sem se dar conta por completo da linguagem que usava, contando-me histórias indecentes a respeito dos novos amigos que havia conhecido no bar das redondezas, o *Madden's*. Desde que abandonara a cocaína, ela estava tomando regularmente seus remédios, mas eles provocavam nela aquele tique nervoso, como se seus braços e pernas estivessem sendo puxados para cima por cordões invisíveis. As cicatrizes em seus braços nunca haviam sido tão evidentes para mim como no momento em que nos sentamos sob a forte luz daquele gabinete; depois de seus braços terem sido perfurados e neles ter sido injetada droga milhares de vezes, as cicatrizes transformaram-se em manchas roxas concentradas, sobretudo, em suas veias maiores. Ali sentada, eu tive a certeza de que todo mundo sabia de que eram aquelas marcas.

Outro estudante, um menino da minha idade, esperava à minha frente, acompanhado de sua mãe. A mulher vestia um terno feminino de trabalho e usava sandálias. Enquanto mamãe falava, a mulher se revirava em seu assento, mostrando seu desconforto, mexendo sem parar com os dedos o seu colar e cochichando para seu filho. Mamãe passara recentemente a usar um penteado mullet e estava com uma das camisetas das promoções de Brick, com a inscrição MARLBORO, O QUE É SER HOMEM. Eu me encolhi em meu assento.

Quando a orientadora saiu de sua sala para chamar o próximo da fila, foi o nome do garoto que ela chamou. Mamãe se levantou e avançou para frente da mulher com seu filho, por ter ouvido apenas a palavra *próximo*. Eu comecei a gaguejar, mas a mulher insistiu em que seguíssemos em frente. "Não, não, vocês vão primeiro." Mamãe já havia se sentado dentro do gabinete, sem nem se dar conta do que estava fazendo.

A Junior High School 80 dividia seus alunos, como a maioria das escolas, em classes que iam do "nível elevado" ao "básico". O que, na prática, queriam dizer classes dos mais inteligentes e dos mais burros, mas os códigos que eles inventaram para designá-las eram nomes como: níveis Estrela, Excelência e Terra.

"Você veio aqui para eu determinar a classe mais adequada para você", a orientadora, que era uma senhora com ares pedantes, explicou.

"Bem, ela é inteligente", mamãe disse decididamente. "Coloque-a na classe dos mais inteligentes, que é o lugar dela." Fui tomada por um sentimento de culpa. Ali estava eu tentando me dissociar de mamãe, enquanto ela falava em meu lugar, sentindo-se orgulhosa de mim sem absolutamente nenhum motivo para tal.

A risada da orientadora foi insultante. Ela explicou que determinar o meu lugar implicava um exame do histórico da última escola que eu havia frequentado. Fiquei atrapalhada remexendo nervosamente em meu cabelo, dividida entre a culpa, o nervosismo, o amor por minha mãe e o medo de decepcioná-la, demonstrando que sua fé em mim não tinha fundamento.

Não demorou mais que um instante para a orientadora folhear o meu arquivo e anunciar com satisfação, como se quisesse fazer soar engraçado: "Acho que temos o lugar perfeito para você, queridinha". Ela pegou a lista de disponibilidade da classe Terra e começou a escrever meu nome em algum formulário oficial, ao lado do nome Quarta Série Terra, Classe Um, que me informou ser uma classe "sólida".

"A turma está agora no horário de almoço, Elizabeth. Você poderá se juntar à classe Terra, com o professor Strezou, quando ela retornar às 12 horas", ela disse, entregando-me um bilhete para o meu novo professor. Quando mamãe e eu estávamos nos levantando para ir embora, ela acrescentou: "Espero que você frequente a escola de agora em diante; seria uma lástima você não fazê-lo. Você não está voltando atrás na idade, querida, e essas coisas têm uma tendência a seguir em uma ou em outra direção".

Mamãe e eu almoçamos fatias de pizza, vendo carros passar zunindo, sentadas sobre uma grade de metal no gramado do lado de fora da escola. Perto dali, atrás da cerca com grades de ferro que contornava o pátio da escola, havia crianças brincando e gritando. Devorei rapidamente minha fatia de pizza e fiquei olhando mamãe fumar, mal tendo tocado a sua fatia. Uma mulher atravessou a rua com três crianças pequenas e um carrinho de bebê. Não se via nenhuma pichação nos arredores. Os arredores do Bedford Park eram bem diferentes de nosso antigo bairro, eu pensei; tudo ali era diferente.

Mamãe resolveu me contar suas recordações dos tempos de escola, de como ela, seu irmão e sua irmã iam às classes uns dos outros para comunicar aos respectivos professores que o outro estava muito doente e, por isso, não pôde comparecer. Depois, eles se encontravam atrás da escola e iam furtar coisas em lojas ou entrar em cinemas sem pagar. Rimos juntas, mas logo mamãe ficou séria comigo.

"Mas eu gostaria que tivesse sido diferente, Lizzy. Eu me arrependo por ter deixado de ir à escola e agora é tarde demais para mudar isso. Não faça isso, Lizzy, se não quiser acabar sem nenhuma droga de opção quando for mais velha. Você não vai querer acabar em uma situação sem saída", ela disse, encolhendo os ombros.

"Por que você não tem nenhuma saída, mamãe? Você se sente sufocada vivendo com Brick?"

"Nós temos a sorte de tê-lo", foi tudo o que ela disse e se calou.

A completa vulnerabilidade de mamãe voltou a me ocorrer. Havia algo naquela circunstância de estarmos as duas ali sentadas, ao ar livre, em um bairro desconhecido, comendo o lanche pago com o dinheiro daquele homem estranho, que me fazia ver o quanto mamãe era pequena, sua quase cegueira e sua total falta de qualificação em razão de circunstâncias adversas. Ela realmente não tinha outra opção a não ser morar com Brick. Se mamãe sentisse que tinha de ir embora de nossa casa, para onde ela iria? O que mais ela poderia fazer por si mesma, por Lisa e por mim? Ela havia usado o termo *sem saída*. Talvez eu não devesse incomodá-la com respeito a Brick, eu pensei. Pelo menos por enquanto.

Nós ficamos em silêncio e eu me deixei devanear por um instante. Algum dia, eu pensei, quando eu atravessar o pátio desta escola, ela não vai mais estar por perto. O pensamento me pegou desprevenida. Decidi criar uma imagem mental daquele momento: nós duas sentadas ali, comendo juntas. O corpo de mamãe cheio de vida e movimento. Nós nos amávamos e nada poderia mudar isso. "Eu vou estar sempre com você... Não importa a sua idade, você será sempre a minha bebezinha", ela havia me assegurado naquela noite horrível no apartamento da University Avenue, em que havia acabado de me dizer que estava com Aids.

Eu estendi a mão e colhi dois felpudos dentes-de-leão do gramado irregular a nossos pés e dei um a ela. Ela o pegou com a mesma mão em que segurava o cigarro e examinou-o com curiosidade. "Muito obrigada, Lizzy", ela finalmente disse.

"Faça um desejo, mamãe", eu ri, "mas não me diga qual é, porque senão ele não vai se realizar". Eu fingi não perceber seu constrangimento.

Nós ficamos de mãos dadas soprando as felpas dos dentes-de-leão em mil direções; algumas se desprenderam e se fixaram no cabelo escuro dela. Eu pensei em desejar ter mais opções, sair-me bem na escola. Mas, no final, acabei desejando que mamãe voltasse a ficar bem.

Eu nunca soube qual foi o desejo dela.

A classe Terra Um da oitava série era constituída de alunos que vinham juntos desde a sexta série. Portanto, os mais de 25 alunos de 13 anos de minha nova classe se dividiam em diversos grupinhos fechados de melhores amigos. Na tarde em que entrei nela, com o papel da secretaria na mão e a minha mochila vermelha pendurada em apenas um ombro, o professor Strezou estava dando sua aula de matemática. Ele aparentava ter trinta e poucos anos e usava uma camisa azul-escuro totalmente abotoada, calças cáqui bastante usadas e sapatos mocassins. Enquanto examinava o papel, ele franziu o cenho de maneira a formar uma dúzia de rugas.

"Bem-vinda, seja muito bem-vinda... Elizabeth."

Eu assenti sem dizer nada. Desapontar os professores era muito pior que nunca chegar a conhecê-los. Eu decidi, antes mesmo de entrar naquela sala, evitar o contato com os professores daquela escola.

"Você pode se sentar onde quiser", ele disse, amassando o papel e jogando-o na cesta de lixo, antes de retomar sua aula de matemática. "Quem sabe responder à questão número quatro?"

Quase todos os assentos daquela sala barulhenta estavam ocupados; com os olhos no chão, eu tomei um, esperando não ser percebida.

Alguém havia riscado com caneta a palavra *hacker* em minha nova carteira, arranhando a madeira mole com pequenos traços irados. Enquanto eu passava os dedos por sobre a palavra arranhada, alguém começou a tirar sarro de mim. As risadinhas, que eu conhecia bem dos tempos da escola fundamental, vieram da fileira atrás de mim. Senti um calor subir à face e um nó na garganta. Olha eu aqui outra vez, eu pensei. Respirei fundo e baixei a cabeça, disposta a aguentar firme até a sirene tocar. De alguma maneira, apesar de ter aprendido, durante a minha estadia no Lar St. Anne, a tomar banho diariamente, a trocar de roupa e de calcinha e de estar usando as roupas velhas de Lisa porque as minhas estavam esfarrapadas, eu havia conseguido atrair o mesmo tipo de atenção negativa. Chequei mentalmente uma lista de coisas que pudesse ter feito, quando descobri que as risadas não eram dirigidas a mim.

Ao virar a cabeça para trás, eu vi uma linda menina latina e um menino branco sentados próximos e cuspindo bolinhas de papel um no outro. Alguma coisa naquela brincadeira atraiu-me; eles simplesmente pareciam tão felizes. A garota cuspiu outra bolinha de papel, mas não acertou, e a bolinha foi acidentalmente parar do outro lado da sala, no cabelo de outra menina. Parecia que ninguém tinha notado. Mas a visão fugaz daquela imagem fez os dois rirem juntos com tanta intensidade que eu também não pude deixar de rir. Percebi que a garota latina me pegou olhando e rapidamente tratei de me virar. Meu coração começou a bater aceleradamente.

Enquanto o professor Strezou resolvia problemas de matemática na lousa, eu ouvi a menina latina contando piadas vulgares ao garoto. Aquilo me fez lembrar de mamãe contando piadas sujas, aquelas que ela chegava em casa contando depois de uma noitada de vodca. Eu tinha certeza de que o professor Strezou estava ouvindo e fiquei me perguntando se a garota estava querendo provocá-lo com aquelas piadas. Então, de repente, assim do nada, a garota estava falando diretamente comigo. Eu achei que fosse com outra pessoa, mas ela se inclinou para frente, bateu com a mão espalmada na minha carteira e se aproximou.

"Você sabia que no mês que vem é meu aniversário de 13 anos? Eu vou comemorá-lo vindo para a escola com minha capa impermeável." Eu não sabia como interpretar seu sorriso; ninguém jamais havia me dirigido a palavra, a não ser para me expor ao ridículo em público. Eu fiquei esperando o que viria a seguir.

"Você sabe o que isso significa", ela prosseguiu. "*Só* de capa impermeável? E então vou pegar de surpresa todos os professores." Ela agarrou o menino pela gola e riu com ele. Eu também ri com eles, dessa vez abertamente. Será que ela tinha realmente falado *comigo*? Então eu deveria dizer alguma coisa de volta, eu pensei; diga algo.

"Você vai realmente fazer isso?", foi tudo o que me ocorreu dizer. "Seria muito engraçado", eu acrescentei. Foi quando o professor Strezou interveio: "Agora chega, vocês aí, crianças. Especialmente você, Bobby, *chega*! Samantha, você resolve este problema, número nove". Ele estendeu o giz.

"Tudo bem, entendi. Vejamos." Ela estalou os dedos, levantando-se da cadeira e fazendo pose de menina espetacular, que incluía um giro completo de seu corpo cheio de curvas e outra amostra de sorriso irradiante. Ao vê-la em pé, revelando todos os seus contornos, percebi que eu havia subestimado sua beleza. O garoto, Bobby, ria histericamente olhando para ela.

"Está bem aqui na ponta dos dedos", ela disse, voltando a estalá-los; e exclamou "droga!", voltando a sentar-se abruptamente.

"Oh, pra dizer a verdade, eu não sei, professor, sinto muito não poder te ajudar", ela disse, como se a resposta fosse um favor que ela lhe faria. A classe se dividiu entre o silêncio e a risada, com exceção de alguns pirralhos da primeira fileira que ficaram estalando os lábios. Uma garota graciosa ergueu-se e prontificou-se a resolver o problema em seu lugar.

Quando a aula terminou, eu segui Samantha no meio da aglomeração e comecei a descer a escada paralela a que ela descia, fingindo aproximar-me por acaso. Eu queria que ela voltasse a me notar. Juntas, nós começamos a descer as escadas paralelas em espirais, fazendo as voltas até nos encontrarmos com uma risada e, com isso, aquilo virou uma espécie de brincadeira, uma corrida apressada até o térreo. Quando chegamos ofegando, lado a lado, éramos amigas.

"Como é que você se chama?", ela perguntou, pressionando as mãos espalmadas sobre as coxas. Eu quase respondi Elizabeth, mas pensei de novo quando senti o nome ecoar em minha cabeça pronunciado pelas vozes das assistentes sociais iradas, das meninas iradas do Lar St. Anne e, pior de tudo, pela voz de mamãe quando pirava, a voz de seus surtos.

"Liz, meu nome é Liz", eu disse, procurando sentir a forma e a textura dele.

"Muito bem, prazer em conhecê-la, Liz. Eu sou Sam."

"Legal. Vamos caminhar juntas?", eu propus, apontando para a porta corrediça.

Ela deve ter concordado, porque acabamos saindo juntas, mas tudo o que eu me lembro é de seu sorriso irradiante.

No dia seguinte, eu estava sentada sozinha a uma mesa na extremidade do refeitório, protegendo-me com um livro para evitar qualquer contato com as outras crianças. Havia uma bandeja de plástico a meu lado e eu comecei a beliscar minha comida quando, vindos do nada, os dedos de alguém desceram sobre meu molho de maçã. Era Sam.

"Você não vai querer comer isto", ela disse. "É veneno, acho que estão querendo nos matar." Eu ri e olhei para ela, sorrindo de orelha a orelha. Eu adorei a ousadia de Sam; ela conseguia transformar, subitamente, um dia comum em excitante. Ela limpou o molho das pontas de seus dedos. "Mexa-se", ela disse, largando seu bloco de desenhos sobre a mesa. Sam estava desenhando uma fada amuada com um corpo voluptuoso e um par de asas intrincadas de borboleta. A camisa que ela estava usando parecia uma de seu pai totalmente abotoada. Solta na frente e contornando seu corpo de mulher, ela fazia Sam parecer uma daquelas garotas de cinema extremamente sensuais em trajes masculinos grandes demais para elas. As mangas estavam arregaçadas até a metade dos braços, revelando pequenos desenhos rabiscados à tinta em vermelho e amarelo.

"Que legal!", eu disse, retirando minha mochila para dar espaço à bandeja dela.

"Ela é uma puta e seu nome é Penélope", Sam respondeu sem olhar para mim. "Essa garota acabaria com qualquer um, até mesmo com o senhor Tanner, com duas abanadas de seu rabo de ovelha."

Eu soltei uma risada, quase barulhenta demais. O senhor Tanner, um homem mais velho que fazia parte da diretoria da escola, com seu cabelo grisalho e pele áspera, havia acabado de entrar no refeitório. Apenas um momento antes e seu comentário teria sido bem diferente. Ela é rápida, eu pensei. Nós o vimos parar e colocar suas mãos em concha, formando um microfone. As centenas de crianças que estavam no refeitório ficaram quietas. Ele falou e, para minha surpresa, o refeitório todo o ouviu. "O pátio externo está agora aberto." Sam girou os olhos, retornando sua atenção para a folha de papel; ela estava colorindo as asas da fada com verde-esmeralda. A atitude dela era ou temperamental ou misteriosa. "Há quanto tempo você desenha?", eu perguntei. As crianças começaram a sair para o pátio, levando suas maçãs ou tomando seus últimos goles de leite. "Porque seus desenhos parecem ótimos."

"Qual é, são apenas razoáveis. O que eu quero mesmo é ser escritora", ela disse. "Se tiver escrito um livro quando chegar aos 30 anos eu vou poder morrer em paz. Na verdade, eu vou me matar."

Quase tudo o que ela dizia era assim, dramático. Durante os anos de amizade que teríamos pela frente, eu a vi ofender muitos espectadores com linguagem chula, arrotos altos e atitudes em geral socialmente inaceitáveis. Naquela época, eu curtia sua rebeldia; ela me fazia sentir aceita e, de alguma maneira, entendida. Alguma coisa em sua atitude de quebrar regras sintonizava-se perfeitamente com o quanto eu me sentia diferente, fora de tudo. Só de vê-la se comportar daquela maneira extravagante e beirando o ultraje era para mim uma forma de testar a minha própria condição excêntrica no mundo; quando eu estava com Sam, a rejeição do mundo importava menos, porque tínhamos uma à outra. Isso a tornava corajosa, quase vitoriosa, a meus olhos.

"Sobre que tipo de coisa você quer escrever?"

Um garoto se sentou perto de Sam, interrompendo a nossa conversa. Ele era negro, usava jeans folgados e uma camiseta Tommy Hilfiger – o típico estilo urbano usado pelos garotos da minha idade, apenas mais limpo e alinhado.

"Que estação de rádio você acha que eu ouço?", ele me perguntou, com uma expressão ansiosa no rosto.

Estava acontecendo de novo – outra pessoa falando comigo. Procurei adivinhar o motivo e concluí que estar sentada ao lado de Sam fazia de mim alguém interessante. Era como se eu tivesse tomado emprestado dela algum de seus atrativos.

"Vamos lá, adivinha", ele insistiu.

"Vejamos, ah, não sei, realmente não sei." Tentei parecer calma, como alguém que estava acostumada a casualmente fazer amigos o tempo todo. Acabei dizendo: "Não dá para adivinhar essas coisas, não de maneira exata pelo menos". Além do mais, eu estava me sentindo constrangida pelo fato de nunca ouvir rádio e, portanto, não saberia dizer o nome de nenhuma estação, mesmo se quisesse.

Ele pareceu satisfeito. "Eu sabia que você não ia acertar. É a *Z100*. A resposta é Z100. A maioria das pessoas acha que, por ser negro, eu deveria gostar de hip-hop", ele disse. Sam levantou os olhos de seu desenho e apontou uma caneta bem na cara dele.

"Você é um sujeito estranho... é conhecido pelo sobrenome, Myers, é isso?" O garoto sorriu, curvou a cabeça com dramaticidade e disse: "Sim. E eu gosto de seus desenhos, Sam". Não me surpreendeu o fato de ele saber o nome dela, embora ela não tivesse certeza do dele. Sam deve estar sempre atraindo a atenção dos garotos, eu pensei.

Bobby, o garoto branco que havia brincado com Sam no dia anterior, também veio se sentar na ponta de nossa mesa.

"*Que que os caras tão fazendo?*", ele perguntou, sorrindo para mim e depois se virando para Sam, que espichou a língua para ele. "Ei", ele gritou. Ela explodiu em uma gargalhada, então ele e depois eu.

O cabelo de Bobby era um tufo ondulado castanho que caía por cima de seus olhos cor de avelã. Ele estava sempre com um sorriso malicioso no rosto, uma espécie de meio sorriso, como se estivesse sempre pronto a rir de alguma coisa. Toda vez que eu olhava para ele, aquele meio sorrisinho dele me dava vontade de rir também. Estar ali sentada com ele e com Sam me fez sentir feliz no mesmo instante.

Bobby estava com outro amigo, um sujeito alto usando jeans largos que se apresentou como Fief. "Ele tem esse apelido por causa do rato daquele filme de animação", Sam explicou-me. "*Causa de* suas orelhas, ele se parece com aquele rato." Fief era irlandês, tinha a cara um pouco vermelha e as orelhas um pouco grandes. Ele lembrava alguém que podia ser da minha família, eu pensei.

"Vamos comer, galera", ele disse, inclinando-se.

Durante todo o almoço, nós conversamos como um grupo à parte das centenas de crianças ao nosso redor. Eu me senti parte dele, dando opiniões, fazendo as pessoas rirem, sugerindo planos para fora da escola. Quando a sirene tocou, nós subimos juntos as escadas, separamo-nos no corredor, ficamos acenando uns para os outros até atravessarmos a porta da sala de aulas de cada um e desaparecermos dentro delas. Pela primeira vez na vida, eu não tive dúvida de que voltaria à escola no dia seguinte.

Os horários de trabalho de Brick ditavam a rotina de sua casa e cada dia era uma cópia exata do anterior. Eu acordava todos os dias às sete e quinze da manhã ao som de "Happy, happy birthday" tocando no rádio para os sorteados do dia com ingressos de cinema. Enquanto o locutor anunciava os nomes dos ganhadores, uma nuvem espessa de fumaça do cigarro Marlboro de Brick pairava sobre as cabeças minha e de Lisa, na sala onde dormíamos, em um beliche armado em um de seus cantos. Eu podia ouvir os gritos dele para acordar mamãe.

"Jean, Jean", ele rosnava. "Já é de manhã, hora de acordar." Ela preparava o café e nos colocava em pé enquanto ele tomava banho. Foi o mais próximo que eu algum dia tive de uma rotina responsável. Com certeza, era totalmente sem paralelo para mamãe, que sempre tinha dificuldade para acordar, até que, em geral, Brick berrava em sua cara e, às vezes, tirava-a da cama, puxando-a pelo braço para obrigá-la a ouvir. Eu sabia que não eram mais as drogas que a deixavam exaurida (ela finalmente estava livre delas), mas a doença que avançava em seu organismo. Por ter ouvido as conversas dos dois, eu sabia que Brick sabia de sua doença. Mas não demonstrava nem cuidado nem sensibilidade nos modos de tratá-la. Vê-lo de cuecas amassadas e demasiadamente apertadas, diante do corpo pequeno e frágil dela ali deitado, fazia reviver em mim o sentimento de raiva que eu tivera quando o conhecera pela primeira vez. Raiva que surgia toda vez que ele afastava mamãe do telefone, interrompendo nossas conversas delicadas, isso logo depois de ela ter ido morar com ele. Ninguém jamais havia perturbado o sono de mamãe, especialmente papai. Ele jamais havia necessitado de alguém para começar o dia, muito menos para dar a ele o que comer. E pensar em sua independência provocou uma onda de preocupações que atravessou meu corpo. Como ele estaria se virando sozinho? O telefone lá do apartamento fora cortado de novo e nós dificilmente nos falávamos. Eu queria e, ao mesmo tempo, não queria que ele visse o modo de Brick tratar mamãe. Eu também me perguntava se fora a falta de atenção de papai, sua vida cheia de mistérios, a causa que levara mamãe a trocá-lo por Brick. Mas com certeza não era o que ela havia esperado.

Logo depois, Brick e mamãe saíam juntos, ele para o trabalho e ela para o bar, onde era tão conhecida que era servida antes de os fregueses habituais baterem à porta, quando os copos ainda estavam sendo lavados e os tamboretes, usados na noite anterior, ainda não haviam sido baixados do balcão. Não havia nenhum motivo real para ela se levantar cedo, a não ser o que Brick achava: "É quando as pessoas acordam!", e era, portanto, o que ela também fazia. Para matar o tempo, mamãe ia ao *Madden's* e bebia. Por volta do meio-dia, voltava para casa, tão bêbada que enrolava a língua.

Lisa também enchia o saco com essa história de levantar cedo, só que agora não era mais como antes, quando fazia questão de me tirar da cama para ir à escola. Talvez por estarmos dividindo o mesmo espaço – a sala de estar – pela primeira vez, Lisa andava mais agressiva que nunca comigo. Ela andava com uma irritação à flor da pele, respondendo-me com agressividade às perguntas mais triviais.

"Lisa, há papel higiênico?"

"Não sei, Liz, você também mora aqui agora, dá pra entender?" Eu não pude deixar de sentir que estava invadindo o seu espaço.

Ela se aprontava por volta das seis da manhã, diante de um grande espelho que ficava em uma parede da sala. Mas, em vez de observar sua imagem ou ensaiar diferentes expressões faciais, Lisa olhava para seu reflexo como um pintor olha para o seu quadro. O processo chegava a ser engraçado e a cada vez a transformação me surpreendia. Ela começava abrindo o fecho de uma bolsinha graciosa, de onde retirava tudo quanto era tipo de lápis e bastões mágicos. Primeiro, ela delineava os lábios e depois passava neles um vermelho cremoso e brilhante. Às vezes, se ela ia sair com seu novo namorado, traçava curvas simétricas nos cantos de seus olhos escuros, que a deixavam parecida com Cleópatra. A visão de Lisa havia piorado, mas depois se estabilizado nos últimos anos e, assim, ela se inclinava para frente de maneira a restar apenas um espaço suficiente, entre ela e o espelho, para o objeto que ela estivesse usando. Ela saía com um par de brincos de argolas douradas e penteado fixado com gel para ir à escola ou – à noite – a um programa que havia arranjado em outro lugar.

Muitas noites, ela voltava com uma versão desmaiada da vívida obra de arte com que havia saído, com um pigmento escuro escorrendo de suas pálpebras e um grosseiro borrão avermelhado em volta dos lábios, como aquarela escorrida. Eu não ousava lhe perguntar o que eram aquelas manchas escuras, como de machucados, em volta de seu pescoço, mas desejava em silêncio que ela se sentasse no meu beliche e me falasse de seu namorado e de como era ter 17 anos.

"Vocês têm acesso à MTV?" Sam quis saber quando foi pela primeira vez à casa de Brick. Na televisão, O. J. Simpson cruzava e descruzava as pernas em uma sala do tribunal de Los Angeles. Uma câmera estava apontada para as suas expressões faciais como se novas evidências estivessem sendo reveladas. Nós duas estávamos matando aulas naquele dia. Eu havia conseguido realizar a façanha de ir à escola pela metade do tempo durante quase dois meses e, por isso, achei que àquela altura não seria nenhum problema maior eu deixar de ir por um ou dois dias. Lisa ainda não voltara para casa e mamãe já havia voltado do bar e caído desmaiada na cama de Brick, cercada de uma quantidade enorme de roupas sujas jogadas, pilhas de latas e de revistas velhas. Nós estávamos sentadas no sofá da sala e Sam estava pintando as unhas dos pés com um esmalte preto reluzente.

"Acho que talvez tenhamos, mas você tem que averiguar. Eu nunca tive TV a cabo."

"Qualquer coisa menos isto", ela disse, apertando algumas teclas no controle remoto. Ouviu-se pelo alto-falante da TV uma confusão de sons de guitarra. Sam puxou o pé até o peito e inflou as bochechas para soprar as unhas que havia acabado de pintar.

"Este apartamento é ótimo", ela disse. "O namorado de sua mãe quase nunca está em casa, não é mesmo? E sua mãe dorme o dia inteiro?"

"Sim, quase."

"Parece maravilhoso." Embora não tivesse nada de maravilhoso viver sob o teto de um estranho e ter uma mãe se esvaindo, eu sabia, pela visita que fizera à casa dela, porque Sam achava isso. Eu não tinha a responsabilidade de tomar conta de uma irmã menor. Eu não tinha que lidar com o pai violento que ela descrevia, em cuja presença todo mundo na casa dela pisava em ovos. Eu tampouco tinha que lidar com adultos, além do assistente social encarregado do meu caso.

Reclinando-se sobre o braço do sofá, Sam estendeu uma mão para o dorso de sua cabeça. Retirando o único grampo de metal que o prendia, ela soltou o coque de sua cabeleira castanho-clara, que desceu enrolada como fio de telefone e macia como seda e foi bater em sua cintura. Com elásticos coloridos ela fez uma única trança fina entre a vasta cabeleira. Juntas, as cores reunidas na trança formavam um perfeito arco-íris.

"Oh, meu Deus!", eu exclamei maravilhada. "Caramba, olhe para o seu cabelo. Eu não tinha ideia de que ele fosse tão comprido. É incrível."

"É um inferno penteá-los, para dizer o mínimo. Meu pai é que tem paixão por ele. Já que gosta tanto, ele deveria deixar seu próprio cabelo crescer", ela disse, desenlaçando a ponta da trança com os dedos. O perfume de pêssego de seu condicionador chegou ao meu nariz.

Um videoclipe do Nirvana entrou no ar: Kurt Cobain encheu a tela. "Oh, ele é tão atraente", Sam disparou, excitada. "Oh, meu Deus, eu faria qualquer coisa para tê-lo."

O comentário me pegou desprevenida.

"É... eu acho ele uma gracinha", eu disse. Eu não sabia o que mais dizer, eu ainda não havia me interessado por garotos. Eles podiam muito bem ser versões aumentadas de mulheres. A única diferença para mim até então era que, de vez em quando, eu me pegava olhando para algum deles um pouco mais demoradamente, ou me sentindo um pouco mais curiosa ou impressionada com o que eles faziam. Mas eu não podia dizer que tivesse algum dia me sentido *atraída* por algum garoto. Eu observei a cara de Kurt, com a barba raspada, enquanto ele fazia grandes círculos com a guitarra diante da câmera. Examinando seus traços, eu imaginei como seria sentir suas faces, segurar sua mão. De repente, o rosto dele se transformou no de Bobby, com seu meio sorrisinho para mim.

"É verdade, acho que ele é muito atraente", eu disse para Sam. Não sei por que o que eu disse me deixou tão constrangida, mas a cara dela não demonstrou nenhum sinal de que havia sequer notado.

"Por Deus", ela disse, mordendo os punhos. "Caramba!", e foi aumentar o volume.

"Passe-me isso", eu disse, estendendo a mão para pegar o esmalte para unhas. Com o vidro na mão, eu pensei no que papai diria se me visse, depois de todo o tempo em que não nos víamos e que, certamente, acharia que eu estava adotando "feminices". Eu balancei as mãos de um lado para outro com movimentos sintonizados ao ritmo das guitarras e, em seguida, fechando o vidro, gritei para a tela: "Sim, oh, eu também faria qualquer coisa para tê-lo".

Sam e eu passávamos todos os dias juntas. O vínculo entre nós havia se formado de um dia para outro, mas ambas jurávamos que ele duraria até nos tornarmos moças feitas, zanzando em volta de algum resort na Flórida com grupos de andarilhos. Enquanto isso não chegava, planejávamos os próximos 50 anos de nossas vidas juntas. Quando terminássemos o curso secundário, iríamos de carona para Los Angeles, onde nos tornaríamos roteiristas famosas, de onde acabaríamos nos mudando para San Fracisco, quando Hollywood perdesse o brilho, depois de termos ganhado mais dinheiro e de ter visitado mais países do que jamais havíamos imaginado existir. Nossas casas seriam naquela colina ondulada de San Francisco que eu havia visto nos postais de papai e nos comerciais dos produtos Rice-A-Roni. Quando nossos filhos tivessem crescido (três cada uma) e saído de casa, nós compraríamos grandes óculos de sol de senhoras para usar quando tivéssemos 60 anos, e ficaríamos nos bronzeando em cadeiras de praia em nossos quintais interligados até nossa pele virar couro curtido. Por enquanto, nos contentaríamos com Nova York.

De certa maneira, no entanto, nós mal nos dávamos conta de que já havíamos começado a compartilhar nossas vidas.

Aos pouquinhos, Sam começou a ocupar gavetas no apartamento de Brick, trazendo seus cadernos de desenhos, fitas, sapatos e roupas que, com o tempo, passaram a se misturar completamente com as minhas coisas. Juntas nós andávamos pelos arredores do Bedford Park a qualquer hora da noite. Eu sempre sugeria que fôssemos até a casa de Bobby, onde jogávamos pedrinhas em sua janela. Meu coração acelerava-se à espera que ele aparecesse. Com a luz da TV piscando em seu quarto às escuras, ele se inclinava por sobre a janela nos sussurrando, jogando sacos de salgadinhos e nos contando suas brigas ou sua última façanha no videogame.

Às vezes, Myers e Fief estavam com ele e escapuliam todos para se juntar a nós na avenida, onde ficávamos tirando sarro dos professores e contando histórias. Eu lhes contava minhas aventuras com Rick e Danny, o incêndio que havíamos provocado no asilo de idosos e como Rick havia sido eletrocutado.

"Eu só disse para ele 'teste isto' e ele fez. Seus dedos ficaram queimados como se fossem torradas!"

As histórias preferidas de Sam eram as dos assassinos em série que papai havia me contado. Ela gostava de ouvir o que os psicólogos suspeitavam serem os motivos que os levavam a cometer tais crimes. Eu vibrava ao ver meus novos amigos tão assustados como eu havia ficado ao ouvir papai me contar aquelas histórias, ou vê-los soltar risadas histéricas à simples menção do nome Rick.

Mas, na maioria das vezes, éramos apenas Sam e eu. Fazíamos rondas pelo restaurante que ficava aberto a noite toda no cruzamento das avenidas Bedford e Jerome, onde fizemos amizade com o mexicano que era seu gerente noturno, um homem robusto e frequentemente bêbado chamado Tony. Ali, nos protegíamos do frio e contávamos episódios de nossas vidas sobre pratos de batatas fritas cobertas de queijo mussarela e molho, enquanto os alto-falantes enchiam o ambiente com o som de boleros mexicanos.

Naquelas noites que passamos perambulando juntas pelas ruas, Sam confidenciou-me problemas muito graves que estavam ocorrendo em sua casa. Os detalhes exatos do que ela me contou são confidenciais, mas posso dizer que ela tinha bons motivos para sair de casa. E as coisas que ela me contou me inspiraram a querer cuidar dela, pelo amor que tinha por nossa amizade e pelo sentimento de irmandade que estávamos desenvolvendo uma pela outra. Se ela achava que não podia voltar para casa, ela podia ficar sempre comigo, eu lhe disse.

Eu comecei a introduzi-la em casa às escondidas para dormir, sem que Brick soubesse. Ele havia me advertido a não ter absolutamente nenhuma visita depois das dez horas da noite, mas, como ele ia dormir exatamente às nove e meia, era fácil transgredir sua regra. Nós pegamos um lençol e o esticamos do lado do beliche em que Lisa e eu dormíamos. Então, com uma velha colcha macia que Brick guardava no armário do corredor, eu fazia uma cama no chão para Sam dormir. Tudo o que tínhamos que fazer era abrir e bater a porta da frente à noite para dar a impressão de que ela fora embora e, em seguida, atravessar a sala nas pontas dos pés e escondê-la. Com as pernas de

Sam enfiadas debaixo da cama inferior do beliche e o torso espichado para fora ao lado da minha cabeça, eu lhe passava a metade do meu jantar, copos de Pepsi-Cola, biscoitos recheados e qualquer outra coisa da infinidade que Brick costumava comprar em promoção.

Eu achava que, por mais louca que Sam pudesse ser, ela também tinha algo de bichinho de estimação, como se com seus rompantes ousados e excêntricos ela quisesse revelar indícios sutis de sua necessidade de ser cuidada. Como quando entrávamos em um elevador, ela jamais apertava o botão, mas ficava esperando que eu o fizesse; ou como quando atravessávamos uma rua, ela jamais prestava atenção, mas andava cegamente ao meu lado, em total confiança. Eu achava que, se me distraísse e cometesse algum erro, acabaríamos ambas esmagadas por um caminhão; ela colocava tudo em minhas mãos e, para mim, estava tudo bem.

À noite, embaixo de minha cama, eu a ouvia às vezes chorar baixinho. Mas se eu lhe perguntava o que estava acontecendo, ela despistava, dizendo que era apenas uma alergia sua ou que eu estava ouvindo demais. Mas eu sabia que não era isso. Às vezes, quando ela roncava dormindo – uns assobios bem delicados –, eu estendia a mão e tocava seu cabelo, passava os dedos nele e ficava impressionada como, na escuridão da sala, algum raio de luar fazia-o reluzir como o brilho do ônix. Eu vou cuidar bem dela, eu dizia para mim mesma.

Em um fim de tarde, quando eu estava me servindo de refrigerante na cozinha, ouvi gritos abafados vindos do quarto de Brick. Não houve nenhuma resposta, mas os ruídos abafados prosseguiram e pareciam fazer parte de uma conversa. Ao me aproximar da porta para investigar, consegui captar alguns fragmentos da conversa.

"Na porcaria de *minha* própria casa, *eu* não consigo encontrar um único garfo limpo... eu não pedi isso... se nem você nem nenhuma de suas filhas preguiçosas... abrigo público..."

Será que seus gritos eram por causa da louça suja? Por todos os cantos ao meu redor, havia sujeira incrustada no piso; jornais, amarelados pelo tempo, espalhados por toda a sala; caixinhas vazias de biscoitos e sacos de batatinhas fritas se empilhavam e caixotes de todo tipo de coisas criavam uma barreira entre o corredor e o banheiro. Diante de tudo aquilo, Brick se queixar de bagunça parecia uma insanidade.

Além do mais, minha mãe dificilmente sujava um garfo. O mais próximo que mamãe chegava de digerir algo eram os coquetéis e sedativos que ela tomava aleatoriamente no decorrer do dia – ela nunca tinha apetite. Mesmo que eu colocasse potes com sopa de marisco (sua comida preferida) em sua mesinha de cabeceira ou tirasse a crosta do pão em seus sanduíches de atum, os potes voltavam cheios e os sanduíches, intocados. Às vezes, eu deixava a louça suja se empilhar e sabia que era errado. Mas teria ele o direito de gritar com mamãe por isso?

Pela fresta da porta, eu espiei e vi que ele estava sacudindo um rolo de papel-toalha, gritando histericamente e passando-o por cima do corpo exaurido de mamãe deitado inerte, e com um braço estendido por cima da cabeça para se proteger. Ele estava de cueca e camiseta branca pequena demais para cobrir sua pança peluda. Um monte de garfos sujos estava em cima da mesinha de cabeceira, que devia ter sido colocado ali por ele próprio. Ele ergueu o rolo de papel-toalha para o alto e rosnou "Você está me ouvindo, Jean? Está?", esfregando-o no rosto e na cabeça de mamãe. Eu voei para dentro do quarto.

"Que diabo você está fazendo?", eu gritei. "Ela está doente. Não toque..."

Antes que eu pudesse avançar para dentro do quarto, Brick segurou a porta e interrompeu-me, dizendo "tchau" e batendo-a com uma força que quase quebrou meu pé, esfolando a pele sobre os dedos de tal maneira que montes dela se desprenderam. Uma onda de calor subiu por meu corpo enquanto eu pulava com um pé só, segurando o outro machucado na mão. Quase urrei de dor, mas me contive para não perturbar mamãe. O esmalte preto havia ficado lascado nas unhas de três dedos do pé; em seu lugar, surgiam rapidamente manchas vermelhas. Ao ver aquilo, procurei em vão não chorar.

A dor não permitiu que eu calçasse sapatos; portanto, eu arreganhei a porta do armário do corredor e calcei o par de chinelos enormes que encontrei ali e, histérica, disparei para a rua. Lá fora, o céu estava se transformando do pôr do sol para o anoitecer. Quando passava por pessoas estranhas, eu virava a cara para que não vissem minhas lágrimas. Pensamentos irromperam, zumbindo em minha mente como um enxame de abelhas furiosas.

Mamãe estava ardendo no fogo do inferno e, por mais que quisesse, eu não tinha como ajudá-la. Ele não tinha paciência com ela no momento em que ela precisava de carinho, de alguém que cuidasse dela. E ele tampouco precisava de nós nem queria nossa presença ali; para ele, nós éramos um fardo, isso estava bem claro. Mas eu não me importava, porque tudo o que eu tinha de fazer era não ir à escola por tempo suficiente para ser mandada de volta para o abrigo e Brick se ver livre de mim. O Sr. Doumbia estava esperando para ver eu me encrencar.

"Você vai acabar igualzinha a seu pai, que abandonou os estudos e não serve pra nada", Brick havia me amaldiçoado um dia em que eu não estava achando o papel higiênico e tinha certeza de que não havia acabado porque tinha visto um enorme pacote. Depois, Brick gritou comigo, acusando-me de não dar descarga depois de usar o vaso sanitário, e acabou mostrando o pacote de papel higiênico na prateleira mais alta de seu armário. Ele o havia *escondido* ali porque alguém esquecera de dar a descarga. Não que eu já não soubesse que ele tinha um parafuso a menos, mas naquele momento eu tive certeza de que ele era tão doido quanto a vovó. Agora, ele estava infernizando a vida de mamãe, que não podia estar mais fraca, por causa de alguns garfos sujos. O cara se mostrava controlador e instável quando ela estava totalmente impotente. Eu tinha que me afastar de tudo, dele e da doença de mamãe. Era demais para mim.

Uma chuvinha fina começou a cair quando eu atravessava a Bainbridge Avenue, o vento batia em minha jaqueta, deixando congelada, mas meus pés ardiam como brasas. Na calçada, as pessoas carregavam pastas ou guarda-chuvas abertos em sua volta do trabalho. Eu passava por elas com a cabeça baixa, escondendo minhas lágrimas.

Ocorreu-me então que eu não lembrava quando tinha sido a última vez em que mamãe e eu havíamos conversado. Tudo o que vínhamos dizendo uma para a outra ultimamente era "Oi" e "Tchau". A última conversa de verdade que tivemos devia ter sido cinco meses antes, quando ela me matriculara na Junior High School 80.

Essa lembrança fez jorrar mais lágrimas de meus olhos; não consegui controlá-las. Até aquele momento, eu achava que estava lidando bem com sua doença e chegava a me orgulhar disso. Mas o ato de evitar permite que você acredite estar fazendo todos os tipos de progresso, quando na realidade não está. Eu achava que havia superado minha dor por mamãe estar com Aids, mas a imagem dela deitada, impotente diante da fúria de Brick, trouxe-a inteiramente de volta. Como um nervo exposto, eu senti a realidade de sua doença apunhalar-me. Jamais havia se falado sobre Aids em minha família. Papai e mamãe nunca falaram sobre ela, nem mesmo a Dra. Morales havia tocado no assunto e, com certeza, Brick também não. Ele via mamãe tomar seus remédios, ficar cada vez mais fraca, mas continuava impondo-lhe exigências. A julgar pelas camisinhas usadas que eu via jogadas pela casa, tenho certeza de que, enquanto mamãe tivesse condições, eles continuariam fazendo sexo.

Ninguém tocava no assunto Aids, mesmo com mamãe esvaindo-se à nossa frente. No entanto, ela era tão tangível e presente quanto o chão trêmulo sobre o qual pisávamos na casa de Brick. A rápida deterioração de mamãe e sua doença assim como a doença de nossa negação coletiva eram reais.

Duas semanas antes, eu estava sentada sozinha na cozinha, quando mamãe entrou abruptamente, chorando e tremendo. Ela foi direto em direção à geladeira, para pegar de cima dela seu vidro de remédio embalado em papel pardo, sem notar a minha presença. Sua entrada eruptiva e seu óbvio sofrimento escancarado congelaram-me. Eu a vi lutar com a tampa, feita para impedir o acesso a crianças. Não ousei falar por medo de constrangê-la. Quando ela finalmente conseguiu abrir o frasco, as pílulas se esparramaram sobre a mesa, fazendo estalidos ao baterem na madeira. Com muita dificuldade, mamãe pegou duas delas, colocou-as sobre a língua e, inspirando profundamente, parou de chorar pelo tempo de engoli-las. Apenas ao fazer isso, ela percebeu que eu estava ali.

"Ma-mãe", foi tudo o que eu disse, duas sílabas totalmente inúteis e nada mais.

"Você é ainda muito criança para isso", ela me disse, endireitando a mão que não parava de tremer. "Sinto muito. Você é ainda muito criança."

Eu fiquei estarrecida vendo-a sair, deixando as pílulas brancas espalhadas por sobre o tampo escuro da mesa.

Eu nunca havia sido criança demais para qualquer coisa – não para vê-la se drogar ou para ouvir suas experiências de prostituição juvenil –, mas era criança demais para *aquilo*, a Aids. Eu me odiei por provar que ela estava certa, por fazer tão pouco para aliviar seu sofrimento quando ela mais precisava de mim. Eu estava ali para tudo mais, mas, quando mamãe estava lutando com a Aids, eu interpus uma distância entre nós. Ou será que foi ela que se distanciou de mim? *Alguma coisa* tinha acontecido conosco, porque, depois que ela se mudou do apartamento da University Avenue, depois de minha estada no abrigo e agora que ela estava piorando, nós simplesmente não éramos mais próximas. E agora eu tinha Sam e meus dias ganhavam vida matando aulas, sonhando com o futuro com meus amigos e tendo uma vitalidade que eu jamais antes havia conhecido. O que ficou claro para mim era que quanto mais me divertia com meus amigos mais difícil era voltar para casa, para o lado de mamãe em um apartamento tomado por sua doença. Mais difícil era ficar ao lado dela moribunda. Era muito mais fácil não voltar mais para casa, ficar com o meu grupo de amigos.

"Egoísta", eu disse em voz alta para mim mesma, secando com força as lágrimas de minha cara. Na Rua 202, olhei para cima, para a janela da sala do apartamento de Bobby, e vi que estava iluminado. Pensei em seu sorriso, em como ele fazia brilhar seus grandes olhos, que o tornavam tão atraente. E resolvi subir até lá.

Paula, a mãe dele, serviu-nos arroz com costeletas de porco no quarto, diante da TV. Estava passando um programa de luta, que fazia Bobby erguer os braços e aplaudir de tantos em tantos minutos, de uma maneira que mostrava sua barriga e a trilha de pelos finos e escuros que subia até seu umbigo (eu tomava cuidado para não ficar olhando). Quando ainda estava no corredor, eu havia secado as lágrimas e respirado fundo antes de bater na porta, para que ele não notasse nada.

"Gosto de seu quarto, Bobby", eu disse animada. Mas então lembrei, assim que as palavras saíram de minha boca, que eu já dissera isso na primeira vez que entrei nele.

"Obrigado", ele respondeu sem dar importância ao meu erro, tão gentil como havia sido quando eu cheguei de surpresa à sua porta. "Este é Mankind", ele disse, apontando para um gigante na tela, um sujeito com máscara de couro cuja pele grossa brilhava de suor. O sujeito grunhiu para a câmera, saltou por cima das cordas e foi parar de cócoras nas costas do adversário, provocando um alarido da torcida que invadiu o quarto e fez Bobby erguer de novo os braços. Eu não tinha a menor ideia do que dizer sobre o assunto; Sam sempre participava das conversas sobre lutas.

"É mesmo? Legal... Ele, ele é lutador há muito tempo?"

"Mankind é *louco*", ele respondeu, parando por um momento para espiar dentro do outro quarto. "Espera aí. *Feche a minha porta, Chrissy!*", ele gritou.

Uma garota com os traços fisionômicos de Bobby, mas suavizados, apareceu e se inclinou para dentro para pegar o trinco da porta. Antes de fechá-la, ela me olhou de cima a baixo, notando a camiseta que Bobby havia me dado para usar enquanto a minha secava, depois de eu ter tomado chuva.

"Feche a porta e vá embora!", ele deu a ordem. Ela girou os olhos e bateu a porta, com força. "Chata", ele disse. "Pois é, este cara é totalmente louco."

"Oh, então ele faz uso de truques?", eu disse.

"O que você quer dizer?"

"Nada, só... Ah, então ele é louco?"

"Sim. E depois tem o Bret Hart, famoso por sua precisão. Veja, Liz, cada um tem uma coisa diferente..."

Enquanto a noite avançava, eu continuei ouvindo a conversa de Bobby, servindo-lhe de audiência enquanto ele folheava suas revistas sobre luta. Recostada sobre uma pilha de travesseiros macios, com as pernas enroscadas embaixo de seu cobertor, ocupando a metade de sua cama, eu fui caindo no sono, hipnotizada pelo zumbido distante do secador de cabelo que sua mãe estava usando e pelo som da voz grossa de Bobby.

"Alô, aqui é o Sr. Doumbia, da Assistência a Menores. Estou ligando para saber de Elizabeth Murray, por quem o senhor assumiu a guarda. Segundo comunicado da Junior High School 80, a Srta. Murray não tem frequentado regularmente a escola e nós estamos preocupados com o futuro dela em sua custódia. Por favor, ligue para mim no número..."

Por sorte, eu ouvi e apaguei a mensagem do Sr. Doumbia na secretária eletrônica antes que Brick tivesse a chance de ouvi-la. Eu não ia à escola havia semanas e já sabia de antemão o que a mensagem ia dizer: eu continuei faltando às aulas e sabia que meu fim seria voltar para o Lar St. Anne. Mas eu não queria ouvir isso e, portanto, continuei apagando toda mensagem que encontrava, esperando que, com isso, o problema desaparecesse.

AVISO!
O apartamento 2B está passando por limpeza e desinfecção! Favor tomar as devidas precauções de saúde & segurança!
– A administração

Os avisos escritos em negrito haviam sido colocados em excesso por todo o saguão do edifício da University Avenue, pregados nas caixas de correio enferrujadas e passados por baixo da porta de cada apartamento. Papai não havia telefonado para me dizer que perdera o apartamento; eu descobri por minha própria conta. Sam e eu havíamos conversado sobre lembranças e fotos de família no restaurante quando eu constatei que quase tudo o que eu tinha continuava lá, naquele apartamento.

"Eu gostaria de ter comigo pelo menos algumas fotos e, talvez, também alguns livros", eu disse para Sam quando subíamos os trilhos da ferrovia elevada para a University Avenue. Seguir a linha 4 era a única maneira que eu conhecia para ir até lá. A cada tanto, um trem passava chacoalhando, soltando faíscas e apitos estridentes sobre nossas cabeças. Fomos chutando uma lata de uma para outra pela grama que crescia na calçada da Jerome Avenue.

"Eu tenho livros sobre tubarões e dinossauros", eu disse a ela, elevando a voz para ser ouvida por cima do barulho do trem. "Você sabe quem é Jacques Cousteau?", eu perguntei com impaciência. Ela balançou a cabeça negativamente. "Meu pai tem esse tipo de livro... você precisa ver as fotos que ele tem da vida subaquática. Você jamais imaginaria que essas coisas existem."

Quando estávamos nos aproximando do edifício, eu cheguei ao que realmente eu queria dizer. "Você jamais viu uma casa como essa, Sam, de verdade. Quando eu digo que é horrível, estou querendo dizer que é cem vezes pior que a de Brick", eu disse, esperando que ela entendesse o quanto o apartamento era horrível, para que, quando ela o visse, soubesse que eu também sabia o quanto era horrível. Para que, ao vê-lo, ela não tivesse dele uma opinião diferente da minha.

"Liz, pode parar", ela disse. "Você sabe que eu adoro seu bumbum branquelo, não precisa se preocupar."

Os meses que eu havia passado com Sam me deixaram ansiosa por levá-la ao apartamento da University Avenue, coisa que eu nunca tinha feito com nenhum outro amigo, nem mesmo com Rick e Danny. Por ter receio demais. Mas, depois de passar tanto tempo no restaurante falando sobre papai e aquele apartamento, percebi que queria mostrar a Sam de onde eu vinha. Mais do que qualquer outra pessoa que eu conhecia, eu confiava nela.

Nos 10 meses desde que eu estava novamente em liberdade, eu visitei papai apenas uma vez, logo no começo. Eu tinha achado que ia ser ótimo voltar para casa, mas descobri que visitar papai era uma coisa totalmente diferente de morar com ele. Sendo eu uma visita, nós tínhamos que nos sentar, olhar um para o outro e conversar. Tínhamos que encher o tempo com palavras. Isso se mostrou muito mais difícil do que eu podia imaginar. Sobre o que falaríamos? Sobre a minha estada no abrigo? Sobre a Aids de mamãe? Sua última euforia produzida por drogas? Que em minha nova vida ele não estava incluso? Sobre Walter O'Brien? E, portanto, acabamos assistindo à televisão juntos. Papai adormeceu no sofá, enquanto eu fiquei sentada em uma das cadeiras da sala, pulando de um canal a outro ou olhando para o teto e vendo que a armadilha para moscas continuava ali grudada, depois de anos. Havia sacos de lixo abertos no chão e o fedor, que antes parecia suportável, era tão nojento que eu mal conseguia respirar. Com a nossa ausência, o apartamento havia se tornado um lugar lúgubre. Meu quarto tornara-se um depósito de caixas e sacos de lixo que papai ainda não havia retirado. Era evidente que, só de olhar para o meu quarto, ele havia abandonado qualquer esperança de que eu voltasse. Por tudo isso, eu escrevi um bilhete, dizendo que adorei visitá-lo, e escapuli enquanto ele dormia.

Eu poderia ter voltado a visitá-lo outras vezes, se vê-lo, e ver nossa casa naquele estado, não fosse algo tão impossível com que lidar. Além do mais, depois daquela visita, eu comecei a ter pesadelos. Neles, ocorria invariavelmente de a nossa família unida ser separada, muitas e muitas vezes. Sempre em meus sonhos, quando estávamos à beira da separação, a divergência tinha a ver com uma decisão minha. Sempre, no último minuto antes de acordar, eu dava o telefonema errado que voltava a nos separar. A dor se renovava toda vez que isso ocorria. Deixei, portanto, de visitá-lo definitivamente.

Naquele momento em que me aproximava com Sam do prédio, vi tábuas pregadas nas janelas do quarto de meus pais e do meu. Meu primeiro impulso foi de curiosidade, mas ele logo foi tomado pelo medo. "Sam, acho que ocorreu um incêndio", eu disse ao chegarmos perto do prédio e espicharmos nossos pescoços para o alto e para as tábuas marcadas a tinta com um X atravessado. Eu visualizei mentalmente o pior cenário enquanto subíamos as escadas. Será que meu pai estava vivo? Ou totalmente carbonizado? Eu havia adquirido o hábito de esperar sempre pelo pior. Subimos correndo as escadas e chegamos à porta do apartamento; havia um cadeado de aço inoxidável barrando nossa entrada. Fui tomada por uma estranha sensação de alívio, seguida de uma total perplexidade. Eu parei para tentar entender o que acabara de ver. A voz de Sam chamou-me de volta; ela estava lendo alguma coisa sobre uma ordem de 72 horas.

Do lado de fora da saída de emergência, nós tentamos em vão arrancar as grandes tábuas. Apesar de todo nosso esforço, o único resultado que conseguimos foi abrir uma pequena brecha entre as tábuas, pela qual saiu o cheiro de mofo do apartamento. Em seguida, nós duas caímos de bunda.

"Eu simplesmente não entendo. Não sei por que ele não nos avisou nem para onde ia. Não sei nem se nossas coisas continuam lá dentro. Sam, sinto muito ter feito você vir até aqui, eu não..."

"Liz", ela disse, "venha aqui". Eu me calei enquanto nos abraçamos, recostadas à parede de tijolos. Lá na saída de emergência, com a cabeça sobre o ombro de Sam, eu inspirei o aroma suave de pêssego.

Naquele momento, eu pude sentir que Sam se importava tanto comigo quanto eu com ela.

"Tudo bem", foi tudo o que eu disse.

Sam concordou. "Ótimo, Liz. Dane-se! O que mais você pode fazer?"

Não havia nada a fazer e, portanto, ficamos ambas caladas. Não naquele momento e nem quando soube que papai atrasou o aluguel e foi viver em um abrigo para homens. E, com certeza, tampouco quando eu descobri que tudo o que havia em nosso apartamento fora levado em caçambas, muito antes de eu ter ido lá. Não havia nada a se dizer nem fazer, mas simplesmente aceitar o fato. E foi o que eu fiz, exatamente como tinha feito com tudo mais até então.

Naquela primavera, não sei como eu consegui concluir a Junior High School 80 com presença apenas o suficiente para evitar voltar para a custódia do Estado. Depois da cerimônia naquele mês de junho, mamãe ficou lá fora no meio-fio, fumando seus cigarros Winston, à espera que eu aparecesse, sem perceber que estava rodeada por um grupo de pais, bem-vestidos e perfumados, que conversavam e que, por acaso, incluía as mães de Myers e de Bobby. Os garotos se mantiveram à parte, atirando suas boinas uns aos outros como se fossem discos. O vento tinha aberto a beca de Bobby. Vestido com aquele traje preto sério, ele parecia um homem feito. A mãe dele parecia a mãe perfeita; o cabelo dela, castanho e espesso como o do filho, estava preso no alto da cabeça em um reluzente coque ao estilo francês.

Mamãe havia desenterrado em um brechó um vestido floreado de mangas curtas para estar lá. As cicatrizes que tinha nos braços haviam transformado sua pele em algo como carne branca de hambúrguer. Ela cortou o cabelo para a ocasião e as sandálias brancas que calçava, sem meias, ressaltavam os pelos em suas pernas e proviam uma visão escancarada de suas unhas amareladas, que saltavam para fora das biqueiras das sandálias.

Decidi esperar lá fora entre uns arbustos. Enquanto eu pudesse ficar ali, escondendo-me agachada, eu poderia evitar a humilhação e preservar a normalidade que eu gozava nas casas de meus amigos. Estava cansada de ser a excluída e tinha me reinventado. Eu era normal, em geral bem-sucedida, até mesmo interessante e não ia desistir disso – não naquele momento, quando podia esperar passá-lo e evitar toda aquela provação.

Então ocorreu algo para o qual eu não havia me preparado. O Sr. Strezou, o homem que devia ser louco para me passar para o colegial, parou diante de mamãe para conversar. Em seu terno e gravata, com seu ar de indiferença, ele estendeu a mão para apertar a de mamãe, sorrindo sinceramente para ela. Seu olhar era afável. Apesar de não conseguir ouvir o que eles estavam dizendo, eu vi que mamãe ficou animada com a atenção dele. Ela estava sorrindo, excitada pelo efeito de seus remédios. Eu me dei conta de que fazia tempo que não a via sorrir. E ela continuava conversando com ele, fazendo perguntas. Seria a meu respeito? Ela apertou a mão dele e com a outra segurou seu braço. Eu a vi dizer as palavras *muito obrigada*. Então, quando o Sr. Strezou afastou-se, ela voltou a olhar ao redor, procurando por mim. Lentamente, sua expressão foi murchando.

Eu me forcei a sair dali e atravessar os arbustos. Caminhei pela calçada, fui diretamente até ela e dei-lhe um abraço apertado, à vista de todos. Eu a amava muito e bem no fundo de meu coração eu podia sentir o quanto ela também me amava. Fiquei abraçada a ela por um longo tempo.

"Abobrinha", ela disse, "estou tão orgulhosa de você". Recuei um pouco, ainda presa em seus braços, e vi lágrimas em seus olhos. "Quando eles chamaram seu nome, eu aplaudi tanto, querida. Você me ouviu?" Eu não havia recebido nenhuma distinção especial e mal havia conseguido concluir o curso, mas isso parecia não ter nenhuma importância para mamãe. Eu sabia que ela me apoiava, confiava em minhas decisões. Talvez até demais. Coloquei um braço em volta de sua cintura e seguimos juntas em frente. Eu fiquei surpresa ao sentir a ponta ressaltada de seu osso ilíaco.

"Venha comigo, mamãe, quero que você conheça algumas pessoas."

Avançando alguns passos, eu abri caminho entre o círculo de mulheres, largo o suficiente para mamãe e eu passar. Eu bati palmas, com o coração aos pulos, "Ei, todos vocês", eu disse. "Quero que vocês todos conheçam minha mãe, Jean Murray."

Papai telefonou uma noite, algumas semanas depois de eu ter começado o colegial, quando o apartamento de Brick estava tomado pelo som ininterrupto da televisão, pela fumaça de cigarro e pela doença de mamãe. Ela havia passado o dia vomitando no vaso sanitário e nos azulejos do banheiro; mesmo depois de eu ter gasto todo um rolo de papel-toalha, o cheiro ainda continuava ali, espesso e azedo. Sam e eu passávamos o tempo entre um acometimento e outro de mamãe telefonando para estações de diário para participar de concursos cujos sorteados ganhavam ingressos para shows e assinalando em um mapa dos Estados Unidos todos os lugares que conheceríamos ao atravessar o país de carona. Apesar de nunca chegar muito perto de mamãe (acho que porque a sua doença a deixava apavorada), planejando as nossas vidas na estrada Sam me ajudava a esquecer o trabalho difícil de limpá-la. Naquela noite, Lisa havia caído no sono por cima do trabalho da escola, lugar que eu não frequentava havia dias. Eu admirava a diligência de Lisa e me perguntava como é que ela conseguia se concentrar no aperfeiçoamento de seus trabalhos por horas a fio lá no alto do beliche.

Quando peguei o telefone, não reconheci de imediato a voz de papai – soava muito fraca e distante, como se fosse uma chamada internacional.

"Liz – Liz", ele disse, "Eu estou bem. Nada mal, pode acreditar. Eles me tratam bem aqui. E eu estou comendo três vezes ao dia. Sabe que eu até mesmo ganhei uma barriguinha, acreditem ou não". A risada dele era tensa. Eu acordei Lisa e soletrei com os lábios a palavra *papai*, mas ela acenou recusando e voltou a fechar os olhos. Ele continuou falando: "Eles sempre põem no *Jeopardy!*, para que eu e todo mundo fiquemos apostando em quantas perguntas eu vou acertar".

Revi mentalmente uma cena na qual papai estava grudado em nosso sofá, meu corpo de criança enroscado na outra extremidade, com a camisola repuxada por cima dos joelhos, vendo como ele dizia as respostas ao apresentador do programa Alex Trebek. Quando parava por um instante para tentar lembrar uma informação de vital importância, ele fechava os olhos e traçava pequenos círculos em sua cabeça careca como se, com isso, fosse lembrá-la. Na sala, tremulava a luz azulada de nossa velha televisão e a resposta correta a cada pergunta trivial vinha em uma sequência de três: a primeira era a de papai, a segunda do participante do concurso e a última de Trebek. Passados alguns instantes, papai ia para a cozinha se drogar.

"Sim, você acertava todas", eu disse.

"É bem legal aqui, Lizzy, você precisava ver."

O problema era que eu podia ir *vê-lo* agora, ocupando uma cama estreita em um abrigo de homens idosos, alquebrados e com barbicha rala. *Será que ele era um deles?* Como é que eu tinha passado todos aqueles anos no apartamento da University Avenue sem perceber nenhum traço de degradação em meu pai? Ele parecia então ser tão livre e nós nos sentíamos tão próximos. Eu devia ter estado enganada a seu respeito. Se ele agora vivia atrás de janelas com grades, submetido a horários; se havia escondido toda uma vida de mim; se nem mesmo se dava o trabalho de ligar quando estávamos perdendo nossa casa e nossos pertences, então talvez eu jamais soubera quem ele realmente foi.

Ou, como ele estava ligando para falar comigo, talvez isso fosse um indício de que ele não havia se distanciado tanto e que sua vida houvesse apenas caído em um período difícil. Enquanto ele matraqueava do outro lado da linha, mentalmente eu ia fazendo uma lista de todas as coisas que podia fazer para ajudá-lo: trabalhar para sustentá-lo, ligar para o abrigo com mais frequência para saber como ele estava, arranjar de alguma maneira um apartamento para ele, arranjar roupas para ele. As ideias abarcavam a extensão das horas não ocupadas de meus dias.

"Como vai a escola?", ele perguntou casualmente.

"Bem, muito bem."

Se ele estava enrolando, eu também podia. Para que dizer a ele que eu vivia faltando às aulas? De que serviria confrontá-lo? Se ele não podia fazer nada para resolver os nossos problemas, então que sentido teria despejá-los em cima dele? Serviria apenas para deixá-lo mais estressado e eu não queria fazer isso com ele. Seria uma crueldade de minha parte. Decidi, portanto, não mencionar meus problemas para ele, deixar que ele pensasse que tudo ia às mil maravilhas.

"Bem, foi bom te ouvir, Lizzy. Eu estava mesmo querendo saber de você. Foi bom te ouvir, muito bom." Eu estava fazendo a coisa certa;

não havia por que lhe dizer que eu temia ter ficado demasiadamente para trás e que não sabia se algum dia conseguiria encontrar o caminho de volta.

"Na verdade, papai, tenho que voltar agora ao meu dever de casa, antes que fique tarde demais. Fiquei contente por você ter ligado." Isso era verdade. Havia se passado tempo demais sem que ele tivesse ligado para me ajudar a formar um quadro de como ele estava e saber se estava ou não em segurança. Nos demos boa-noite e desligamos. Sam olhou para mim com preocupação. "O que ele disse?", ela perguntou.

"Nada, só ligou para dar um alô, eu acho. Está morando em um abrigo. Não sei, quem sabe." Aberto por sobre a mesa, o mapa azul reluzente atraiu meu olhar. Sam estava debruçada sobre ele. Com caneta, ela havia traçado uma linha pontilhada para marcar a rota ideal de viagem através do país. Embaixo da linha, ela desenhou duas figuras humanas para representar nós duas usando chapéu de praia de abas largas, nossas sombrinhas à moda antiga e bolsa pendurada no braço. A caracterização dela só diferia por incluir a figura de um moicano. Antes que ela quisesse saber mais sobre papai, eu passei rapidamente o dedo por sobre a linha e parei com uma batida na Costa Oeste e perguntei, "Ei, Sam, quanto tempo você acha que vamos levar para chegar *lá*?", apontando para Los Angeles.

"Não muito", ela respondeu. Em seguida, Sam pegou o mapa, dobrou-o pela metade e virou-o de tal maneira que Nova York ficava bem junto da Califórnia. "Nós praticamente já estamos lá", ela disse.

Nós duas rimos, mais do que a piada merecia.

O colégio era um lugar em que Sam e eu estávamos matriculadas, mas onde aparecíamos apenas para pegar passes livres de trem. Íamos para o apartamento de Fief ou de Bobby, ou ficávamos no sofá enorme de Brick, onde eu ignorava o telefone tocar para evitar os assistentes sociais, enquanto passávamos os dias de aulas diante da televisão. "Acidentalmente" eu quebrei a secretária eletrônica de Brick e aprendi a ficar cinco minutos em total imobilidade sempre que a campainha tocava, para me prevenir de possíveis visitas de algum assistente social. Eu estava livre; havia me tornado especialista em evitar a escola, evitar o Sr. Doumbia, evitar tudo.

"Você não pode adiar para sempre", Lisa ralhou comigo uma manhã, enquanto fechava o zíper de sua jaqueta antes de sair para a escola batendo a porta. Por meu comportamento, pode-se notar que eu estava tentando provar que ela estava errada.

Eu achava que havia feito uma tentativa sincera, frequentando assiduamente a escola por duas semanas seguidas antes de desistir. Mas o colégio era um mundo totalmente à parte, um enorme emaranhado de responsabilidades das quais eu não fazia ideia de como dar conta. Não é que a gente tivesse a intenção premeditada de não ir; o primeiro dia de falta era para ser só naquela segunda-feira. Apenas um dia.

Sam e eu tomamos o trem no centro para Greenwich Village na baixa Manhattan, lugar que eu conhecia vagamente de minha infância, quando papai me levava junto para suas incursões ao lixão. Daquelas idas e das histórias que mamãe contava, eu sabia que Greenwich Village era o lugar em que viviam todas as pessoas interessantes, identificadas por seus cabelos multicoloridos e roupas clássicas. Nós conseguimos juntar 2,75 dólares em moedas encontradas por todo o apartamento de Brick, apenas o suficiente para comprar um cachorro-quente e um refrigerante que dividimos ao meio e comemos enquanto assistimos a um espetáculo de artistas de rua no Washington Square Park.

Nós realmente só pretendíamos faltar à escola naquela segunda-feira. Mas então, se era para faltar dois dias, seria melhor que fossem emendados um no outro. Afinal, a minha explicação para um segundo dia de falta seria mais confiável se viesse logo em seguida do primeiro. Quer dizer, quem fica doente por apenas um dia, certo? E depois o terceiro dia talvez não fosse tão grave se eu já havia faltado os outros dois. Afinal, o motivo teria a ver com qualquer que fosse o mal que tivesse me prendido em casa nos dois primeiros dias. Mas então, se eu já tinha faltado na segunda, na terça e na quarta, não valia a pena querer salvar a quinta e a sexta. E sempre havia a próxima semana. Além disso, nós não planejamos repetir a façanha. Isto é, até que perdemos a hora na segunda-feira seguinte e o ciclo recomeçou mais uma vez. No final, nós tínhamos perdido tantos dias de aulas que não conseguíamos acompanhar as matérias. Mas é claro, sempre havia o próximo semestre.

Até lá, havia outros lugares nos quais colocar nossas energias. Para o nosso grupo de amigos, a casa de Fief era o centro de nossos interesses. Como seu pai passava o dia todo trabalhando e sua mãe passava apenas meio período em casa, era ali que o nosso grupo passava o tempo que deveria estar na escola. Foi ali que descobri que, quando eu queria passar um bom tempo sem fazer nada, havia muitas outras pessoas da minha idade querendo fazer o mesmo. Nós transformamos em rotina semanal passarmos simplesmente o tempo juntos. Eu nunca havia sido tão feliz.

Naqueles dias, nós nos apoiávamos totalmente uns nos outros, uma pequena família livre de julgamentos e de papéis claramente definidos. O estilo não convencional e rebelde de Sam era o ponto focal. E, entre os assuntos excêntricos levantados por Myers, o humor de Bobby, a hospitalidade de Fief e meu carinho e adoração por todos eles, ocorriam os nossos encontros. Bobby, Sam e eu éramos o coração do grupo. Dele o círculo foi se expandindo para incluir uma lista de nomes que iam e vinham: Myers, Fief, Jamie, Josh, Diane, Ian, Ray, Felice e muitos outros. "O grupo", era assim que nos denominávamos. Coletivamente, deixávamos um dia passar para o outro, mais ou menos na mesma monotonia. Ficávamos descalços no apartamento repleto de grafites de Fief, revezando para dormir e conversar, mas sobretudo para rir juntos histericamente.

Como receávamos encrencar nossos amigos, era raro alguém usar droga nos apartamentos onde íamos matar aulas. No máximo, alguém fumava maconha no quarto dos fundos ou no corredor. De minha parte, eu tinha repulsa a drogas e álcool e não chegava nem perto de qualquer um deles. O simples cheiro de cerveja ou o bafo de alguém me enjoava o estômago. Em parte, isso tinha a ver com todo o sofrimento de mamãe e papai que eu havia presenciado, mas a outra parte se devia a coisas específicas que mamãe havia dito diretamente para mim. Muitas vezes em minha infância, quando eu estava com mamãe e a droga começava a perder o efeito, ela voltava sua atenção para mim com um olhar tão sério que me assustava. Ela me suplicava, chorando, "Lizzy, nunca, jamais use drogas, minha bebezinha. Elas arruinaram a minha vida. Se alguma vez você se drogar, eu ficarei com o coração partido. Nunca, jamais se envolva com drogas, minha bebezinha". Vê-la com sangue ressecado no braço, os olhos injetados de aflição e a voz repleta de amor foi provavelmente a mais convincente mensagem contra o uso de drogas que alguém poderia me transmitir. Por isso, eu nunca usei drogas, nem uma única vez. E, afora algumas provocações inofensivas de meus amigos, chamando-me de "certinha", ninguém nunca me pressionou. Além do mais, tínhamos outras coisas para nos manter ocupados.

Enquanto outras crianças desenvolviam talentos para escrever e se interessavam por aritmética e ciências, nós realizávamos os nossos próprios experimentos. Tais como uma colher cheia de água, quando derramada sobre uma boca de fogão muito quente, desfaz-se em pequenas pérolas saltitantes. E uma lâmpada incandescente colocada dentro de um micro-ondas – pode-se fazer a experiência com segurança por cinco segundos – realiza um espetáculo de luzes estroboscópicas cor-de-rosa, laranja e verde. Experiências com misturas aleatórias existentes no armário da cozinha de Fief resultavam às vezes em coisas comestíveis. Balões de água, quando lançados em alta velocidade de uma janela aberta, provocavam cinco minutos de risadas incontroláveis. Cada dia passado juntos significava uma nova camada de isolamento do mundo que se agitava ao nosso redor e minha experiência era enriquecida pelo amor que eu sentia por Bobby e Sam.

Mas, ainda assim, em algum momento do dia, a doença de mamãe chamava-me de volta à realidade, de volta à sensação de inércia e deterioração do apartamento de Brick. Eu conseguia afastá-la apenas por algumas horas, até que as imagens dos dias anteriores voltavam a me assaltar. Eu sabia que, se eu não voltasse para ajudá-la, mamãe poderia ficar caída na porta do quarto, imobilizada; incapaz de erguer seu próprio peso do toalete; ou suplicando em desespero por água em seu quarto. De maneira que eu ia lá regularmente ver como ela estava, deixando meus amigos para visitar o que eu sabia ser seu leito de morte. Eu tinha dificuldade para admitir para mim mesma que relutava cada vez mais em fazer aquelas visitas.

Capítulo 6

Garotos

Sam e eu não estávamos preparadas para namorar, pelo menos não no sentido do impacto que o amor tem na vida de uma garota. Não posso deixar de pensar que talvez se tivéssemos sido preparadas, se alguém tivesse nos orientado, as coisas poderiam ter sido bem diferentes.

Carlos entrou em cena a convite do grupo, mas, pela absoluta magnitude de sua personalidade, ele passou, quase imediatamente, para o centro do palco. Era mais um dia ocioso daquele outono quando, ao subirmos as escadas para o apartamento de Fief, ouvimos os ecos de uma algazarra de vozes masculinas pelo corredor.

"Você ouviu isso?", eu perguntei para Sam.

"Sim, parece alguém que acabou de sair de uma gaiola de loucos."

"Não é isso, acho que as vozes vêm do apartamento de Fief."

Quando chegamos à porta e abrimos lentamente uma fresta, uma voz de locutor de notícias sobrepôs-se às outras.

"Filho, filho, experimente isto", a voz disse em um tom imperativo. "Experimente e me diga o que tem a perder... Vamos lá, *siga em frente*!"

Quando dobramos o canto que dava para a sala do apartamento de Fief, nos deparamos com esta cena: alguns rostos conhecidos e outros poucos desconhecidos, cerca de sete pessoas reunidas, agachadas em volta de um jogo de dados. Fief estava afastado, recostado na parede. Quando olhei para ele em busca de uma explicação, ele deu de ombros. Ali, no centro do grupo, eu identifiquei o dono da voz.

O estranho era um porto-riquenho alto e esbelto. Tinha o cabelo escuro e ondulado puxado para trás em um perfeito rabo de cavalo.

Sua vestimenta era típica dos moradores de gueto. Com uma expressão dominadora, seus olhos castanhos encimavam suas faces largas cobertas de sardas. Havia algo em seu jeito de andar e em sua voz potente que me impediu de desgrudar os olhos dele. Ele deu palmadas com tanta força nas costas de um cara que este arremessou dois dados vermelhos que foram bater contra a parede. Por um instante, o ruído que eles fizeram ao voltar para o chão foi o único ouvido na sala. Em seguida, as pessoas ergueram os braços, gritando. Alguém apontou para a cara do arremessador e riu.

"Caramba", o estranho impressionante gritou. "Tão perto, papai. Entregue os pontos agora, cara, é a sua *vez*." Um sujeito com cara de membro de gangue, que eu tinha visto apenas algumas vezes no apartamento de Fief, havia perdido. Derrotado, ele contou o dinheiro e passou para as mãos do estranho.

"De quem é a vez?", o estranho perguntou.

"Sam, você já viu este cara aqui?", eu perguntei a ela por cima do vozerio.

"Não", ela grunhiu.

Eu continuei parada na entrada da sala cheirando a mofo, com os olhos passando da parede grafitada para o jogo em andamento, por mais uns 20 minutos. Sam perdeu o interesse e foi para a cozinha ver se encontrava algo para comer na geladeira de Fief. Finalmente, depois de arrebatar mais dinheiro dos perdedores, o estranho pegou seus dados e declarou abruptamente que o jogo estava encerrado.

"É isso aí, pessoal, até a próxima vez." Assobios e vozes de protesto encheram a sala. "Eu gostaria de continuar", ele anunciou, olhando para baixo e contando seu dinheiro, "mas tenho um compromisso. Vou levá-*la* para comer fora. Portanto, joguem a culpa nela", ele disse. De repente, sem desviar os olhos, ele apontou um dedo da mão cheia de dinheiro diretamente para mim. E continuou a contar seu dinheiro. Eu fiquei totalmente gelada. Alguns caras lançaram um olhar rápido para mim, mas logo se desinteressaram. Até aquele momento, eu não sabia que ele havia sequer notado minha presença na sala. Pelo que eu havia notado, ele nem sequer olhara na minha direção.

Olhei ao redor da sala lotada, apontei para mim mesma e falei "Eu?" Eu tive certeza de que dessa vez ele me viu, mas foi para o outro cômodo do apartamento sem responder. Ao sair, apertou a mão de várias pessoas. Fiquei me perguntando se tudo aquilo não passara de imaginação minha. Quando passou por mim e começou a destrancar a porta de saída, meu coração palpitou com força. Fiquei parada, inalando o perfume suave de sua água de colônia. Sam voltou da cozinha, tomando uma barra de sorvete de Fief, com os dedos lambuzados de chocolate. O incidente seria motivo de uma piada engraçada logo que saímos dali.

A porta foi aberta com um estalido e ele parou diante dela.

"E então? Você vem ou não vem comigo?", ele perguntou. Olhei ao redor para ver a quem mais ele podia estar se dirigindo. "Você, baixinha, eu não tenho o dia todo para ficar aqui esperando." Ele começou a bater com os pés no chão.

"Você está falando comigo?", eu perguntei.

Ele estendeu o braço, fez um gesto dramático indicando a passagem da porta e piscou para mim. E sorrimos um para o outro.

Eu tentei parecer que não estava nem aí. "A minha amiga pode vir também?"

O nome dele era Carlos Marcano e estava perto de completar 18 anos. Ele havia crescido no Bronx, como nós. Abandonado por pais omissos, ele se criou nas ruas, com pessoas que levavam vida de rua. Ele havia sido ferido. Um corte na canela esquerda, que deixara um inchaço na carne, fora-lhe desferido por uma garota de gangue com um caco de garrafa. Quando Carlos falava, sempre fazia piadas do que dizia, por mais grave que fosse o assunto. Ele era engraçado, com um senso de humor negro que me cativava. Naquele momento, ele descansava no sofá de um amigo no Beldford Park Boulevard. Algum dia, apesar de todas as agruras que sofrera, ele seria um famoso comediante.

"Até agora eu sobrevivi por minha própria conta, graças a Deus. O cara lá de cima sempre olhou por mim", ele disse com um dedo apontado para o céu, durante nossa primeira conversa no restaurante. "Eu sei que vocês, meninas, sabem do que estou falando. A vida lá fora é muito dura, mas você tem que manter a cabeça erguida, não dormir no ponto. *Sonhar* sim, mas não dormir. Vocês entendem?"

Durante horas, sentado à minha frente e na de Sam, ele desfiou histórias sobre sua vida marcada por brigas, violência de gangues e todos os tipos de situações extremas que tivera de enfrentar vivendo na rua. Ele era inteligente, despachado e, acima de tudo, hilário, apesar de toda dureza que a vida lhe impusera. Cada relato dele adquiria uma dimensão enorme, envolvendo-nos inteiramente. De tempos em tempos, quando ele fazia um gesto que o tornava especialmente atraente, Sam apertava minha perna por baixo da mesa.

Mas o que realmente me atraiu em Carlos, o que me deixou absolutamente fascinada por ele, só veio à tona mais tarde naquela noite, um pouco antes de irmos embora. Em certo sentido, Carlos explicou, ele vivia sozinho desde que seu pai morrera de Aids, quando ele tinha nove anos. Afinal, sua mãe era uma viciada em crack que nunca teve condições de cuidar dele.

"Ela estava mais interessada em seu cachimbo de crack do que em mim. Eu sei disso", ele disse. "Ela adorava aquela pedra. Eu me ergui por conta própria."

Ali mesmo, naquele momento, eu comecei a fazer mentalmente uma lista de nossas similaridades. Ele conviveu com drogas e com a Aids, e, apesar de se virar sozinho, era brilhante e olhava para frente. Ele não se escondia de nada nem de ninguém. O mundo lá fora não constituía nenhum obstáculo para ele, mas uma plataforma. Eu tomei ali mesmo a decisão de que tentaria me aproximar dele. Carlos havia aprendido a contar com sua própria força de uma maneira que eu esperava eu mesma poder fazer. Achei que era cedo demais para dizer a ele o quanto tínhamos em comum, que soaria invenção minha para agradá-lo.

Enquanto falava sobre como perdera sua estrutura familiar e passara a viver nas ruas, ele olhava de forma dramática pela janela do restaurante para as pessoas que passavam na rua.

"Mamãe me entregava de um parente a outro até que comecei a ir para a casa de amigos da escola. Depois de um tempo, eu não sabia mais onde estava. Foi quando eu comecei a perceber que teria que contar comigo mesmo porque, na realidade, é tudo o que você tem. Mas tudo bem, porque eu aguentei o tranco. Como um macho no chuveiro de um presídio, eu não confio em ninguém, vigio o meu próprio traseiro."

Quando terminamos de jantar, Carlos havia tecido um tapete de histórias azaradas, todas entremeadas por um humor injurioso. Ele podia falar sobre alguém morrendo e, de repente, adotar uma expressão facial tão engraçada que transformava a história em uma piada e nos fazia rir. Com os lábios, ele produziu efeitos sonoros, como assobios e buzinas que deixaram os outros fregueses do restaurante perplexos. Eu não me importei com seus olhares espantados. Assim como a atenção que Sam atraía para nós, Carlos nos fazia sentir importante. Eu disse a mim mesma que havia tirado a sorte grande ao encontrar Carlos, um tesouro que, por ignorância, não era reconhecido como tal pelos outros. Os estúpidos podiam deixá-lo passar despercebido. Isso era *problema deles*.

Ele nos acompanhou até a casa de Brick, parando de quando em quando para cantar e dançar, insistindo em nos impor o máximo de insensatez que éramos capazes de suportar. Ele abordou estranhos na rua para lhes cumprimentar por suas habilidades no karatê ou na confecção de cestos e depois seguiu em frente sem dar a mínima para o estado de perplexidade em que os havia deixado. Ele dobrou um saco de papel e com ele fez um chapéu que colocou na cabeça, cobrindo os olhos, e parou outros estranhos na rua para lhes dizer, com toda seriedade, que deviam olhar para ambos os lados antes de atravessar a rua. Ele parecia não ter medo de nada e isso parecia mágico.

As semanas seguintes foram marcadas por um esforço em procurar Carlos, fazendo tudo que eu podia para contatá-lo sem parecer demasiadamente ansiosa. Na cozinha do apartamento de Brick, enroscando o fio do telefone em volta de um dedo e com ele formando figuras do número oito, eu passei horas conversando com ele. Mas isso não foi nada comparado ao número de horas que passamos em algumas noites caminhando pelas redondezas, envolvidos em longas conversas, durante as quais ele ocasionalmente pegava em minha mão. Nos últimos dias de calor daquele verão, nós passamos grande parte do tempo na ampla avenida arborizada, nas proximidades do parque Harris Field, sob a luz das lâmpadas de rua do Bronx, compartilhando segredos e nos aquecendo nos braços um do outro.

"Liz, eu tenho que te agradecer." Carlos virou-se para mim uma noite em que estávamos parados em frente ao prédio de Brick, com os seus olhos escuros olhando diretamente dentro dos meus.

"Agradecer por quê? O que foi que eu fiz?", eu perguntei esperançosa.

"Em primeiro lugar, por você não ser igual a nenhuma outra pequena que eu já conheci. Eu simplesmente sinto que posso falar sobre tudo com você. Eu confio em você. É isso, Liz, eu confio em você. E eu *nunca* senti isso antes. É verdade, que Deus te abençoe." Eu fiz o melhor que pude para esconder a excitação que agitou todo meu ser. Ele sugeriu que déssemos mais uma volta no quarteirão; tinha mais uma coisa que ele queria me dizer. Apertando minha mão, ele me fez jurar que não contaria para ninguém que seu pai havia lhe deixado uma herança de sete mil dólares, que ele receberia quando completasse 18 anos.

"São todos serpentes, é por isso que você tem que manter a grama bem cortada, Trevo. Para ver as cobras a um quilômetro de distância." Ele havia me dado o apelido Trevo quando soube que eu tinha descendência irlandesa. "Especialmente quando as pessoas sabem que você tem dinheiro. Elas começam a pensar no que poderiam fazer com ele. As pessoas são gananciosas, mas eu confio em você. Quero dividir tudo com você."

"Ouça, Carlos", eu disse, ignorando a parte que havia dirigido a mim. Eu estava excitada demais com a ideia de que ele finalmente poderia deixar as ruas. "É isso que você espera, poder finalmente ter seu próprio apartamento." Eu apertei a mão dele e sorri. Mas ele não sorriu de volta, ficou simplesmente olhando bem dentro de meus olhos.

"Trevo, talvez você não tenha me ouvido direito. Eu quero você comigo nessa. Este é o começo do qual *nós* precisamos." Não consegui deixar de sorrir; meu corpo se retesou de tanta excitação.

"Eu não sou como os outros, só quero que você seja feliz, Carlos."

"*Você* me faz feliz, baixinha. Nunca duvide disso."

Quando íamos dar um abraço de despedida, de repente, ele me ergueu por sobre seu ombro com uma facilidade que me fez perceber sua força, carregando meu corpo, como se fosse um carneiro abatido, até a porta do edifício. Eu chorei de tanto rir.

"Buuum!", ele urrou, empurrando a porta e abrindo-a para mim. Alguns minutos depois, eu tive que usar toda a minha força física para arrastar Carlos do interfone, no qual ele não parava de assobiar para Brick e me fazer rir mais. Como entrar no elevador significava dizer boa-noite, nós nos deixávamos ficar por mais meia hora, fazendo planos para quando voltássemos a nos ver.

A cada três dias seguidos de falta à escola durante todo aquele mês de setembro, chegava uma correspondência pelo correio vinda do Colégio John F. Kennedy, solicitando ao pai/mãe ou responsável pela aluna da nona série, Elizabeth Ann Murray, que telefonasse para a sua diretoria. Eu adotei a rotina de verificar diariamente a caixa de correspondência para interceptar aqueles avisos, rasgá-los em pedacinhos e jogá-los como confete pelo tubo do compactador de lixo – problema resolvido! Mas a coisa ficou preta no dia em que eu encontrei um envelope com o emblema bem conhecido da Assistência a Menores. O comunicado, escrito em negrito, convocava Brick a se apresentar compulsoriamente para discutir meu futuro em sua guarda, bem como a opção de me devolver à custódia do Estado. Eu não podia voltar para a custódia do Estado e nem ia. Mas não sabia tampouco como voltar para a escola. Eu fiquei sem saber o que fazer.

Fora de meu círculo de amigos, pouca coisa atraía a minha atenção. Afinal, eu insistia em pensar, sempre haveria a possibilidade de eu voltar para a escola mais tarde. Parecia que as coisas estavam andando muito bem sem ela. Com exceção de Bobby, ninguém mais do grupo ia à escola. E Carlos continuava fazendo planos para nós com o dinheiro de sua herança. Nós alugaríamos um apartamento em algum lugar de Bedford Park e Sam moraria conosco. Sam e eu voltaríamos então para o colégio e nós três arranjaríamos emprego para pagar o aluguel, mas antes precisávamos ter uma moradia estável que fosse só nossa.

Não era que eu não quisesse voltar nunca mais à escola, mas ela simplesmente não cabia em meus planos para o momento. Eu voltaria em breve, assim como em breve eu diria para mamãe todas as coisas importantes que tinha para lhe dizer. Coisas como o fato de não importar o que ela fizera, eu sabia que ela me amava; eu sabia o quanto ela havia se esforçado. E, mais que tudo, ela não deveria se preocupar comigo. Eu voltaria para a escola. De alguma maneira, tudo se ajeitaria. Só não hoje, eu continuava me dizendo, não agora. Tudo parecia estar entrando de roldão em minha vida e eu sentia que tudo o que podia fazer era enterrar minha cabeça em um buraco e cobri-la. Não agora, depois, eu continuei dizendo para mim mesma.

É claro que o ato de evitar estava se tornando cada mais difícil de ser levado adiante. A carta da Assistência a Menores não era o único lembrete de que eu estava adiando tudo o que era importante em minha vida. Não quando o hábito de mamãe de se embebedar todos os dias antes do almoço estava acabando com ela e comigo, enquanto eu continuasse ali, juntando os cacos.

Ela voltava do bar Madden's cambaleando até o apartamento de Brick, mal conseguindo manter-se em pé, coberta de vômito e, às vezes, até de sangue, quando havia caído. De vez em quando, alguma pessoa estranha – um guarda de trânsito atencioso, alguém do supermercado mais próximo, algum irlandês do bar – levava-a para casa, perplexa ao ver-me, ainda criança, abrindo a porta para recebê-la.

Sem qualquer má intenção, a pessoa fazia perguntas difíceis, como "Onde está seu pai?", e outras queriam realmente saber "Ela vai ficar bem aqui?", e eu não sabia como dizer "Meu pai mora em um abrigo e não, ela não vai ficar bem, ela está morrendo. Esta é a coisa mais difícil que já me aconteceu." Tudo o que eu podia fazer era recebê-la e lhes agradecer antes de fechar a porta. O resto cabia a mim, e somente a mim. Eu a levava para dentro e a limpava; ajudava-a, nua e vulnerável, a tomar um banho quente; enquanto eu lavava seu cabelo com xampu, chumaços dele se grudavam em minhas mãos. Às vezes, ela vomitava na banheira e tínhamos que começar tudo de novo.

O banheiro se tornou a peça da casa mais familiar a mim. A sua cor verde, a luz tremeluzente que refletia aquele verde em tudo o que havia no banheiro, em minhas mãos que trabalhavam diariamente para remover os restos de sangue, urina e outros dejetos dos azulejos. Aquela luz que fazia refletir o verde na pele pálida de minha mãe, enquanto seu coração continuava batendo, de maneira regular, porém cada vez mais lentamente. Com ela ali sentada na banheira, uma coleção de ossos dobrados dentro da água rasa, eu esfregava um pedaço de pano por sobre suas costas estreitas, envergonhada da solidez saudável de meu próprio corpo, da agilidade de meus movimentos e da minha juventude. Que injusto eu estar florescendo justamente quando ela estava definhando pouco a pouco; a única coisa que continuava vicejando dentro dela era o vírus, que trabalhava diligentemente em sua corrente sanguínea, para silenciosamente roubá-la de nós. Sim, o coração dela continuava batendo, mas apenas para fazer circular o veneno e, com isso, tanto para mantê-la viva quanto para matá-la mais rapidamente.

É surpreendente como, quando se tem que lidar com muitas coisas ao mesmo tempo, a mente consegue compartimentá-las. Se eu esquecia por um instante que havia algo terrivelmente errado com minha mãe, esses fatos cotidianos atuavam como lembretes infalíveis do que eu havia escolhido esquecer. Mas, depois de tê-la retirado da banheira, vestido-a com roupas limpas e a colocado cuidadosamente na cama, havia sempre um jeito de trazê-los de volta à lembrança. Assim que eu fechava silenciosamente a porta do quarto, eu escorregava para outro mundo, esse repleto de amigos que se importavam comigo, de lugares onde podíamos ir juntos e de infinitas aventuras com Sam. Nele, ninguém me incomodava. Estávamos todos prontos para embarcar juntos; responsabilidades eram coisas para outras pessoas se preocuparem. Ademais, nós éramos uma pequena família. Que perigo eu poderia correr com tantas pessoas – especialmente Carlos – importando-se comigo?

Na semana anterior ao início da peregrinação de mamãe por hospitais, eu percebi o quanto ele se importava comigo. Antes de conhecer Carlos, eu sempre cuidara sozinha de minha mãe, mesmo com Lisa, Sam e Bobby por perto. Não que eu pudesse culpá-los por isso. Quando ela voltava bêbada para casa, já era difícil olhar para ela, tanto mais tocá-la, ampará-la, banhá-la e vesti-la. Eu entendia. Eu não guardava nenhum ressentimento de Sam ou Bobby quando eles ficavam olhando do sofá enquanto eu realizava todos os procedimentos de rotina. Mas foi por isso mesmo que fiquei tão impressionada com a atitude diferente de Carlos.

"Ela precisa que falem com ela, quem fala com ela?", ele perguntou um dia quando havíamos acabado de colocá-la na cama. Na sala, música em alto volume tocava enquanto todo mundo ria e conversava. Eu tentei dispensar sua ajuda, mostrar a ele que eu dava conta do recado sozinha, mas Carlos não aceitou a minha recusa. Quando mamãe chegou, ele correu para estender seu braço e colocá-lo nas costas dela – para ampará-la, sem nenhuma relutância, mas com carinho, como se entendesse toda a feiura da doença e, atrás dela, a pessoa que havia ali.

"Jean, você precisa de ajuda. Eu vou ajudar Liz a ajudá-la."

"Quem é você?", ela gaguejou entre soluços.

"Eu sou alguém que ama muito Liz, alguém que sempre quis te conhecer", ele disse. Se soubesse reagir de outra maneira, eu não teria desviado os olhos. *Ele me ama? Foi isso que ele disse?* Por todo o tempo em que eu a banhei, ele não se moveu dali da porta do banheiro, por mais que eu insistisse, "Não precisa, Carlos, eu dou conta sozinha". Mas ele se dirigiu diretamente para mamãe, através da porta de madeira fina.

"Jean, Liz me disse que você a chama de Abobrinha. Acho isso adorável. Para mim, ela é Trevo, porque é a melhor coisa que aconteceu em minha vida. Eu sei também que você costumava falar muito com ela à noite, ao pé de sua cama, para lhe fazer companhia." Os olhos de mamãe arregalaram-se. Lágrimas rolaram deles enquanto ela e eu ouvíamos a voz profunda de Carlos ressoar no banheiro. "Você sabia que minha mãe também tinha um fraco por drogas? Eu gostaria que ela pudesse ter se importado tanto comigo quanto Liz disse que você se importa com ela. Acho isso maravilhoso. Eu sei que Liz também ama você e ela tem orgulho de você por estar há tanto tempo sem cheirar cocaína. Você percorreu um longo caminho, Jean. Deveria ter orgulho de si mesma." Coloquei minha mão dentro da água quente da banheira para segurar a dela. Ela voltou a fechar os olhos e sorriu fracamente.

"Eu também amo Liz. Ela é a minha bebezinha", ela disse com uma voz suave, dirigindo-se a Carlos, mas eu devo ter sido a única a ouvi-la. A debilidade de sua voz me fez engolir as lágrimas. Fazia tanto tempo que eu não a ouvia dizer isso.

Carlos tinha ouvido o que eu lhe contara e lembrava todos os detalhes. Ele via minha mãe como uma pessoa, falava com ela, tocava-a e me ajudava a cuidar dela.

Quando minha mãe já estava acomodada na cama e eu pronta para sair, Carlos continuou sentado à beira de sua cama. Da porta, eu fiquei olhando encantada para ele segurando a mão de mamãe e dizendo-lhe palavras para acalmá-la até ela adormecer. Antes de deixar o quarto, ele se ajoelhou para esticar seu cobertor. Então, com muito carinho, ele puxou a ponta do cobertor, deu-lhe um beijo na testa e afastou o cabelo de seu rosto.

"Durma bem", ele disse. "Tudo está bem agora, durma bem."

Carlos pegou minha mão e me conduziu pela sala, onde Sam e Bobby estavam sentados diante da TV em alto volume, até a cozinha, onde me fez sentar e ficou em pé diante de mim. Apenas nós dois. Ele havia dito que me amava e agora estávamos a sós, apenas nós dois.

"Olhe pra mim", ele disse gentilmente. Mas eu não conseguia. Receava que ele visse minhas expectativas e o envolvimento cada vez maior que tinha com ele, além do medo do que estava acontecendo com mamãe.

"Olhe pra mim", ele repetiu, apertando minhas faces com suas mãos fortes e olhando dentro de meus olhos.

"Não se preocupe, Liz, eu vou ajudar você a enfrentar isso."

Eu comecei a chorar.

"Eu vou ajudar você a enfrentar tudo isso, Liz, sem qualquer dúvida. Eu estou aqui." Ele secou minhas lágrimas com seus polegares e beijou-me na testa e nas faces. E depois na boca, lentamente com muita ternura. Eu correspondi ao seu beijo, que tinha gosto de sal, senti os pelos eriçados de seu cavanhaque, senti o tamanho de sua potência, seu corpo apertado contra o meu.

"Eu também te amo", eu disse, afastando-me um pouco para olhar dentro de seus olhos.

"O que foi que você disse, baixinha?"

"Que eu também te amo, Carlos. Te amo muito."

Ele me apertou com mais força. "Eu estou aqui", ele repetiu, apertando mais minha cabeça em seu peito e puxando-me para mais perto para sentir os batimentos de seu coração bem no meu ouvido, de forma consistente e segura. Eu tive medo do quão desesperadamente eu precisava que ele nunca desse para trás.

Durante as semanas que eu havia passado com Carlos, Sam conhecera na rua um garoto chamado Oscar. Ele tinha 20 anos; Sam havia acabado de completar 14 quando eles se beijaram pela primeira vez.

"Nenhum problema. Ele diz que sou muito madura para a minha idade. Ele gosta realmente de mim", ela disse de seu canto embaixo do beliche em uma noite depois de Carlos ter me deixado em casa. Estávamos dividindo um enorme saco de Oreos e uma caixinha de Apple Jacks da despensa de Brick. "De qualquer maneira, a gente está apenas se encontrando. E, pra dizer a verdade, ele é um tesão." Ela sorriu. Considerando tudo o que Sam havia passado em sua vida, pelo que ela me contara, eu tive que concordar que ela parecia muito madura para a sua idade.

"Pois é, eu entendo de que maneira você pode parecer mais velha, suponho. É bom que ele te trate bem", eu ameacei de brincadeira.

"Menina, você não faz ideia", ela respondeu, dando-me uma piscadela.

Ali deitadas no escuro, naquela noite, Sam me deu uma aula de sexo, respondendo a todas as perguntas que eu sempre quis saber.

"Bem, pelo que sei, Brick e minha mãe fazem isso. Às vezes, eu durmo na cama de abrir em seu quarto, você sabe, para ficar mais perto dela, e ela chega do bar e começa a pedir dinheiro para ele. 'Brick, você pode me dar cinco dólares? Só cinco dólares? Ele começa dizendo 'Não, Jean', mas em seguida eu ouço o rangido das molas da cama. E mais todos aqueles sons molhados e depois o barulho de papel amassado. Quando me dou conta, ela já saiu. Não sei bem, mas acho que presenciar tudo isso me faz não querer ter nada a ver com sexo. Parece uma coisa grotesca."

"Liz, não tem nada a ver com isso que você está falando. Sim, isso que você está dizendo é sórdido, mas o sexo pode ser uma coisa maravilhosa. Oscar é maravilhoso." Eu escutei atentamente Sam descrever como ela e Oscar uniam seus corpos, como certos movimentos, feitos na hora certa e envolvendo certas partes do corpo, faziam você tremer e transpirar e sentir uma "fraqueza tiritante" que contribuía para o amor.

"Ele me ama, Liz", ela disse. Deitada no beliche acima dela, eu deixei meu corpo ficar totalmente mole, tentando sentir a tal "fraqueza tiritante" de que ela falara. A parte que dizia respeito ao amor era a mais confusa.

Enquanto ela falava, eu fechei os olhos para tentar visualizar a experiência com mais clareza, mas a cena era atropelada por uma imagem minha e de Carlos deitados no gramado do parque Harris Field, sob um céu coalhado de estrelas cintilantes. A troca de carinho que Sam descrevia parecia não se encaixar no quadro; era difícil demais estabelecer uma ligação entre meu corpo e uma expressão de amor, por mais que eu me esforçasse. Mas, mesmo assim, eu continuei me fixando na imagem, enquanto ela falava, tentando ver Carlos no lugar de Oscar e eu no lugar de Sam, para ver se fazia sentido, mas perdia sempre o foco.

Se, quando fui embora, eu soubesse que não haveria volta, que ficaria sem teto sobre a minha cabeça, eu não sei se teria ido. Afinal, não é essa a linha que separa a infância da vida adulta, saber que você é a única responsável por si mesmo? Se isso é verdade, então a minha infância acabou aos 15 anos.

"O que é isto? Em que raio de inferno vocês acham que estão? Isto aqui não é um abrigo. Pode ir saindo, já pra fora daqui!"

Eu continuo me perguntando o que levou Brick a descobrir o esconderijo de Sam. As nossas risadas antes de dormir naquela noite? Lisa? Sam e eu não a deixávamos dormir muitas vezes com nossas conversas noite adentro, mas nós também havíamos nos recusado a lavar sua roupa em troca de seu silêncio. Será que ela nos denunciou por despeito? Se não, como ele havia descoberto?

"Esta casa é *minha*", Brick nos disse aos berros. Puxando o lençol que usávamos para cobrir a cama do beliche, com um cigarro entre os dedos, ele expôs o esconderijo de Sam, fazendo assomar seu enorme corpo como uma ameaça. Cuspindo ao falar, ele nos assustou. Eu me sentei para criar uma barreira entre eles; Sam se moveu e enroscou seu corpo como uma bola em um canto. Era quase três da manhã e a escuridão lançava figuras ameaçadoras na parede. Brick era uma delas, com seu cigarro ameaçando-nos como se fosse um monstro. Nós ficamos caladas, olhando para ele abaixado sobre a cama, olhando arquejante para nós. "Continue fazendo isso e você também vai parar na rua", ele disse, olhando diretamente dentro de meus olhos. "Vamos, já!", ele repetiu para Sam, com um violento movimento de seu braço. Então, ele saiu e bateu a porta de seu quarto, deixando atrás de si uma nuvem de fumaça. Ouvi o ruído que ele fez para acender a luz do quarto e, em seguida, começar a reclamar com mamãe enquanto andava pelo quarto com pisadas firmes.

Talvez se não fosse pelas cartas que haviam chegado da Assistência a Menores eu teria dado ao que estava prestes a fazer a consideração que merecia. Mas dizer que eu agi espontaneamente é mentir para mim mesma. Na verdade, eu vinha o tempo todo traçando cada milímetro de meu caminho para as ruas, por meio de cada desentendimento, com uma independência prematura, muito antes de Brick nos ter descoberto.

Mais tarde, Sam e eu nos sentiríamos aliviadas por aquela não ter sido, pelo menos, uma das noites em que deixávamos Carlos dormir ali; os dois juntos embaixo do beliche em forma de L, com as cabeças apontadas para fora do meu lado esquerdo. E só Deus sabe como teria sido um confronte entre Carlos e Brick.

Pensando em retrocesso, é difícil acreditar que o nosso arranjo tenha se sustentado por tanto tempo: bem mais que um ano. Eu escondia Sam à noite, dividindo as minhas refeições com ela, cobrindo-a com meu cobertor e chamando-a 10 minutos depois de Brick ter saído para o trabalho. Talvez Sam devesse dormir bem embaixo da cama, pois assim, se Brick ouvisse alguma coisa, ele viria até a sala e concluiria que seus ouvidos estavam lhe pregando peças. E acho que fomos longe demais quando deixamos que Carlos passasse também noites ali. Não tínhamos a intenção de desafiar a nossa sorte, mas ele havia sido despejado do apartamento de seu amigo e era importante demais para nós não o perdermos de vista. Carlos nos mostrou um estilo de vida totalmente novo.

"Você tem que se mexer. Eu prometo a você que, quando receber minha herança, nós vamos poder pintar o sete." Ele havia nos falado de uma vida da qual nós seríamos donos, e teríamos um lugar próprio para morar e ninguém viria gritar conosco nem nos trazer em um cortado. Em poucas semanas, nós já tínhamos decidido a cor do carpete e dado à nossa cadela mastim o nome de Katie. Nós três planejamos ir ao Macy's tirar um daqueles retratos cafonas de família para pendurar na parede de nosso apartamento. Não podíamos deixar Carlos dormir na rua; ele era o nosso futuro. E ele e Sam não dormiam embaixo da cama todas as noites. Não, a nossa criatividade ia muito além disso.

Muitas vezes, nós ocupávamos o alto das escadas do edifício de Brick. Tudo o que precisávamos fazer era levar acolchoados, cadernos e sanduíches de creme de amendoim para lá e nos acomodarmos para passar a noite. Atravessados sobre o acolchoado fino, fazíamos uns aos outros de travesseiro. Passamos muitas noites ali, dormindo um em cima do outro, como uma ninhada de filhotes largados, respirando em sintonia e se aquecendo uns nos outros. Se Sam não tivesse baixado a calcinha em uma noite para fazer xixi no andar de cima, deixando uma poça na camada de cera recém-passada, talvez não tivéssemos nunca sido obrigados a abandonar o corredor.

E nós tínhamos ainda outros lugares para ir. Como a casa de Bobby, onde ele nos introduzia sorrateiramente depois que Paula tinha ido dormir. Nós três dividíamos seu sofá-cama, assistindo a filmes a noite inteira, devorando Doritos e bolo inglês. Ou no apartamento de Fief, onde cada um de nós pegava uma almofada do sofá, enquanto seu cachorrinho, solto durante a noite, revirava os muitos sacos de lixo ao nosso redor.

Por alguns instantes na total escuridão, depois do ataque de fúria de Brick, Sam e eu ficamos no mais completo silêncio.

"Fique de olho", ela disse com firmeza, passando por mim. "Vou pegar minhas coisas." E começou a catá-las às pressas, fungando e batendo com as coisas.

Ali deitada, ouvindo Sam recolher suas coisas e Brick gritar no quarto ao lado, eu refletia seriamente. Eu havia cuidado de mim mesma desde que me conhecia por gente. Que grande diferença faria se eu fosse embora com Sam naquele mesmo instante? Por que não me mexer? O apartamento de Brick significava realmente muito para mim ou era mais um entre os muitos lugares onde eu havia estado ultimamente, sempre em trânsito? Para começar, eu nunca me sentia em casa ali. Lembrei-me da carta escrita em negrito da Assistência a Menores. Uma intimação, estava escrito no papel... para discutir a opção de voltar para a custódia do Estado. Eu nunca, jamais, voltaria para aquela condição. Jamais eu voltaria para a custódia do Estado ou para o Lar St. Anne. Foi esse o pensamento que me fez levantar. Se eu ficasse, quanto tempo levaria para eles me levarem de volta, de qualquer maneira? Esse único pensamento, somado à lembrança do St. Anne, foi tudo o que eu precisei para decidir. Preferia mil vezes viver ao deus-dará a voltar para aquele lugar, onde as pessoas são tratadas como seres inferiores. Eu era boa em sobrevivência e daria conta do recado.

Além do mais, como poderia deixar Sam ir sozinha para a rua? Carlos era um sobrevivente e Sam também. Nós três éramos. Ele poderia nos ensinar a nos virar, como ele havia feito por tantos anos. E, o mais importante, nós poderíamos contar uns com os outros. Não restava mais nada a nenhum de nós ali. A resposta foi simples: *dar no pé*.

"Sam, espere", eu disse, correndo até ela. Ela estava fechando o zíper de sua mochila azul, com seu diário, calcinhas e algumas peças de roupa. "Eu vou com você. Espere um pouco." Ela olhou para mim com lágrimas nos olhos.

O armário era uma bagunça de coisas. Se eu deixasse meu diário, poderia caber mais roupa na mochila. Se eu levasse menos roupas, poderia caber o álbum de fotografias, a escova de cabelos e uma muda de calcinha. Se eu deixasse alguma coisa, eu poderia nunca mais vê-la. Foi quando eu também chorei – pela confusão de sentimentos diante de uma nova mudança, pela urgência que senti ao ouvir Brick gritando com mamãe. Como eu poderia deixá-la ali com ele? Mas como ficar? Eu não podia, não por mais tempo. Eu chorei de desespero enquanto enfiava as roupas, a escova de cabelos, meu diário e alguns pares de meias na mochila.

"Vamos sair daqui antes que ele volte. Não quero voltar a vê-lo", Sam disse, apontando nervosamente seu polegar para a porta, para me apressar.

"Tudo bem, só mais uma coisa", eu disse. Peguei uma cadeira para alcançar a última prateleira do meu armário, onde havia escondido a moeda dos Narcóticos Anônimos, que mamãe havia me dado, e a única foto dela, aquela em preto e branco de quando ela era adolescente, vivendo na rua. Abri o diário, coloquei dentro dele com cuidado a foto e fechei-o.

"Agora podemos ir", eu disse. "Vamos embora."

CAPÍTULO 7

Varando a noite

O ponto em que a Avenida Mosholu, que mais parece uma longa fileira de árvores e bancos, encontra o Bedford Park Boulevard é um lugar sobrenatural à noite. A faixa do meio, uma grande extensão de espaço aberto coberto de grama, é o centro perfeito do qual sua mágica se irradia. Abraçadas uma a outra para nos aconchegar, usando nossas camisas de flanela como cobertor, Sam e eu ouvíamos o farfalhar das árvores agitadas pelo vento e os ruídos dos raros carros que passavam, tão próximos que esvoaçavam nossos cabelos e os faziam bater em nossa cara.

"Aonde você acha que essa gente está indo a esta hora da madrugada?", Sam perguntou em voz alta.

"Suponho que para o lugar onde quase todo mundo vai a esta hora... para casa", eu disse.

Ali deitadas, sentindo um cheiro forte de terra, aquele extenso espaço arborizado fazia tudo o que havia acima de nós parecer menos real. Os imponentes prédios iluminando a escuridão da noite, os bancos de praça, os postes de iluminação em forma de pescoço de cisne, nada parecia ter três dimensões e estar fincado no chão. Um avião sobrevoando lá no alto veio completar essa sensação de irrealidade.

"Veja como ele voa!", eu gritei para o céu e tive que engolir de volta minhas palavras, que não ecoaram na noite.

"Ôôôô!", Sam uivou para testar o mesmo efeito. O barulho do motor do avião lá no alto de repente soou hilário.

"Faz a gente se fazer perguntas do tipo, quem está no chão, nós ou eles?" Eu soltei uma risada.

"Como você sabe que não vamos cair?", ela disse, mordendo o lábio inferior e fazendo cara de assustada.

"Melhor se esconder", eu gritei, puxando a minha flanela preta e cinza por cima de nossas cabeças, enquanto gargalhávamos, bombando adrenalina pelo risco que havíamos assumido.

Quando acordamos, enroscadas, os raios do sol entravam pelas aberturas de minha camisa escura. Eu fui a primeira a espiar para fora. Mal havia amanhecido e várias senhoras asiáticas estavam reunidas ali perto, balançando os braços no ar em sintonia, lentamente, como se estivessem embaixo d'água. Cobrindo os olhos com a mão em forma de concha, Sam olhou para elas e perguntou: "Que raio é aquilo que elas estão fazendo?"

"Bom dia", eu disse, retirando algumas folhas grudadas em seu cabelo. "Aquilo se chama Tai Chi Chuan."

Ficamos olhando por um longo tempo, enquanto o sol acabava de surgir e banhava os telhados de dourado, as mulheres prosseguiam em sua dança subaquática e os passarinhos cantavam, pulando de galho em galho.

"Nós conseguimos", eu disse finalmente, tragando o ar fresco da manhã.

"É", Sam respondeu. "Talvez nem seja tão difícil quanto imaginamos."

"Eu tenho uma ideia", eu disse, levantando do chão, espanando o corpo e estendendo uma mão para Sam.

A apenas alguns quarteirões dali, na frente do prédio de Bobby, nós nos agachamos atrás de carros estacionados e ficamos aguardando Paula sair para o trabalho.

"Acho que ela sai um pouco depois das sete", eu disse para Sam. "Vamos ficar esperando."

De tempos em tempos, a porta do prédio se abria e pessoas saíam para o ar fresco da manhã, a caminho do trabalho. Mulheres com cabelos bem penteados, usando blusas claras totalmente abotoadas, calças pretas e sapatos de saltos que iam deixando seus ruídos ao subirem ladeira acima. Famílias saíam de mãos dadas com suas crianças para levá-las à escola. Homens de camisas abotoadas e gravata, portando relógios compactos e pastas penduradas nos ombros. Eram pessoas do tipo que ocupam cargos de recepcionistas, gerentes de lojas e empregados de restaurantes de Manhattan. Homens barbeados, cabelos lavados com xampu e usando walkman formavam multidões a caminho do metrô – muito diferentes dos moradores da University Avenue, na qual os que saíam pela manhã eram poucos e estes dividiam as calçadas com drogados e bêbados que amanheciam na rua.

"É ela", Sam sussurrou, abaixando-se. Paula emergiu da porta do saguão, parecendo preocupada. Olhando para o relógio, ela entrou em seu carro, acendeu um cigarro, deu a partida e foi embora, desaparecendo ao longe. Assim que ela se foi, ouvimos música vinda do apartamento de Bobby, um ritmo punk em alto volume saindo de sua janela, no primeiro andar.

Já dentro do apartamento, corremos para a geladeira e atacamos os restos de arroz e de costeletas de porco envolvidos com papel alumínio da noite anterior. Sam e eu ficamos passando a garrafa de refrigerante uma para a outra para fazer descer a comida.

"Vocês terão simplesmente que estar fora daqui antes que minha mãe volte às três e meia", Bobby nos avisou ao sair para a escola. Eu me despedi dele com um abraço apertado.

"Obrigada, Bobby", eu lhe sussurrei. "Nós somos realmente agradecidas."

Com a porta da frente já trancada, o apartamento dele tornou-se uma parada à beira de estrada, um lugar para recarregar as baterias antes de voltar para a rua.

"Menina, a primeira coisa que eu preciso fazer é tomar uma chuveirada", Sam disse.

"Concordo plenamente", eu disse, agitando o ar entre nós e fazendo cara de fastio. "Sua malcheirosa." Ela passou a língua nos dentes e apontou um dedo para mim, rindo da brincadeira.

Ao som da água caindo do chuveiro, eu folheei as páginas de um bloco que Sam havia me dado algumas semanas antes, passando pela fotografia de mamãe, pela poesia que Sam escreveu no corredor do edifício, ou embaixo de meu beliche, e abri-o em uma página em branco.

Olá, Diário,

Sam e eu estamos livres. E estamos dando conta do recado. Hoje vamos encontrar Carlos. Ele vai gostar de saber que finalmente nos mexemos.

Excitada demais para escrever, por ora. – Liz

Quando terminamos de tomar banho, eu peguei o desodorante White Rain do armário de Paula e apliquei-o em minhas axilas, tomando cuidado para colocá-lo de volta exatamente no mesmo lugar em que o havia encontrado. Enquanto prendia meu cabelo com um elástico que trazia no bolso, Sam se postou diante do espelho, pintando os olhos com o delineador de Paula. Quando ela terminou, ficamos juntas olhando para o espelho. Ele refletia nossos rostos pálidos e nossos cabelos pingando. Parecíamos ambas cansadas.

Sam ergueu as sobrancelhas diante do trabalho que havia realizado em seus olhos e recolocou o lápis preto dentro da *nécessaire* de Paula.

"Você fica muito melhor sem esta borrada", eu disse.

"Eu tenho pensado em minha família", ela disse em resposta.

"Do que você está falando?"

"Não sei", ela disse, abrindo o armário de Paula, revirando suas coisas até achar uma tesoura. Eu percebi que ela estava irritada; ela sempre ficava daquele jeito quando falava de sua família. A alteração em seu estado de espírito estava me deixando pouco à vontade.

"O que você está fazendo?", eu perguntei.

"Você acha que ficaria bem em mim um corte tipo 'joãozinho'?", ela perguntou.

"Sam, você tem certeza de que quer fazer isso?", eu disse, com relutância para irritá-la ainda mais.

"Meu pai sempre adorou meu cabelo comprido... bem, espero que ele *deteste* este." Ela ergueu o espesso rabo de cavalo para cima da cabeça, enfiando quatro tacadas nos cachos antes de fazer rolar toda a cabeleira. "De qualquer maneira, faz calor na Califórnia", ela disse, cortando o que restou de cabelo. "Eu vinha há muito tempo querendo fazer isso. E hoje me pareceu a hora certa."

Eu cobri a boca com as mãos e comecei a rir. "Você enlouqueceu!", eu gritei. Ela me passou os enormes chumaços que havia cortado.

Com o cabelo sedoso de Sam em minhas mãos, ainda molhados e exalando o perfume do xampu de Bobby, a coisa me pareceu engraçada, mas também lamentável.

"Eu não vou parar enquanto a cabeça não ficar à mostra", ela disse, fazendo uma careta.

"Você é bonita de qualquer jeito."

Ela respondeu com um grunhido e espichou a língua. Eu ri e passei um braço em volta de sua cintura fina para abraçá-la.

"É muita ousadia. Precisa de uma coragem que eu não tenho. É o que eu posso te dizer", eu disse. Dentro do armário de Paula, eu encontrei uma navalha com a qual ajudei Sam a concluir seu trabalho. O que restava em sua cabeça eram dois cachos de cabelo na frente. Nós passamos uma eternidade limpando o banheiro para que Paula não encontrasse nenhum fio de cabelo na pia e nos azulejos.

O nosso plano era simples: continuar no grupo, como uma grande família, exatamente como havíamos dito. Talvez essa fosse a única família confiável que eu já tivera. Entrar às escondidas quando seus pais saíam para o trabalho, encher a barriga, descansar e começar tudo de novo. "É só continuar dando um jeito, meninas", Carlos disse, prometendo juntar-se a nós na rua até botar a mão em sua herança.

"Curtam a liberdade, tirem proveito dela", ele disse, e foi o que nós fizemos.

Caminhadas sem fim. Meus pés nunca andaram tanto em minha vida, nem antes nem depois dessa época. No centro, as ruas do Greenwich Village fervilhavam à noite. Gays, punks, fanáticos religiosos, drag queens e estudantes da Universidade de Nova York ocupavam as mesmas calçadas por onde mamãe e papai deviam ter andado quando jovens. Crianças de rua aninhavam-se na St. Marks Place, no Washington Square Park, na Eighth Street; elas espelhavam nossos próprios rostos. Eram versões indígenas, marcadas e tatuadas de nós mesmas – doidas, andarilhas, drogadas ou simplesmente famintas. Fome: aquela ardência que queimava em minhas vísceras certas noites, a visitante implacável de minha infância que era indiferente à chuva que caía ou à queda da temperatura. Ela estava ali para bater e martelar e exigir, com o ronco mais barulhento de nossos dias.

"Vocês têm que se virar", Carlos disse com firmeza quando Sam e eu estávamos preocupadas com a questão de onde conseguir nossa próxima refeição. "*Cês* sabem que existe por aí o bastante para todos nós, é só saber se virar. Mantenham a cabeça erguida até eu botar a mão no meu dinheiro", ele insistia, erguendo as sobrancelhas em uma atitude de premência. "Eu vivo assim há muito tempo. Não pensem, apenas sejam determinadas."

Carlos colocava em prática aquilo que pregava. Eu havia andado pelas ruas do Bronx e de Manhattan muitas vezes em minha vida, frequentando as mesmas áreas do Village, a Eighty-sixth Street, a Fordham Road e o Bedford Park Boulevard. Mas andar por esses lugares com Carlos era como se fosse pela primeira vez.

Descobri que as normas e regras da sociedade na realidade não significavam nada. Carlos nos mostrou que, com persuasão – saber bajular –, podia-se entrar em um restaurante e sair com uma refeição quente e uma bebida sem pagar nada. Pessoas estranhas dispunham-se a abrir suas carteiras e a ajudar, só que ainda não sabiam disso.

"Cês veem, eu atraio muitos olhares, certo? E todos bondosos. São simplesmente pessoas, como eu e você. Convenhamos, se você trabalhasse em algum lugar e aparecesse alguém com fome, você não lhe daria o que comer? É só saber se virar."

Aonde quer que fôssemos, Carlos assediava as pessoas. E aonde quer que fôssemos, ele conhecia alguém. Andar com ele significava parar a cada cinco minutos, junto ao vendedor de cachorro-quente na Broadway que o abraçava e nos dava o que comer, ou junto ao jamaicano que distribuía panfletos na Broadway, ou ainda junto ao tatuador no Tommy's que havia gravado "Tone", pseudônimo de DJ Carlos, em seu ombro sem cobrar nada. Mas, quando era com meninas que nos topávamos, eu ficava me perguntando até onde as coisas podiam ir.

Carlos e eu nos tornamos oficialmente um casal naquele dia na cozinha de Brick, embora o pedido formal de namoro só tenha sido feito diante da estátua de Garibaldi, no Washington Square Park. Nós estávamos sentados em um restaurante na West Fourth Street quando ouvimos o estrondo de um trovão e vimos que a chuva começou de repente a cair fortemente. Ele pegou minha mão e, correndo e rindo até Garibaldi, improvisou um guarda-chuva sobre nossas cabeças com um grande saco plástico que encontrou. Ele gritou "Você quer ser minha namorada?" em plena enxurrada caindo sobre a praça deserta. Com água escorrendo por nossas faces, nos beijamos ali, embaixo do guarda-chuva improvisado, enquanto seus braços fortes me apertavam.

Mas, quando nos topávamos com meninas, de todas as idades, tipos físicos e de todas as etnias, com suas unhas de gato e enormes brincos de argolas, e elas ronronavam seus *ois* para Carlos, embora muitas o chamassem por outros nomes – Jose ou Diego –, ele soltava a minha mão. Havia uma correlação direta entre a beleza delas e a escolha dele por nos apresentar ou não. Sam e eu aprendemos a esperar de lado enquanto ele as cumprimentava. De vez em quando, uma delas podia lançar um olhar para mim, girando os olhos. Poucas se dignavam a sorrir e acenar para mim. De algumas delas, Carlos chegava a anotar o número do telefone.

"Quem era?" Eu fazia o melhor que podia para não soar intrometida. Sempre era uma prima, uma vizinha ou a namorada de um amigo.

"A namorada de meu amigo, não é uma gracinha?", ele explicava. "Talvez eu os encontre para jantar, por isso ela me deu o endereço." E sempre a explicação era um muro de concreto impenetrável. Quanto mais eu persistisse, mais atenção eu atrairia para mim mesma. Melhor deixar para lá; ele se importava comigo, disso eu tinha certeza. Ademais, havia outras coisas com as quais nos preocupar como, por exemplo, Sam e eu aprendermos a administrar por nós mesmas a "liberdade" que havíamos acabado de descobrir.

Nossas táticas precisavam de algum polimento, Carlos disse. Nós pedíamos uns trocados em uma esquina próxima ao Washington Square Park, em frente aos alojamentos para estudantes da Universidade de Nova York. Carlos sairia da livraria e viria nos ajudar, mas nos garantiu que, como meninas, nós nos sairíamos melhor sem ele. Ele ficaria por perto, observando-nos.

As pessoas passavam rapidamente por nós, mais reais que nós, um fluxo e refluxo de cidadãos cujas faces apareciam em meus sonhos em forma de simples manchas. Eu tocava toda a conversa. "Deixe que eles simplesmente deem o que quiserem e siga em frente." Eu instruía Sam, tomando de empréstimo a confiança de Carlos, intimamente falando mais para mim mesma que para ela. "Não há nada do que se envergonhar, elas são só pessoas."

Elas eram só pessoas, mas o que nós éramos devia ser algo bem diferente. Se falávamos diretamente para uma determinada pessoa e não conseguíamos atrair nem mesmo um olhar enviesado, era porque devíamos ser invisíveis, imaginárias. Embora algumas pessoas parassem para mandar "Volte para Connecticut!" ou "Vá arranjar um trabalho!", elas não se demoravam por tempo suficiente para podermos explicar que não sabíamos onde ficava Connecticut e que, para arranjar emprego, precisava-se ter um endereço fixo e roupas limpas. E depois havia pessoas com cara bondosa, deixando cair moedas e sorrindo enquanto passavam. Aquelas eram os anjos que patrocinavam nossas refeições em restaurantes, onde aprendíamos a arte de fazer um dólar render o máximo possível.

Havia alguns lugares seguros ao longo de nosso percurso.

A biblioteca pública da Forty-second Street tornou-se um de meus lugares preferidos, perto da casa de Bobby, após uma longa noite – o leão de pedra protegendo a sua entrada, com seu gêmeo ao lado; painéis de mogno, fileiras de lâmpadas em cobre para leitura e tetos entalhados com abundantes motivos florais. Personagens nus de estilo vitoriano olhavam para nós, tão reais que pareciam mover-se. Carlos e Sam ocupavam uma mesa para ele ensiná-la a desenhar; eu me perdia entre as estantes de livros.

Eu podia passar horas lendo livros de capa dura envolvidos com papel celofane, exatamente como os livros que papai lia nos tempos da University Avenue. "Eu estou bem", eu havia insistido em lhe dizer, na noite anterior, de um telefone público a apenas alguns quarteirões do abrigo em que ele estava vivendo, com o rosto e os dedos congelados. "Estou morando com amigos, a escola é ótima", eu havia lhe assegurado, esperando que ele não ligasse para a casa de Brick até a próxima vez em que nos falássemos. Eu tomava emprestados livros que me faziam lembrar papai e andava com eles na parte da frente de minha mochila, lendo um pouco de um e de outro nos lugares em que parávamos para nos sentar: trens, corredores e cantos tranquilos de apartamentos de amigos.

Os apartamentos dos amigos eram nosso porto seguro quando as andanças começavam a se tornar mais uma maratona que uma aventura. Só dava para andar até precisarmos descansar. Sempre havia um lugar para descansar, com os amigos. Nós viajávamos, maquinávamos, ficávamos famintos, ríamos, congelávamos e, na ponta de tudo isso, havia um grupo de amigos e de amigos dos amigos dispostos a nos ajudar: Bobby, Fief, Jamie, Diane, Myers e Josh. *Paula sai de casa às sete, a mãe de Jamie, por volta das oito.* A coisa foi ficando tão rotineira que pela manhã sabíamos para onde ir. Decidir era apenas uma questão de em qual casa e por quantas vezes nós aportaríamos em uma determinada semana, quando os pais saíam para fazer compras, para que não fôssemos flagrados por nenhum deles.

Mas sob a pressão da necessidade, essa decisão quanto ao apartamento dos amigos ou do apartamento dos amigos deles transformou-se em algo exaustivo. Quando noventa por cento de minhas visitas davam-se por conta da necessidade e apenas dez por cento pela simples companhia, até mesmo minhas amizades mais valiosas eram testadas. Bobby realmente querer nossa companhia tornou-se a menor de minha lista de preocupações, que vinha depois do total sacrifício de sua privacidade, da tensão por termos acabado com o estoque de alimentos em sua casa, pela qual lhe era jogada a culpa, e das evidências que Paula poderia encontrar de que havíamos passado a noite ali.

"Trevo, ouça, não se preocupe com isso. Você faria isso por eles, não faria?" Carlos argumentava. "Vamos, você não tem escolha neste momento. A sua situação é muito complicada em comparação com a deles."

Mas estabelecer comparações entre as pessoas era uma questão muito delicada; parecia um raciocínio que podia ser utilizado para qualquer finalidade. Sim, em comparação com Myers e Bobby, que tinham uma cama quente onde dormir e bastava abrir o armário para ter comida à disposição, podia-se argumentar que não estávamos pedindo muito deles. Mas será que a nossa situação era tão ruim assim?

Nós não éramos como aquelas pessoas desabrigadas que se via por aí, empurrando carroças cheias de coisas deploráveis como molduras de quadros, partes de aparelhos eletrônicos e sacos de roupas; aquelas eram pessoas obviamente destroçadas que, só de olhar para elas, sabia-se o que as havia jogado em tal condição. Comparados a eles, nós tínhamos sorte, não tínhamos que passar a vida empurrando carrinhos ou arrastando sacos que insistiam em se abrir e despejar tudo para fora, lembrando-os do que havia neles e por que eles se recusavam a deixar de carregá-los.

Nós éramos jovens. E não importava onde dormíssemos, eu sabia que, ao deitar minha cabeça ouvindo o embalo incessante dos trens da linha D, na direção norte, ou ao fechar meus olhos em cima da tábua dura de algum banco de praça, sob as estrelas, eu tinha apenas que levar comigo a minha família e a noção de lar. Um fardo bastante leve de se carregar, aliviado pela familiaridade, as coisas que eu sempre trouxera comigo, desde muito antes de eu ter ido parar em Bedford Park, na casa de Brick, ou de conhecer o som cálido e baixo da voz de Sam. Nesse sentido, em comparação a outras pessoas, eu poderia ter explicado a Carlos, o meu fardo era leve. Eu havia passado a vida praticando isso, carregando coisas. Para outros, essa realidade atingia-os como um choque. Não importava o tamanho de nossa exaustão nem a opinião que ele tinha a respeito de nossa situação, eu estava simplesmente varando a noite, vencendo a escuridão até o sol raiar a cada dia, quando eu começaria tudo de novo, pronta e apta a recomeçar.

O meu aniversário de 16 anos foi na casa de Fief. O grupo fez uma vaquinha para comprar uma torta de sorvete Carvel. Eles a trouxeram, já se derretendo, e colocaram-na com uma vela acesa em cima do colchão sem lençol em que eu, Carlos e Sam havíamos dormido, bem nos fundos do apartamento escuro. Ainda meio que dormindo, eu confundi o colchão sujo com o de meus pais lá do apartamento da University Avenue, aquele cheio de furos. Enquanto todo mundo cantava, eu estava de volta àquele apartamento, passando os dedos pelas espirais das molas, falando com mamãe. Alguém esfregou sorvete na minha cara, trazendo-me de volta à realidade. Bateram palmas enquanto Carlos lambia o sorvete da minha cara, mas tudo parecia errado sem a presença de mamãe, papai e Lisa. Eu não devia estar comemorando com eles também? No banheiro, liguei o chuveiro de Fief, deixei-me afundar no piso sujo e fiquei olhando para a parede, completamente entorpecida.

Naquele outono, em três ou quatro vezes por semana, Sam e eu constatávamos a ausência de Carlos quando despertávamos. Se havíamos desmoronado na casa de um amigo, ele podia ter deixado recado dizendo para onde foi e quando voltaria. Se tivéssemos dormido no alto de uma escadaria, o máximo que podíamos esperar era um bilhete. Sam e eu podíamos passar a manhã tentando decifrá-lo, sentadas em um parque ou enquanto ela tomava banho no apartamento de Bobby e eu ficava sentada no piso do banheiro, com o papel na mão.

Ei, Trevo,
Eu tive que sair cedo, hoje é o aniversário de vovó. Eu quero levar algo bem legal para ela, como algum óleo indiano e dois abajures. Nos encontramos no alto das escadas do prédio de Brick ou de Bobby. Se não puder, eu encontro você onde quer que esteja.
Seu único amor, para sempre,
De seu marido,
Carlos Marcano

"Você acha que é mesmo a avó dele?"
"Sei lá, Liz, quando é que se pode realmente saber com ele?" Sam disse, inclinando-se para fora do chuveiro para raspar as pernas, seus seios enormes balançando enquanto ela fazia movimentos cuidadosos com o barbeador descartável de Paula. Seus braços e pernas pareciam gravetos e seu cabelo era curto demais para parecer molhado.

"Sam, você está emagrecendo", eu disse.

"Eu gosto de comer, mas ultimamente não tenho conseguido com a frequência que gostaria. Você também não é a imagem de quem come bem", ela disse rindo.

Largando o bilhete de Carlos, eu me coloquei diante do espelho – no mesmo lugar em que Sam e eu estivéramos dois meses antes, depois de ela ter cortado o cabelo. Eu havia guardado um chumaço dele dentro de meu diário, depois da página com as caricaturas que Sam havia desenhado de nós duas e de Bobby e Fief. Examinando o meu reflexo no espelho, vi o quanto eu mesma estava magra, com a cara pálida e os olhos verdes cansados. Por um momento, eu me espantei ao ver mamãe no espelho. Doente e fraca, ela piscou para mim, perguntando por que eu a visitei só uma vez no hospital naquele mês e quando, se é que algum dia, eu ia voltar para a escola.

"Acho que vou dar a ele mais espaço, se é disso que ele está precisando", eu disse para Sam, empurrando a imagem de mamãe rapidamente para fora da minha mente. Ela desligou o chuveiro, apoiou-se em meu ombro para sair do boxe e começou a se secar.

"É, mas eu entendo a sua preocupação. Você tem todos os motivos do mundo para isso; eu também me preocupo. Tem vezes que eu não sei como conseguiríamos nos virar sem ele", ela disse, olhando atentamente para mim. "Quer dizer, uma coisa é esperar nos acomodarmos, mas eu não conseguiria suportar esta merda se achasse que ela seria para sempre."

"Tudo vai se resolver, Sam", eu garanti a ela sem nenhum bom motivo.

O medo era legítimo. Toda vez que Carlos desaparecia, nós ficávamos nos perguntando se ele voltaria. Eu sabia, da mesma maneira que Sam, que a vida da gente podia mudar de um instante para outro. As pessoas pegavam vírus. Ordens de despejo eram executadas. A gente se apaixonava. Pais simplesmente abandonavam seus filhos. A estabilidade era uma ilusão. Carlos tinha problemas parecidos com esses em sua vida. E Sam também. Sem ele ou ela, eu não tinha certeza de que conseguiria me virar.

As outras pessoas do grupo importavam-se conosco. Mas elas voltavam para casa à noite, davam um beijo nos pais e reclamavam se a comida estava queimada. Eu gostava delas, mas apenas ao custo de esquecer partes de mim mesma. E estava cansada de ser sozinha. Eu me agarraria a Carlos e Sam e os manteria o mais perto possível.

"Eu também não sei se conseguiríamos nos virar sem ele", eu disse finalmente a Sam. Esse pensamento era assustador e dizê-lo em voz alta tornou-o muito mais real.

Na noite de Halloween, a tensão não expressa que vinha se acumulando entre nós explodiu. Não ter onde morar estava se tornando cada vez mais difícil e eu acho que percebíamos como a tensão de não ter as necessidades mais básicas satisfeitas pode deixar qualquer pessoa um pouco maluca. A fome dá nos nervos da gente; o nervosismo afeta o seu astral; juntas, a falta de comida e a tensão acabam com a gente. Eu não havia percebido o quanto aquela situação estava me irritando até aquela noite de Halloween, quando decidi entrar na loucura de Carlos e soltar um pouco as tensões.

"Feliz Halloween... *Heepy halawana!*" Para surpresa minha, eu fui gritando para Carlos enquanto subíamos o Bedford Park Boulevard, bem alto. Ao ver-me nesse clima, Sam também entrou nele. "Um bom fettuccine!", ela gritou. Eu gritei durante o percurso de quatro quarteirões, até ficar com a garganta doendo de gritar para a noite escura, chutando folhas vermelhas e douradas de outono para dentro dos ralos por onde passava. De repente, exatamente como Carlos estava fazendo, eu comecei a arremessar coisas, quebrar garrafas contra o cimento frio, ajudando-o a virar as latas jogadas na rua. Juntos, nós nos deixamos levar por aquela doideira. Eu estava cansada de andar; eu meu delírio, sentia raiva, ao ponto de explodir, das pessoas que estavam dormindo em suas casas. Quanto mais eu soltava aquela raiva, melhor eu me sentia. Carlos sorria ao ver novas garrafas e passava-as chutando para nós.

Nós três continuamos caminhando por horas, gritando palavrões, arremessando pedras para todos os lados. Talvez fosse por despeito que passamos diante das janelas de muitos de nossos amigos, em um empenho inadvertido de acordá-los. O máximo que conseguimos foi chamar a atenção de Bobby que, ainda acordado, espichou a cabeça para fora da janela, com o controle remoto na mão. Seu cabelo havia crescido ao ponto de cobrir as orelhas e reluziu ao luar.

"Qual é?", ele perguntou friamente, olhando para nós três lá embaixo. O que podíamos dizer? *"Estamos exaustos? É horrível? Podemos dormir no chão de seu apartamento de novo esta noite?"*

"Heepy Halawana!" foi tudo o que saiu, de Sam, em um único ganido engraçado que fez Bobby rir. Carlos ficou afastado, jogando pedras em carros, rindo feito um demente. Surgiu a cabeça de uma menina na janela ao lado de Bobby. Era Diane, uma das poucas meninas do grupo.

"Olá, pessoal!", ela disse tão animada que me irritou. Ela se inclinou e estalou um beijo na face de Bobby. Eles pareciam bem juntos, tão saudáveis, descansados e animados. Eu pensei que ela provavelmente dormira tranquilamente nos braços dele, confortavelmente aconchegados em suas almofadas macias. Carlos veio para o meu lado. Eu notei sua barba por fazer e como seus olhos estavam vermelhos por falta de sono. "Vamos, Trevo", ele disse e eu o segui rumo à avenida Concourse.

Nossa última parada foi na janela de nossa amiga Jamie, que ficava no térreo, onde pregamos um bilhete com chicletes M&M'S, com o desenho de uma cara sorridente. Nele escrevemos:

Demos só uma passada muito rápida. Muito frio. Heepy Halawana. 31.10.96

Apesar do barulho que fizemos, ela não acordou. Apesar de toda a nossa gritaria, os outros nunca chegaram a saber que passamos por suas casas.

Ao amanhecer, roubamos um cobertor que alguém havia colocado na janela fechada para secar. Nós nos acomodamos com ele, recostados a uma cabine eletrônica na estação Bedford Park da linha D do metrô. Na hora do pique, começou uma grande movimentação, pessoas passando seus cartões que faziam um bipe atrás do outro, tirando-nos o mínimo de sossego que havíamos conseguido. Sam e eu nos abraçamos para nos aquecer, puxando o cobertor, que ainda estava um pouco úmido e com cheiro de amaciante, por baixo e por cima de nós. Carlos andava em círculos ao redor da estação e comentava em voz alta.

"A garota de casaco verde entende de karatê", ele anunciou através de seu alto-falante improvisado com um cartaz que arrancou da parede e fez um funil. Ela lançou um olhar irado para ele. A maioria, no entanto, ignorou-o. "O homem da cabine adora dançar em discoteca", ele continuou repetindo até sua voz tornar-se um fraco zumbido ao longe.

No sonho que tive, mamãe estava morrendo de fome. Médicos e enfermeiros formavam um círculo em volta de sua cama hospitalar, mas não podiam fazer nada para ajudá-la. Perto dela, havia bandejas com pratos de comida fumegante. Ela cheirava a comida, suplicava baixinho por ela, mas só comeria se eu lhe desse. Enquanto esperava por mim, todos os líquidos de seu corpo secaram, deixando-o como uma uva-passa, com os olhos desfalecidos. Eu andava pelos corredores do hospital, perdida, desesperada e cansada demais para subir as escadas. Quando eu finalmente cheguei ao seu quarto, exausta da longa jornada, restavam apenas folhas vermelhas e amarelas em sua cama.

Acordei com Sam me cutucando.

Carlos havia desaparecido.

Nas duas primeiras noites depois da última vez que Carlos desapareceu, Sam e eu acampamos no apartamento de Bobby. Em seu pequeno quarto, nós fizemos de tudo para respeitar os limites e incomodar o mínimo possível. Lavamos todas as peças de louça que usamos e dobramos todos os cobertores que usamos, esperando com isso passarmos despercebidas. Como não se podia deixar de usar o banheiro, nós fizemos o possível para só usá-lo quando absolutamente necessário, e juntas. Pelo menos, o consumo de comida era uma questão de força de vontade e nós aguentávamos a fome até não dar mais. Bobby se mostrou feliz com a nossa presença e eu podia jurar que ele nem havia notado nossos esforços para passarmos despercebidas. Ótimo, eu pensei.

À luz de sua televisão, eu folheei meu diário e analisei os bilhetes de Carlos.

Seu marido, ele se despedia daquela maneira. Enroscando-me ao lado de Sam naquela segunda noite, eu desejei que nunca o tivesse conhecido.

A terceira noite sem Carlos nós passamos no alto das escadas de uma pequena casa adjacente à entrada da Bronx High School of Science. Ao nosso redor estava a grande extensão do campo de futebol da Clinton High School, deserta e lúgubre à noite. O céu estava escuro e revoltoso; o vento nos atravessava com seus uivos fantasmáticos. Com as costas fortemente pressionadas contra o vão duro entre as escadas, Sam e eu devoramos um saco de batatinhas fritas com sabor de sal e vinagre e dormimos com frio, mas ainda assim como pedras. Naquela noite, nós éramos as duas únicas pessoas no mundo.

Em nossa quinta noite de perambulação, andando de um lado para outro de trem em busca da casa de algum amigo para dormir, nós acabamos esgotadas. Sam teve a ideia de irmos para um abrigo. Essa ideia lhe ocorreu quando estávamos com tanta fome que não conseguíamos mais fazer piadas. Quando passamos pelo restaurante de Tony, durante o turno da madrugada para nos lavarmos no banheiro, não conseguimos suportar o cheiro e a visão de comida. Atravessamos a multidão de frequentadores típicos daquelas horas antes de amanhecer. A mágica da noitada deles havia visivelmente evaporado e qualquer sinal de finura fora para o espaço: as mulheres estavam ali sentadas com seus vestidos de lantejoulas, com a maquiagem escorrendo e as alças dos sutiãs à mostra, enquanto os homens, esquecidos de si mesmos, aproximavam-se e colocavam suas mãos em tudo. Juntos, os casais embriagados ocupavam as cabines, banqueteando-se com seus fartos desjejuns feitos de batata assada, ovos e enormes copos de suco de laranja, o que me deu vontade de gritar.

"Meu faro é como o de um alce", Sam disse no banheiro. "Eu não sei, Liz", ela prosseguiu, olhando por cima do ombro enquanto esfregava sua calcinha na pia. "Você disse que o St. Anne é o pior lugar que existe, mas estou começando a achar difícil de acreditar", ela disse, enquanto despejava gotas de sabonete líquido na calcinha.

Eu estava menstruada. Sem ter nenhum absorvente, troquei de novo o monte de papel higiênico cuidadosamente dobrado.

"Aconteça o que acontecer, Sam, eu não vou deixar que me trancafiem de novo em qualquer prisão."

"Bem, tudo o que eu estou conseguindo pensar no momento é em comer e dormir. Você devia pelo menos considerar essa possibilidade."

Mas, ao invés disso, nós acabamos furtando comida.

Algumas horas depois, quando as portas do supermercado C-Town foram abertas, nós entramos sorrateiramente nos fazendo passar por fregueses. Com mãos ágeis, fizemos produtos frios, apimentados, doces e crocantes desaparecerem dentro de nossas mochilas. Saindo de fininho pelas portas automáticas, nós disparamos para fora, sem sermos vistas, e corremos para o parquinho da Escola de Educação Infantil 8. Sentamos em um trepa-trepa, rasgando as embalagens e enchendo a boca de pão, fatias de queijo e peru, mastigando, tossindo, engasgando, rindo e tomando suco de laranja diretamente da caixa, tudo ao mesmo tempo.

Passamos aquela noite nas escadas do prédio de Bobby e, ali, discuti com Sam as minhas possíveis opções. Pensei em voltar para a casa de Brick, mas logo afastei a ideia. O Sr. Doumbia havia advertido que me colocaria de volta em algum abrigo se eu continuasse *não* indo à escola. Mas ficar na rua também não estava dando certo. Eu voltaria a ensacar compras em supermercado em troca de gorjetas, mas a legislação contra o trabalho infantil havia se tornado mais severa nos últimos anos. Agora, esse serviço estava sendo realizado por homens com mais de 20 ou 30 anos, normalmente imigrantes oficialmente contratados pelos supermercados. Quanto ao trabalho em posto de gasolina, eu tinha agora idade suficiente para temer que, se fizesse algo de errado, poderia ser presa. Portanto, esse também estava fora de questão. Eu realmente não sabia o que fazer. Em um impulso, fui até um telefone público e disquei os números de Brick, mas querendo falar com Lisa. Quando Brick atendeu da primeira vez, desliguei. Voltei a ligar algumas horas mais tarde e foi Lisa quem atendeu.

"Oi, tudo bem?", eu disse.

"Lizzy? Em que raio de inferno você está?" Ela me pareceu aborrecida e furiosa; agressiva demais e eu me arrependi de ter ligado.

"Em um telefone público. Lisa – ouça, você contou a Brick sobre Sam? Foi você? Eu só quero saber." Eu decidi arrancar dela a verdade.

"Não, Lizzy."

"Lisa, pode dizer, foi você?"

"De verdade, não fui eu."

Eu acreditei nela. "Tudo bem... é que as coisas estão difíceis ultimamente."

"Você devia voltar para casa, Lizzy."

De jeito nenhum, eu pensei.

"Lizzy?"

Eu fiquei calada, deixando a pergunta de Lisa suspensa entre nós, sentindo o peso do julgamento dela.

"Como está mamãe?", eu perguntei, quebrando finalmente o silêncio.

Essa foi a vez dela de não dizer nada. Lisa ficou calada por tanto tempo que achei que a ligação havia caído. "Você deveria ir vê-la", ela finalmente falou. "Ela não tem muito tempo. Você deveria realmente ir vê-la e logo."

Na noite seguinte, eu supliquei a Tony que nos desse um prato de batatas fritas, ali em seu restaurante. Nós estávamos aguardando desesperadamente a chegada do prato, quando Carlos, de repente, entrou. Senti a temperatura de meu corpo disparar quando o vi. Eu não sabia se devia perguntar por onde ele andara e por que havia desaparecido ou simplesmente deixar para lá.

"Ah, não, não pode ser", Sam disse com atitude.

Quando ele se aproximou, eu me levantei para abraçá-lo. Os dias sem Carlos mostraram-me o quanto eu sentia falta de seus abraços. O alívio tomou o lugar do ressentimento. Mas, quando me aproximei, ele ergueu uma mão, indicando que eu deveria recuar.

"Meninas", ele disse delicadamente. Foi quando eu vi um maço grosso de notas de 100 dólares, preso por um elástico, cair fazendo "plop" no meio da mesa. Só então eu notei que Carlos havia cortado o cabelo e que o uniforme cáqui que estava vestindo era novo. Ao ver o dinheiro, Sam soltou um grito agudo.

"Quanto tem aí?", eu perguntei. Jamais havia visto mais de algumas notas de 100 dólares juntas.

"O suficiente para comer um hambúrguer", ele disse, piscando. Tony nos trouxe o prato de batatas fritas, mas, antes que tivesse tempo de colocá-lo sobre a mesa, com um estalar de dedos Carlos mandou-o voltar. Tony viu o dinheiro e olhou para mim, fazendo cara de quem fora enganado.

"*Tienes mucho dinero*", ele disse, ofegante.

"É verdade, meu bom homem. Queira, portanto, levar isto de volta?" Carlos continuou falando com Tony, mas olhou para nós, sorrindo. "Nós vamos querer um frango assado e camarão, eeeeeee, para completar... uma torta de chocolate, ao estilo Trevo – sem faltar nenhuma fatia." Tony anotou o pedido, confuso, mas obediente. Quando estava se afastando, Carlos chamou-o de volta com um assobio. "Aquela mesa é minha", ele disse, apontando o queixo para uma mesa ocupada, mas com o dedo apontou para outra.

"*Cê qui* manda." Tony deu de ombros.

Minha boca encheu-se de saliva só de pensar, sem conseguir acreditar, em toda aquela comilança. O maço de notas parecia nos encarar de volta dali de cima da mesa. Sam e eu ficamos sem fala, sorrindo, esperando e alertas; nossa raiva era tão impalpável quanto o resíduo de um sonho fugaz. Naquele momento, as únicas coisas verdadeiras para mim eram Sam, Carlos e o maior banquete que eu já fora capaz de imaginar. Carlos plantou um beijo estalado na minha face enquanto eu mastigava o camarão.

"Eu te amo, baixinha", ele sussurrou no meu ouvido.

Suas palavras destoaram do sabor da comida.

CAPÍTULO 8

Motéis

Nós registramos nossa entrada em um motel que ficava bem na saída 11 de uma das mais importantes estradas, a Deegan Expressway, onde tomamos as melhores duchas de nossas vidas. Eu liguei a torneira de água quente, escaldante, que deixou minha pele clara avermelhada. R. Kelly cantava "I Believe I Can Fly", no CD player portátil que Carlos havia acabado de comprar. Minhas roupas estavam com uma camada tão grossa de sujeira que foi difícil vesti-las de novo. Enrolei na cabeça a toalha do motel, em forma de um turbante, e entrei no quarto.

Eu senti muito frio. Uma corrente de ar atingiu minha cabeça molhada, provocando arrepios por meus braços e pernas.

"A calefação está ligada?", eu perguntei a Sam, que já havia ocupado uma das camas de casal e se enfiado entre os cobertores.

"Não", ela respondeu, "mas se você se enfiar debaixo dos cobertores fica um pouco melhor", e indicou com os olhos a outra cama.

O tapete era de lã, cor de areia, e confortavelmente macio sob meus pés descalços. As paredes forradas com madeira estavam cheias de rabiscos grafitados deixados por visitantes anteriores: *Jason ama para sempre Maria! Rocky e Jessica, juntos, sempre 20.2.89.* O cheiro de fumaça de cigarro havia impregnado o ambiente e o ar tinha uma textura irritante; todas as superfícies disponíveis foram ocupadas pelas coisas que trazíamos conosco. Por toda a superfície do balcão, havia notas de 50 e de 100 dólares espalhadas como cartas de baralho. Caía a primeira neve da estação, batendo levemente contra o vidro da janela.

Do lado de fora, Carlos estava parado, falando com alguém por um telefone celular, o que era tão estranho para mim quanto a nossa nova moradia. Ao notar que flocos de neve se acumulavam sobre seu cabelo, eu fiquei me perguntando se ele estivera falando pelo telefone durante todo o tempo de minha ducha. A risada dele, abafada pelo vidro, pareceu galanteadora, como a que ele dava na frente das garotas com quem se encontrava ao acaso na rua. Alguma coisa naquilo me soava falso, fazendo tudo ali no motel parecer estranho. Olhei para Sam, que estava comendo um cheeseburguer do McDonald's que compramos a caminho dali. Apesar de minha desconfiança, era bom vê-la comendo, aconchegada entre pesados cobertores. Nós havíamos andado demais ultimamente e precisávamos de um lugar para descansar.

"Sam."

"Eu sei, menina, não diga nada", ela me disse. "Ele voltou. Isto é ótimo."

"Sam", eu repeti, parando diante dela. "Precisamos tomar cuidado." Eu olhei pela janela para ver se Carlos continuava ocupado. "Temos que começar a procurar um apartamento. Temos que encontrar um lugar para morar. Depois, podemos procurar emprego e, aí, quem sabe, encontrar uma escola para estudar no ano que vem, só *depois* de estarmos instaladas."

"Eu sei", ela disse. "Eu adoraria conseguir esse espaço."

"É, bem, nós devíamos fazer isso antes de qualquer outra coisa. Nunca se sabe. Essa situação toda parece muito duvidosa."

Carlos entrou no quarto, passando a mão na cabeça para remover a neve, tragando ar pela boca e arregalando os olhos como se fosse um personagem de história em quadrinhos.

"Brrrr, eu estava ficando congelado lá fora", ele disse, sacudindo os braços para soltar os flocos de neve. Nós estávamos caladas demais para parecermos animadas.

"*Que que* foi, meninas?", ele perguntou, olhando ao redor do quarto com uma expressão de exagerada perplexidade. "Vocês estão parecendo como se alguém tivesse roubado o gato do melhor amigo." Por um instante, achei que pudesse estar levando as coisas demasiadamente a sério, mas falei de qualquer maneira.

"Não é nada... É que, agora que você recebeu sua herança, nós precisamos discutir a questão do apartamento, você não acha? Você meio que desapareceu por um tempo e tudo isso foi uma surpresa. Nós realmente não vamos suportar outras surpresas."

Ele parou para se recompor de uma maneira que implicava reserva. Eu me senti como se tivesse ultrapassado algum limite.

"Como já te disse, Trevo, eu precisava clarear minha cabeça. Era uma coisa muito louca essa de botar a mão no dinheiro de papai, por isso, eu quis fazer tudo sozinho. De maneira alguma eu jamais pensei em não voltar. Certo?"

"Sim, Carlos, nós sabíamos", eu menti nervosa demais para desafiar o tom de confrontação em sua voz. Além do mais, eu estava me vendo cair na categoria de pessoas que absolutamente não o entendiam. Tive receios de que perguntas sobre onde ele havia estado ou se todo aquele dinheiro era realmente de sua herança me levassem a perdê-lo.

"Bem, se você acredita em mim, então mostre, dando-me algum crédito", ele jogou na minha cara.

Eu fiquei parada sem dizer nada. Sam olhou para mim como se estivesse aguardando instruções. Carlos girou os olhos de mim para Sam e de volta para mim, piscou e sorriu maliciosamente. Ele ergueu um travesseiro da cama em um movimento de câmara lenta e assobiou a música de um antigo Western para encerrar o assunto e mudar o clima. Sam sorriu e começou a se afastar dele, abandonando-me com minha seriedade. Carlos arqueou as sobrancelhas e apertou o travesseiro em volta da cabeça como se quisesse enlaçá-la. Eu recuei um passo e ri, apesar de estar me sentindo frustrada. Como poderia não estar? Ele parecia ridículo.

"Ei, nós vamos ter um apartamento", ele disse, batendo com o travesseiro em meu ombro e, em seguida, puxando Sam da cama pelo tornozelo e batendo nela também. "Estúpidas", ele gritou com voz de criança, enquanto jogava sem interesse o travesseiro de um lado para outro entre nós. "Burras. Vocês não acreditam em mim." Sam agarrou o colchão como se suas mãos fossem garras e começou a gritar feito louca. Eu entrei na dela, agarrei um travesseiro e joguei-o nas costas dele com toda a força, sentindo, pela total falta de impacto em seu corpo forte como uma rocha, minha raiva reviver a cada lance. Ficamos nos estapeando até virarmos uma única massa de membros, suor e risada, desmoronados sobre o carpete malcheiroso do motel. Carlos foi o primeiro a se erguer. Ofegantes, Sam e eu o vimos endireitar a camisa e ir até a cômoda, onde abriu a maior das gavetas.

"Aqui", ele disse, "vejam com os próprios olhos".

Secando o suor da testa, ele jogou para mim um jornal grosso. Era o *The New York Post,* aberto na seção de classificados.

"O que é isto?", eu perguntei.

"Pizzaria Dominó, carne moída e calabresa", ele disse. "É a seção de anúncios classificados, Trevo. O que mais poderia ser? Eu estive vendo alguns lugares por onde nós podemos começar."

Aproximei o jornal dos olhos e vi o título da seção de anúncios de imóveis sublinhados com caneta preta. Ao lado, havia alguns números de telefone anotados com a letra de Carlos: um deles estava marcado com um círculo ao redor.

Eu fui tomada de arrependimento por não ter confiado nele. Eu me vi pelos olhos dele e percebi o quanto eu devia parecer egoísta. Aquele era o dinheiro deixado por seu pai morto e eu, por ser carente demais e não conseguir me virar sem ele, o havia ofendido. Arrependi-me no mesmo instante e decidi fazer as pazes com ele.

"Carlos", eu comecei, levantando-me do chão. Mas ele ergueu uma mão para me parar.

"Escutem", ele disse, sorrindo, olhando de Sam para mim, "hoje... é a nossa noite. Hoje nós vamos pintar a cidade com todas as cores do arco-íris. Esqueçam isso. Hoje, meninas, vistam seus melhores jeans e camisetas, porque eu vou levá-las para sair".

Fomos de táxi para um lugar misterioso no centro que, segundo Carlos, tínhamos que ver para crer. Nunca antes em minha vida eu vira alguém pagar 30 dólares por uma corrida de táxi. Carlos sentou-se ao lado do motorista e foi conversando em espanhol com ele e mudando de estação de rádio entre rock e hip-hop. Quando parou de girar o botão, irrompeu a voz de Foxy Brown, cantando "Gotta Get Your Home" em alto volume. Carlos imitava os movimentos de um DJ controlando o som, enquanto Sam e eu balançávamos no banco de trás ao ritmo ensurdecedor da música, com os vidros abaixados e o vento batendo em nossos cabelos. Ríamos feito doidas de tanta alegria. Lá fora, o céu escureceu por cima de uma faixa púrpura mesclada de azul. Eu me debrucei um pouco por cima da janela e inalei o ar frio do final de outono, que tem um pouco daquela umidade fresca que antecede um temporal. Famílias passavam por nós em seus carros Volvo, com bebês presos em assentos de segurança, e carros cheios de adolescentes normais. A vida ordinária deles fazia ressaltar a nossa total falta de ordem.

Nós éramos um bando de desajustados, jovens ansiosos por viver juntos sua própria alternativa de vida. A aventura me pareceu tão assustadora quanto empolgante, e a diferença dependia unicamente de saber para onde Carlos pretendia ir com tudo aquilo e se ele cumpriria sua promessa.

O lugar misterioso era um pequeno restaurante em um porão sombrio na Mott Street de Chinatown. Carlos pediu à garçonete, a quem ele se dirigiu com familiaridade, que nos arranjasse uma mesa situada bem na frente. A pedido dele, ela não nos trouxe nenhum cardápio; Carlos fez o pedido para todos nós, sabendo de cor a lista de pratos. Ao invés de explicar, ele piscava, e nós, em lugar de perguntar, ríamos.

Ali, naquela mesa, eu voltei a me apaixonar totalmente por ele. A noite toda foi maravilhosamente surreal – o jeito com que ele mudou aquele lugar, com sua simples presença, fez as luzes estranhas de Chinatown brilharem mais intensamente, tremeluzindo no asfalto molhado da rua. A atitude ridícula de Carlos entrar na cozinha, voltar com a garçonete e ajudá-la a nos servir. Depois fazer, de um guardanapo de papel, uma linda rosa para mim. Eu não conseguia tirar os olhos dele, de sua vibração e de seu lindo rosto; de tempos em tempos nós trocávamos um olhar tão íntimo que eu me via forçada a desviar os olhos.

Sam tinha um sorriso tão largo como eu nunca antes vira – ela parecia completamente feliz. Eu também estava feliz. Tudo naquela noite parecia um sonho e eu disse a mim mesma que era assim que a vida deveria ser sempre, repleta de felicidade. E talvez, com Carlos por perto, ela pudesse ser assim.

Mais tarde, no motel, Carlos parou à minha frente e ficou lutando com a máquina emperrada de refrigerante para que ela devolvesse o dinheiro dele. O brilho da luz refletido no rosto dele tornava suas sardas avermelhadas e iluminava seus olhos. A voz dele parecia combinar com o zumbido da máquina. Foi naquele momento que eu decidi dormir com ele; eu tinha finalmente criado coragem. Ele vinha insistindo por quase três meses, o tempo todo desde que estávamos juntos; naquele momento, eu soube que poderia, enfim, seguir em frente. Disse a mim mesma que, com isso, eu mostraria a ele o quanto ele significava para mim e selaria o vínculo entre nós, que havia se estremecido nos últimos tempos. Finalmente, as latas de refrigerante foram liberadas com uma leve batida de Carlos na máquina. Ele fez aquilo acontecer também.

As latas estavam dentro de um balde com gelo derretendo, ao lado da cama. Sam havia saído para visitar Oscar; tínhamos o quarto e todas as horas da noite só para nós. Eu tinha certeza de que ele percebera a minha decisão, porque comecei a rir exageradamente das coisas, agitando os braços enquanto falava, fazendo-os parecer dois passarinhos perdidos. Eu não me sentia capaz de tomar a iniciativa e nem tive que fazê-lo; não tive nem que me mexer. Não senti nenhuma dor, apenas o peso de seu corpo, o cheiro forte de látex e de seu hálito quente. Para minha surpresa, a primeira coisa que pensei foi que transar com ele era muito mais sem graça do que eu havia esperado, mais agitação que prazer.

Fiquei confusa com a sensação de distanciamento que senti, dividida entre a parte física que compartilhava com ele e a mental, que estava longe. Mas ele nem notou, ficou apenas se mexendo e remexendo por cima de mim. Por um momento, fiquei ofendida com aquilo. Para reverter a sensação ruim, decidi procurar contato com seus olhos, mas eles estavam fechados. Foi quando entendi que o sexo não era necessariamente uma experiência compartilhada. Sexo era algo que se fazia com outra pessoa, mas a experiência de uma e de outra podia não ter nada a ver. Ele não necessariamente aproximava as pessoas. Na verdade, ele podia realçar as partes que mais diferenciavam uma pessoa da outra. O sexo podia revelar à pessoa sua própria solidão. Sam havia me dito que o ato sexual fazia aumentar o amor, mas eu não me senti amada por Carlos naquele momento, como também não senti que eu o amava.

Quando terminou, ele rolou para o lado e abriu uma lata de Pepsi. Pedi a ele que me passasse a outra e tomei-a, deixando que a ardência do gelo descesse garganta abaixo, enquanto buscava um ponto no quarto onde colocar minha atenção – podia ser qualquer lugar, menos ele, ou nós. Não havia nada da "fraqueza tiritante" de que Sam havia falado.

Naquela tarde, ela já havia colado na parede, acima da outra cama, fotos de esquálidos astros do rock que recortara de revistas. E havia lavado à mão camisas e meias e dobrado-as e colocado-as na gaveta da cômoda. Aquilo nos dava uma estabilidade que não conhecíamos havia semanas e nos sentimos gratas por ela. Lá fora, caía uma chuva fina, que criou uma poça no peitoril da janela, refletindo nela as luzes de néon da placa do motel. Eu estava a milhas de distância de casa.

Nas semanas seguintes no motel, Carlos alugou três quartos vizinhos ao que já ocupávamos. Ele começou a se comportar de forma diferente, mais autoritário. O dinheiro estava mudando seu comportamento e, com dinheiro, ele transformava tudo ao seu redor. Tornou-se grande amigo de Bobby, Diane, Jamie, Fief e muitos outros membros mais afastados do grupo, todos eles desejosos de vir participar do prazer de fugir de casa para dormir em um lugar fascinante. Carlos deu a eles essa oportunidade e, com isso, tornou-se o líder do grupo. À noite, ele chamava três táxis para levar todos nós para jantar no Village, ir aos salões de jogos na Eighty-sixth Street ou a algum cinema na Times Square. Ele dava à sua garçonete preferida do restaurante da West Fourth Street 50 dólares de gorjeta, mas só depois de conseguir fazê-la curvar a cabeça e reverenciá-lo com um sorriso. Essa atitude, como também todas as piadas de Carlos, fazia todo mundo – quase uma dúzia de novos amigos ocupando três enormes mesas – rir histericamente.

Carlos havia se tornado muito reservado com respeito a tudo. Ele e Fief ou ele e Jamie, ou qualquer outro de meus amigos que estava disponível, faziam rotineiramente misteriosas viagens de táxi a lugares não revelados. Diziam-me que o propósito era particular e que eu não devia me meter. As chamadas que ele fazia de seu celular, todas na sacada do lado de fora de nosso quarto, eram extremamente secretas – era proibido fazer perguntas, mesmo quando falava com algum de meus amigos. Eu nunca soube os detalhes de suas chamadas, nem das saídas secretas, mas me faziam pensar no jeito de Jamie jogar a cabeça para trás e rir quando Carlos falava; como ela, assim como todas as outras garotas, todas amigas ou amigas de amigos, entrava e saía de nosso cenário, sentia-se livre para entrar no espaço pessoal de Carlos, tocar em seu braço ou dar beliscões em suas faces. "As suas sardas são tão engraçadinhas", Diane disse certa vez, sentada no colo dele. Com alguns de meus amigos, Carlos fazia brincadeiras íntimas que eu não entendia.

Sam escorregava e fazia menções censuradas a conversas particulares entre ela e Carlos. Essa foi a primeira vez que tive ressentimento dela e foi por volta dessa época que deixamos de ter nossas próprias conversas íntimas. Na época, eu senti essa aresta como permanente.

Eu não conseguia ainda expressar em voz alta, na verdade não ousava, mas havia duas suspeitas rondando ruidosamente a minha cabeça. A primeira era que o motivo das saídas secretas de Carlos com meus amigos era que estava traficando drogas. A ideia me ocorreu quando percebi o quanto ele se parecia com os traficantes de drogas de minha antiga vizinhança: jeans cheios de bolsos para esconder coisas; um bip e um telefone para fornecedores e clientes entrarem em contato com ele; os colares característicos da Latin King, que ele às vezes usava até no chuveiro e que representavam seu vínculo com aquela gangue.

A outra era a desconfiança de que ele estava me traindo com alguma outra garota, talvez até com Sam. Mas eu não tinha nenhuma evidência que confirmasse essa suspeita; era apenas uma sensação, como uma pedra entalada no estômago.

Era uma espécie de obsessão que me deixava totalmente sem graça. Eu observava o comportamento de Carlos, controlava seus gastos e o lembrava das centenas de dólares que ele esbanjava todos os dias. Eu insistia na questão do apartamento, dizia-lhe que poderíamos gastar menos com comida se dividíssemos os gastos e, para grande desapontamento de todos, que não precisávamos usar táxi – a passagem de metrô custava 1,25 dólar. Ele protegia seus extratos bancários como se fossem a Casa da Moeda e me dizia que logo começaria a economizar. Que, enquanto isso, eu relaxasse, gozasse a vida – afinal, não merecíamos depois de tudo por que havíamos passado? Por que, de repente, eu havia me tornado tão séria? Os beijos dele eram selinhos rápidos que me causavam formigamento na pele.

De vez em quando, nas noites em que Carlos divertia-se com todo mundo, eu ligava para a casa de Brick do telefone público da calçada. Às vezes, mamãe estava em casa e, em outras, Lisa me dizia, em um tom de voz mecânico e ressentido, que ela havia sido hospitalizada. Uma vez, quando estava em casa, mamãe atendeu e me perguntou quando é que eu iria vê-la e levar mais travesseiros e, em seguida, passou a me contar que a estrada estava totalmente aberta; era apenas uma questão de dirigir e pintar todas as quatro paredes. A voz dela, como a de uma criança confusa, fez-me sentir como se minha garganta estivesse sendo estilhaçada por navalhas. Fiz um esforço para não chorar, mas eu sabia, pelas pesquisas que havia feito na biblioteca da Forty-second Street, que a demência era um dos últimos estágios da Aids. Lisa tomou o telefone dela.

"Lizzy", ela disse, "eu não sei *o que* você anda fazendo, mas talvez você queira pensar em passar mais tempo com mamãe. Você pode estar pensando que tem todo o tempo do mundo, mas não tem". A voz dela era furiosa, mas eu não tinha como expressar meu medo de ver mamãe tão próxima da morte. Desliguei o telefone o mais rápido possível.

Mais tarde, naquela noite, Carlos estava dando uma festa, ouvindo música reggae que explodia de seu rádio e pulando em cima da cama; por isso, fomos expulsos do quarto. Mudamos para outro motel, um antigo conjunto de prédios de dois andares com sacadas de frente para uma estrada desolada, com uma placa de luz fluorescente com seu nome: Van Cortlandt Motel. A janela de nosso banheiro dava para o enorme estacionamento do Van Cortlandt. Carlos observou que podíamos fazer ali quanto barulho quiséssemos. Ele levou toda a turma conosco e eu supliquei a ele por um quarto extra, para que eu pudesse dormir. Quando nos separamos, a prima de Fief, uma garota chamada Denise, que usava brincos de argolas enormes e que soprou seu chiclete de bola no meu rosto, estava pendurada no braço de Carlos. Levei algumas coisas de Sam, Carlos e minhas para o outro quarto.

Vi o jornal em que Carlos havia anotado os números de telefone de imobiliárias saltando para fora de um saco de roupas. Pedi linha, da central de atendimento, para discar o número que Carlos marcara com um círculo.

"Alô?", atendeu uma voz feminina. O nome dela era Katrina; era garçonete de uma casa de jogos e não tinha ideia de qualquer apartamento para alugar. Meus olhos encheram-se de lágrimas. Desliguei na cara dela quando ela perguntou de onde eu tirei o número daquele telefone.

"Boca calada!", eu disse para o teto. "Simplesmente fique calada!"

Meu sono foi sem sonhos naquela noite, em que passei inalando cheiro de cigarro impregnado em meu próprio quarto vazio, enquanto meu namorado, meus melhores amigos e um punhado de estranhos se divertiam, bebendo e fumando maconha em outro quarto.

Na manhã seguinte, acordei com Carlos e Sam ao pé de minha cama. Foi a voz de Carlos que me despertou.

"Ei, Trevo trepidante, você quer tomar café?"

"Onde estão os outros?", eu perguntei. Pela claridade do sol, calculei que fosse cedo e achei que eles ainda não tivessem dormido.

"Se foram", ele disse. "O último há mais ou menos uma hora."

Sam esfregou o estômago e soltou um gemido exagerado.

"Ai, que fome!", ela exclamou, passando seu braço magro pela testa. "Comiiiida."

Naquele momento, eu tinha que fazer uma escolha. Confrontar Carlos com respeito aos números de telefone e aproveitar a oportunidade para reclamar de suas atitudes ou deixar para lá e viver o momento. Olhei para Carlos e, por um segundo, ele me pareceu tão estranho como no dia em que o vi pela primeira vez – misterioso e escorregadio. Mas, quando ele sorriu, de alguma maneira tudo mudou e ele voltou a ser a mesma pessoa que me era tão familiar. A minha percepção podia mudar em um piscar de olhos. O que ele realmente sentia por mim? Ah, se ele pudesse ser sempre aquela pessoa maravilhosa e não me fazer buscar no fundo de mim mesma respostas que eu não tinha.

Sentada ali, decidi deixar para lá. Ignorei minha raiva e deixei as coisas rolarem. Qualquer outra coisa seria sem sentido. O que eu ganharia se o confrontasse? Se eu brigasse com ele, não teria para onde ir para pensar no caso. Ali era minha casa; *eles* eram minha família. Se eu fingisse que estava tudo bem, talvez acabasse ficando tudo bem.

"Vamos comer", eu disse, deixando para lá todas as preocupações.

Carlos puxou-me da cama. Vesti três suéteres, coloquei um gorro de tricô na cabeça, um par de luvas de Sam, que deixava as pontas dos dedos de fora, e saí com eles. Quando chegamos lá embaixo, descobrimos que havia um pequeno café pegado ao motel. Parecia que o piso e as janelas não viam limpeza há anos e, com certeza, pela mesma quantidade de anos, as paredes verdes tampouco viam tinta, mas a grelha reluzia como nova e o ar recendia a bacon e ovos fritos.

"Meninas, escolham o que quiserem", Carlos disse, "como sempre".

Eu pedi pão torrado com manteiga e Sam fez a mesma coisa.

"Muita manteiga", ela gritou para o homem que estava junto da torradeira, um velho de bigode ralo. "Mesmo que tenha um ataque cardíaco", ela gritou com voz grossa, batendo no balcão. Muitas das pessoas idosas que ocupavam as mesas pararam de conversar e ficaram examinando Sam de alto a baixo. Pegamos nossas encomendas e saímos. Carlos deixou uma nota de cinco dólares no balcão como gorjeta e, já fora do estabelecimento, fez uma ligação pelo celular e ficou plantado com seu par de botas marrom claro Timberland na neve recém-caída. Ao olhar ao redor, achei a região familiar, mas não conseguia localizá-la. Achei que eu já estivera alguma vez no café ou no parque. Mas quando? Como? Enquanto nos dirigíamos para as escadas com o nosso café da manhã, tive minha suspeita confirmada.

"Abaixe-se", Sam gritou. "Oh, meu Deus!" Ao invés de me abaixar, eu olhei ao redor. E foi então que vi. Era vovó, vestindo o velho casaco acolchoado de mamãe, comprido até os tornozelos, com sua bolsa curtida pendurada no braço, indo diretamente para os degraus do pequeno café. Sam conhecia vovó de algumas de suas visitas ao apartamento de Brick. Ela me empurrou para trás de um ângulo do prédio do motel.

"Deus do céu, Sam", eu disse, cambaleando. "O asilo em que ela mora fica na entrada ao lado. Ela vai chamar a polícia para me denunciar, tenho certeza." Carlos aproximou-se correndo. Sem se abaixar, ele puxou o capuz por cima de sua cabeça, puxou-o pela base com os dedos e espiou pelo alto, mostrando apenas os olhos.

"De quem estamos nos escondendo?", ele perguntou, galhofando com uma voz feminina. "Estou morrendo de medo."

"É a mãe de minha mãe. Ela vai me denunciar como foragida. Ela vai chamar a polícia e eles vão me levar para um abrigo. Vamos ficar quietos."

Ficamos espiando por trás do muro, vendo vovó caminhar pela neve. A visão dela ali parecia uma imagem de sonho ou de uma cena deslocada de um filme ruim. Sem pensar em nada, eu soltei uma tremenda risada do ridículo da situação. Sam colocou uma mão sobre meu ombro, fazendo sinal na direção de vovó.

"O que há de errado com ela?", Sam perguntou. "Ela anda de maneira tão engraçada."

Foi só então que eu notei que ela descia a rua parecendo medir os passos. Ela parava com frequência para recuperar o fôlego e colocar a mão no peito. Quando ela chegou mais perto, vi que sua pele estava pálida, quase lívida. Quando finalmente chegou ao café, demorou vários minutos para subir os poucos degraus, enquanto nós a observávamos em silêncio. Já dentro do café, ela se deixou cair sobre uma das cadeiras de plástico. Nenhum dos outros clientes, que eu supus serem também do asilo, reconheceu vovó. Ela ficou sentada sozinha. Prontamente, o sujeito que estava junto da torradeira serviu-lhe uma xícara de chá e ela lhe entregou uma cédula dobrada, que havia tirado da bolsa. Aquele parecia ser um acontecimento rotineiro.

Assistindo a toda aquela cena, fiquei extremamente triste. Era um pequeno vislumbre de seu mundo solitário, do qual ela sempre reclamava quando eu, mamãe ou Lisa falava com ela pelo telefone. As palavras dela voltaram a ecoar em meus ouvidos. "Sinto-me muito sozinha aqui no asilo. Minhas netas não vêm me visitar. Nem mesmo meu rosário consegue me animar", ela sempre dizia. Agora sua solidão se desenrolava à minha frente como a sombra de um filme mudo. O impacto de minha negligência por todos os últimos anos revelava-se claramente para mim.

"Estranho", Sam disse. "É como se estivéssemos assistindo à série *Além da Imaginação.*"

"É verdade", eu disse. "É muito estranho." Olhei para trás; Carlos já estava no alto das escadas. Nós demos a volta para segui-lo e subimos juntas. Fiquei me perguntando se, na opinião de vovó, eu iria para o inferno, por todos os pecados cometidos: ter levado mamãe à loucura, tê-la abandonado na hora em que mais precisava de mim e por estar dormindo com Carlos. Se você me conhecesse melhor, vovó, não ia querer que sua neta a visitasse, pelo menos não esta. Não sou mais a menininha que passava os sábados na cozinha ouvindo suas histórias bíblicas. Eu não presto e estou me lixando para tudo, especialmente para você.

Sam estava despejando uma avalanche de palavras em cima de mim.

"O que você está dizendo?", eu perguntei.

"Perguntei se você não achou estranho o que aquele sujeito lá da loja disse quando saímos", ela repetiu.

"O que foi que ele disse?"

"*Feliz Dia da Ação de Graças.* É estranho, mas eu nem havia me dado conta. Um pouco deprimente, suponho, pensar que hoje é o Dia da Ação de Graças", ela disse.

"Oh", eu respondi. "Espera aí, o quê? Ação de Graças? Agora? Quer dizer, hoje?"

"Sim, não é estranho? Mas, de qualquer maneira, quem realmente se importa com isso?", ela disse, abrindo a porta do quarto, onde Carlos estava passando de um canal a outro da velha TV Zenith.

Eu, eu me importava com o Dia da Ação de Graças, mas andava tão desligada do resto do mundo que nem havia me dado conta. Comi meu pão torrado em um estado de torpor e assisti ao noticiário da manhã enroscada ao lado de Carlos, ouvindo pela metade as piadas e conversas entre ele e Sam. Minha mente estava ocupada com Lisa; eu me perguntava como ela estava se saindo no Lehman College. Ocorreu-me que eu nunca perguntei a ela como era estudar naquele colégio. Ela sempre me impressionou com sua capacidade de dar conta da escola, de nossa família e até mesmo de namorados, sem nunca se dobrar às pressões e sem deixar de ir à escola. De repente, fui assaltada pelo pânico ao me dar conta de que ela estava se tornando mais um item da minha lista, cada vez mais longa, de arrependimentos.

Quando Sam e Carlos acabaram caindo no sono, eu afastei o braço pesado de Carlos de cima de mim, peguei algumas moedas dos bolsos de sua calça, mas, por não ousar tocar em seu celular, calcei as botas e saí atrás de um telefone público. O frio gelou meu nariz e minhas orelhas, e o som do telefone de Brick tocando acelerou meus batimentos cardíacos. Rezei para que não fosse ele a atender.

"Alô?" Era Lisa.

"Oi, Lisa. Acordei você?" Meu nervosismo me fez soar tagarela. Prendi a respiração, esperando para ver se ela notava.

"Lizzy?"

"Sim, oi. Te acordei?"

"Não propriamente. Onde você está?" O tom de voz dela revelava perplexidade e, portanto, que minha chamada era algo inapropriado.

"Não muito longe daí. Só queria saber como você está." Eu gostaria de poder contar a ela tudo o que estava acontecendo, o quanto Carlos estava se mostrando imprevisível, onde estávamos, e que eu havia acabado de ver vovó com toda a sua solidão. Mas não era seguro. Não dava para confiar que ela não fosse contar a Brick, que por sua vez contaria ao Sr. Doumbia e eu acabaria de novo sob a custódia do Estado. Eu não ia correr esse risco.

"Oh, como eu estou?"

"Sim, que tal o Lehman?"

"Lehman?"

Era muito irritante aquilo de ela ficar repetindo tudo o que eu dizia em forma de pergunta e fazer pausas incômodas antes de responder. Eu percebi que ela estava desconfiada, que não acreditava em minhas boas intenções e que estava com raiva de mim. Isso me fez medir cada palavra que saía de minha boca.

"Sim, eu só liguei para saber como você vai. Como vai na escola, sobre você ... e sobre mamãe."

"Lizzy, mamãe está no hospital. Ela está mal e foi internada há uma semana e meia. Ela fica direto lá agora. Ela andou perguntando por você, mas acho que depois acabou esquecendo. Ela tem andado bem fora de si ultimamente."

Senti um nó na garganta. Talvez fosse o frio ou a falta de uma boa noite de sono que tenha obscurecido meu pensamento, mas por algum motivo eu não havia contado com a possibilidade de ser confrontada por Lisa. Achei que pudéssemos ter uma conversa de irmãs, talvez botar os respectivos assuntos em dia. Eu fiquei procurando algo para dizer.

"Tudo bem, eu sei... você quer marcar algum encontro ou coisa parecida?"

"Bem... por que *você* quer me encontrar?"

Desde que eu conseguia lembrar, eu sempre sentira que as respostas de Lisa para mim beiravam a hostilidade. Anos depois, um terapeuta explicou que crescer com poucos recursos havia nos transformado em competidoras – por comida, pelo amor de nossos pais, por tudo. Naquele momento, nós estávamos competindo pelo status de quem tinha mais controle sobre a doença de mamãe e nós duas sabíamos que ela era a vencedora.

"Não sei, Lisa. Estava pensando em talvez irmos ver mamãe." Houve outra pausa demorada.

"Bem, eu posso ir por volta das seis. Pegue lápis e papel, vou lhe dar o número do quarto dela."

"Lisa?"

"Fala."

"Feliz Dia da Ação de Graças."

"*Brigada*, Liz, pra você também. Nos vemos às seis horas."

"Olá. Estou procurando minha mãe, Jean Murray. Ela foi transferida para cá do North Central na semana passada. Minha irmã me disse que eu podia encontrá-la neste andar."

A enfermeira conferiu sua lista.

"Vejamos... Jean Marie Murray. Sim, mas você vai ter que ir de máscara."

"Máscara? Por quê?" Aquilo era novidade.

"Todos os visitantes de pacientes em quarentena precisam usar máscara. Quantos anos você tem? Porque para entrar é preciso ter, *pelo menos*, 15 anos." A enfermeira me olhou de alto a baixo e percebeu minha confusão. Lembrei-me do que havia lido sobre a doença de mamãe – algo me pareceu estranho.

"Por que eu devo usar máscara se o contágio da Aids não se dá pelo ar?", eu perguntei.

"Para se proteger da tuberculose", ela disse. "Sua mãe pode tossir e, assim, expor você. É para a sua proteção."

"O quê?"

"A tuberculose, querida. É uma infecção dos pulmões; as pessoas com Aids ficam vulneráveis a ela. Não te disseram para usar máscara das outras vezes? Não me diga que te deixaram entrar sem máscara?"

O sangue subiu-me à cabeça. Lembrei-me de Leonard e mamãe drogando-se por toda uma semana na cozinha de nosso antigo apartamento. Ele tossia o tempo todo, expelindo catarro de seus pulmões até transpirar tanto que escorria por seu rosto, deixando sua pele vermelha reluzente. Papai costumava comentar, "Caramba, é de se pensar que o cara vai cair morto ali mesmo de tanto tossir".

"Quando é que foi diagnosticada a tuberculose de minha mãe?"

"Querida, eu sou apenas a enfermeira de plantão. Não faço ideia. Você vai ter que perguntar ao médico dela."

Ela me entregou uma máscara cor de laranja. Eu a coloquei e olhei ao redor.

Um clima de desalento dominava toda a ala e eu tive uma sensação lúgubre. O silêncio do hospital aumentava os pequenos ruídos: o telefone tocando ao longe e os bips incessantes dos muitos aparelhos. Toda a área parecia extremamente desolada, mesmo para um hospital. Era diferente das outras alas em que mamãe estivera das outras vezes, onde havia enfermeiras trabalhando apressadas e, nas horas de visitas, apareciam todos os tipos de caras. Aquela ali era bem diferente. Eu segui em frente, à procura do quarto de mamãe.

"Vire à esquerda e siga em frente até o final do corredor", a enfermeira disse às minhas costas.

Passei por uma placa que dizia UNIDADE DE TERAPIA INTENSIVA e outra que dizia ONCOLOGIA. Eu não fazia ideia do que era oncologia, mas achei que não devia ser nenhuma coisa boa se ficava entre terapia intensiva e quarentena. Passei por muitas portas, atrás das quais havia pacientes inconscientes, com as cabeças erguidas para dar lugar aos tubos respiratórios acomodados em suas gargantas.

É para a sua proteção. Eu pensei em todas as vezes que mamãe voltava do bar precisando de minha ajuda. Pensei no vômito que ela havia espalhado pela roupa quando eu finalmente chegava. Lembrei-me do odor pútrido daquele excremento úmido misturado com cheiro de vodca que me atingia quando eu a colocava dentro da banheira; dos acessos de tosse de mamãe enquanto eu lavava seu corpo e ambas fingíamos não notar sua nudez e a vergonha que sentia. Pensei em seus quarenta e poucos quilos, envolvidos em lençóis limpos, embalados ao sono por sua própria embriaguez, enquanto inalava mais uma vez o cheiro de novo da máscara que a enfermeira havia me dado, antes de constatar sua inutilidade. Abri a porta do quarto de mamãe com um empurrão e retirei a máscara de meu rosto.

"Olá, mamãe."

Nenhuma resposta veio de trás da cortina de tecido rendado marrom e verde ao redor da cama de mamãe. Precisei de toda a minha coragem para afastar aquela cortina e de muito mais para ocultar o choque que tive diante do que eu vi ali.

Mamãe ocupava apenas uma fração mínima da cama. A pele dela estava amarelada e o rosto dela estava chupado, as bochechas dramaticamente afundadas para dentro, dolorosamente moldadas por sua doença. O lençol do hospital estava jogado para o lado, deixando exposta a magreza de seu corpo encolhido como ao tamanho do esqueleto de uma criança, que nem chegava a marcar o plástico do colchão que o sustentava. Havia manchas vermelhas por todos os seus membros, tanto os superiores quanto os inferiores, correspondendo cada uma delas a um inchaço. Os olhos dela estavam totalmente abertos, mas não se fixavam em nada e sua boca se mexia um pouco, parecendo querer dizer palavras com seus sons incompreensíveis. Esses sons, juntamente com os dos aparelhos conectados a seu corpo, eram os únicos que se ouvia naquele pequeno quarto desprovido de ar.

Eu tremia. Abri a boca quase involuntariamente, antes de saber o que sairia dela.

"Mamãe? Sou eu, Liz... mamãe?"

Seus olhos perambularam pelo quarto em resposta. Por um instante, eles pararam em mim e eu achei que tivesse capturado sua atenção, mas em seguida voltaram a girar, enquanto sua boca fazia aqueles mesmos movimentos entrecortados sem dizer nada. Sobre a estreita mesa de rodas ao lado dela estava o almoço de celebração do Dia da Ação de Graças. Em um prato ali continuava intacta sua porção de carne fatiada embebida em molho que havia endurecido em volta de uma porção de purê de batata e geleia. Na bandeja ao lado de seu prato, havia a figura sorridente de um peru enfeitado de penas vermelhas e douradas. A frase no alto de sua cabeça dizia: *Tempo de agradecer*.

"Mamãe... olhe aqui." Eu disse, sentando. "Desculpe por eu não ter vindo antes, mamãe..."

Eu não sabia o que dizer; sentia minha garganta entalada, obstruída demais para conseguir respirar. Eu devia estar sufocando, por conter as lágrimas que não estava deixando sair. Respirei fundo por duas vezes e peguei suas mãos; estavam tão frias quanto as barras de metal que sustentavam sua cama hospitalar. O toque provocou arrepios por todo o braço.

"É como se já estivesse morta", eu sussurrei para mim mesma. E em seguida disse para ela: "Você não está nem aqui mais".

Ouvi o ruído da porta sendo aberta, o ar entrar e provocar uma pequena brisa na cortina do quarto. Lisa entrou com seus saltos altos e sua jaqueta preta, seu longo cabelo escuro preso em um coque bem arranjado. Ela bem que podia ser uma assistente social, advogada ou qualquer outra profissão. Eu me senti uma maltrapilha com os muitos suéteres que usava, luvas furadas, com fios de meus longos cabelos castanhos esfiapados e pegajosos saindo do gorro de tricô. Lisa avançou alguns passos, olhando de mamãe para mim.

"Oi" foi tudo o que dissemos uma para a outra. Ela evitou me olhar nos olhos e puxou uma cadeira para se sentar perto de mamãe. Meu coração estava batendo aceleradamente. Sentada ali perto dela, eu me julguei pelo ponto de vista dela: eu havia abandonado a escola e abandonado nossa mãe doente para viver em um lugar misterioso com um namorado originário das ruas.

"Há quanto tempo você está aqui?", ela perguntou.

"Só um tantinho."

Passamos alguns instantes em um silêncio constrangedor, até que Lisa debruçou-se sobre a cama de mamãe, com lágrimas escorrendo dos olhos.

"Mamãe? Ei, mamãe. Sente-se. Nós estamos aqui. Lizzy está aqui. Mamãe?"

"Lisa, não a perturbe. Eu não acho que..."

"Que ela pode sentar-se. Mamãe?"

Os olhos de mamãe se agitaram. A mão dela se abriu e se fechou e ela começou a balbuciar sons mais altos que antes.

"Veio aqui... veio aqui para me dar a sua alma. Poupe-me. Poupe-me... que eu sou toda... não precisa dizer. Minha e sua, sua!" Ela não olhava para nenhuma de nós, não dava sinal de saber quem éramos.

"Lisa, acho que devíamos deixá-la sozinha. Talvez ela melhore, mas provavelmente não está se sentindo nada bem."

"Lizzy, ouça. Na semana passada, em casa, ela estava falando; eu sei porque *eu* estava lá. Ela ia querer saber que estamos aqui."

O tom dela era de escárnio. Eu me calei quando Lisa moveu sua cadeira para perto do rosto de mamãe. E falou mais alto do que eu me atreveria.

"Mamãe, levante. É Dia da Ação de Graças. Nós viemos vê-la", ela disse em um tom mais brando.

Novos balbucios. Mas então fiquei surpresa ao ver mamãe começar a se levantar. Muito lentamente, ela desceu os pés até o chão e desprendeu-se do monitor, enquanto assistíamos em silêncio a seu esforço para ir ao banheiro, arrastando o suporte com o tubo intravenoso atrás de si. Corri a apoiá-la enquanto ela seguia cambaleando a distância de um metro, apoiando-se na porta e na parede. Quando ela se afastou de nós, sua camisola aberta nas costas revelou uma visão por inteiro de seu corpo nu em pé. Surgiram em minha mente imagens de um dos programas favoritos de papai, que passava no Public Broadcasting Service, sobre o Holocausto. Se ela ficasse imóvel, eu poderia contar suas vértebras; pareciam os aros metálicos de uma correia de bicicleta com carne estirada sobre eles. Os ossos de sua pélvis projetavam-se para fora e não havia absolutamente nenhuma gordura em suas nádegas e coxas. No banheiro, eu peguei uma toalha de rosto do porta-toalhas de metal e sequei seu corpo; sequei seu dorso com uma mão enquanto, com outra, suportei seu corpo frágil. As lâmpadas fluorescentes tremeluziam sobre as paredes brancas e sobre nós. Mordi os lábios para não chorar e fiz tudo o que pude para sufocar minha necessidade de tossir provocada pelos odores de sua doença. "Está tudo bem, mamãe, nós vamos deixar tudo em ordem", eu procurei tranquilizá-la. "Nós vamos deixar você limpa e confortável, pode relaxar."

"Tudo bem, Lizzy", ela disse, com um fiapo de voz.

Quando terminamos, eu a peguei pelas mãos e ergui-a do toalete quase sem nenhum esforço; ela estava tão leve que chegou a me assustar. Tudo nela me deixava apavorada. Eu estava muito assustada e queria mais que tudo neste mundo que ela melhorasse. Quando a coloquei de volta na cama, eu sabia que tinha que sair dali.

"Você já vai?", Lisa perguntou quando me viu parada na porta. Eu estava tremendo; precisava ficar sozinha. Meu coração pulava; não suportaria ficar ali por mais nenhum minuto. E eu não ia me deixar desmoronar ali, na frente de Lisa.

"Bem, é que... eu já estava aqui por um bom tempo quando você chegou... e acho que está na hora de ir porque estou bastante cansada. Não dormi muito na noite passada."

"Que seja", ela disse, girando os olhos e desviando-os de mim.

"Lisa, não está sendo fácil para mim, você entende?"

"Claro, eu sei, Liz. Eu também estou tendo que lidar com isso. Eu sei que não é fácil. De qualquer maneira, eu já imaginava que você não fosse se demorar. Portanto, fique à vontade para ir", ela disse, fungando.

"Cada pessoa tem um jeito diferente de lidar com isso, Lisa."

"É verdade", ela retalhou.

Eu não havia me preparado para aquela cena assustadora, ver mamãe naquele estado e não poder fazer nada para ajudá-la. Eu não sabia o que fazer com a frustração que estava sentindo por não poder mudar as coisas para mamãe; eu gostaria que Lisa e eu pudéssemos nos entender por meio daquela experiência, mas ela queria que eu ficasse ali sentada da mesma maneira que ela, e isso eu não conseguia. Se ficasse, não saberia o que fazer. Se fosse embora, eu era uma filha e irmã desnaturada.

"Eu tenho que ir, Lisa. Eu simplesmente preciso ir. Por favor, entenda."

Eu ignorei Lisa com seus olhos girando e inclinei-me para falar com mamãe. Naquele momento, eu não fazia ideia de que seria a última coisa que diria a ela.

"Mamãe, eu preciso ir, sim? Prometo voltar mais tarde. Eu estou bem, estou morando com amigos. Logo, vou voltar a estudar. De verdade, eu prometo." Eu me abaixei e peguei sua mão. "Eu te amo", eu disse. "Eu te amo, mamãe." Eu precisava dizer isso a ela. Ela não disse nada em resposta e eu saí para o corredor, onde recostei minhas costas na parede e inspirei profundamente várias vezes; controlando as lágrimas, eu me vi descendo, em queda livre, para o nada. Eu queria gritar. Lisa apareceu no corredor.

E falou, olhando para o chão: "Você sabe, Lizzy. Você simplesmente vai embora... tudo bem para você, mas é muito insensível".

"Tudo isso é difícil para nós duas, cada uma a seu próprio jeito, Lisa; eu simplesmente não consigo ficar aqui, lamento. Você age como se eu vivesse me divertindo, mas não é nada disso. Não ter um lugar fixo não tem nada de divertido, certo?"

Ela se virou aborrecida e voltou para o quarto; eu escapei pelo corredor, dela, de mamãe, e fui embora.

Naquela noite, ao saber de minha visita ao hospital, Carlos achou que eu precisava de um pouco de diversão. Para tirar aqueles problemas da mente, nós faríamos algo totalmente louco: iríamos comer em um restaurante decente com ótimo serviço – vestidos apenas com roupas de baixo.

"Eles que digam o que quiserem. Se tenho dinheiro, eles vão nos servir", ele disse, exibindo um maço enorme de notas de 50 dólares dentro do táxi. "Certo, papa?", ele perguntou ao motorista, que sorriu e assentiu vagamente, com olhos apenas para o dinheiro. Carlos escolheu o restaurante Land and Sea, na esquina da Rua 231 com a Broadway, onde as paredes eram decoradas com peixes de plástico, lagostas de plástico e rodas de leme de navio de plástico – entremeados por lâmpadas fluorescentes cor-de-rosa que cobriam as paredes do restaurante. Descemos voando a Broadway de táxi, com Sam e eu gritando enquanto disputávamos corrida com outros carros. Entramos no restaurante como se fôssemos tiras invadindo um lugar suspeito e Carlos pegou uma nota de 20 para pagar a corrida que não devia custar mais que seis dólares. "Até mais!", Carlos disse, dando dois socos na capota do carro para mandá-lo embora.

Carlos nos dirigiu para a maior mesa na frente do restaurante. Os clientes giraram suas cabeças para ver o sujeito que chegava com duas garotas, todos usando cuecas, botas e blusões com capuz em pleno inverno. Eu estava com meu gorro de tricô, que prendia a metade do cabelo. Sam havia encontrado uma gravata velha em uma das gavetas no quarto do motel; ela a trazia pendurada por cima do blusão de malha.

"Somos todos britânicos", Carlos sussurrou. Quando o garçom veio correndo até a nossa mesa para explicar as regras de vestimenta, Carlos falou com ele em um tom propositadamente horrível e tão inconvincente que fez Sam e eu explodirmos em uma gargalhada.

"Meu bom homem, no lugar de onde nós viemos, esta *é* uma vestimenta perfeitamente normal. Não se preocupe." Carlos tirou do bolso um maço de dinheiro e colocou-o em cima da mesa, sem desviar, nem por um segundo, os olhos do homem. Problema resolvido.

Nós comemos ostras, bistecas, fettuccine de frango à moda Alfredo e meia dúzia de aperitivos. Eu fiz o meu pedido usando um acento britânico absurdo, acentuando as sílabas de forma totalmente errada, enquanto Sam e Carlos se rebentavam de rir. Mas não foi nenhum problema; o garçom trouxe tudo o que pedimos sem questionar nada. Eu tampouco coloquei qualquer questão. Fiquei só olhando para Carlos, enquanto ele contava uma nota de 20 atrás da outra e colocava-as sobre a mesa para pagar por toda aquela comilança. Eu também deixei de me preocupar: seguir com a corrente era muito mais fácil que ir contra ela.

Nós passamos a noite andando de táxi, parando em qualquer lugar e por qualquer motivo que nos desse na telha: Estação Grand Central, para esticarmos as canelas, andar por seu piso e observar as constelações em seu esplêndido teto; a arcada de Chinatown, para que Carlos pudesse nos provar que havia realmente uma galinha empoleirada em uma máquina que envolvia a gente, em uma brincadeira de tique-taque com os pés. Ali, nós paramos em uma cabine de fotografias em preto e branco e tiramos três tiras de filmes: todas elas com nós três fazendo caretas, caras pensativas e toda uma tira de mim beijando Carlos, sentindo seus lábios macios pressionados contra os meus, enquanto o calor da lâmpada atravessava minhas pálpebras fechadas para tirar retratos nossos.

"Ele *é* legal", eu disse para mim mesma. "Ele *ama* você de verdade, apesar de ter dificuldade para expressar. Não se esqueça nunca de como é sentir isso." E eu me sentia no céu, o beijo, toda a noite em que passamos juntos – era a magia de Carlos em ação, de novo.

Tomamos o último táxi daquela noite para o drive-through White Castle, na Fordham Road, justamente quando o céu começou a dar sinais do amanhecer. Nós íamos apenas tomar milk-shakes, mas Carlos nos surpreendeu, pedindo 50 hambúrgueres. Subimos e descemos a Webster Avenue, a Grand Concourse, a Broadway, jogando os hambúrgueres quentes pelas janelas, atingindo os carros estacionados, as caixas de correio e as portas fechadas das lojas. "Lá vai mais um!", Carlos gritava toda vez que disparava outro hambúrguer.

De volta ao motel, espalhamos um saco de hambúrgueres engordurados no piso ao nosso lado. Eu adormeci nos braços de Carlos, coisa que não fazia desde a primeira noite em que dormimos juntos. Coloquei meus braços em torno de seu peito, onde enterrei minha cabeça para ouvir seus batimentos cardíacos. Dando beijos suaves em minha testa, ele disse: "Eu não te disse que você ia se divertir, Trevo? Quero ver um sorriso neste rosto também amanhã, senão vamos ter que voltar lá, mas desta vez nus". Em sua cama, Sam dava risadinhas histéricas. Eu estava de novo totalmente encantada com Carlos – com seus beijos, seu cheiro e sua capacidade de me deixar relaxada, levando-me para longe do vazio cada vez maior que eu sentia.

Eu passei as três semanas seguintes dizendo a mim mesma que ia visitar mamãe. Eu realmente pretendia, mas ia ficando cada vez mais difícil não me deixar distrair pelas pequenas coisas, como convencer Carlos a ir a uma imobiliária, onde ele finalmente preencheu formulários e marcou visitas a apartamentos. Nós queríamos um apartamento de dois quartos em um prédio tranquilo nos arredores do Bedford Park, exatamente como havíamos planejado, nada de gueto. Enquanto isso, eu procurava tornar o nosso espaço vital o mais agradável possível. Arrumava as camas, dobrando os lençóis exatamente como as arrumadeiras faziam quando havíamos acabado de mudar para ali. Como bagunçávamos demais o quarto, deixávamos a placa "Não perturbe" pendurada na porta o tempo todo. Sam ajudava-me a catar o lixo, muitas embalagens por dia de comida por pessoa. Quando fomos à loja da esquina, eu comprei um spray para perfumar o ar com uma mistura de fragrâncias por 1,89 dólar.

Usando cola, fixei nossas fotos tiradas no Chinatown no espelho do motel, juntamente com todos os bilhetes de amor que eu havia escrito para Carlos. Escrevi mais um e fiz um desenho de corações, que colori com tinta vermelha. Pendurei-o ao lado de nossas fotos.

Carlos, estar com você tem me feito uma pessoa tão feliz como jamais fui.

Você é meu propósito; você esteve ao meu lado quando eu mais precisei, um ouvido atento e um ombro sobre o qual chorar, você me fez rir quando tudo parecia sem sentido. Eu te amo muito,
Liz

Eu escrevia bilhetes de amor como esse para Carlos todos os dias. Mas, durante aquelas poucas semanas que passamos no motel, o tema das cartas passou da gratidão e afeto para a importância da nossa relação e o quanto eu valorizava o fato de estarmos superando nossos problemas.

Um dia, quando Carlos havia saído para visitar um velho amigo – um sujeito grandalhão que era conhecido no quarteirão como Mundo –, Sam e eu pegamos cerca de 10 dólares, que Carlos deixara, para comprarmos algumas coisas.

Nós procuramos coisas em oferta. Sam escolheu dois vidros de esmalte para unhas e um enorme spray para cabelo. Seguindo as recomendações de uma revista para adolescentes, que abrimos em cima do aquecedor do banheiro, nós compramos cinco unidades de uma imitação de Ki-suco e tentamos, sem êxito, tingir nossos cabelos de púrpura extravagante e de vermelho cereja.

"Está dando certo?", eu perguntei a Sam, levantando minha cabeça da pia do banheiro.

"Hum, não sei. Parece que estou vendo alguma coisa de púrpura, mas não tenho certeza se é apenas imaginação minha. Que tal minha cabeça?"

Desatei a rir ao ver fios de água cor-de-rosa escorrendo por seu rosto, entre os olhos, e pingando da ponta de seu nariz. Todo o seu couro cabeludo, totalmente visível entre os poucos centímetros de cabelo de sua cabeça, estava rosado.

"Está fantástico", eu disse com sarcasmo.

As únicas coisas que tingimos foram nossas peles e camisetas que, por cima de seu branco original, ficaram manchadas de tintura.

Desistimos daquilo e deixamos nossos cabelos e unhas secarem, enquanto assistimos a uma reprise de *Eu amo Lucy* e esperamos Carlos voltar para irmos todos jantar. Deram seis horas e nada de Carlos. Depois oito, uma, quatro da madrugada, e nada. Ocorreu-me ligar para o seu celular, mas aí lembrei que ele nunca se dera o trabalho de dar seu número a mim ou a Sam. Carlos costumava pagar a diária do dia seguinte no hotel todas as noites, e eu tinha certeza de que ele não o havia feito antecipadamente. Fiquei me perguntando o que aconteceria se ele não voltasse até o meio-dia do dia seguinte, a hora que iniciava a outra diária. Passei a noite olhando pela janela, sem parar de perguntar a Sam se ela achava que tinha acontecido alguma coisa com ele.

"Claro, a mãe dele o deixou cair, batendo com a cabeça, quando ele era bebê, foi isso que aconteceu. Não se preocupe, ele não está em perigo. É apenas um filho da mãe."

Pela manhã, eu supliquei ao dono do hotel que não nos mandasse embora, usando o telefone para explicar que Carlos estaria de volta a qualquer hora.

"Estou farto desses caras que saem deixando suas prostitutas aqui. Isto aqui não é nenhum prostíbulo."

"Nós não somos prostitutas!", eu rebati. "Ele é meu noivo", menti.

"Isto aqui é um negócio, minha senhora, não um ponto de drogas, nem nenhum prostíbulo. Paguem ou vão embora." E desligou o telefone.

Nós negociamos com ele, oferecendo-lhe a única coisa de valor que encontramos à mão: um relógio de ouro que Carlos havia comprado no dia em que eu visitei mamãe. O frio entrava por cada fenda de minha roupa enquanto íamos até a recepção, puxando os suéteres até o pescoço para nos aquecer, Sam rastejando atrás de mim.

Eu reconheci o responsável pelas acusações ofensivas, um italiano de cinquenta e poucos anos, baixo e roliço. Ele examinou o relógio de Carlos de um lado e de outro, colocando-o à luz. "Isto paga a diária de vocês até amanhã", ele disse.

"Mas ele pagou 150 dólares por ele, é novinho em folha", eu protestei.

"Bem", ele disse, colocando o relógio em uma mochila que estava ao lado da parede de acrílico riscada. "Não vale a camisa que uso. Estou fazendo um favor a vocês, meninas."

Quando chegou a noite, nós esmorecemos. Sam e eu reviramos o balde de lixo à procura de sobras de comida prestáveis dos últimos dias. Dividimos hambúrgueres emborrachados, pedaços secos de torta de morango e um sanduíche de peru cheirando mal. A água da torneira do banheiro tinha gosto de estragada. Sam e eu passamos horas correndo ao banheiro para espiar pela janela se Carlos estava chegando. A comida ruim estava provocando gases ruidosos em minha barriga; aonde quer que eu fosse, sentia-me enjoada.

Ao nascer do sol, nós nos estiramos de bruços na minha cama e de Carlos, a mais próxima da porta, para olharmos juntas pela janela o estacionamento iluminado. Fomos ficando com sono, vendo como o sol da manhã refletia raios dourados nos painéis de vidro dos carros estacionados e como pardais ocupavam os galhos cobertos de neve de uma árvore próxima. Nenhuma de nós disse que estava com medo, mas, por baixo de vários cobertores, Sam segurou minha mão e apertou-a com força. De tempos em tempos, quando o ventou uivava do outro lado da vidraça e uma corrente de ar gelado entrava pela fresta entre a porta e o piso, ela apertava mais a minha mão.

Acordei com ela me cutucando, menos de uma hora depois. Quando abri os olhos, vi-a colocar um dedo sobre os lábios, indicando para eu ficar quieta. Minha primeira suspeita foi a de que o dono do hotel estivesse aproximando-se, pronto para nos expulsar dali. Mas então Sam fez um movimento na direção do piso. Ali, entre o pé da cama e o velho aquecedor do motel, eu vi uma família de camundongos, um grande e quatro filhotinhos, revirando as sobras de comida que havíamos declarado rançosas demais para nos arriscar a comer.

Ficamos observando em absoluto silêncio como os sacos engordurados de restos de comida pronta eram deslocados e agitados sob o peso dos cinco camundongos revirando-os. A esperteza deles nos deixou imobilizadas. Eram cinzentos, um pouco mais claros do que o carpete, com narizinhos rosados e olhos pretos reluzentes. Continuando totalmente imóveis, nós descobrimos, ao ver que o maior deles transportava comida de um lado para outro, que o ninho deles era dentro do aquecedor, em algum ponto próximo do lado inverso das fendas que havia ao longo da fileira superior de aberturas.

"Então quer dizer que eles podem nos ver dali o tempo todo", eu sussurrei para Sam. Ela assentiu; as sobrancelhas dela estavam erguidas com afetação.

"Eu gostei dos filhotinhos", ela sussurrou de volta.

"Eu também", eu disse baixinho. "Eles são os mais engraçadinhos."

Ficamos ali olhando para eles até o sol surgir totalmente e os hóspedes que passaram a noite no motel deixarem seus quartos, abrindo e batendo portas de carros e ligando seus motores. Dezenas de vezes, os camundongos entraram e saíram dos sacos com restos de comida pronta, surpreendendo a si mesmos com seus movimentos bruscos e recuando rapidamente para seu esconderijo, de onde ficavam espiando pelas aberturas até se aventurarem, novamente, a sair.

Eu fui a primeira a ouvir a brecada do táxi chegando. Eu sabia que devia ser Carlos chegando, porque as batidas de hip-hop aumentaram de volume com a aproximação do carro. A porta foi aberta e, em seguida, batida com força. Sam olhou para mim.

"Eu não sei se devo ficar calma ou furiosa", ela disse.

"Nem eu", eu respondi. E percebi que não sabia porque esperava primeiro ver como *ele* se comportava. Eu estava acostumada a isso, a perceber os meus próprios sentimentos apenas em relação aos dos outros. Se ele estava satisfeito, então eu também estava. Carlos era quem vinha decidindo tudo, porque eu permitia. Naquele momento, percebi que estava pronta para fazer a mesma coisa e senti repulsa.

Ficamos em silêncio aguardando seus passos pesados aproximarem-se. Em seguida, girar a chave na fechadura. Meu coração começou a bater como uma britadeira em meu peito. Carlos entrou assobiando.

"Olá", ele disse casualmente ao entrar. Estava com aspecto cansado, os olhos caídos, formando bolsas em suas pálpebras. Ele parecia um pouco diferente. Fiquei me perguntando se ele não dormia desde o dia em que o víramos pela última vez; eu queria saber o que ele andava fazendo. Ele se sentou ao pé da cama de Sam, exalando um cheiro forte de cigarro. "Qual é o problema, pequenas?", ele disse, de maneira brincalhona. "Eu estou a ponto de desmaiar." Ele evitou meus olhos e sentou-se para descalçar as botas.

"Por onde você andou, Carlos?", eu perguntei, como se não fosse nada de mais querer saber.

"Eu te disse, Trevo. Na casa de Mundo. Eu não via aquele maluco há anos."

"Por que você não ligou?" Eu queria que ele percebesse minha raiva. Não ia ficar à mercê dele, não dessa vez.

Ele andou em volta do quarto, arrumando desnecessariamente as coisas, a antena da TV, suas botas embaixo da cama, nosso spray de cabelo na prateleira do banheiro, ignorando minha pergunta.

"Carlos, você está me ouvindo?"

Ele fechou uma gaveta com uma forte batida em resposta, abriu, retirou dela uma cueca e fechou-a com mais força ainda.

"O mínimo que você podia fazer era ligar."

"Onde está meu relógio?", ele perguntou, com uma voz gelada, olhando diretamente dentro de meus olhos pela primeira vez desde que havia chegado. O medo assaltou-me como uma facada no peito. Sam olhou para mim.

"Onde está seu relógio?", eu repeti estupidamente.

"*Sim*. Onde-está-o-meu-relógio?" Seus olhos eram vítreos, sem absolutamente nenhuma ternura.

"Nós o demos para o dono do hotel, para pagar por uma noite de estadia, quando você nos deixou aqui. É onde está seu relógio!"

Depois de uma pausa, Carlos ergueu a perna e deu um chute no balde de lixo, fazendo-o atravessar voando a sala e ir bater primeiro contra a parede e depois no chão. Sam e eu nos olhamos e nos aproximamos. Eu estava tremendo.

"Por que você tinha que dar o *meu* relógio?", ele perguntou, rangendo os dentes. Eu nunca o tinha visto daquela maneira; ele estava possesso.

"Você nos deixou aqui." Eu não tinha a intenção de parecer tão vítima.

"Bem, eu não sou responsável por vocês!", ele gritou.

"Responsável por nós? É assim que você se sente?" Eu sabia que era verdade e senti raiva e, ao mesmo tempo, constrangimento quando ele expôs isso claramente. "Nós tínhamos hora marcada na imobiliária ontem. *Você* não apareceu." A essa altura, eu já estava chorando.

"Não me venha com esta merda!", ele gritou, dando um soco na parede ao lado do espelho, uma, duas vezes, desprendendo as cartas de amor que eu havia pregado na parede e fazendo-as voar e cair no chão como folhas soltas. Sam agarrou-se a um dos travesseiros, que estava manchado de púrpura pelas nossas tentativas de tingir os cabelos. Juntas, nós vimos Carlos entrar furioso no banheiro e bater a porta com um estrondo.

Ele abriu totalmente a torneira da pia e a do chuveiro e ficou ali por mais de uma hora. Por um momento, Sam e eu continuamos sentadas na cama sem dizer absolutamente nada. Eu precisava fazer alguma coisa acontecer. Levantei e liguei a TV para um pouco de distração.

"Que raio de inferno foi isso?", eu finalmente perguntei, chorando e apontando para o banheiro com a mão trêmula. "Ele nunca se comportou dessa maneira."

"Eu não sei o que deu nele", ela sussurrou. Eu não sabia qual de nós duas estava mais assustada. Mas não saímos, ficamos ali esperando que, quando ele saísse, tivesse voltado ao normal, e então levasse-nos para comer fora e fizesse algumas piadas, mesmo que isso significasse ignorar o que ele havia acabado de fazer.

Quando finalmente saiu do banheiro, o cabelo molhado, o rosto barbeado, ele pegou um cobertor da cama desocupada de Sam e foi dormir no chão, sem dizer uma única palavra a nenhuma de nós. Eu agradeci por ele não ter se aproximado de mim. No lado oposto do quarto, eu levei uma eternidade para conseguir relaxar.

"Sam?"

"Sim."

"Você vai comigo até o banheiro? Não quero ir sozinha."

Passamos por cima do enorme corpo adormecido de Carlos. No banheiro, as coisas dele estavam espalhadas por todo o piso de lajotas creme e rosa sujo – suas calças cargo amontoadas no chão, com aquele maço de notas saltando de seu bolso, e um barbeador descartável. Havia fios de cabelo espalhados pela pia. Diante do espelho, eu lavei as manchas de tinta cor-de-rosa atrás das minhas orelhas, enquanto Sam fez xixi.

"Esta porcaria me deixou toda manchada", eu disse.

"Pois é", ela disse, passando a mão em seu cabelo desalinhado. "A minha vai ser mais fácil limpar. Pode me alcançar o papel, por favor, Liz?"

"Sim."

Eu me abaixei para pegar um dos dois rolos de papel higiênico debaixo da pia, quando percebi algo reluzente. Era um embrulho de papel alumínio, do tamanho exato das porções de 10 dólares de narcóticos que mamãe e papai deixavam espalhadas pela cozinha de nosso antigo apartamento. Sem tirar os olhos daquilo, eu passei o rolo de papel para Sam e agachei-me.

Por baixo do papel alumínio, encontrei pequenas partículas de pó branco.

"Sam! Sam!"

"Que foi?"

"Não dê a descarga. Fique em silêncio e olhe para isto... Ele anda cheirando cocaína."

A descoberta do hábito oculto de Carlos transformou-o para mim de uma pessoa excêntrica e hilariamente original em um viciado com distúrbio de personalidade. Pelas duas noites seguintes, eu me mantive longe das festas que ele voltou a dar no quarto de reserva do hotel. Ao longo daquelas noites, a música explodia na festa e chegavam táxis, trazendo uma pessoa após outra: Fief e seus primos de Yonkers, pessoas de Bedford Park, Jamie, Mundo e inúmeros outros. Sam passava de um quarto a outro, fazendo o melhor que podia para estar em minha companhia. Minha ausência naquelas festas era uma forma de protesto. Eu ficava sozinha, planejando a carta que escreveria para Carlos, dizendo que sabia de seu segredo e que, se ele continuasse usando drogas, eu não podia continuar sendo sua namorada.

Eu conseguia visualizar muito bem o nosso futuro se ele não parasse de usar drogas: acabaríamos em um apartamento do Bronx, a garota que abandonou a escola e o viciado em cocaína. Estaríamos apenas a um passo da vida de mamãe e papai. Qual era a diferença? *Prostitutas*, o dono do hotel havia nos chamado. Talvez a gente pudesse ser prostituta sem saber, eu pensei. Talvez tudo que fosse necessário era comprometer a si mesmo para ganhar algo em troca. Eu estava farta de depender de Carlos, cansada de nosso estilo de vida doentio.

Eu caí no sono rascunhando diferentes versões de minha carta, com o caderno aberto no colo.

Querido Carlos,
Nós chegamos a uma encruzilhada...

Na manhã seguinte, eu acordei com batidas na porta, antes de Sam e Carlos acordarem; alguém estava esmurrando nossa porta, chacoalhando a corrente, e uma voz de homem chamando do lado de fora. Sam e Carlos continuaram dormindo, apesar de toda aquela barulheira. Ainda tonta de sono, eu abri a porta e me vi diante de um sujeito de vinte e poucos anos. O punho dele estava erguido, pronto para bater de novo. Sam apareceu atrás de mim; nós havíamos perdido a hora da contagem da diária no hotel.

"Se vocês vão continuar no quarto, terão que me pagar pelo dia de hoje", ele disse. "Se não, a camareira está esperando." Ele cruzou os braços no peito. O frio gelava meus pés descalços.

"Certo", eu disse. "Só um segundo." Carlos sentou-se e colocou uma mão em cima dos olhos para protegê-los da luz solar que invadia o quarto escuro.

Eu me ajoelhei ao lado da cama e comecei a revirar os bolsos dos jeans de Carlos em busca de dinheiro. Coloquei três notas de 20 dólares na mão aberta do homem.

"Da próxima vez, vocês é que devem vir *nos* pagar. Ou pelo menos atender a porcaria do telefone", ele disse, desaparecendo na escada.

"Eu nem ouvi o telefone tocar", eu disse a Sam.

"Eu também não." Sentei-me na cama e examinei o telefone, descobrindo que estava mal colocado no gancho. Podia muito bem estar assim há muito tempo, nós nunca o usávamos. Carlos e Sam ficaram olhando enquanto eu o coloquei de volta em seu devido lugar.

"É tudo isso de horas?", Carlos perguntou apontando para seu estômago. "Sim, acho que sim." Ele estava de bom humor.

"Que horas você chegou, Sam?" Eu estava surpresa por não ter visto Sam chegar, especialmente por ela ter deitado ao meu lado. Carlos levantou e abriu um enorme cardápio de comida chinesa.

"Vamos comer, suas tolas", ele disse, batendo com o cardápio em minhas pernas nuas.

"O que vamos pedir?", Sam perguntou, esquecendo a minha pergunta.

Eu estava cansada e faminta demais para pensar na carta que havia escrito para Carlos. E estava confusa demais. Era mais fácil me deixar levar pela necessidade imediata: comida.

Nós estávamos sentados amontoados na cama dele, examinando todas as opções de comida, quando o telefone tocou. Imediatamente, olhamos uns para os outros. Nunca recebíamos chamadas por aquele telefone. Eu havia dado o número a Bobby para que ele o desse a Lisa, para casos de extrema emergência. Sam levantou. Quando atendeu, ela ficou com uma expressão tensa e passou o aparelho para mim.

"Liz, é pra você. É Lisa."

"Alô?"

"Liz, sou eu. Por que vocês não estavam atendendo este telefone?" Mas, antes que eu pudesse responder, ela continuou. A voz dela era lacrimosa e soava em pânico enquanto gaguejava uma confusão de palavras horríveis.

"O quê?" Meus joelhos dobraram-se. Não me lembro de como fui parar na cama. Lisa soluçava, sua voz de criança retornou quando ela repetiu mais uma vez a notícia.

"Eu estarei aí em 15 minutos", eu disse, colocando o telefone no gancho.

"Liz, o que está acontecendo?", Sam quis saber.

Lágrimas escorriam pela minha face. Passei rapidamente a mão para secá-las, com os olhos ainda no telefone. "Minha mãe morreu", eu disse, soando tão simples e definitiva quanto a sensação que causou.

Os braços fortes de Carlos de repente me envolveram.

"Tenho que ir", eu disse. "Preciso ver Lisa. Tenho que ligar para o meu pai."

Sam chamou um táxi. Enquanto esperava por ele, fui ao telefone público e disquei o número do abrigo onde papai morava. Meu estômago reviroul-se quando ouvi a voz dele; eu sabia o que tinha de lhe comunicar.

"Papai... você está sentado?"

Choramos juntos, ele na secretaria do abrigo, sendo supervisionado por algum funcionário, e eu no frio da noite do lado de fora do motel. Embora eu nunca tivesse visto papai chorar, nós soluçamos juntos ali e eu senti nossos corações partirem-se.

A corrida de táxi até a Bedford Park foi debaixo de um nevoeiro de lágrimas, com meu mundo girando. Durante toda a corrida, Carlos ficou olhando para o meu rosto, esfregando meus joelhos e me forçando a falar. Eu não podia estar mais longe dele do que estive naquele momento. Tudo o que me importava naquele momento era mamãe, Lisa e papai. A gravidade de nossa perda levava embora as mesquinharias de todo o resto.

Encontrei Lisa no restaurante de Tony. Ela usava um velho casaco que se parecia com um de mamãe. Estava sentada sozinha diante de uma xícara de café, sem nada de comer, em uma das mesas ao fundo; estava com os olhos vermelhos. Quando me aproximei e olhamos uma para a outra, meu coração partiu-se de novo.

Capítulo 9

Pérolas

27 DE DEZEMBRO DE 1996

Querida mamãe,
O que em parte torna mais difícil sua perda são as coisas que jamais diremos uma à outra. É isso que a morte fez, mamãe – impossibilitou-nos de algum dia dizermos uma à outra aquilo que nunca dissemos.

Você também sente da mesma maneira que eu? O peso do que ficou por dizer?

Durante os últimos 16 anos, eu aprendi a engolir meus sentimentos. Engolir as coisas que eu não podia dizer para não te magoar nem te afastar de mim.

Você e eu, mamãe, faz-me lembrar de como são feitas as pérolas. As pessoas veem as pérolas em toda a sua beleza de gemas perfeitas, mas não sabem que elas são o resultado de muita dor – fabricadas a partir de um invasor, que não pertence àquele lugar, aprisionado dentro de uma concha. A ostra faz a pérola para se proteger.

Atrás de meus próprios lábios selados, mamãe, é o que eu fiz – encapsulei a dor de nossa família até nascerem as pérolas, milhares de pequenas perdas a serem suportadas. Mas você se foi de qualquer maneira, e eu não estou certa de que meu silêncio nos fez algum bem.

Você morreu em uma quarta-feira, por volta das oito e meia da manhã. Eu estava em algum lugar, dormindo, rindo ou esquecendo você.

Nunca vou deixar de lamentar isso.

Você estava sozinha quando morreu. Ninguém visitou você por vários dias; eu não estivera lá por quase um mês. Você achou que sua filha nunca mais voltaria a vê-la? Isso tornou mais fácil para você ir embora? Eu sempre estivera presente, para dar-lhe dinheiro, limpar você e ser sua confidente. Por que não estive presente na hora da sua morte? Quando estranhos trocaram sua roupa, deram-lhe de comer, colocaram suas mãos sobre seu corpo nu, frágil como um pintinho que acabou de sair da casca?

Eu sei que eles discutiram friamente seus assuntos pessoais uns com os outros ao pé de sua cama de doente, trocando sua comadre e balançando os braceletes em seus punhos, enquanto exalavam seu perfume de loja de departamentos. O isolamento deve ter aterrorizado você.

Você teve medo, mamãe?

Enquanto eu fazia amor, comia em restaurantes e ria à luz do sol, você teve medo?

Não sou mais sozinha, mamãe. Eu tenho amigos. Alguns deles compareceram ao seu enterro. Você se lembra de Carlos? Ele esteve lá. É meu namorado. Sam não conseguiu sair da cama. "Não consigo, Liz, essas coisas me deixam deprimida", ela disse antes de eu desaparecer dentro do táxi. Nós pagamos o transporte com a vaquinha que o pessoal do Madden's fez; uma amiga sua fez a coleta. Eu nunca escrevi a ela, nem a nenhum deles, um bilhete de agradecimento. Não sei ao certo por quê.

Lisa, Carlos, Fief e eu nos dirigimos para o cemitério Gates of Heaven um pouco antes de eles enterrarem você. O dia estava encoberto. Seu enterro foi por obra de caridade. Do espaço que eles doaram, você podia ouvir os carros passando em disparada pela autopista. Você foi colocada em um caixão de pinho que foi pregado, com seu nome escrito errado na tampa. Estranhos manusearam o seu corpo.

Você ainda estava vestindo a camisola hospitalar?

Gene Murry, foi assim que escreveram seu nome no caixão, grifado com letras bem claras, indicando *Cabeça* e *Pés*, para que fossem respeitadas as devidas direções. Carlos sabia o quanto isso me incomodava. Com sua caneta preta, ele desenhou um anjo flutuando na frente de seu caixão e colocou todas as informações corretas: *Jean Marie Murray. 27 de agosto de 1954 - 18 de dezembro de 1996. Mãe amantíssima de Lisa e Elizabeth Murray e esposa de Peter Finnerty.*

Mãe. Você nos alimentou em seu corpo durante nove meses, parindo-nos e nos trazendo ao mundo. Agora esse corpo é frio, imóvel e para sempre inalcançável.

Esposa de Peter Finnerty. Ele não compareceu ao enterro – seria algo como subir no trem clandestinamente e ser pego. Fui eu que tive de dar a notícia a papai, pelo telefone. Perguntei se ele estava sentado e ele soube imediatamente do que se tratava. Ao lembrar-me do horrível uivo que ele soltou, eu me sinto repleta de amor por ele e por você. Ele precisava ser amparado então, mas você havia partido. Você foi embora.

Você não tomou conhecimento, mas ele te beijou na boca um dia lá no hospital e a enfermeira repreendeu-o por isso. Disse que ele estava arriscando a própria saúde. Agradeci por você não ter ouvido isso. As pessoas fizeram isso com você durante toda a sua vida, não fizeram? Trataram você como alguma coisa da qual tinham que manter distância. Eu também.

Você percebia que eu fazia a mesma coisa, mamãe, mantinha distância? Abandonou você? Essa é uma pergunta que continuarei fazendo sem obter nenhuma resposta.

Você pode imaginar a viagem que papai fez de trem de volta ao abrigo depois de visitar você? Eu penso nisso com frequência, como ele deve ter colocado a cabeça entre as mãos, do jeito que ele costumava fazer diante de algo muito difícil. Os passageiros à sua volta, lendo as notícias do dia, enquanto o corpo de sua mulher definhava e suas filhas levavam suas vidas em algum outro lugar. Como ele deve ter desejado que seu corpo voltasse a ser saudável, para que ele não tivesse que deixar você lá, em um prédio cheirando a enfermidade, cheio de aparelhos e de morte. Talvez ele não conseguisse aceitar o fato de que você era um deles, morrendo. Eu tampouco.

Nós a enterramos no dia seguinte ao do Natal; havia levado quase uma semana para encontrar o serviço funerário gratuito. Na noite anterior, a de Natal, eu comi um prato de peru por 12 dólares no Riverdale Diner, cercada de amigos. Fief, suas primas, Sam, Lisa, Carlos e eu – todos sentindo a falta de nossos pais. Ajudamo-nos mutuamente a esquecer vocês, mães e pais que costumavam nos colocar na cama e cantar para nós cantigas de ninar. As estrelas de nossos sonhos e a base de nossa existência. Nós banimos vocês com a ajuda um do outro.

Mas eu vi as luzes da árvore de Natal do restaurante refletir suas cores vermelha, laranja e amarela no rosto triste de Lisa enquanto ela comia, todo mundo rindo e falando à sua volta. Ela pareceu tanto com você ali, naquele momento, com sua pequena estatura e olhos enormes cor de âmbar. Mamãe, ela é bonita. Ela se tornou uma mulher linda, exatamente como você. Eu desejei que tivéssemos mais proximidade para poder abraçá-la, assim como desejo tão intensamente abraçá-la agora; e abraçar você e papai.

Alguém pagou nossas refeições. Antes de voltarmos para o ar frio de inverno, Carlos colocou duas moedas de 25 centavos na vitrola automática para tocar a canção "Pearls", de Sade.

Te amo para sempre,
Lizzy

Capítulo 10

O muro

Na semana seguinte ao enterro de mamãe, eu parei de dormir. Todo descanso era interrompido por tremores de frio e meu coração colocava-me em estado de alerta com suas batidas nas paredes de meu peito, tão desesperadas que pareciam as das asas de um passarinho engaiolado. Quando eu conseguia pegar no sono, a culpa passava a atormentar-me. Eu tinha um pesadelo recorrente, em que dava as costas para a minha mãe quando ela mais necessitava de mim e, por isso, ela sempre morria de novo – toda vez que eu ia dormir. Os pesadelos acabaram deixando-me com insônia.

A cidade de Nova York estava sendo atingida por uma onda de frio nunca vista. A administração do motel finalmente respondeu às reclamações de frio intenso e ligou a calefação. O vapor deixava o ar pesado. De tanto me debater no sono, enroscada nos lençóis do motel, eu ficava encharcada, tanto com meu próprio suor quanto com o de Carlos. As imagens que guardo daquele período são todas fragmentadas: a fragrância de uma dúzia de rosas que ele colocava ao meu lado da cama; a putrefação delas com cheiro adocicado, um dia após outro, enquanto o rádio de Carlos chiava e estalava; rap romântico ou das antigas, Slick Rick, Grand Master Flash e The Furious Five. Sam, parada em frente ao espelho, pintando os olhos com uma máscara preta e passando brilho nos lábios.

Quando acordada, meu estado de espírito era frágil. Eu não sabia lidar com minhas emoções; elas simplesmente transbordavam de mim ou então eu andava entorpecida e calada. Na terceira noite, Carlos cansou-se do meu comportamento. Ele passou a me perseguir com chamadas insinuantes de seu celular para outras garotas, bem do lado de fora de nossa janela e bem na minha cara. Então, convidava Sam para longas caminhadas, das quais retornavam muitas horas depois sem explicação, carregando sobras de restaurantes sofisticados, com nomes franceses ou italianos escritos com letras arqueadas, em embalagens engorduradas, todos os lugares aos quais ele nunca havia me levado. Eu sabia que, com minha tristeza sugando todo o ar do ambiente, eu era péssima companhia.

A nossa última noite no motel juntos foi a de Ano-Novo, até as primeiras horas de 1997. Esparramados em cima das camas, nós três espalhamos um saco de sementes de girassol e assistimos às comemorações pela TV. Exatamente à meia-noite, um milhão de tiras de papel multicolorido choveu sobre a Times Square. Meu primeiro Ano-Novo sem você, mamãe, eu pensei.

Carlos desapareceu por três dias. Como não tínhamos nada de valor para pagar a estadia, o gerente do hotel ameaçou-nos que seríamos "jogadas no olho da rua" às onze horas da manhã em ponto e nenhum minuto depois. Passamos uma longa noite de espera em silêncio, sem que nenhuma de nós se dispusesse a dizer a verdade que ambas sabíamos: dessa vez ele não voltaria. Não lembro qual de nós duas começou a fazer as malas primeiro, mas lembro que ajudamos uma à outra. Sam enfiou suas coisas em uma sacola que havia encontrado no lixo: revistas de histórias em quadrinhos, frascos de tintura para cabelo, suas poesias, jeans rasgados e suéteres velhos. Tudo o que eu possuía coube em minha mochila: meu diário, a medalha dos Narcóticos Anônimos de mamãe, algumas peças de roupas, calcinhas e a única foto de mamãe que eu levava comigo, aquela em preto e branco tirada no Greenwich Village quando ela tinha 17 anos e morava na rua. Como vingança, enfiamos as coisas em nossas bolsas e o que não era nosso jogamos contra a parede ou chutamos *com força* através do quarto.

Sam havia guardado 10 dólares para alguma situação de emergência. Como para chegar ao trem tínhamos que fazer uma longa caminhada e as nossas bagagens eram pesadas demais, quando o sol nasceu, nós tomamos um táxi – com as mochilas no colo e cada uma com mais um saco de roupas – para o Bedford Park Boulevard. Não tínhamos ideia do que faríamos em seguida.

Nós não tínhamos a intenção de nos separar; simplesmente aconteceu. Sam foi visitar Oscar para guardar suas coisas. Como era domingo, eu sabia que meus amigos estariam em casa e fui bater às portas de Bobby, Jamie, Josh e Fief, em todas que me ocorreu. Bobby deixou que eu guardasse as minhas coisas em seu armário. Tomei uma chuveirada na casa de Jamie, enquanto sua mãe estava fora. Quando estava secando o cabelo, Carlos bateu à porta de Jamie. Ela olhou para mim com a mão ainda na maçaneta, como que perguntando: "*O que você pretende fazer com ele?*" Os olhos de Carlos giravam loucamente em todas as direções.

"Eu arranjei outro quarto, Trevo. Vamos pra lá", ele disse.

Eu precisava de um lugar certo para ficar. Mas, sem saber a que horas a mãe de Jamie voltaria para casa ou se teria algum outro lugar para ficar, eu ignorei o que minha intuição dizia e fui com ele. No táxi, com o cabelo ainda pingando, eu perguntei, "Podemos parar para pegar Sam?"

"Depois a gente volta para pegá-la", Carlos disse, e eu achei melhor não pressioná-lo. Sua velha calça cargo estava rasgada e em necessidade evidente de ser lavada. Sua barba estava por fazer e suas botinas Timberland misteriosamente perderam seus cadarços. Com uma mão fechada, ele bateu na divisória de acrílico do taxista e disse "Via expressa para New England, saída doze mais um".

"O quê?", o taxista perguntou.

"Via expressa para New England, saída DOZE MAIS UM!!" Carlos berrou enfiando nervosamente os dedos entre os cabelos de raiva, olhando para mim. "O demônio está me rodeando, mas ele não vai me obrigar a dizer o número dele. Ele está me provocando, Trevo. Eu sei." Meu coração disparou feito uma britadeira.

"Treze?", eu perguntei. "Você quer dizer Saída Treze?" Carlos contraiu-se ao ouvir o som do número e assentiu lentamente, com o punho cerrado sobre a boca e os olhos fechados de susto.

"Sim", ele disse de uma maneira que era tanto comum quanto psicótica. Por que eu havia entrado naquele táxi? Eu pensei. Eu não fazia ideia do que havia deixado Carlos alterado, mas sabia que ele estava sob o efeito de algo.

Inspirando profundamente, eu disse ao motorista: "Ele quer pegar a Via Expressa para New England até a saída... Treze", encolhendo-me ante a explosão de Carlos em espanhol. O taxista acelerou.

Em silêncio, peguei minha mochila, revirei as roupas e comecei a passar os dedos pelas bordas ásperas da medalha dos Narcóticos Anônimos. Eu vinha guardando aquela medalha por todos os últimos anos; com ela em minhas mãos, sentia-me mais próxima de mamãe. Naquele momento, ali no táxi com Carlos, fiquei passando os dedos nela enquanto seguíamos ziguezagueando pelo trânsito.

Que Deus me dê serenidade para aceitar as coisas que não posso mudar...

O nosso novo abrigo provisório era uma parada de beira de estrada para caminhoneiros e casais em busca de alguns momentos de prazer, chamado Holiday Motel. Ele não era diferente do Van Cortlandt Motel, só que agora eu não fazia nenhuma ideia de onde estávamos. Eu não sabia como chegar a qualquer meio de transporte que não dependesse de Carlos e tive uma sensação desanimadora de que não voltaríamos para pegar Sam. Naquele motel, não havia ninguém além de pessoas cansadas de estrada, Carlos e eu.

Decidi que o melhor que tinha a fazer era ser agradável e me manter calada. Eu obedecia a qualquer desmando de Carlos, mesmo sem concordar. Meu medo era grande demais para não fazê-lo e ele usou e abusou dele. O que se seguiu foi uma versão macabra do jogo "Simon diz". "Vamos para o quarto", ele berrou, depois de fazer o pagamento ao gerente. E para lá fomos. A única chave do quarto estava com ele e eu tive que esperar. Parada no frio, fiquei vendo-o mover-se lentamente, conferindo seu bipe, depois seu celular, segurando a chave a algumas polegadas da fechadura, mantendo-nos no ar gelado, só porque podia. Muitas vezes, nos próximos dias, ele voluntariamente decidia "Hora de comer!" Nem um instante antes e nem um instante depois do que ele decidia. Eu simplesmente pegava meu casaco e o seguia. Quando a caixa registradora marcou, não apenas uma, mas duas vezes, um total de 13,50 dólares por nossa refeição, ele deu uma porrada no balcão e saiu, jogando a comida pronta, totalmente para fora de nosso alcance atrás do balcão, e deixando-me com fome. E, em algumas noites, quando ele saía sem dizer se e quando voltaria, eu também esperava.

Aquelas noites em que eu passei sozinha no Holiday Motel na Saída "12 + 1" da via expressa para New England voltam frequentemente a me atormentar. Aquelas noites foram o *meu* fundo do poço.

Espiando pelas janelas para ver se Carlos chegava, ouvindo os sons incessantes das prostitutas através das paredes de madeira fina, sem nenhuma moeda para telefonar, eu não tinha para onde fugir. Papai me contou que uma vez ele passou oito semanas em confinamento solitário na prisão, e que tudo o que ele tinha para se entreter era um único livro. Ele disse que começou a ter alucinações com os personagens do livro, que falavam com ele e eram seus únicos companheiros. Eu passava as noites andando pelo pequeno quarto do motel com o coração partido pela perda de mamãe, vendo-a definhar lentamente.

Meus pensamentos fixavam-se nas pessoas que faziam parte de minha própria vida e em como elas definiam minhas opções. *Para onde eu iria se decidisse ir embora?* Para a casa de Bobby? Não seria por muito tempo. Para a casa de Jamie? A mãe dela era assistente social de uma instituição que cuidava de menores abandonados. Ela estaria pronta a "ajudar" para que eu voltasse para um abrigo e eu não poderia ficar em sua casa por muito tempo. Depois do que eu havia vivido no Lar St. Anne – a crueldade das garotas, a indiferença do pessoal e o ambiente prisional –, eu jamais voltaria para um lugar como aquele. De volta para o apartamento de Brick? O Sr. Doumbia me encontraria lá e era, portanto, escolher voltar para o abrigo. De jeito nenhum.

Eu não tinha saída. Tentava me entorpecer dormindo e assistindo a programas de televisão, mas os pensamentos em mamãe continuavam se imiscuindo: o maldito caixão de pinho em que a enterraram, os pregos grossos com que o pregaram. *Ela teria sido fechada nele com a camisola hospitalar? Eu disse a ela que a veria "depois". Eu pensava realmente que haveria um depois... Mas, se eu ainda guardava sua medalha dos Narcóticos Anônimos, se Lisa e Brick continuavam guardando suas roupas no armário, ela poderia estar mesmo morta?* Com a escalada da insanidade de Carlos, muito como sendo levada por uma forte correnteza, eu sentia que estava indo com ele.

Nas duas semanas seguintes, sempre que Carlos voltava de suas longas e misteriosas "saídas", ele esvaziava seus bolsos em cima da mesa do motel: seu colar preto e dourado da gangue Latin King, tubos de unguento antibiótico para seu crescente número de tatuagens, um revólver, sacos cheios de pílulas, tijolos de maconha e, curiosamente, duas latas de refrigerante. Espiando por baixo do cobertor, eu via quando ele, à luz fraca, abria a tampa da lata de Coca-Cola falsa e retirava dela um saquinho plástico de pó branco que, sem dúvida, era cocaína. Parado diante da parede de espelhos cafonas e papel de parede marrom, Carlos virava-se para mim, colocando a lata falsa e o saquinho lado a lado. Eu contava três reflexos seus no espelho. Ele fazia uma expressão curiosa com suas sobrancelhas, como se achasse graça de sua esperteza em fazer da lata de Coca-Cola um esconderijo para a cocaína.

O único aspecto positivo era Carlos não tentar ter contato físico comigo; ao contrário, chegando ao amanhecer daqueles dias frios de janeiro, ele chutava suas botas cobertas de neve e puxava um cobertor por cima de si mesmo no chão. Isso me era tanto um alívio quanto uma preocupação, pois, se não nos falávamos nem dormíamos juntos, por que afinal estávamos juntos? E minha memória ainda teimava em guardar lembranças de seus intensos olhos castanhos fitando-me com afeto e dos batimentos de seu coração quando eu dormia com a cabeça em seu peito. Antes Carlos havia sido uma fonte de conforto e amor. Ele cuidou de mamãe, da mesma maneira que dizia ter cuidado de seu próprio pai quando totalmente tomado pela Aids. Era difícil ter raiva dele depois de tudo o que tínhamos passado juntos, mas o mesmo não se podia dizer do medo.

Depois de demasiadas noites de silêncio embaraçoso e de muitos desaparecimentos, eu me arrisquei a lhe fazer algumas perguntas. Uma noite, com o máximo de cautela possível, eu perguntei: "Por onde você andou? Posso ir com você?... Podemos ir buscar Sam?"

Eu não tinha o telefone de Oscar e, para todas as casas que eu ligava, nenhum de nossos amigos sabia o paradeiro de Sam. Eu estava preocupada. Estava também farta de comer restos de comida estragada e de espiar pela janela, sem saber se ele voltaria. Alguma coisa tinha que mudar. Carlos respondeu às minhas perguntas com um risinho de escárnio, o queixo caído e uma expressão de ódio no olhar. Mas nós não tínhamos comido nada o dia todo e, se eu não o pressionasse, poderíamos passar mais outro sem comer. Eu não queria deixá-lo sair sem mim.

Muito delicadamente, eu voltei a perguntar: "Carlos, você me ouviu? Posso ir com você?" Meu coração disparou.

Ele andou lentamente em minha direção e então se moveu muito rapidamente e com um braço estendido para trás: *Bang*! A porrada passou raspando pela minha cabeça e o impacto rachou a madeira da parede. Eu gritei. Ele recuou seu punho, como se preparando para me dar uma bofetada na cara. Eu me desviei e ergui os braços para me proteger. Olhando-me de cima para baixo com seu punho ainda erguido, ele soltou uma risada: "Sua estúpida!", ele gaguejou antes de entrar no banheiro. Eu estava tremendo; enrosquei-me perto da cabeceira e não ousei pronunciar mais nenhuma palavra. Nunca antes ele havia me ameaçado com violência.

Mas talvez isso não seja totalmente verdade. Carlos tinha uma maneira silenciosa de exercer o controle, assegurando-se de que você sabia que não devia pressioná-lo. Ele estava resmungando consigo mesmo na frente da pia, jogando objetos no piso do banheiro. Eu não ousei me mexer nem falar. Pelo que pareceu uma eternidade, pelo espelho eu observei Carlos pentear seu cabelo para trás com gel, aparar seu cavanhaque com um barbeador descartável, enfiar nos dedos seus anéis de ouro e, finalmente, pendurar o revólver no cinto e colocar suas drogas de volta no bolso com zíper de sua calça cargo. E saiu para o frio, silenciosamente.

"Polícia encontra mulher morta a facadas", era a manchete publicada no New York Daily News de 13 de janeiro. O estilo da reportagem era mais factual que sentimental. Dizia simplesmente que a mulher "havia sido esfaqueada e tivera o pescoço cortado; ela foi abandonada para morrer no piso do quarto de motel". Era um simples ato de violência contra uma mulher, perpetrado por seu namorado, em uma cidade onde coisas como essas acontecem o tempo todo. Na verdade, facadas

perpetradas por namorados não eram nenhuma novidade naquele motel que o jornal classificou como "chapa quente", no qual o tráfico de drogas, incursões policiais e violência contra mulheres eram a norma.

Mas eu não tive que esperar pelo noticiário para saber daquele ato de violência; só tive que levantar a cortina. Na hora em que eu assistia ao noticiário na televisão, Carlos estava fora. No início, eu não consegui entender direito: um repórter falando na frente de um motel, noticiando o assassinato cruel de uma mulher em uma casa de má reputação na via expressa para New England. A camareira do motel havia encontrado o corpo, que, naquele exato instante, estava sendo colocado silenciosamente dentro de uma ambulância atrás do repórter de olhos arregalados. Poderia ser um episódio do programa preferido de papai, *Law & Order*. Mas era um assassinato de verdade – bem ali do lado de fora da minha janela. Rosa Morilla, 39 anos, mãe de cinco filhos, havia se esvaído no piso de seu quarto do Motel Holiday, a apenas três portas do meu quarto. Corri a espiar pela janela, ergui a cortina e vi o repórter. Era como se houvesse dois diferentes aparelhos de TV para ver, com dois diferentes ângulos da câmara. Fiquei olhando da televisão para fora e vice-versa para ver se a cena era a mesma: a Sra. Morilla dentro de um saco, as portas da ambulância sendo fechadas, a luz da câmara portátil do repórter refletindo seu rosto exageradamente maquiado.

Apaguei tudo, a televisão e a luz, e enfiei-me debaixo dos cobertores. No escuro, fiquei ouvindo o crepitar do rádio da polícia, as dezenas de passos pisando na neve, as camareiras falando nervosamente em espanhol. "Não!", eu gritei para o quarto vazio, "Droga!". Passadas algumas horas, não daria nem para imaginar que aquilo tivesse acontecido. Depois de o repórter já ter ido embora havia um bom tempo, a polícia pegou suas coisas e também se foi, e tudo no motel voltou a ser como antes, como se Rosa Morilla nunca tivesse existido. Como se não fosse a mãe de cinco filhos; como se não tivesse sido filha nem irmã de ninguém; como se não tivesse a mínima importância.

Então podia acontecer de pessoas simplesmente desaparecerem. Eu não conseguia deixar de pensar naquela mulher que acabara de ser assassinada a apenas alguns metros do meu quarto. Como ela foi parar ali naquele motel vagabundo com um homem violento que dizia amá-la? E o que eu tinha de diferente?

Talvez no início eu tenha amado Carlos e quisesse o futuro que ele prometia para nós, juntos. Eu queria que ele recebesse sua herança e tivesse um lugar próprio para morar. Eu queria amá-lo como ele nunca havia sido amado. Mas tal futuro, há muito tempo, havia ficado para trás. E eu continuava ali porque tinha medo dele, e não via nenhuma saída sem ele. Eu achava que precisava dele.

Eu não podia deixar de me perguntar: E se fosse Carlos e eu em lugar de Rosa e seu namorado? Se fosse o meu nome o noticiado pelo repórter? *Elizabeth Murray, 16 anos, supostamente assassinada por seu namorado, traficante de drogas de 18 anos...* Imaginei o que seria para papai, Lisa e Bobby – e todas as pessoas que eu amava – se a minha vida acabasse daquela maneira.

A camareira do hotel ficou com pena de mim e me deu algumas moedas de 25 centavos. Eu as usei para telefonar para Jamie. "Estou precisando de sua ajuda. Você pode falar com sua mãe e ver se posso ficar com vocês? Eu tenho que ir embora, agora mesmo."

O apartamento de Jamie foi um dos lugares de uma série de diferentes amigos com quem eu me refugiei antes de arranjar o próximo, dessa vez sozinha. Jamie teve uma discussão violenta com sua mãe e ela me concedeu a permanência por uma semana. Jamais vou esquecer a generosidade de Jamie – sem nem mesmo me fazer perguntas, mas simplesmente ajudando com o que podia, como se fosse minha família. Tomou dinheiro emprestado de sua mãe para pagar o táxi, lavou minhas roupas enquanto eu tomei uma chuveirada quente, preparou-nos sanduíches de atum sem as crostas do pão e tigelas de sopa quente. À noite, no sofá-cama limpo e quente, nós adormecemos uma ao lado da outra. Carlos estava muito longe de mim e eu me senti segura. Se ela pudesse escolher, eu teria permanecido por mais tempo. Mas nenhum de meus amigos tinha sua própria casa e, assim, a questão se resumia em: a casa de quem e em que noite. E, a partir dali, tudo era indefinido.

Eu passei aquelas primeiras semanas saltando de uma casa para outra. Sam telefonou algumas vezes querendo me encontrar na casa de Bobby, mas nos perdemos. Ela estava em segurança em um abrigo da 241th Street. Quando liguei para lá, ela havia saído, mas uma garota chamada Lilah atendeu e anotou o recado.

"Não, Sam não tá, ela saiu. Quer deixar recado?"

"Diga a ela que Liz ligou e que vou estar na casa de Bobby hoje à noite, caso ela possa me retornar a ligação. Sam é a garota porto-riquenha com cabelo curto azul. Por favor, não se esqueça de dar o recado a ela."

"Eu *sei* quem ela é", a garota disparou. "Eu sou a melhor amiga dela!"

Ela desligou. Sam tinha se mudado para lá... e assim, do nada, também ido embora. Eu tive que, portanto, me virar sozinha.

Uma vez, no meio da noite, eu tive que deixar a casa de Fief quando sua mãe e seu pai começaram a brigar. Bobby não se importou com a surpresa, tarde da noite; na verdade, ele pareceu muito feliz por me ver. Quando eu cheguei, de repente, ele já estava vestido para dormir, com seus jeans recortados e camiseta desbotada com o logo do McDonald's, mas só que com a inscrição MARIJUANA em seu lugar, logo abaixo dos arcos dourados. Ao ver como seus olhos brilharam no momento em que abriu a porta, eu entendi quanta falta eu realmente senti dele, de Bedford Park, do grupo e de nossos encontros. Eu havia pedido dinheiro a algumas pessoas na rua e comprado comida chinesa, para não chegar à sua casa de mãos abanando.

"Arroz com costeletas fritas sem verduras e frango com e sem brócolis, do jeito que você gosta", foi o que eu disse antes mesmo de cumprimentá-lo, erguendo o pacote para o alto na entrada.

Ele deu aquele seu típico meio sorriso, colocando um dedo sobre os lábios, e levou-me para dentro do apartamento quente e fracamente iluminado. A mãe dele estava tendo suas últimas horas de sono antes de sair para cumprir o turno da manhã no hospital. O gato, de listras cinzentas, revirava a lata de lixo da cozinha. Um desenho feito por sua irmãzinha, uma borboleta pintada de púrpura e amarelo, recortada fora das linhas pontilhadas, estava preso à geladeira por um ímã.

Nós abrimos as embalagens de comida na frente da TV. A reprise de um episódio de luta estava acabando. Ao lado da tela, uma moldura com a foto de Bobby e sua namorada, Diane, beijando-se com paixão em um casamento, ela com seu cabelo preto reluzente caindo sobre os ombros. A lição de casa de matemática de Bobby estava espalhada por cima de seu sofá-cama preto, seus diversos formatos e ângulos reproduzidos em folhas brancas, com as respostas redigidas ao lado. Estar em uma casa de verdade em vez de perder tempo com Carlos naquele quarto de motel era como voltar ao mundo dos vivos. Olhando para os papéis de Bobby, seu lindo rosto saudável e sua relação, ficava evidente que tudo – a sociedade, a realidade, a *vida* – havia continuado sem mim, enquanto eu percorria algum mórbido reino da fantasia. Perto dele, eu me sentia uma espécie de espectro vindo do limbo.

"E então, como você tem estado?", ele perguntou.

"O que você quer saber?", eu perguntei, desconfiada. Sentada ali, vendo a vida estável que Bobby levava, a pergunta pareceu quase retórica. Será que não se via na minha cara esfarrapada o que eu estava sentindo? Minhas roupas estavam sujas e meu cabelo, engordurado e desordenado.

"Bem, não sei, eu só quis dizer, como você está? Sei que foi muito difícil, com sua mãe e tudo mais. E também tem sido difícil, Liz... não conseguir entrar em contato com você. Eu gostaria de estar com você para tudo. Mas só podia ficar me perguntando como você estava se virando." Seu cabelo ainda estava molhado do banho, penteado e afastado do rosto, e seus olhos demonstravam verdadeiro interesse. Na minha condição de fugitiva do motel, era difícil não ficar na defensiva. Eu tinha que lembrar que não estava lidando com Carlos; que havia pessoas boas e saudáveis no mundo.

"Sinto muito... só estou cansada." Mantive os olhos no chão, procurando não demonstrar meu constrangimento. "Muita coisa tem acontecido. Mas eu acho que se pode dizer que estou bem."

"Bem? É isso mesmo?", ele perguntou, enfiando uma colherada de arroz na boca. Sua curiosidade era sincera. Olhando para ele, eu relaxei e tratei de lembrar a mim mesma que eu tinha amigos de verdade que realmente me amavam. Com Bobby, eu estava em segurança.

"Pois é... você sabe, neste momento, *é* isso mesmo. Estou bem." E estava. Abandonar Carlos havia me libertado, me tirado de uma espécie de torpor. Eu me sentia extremamente aliviada. "Agora, conte-me como *você* tem estado."

Nós comemos enquanto Bobby voltou ao começo de sua fita VHS de luta, pausando de vez em quando para me explicar os nomes corretos dos golpes; Fio da Navalha, Lápide, Queda de Cotovelo. Mas meus olhos voltavam-se para sua lição de matemática espalhada sobre o sofá-cama. Sua caligrafia, vigorosa e firme, demonstrava confiança.

"... Estes são os caras mais importantes", ele disse, gesticulando com as mãos para dar ênfase. "Mas os competidores do ECW – quer dizer Extreme Championship Wrestling – são reais. Quando se trata de verdadeira violência..."

"Bobby", eu o interrompi. "Como é estudar no colégio?"

Depois daquela noite, eu passei o resto da semana na casa de Fief, que ficava logo ali na esquina. Na semana seguinte, fiquei saltando de um lugar para outro. Era difícil descansar por uma noite inteira, porque, muitas vezes, eu tinha que entrar às escondidas depois de os pais terem se recolhido e sair antes de eles acordarem, mas, em geral, eu conseguia dormir quatro horas por noite. Na casa de Myers, havia um saco de dormir que ele usou para acampar apenas uma vez. Quando ele o estendia para mim entre a mesa de seu computador e sua cama, eu ocupava o único espaço livre em seu pequeno quarto retangular.

A mãe de Jamie preparava arroz com feijão, e Jamie dividia suas porções pela metade comigo, enquanto assistíamos a clipes da banda *Nine Inch Nails* e fofocávamos sobre garotos ou falávamos sobre antigos filmes à noite na cozinha. No apartamento de Bobby, eu tomava as melhores duchas. Deliciava-me com o perfume de seu xampu Pantene, suas barras de sabonete azul Coast, além de usar absorventes e o desodorante de sua mãe.

Meus amigos alimentavam-me e, às vezes, eu esmolava apenas o suficiente para pagar por um prato de batatas fritas com queijo mozarela e molho no restaurante em que Tony trabalhava. Tony permitia que eu ficasse sentada ali por horas, para me manter aquecida. Mas, quando não conseguia ajuda de ninguém, eu furtava no supermercado C-Town, pegando tudo o que cabia em minhas mãos. Eu era ousada e destemida, enfiando em minha mochila ou no bolso de meu blusão encapuzado pão, queijo e uvas verdes sem sementes. Qualquer coisa, desde que fosse o suficiente para silenciar os roncos de meu estômago. Essa não era a parte mais difícil. Se necessitava de algo, eu sabia como consegui-lo, da mesma maneira que havia satisfeito todas as minhas necessidades até ali. Nada para comer em casa? Vá ensacar as compras no supermercado ou encher tanques no posto de gasolina. Mamãe e papai eram demasiadamente caóticos? Deixe-os. A escola é um saco? Não vá. Simples assim. Eu sempre fora capaz de satisfazer as minhas necessidades. Não, a parte mais difícil de viver sozinha foi algo totalmente diferente.

Com Sam e Carlos ao meu lado, bater às portas e viver à custa de meus amigos havia sido administrável. Se alguma vez eu me sentisse constrangida para pedir ajuda, eu sempre podia dizer a mim mesma que estávamos apenas sendo "sociáveis", que estávamos os três passando ali de "visita". Mas não ter onde morar sozinha virou tudo de ponta-cabeça. Revelou o quanto eu era carente e eu odiei isso.

Sim, às vezes eu podia passar a noite, mas não sem um custo. Eram as pequenas coisas que me incomodavam. Ouvir sussurros ao redor do fogão durante os jantares na casa de Bobby; Bobby e sua mãe, aos cochichos, discutindo se havia comida suficiente naquela noite para dividir comigo. Ou, da entrada do prédio de Jamie, ouvi-la discutir com sua mãe, em longas e arrastadas batalhas para que eu pudesse ficar mais uma noite. Até mesmo no apartamento de Fief as coisas podiam se complicar, quando ele ia passar semanas com seus primos em Yonkers e seu pai atendia à porta, dizendo que não sabia quando Fief voltaria. Eles eram meus amigos, mas eu era outra coisa... Eu era "Preciso de um lugar para ficar, você pode me arranjar um prato de comida? Você tem um cobertor sobrando? Se importa se eu usar a ducha? Você tem alguma coisa sobrando...?" Era isso o que eu era e eu não suportava ser isso.

Isso não era apenas o que eu não queria ser, mas era também algo assustador, porque, por mais que meus amigos, minha nova família, estivessem me ajudando, eu tinha que me perguntar: E quando eles pararem de me ajudar? Em que ponto eu ultrapassaria os limites? Quando eles começariam a dizer não? Aquilo não podia continuar para sempre. E, só de pensar em estar em uma situação de extrema necessidade e ter que, algum dia, ouvir meus amigos dizerem, na minha cara, "não" para a minha fome e para a minha necessidade de ter onde dormir – e dar as costas ao meu desespero –, bem, essa possibilidade de rejeição era demais para mim. Eu temia que o momento do "não" estivesse se aproximando. O que se sente quando se é rejeitado por alguém que a gente ama? Eu não queria saber. Por isso, decidi que era melhor deixar de ser tão carente. Eu não conseguiria isso imediatamente, levaria algum tempo, mas resolvi nunca mais ser tão carente.

E, então, essa situação de estar contra a parede deixou-me clara outra coisa: amigos não pagam aluguel por você. Essa era uma constatação simples e imperiosa. Ela me ocorreu quando eu tentava adormecer no sofá-cama de Bobby certa noite. Mas, por mais simples que fosse, ela provocou uma enorme mudança em meu modo de pensar. Ter amigos é ótimo. Eles são generosos, apoiam e são divertidos – mas amigos não pagam o seu aluguel. Eu nunca antes tivera que me preocupar com pagar aluguel, mas agora eu tinha definitivamente que me preocupar com isso. Eu estava tentando me entender com a ideia de *arranjar um apartamento* e *juntar dinheiro para o aluguel* quando isto me ocorreu: tudo o que constituíra minhas obsessões (Carlos, amigos, encontros, lembranças do passado) – nada disso pagava meu aluguel. Pagar aluguel exigiria focar em algo novo.

Depois de algumas semanas dependendo tão intensamente das pessoas, eu comecei a passar algumas noites por semana sozinha no metrô. No canto do último carro do metrô, eu me parecia com qualquer outro passageiro de transporte público, que dormia ao balanço do trem, a caminho de casa. Ninguém tinha que saber. Mas eu não estava em segurança. Às vezes, assassinos subiam no trem, rapazes adolescentes encapuzados, calças caídas, gritando uns para os outros, dominando o carro do metrô. Algumas noites, acordei com eles me olhando, mas nunca passou disso. Por sorte. A partir dali, passei a escolher algum corredor como principal refúgio; era mais seguro.

O último lance de escadas de um prédio em Bedford Park era muito mais seguro. Deitada ali, no piso duro de mármore, usando minha mochila como travesseiro, vidas inteiras desenrolavam-se diante de mim: cheiro de comida sendo preparada; discussões de namorados; batidas de pratos; TV ligada em último volume;

meus antigos programas, *Os Simpsons* e *Jeopardy!*; música rap – tudo me levava de volta para o apartamento da University Avenue. Sobretudo, eu ouvia o que se passava em família: crianças chamando pelas mães, maridos dizendo os nomes de suas esposas, trazendo-me lembranças de como o amor entre um punhado de pessoas preenche o espaço e transforma-o em um lar. Eu me perguntava como Lisa estaria na casa de Brick. Como ela estaria lidando com a escola depois de ter acabado de perder mamãe? Eu não tinha coragem de ligar para ela; eu sabia que não suportaria as perguntas que ela com certeza me faria: *"O que você está fazendo na rua, Liz? O que você vai fazer de sua vida? Você vai voltar para a escola?"* Aquilo era demais para mim e, por isso, preferia ficar afastada.

Em muitas noites, eu sentia saudade de casa. Mas a saudade surgia quando eu buscava aninhar-me em sentimentos de conforto e segurança: eu não tenho ideia de onde fica minha casa.

Às vezes, no momento em que eu acordava, eu não sabia onde estava. Pelos primeiros segundos, podia parecer que eu estava no apartamento da University Avenue, os passos ao redor, mamãe e papai preparando-se para a sessão de drogas da noite. Ou no apartamento de Brick, com Sam a meu alcance. Mas, quando meus olhos ajustavam-se à claridade, era sempre o lugar ao alcance de outras pessoas, os ruídos de seus familiares ao meu redor e seus odores no ar. Eu estava na casa de Bobby, de Fief ou na de algum outro em que eu às vezes dormia aleatoriamente, o apartamento de amigos dos meus amigos.

Eu passei quase uma semana na casa dessa garota em particular. O pessoal todo vivia despencando por ali com muita frequência; Danny era um amigo de Bobby que costumava ir e vir de nosso grupo de amigos e havia se tornado alguém que eu passara a contar como amigo, alguém da minha tribo. Era um porto-riquenho alto, bonito, de pele clara e grandes olhos castanhos. Como Bobby, Danny adorava videogames e a companhia de nosso grupo. Ele andava sempre de namorada nova e cada uma das muitas outras garotas também se considerava sua namorada. Paige era a mais recente. Ele havia acabado de ir morar com ela e levou todo o nosso grupo para o apartamento.

Na adolescência, Paige abandonou a escola, mas agora era uma adulta de 22 anos. Danny contou-me que ela se arranjava muito bem sozinha, que tinha um emprego fixo e seu próprio apartamento, que ela conseguia pagar sozinha, sem necessidade de dividir com ninguém. Era um apartamento minúsculo de um quarto que ficava em cima de um restaurante chinês, tão minúsculo que toda a sua extensão, da sala até a cozinha, que na verdade eram um único cômodo, cabia apenas o comprimento de uma pessoa. Mas era só dela. Ela o conquistara com seu próprio esforço.

Quando Paige cozinhava frango e arroz para todos nós, o cheiro e o calor transformavam o pequeno espaço em uma sauna. Era quando seu cabelo encaracolado ficava molhado e grudado nas têmporas. Ela o secou antes de falar.

"Você tem certeza de que não quer fazer um supletivo?", ela me perguntou, enquanto colocava um prato de comida fumegante no meu colo.

"Tenho. Eu quero obter meu diploma do colegial", eu respondi. "Não estou absolutamente interessada em um supletivo. Ouvi dizer que é ótimo, mas não é o que eu quero... Embora seja difícil eu frequentar a escola, você sabia? É gente demais e eu sinto que fico para trás."

"Bem, então o meu antigo colégio deve ser perfeito para você", Paige disse, enquanto enchia o prato de Danny.

Foi por meio de Paige que eu fiquei sabendo o que era uma escola alternativa de segundo grau na cidade de Nova York. "É como uma escola particular, mas para qualquer um que se sinta motivado a frequentá-la, mesmo que não tenha dinheiro. Os professores se interessam realmente por você", ela disse.

Eu anotei o nome e o endereço da tal escola em meu diário, enquanto ela me contava suas experiências escolares, desfiando sua história com um ex-namorado. Enquanto ela falava, eu peguei minha caneta e marquei o número do telefone de sua escola e, quando terminei de anotá-lo, toda uma nova vida alçou voo da página.

Mais tarde, enquanto todo mundo dormia e o apartamento estava às escuras, sentada em seu sofá de dois lugares, eu escrevi à luz da lâmpada de cabeceira.

Na primeira página, fiz uma lista:

Coisas a conquistar quando eu finalmente tiver um lugar para morar:
1. Privacidade
2. Nunca passar frio
3. Comida a qualquer hora que quiser
4. Uma cama grande!!!
5. Roupas limpas, especialmente meias!
6. Dormir sem ter ninguém para me acordar
7. Banhos quentes

Passei para a página seguinte e bati com a caneta algumas vezes. O relógio de parede avançava em seu tique-taque. Por todas as paredes, havia pinturas abstratas que Paige fez em suas aulas de educação artística, em vermelho, amarelo e verde vívidos espalhados pelas grandes telas em bege. Eu examinei uma fotografia pregada ao lado dos quadros; uma mulher que parecia uma versão mais velha de Paige, com cabelos mais encaracolados e com sua melhor roupa de domingo, ao lado de um homem robusto com uma barba grisalha e de gravata. Paige estava espremida entre os dois. "É de minha formatura", ela havia me dito. "Tiramos um milhão de fotos naquele dia. Sim, e minha professora de pintura chorou, de tristeza por eu ir embora", ela dissera.

Eu voltei a bater com a caneta na página em branco e escrevi:

Número de créditos necessários para concluir o colegial
40?... 42? (descobrir)

Minha idade quando começar o próximo ano letivo
17

Meu endereço atual
Onde quer que eu esteja no momento

Meu total atual de créditos correspondente ao segundo grau
1

O número de fato seria zero, se de vez em quando eu não tivesse ido com Sam ao colégio John F. Kennedy. Ela nem frequentava oficialmente aquela escola, mas, com mais de seis mil alunos matriculados, quem notaria a presença de alguém de fora? Juntas, Sam e eu sentávamos nos fundos da classe superlotada de estudos sociais, da professora Nedgrin, e desempenhávamos um ato que poderia se chamar "Sou pra lá de esquisita, olhem para mim!" O cabelo de Sam na época era vermelho como o dos carros de bombeiro, preso com enormes pauzinhos usados nas refeições orientais, e a maquiagem escura em volta dos olhos a fazia parecer um guaxinim. Eu era gótica e me vestia toda de preto, quase desde o dia em que saíra do abrigo. Para combinar com meus trajes, usava com orgulho uma coleira preta de cão com tachas prateadas, que eu furtara em uma loja. As nossas roupas eram furadas como a moda exigia. Acontecera simplesmente de, em um dos dias em que eu apareci saracoteando na aula da professora Nedgrin, ela submeter a turma a uma prova e eu passar. Esse era o motivo de eu ter aquele único crédito correspondente ao segundo grau. Bem, foram ele e a bondade da professora Nedgrin que me salvaram.

Sem nenhuma frequência às aulas, eu havia tirado 81 em uma prova que valia 100 pontos, e isso a havia deixado curiosa o bastante para me conduzir um dia até o corredor e me suplicar que frequentasse a escola. "Você é uma menina inteligente", ela disse. "Eu consultei seus registros escolares... Sua mãe está doente, não é mesmo? Você esteve interna, não esteve?" Os olhos estavam molhados de lágrimas de compaixão.

"É", foi tudo o que eu disse, evitando os olhos dela.

Durante toda a minha vida, os professores tratavam-me assim, como se tivessem pena de mim. Era só as senhoras de Westchester, cheias de colares de pérolas, darem uma olhada na minha vida e ficarem pesarosas. Mas, seja como for, o fato é que, se ela achou que eu era inteligente, estava equivocada. O único motivo que me fizera passar no teste foi que eu havia lido um dos livros de papai que tratava daquele tema, a Guerra Civil. E as perguntas de sua prova eram elementares. Realmente, o que eu fizera não tinha nada de tão impressionante. E por que ela estava chorando? Ali parada, com seu vistoso vestido azul-escuro lavado a seco e seus olhos cheios de preocupação, ela secava as lágrimas. Ela me abraçou e disse algo, palavras que eu guardei na memória por muitos anos: "Eu entendo por que você não vem à escola e a culpa não é sua. Você é uma *vítima* disso tudo, eu entendo, querida. Tudo bem".

Apesar de todas as boas intenções da professora Nedgrin, eu guardei apenas uma das coisas que ela disse, aquela que dizia respeito a eu não ter que fazer as lições de casa, por motivos que não eram de minha responsabilidade. Eu era uma "vítima". Ela entendia. E, bem, como eu não queria mesmo fazer as lições de casa, achei tudo aquilo ótimo.

Aquela foi a última vez em que eu apareci no colégio John F. Kennedy e, quando meu boletim chegou pelo correio ao endereço de Brick, lá estavam uma fileira de F e um único D, exatamente aquela única nota de aprovação, concedida pela professora Nedgrin. Eu tinha a mesma idade de qualquer aluno preparado para entrar na universidade e, até ali, todo o meu curso colegial resumia-se naquele único crédito.

À luz da lâmpada de cabeceira de Paige, eu usei minha caneta para continuar a sublinhar o número de telefone e endereço em meu diário e, ao lado deles, três palavras novas, ou seja, *curso colegial alternativo*.

Quando acordei pela manhã, Paige estava andando em meio a todos os corpos dormindo e roncando esparramados por todo o chão do apartamento. Ela estava com uma camiseta com os dizeres BLOCKBUSTER VIDEO, bem-arranjada dentro da calça cáqui; seu cabelo estava puxado para trás em um coque bem apertado. Ela estava procurando suas chaves. Eu fiquei observando-a em silêncio por um momento, andando entre todos aqueles corpos adormecidos, sendo ela a única pessoa produtiva do grupo. Naquele momento, senti respeito por ela, por sua capacidade de fazer as coisas acontecerem. Pelo canto do olho, eu vi seu chaveiro Garfield cor de laranja vivo, parcialmente escondido embaixo de uma revista.

Eu levantei e fui pegar suas chaves: "Espere um pouco, Paige", eu lhe sussurrei. "Vou sair com você."

Com a permissão dela, peguei duas moedas de 25 centavos de cima da geladeira, vesti meus jeans por cima de uma cueca de Carlos com que eu havia dormido e me apressei a sair com Paige. Meus olhos arderam diante do sol da manhã. Meses já haviam se passado desde que eu deixara o motel, e estava ficando mais quente; das árvores começavam a brotar pequenas folhas verdes e os passarinhos saltitavam. Joguei minha jaqueta por cima dos ombros. Paige estava com seus fones de ouvidos e exalava o perfume intenso de uma loção de frutas quando eu dei a ela um abraço de despedida.

Separamo-nos na esquina de sua casa. As portas das lojas estavam sendo abertas por seus funcionários para os negócios do dia. Um velho varria a calçada diante do restaurante chinês que ficava em baixo das janelas de Paige. Quando ela desapareceu de vista, eu peguei meu diário e o abri na página em que anotei o número do telefone. Enfiei as moedas no telefone, hesitei e tirei o aparelho do gancho. Segurando o receptor, comecei a discar lentamente os números. Tive que fazê-lo por duas vezes até completar a ligação, e então respirei fundo.

2-1-2-5-7-0...

"Alô, tudo bem? Meu nome é Liz Murray. Gostaria de marcar uma hora... Sim, para uma entrevista... para o próximo semestre."

Nas semanas seguintes, eu localizei, pesquisei e marquei entrevistas com o máximo de colégios alternativos que consegui encontrar. Alguma coisa em meus instintos dizia-me para focar em Manhattan, provavelmente por papai sempre ter dito que era ali que as pessoas faziam as coisas acontecerem. Eu gostava da sensação de tomar o trem da linha 4 ou da linha D para as diversas estações dos lados leste e oeste da cidade; eu andava com meus jeans pretos, camiseta preta e uma mochila com todos os meus pertences no colo. Viajava no trem ao lado de pessoas de negócios, com seus jornais e compromissos. Eu usava dois brincos em cada orelha e meu cabelo engordurado caía até a cintura; a parte da frente eu usava para cobrir os olhos. Seguindo os endereços que anotei em meu diário, eu percorria ruas transversais, passava pelos enormes prédios de Manhattan, avançando pelas calçadas apinhadas de gente, até encontrar as escolas para as quais eu havia ligado de telefones públicos do Bronx. Às vezes, ficava andando na frente do prédio por um bom tempo, respirando fundo e criando coragem para entrar.

E era preciso toda a coragem do mundo para entrar naqueles prédios. Eu não queria. Durante anos, talvez por toda a minha vida, eu havia sentido como se houvesse um muro de tijolos no meio de tudo. Parada do lado de fora daqueles prédios, eu quase podia vê-lo. Em um dos lados do muro estava a sociedade e, do outro, eu, nós, as pessoas que vinham de onde eu vinha. Separadas. Nós estávamos separadas. O que eu sentia no fundo de meu coração era que o mundo estava dividido em um "nós" e um "eles", e todo mundo que estava do outro lado era como "certas pessoas". Os trabalhadores que viajavam de trem todos os dias, os alunos sabidos que levantavam a mão nas aulas e tinham tudo em seus devidos lugares, as famílias perfeitas, as pessoas que estudavam na universidade – eram todos como "certas pessoas" para mim. E depois havia as pessoas como nós: os marginalizados, os dependentes da assistência social, os que faltavam às aulas e os alunos com problemas de disciplina. Diferentes. E depois havia as coisas específicas que nos tornavam diferentes.

Para começar, em minha família e entre as pessoas de nossa vizinhança, o ritmo da vida era frenético, determinado unicamente pelas necessidades imediatas: fome, aluguel, calefação, conta de luz. A medida do "imediato" era aplicada a todo e qualquer dilema. Depender da assistência social não era um plano de vida sólido, mas no momento as contas tinham que ser pagas e o cheque, descontado. Mamãe e papai não deviam usar drogas, mas por ora mamãe tinha seus tremores e precisava de sua dose. Eu devia ir à escola, mas no momento eu não tinha nenhuma roupa limpa e já havia perdido tantas aulas que não conseguiria alcançar a turma. Trinta e cinco dólares não davam para comprar comida para todos nós por um mês, mas por enquanto a gente com certeza tentava. No nosso lado do muro, a prioridade era dada a qualquer coisa que pudesse resolver o problema mais imediato. É por isso que as vidas das pessoas do outro lado do muro sempre foram tão misteriosas para mim.

Como é que todo mundo acabava possuindo extravagâncias, como conta de poupança, carro ou casa que de fato possuíam? De que maneira exatamente se conseguia e se mantinha um emprego? E qual era a razão que levava as pessoas a estudarem por mais quatro anos depois de terem concluído o colegial? Por que alguém se dispunha a estudar por mais quatro anos? Para as pessoas do nosso lado do muro, o futuro sempre era o imediato e a nossa maior preocupação era encontrar uma solução para as nossas necessidades mais prementes. Nós não colocávamos nossos olhares em nada tão imponente, como ter planos de longo prazo. Com certeza, havia sempre uma chance de conquistarmos uma vida melhor algum dia, mas, por ora, havia coisas mais urgentes com as quais nos preocupar.

Entrar naquelas escolas era como visitar o outro lado do muro, e ser entrevistada por professores significava falar com "certas pessoas". Todo esse processo constituiu minha primeira tentativa de fazer com que a vida fosse mais do que satisfazer as necessidades imediatas à minha frente; e me parecia arriscado e proibido. A minha falta de familiaridade com aqueles prédios públicos imponentes não me fazia sentir bem-vinda, e sua promessa de progresso parecia-me inalcançável. As escolas podiam muito bem ser qualquer prédio da Bolsa de Valores na Wall Street ou uma joalheria de luxo na Quinta Avenida ou até mesmo a Casa Branca; entrar naquelas escolas era tão ridículo quanto entrar em qualquer um desses lugares, porque significava passar para o lado "deles". Foi necessário reunir toda a coragem que eu tinha para entrar naquelas escolas, com o coração saltando para fora do peito o tempo todo.

As entrevistas foram todas tremendas decepções. Há uma maneira típica de olhar da pessoa que não está realmente interessada em ouvir o que a outra está dizendo. É um olhar vazio que envolve muitos assentimentos desnecessários com a cabeça. E acaba com um "sorriso desdentado", como papai costumava referir-se a esse tipo de falsidade que as pessoas costumam adotar para apaziguar você. Eu sabia, pelo jeito de certos professores olharem para mim, que a resposta seria "não" antes mesmo de a entrevista começar. Eu era olhada de cima, examinada da cabeça aos pés, por alguém que me tomava superficialmente e me catalogava: Gótica, gazeteira, encrenqueira. E então vinha o sorriso desdentado e todo o papo furado: "Nossas vagas são limitadas, obrigado por ter nos procurado" e "Se houver alguma possibilidade, entraremos em contato com você".

Bem, eles entrariam em contato comigo pelo endereço de Bobby que eu deixava com eles. Mas, quando o faziam, era apenas para dizer: "Não, lamentamos, mas não temos vagas para este semestre... Nós gostaríamos de aceitá-la, mas, em razão de seu limitado número de créditos, nós temos que lhe dizer *não* e dar a chance para outra pessoa... *Não*, lamentamos, mas não achamos que seria apropriado". Quem iria admitir alguém com idade suficiente para estar concluindo o curso, com F como média de notas e quase nenhum crédito, para que eu pudesse *começar* minha educação em sua escola? Especialmente por eu não estabelecer contato pelo olhar e parecer, bem, alguém como eu? Coletivamente, a resposta era simplesmente "não".

Receber um "não" não foi tão ruim nas primeiras vezes, mas, depois de muitas recusas, senti minha determinação fraquejar. Depois de receber mais um "não" em uma tarde ensolarada, eu desci o quarteirão apinhado de gente com raiva e pisando duro, disposta a largar mão de tudo. Deveria ter sido fácil. Danny, Fief, Bobby ou Jamie – *alguém* – me daria abrigo até eu encontrar um jeito. E talvez eu até pudesse voltar ao quarteirão e tentar encontrar Carlos. Eu sempre poderia voltar para ele. Sentei-me para pensar.

A esquina da Lexington com a Sixty-fifth Street estava fervilhando de gente – estudantes do Hunter College, funcionários de escritórios saindo para seus almoços de negócios, a longa fila diante da banca de cachorro-quente. O dia estava extraordinariamente quente para uma tarde do início de maio em Manhattan. Eu avaliei minhas opções. Tinha dinheiro suficiente para apenas uma de duas coisas. Podia usá-lo para a passagem de metrô para a próxima entrevista, em um colégio chamado Humanities Preparatory Academy. Ou para tomar o trem de volta para o Bronx, em uma viagem que levava mais ou menos uma hora, e com o restante do dinheiro comer algum pedaço de pizza. Mas não para fazer as duas coisas. Avaliando minhas opções, fiquei sentada no banco de pedra na frente da faculdade, olhando para as pessoas.

Pizza ou entrevista?

Eu estava muito cansada – cansada das entrevistas, cansada de ser rejeitada, cansada de ouvir não. E, se era para, de qualquer maneira, acabar ouvindo não, para que tentar? Se, pelo menos, eu desistisse agora, ainda poderia comer um pedaço de pizza. Se eu estava sendo realista, havia uma grande probabilidade de estar perdendo meu tempo.

Mas, sentada ali, eu comecei a pensar. Bem, e se? Sim, era bem provável que aquela escola fosse como todas as outras, mas, e se a resposta, dessa vez, não fosse um não? A ideia me ocorreu assim, vinda do nada, e eu a senti tão irresistível quanto simples. "E se? E se, apesar de todas as evidências de malogro, se dessa próxima vez, e apenas dessa vez, a escola decidisse me aceitar?"

Pensar nisso fez meu coração ser tomado por uma torrente de emoções que, de repente, trouxe-me saudades de mamãe. Eu fiquei sozinha naquela calçada, tendo que me virar por conta própria, em meio a toda aquela gente. Minha mente desembestou. Em um instante, eu tinha família, casa onde morar, um teto sobre a minha cabeça e pessoas queridas para me orientar no mundo. E, agora, eu estava ali na Sixty-fifth Street e mamãe estava morta, papai não estava ao alcance, Lisa e eu estávamos separadas. Tudo havia mudado.

A vida tem seu próprio jeito de fazer isso; em um instante, tudo faz sentido e, no seguinte, tudo muda. As pessoas adoecem. Famílias se separam, seus amigos podem fechar a porta na sua cara. As mudanças rápidas que eu havia vivido me atingiram duramente quando eu estava ali, sentada, mas não foi com tristeza que reagi. Como que vindo do nada, e por qualquer que fosse o motivo, foi outro sentimento que tomou seu lugar: a esperança. Se a vida podia mudar para pior, eu pensei, talvez ela também pudesse mudar para melhor.

Era *possível* que eu fosse admitida na próxima escola e era até mesmo *possível* que minhas notas fossem todas A. Sim, com base em todos os acontecimentos anteriores, aquela possibilidade não era necessariamente realista, mas havia a possibilidade de eu poder mudar tudo.

Eu desisti do pedaço de pizza e fui para a entrevista.

Na metade da década de 1990, a Bayard Rustin High School for the Humanities estava passando por dificuldades. Eles enfrentavam o problema de superlotação, com 2.400 alunos matriculados em uma escola que não devia suportar mais de 1.500. Nas salas superlotadas, havia muitos jovens que estavam sendo reprovados. O moral dos professores era baixo e o grau de ceticismo, alto. Um punhado de professores que fazia parte de um comitê diretivo da escola, chamado

School Based Management (SBM), propôs uma solução desesperada: separar os alunos reprovados de todos os outros, ensinar a eles apenas as matérias fundamentais e dar aos professores o benefício de terem menos turmas para ensinar e deixá-los ficar no estabelecimento de ensino apenas até o meio-dia. Por trás dos bastidores, um pequeno grupo de professores apelidou o projeto de "Fracasso Acadêmico".

O Fracasso Acadêmico seria uma coisa pequena, uma escola separada alojada nos fundos do prédio, de um colégio muito maior voltado para o ensino clássico na Eighteenth Street, entre as avenidas Eighth e Ninth no bairro de Chelsea. O plano era colocar no projeto os mais de 100 alunos que estavam se saindo tão mal que eram vistos como detratores dentro da escola como um todo. A ideia era, com a ajuda desse programa, orientar a escola para a educação daqueles jovens que estavam se saindo bem, enquanto os alunos do Fracasso Acadêmico seriam segregados no anexo dos fundos disponibilizado para aqueles de quem ninguém esperava muito. E seria exatamente isso o que a escola teria se tornado, se Perry Weiner não tivesse se colocado contra.

Como diretor do comitê do SBM e professor apaixonado de inglês por muitos anos, Perry opôs-se totalmente à ideia de segregação e desafiou o comitê a criar um colégio realmente alternativo que satisfizesse as necessidades dos alunos em dificuldades. Muitas pessoas apoiaram Perry, inclusive o presidente do sindicato dos professores, Vincent Brevetti, outro homem que dedicou sua vida à capacitação dos jovens por meio da melhoria da educação. Juntos, Perry e Vince passaram meses em reuniões para criar uma escola que ajudasse, ao invés de ser simplesmente "um depósito de alunos", essa população de jovens em situação de risco que havia fracassado dentro da estrutura convencional de ensino. Os dois homens formaram uma equipe.

Todas as manhãs, às sete horas, Perry e Vince chegavam à escola para uma hora ou mais de planejamento. A escola que eles estavam criando seria muito mais que um programa de prevenção à evasão escolar. Ao invés de basear o modelo de sua escola alternativa no que *não* estava funcionando com os estudantes fracassados, eles decidiram procurar por um modelo de educação que *funcionava*, e que já havia se provado altamente bem-sucedido. Eles visitaram e observaram outras escolas secundárias, que eram voltadas para as populações de jovens de elite ou mais privilegiadas. O que encontraram no projeto dessas escolas inspirou-os profundamente e eles voltaram decididos para Chelsea.

Os alunos do então chamado Fracasso Acadêmico seriam os participantes do projeto Humanities Preparatory Academy, ou simplesmente "Prep", como Perry e Vince começaram a chamá-lo, uma miniescola que daria aos alunos em situação de risco os mesmos privilégios e oportunidades de uma educação tradicionalmente reservada apenas àqueles que podiam pagar escolas particulares de elite. O modelo do Prep seria radicalmente diferente do da típica educação dominante.

Ele restringiria o número de alunos a 180, para que todos pudessem se beneficiar de uma atenção personalizada dos professores. A aplicação de testes altamente competitivos não seria a medida usada para avaliar o sucesso de um aluno do Prep, pois se achava que ela restringia o currículo e a capacidade do aluno para demonstrar seus verdadeiros conhecimentos. Em seu lugar, criou-se algo chamado Performance-Based Assessment Tasks, um método de avaliar o desempenho com base na capacidade de realizar de tarefas. Esse se tornou um método rigoroso e personalizado de testar os alunos, permitindo que eles respondessem em profundidade às perguntas, ao contrário do estilo tradicional tipo "preencha os espaços em branco" dos exames altamente competitivos aplicados pelo Estado de Nova York, que, em muitos casos, tornou-se o próprio motivo do fracasso de muitos alunos. Esse método de avaliação exigia que os alunos apresentassem trabalhos que demonstrassem conhecimentos profundos adquiridos durante todo o semestre e que tivessem aplicação na vida real. A apresentação podia dar-se de muitas maneiras, como portfólios, projetos em forma de texto escrito ou até mesmo de apresentação em classe, em que o aluno tinha a oportunidade de mostrar à classe as lições aprendidas durante todo o semestre. Dessa maneira, esse método viria abrir espaço para um currículo alternativo e, consequentemente, daria aos professores outra maneira possível de ensinar.

Os cursos do Prep, portanto, ganharam nomes além das disciplinas convencionais, como Global 1, 2, 3 e Literatura 2, substituindo-os por aulas dinâmicas como Encarando a História & Nós Mesmos, nas quais se estudavam as implicações do genocídio, e Temas de Humanidades, na qual os ex-alunos reprovados liam o *Inferno* de Dante ou Kafka.

Inglês 1 tornaria-se Shakespeare no Palco, e os alunos entenderiam e representariam *Hamlet* para obter seus créditos na disciplina.

Muito mais que meras mudanças de nome, os cursos tinham como propósito cultivar um ambiente de autenticidade e estimular o pensar em profundidade. Para isso, as classes tinham no máximo 15 alunos. Assim, alunos e professores sentavam-se em um círculo de cadeiras, olhando uns nos olhos dos outros, para travar uma discussão altamente participativa com base no conteúdo da aula. No Prep, não havia espaço onde o aluno pudesse se esconder, nenhum lugar para matar aula e tampouco algum lugar onde ele pudesse ser esquecido.

Para Perry, o Prep era um trabalho feito com e por amor; ele apostou todas as suas fichas para dar uma segunda chance aos alunos antes fracassados. Ele acreditava que, se o sistema escolar tradicional os havia levado ao fracasso, então seria necessário algo diferente para levá-los ao sucesso. E o Prep seria esse algo diferente. Nele, os alunos não eram vistos como fracassados. O conceito de "fracasso", implícito na própria estrutura do sistema, não estava presente em nenhum estágio do planejamento do Prep. A intenção do Prep era facilitar aos estudantes a realização do possível.

Eu atravessei voando as portas corrediças, com 15 minutos de atraso e a testa pingando suor; do coque que eu havia tentado fazer, caíam fios de cabelos para todos os lados. *Humanities Preparatory Academy*, eu li e reli na página de meu diário para me certificar de que estava no prédio certo. O espaço parecia tão pequeno, como se fosse o anexo de uma escola de verdade.

O prédio principal, o único do Prep, compreendia um conjunto de quatro cubículos separados por divisórias que não iam até o teto. Arquivos eram dispostos nas pequenas divisórias que formavam cada sala; uma delas ainda tinha o rótulo da remessa colado ao lado, com o endereço da escola escrito com caneta quando da remessa das caixas. Um ventilador girava no alto de uma estante que estava cheia de livros usados e fortuitamente dispostos. Acima da estante, um cartaz desbotado com a frase A VIDA RECOMPENSA OS ATOS, escrita com tinta púrpura. A secretária, April, uma americana afrodescendente com lindos olhos, mandou-me sentar na área de espera, que era uma fileira de carteiras escolares dispostas ao longo da parede, diante de sua mesa de trabalho.

"Você está atrasada. Começaram sem você", ela disse, balançando a cabeça e fazendo tilintar as joias douradas que usava no pescoço, nos pulsos e nas orelhas. "Não se preocupe, Perry virá logo e você poderá falar com ele."

Olhando para o último cubículo, na extremidade esquerda, através da janelinha de vidro na porta, eu vi um quadro-negro com uma frase escrita e sublinhada:

Escolha um dos seguintes tópicos e escreva uma redação sobre o seu significado.
Diversidade
Comunidade
Liderança

Um homem de meia-idade, de cavanhaque e óculos, dirigia, atrás da divisória, um grupo que, pela maior parte do tempo, mantinha-se em silêncio. Ele usava calças de veludo cotelê e gravata marrom. A primeira coisa que notei foi que ele parecia ter facilidade para rir e sorrir. Parecia ser muito amável. Mais ou menos cinco pessoas estavam sentadas em um semicírculo à sua volta, ouvindo suas perguntas e respondendo-as demoradamente. Eu peguei minha caneta e comecei a escrever a redação. Não sabia o que dizer nem sobre comunidade nem sobre liderança e, portanto, escolhi diversidade, porque me veio à mente a discriminação que eu havia sofrido em minhas antigas escolas.

Em três páginas, descrevi em detalhes como as pessoas tiravam conclusões a meu respeito com base na minha aparência, raça ou em meu desalinho. Fui chamada pelo apelido de *Blanquita*, ou Branquinha, durante muitos dos anos em que morei na University Avenue. "Você deve ser rica, menina branca, e também metida à besta", eles assobiavam quando eu passava pelos corredores da Junior High School 141. Também descrevi como haviam me olhado, por causa de minhas roupas góticas, nas entrevistas anteriores para ingressar no colegial. Descrevi em detalhes a raiva que senti quando soube que uma professora havia me rejeitado antes mesmo de me ouvir. Escritos em letra garranchada com caneta azul, meus parágrafos eram longos e prolixos. Lendo-os, eu achei que havia desenvolvido um argumento coerente sobre diversidade e discriminação. Era a primeira redação que eu concluía em anos. Fiquei mordendo a caneta. A reunião da qual eu devia ter participado de repente terminou.

Eu tive que parar o professor. Ele estava saindo e passando apressado por mim.

"Se-senhor", eu disse. "Senhor." Ele se virou e sorriu afetuosamente.

"Olá", ele disse, estendendo uma mão aberta. "Perry." Ele riu ao terminar sua frase, olhando dentro de meus olhos. Eu desviei o olhar. Ele era uma "daquelas pessoas" do outro lado do muro. A intensidade de seu olhar pegou-me desprevenida e disparou meus batimentos cardíacos; eu recuei quando ele estendeu a mão e fiquei olhando para ela demoradamente antes de ser tarde demais para apertá-la.

"Oi, eu também devia ter participado dessa reunião."

"Elizabeth...", ele leu erguendo seu bloco de anotações "...Murray. O que aconteceu?", ele perguntou, levantando os olhos do bloco e olhando para mim através de seus óculos. A atenção totalmente focada dele deixou-me desconfortável, mas também aumentou o meu interesse por ele. Ele parecia diferente. Se houvesse uma fotografia de meu encontro com Perry, ela seria um perfeito ensaio de opostos: Uma desalinhada garota gótica encontra um homem jovial que, a considerar por seus óculos e estante com livros de Shakespeare, parecia ser um rato de biblioteca.

"Bem, Liz, na verdade. Pode me chamar de Liz. Por favor, eu só preciso de uma chance para conversar com o senhor. Sinto muito ter chegado atrasada."

Eu estava tão nervosa que minhas mãos transpiravam. Eu não era boa nesse tipo de coisas; nunca havia me sentido com permissão para simplesmente *falar* com uma autoridade, nunca. Os outros professores que me entrevistaram deviam ter percebido isso. Fiquei me perguntando o que aquele sujeito ali faria quando também notasse isso. Quer dizer, o que ele veria em mim? Uma garota esfarrapada de rua. Garota suja, piolhenta, que matava aulas, ladra, atrasada, irresponsável.

"Ouça, Liz", ele disse, sem desviar os olhos de mim, "adoraria convidar você para entrar e conversarmos, mas tenho uma aula para dar daqui a 10 minutos e a entrevista envolve uma redação. Portanto, toma bastante tempo. Acho que você terá que remarcar a entrevista".

Eu apresentei a redação acabada para Perry. "Está pronta", eu disse. "Já a escrevi." Ele se mostrou surpreso e, pegando-a, deu uma folheada rápida nos papéis. "O senhor pode agora me conceder os 10 minutos?", eu ousei perguntar.

Ele soltou outra daquelas suas risadas divertidas, deu alguns passos na direção de seu gabinete e abriu a porta. *Eles também são gente*, eu disse a mim mesma ao sentar.

"Eu preciso lhe dizer", eu comecei, "que meus registros escolares são péssimos, eu sei que..."

Eu queria controlar a conversa, direcioná-la, defender-me antes de ele me julgar. Só que, enquanto falava, eu logo percebi, por sua expressão facial – de empatia e interesse –, que ele não parecia de maneira alguma propenso a me julgar. Perry simplesmente ouvia. Ele me observava e aceitava tudo o que eu dizia. Estava verdadeiramente interessado, dava para ver em seu rosto. Uma sensação de confiança despontou em mim enquanto falávamos e, por isso, eu espontaneamente lhe contei tudo. Tudo menos que eu não tinha onde morar. Eu não queria voltar para a custódia do Estado e sabia que ele teria o dever de denunciar se soubesse que eu não tinha onde morar. Por isso, omiti esse único detalhe e contei-lhe todo o resto.

"E tenho essa amiga, Sam, com quem eu matava as aulas, de maneira que eu podia, não sei bem, andar por aí. Bem, eu sempre quis concluir os estudos. De verdade. Mas então os anos foram se passando e eu acabei perdendo a chance."

Eu despejava aquilo tudo para fora de mim e expunha-me mais emocionalmente a ele que diante de qualquer outro professor que havia me entrevistado e me rejeitado nas últimas semanas, mais do que eu realmente queria. Não dava para controlar. Era uma sensação estranha, estar diante de um professor que realmente me ouvia, sem nenhuma demonstração de pena. Ele ouvia com interesse, fazendo perguntas para esclarecer dúvidas, dando suas opiniões, tratando-me como uma pessoa e, até mesmo, soltando suspiros audíveis ante os detalhes do enterro de minha mãe, sem nunca demonstrar pena, mas apenas interesse e compreensão. Mas, ao ouvir o som de minha própria voz contando tudo a ele, comecei eu mesma a julgar-me.

Quando me ouvi contando minha vida para um estranho, especialmente a um profissional como ele, eu parecia alguém totalmente desmiolado – enquanto ele era perfeitamente normal. Meus olhos percorreram a sala, o computador e de volta para os sapatos limpos de couro marrom de Perry e as minhas botinas caindo aos pedaços que custaram 10 dólares.

"Liz", ele me interrompeu, com uma expressão austera. De repente, ele havia ficado muito sério. "Isso é ... *horrendo*. Parece que você já passou por um bom bocado e eu quero ajudar. Mas quero ter a certeza de que minha ajuda seja a apropriada, você entende?" Eu não sei por que achei que ele estivesse referindo-se a chamar a assistência social. Meus olhos encontraram as saídas mais próximas. Eu podia escapar daquele sujeito; o trem de volta a Bedford ficava a apenas cinco quarteirões dali. "O que estou querendo dizer, Liz, é que vejo em sua ficha de inscrição que, em breve, você completará 17 anos, sem absolutamente nenhum crédito colegial. Estou certo?"

"Eu tenho um crédito", eu disse. Saindo de sua boca, 17 anos parecia muita idade. De todos os jovens que ele entrevistara antes de mim, nenhum tinha mais que 15 anos.

"Bem, eu admiro seu esforço em vir aqui hoje. Eu só quero dizer, se este é ou não o lugar certo para você, é uma coisa. Mas isso depende do que você está querendo. Quatro anos de colegial podem ser muito para quem tem 17 anos. Eu seria negligente se não lhe informasse que existe um curso alternativo chamado General Educational Development, o GED, de seis meses, que é dado à noite no outro lado deste prédio... Antes de continuarmos, eu só queria que você soubesse que há outras opções."

Opções. Ele havia tocado em um ponto sensível. Todas as vezes em que eu havia visto mamãe humilhar-se diante de Brick, aceitar suas exigências, suas grosserias e gritarias e abrir as pernas para ele por necessidade – tudo porque ela não tinha opções. Papai, com sua mente aguçada e suas ricas experiências de vida, seus estudos universitários, morando em um abrigo, por falta de opções.

"Eu sou um ex-prisioneiro, quem se disporia a me dar emprego?", ele costumava dizer. "Minhas opções são limitadas." Morar em motéis, comer os restos deixados por Carlos, sem opções. Eu ouvira dizer que o GED fora ótimo para muitas pessoas. Mas, depois de tudo por que minha mãe e meu pai haviam passado, algo em meus instintos dizia que fazer o colegial completo daria-me mais opções.

"Eu entendo o que o senhor quer dizer, Perry, e agradeço muito o seu interesse... mas eu quero fazer o colegial completo. É algo que eu simplesmente tenho que fazer."

Ouvir-me dizer aquilo em voz alta tornou a coisa real. Dizer o que eu queria era totalmente diferente de apenas pensar. Dizer fez-me ter contato com a coisa; eu podia senti-la. Eu estava tremendo. Perry não desgrudava os olhos de mim. Tentei adivinhar o que ele estava achando do que eu acabara de dizer, o que ele pensava a meu respeito: *Fracassada. Suja. Traste.* Ou estaria tentando encontrar a maneira mais polida de me dizer "não". Com aquela gravata e aqueles óculos, aqueles sapatos reluzentes, ele parecia ser do tipo bem-educado. Provavelmente havia crescido em Westchester, eu pensei. Provavelmente, ele dizia "não" a pessoas como eu o tempo todo, exatamente como todo mundo.

Perry reclinou-se para trás em sua poltrona e soltou um pequeno suspiro. Mas não pareceu estressado; parecia tocado. Eu aguardei.

"Liz", ele começou, voltando a endireitar-se na cadeira e fazendo meu coração disparar. A voz dele saiu muito mais baixa e sua expressão era totalmente séria. "Será que você vai conseguir chegar aqui no horário?"

Um sorriso irradiou-se espontaneamente de meu rosto e meus olhos arregalaram-se. "Com certeza absoluta", eu respondi. "Sim."

O único problema era que eu precisava me apresentar acompanhada de um responsável para me matricular oficialmente na escola, o mais rápido possível.

Papai e eu nos encontramos na esquina da Nineteenth Street com a Seventh Avenue mais tarde naquela mesma semana. Eu já havia então começado a traçar um plano. Eu me matricularia na escola, passaria o verão trabalhando e viveria do dinheiro economizado enquanto frequentasse o curso. Parecia sólido. Mas tudo dependia da ajuda de papai – eu precisava dele para resolver todas as questões burocráticas. Depois disso, eu daria conta de tudo sozinha.

Quando cheguei ao nosso encontro naquela manhã úmida de quinta-feira, papai estava recostado a um poste de iluminação, absorto na leitura de um livro. Reduzi o passo ao me aproximar dele, respirando profundamente para relaxar e me preparar. A última coisa que eu queria era que papai me visse emotiva; acho que nenhum de nós dois sabia como lidar com as emoções um do outro. Era provavelmente por isso que havíamos feito um pacto silencioso de fingir que não as tínhamos. Mas vê-lo ali me emocionou. Por meses, eu havia me acostumado tanto a ver rostos estranhos e a viver mudando de lugar que a familiaridade do rosto de papai, sobressaindo-se de um mar de rostos, atingiu-me como um duro golpe. Por mais tempo que tivesse passado e por mais que nós tivéssemos sofrido nesse tempo, eu simplesmente sentia muita falta de meu pai. Agora, ele estava ali de novo, ressurgido em uma versão mais esquálida e barbuda dele mesmo, de aparência maltrapilha e dessintonizada com a agitação de Manhattan ao seu redor. Ele parecia tão frágil quanto mamãe naquele dia no Mosholu Parkway, quando enviamos nossos desejos para o céu soprando as felpas de dente-de-leão. Raramente eu estivera com meus pais fora de casa ou longe da University Avenue, mas, toda vez em que isso ocorria, o mundo ao nosso redor tratava de nos lembrar das limitações deles, de como a sociedade fazia-os parecer errados.

Na noite anterior, eu havia ligado para o abrigo onde ele morava, e quem atendera fora uma mulher que o chamara com uma voz estridente, o que me fez sentir pena dele e vontade de protegê-lo. Pela maneira com que ele falou, uma voz tão fraquinha no telefone, eu achei que o tivesse tirado de uma soneca.

"Papai, vou voltar para a escola. Preciso que você me matricule. Oh, eu espero que você possa fazer isso por mim." Eu fui diretamente ao que interessava, porque o tempo para usar o telefone do abrigo era restrito. Ele havia pedido duas vezes esclarecimentos. "Não, não é nenhum programa, papai, é um colégio de verdade, sim. Eu preciso que você vá lá." Todas as células do meu corpo pareceram resistir ao uso da palavra preciso diante dele. "Você acha que pode fazer isso?" Se a resposta dele tivesse sido "não" por qualquer motivo, eu não sei o que teria feito. Mas não foi. Ele concordou em me encontrar, sem a hesitação que eu havia esperado. Mas eu não havia mencionado a parte falsa. Essa eu deixei para depois.

Para a administração da escola, eu inventara uma história incontestável que, de maneira alguma, indicava que eu não tinha onde morar. Eu daria o endereço de um amigo e um número de telefone inventado para me resguardar. Como eu sabia que a escola nunca conseguiria entrar em contato com papai, eu diria que ele era um caminhoneiro de longos percursos e que, portanto, passava semanas seguidas na estrada. Achei que a história era suficientemente crível, desde que papai estivesse de acordo.

Ele sorriu quando me aproximei para cumprimentá-lo, um enorme sorriso por baixo de seu boné de jornaleiro. Eu também sorri e minha hesitação cedeu lugar à simples alegria de voltar a vê-lo. Abraçamo-nos e, depois de ele prender a página do livro grosso que estava lendo entre os dedos, fazer uma orelha para marcá-la e depois enfiar o livro em sua bolsa a tiracolo, seguimos caminhando. Eu estava nervosa demais para falar com ele sobre assuntos tão delicados – como estávamos vivendo no momento, sobre Lisa, sobre *mamãe* – e, por isso, fui diretamente ao propósito de nosso encontro, como se nos víssemos todos os dias e podíamos nos dar o luxo de sermos casuais. Eu o informei sobre todos os detalhes importantes.

"East 202nd Street, número 264." Eu recitei o número de um telefone. "Código postal 10458. Você consegue guardar tudo isso na memória, papai?"

A sua face estava totalmente contorcida e eu tive a certeza de que ele estava se perguntando em que enrascada estava se metendo. "Você quer que eu diga o *quê?*", ele berrou. "Lizzy, eles acham que sou um *caminhoneiro?*"

"Sim, mas isso não importa. Eles não vão lhe fazer perguntas sobre essa atividade, não se preocupe." Ele parecia mais em pânico que irado; notei que suas mãos estavam um pouco trêmulas.

Talvez a minha própria dificuldade para encontros como aquele fosse hereditária.

"E eu moro *onde?*", ele perguntou.

Vince, que dividia a direção do Prep com Perry, recebeu-nos. Também um homem de meia-idade e usando óculos, Vince parecia um pouco mais sério que Perry, um pouco mais duro. Mas também era muito sorridente e acabou se mostrando igualmente amável e acolhedor. Quando entramos em seu gabinete, ele apresentou a papai uma pilha de papéis, espalhando-os sobre a mesa diante dos dois. Os lugares em que papai devia assinar estavam marcados com um X.

"Prazer em conhecê-lo, Sr. Murray", ele disse, apertando a mão de papai. Papai deu um sorriso complacente, evidentemente pouco à vontade.

"Na realidade, Finnerty", papai corrigiu. "A mãe de Liz e eu nunca fomos casados. Você sabe como era nos anos setenta. Ela era uma pessoa muito avançada – na verdade, totalmente doida." Ele riu. Eu me encolhi. Vince nem piscou; ele apenas sorria para papai. "Pode me chamar de Peter", papai disse.

Ele estava tão nervoso que estava me deixando nervosa também. O que eu faria da vida se aquilo ali não desse certo? Para onde eu iria se botasse a perder minha única chance? Eu olhei para Vince em busca de algum sinal de suspeita. "Muito bem", eu intervim, batendo palmas. "Vamos acabar com isto. Não estou querendo apressar, mas também não quero prender meu pai. Como o senhor sabe, ele tem seu trabalho à espera."

Apesar de suas mãos estarem trêmulas, papai conseguiu fazer a mesma assinatura clara e bem desenhada que eu estava acostumada a ver nas justificativas para minhas ausências à escola e nos papéis da assistência social. Ele resmungou alguma coisa consigo mesmo e continuou dando voltas com a língua dentro da boca.

"Hmmm, muito bem. Ótimo, excelente. Perfeito", ele repetia. "Ótimo, está feito."

Meus olhos estavam grudados em Vince, meu coração batia aceleradamente. Tentei parecer calma e animada. "Endereço?", Vince perguntou, com os dedos no teclado do computador.

Olhei para papai. Seus olhos estavam voltados para o teto e ele passava a mão na testa para avivar a memória. "Nove trinta e três...", ele começou, gaguejando o endereço de Bobby.

"Dois seis quatro! Dois seis quatro, papai!", eu me apressei a interrompê-lo. "Vê o que acontece quando você não dorme o suficiente?" Eu dei batidinhas na mão de papai, com um sorriso nervoso. "Ele trabalha demais", eu disse para Vince, balançando a cabeça para fingir uma repreensão despreocupada. "East 202nd Street, número 264", eu concluí para ele. Dei a Vince também o número de telefone. Agora era eu quem estava tremendo. Quase botamos tudo a perder. Mas finalmente relaxei quando vi que o encontro estava chegando a seu término e Vince levantou-se e estendeu a mão para, de novo, apertar a de papai. Papai deu a Vince aquele mesmo sorriso que costumava dar aos assistentes sociais.

"Bem, tudo certo, então. Bem-vinda ao Prep, Liz", Vince disse, de repente se voltando para mim. Eu fiquei passando o meu peso de um pé para outro, desejando que papai não dissesse mais nada. "O que você terá que fazer agora é ir até April e marcar outra hora para voltar aqui e pegar todos os seus horários de aulas para o outono."

Eu sorri e agradeci a Vince. No instante em que ele voltou para dentro de seu gabinete, eu puxei papai porta afora. Na saída, tive que dissuadi-lo de roubar um exemplar da revista *Time* da secretaria.

Já de volta a Nineteenth Street, eu acompanhei papai até a estação de trem. Nosso encontro havia durado menos de 45 minutos. Parada na frente da estação, eu fiquei vendo papai desgrudar e voltar a fixar a tira de velcro que prendia seu guarda-chuva fechado. Ele não olhava para mim, mas continuava movendo os olhos do guarda-chuva para a estação de trem.

"Bem, espero que tenha dado tudo certo, Liz. Lamento se me enrolei com as coisas lá. Mas afinal parece que acabou dando tudo certo... Você acha que realmente vai frequentar a escola desta vez?" Sua pergunta despertou uma pontada de dúvida em mim, abalou minha certeza.

"Sim, eu sei que vou", eu disse, com mais certeza do que esperava de mim mesma. Eu havia tomado de empréstimo algumas roupas de Bobby para usar naquele dia, largas, porém limpas. Eu também inventei uma história sobre a minha vida para papai. Em nossas últimas conversas por telefone, eu havia dito a ele que estava morando permanentemente na casa de Bobby e que tudo estava indo bem. Ele não fez perguntas e eu esperava que as coisas ficassem por aí. O que eu queria evitar, de todas as maneiras possíveis, era que ele soubesse o que eu estava passando. Porque, se ele soubesse, eu sabia que ele ficaria preocupado. Além de viver em um abrigo, ele se preocuparia comigo. E eu ficaria preocupada com ele por se preocupar comigo, e o que isso traria de bom para nós dois? Era melhor que ele acreditasse que tudo estava bem comigo.

"Bem, é bom que você realmente vá desta vez", ele disse. "É bom saber. Acho que você realmente vai. Muito bem... Sim, Lizzy, talvez agora você vá até o fim." Vindo de papai, aquilo era um verdadeiro cumprimento.

"Essa é a ideia", eu disse, sorrindo para ele.

Ele pegou um guardanapo para assoar o nariz e eu vi pelo logotipo que era do McDonald's. Papai costumava entrar em restaurantes fast food e esvaziar seus estoques desde que eu era pequena.

"Então, as coisas estão indo bem para você lá no abrigo?", eu fiz a pergunta dessa maneira para que ele a respondesse com uma confirmação. Talvez eu tampouco quisesse saber tudo a respeito de como ele estava vivendo; talvez eu quisesse proteger também a mim mesma de preocupações com ele.

"Oh, sim", ele disse. "Eu tenho ali meus três metros quadrados. Tem ar-condicionado e eles me tratam bem. Nada a reclamar. Ei, Lizzy, você tem algum dinheiro? Talvez para alguma bobagem ou para almoçar?" Bobby havia me emprestado dez dólares naquela manhã, dos quais me restavam oito. Peguei o que eu precisava para a passagem de metrô de volta ao Bronx e dei o resto para ele.

"Muito obrigado", papai disse. Era bom poder ajudá-lo de novo.

"Nenhum problema. Tenho algum dinheiro economizado, nada de mais", eu menti.

Eu o acompanhei até a estação de trem, onde nos despedimos com um abraço e prometemos nos falar e nos encontrar com mais frequência. No entanto, ele não esperou a chegada do trem comigo junto das catracas, mas me acenou "tchau" e foi esperar no final da plataforma. Quando passou por uma cabine telefônica, entrou e enfiou os dedos em seu encaixe para ver se encontrava alguma moeda.

O meu curso colegial estava programado para começar em setembro, e estávamos em maio. Eu aproveitaria os próximos meses para me preparar; eu tinha um atraso de quatro anos para tirar. A outra coisa que eu tinha de fazer, para completar minha matrícula no Prep, era voltar ao JFK, John Fitzgerald Kennedy, meu antigo colégio, para pegar uma cópia oficial de meu histórico escolar.

Em comparação com a do Prep, a engrenagem do JFK pareceu-me algo muito complicado. Tive que passar por detectores de metal para entrar no prédio. Ninguém olhou para mim. Havia estudantes por todos os lados, milhares deles. Parecia um terminal de ônibus. Tomando o trem da linha 1 para voltar ao Prep naquele mesmo dia, eu me sentei em um banco e abri o envelope de papel-manilha. Havia muitas colunas de notas deficientes – 45, 60, 50. Eu senti uma tremenda bagunça, um destroço ambulante. A diferença entre falar sobre minhas notas (ter sido repreendida tantas vezes por adultos) e *ver* meu histórico escolar era como a noite e o dia. Os documentos eram expressões reais do que eu havia feito e deixado de fazer com a minha vida, um mapa da estrada que faltava ser percorrida. Olhando para o meu desastre escolar, percebi que tinha uma montanha à minha frente para escalar.

Então, muito subitamente, sentada no trem olhando para o meu histórico no JFK, ocorreu-me que meus papéis relativos ao Prep continuavam completamente em branco. Literalmente não havia nada, nem notas nem absolutamente nada relativo ao meu histórico no Prep. Ali eu poderia, portanto, começar tudo de novo, do zero.

A ideia de uma tela em branco era animadora, especialmente depois de olhar para o meu desastre escolar. Com todas as dificuldades que eu havia enfrentado, era uma bênção poder agora valer-me da consciência de que o que eu faria dali em diante não tinha necessariamente que depender do que eu havia feito até ali. De volta a Nineteenth Street, eu pedi a April que me desse uma cópia de meu registro ainda em branco no Prep, que era uma simples folha de papel com o timbre do colégio e colunas em branco a serem preenchidas com minhas notas futuras. Os papéis relativos ao JFK eu entreguei a April e nunca mais voltei a vê-los. A folha em branco do Prep eu mantive comigo o tempo todo. Era um lembrete de que eu estava, dia a dia, escrevendo o meu futuro. No corredor em que me acomodava para passar a noite nas redondezas de Bedford Park naquela mesma semana, eu peguei a folha em branco e preenchi com as notas que eu queria alcançar, colunas inteiras de A. Se eu conseguia visualizar aquelas colunas de A e fixar-me nelas – então já era quase como se elas tivessem se tornado realidade. Dia após dia, eu simplesmente alcançaria o que já era real. Meus futuros As, no fundo de meu coração, já haviam se concretizado. Agora eu teria que simplesmente conquistá-los.

Uma lembrança de mamãe ajudou-me a tomar essa decisão. Os únicos papéis que eu havia visto e que se pareciam com documentos "oficiais" de mamãe eram os que faziam parte de um maço apresentado para sua obtenção de ajuda social. E as paredes dos escritórios deprimentes da assistência social eram, por alguma razão, todas pintadas de um verde horrível que, realçado pelas lâmpadas fluorescentes e pelas grades de ferro de suas amplas janelas, ficava ainda mais feio. Eram tantas as pessoas esperando naqueles escritórios – dezenas, centenas. Quando todos os assentos duros já haviam sido ocupados, as pessoas sentavam-se nos peitoris das janelas ou no chão, ficavam em pé ou andando de um lado para outro.

Mamãe, Lisa e eu também esperávamos horas para sermos atendidas, uma entre dezenas de famílias, todas conferindo e voltando a conferir nervosamente seu pequeno maço de documentos vitais. Quando finalmente chegava a nossa vez, a lembrança mais nítida que tenho é a de ser içada ao colo de mamãe, de onde assistia à interação bizarra que ocorria entre ela e a assistente social que a atendia. Não importava o que mamãe dissesse, o que a assistente social queria era apenas ver os documentos de mamãe. Certidões de nascimento, documentos com firma reconhecida em cartório, atestados médicos que comprovassem sua doença mental, nosso contrato de aluguel. O que mamãe dizia não importava, e especialmente a presença dela era invisível para aquela mulher que tinha o poder para dar ou tirar de nós nossos meios de obter comida, abrigo e segurança. Tudo o que importava era isto: ou tínhamos os documentos exatos exigidos para a concessão do benefício ou não tínhamos. Não havia nenhum meio-termo. E, mesmo que faltasse algo insignificante, como um segundo conjunto de cópias ou um dos atestados médicos de mamãe, uma única falta podia colocar a perder todo o nosso esforço – para juntar os documentos, a viagem e as horas de espera. Bastava a falta de um documento ou um deles não ter validade para o nosso pedido ser cancelado ou o caso ser encerrado. Eles chamavam "o próximo" e nós teríamos que voltar em outro dia e recomeçar tudo do zero. Tudo porque ou os documentos eram válidos ou não eram, e ponto-final.

Qual era a diferença entre a situação de mamãe e a de meu histórico escolar? Nenhuma. Eu pensei que, se algum dia, talvez eu quisesse estudar na universidade, alguma pessoa vestida de terno em algum tipo bem diferente de escritório fosse abrir *meu* arquivo, verificar meus documentos e decidir se eu preenchia ou não os requisitos exigidos. Sim ou não e nada entre um e outro. E, se eu não preenchia, meu caso seria encerrado e eles chamariam "o próximo". Falta de sorte a minha. Certas coisas na vida, eu aprendi, não eram negociáveis. Documentos oficiais como os relativos ao meu histórico escolar eram importantes, decidiam pelo sim e pelo não, eram minhas opções. Eram o meu passaporte. Dali em diante, eu teria que pensar em tudo o que fizesse no Prep levando em conta essas exigências – e foi o que acabou fazendo toda a diferença.

Mais tarde, houve vezes em que eu não queria ir à escola. Eu queria ficar dormindo no chão do apartamento de Fief e não ter que levantar. Bobby e Jamie podiam vagabundear pelo Village. Todo mundo andava matando aulas e eu também queria me divertir. Houve vezes em que eu não queria ficar o dia inteiro sentada em uma sala de aulas enquanto lá fora havia ar puro e eu me sentia sufocada. Mas tudo o que eu tinha que fazer era pensar em meu histórico escolar, e lá ia eu para a escola, no horário marcado, todos os dias, pela primeira vez em minha vida. Ou eu teria as qualificações ou não teria – e, além do mais, meus amigos não iriam pagar o aluguel por mim.

Capítulo 11

A visita (A hóspede)

GARÇONETE - MIDTOWN, MANHATTAN
Procura-se para trabalhar por meio período, servindo café e sanduíches em estabelecimento muito concorrido em Midtown. Requer-se "atitude determinada" e disponibilidade para trabalhar muitas horas.

BABÁ & SERVIÇOS DOMÉSTICOS
Família do Upper East Side procura pessoa do sexo feminino que goste de serviços de casa e tenha paciência com crianças; disponibilidade para horários flexíveis e saber falar inglês são <u>requisitos obrigatórios</u>!

Com caneta em punho, eu folheava os anúncios classificados enquanto esperava para ser atendida na clínica de saúde de uma organização juvenil chamada *The Door*. Fazia dias que eu vinha procurando trabalho no *The Village Voice*. Meus objetivos naquele momento eram conseguir comida, trabalho, assistência médica e orientação educacional. Meus limites eram ser menor de idade (eu só completaria 17 anos no próximo mês de setembro) e fazer parte dos índices de evasão escolar. Como meu maior temor era atrair a atenção da Assistência a Menores e ser mandada de volta para um abrigo, eu fazia todo o possível para *não* chamar a atenção, enquanto revirava a cidade em busca de possibilidades. Sobretudo por meio de informações boca a boca, eu obtive algumas boas dicas. *The Door* foi uma das melhores coisas que poderiam me acontecer.

Na Broome Street da baixa Manhattan, *The Door* ocupa um prédio de três andares e se dedica inteiramente a responder às necessidades dos jovens. A pessoa só precisava ter menos de 21 anos, que era o meu caso, e nenhuma outra pergunta era feita. Era comum eu sair de lá carregada de pacotes de comida: cereal matinal, creme de amendoim, uvas-passas e pão. Com a mochila cheia desses suprimentos, eu andava por Manhattan, recolhendo questionários para pedidos de emprego em lojas de conveniência, postos de gasolina e lojas de ponta de estoque. Cinco dias por semana, às cinco e meia da tarde, *The Door* servia refeições quentes no segundo andar do prédio. Depois de longos dias cansativos à procura de trabalho, eu ia regularmente jantar na sede da *The Door*. Com isso, não precisava mais furtar tanto no supermercado C-Town e podia ficar sentada, anonimamente, em meio a uma multidão de jovens, a uma de suas mesas estilo refeitório, comer meu prato de frango com purê de batatas, enquanto conferia minhas possibilidades de trabalho.

Na tarde de um dia de semana, eu estava sentada na área de espera da *The Door*, folheando as páginas dos classificados. O jornal oferecia todo tipo de vagas, mas em sua maioria para pessoas com experiência e escolaridade – eu não satisfazia nenhuma das exigências. Procurei, portanto, os anúncios que sublinhavam palavras como *ambição*, *disposição para trabalhar duro* e *flexibilidade*. O anúncio da organização ambiental sem fins lucrativos chamada New York Public Interest Research Group (NYPIRG) chamou-me a atenção:

"Você se preocupa com o meio ambiente? Gosta de trabalhar com pessoas? Você deseja ardentemente fazer a diferença? Se é este o seu caso, o NYPIRG pode ser o lugar certo para você. Ligue para marcar entrevista seletiva hoje... Lembre-se de que, se você não é parte da solução, é parte do problema!"

Renda entre 350 e 500 dólares semanais – salário com base em comissões – para tornar o mundo um lugar melhor!

Nenhuma experiência anterior é exigida.

Eu não sabia o que significava a palavra *comissão*, mas sabia muito bem o que fazer com um salário entre 350 e 500 dólares por semana. Rasguei, portanto, o anúncio do *The Village Voice* e enfiei-o no bolso de trás da calça.

No NYPIRG, eu trabalhei durante o verão, juntamente com dezenas de estudantes universitários em férias. Por ser a pessoa mais jovem e mais mal vestida da sala, eu achei que pudesse não conseguir o emprego, mas todo mundo saiu dali empregado. Pelo visto, a organização consegue fazer isso porque o salário que o empregado recebe é uma porcentagem dos fundos que ele consegue levantar. Foi assim que eu aprendi o significado de *comissão*. O salário que se recebia era uma porcentagem do valor que se havia arrecadado. Quem não arrecadava nada, não ganhava nada. Quem arrecadava uma alta quantia, ganhava um bocado de dinheiro. Eu não pude deixar de perguntar sobre qual seria o nível de dificuldade para se arrecadar fundos.

Podia-se ganhar a vida com esse trabalho, garantiu-nos uma mulher chamada Nicole, veterana do NYPIRG, em sua aula de orientações. A pequena sala de conferências no centro estava lotada de estudantes universitários que pareciam querer ser vistos como "excluídos": pessoas brancas usando trancinhas afro, peças de bijuteria feitas com fibra de cânhamo e camisetas ostentando estampas de diferentes causas sociais; estudantes de escolas particulares de bom coração usando roupas de aparência propositadamente molambenta, isto é, roupas caras furadas ou rasgadas. O esforço deles para parecerem pobres ficou terrivelmente evidente para mim. Por mim, tudo bem, pois eu era, provavelmente, o que havia de mais próximo naquela sala de uma pessoa miserável de verdade. A maioria deles tinha dinheiro; isso se evidenciava por suas bolsas sofisticadas, joias caras e tênis de ciclismo montanhoso e sapatos Birkenstock. Mas, se eles queriam projetar o que entendiam por pobreza em seus estilos pessoais, por mim tudo bem.

Nicole explicou como funcionava aquele trabalho. Cinco dias por semana, depois de uma aula rápida sobre o andamento de sua mais recente campanha ambiental, o NYPIRG colocaria todos nós angariadores (como éramos chamados), de oito em oito, em uma van e nos levaria até pontos chave do estado de Nova York, onde deveríamos trabalhar. O nosso trabalho consistia em bater de porta em porta e envolver os cidadãos comuns na luta do NYPIRG contra o câncer, que tinha ligação com o uso indiscriminado de pesticidas em áreas residenciais, de acordo com um estudo que Nicole ostentava em todas as suas apresentações. O NYPIRG estava empenhado em uma campanha lobista em favor da aprovação de uma lei chamada *Neighborhood Notification*. Como angariadores, nós deveríamos nos postar na porta das casas das pessoas e prender sua atenção, enquanto repetíamos o que havíamos ouvido na aula rápida de cada tarde. Depois, nós os convidávamos a se unirem a nós na luta contra o câncer, com sua "participação" que, na prática, significava sua doação em dinheiro. Nosso salário era uma porcentagem do que conseguíamos angariar. Quando saíamos, nós recebíamos cópias do tal estudo, juntamente com pranchetas e nossos crachás provisórios.

Na van seguindo pela Henry Hudson Parkway na direção norte, eu tive a certeza de que estar ali era um grande equívoco. Cada um de nós treinou o que era chamado de nosso "rap"; o meu era de longe o pior.

"Oi, ahãm, meu nome é Liz, ahãm... Sou do Instituto de Pesquisas Públicas de Nova York, quer dizer, Pesquisas de Interesse Público... Eu vim aqui para combater o câncer com você... ahãm?"

Os outros eram muito melhores que eu. A garota que ia ao meu lado, Anna, de Scarsdale, saiu-se muito bem já em sua primeira tentativa: "Eu gostaria de te convidar para participar de nossa campanha para combater os efeitos dessas substâncias químicas tóxicas. Juntos, nós teremos, como uma comunidade, que manifestar o nosso protesto".

Eu fiquei impressionada com sua aparência perfeita, com seus brincos caros de pérola e sua pasta de angariadora, assim como com sua maneira de articular suas frases em comparação com a minha fala estropiada. Aquilo era assustador. E qual era mesmo a palavra? *Combat?* Não era esse o nome da marca do produto que usávamos para matar baratas em nosso apartamento da University Avenue? Era evidente que, por sua maneira de usá-la, ela devia ter outro significado. Eu peguei meu diário e comecei a fazer uma lista das palavras que ouvia meus colegas dizerem.

Todos falavam fluentemente, expressando-se em linguagem corporal e usando vocabulário ricamente variado. Eu não conseguia desgrudar os olhos deles, especialmente de um sujeito chamado Ken.

Eu tanto gostava dele quanto incrivelmente não me sentia muito à vontade em sua presença. Ele não tinha nada dos caras de minha vizinhança e me deixava nervosa. Ken exibia um porte admirável e uma aparência de integridade. Era também lindo. Tinha uma vasta cabeleira cor de areia e olhos esverdeados, como se fossem gelo verde com manchas douradas. Ele era alto e sua pele cor de oliva bronzeada contrastava com a camiseta Human Equality impecavelmente branca que ele usava. Em férias de verão da Brown University, Ken havia se separado recentemente de uma relação de longa data, pela conversa dele com Anna, que eu ouvi sem querer.

Por acaso, nós nos sentamos um ao lado do outro na van e o nosso gerente de campo, Shen, disse-nos para treinarmos juntos o nosso "rap". Por baixo de minha camiseta Korn preta e meus jeans pretos de tecido grosso, eu suava bicas, e então puxei meu cabelo para trás, em um rabo de cavalo, para ocupar minhas mãos. Ken praticou seu "rap" depois de mim e também gaguejou, mas acabou sendo convincente. "Muito bem", eu disse com mais entusiasmo do que pretendia. Fiquei com o rosto vermelho de vergonha. "Obrigado", Ken disse, com um sorriso sincero. Ele também ficou com o rosto um pouco vermelho quando tropeçou nas palavras, mas riu de si mesmo. Eu tentei, em vão, não olhar para ele.

Shen "distribuiu as tarefas" (atribuiu as áreas a nós), de acordo com sua avaliação da capacidade de cada um de nós para angariar fundos. Os angariadores menos capazes passavam suas tardes em áreas "secas", ou seja, as áreas com casas dilapidadas e quantidades escassas de reformas anuais. Aos mais capazes foram designadas as casas maiores que pareciam castelos, cujos gramados eram verdes como os de campos de golfe e decorados com coisas como chafarizes e estátuas de jardim. Levava pelo menos cinco minutos para se ir do portão de entrada até a campainha naqueles lugares.

Naquele primeiro dia, fui incumbida para ir a uma das tais áreas secas, de acordo com a baixa avaliação de minha capacidade para angariar fundos. Incumbiram-me de uma rua com casas caindo aos pedaços e pátios com cercas enferrujadas. A quota para o dia era de 120 dólares – e boa sorte! Mas, para a surpresa de Shen, quando a van voltou para me pegar às 10 da noite, eu havia angariado 240 dólares; uma pilha perfeitamente ordenada de cheques fixada no alto de minha prancheta, cujas marcas d'água no fundo formavam um gradiente de tons pastel ao longo do prendedor cromado.

"É o suficiente?", eu perguntei a Shen, erguendo a minha prancheta contra o brilho alaranjado da luz de freio da van enquanto o céu de verão ia ganhando um tom azul-escuro e nós descansávamos sob as copas das árvores frondosas. Ele verificou meu total uma, duas vezes e disse: "Sim, é ótimo". Depois daquele dia, fui incumbida para ir a casas mais suntuosas, e as quantias que eu angariava diariamente continuaram aumentando, muitas vezes chegando a várias centenas de dólares por tarde.

Eu havia sido considerada como altamente improvável para esse nível de sucesso que consegui no NYPIRG, uma vez que até mesmo os tipos mais polidos e gregários vacilavam diante de demasiadas portas batidas na cara. Ninguém disse que o trabalho seria fácil. Comentários sobre o meu sucesso circularam rapidamente pelo escritório. "Liz é defensora ardorosa do meio ambiente." "Ela teve um ótimo treinamento." "Provavelmente, ela já tinha experiência antes de vir para cá."

Nada daquilo era verdade, nem meu sucesso teve muito a ver com habilidade. A razão por trás de meu sucesso era muito simples. Eu tinha fome e, para mim, aquilo ali não era passatempo de verão. Diferentemente de meus colegas, que ansiavam pelos finais de semana e pelas horas de lazer, eu estava fazendo meu pé de meia para o inverno, economizando cada centavo, em uma atitude de ou vai ou racha, para a longa jornada que tinha pela frente. Eu precisava daquele dinheiro. Minha intenção era economizar cada dólar que conseguisse para os meses que tinha pela frente, quando a carga horária escolar me impediria de trabalhar. Pela primeira vez, eu estava sacrificando minha vida cotidiana a um propósito maior: sair da condição em que eu havia nascido. Essa era a vantagem que eu tinha a meu favor.

Eu tinha também outro tipo de fome, esse mais difícil de definir. Ele tinha algo a ver com a novidade de tudo aquilo, o entusiasmo que eu sentia ante aqueles lugares novos. Nunca antes eu havia visto casas enormes com carros estacionados em enormes entradas de cascalho, crianças andando de bicicleta ao sol em ruas arborizadas. O jeito com que as donas de casa abriam a porta da frente para mim, todas bem-arrumadas, as crianças pendurando-se em suas saias e acomodando-se em seus colos. Eu adorava o friozinho do ar-condicionado que vinha de dentro de suas casas, refrescando os meus braços que mantinham a prancheta erguida, a mochila nas costas em que eu carregava todos os meus pertences, enquanto lançava olhares furtivos para dentro de suas vidas. Era excitante ver que pessoas construíam suas vidas de maneira tão diferente da que eu conhecia. Aquilo me enchia de desejo de também construir minha vida; aquilo me inspirava. Havia algo de aventura naquilo, uma alegria ante cada porta que se abria, em cada conversa, cada novo encontro. Eu subia e descia as calçadas daqueles bairros suburbanos, encantada e curiosa por ver o que viria a seguir.

Mas os melhores dias eram, de longe, aqueles em que Ken e eu andávamos próximos um do outro. Eu vivia para aqueles dias. Assim que Shen afastava-se em sua van, Ken e eu nos juntávamos para seguir juntos, chegando às vezes a bater às portas juntos, como se trabalhássemos em equipe. Nós não decidíamos quem falaria; o sentimento de parceria simplesmente surgia espontaneamente. Nós trabalhávamos bem juntos. Angariar fundos era o que fazíamos. Podia acontecer de superarmos a quota do dia e mais um pouco. Quando concluíamos nossa incumbência com bastante antecedência, procurávamos algum lugar para simplesmente ficar à toa, sentados em alguma sombra conversando – embora eu me sentisse profundamente insegura quanto ao que falar com Ken. Se devia lhe contar sobre mamãe. Sobre a University Avenue. Sobre como eu havia deixado o motel justamente a tempo de salvar a minha pele de Carlos. Que havia passado aquela semana dormindo no trem da linha D. Nada daquilo parecia ter lugar em nossas conversas. Não com o sol brilhando e sendo possível sentir o cheiro de terra fresca vindo do parque e ouvir as cigarras cantando nas copas das árvores. Não com Ken sorrindo daquele jeito. Se falar sobre a minha vida era deprimente, então por que fazê-lo? Eu deixava, portanto, que Ken falasse – sobre sua família, sua ex-namorada e tudo sobre a Brown University. Eu absorvia tudo, deixava-me impregnar por sua alegria e sua generosidade. Imitávamos Nicole ou Shen e nos rebentávamos de tanto rir de nosso trabalho, da vida – simplesmente ríamos até não poder mais.

Era fácil rir na companhia de Ken. Era fácil acreditar que era tão possível levar uma vida cercada daquelas casas de contos de fada, com gramados perfeitos e dias ensolarados quanto a que eu já conhecia.

Um dia de agosto, quando eu estava tomando o trem da linha A para ir ao meu futuro colégio entregar alguns papéis, eu vi Sam. Ela estava em um trem da linha C; nós nos vimos no momento exato em que as portas do trem se fecharam; nossos carros estavam um diante do outro na plataforma que os separava. Como dois cavalos correndo lado a lado em uma pista de corrida, os carros do metrô partiram e ficaram andando paralelamente através de túneis escuros, emparelhando-se e voltando a desemparelhar-se. Eu coloquei minhas mãos espalmadas no vidro da porta e Sam fez o mesmo. O aspecto ridículo daquele encontro nos fez rir. Sam sorriu e apontou seu dedo médio para mim; ela estava com o cabelo pintado de verde e puxado para o alto em dois coques, e usava uma saia longa e uma bata de renda castanha. Ela parecia estar bem-arrumada e seu peso parecia muito mais saudável que da última vez em que nos vimos. Eu fiz sinal com as mãos para ela descer do trem na estação seguinte, mas os pilares dos túneis subterrâneos ficavam bloqueando a nossa visão. Descemos na Fourteenth Street e corremos para nos abraçar, com força. Ela exalava cheiro de sabonete e de talco de bebê. Eu estava tremendo.

"Por onde você tem andado?", ela gritou, batendo no meu ombro. Lá no motel, nossa amizade havia sido prejudicada pelas pressões de Carlos. Mas em uma estação de metrô, em uma tarde fria de agosto, meses mais tarde, ela foi renovada. Eu a amava como uma irmã.

"Por aí", eu respondi. "Estou juntando os meus cacos. Na verdade, é isso. Arranjei um trabalho e tudo mais. Quer ir comigo a algum lugar? Dar uma volta?"

Caminhamos pelo bairro de Chelsea, carregando nossas pastas de livros. Eu fiquei pasma quando ela pegou um maço de cigarros e começou a fumar, mas não disse nada a respeito. Com todo o tempo que havia se passado desde que nos vimos pela última vez, eu não sabia se ainda continuávamos suficientemente próximas para emitir nossas opiniões sobre algo tão pessoal. Seguimos caminhando e ela foi colocando-me a par de sua vida. A vida no abrigo não era lá tão ruim; as garotas de lá tornaram-se a família dela. Ela ia com certeza se casar com Oscar. Não que eles já tivessem planos formais, mas ela pressentia isso. Lilah, uma garota de Staten Island com quem ela morava no abrigo, seria a dama de honra, depois de tudo o que elas haviam passado juntas.

"Lilah é minha parceira no crime. GHFL, quer dizer Moradia Coletiva por toda a Vida, ela disse. "Vamos fazer uma tatuagem disso. Todas nós."

Eu chutei uma pedrinha para a minha frente, enquanto caminhávamos, eu com os olhos voltados para o chão.

"Parece ótimo", eu disse. A nossa proximidade seria imaginação minha? Será que ela sentira minha falta? Eu sentira muita falta dela. "Você quer dar uma olhada nessa escola que eu vou frequentar?", eu perguntei.

"Com certeza", ela disse de maneira casual, dando de ombros, como se, já que dispunha de tempo naquela tarde específica, ela pudesse também se matricular no colegial. Ela me acompanhou até o Prep e preencheu um formulário de inscrição. April ligaria para ela em breve. Perry não estava e, portanto, Sam não pôde conhecê-lo. Saímos pela porta lateral e voltamos para a estação de metrô, onde nos separamos para tomar cada uma seu rumo. Sam escreveu o número do telefone de seu abrigo com caneta azul e letra bem desenhada na minha mão. Seu abraço de despedida foi apertado e profundamente afetuoso. *Esta é Sam*, eu pensei. Prometemo-nos que voltaríamos a nos encontrar em breve e ela me informaria, com certeza, quando tivesse uma resposta do Prep. Ou, se ela e Oscar marcassem o casamento antes disso, ela decididamente também me comunicaria.

Estava chovendo quando a mãe de Ken chegou com a caminhonete da família. Ela tinha o cabelo loiro como o do filho, e cortado tão curto quanto o dele, só que o dela era um pouco mais escuro e tinha mechas cinzentas que ressaltavam seus pequenos brincos de pérola. Ela deu carona a todos nós, cinco colegas de Ken, da linha A do metrô até sua casa à beira da praia em Far Rockaway, debaixo de uma chuva fina que fazia o asfalto brilhar, refletindo as luzes das lâmpadas de rua do subúrbio tranquilo de Queens. Os braços dela eram musculosos e bronzeados de uma maneira que sugeria que ela praticava exercícios físicos e tinha uma alimentação saudável. Suas roupas – bermudas cargo e uma camiseta impecavelmente branca com decote V – estavam tão limpas que pareciam ter saído de um cabide de uma loja da Banana Republic. Ela manteve uma conversa animada, fazendo perguntas a respeito de nossos estudos e do que fazíamos para nos divertir. Eu mantive o máximo de silêncio possível, por temer chamar a atenção e ter que revelar a história que havia inventado: uma estudante normal de segundo grau preparando-se para ingressar na universidade.

Em uma parada no trânsito, eu a vi estender a mão e passá-la na testa e no cabelo de Ken, sorrindo para ele, seus rostos semelhantes refletindo as luzes vermelhas dos faróis. Dava para ver que ela era uma mulher bondosa. Isso se evidenciava em sua maneira de tocar o filho e, também, na maneira com que ele amolecia ao ser tocado por ela. Observando-os, eu me senti como quando, depois de ter entrado às escondidas, assistia a um filme no cinema Loews Paradise; como se a qualquer momento a minha presença indevida ali fosse ser flagrada e eu, solicitada a sair.

O porão da casa da família havia sido transformado em um apartamento. Ele fora de Ken até ele ter saído de casa para ir estudar na Brown University; desde então, sua irmã menor, Erica (que se sentiu mortificada ao saber a minha idade exata), tomou-o para si, misturando os velhos livros de filosofia de Ken com seus cartazes de causas ambientalistas como "Salve as Baleias", "Salve as Árvores" e "Salve as Crianças". Erica e sua mãe haviam preparado um lanche e servido-o em uma pequena mesa: um sanduíche de metro cortado diagonalmente em fatias e diversas caixas de suco.

Eu vesti minhas roupas de dormir no banheiro do andar de cima, enquanto o grupo iniciava um jogo de cartas. Minha intenção era acabar acidentalmente sentada o mais perto possível de Ken durante o jogo. A gente se tocaria de leve, e por acidente, diversas vezes durante o desenrolar do jogo. Eu fingiria nem perceber. Quando eu descobrisse onde ele dormia, coincidentemente eu pegaria no sono perto dele, induzindo-o a atuar dentro do "clima" que havíamos passado a noite toda criando. Os lábios dele seriam tão macios quanto a parte interior de minhas bochechas, sedosas. Olhando-me no espelho, eu passei xampu com perfume de baunilha em minhas mãos secas e espalhei-o cuidadosamente entre os cabelos com as pontas dos dedos: preparativos para quando mais tarde nos acariciaríamos.

Minha imagem refletida no espelho olhava de volta para mim: meu cabelo castanho/púrpura caía em ondas até a cintura. Eu esperava que Ken gostasse dele. Eu não usava nenhuma pintura e detestei ver que meu rosto evidenciava que eu vinha dormindo pouco – algumas horas aqui e ali em sofás de amigos e em corredores. Eu tinha quatro argolas de brincos prateados em minhas orelhas e minhas sobrancelhas eram mais espessas do que eu queria que fossem. Minha calça de dormir era de malha decorada com o desenho de uma caveira na altura da coxa. Por baixo, eu usava um par de cuecas velhas de Carlos. A mãe de Ken havia me emprestado uma camiseta dele, três vezes o meu tamanho, para eu dormir.

A noite desenrolou-se diante de mim como se fosse a primeira noite em um país estrangeiro, cuja língua eu não entendia. Nós nos sentamos sobre os sacos de dormir estendidos no piso do porão, formando um círculo como os de contação de histórias. Kat, Anna, Steven, Jeremy e Ken falavam de coisas que eu desconhecia totalmente. "Coisas de gente rica", papai diria. Eu não sabia se eles eram ricos, mas logo ficou evidente que eram diferentes de mim. Afinal, no gueto, não se fala de maneira alguma de coisas como diferentes tipos de queijo.

Não, senhor, nós não sabemos distinguir um Brie de um Havarti e de um Gorgonzola. No gueto, compra-se apenas *um* tipo de queijo, o Americano. Nós o levamos para casa quando pedimos ao bodegueiro que nos dê "um dólar de presunto e um dólar de queijo", embrulhado em papel grosso encerado, e isso no dia em que se recebe o benefício social. E no gueto não se fala em viajar de mochila pela Europa (onde quer que a Europa fique).

No entanto, no gueto, fala-se no quarteirão em que se mora e nos quarteirões que ficam ao redor dele: "Você soube alguma coisa sobre o tiroteio na Grand Avenue? Eles pegaram o Milkshake! Está *morto*!" "Você sabia que na Andrews Avenue a Dona Olga voltou a vender piraguas, os sorvetes porto-riquenhos em forma de pirâmide, a preço fora de série? Custam um dólar a menos que os da Dona Lulu! Ela tem miolos!" Outros países e culturas nunca eram assunto falado em casa. Na verdade, qualquer coisa além de nosso quarteirão, ou dos quarteirões ao seu redor, era um conceito muito vago. De maneira que, quando Ken nos contou que havia conseguido um jeito de ir a Cuba no último verão com um grupo, eu perguntei: "Por que, é difícil ir a Cuba?".

"Bem, por causa do embargo e tudo mais... sim", ele disse. Eu fiquei balançando a cabeça feito uma idiota, como se tivesse ouvido mal o que ele havia dito. Meu coração disparou. Embargo? Provavelmente era alguma coisa que se aprendia no colégio. Odiei sentir que devia saber algo que eu não sabia. Às vezes, era mais fácil simplesmente ficar calada.

E depois o assunto passou a girar em torno das universidades. Todos compararam os campi, seus alojamentos para estudantes, seus professores e planos de formatura, usando palavras como *bolsa de estudo*, *tese* e *licença para exercer a profissão*. O que significava exatamente formar-se em escola superior? Qual era a diferença de uma faculdade? Porque, se eu concluía o colegial, eu podia então estudar em uma faculdade, então talvez faculdade *fosse* escola superior? Mas não podia ser, porque eles já estudavam em faculdades. Eu fiz a cara mais despreocupada do mundo, uma cara de quem diz: "Eu sei do que vocês estão falando, por que não saberia?" E, apesar de não entender tudo, essa ideia de faculdade começou a me interessar.

A empolgação deles foi um fator que despertou meu interesse, mas, acima de tudo, foi o fato de eles terem algo em comum que realmente me interessou. Era aquele jeito que permitia as pessoas se entenderem entre si, mesmo sem nunca antes terem se encontrado, por terem assuntos de interesse comum. E então a pergunta tomou-me de assalto: Será que *eu* poderia estudar em uma faculdade? Mesmo sem saber onde ficava a Europa nem a diferença entre um queijo Brie e um Havarti, será que eu poderia ter o que eles tinham? Mamãe abandonou a escola depois da oitava série e papai também abandonou os estudos. Mas e eu, poderia estudar em uma faculdade?

"Quer beber mais alguma coisa?", Ken me perguntou, tocando desnecessariamente em meu braço. Meu coração voltou a disparar, minhas faces ficaram vermelhas. "Não, obrigada, eu estou bem."

"Tudo bem, então", ele disse, sorrindo.

Ken jogou uma almofada sobre um determinado saco de dormir e recostou-se. Anna declarou que "sua canção" estava tocando e aumentou o volume do rádio, balançando sua cabeleira ruiva. A música "What's Up" do grupo *Four Non Blondes* ressoou por todo o porão. "Excelente!", ela gritou. Anna e Kat cantavam em coro. Ken ria e olhava ao redor. Ele tinha acabado de olhar para mim ou era imaginação minha? Eu tinha quase certeza de que ele olhara para mim. Fixei meus olhos nos dele e sorri de volta.

Disse que tinha de ir ao banheiro como desculpa para me levantar e depois, ao voltar em alguns minutos para o círculo, poder, assim como quem não quer nada, ocupar o saco de dormir ao lado do de Ken. Duas horas depois, havia migalhas de sanduíche espalhadas pelo chão e pelas mesas do porão às escuras. Todos estavam prontos para dormir, cada um em seu devido saco, espalhados pelo piso do porão. Ken estava ao meu lado, exatamente como eu havia planejado. Nossa comunicação no silêncio do quarto escuro se daria por meio de códigos.

No silêncio, uma tossidela significaria: *Ainda não dormi, Ken, caso você esteja achando.* Levantar para ir tomar água era como dizer: *Pode se mudar para mais perto de meu saco enquanto eu estiver fora.* Esfregar meu pé no de Ken, "acidentalmente", era um estímulo erótico. Eu fiquei esperando em silêncio que ele avançasse. Nada. O ar do porão estava impregnado de um calor seco vindo dos sibilantes canos de calefação. A luz da lua penetrava pelas pequenas janelas e iluminava as fotos de sua irmã menor: duas adolescentes segurando uma tartaruga na praia ensolarada de algum lugar distante, as duas com braceletes iguais nos pulsos. Continuei esperando. Nada. Então, de repente, algo!

Um ruído, um sinal, algum tipo de movimento... Os roncos de Ken elevaram-se acima dos canos de calefação sibilantes. Ele estava, sem dúvida alguma, dormindo profundamente.

Na manhã seguinte, a mãe de Ken arrumou a mesa para o café da manhã, com garfos e facas embrulhados em guardanapos, como se fazia no restaurante de Tony. O pai de Ken voltou de sua corrida matinal, com as axilas de sua camiseta *Marthas's Vineyard* molhadas de suor. "Olá, crianças!", ele disse, passando a mão no cabelo loiro de Erica, que estava sentada enroscada no enorme sofá da sala, ainda com seu pijama de algodão. Jeremy, Steve e Kat tomaram seus lugares à mesa. Eu sentei na cadeira mais afastada de todos e fingi estar ocupada torrando minhas fatias de pão, para evitar seus olhares. A porta da frente abriu-se e Ken e Anna entraram, risonhos e saltitantes em seus trajes de corrida.

"Então", a voz de Anna soou como uma proclamação, "eu não te disse que a gente podia tirar mais uma soneca?", ela perguntou, dando um cutucão nas costelas de Ken, com seus azuis olhos brilhando e agitada pela corrida. Ken estava inclinado com as mãos nos joelhos, ofegando. Anna colocou uma mão nas costas de Ken com uma intimidade que eu não tinha me dado conta existir entre eles. Como é que eu pude pensar que um cara como aquele fosse se interessar por mim? Ele havia se mostrado amigo o tempo todo e eu achando que ele estivesse interessado em mim; senti-me uma perfeita idiota.

A mãe de Ken colocou um enorme cesto de vime transbordando de pães sobre a mesa do café da manhã: bolinhos tipo sonho com açúcar espalhado sobre suas crostas douradas, biscoitos dinamarqueses de dar água na boca, roscas recheadas de passas e sementes. Parecia um comercial perfeito e, ao ver tudo aquilo, fiquei pasma, olhando sem poder acreditar. Eu jamais tivera à disposição um cesto com tantas opções de pães. Junto ao fogão atrás de nós, o pai de Ken quebrava um ovo na frigideira. Um jarro cheio de suco de laranja continuava intocado sobre a mesa. Steven e Kat começaram a passar requeijão nos pães. Ken pegou um prato e colocou-o sobre a mesa.

"Pra você", ele disse, apontando para Anna. "Acho que perdi a aposta e devo o café da manhã a você." Ela sorriu para ele, ocupou um assento e ficou mexendo no cabelo, enquanto ele despejava suco do jarro no copo dela. Era uma cena de *Saturday Night Live* e o tema da comédia era "este cara perfeito e sua família maravilhosa que você nunca terá, Liz". De repente, achei aquilo tudo muito engraçado.

Sem conseguir me controlar, desatei a rir. As cabeças se voltaram todas para mim; ninguém estava vendo nada de engraçado ali. Eu sabia que estava me comportando de maneira estranha, mas, ao perceber o estranhamento, tapei a boca com a mão, explodindo em uma risada incontrolável. Era o aspecto ridículo daquilo tudo: as conversas sobre queijo, a bela casa, a beleza e a bondade demasiadas de Ken para serem de verdade, Ken e Anna como um casal, os pais dele... mas, sobretudo, foi aquele maldito cesto de pães que me fez perder a compostura. Sam, se estivesse ali, teria rido comigo daquela vida maravilhosa que eles levavam, inacessível para nós, como uma fantástica cena de Natal nas vitrines do Macy´s, instigante aos olhos, maravilhosa em todos os detalhes, só que atrás do vidro. Observando da calçada, podia-se ficar deslumbrada por todo aquele brilho, mas as coisas na vida da gente continuavam no mesmo pé em que estavam.

Minhas risadas atraíram todos os olhares. Ei, eu sei como é parecer maluco e o quanto é perturbador ver alguém agir de forma inconveniente. Procurei, portanto, explicar por que eu estava rindo, para acalmá-los, mas só acabei piorando as coisas. Atraí mais olhares confusos.

"É só pelo fato de vocês terem um cesto cheio de... *diferentes pães*", eu gaguejei. "Bem, é que, não, vocês sabem... eu só quis dizer isso, que temos aqui um *cesto cheio de pães* e um *enorme* jarro de suco, vocês sabem?" Passou-se um tempo extremamente constrangedor de silêncio. "Quer dizer, o café da manhã de vocês é *sempre assim*?", eu perguntei. "Eu acho... eu só queria dizer que é maravilhoso." Por sorte, minha risada finalmente cessou. "Não foi por mal, é que eu simplesmente adoro todos esses pães", eu disse. "São *excelentes*."

A mãe de Ken foi a primeira a vir em meu socorro.

"Que ótimo, não é mesmo?", ela disse, como se o que eu havia dito fizesse algum sentido. "Lá na padaria, eles fazem tudo para ter sempre pães quentinhos. É por isso que eles são tão deliciosos."

Eu peguei um bolinho com recheio de mirtilo e endireitei-me na cadeira. Steven, Jeremy e Kat começaram a discutir seus planos de ir naquela noite a um clube de jazz no Village. O clima de apreensão que havia no ambiente continuou pesando sobre mim, assim como o fato de eles não me convidarem para ir junto.

Logo, todos terminaram de tomar o café e começaram a recolher suas coisas e colocá-las em suas mochilas. Ainda sentada sozinha à mesa da cozinha, fiquei observando as duas mães despedirem-se à porta de saída; Anna e Ken foram juntar-se a elas, formando um círculo de conversas e risadas. Por um instante, eu senti uma dor por saudades de mamãe. Uma torrente de lágrimas jorrou de meus olhos, mas logo consegui contê-la. Vendo que os quatro estavam ali conversando, e ouvindo os outros arrumando suas mochilas e a irmã de Ken no quarto dela, ocorreu-me algo.

Nada ali era meu.

Tudo o que eu havia desfrutado ali era algo provisório, próprio de uma visita. Meus colegas do NYPIRG logo voltariam para suas respectivas faculdades e nós perderíamos o contato. A acolhida calorosa daquela casa e as pessoas interessantes que ali estavam não eram para mim. Aquele grupo não era mais meu, assim como a casa daquela família. Nem eu tinha com Ken algo que se pudesse chamar de relação. Ele, como tudo ali, não me pertencia. A vida de todos eles gozava de uma simetria social que lhes dava a possibilidade de se relacionarem e pertencerem a um mesmo clube, que me incluía apenas o bastante para eu perceber que não cabia nele. Logo, eu voltaria para o Bronx para dormir em qualquer lugar que encontrasse, e tudo aquilo ali – *eles* – seria passado.

Olhei para o cesto cheio de pães e doces. Virei os olhos para eles, que formavam um círculo, conversando e se entendendo, Ken sorrindo e irradiando sua simpatia e enorme receptividade. Com cuidado para que ninguém visse, eu abri o zíper de minha mochila, cheia de roupas sujas e o maço de notas de 100 dólares que eu havia economizado durante o verão, e comecei a enfiar pães, bolinhos, bananas e laranjas nela. Enfiei nela também um pão inteiro. Por que não? Aquelas coisas, sim, pertenciam-me.

Se fosse possível, eu teria também esvaziado o jarro de suco em minha mochila.

CAPÍTULO 12

Possibilidade

Os dois anos em que passei estudando no Prep foram uma espécie de maratona pela sobrevivência, que exigiu de mim tudo o que eu tinha e um pouco mais.

Descobri na prática a diferença entre dizer e fazer alguma coisa, assim como a diferença entre estabelecer uma meta e realmente concretizá-la. Eu queria tirar o atraso o mais rapidamente possível e, por isso, estabeleci como meta que minhas notas seriam todas A e nada menos que A. E faria o colegial todo em dois anos, mesmo sem ter onde morar. Esse parecia um plano ambicioso para colocar minha vida nos trilhos. E ler isso escrito em meu diário também me servia de grande inspiração. Mas daí a colocar meu plano em prática havia uma grande distância.

Tudo começou bem na escola, com aquela primeira semana cheia de esperanças, quando eu assisti ao máximo de aulas possível, acumulando tarefas em cima de tarefas e responsabilidades em cima de responsabilidades. Eu não comuniquei aos professores do Prep o que estava fazendo; preferi ir frequentando aulas, escolhendo entre as matérias disponíveis no cardápio e colocando no meu cesto todas as que eu achava interessantes. Havia cinco cursos básicos; eu frequentei todos. Depois havia uma classe especial de matemática, cedo pela manhã, para quem precisava recuperar seus créditos na matéria, e eu também participei dela. E, ainda, de acordo com anúncios pregados na secretaria, a Washington Irving High School, que ficava nas redondezas, estava oferecendo aulas extras duas vezes por semana à noite. E para lá fui eu. E a Seward Park High School no Lower East

Side estava oferecendo um curso de história aos sábados para somar outro crédito, que eu também incorporei aos meus estudos. Descobri também que podia pedir ajuda individual aos professores fora dos horários de aulas e decidi aproveitar essa oportunidade. Eu tinha muito tempo perdido para recuperar. De maneira que meu objetivo tornou-se realizar um ano normal de estudos por semestre, e foi o que eu me empenhei em fazer, começando já em setembro.

Eu era motivada por uma pergunta que continuava martelando minha mente: se eu era realmente capaz de mudar minha vida. Eu havia passado tantos dias, semanas, meses e anos pensando em coisas que poderia fazer da minha vida e agora eu queria saber se, assumindo um compromisso, levantando cedo todas as manhãs e dando duro, eu conseguiria mudar realmente a minha vida.

Especialmente naquelas primeiras semanas, tudo parecia possível: os professores estavam introduzindo as matérias de suas respectivas disciplinas e as tarefas que estavam nos incumbindo não seriam para já. Animada, eu anotava tudo, chegava pontualmente ou até antes de começar as aulas, e aceitava as tarefas com entusiasmo, acumulando-as em pequenas pilhas que, aos poucos, foram aumentando em minha mochila. No início, tudo ia bem. Mas, logo, os prazos foram se aproximando e as tarefas teriam de fato que ser entregues. Foi então que minha atitude otimista das primeiras semanas cedeu lugar ao medo e a um profundo sentimento de dúvida ante a constatação do que seria dar conta daquilo tudo. Na realidade, pensar em minha meta ou mesmo afirmá-la era muito diferente de colocá-la em prática.

Fazer o curso colegial sem ter onde morar envolvia detalhes que só me ocorreram quando eu estava vivendo a situação real. Para começar, eu não sabia que os livros escolares pesavam tanto. Por si mesmo, isso já é um problema. Mas, ao ter que transportar aquele peso todo de um lugar a outro, tendo, ao mesmo tempo, que enfrentar diferentes situações sem nenhuma previsão de onde eu passaria a próxima noite e que tentar realizar tarefas que exigiam ter comigo determinados livros, eu comecei a escorregar.

Se não planejasse corretamente as coisas, eu acabaria indo parar na casa de Bobby, Fief ou Jamie sem os livros necessários para a realização de determinada tarefa em determinada noite. A consequência desse mau planejamento podia resultar em eu não dispor do material escolar necessário para entregar o trabalho no prazo, o que podia significar a diferença entre uma nota A ou B, no caso de preparação para uma prova, ou ainda obter uma nota muito pior. Entre minhas muitas aulas, muitos lugares para ficar e muitas tarefas, havia variáveis demais para eu dar conta o tempo todo. De maneira que, para resolver esse problema, comecei a carregar todos os livros, além de minhas roupas, meu diário, a medalha dos Narcóticos Anônimos e a fotografia de mamãe, minha escova de dentes e produtos de higiene; eu andava com tudo enfiado em uma enorme mochila. Mas, com todo aquele peso, era difícil andar pela cidade, e as alças da mochila machucavam meus ombros e esfolavam minha pele. Eu tinha dor nas costas todo santo dia.

Depois, havia ainda o problema de onde dormir. Às vezes, os pais de meus amigos me deixavam dormir em suas casas sem nenhum problema, mas outras não. Nas vezes em que eu entrava às escondidas na casa de um amigo, eu tinha que esperar até seus pais irem para a cama, o que me obrigava a fazer os trabalhos escolares ou cochilar no corredor até altas horas, quando o caminho estivesse livre. Eu entrava em seus apartamentos totalmente em silêncio e dormia em um sofá-cama ou atrás dele no chão, escondida em baixo de cobertores para não ser vista. Houve vezes em que eu tirei um cochilo dentro do armário de um amigo. Mas, na maioria das vezes, eu tinha que sair cedo antes que seus pais levantassem. Por isso, eu andava com um despertador vibratório no bolso que me alertava quando era hora de dar no pé. Quando ele tocava, onde quer que estivesse, eu me levantava sem fazer barulho, calçava as minhas botinas pretas e, andando nas pontas dos pés, colocava com dificuldade a mochila nos ombros e me arrastava porta afora. Às vezes, eu passava as horas restantes, entre cinco e seis e meia da manhã, no corredor, tirando uma soneca no alto das escadas do último andar. Outras vezes, eu ia diretamente para a escola, quando o sol estava apenas despontando no horizonte, o ar conservava o frio da noite e as portas das lojas ainda não haviam sido abertas para as atividades do dia.

Depois, teve a fase em que eu finalmente consegui realizar meus trabalhos escolares. Essa também foi uma coisa totalmente diferente. Ficou óbvio para mim que eu precisava dormir uma determinada quantidade de horas se quisesses estar com a mente clara para escrever um trabalho suficientemente bom que merecesse um A. Se não dormia o necessário, era como querer que a mente funcionasse com clareza dentro de um cérebro enevoado e, portanto, ela não me daria os As que eu queria. Mas, para seguir os horários das casas de meus amigos, eu nem sempre conseguia dormir o suficiente. Conseguir isso era, às vezes, mais fácil se eu simplesmente subisse as escadas de um prédio e fosse me acomodar para dormir sozinha no último andar. Ali, pelo menos, eu tinha certa privacidade e, contanto que o prédio fosse razoavelmente limpo e seguro, a probabilidade era que ninguém fosse me incomodar. Eu podia fazer meus trabalhos à luz do corredor, dormir no piso de mármore, usar meu suéter como cobertor e o resto de minhas roupas como travesseiro. Quando eu realmente precisava de um bom sono, dormir em um corredor de edifício era a melhor opção.

Encarados todos esses detalhes, eu consegui dar conta da maior parte dos problemas, especialmente com a ajuda do dinheiro economizado do que ganhei com meu trabalho para o NYPIRG, as refeições quentes e as provisões de alimentos distribuídas pela *The Door* e, em especial, por dispor de um grupo de amigos tão dispostos a ajudar. Mas houve outros momentos muito mais difíceis de lidar, momentos em que eu cheguei perigosamente perto de dizer "Esqueça tudo isso!" Uma específica situação recorrente ameaçou várias vezes derrubar-me.

Ela costumava ocorrer nos dias em que meu despertador tocava às seis e vinte da manhã e eu acordava no apartamento de Fief ou de algum outro amigo, cujos pais estavam ausentes, as regras não estavam em vigor e, portanto, não havia limite para as minhas horas de sono. Eu acordava em meio a mais de 10 pessoas, dormindo sobre colchões e travesseiros rasgados pelo chão; o sol mal estava despontando no apartamento com as paredes cheias de grafites e com garrafas de cerveja vazias por todos os lados. Todos haviam passado a noite na farra e mal haviam começado a dormir. Na maioria dessas noites, eu já havia feito meus trabalhos escolares nas escadas – usando minhas anotações para manter o foco – e me isolado ali para evitar o cheiro de cigarro e o barulho da festa. Quando as coisas enfim se acalmavam, eu voltava para o apartamento e me acomodava para dormir um pouco em qualquer canto que encontrasse disponível. Algumas horas depois, quando meu reloginho disparava, eu acordava e ficava ali deitada, totalmente imóvel, olhando para o teto. Nessas horas, eu era *tentada* a cobrir a cabeça com o cobertor e voltar a dormir. Essa tentação, naquele momento, era exatamente o que quase me fazia desistir de meu propósito.

Ficar embaixo do cobertor quentinho ou sair para a rua?

Era em tais momentos que eu era mais testada, quando tinha a opção do aconchego. Não quando eu dormia em um corredor, não quando eu tinha que forçosamente deixar o apartamento tão cedo e nem quando eu passava a noite em um trem. Mas, quando eu estava ali, deitada no apartamento de um amigo, com a opção de continuar dormindo, era para mim a mais difícil de todas as situações. Isso ocorria porque, não sendo forçada a sair, eu tinha que encontrar uma motivação para ir à escola no interior de mim mesma.

Eu tive, portanto, que escolher ir à escola não apenas uma vez, mas muitas e muitas vezes, em todas as ocasiões em que eu era tentada a não ir. Em tais manhãs repletas de uma tranquilidade tão rara e preciosa, de aconchego em travesseiros macios, era quando eu era mais tentada a simplesmente me enfiar de volta debaixo das cobertas. Eu tinha que usar todas as minhas forças para escolher sair pela porta e ir para a escola. Em tais situações, o maior obstáculo a ser enfrentado era *eu mesma*. Cobertor quentinho ou encarar a rua?

Fazer essa escolha, como acabei descobrindo, não era uma questão de força de vontade. Eu sempre admirei as pessoas que tinham "força de vontade" para fazer algo, porque nunca me senti capaz disso. Se a mera força de vontade bastasse por si mesma, ela teria funcionado muito tempo antes, quando eu ainda morava na University Avenue, eu constatei. Ela não bastava, pelo menos não para mim. Eu precisava de algo que me motivasse. Eu precisava de algumas coisas nas quais eu pudesse pensar em meus momentos de fraqueza e que me fizessem sair debaixo das cobertas e ir para a rua. Mais que força de vontade, eu precisava de algo que me motivasse.

Uma coisa que me ajudava era uma imagem que eu guardava em minha mente. A essa imagem eu recorria toda vez que me via diante de ter que escolher. Era a imagem de uma atleta correndo em uma pista. Nela, era verão e a pista de corrida era cor de laranja avermelhada, dividida em faixas brancas para demarcar as colunas dos corredores. Só que a atleta de minha imagem mental não corria ao lado dos outros; ela corria sozinha, sem ninguém a observá-la. E ela não corria em uma pista livre e desimpedida, mas em uma que lhe impunha saltar muitos obstáculos, o que a deixava inundada de suor ao sol forte. Eu recorria a essa imagem toda vez em que me sentia dominada pelas coisas que me contrariavam: o peso dos livros, minhas horas atrapalhadas de sono, o problema de onde dormir e o que comer. Para vencer essas dificuldades, eu visualizava a minha atleta voando por sobre a pista, saltando por cima dos obstáculos e atravessando a linha de chegada.

A fome era um dos obstáculos. Encontrar lugar para dormir e fazer os trabalhos escolares eram outros obstáculos. Eu fechava os olhos e via as costas da atleta, os movimentos de seus músculos vigorosos, com gotas de suor reluzentes, saltando por cima dos obstáculos, um a um. Nas manhãs em que eu não queria sair da cama, eu via outro obstáculo a ser saltado. Dessa maneira, os obstáculos tornaram-se parte natural do percurso, um indício de que eu estava onde devia estar, correndo em uma pista, o que era totalmente diferente de deixar que os obstáculos me fizessem acreditar que eu estava fora dela. Em uma pista de corrida, por que não haveria obstáculos? Com essa imagem em mente – usando os obstáculos para saltar em busca de meu diploma –, eu chutava o cobertor, atravessava a porta e me levava para a escola.

Essa era pelo menos a metade de minha motivação naquelas manhãs difíceis, e a outra metade era pensar em meus professores. Em meus momentos de fraqueza, dividida entre o cobertor e a porta da rua, eu sabia que Perry estava à minha espera na escola, como também os outros professores que, para surpresa minha, eu cheguei a amar durante o tempo que passei no colégio.

Susan dava suas aulas de matemática nas primeiras horas da manhã. Uma mulher compacta que usava vestidos floreados e sapatos mocassins para trabalhar todos os dias, Susan adorava literatura. Às vezes, conversávamos mais sobre livros que sobre matemática. Susan sempre tinha uma visão peculiar das histórias de amor que eram as minhas preferidas. Ela apontava detalhes que sozinha eu não seria capaz de perceber; ela sempre me incentivava a ir mais fundo. Susan chegava bem cedo para ser uma das primeiras a acender as luzes, saudando a nossa pequena turma de sete alunos com muita energia e um enorme sorriso. "Muito prazer em vê-los hoje", ela cantava todas as manhãs e parecia realmente sentir isso. Tendo Susan como a primeira professora do dia, eu não queria nunca me atrasar e era só pensar nela para eu me mexer.

Depois havia Caleb, Doug e Elijah, todos com apenas vinte e poucos anos. Todos eles haviam se formado recentemente em faculdades como Cornell e Princeton, nomes que eu já conhecia das conversas com o pessoal do NYPIRG. Coletivamente, eles eram dedicados a ensinar, generosos com seu tempo, sinceros e amistosos. Elijah costumava desafiar seus alunos, não com afirmações, mas com perguntas. A presença de Elijah levou-me a ser muito mais deliberada na escolha das palavras, coisa que eu nunca havia dado muita importância. E, como Perry, Elijah olhava-me nos olhos, buscava o meu rosto quando eu falava em aula – ele estabelecia contato. Ele me inspirava a fazer o mesmo.

Doug era sincero e humilde. Em um dia, eu fiz uma pergunta em aula e, ao atrapalhar-se para dar a resposta, ele se interrompeu para dizer: "Liz, eu não sei e estava tentando demonstrar que sabia. Mas realmente não sei. Se você está interessada em obter essa resposta, eu posso procurá-la para você". Eu fiquei pasma. Nunca nenhum professor havia se mostrado tão humano comigo. Com Doug, eu aprendi a importância da autenticidade.

E nunca conheci ninguém igual a Caleb. Perry disse certa vez de brincadeira que os professores do Prep trabalhavam tantas horas que deviam considerar aquilo um investimento. Acho que ele estava referindo-se a Caleb. O Prep já tinha uma cultura diferente da maioria dos colégios, no sentido de ali não ocorrer um êxodo em massa às três horas da tarde quando a sirene tocava. As pessoas permaneciam na escola depois de terminado o horário de aulas, zanzando pelo imenso espaço público, conhecido com Prep Central. Ou os alunos permaneciam para obter ajuda particular ou para atividades extracurriculares, uma vez que o pessoal dali ficava à disposição até o final da tarde. Os professores faziam isso sem nenhum pagamento adicional e, mesmo já com as horas extras que todos eles ofereciam, Caleb ficava ainda por mais horas. Muito depois de a escola ter encerrado as atividades e até mesmo depois de terem cumprido todas as atividades extracurriculares e de todos terem ido embora, podia-se encontrar Caleb sozinho em uma das pequenas salas apertadas, debruçado sobre o telefone, ligando um a um para os alunos que chegavam atrasados ou faltavam às aulas.

"Oi, aqui é Caleb Perkins. Sentimos sua falta hoje. Você pode nos dizer por que se atrasou ou não veio? Há alguma maneira de ajudar você a chegar no horário daqui para frente?" Um a um, Caleb entrava em contato com seus alunos, fazendo-lhes perguntas e ouvindo atentamente as respostas deles e lhes oferecendo ajuda. Depois, ele cobrava as promessas que os alunos haviam feito e lembrava-os de serem responsáveis. "Diga o que você quer dizer e assuma a responsabilidade pelo que disse" parecia ser seu lema. Eu nunca havia visto nada igual. Com Caleb, eu aprendi o que significava um professor ser compassivo e, ao mesmo tempo, obrigar o aluno a colocar-se em um nível mais elevado. Também aprendi com ele o que significava comprometer-se com alguma coisa e investir horas e mais horas de trabalho para realizá-la.

Eu sabia que Caleb trabalhava tão arduamente porque eu mesma ficava no colégio muitas vezes até bem mais tarde. No pequeno espaço de uma sala diagonal com pé direito alto, com uma das paredes formada de laje de concreto pintada e forrada de prateleiras de livros, eu me debruçava sobre uma mesa de computador, empenhada em aprender a digitar os meus trabalhos. Aquelas coisas quadradas com telas que tremeluziam e me ofuscavam e teclas duras me eram completamente estranhas. Eu percebi que minha tarefa de aprendizagem era dupla: eu tinha que estudar e, ao mesmo, aprender como estudar. Eu sentia como se estivesse escalando uma montanha com tijolos nos bolsos. Escrevi um ensaio sobre *O Apanhador no Campo de Centeio* quando estava aprendendo como se escrevia ensaios e aprendendo a digitar, tudo ao mesmo tempo. Eu apertava uma única tecla de cada vez, irritando-me com os incontáveis erros que cometia, fazendo tudo errado uma, duas, centenas de vezes, tendo sempre que refazer tudo muitas e muitas vezes. Era extremamente exaustivo; eu nunca fui daquelas pessoas que aprendem as coisas rapidamente. Pelo contrário, eu sempre tive que ler e reler um texto para entendê-lo, e esse processo sempre exigiu de mim duas ou três vezes mais tempo que meus colegas precisavam para terminar as lições. Eu continuava no colégio até tão tarde que, na maioria das vezes, as salas de aulas vazias com suas carteiras desocupadas ficavam às escuras quando o sol se punha.

O zelador pedia-me para erguer os pés do chão para que ele pudesse limpar o piso da sala, Caleb ao alcance de meus ouvidos chamava os alunos na sala ao lado, um a um, enquanto eu criava incontáveis páginas de texto, escrevendo uma letra de cada vez, catando milho no teclado.

Foi naquele ambiente que eu finalmente encarei o processo de minha educação, ambiente no qual eu passei a ter consciência de que não podia mais ficar na cama e desistir. Como eu poderia puxar o cobertor por cima da cabeça quando sabia que meus professores estavam esperando por mim? Quando eles estavam dispostos a trabalhar com tanto empenho, como eu poderia não fazer o mesmo?

Com os professores do Prep, as impressões negativas que eu trazia de outras escolas começaram a se dissolver e foram, aos poucos, sendo substituídas por um verdadeiro amor ao aprendizado e, com ele, finalmente, por uma esperança concreta para a minha vida.

As minhas opiniões sobre a escola *eram* reflexos das opiniões que eu tinha sobre os professores. Se eles eram maravilhosos, a escola era maravilhosa. Sempre havia sido assim comigo. E, se os professores acreditavam em mim, isso era pelo menos o primeiro passo de uma longa jornada que me levaria a acreditar em mim mesma. Isso foi especialmente verdadeiro naqueles momentos do passado em que eu tinha sido mais vulnerável, quando eu era vista como "matadora de aulas" e "indisciplinada". Eu sempre havia me visto pelos olhos dos adultos, meus pais, assistentes sociais, psicólogos e professores. Se eu via fracasso nos olhos dele, então era uma fracassada. E, se eu via alguém capaz, então eu também era capaz. Os profissionais adultos tinham credibilidade e constituíam os exemplos que me levavam a decidir o que era verdadeiro, inclusive eu mesma. No passado, quando meus professores, como a professora Nedgrin, haviam me visto como vítima – mesmo que suas intenções fossem as melhores –, eu também passara a acreditar que era uma vítima. Agora eu tinha professores que esperavam mais de mim e isso me ajudou a querer estar à altura. Se persistisse, eu conseguiria, aos poucos, chegar lá. As profundas relações pessoais com meus professores naquele ambiente escolar propício fizeram-me acreditar nisso.

Aprendi muito nos anos que passei no Prep. Eu fiquei fascinada por Shakespeare (atuei em peças como *Hamlet* e *Macbeth* no teatro da escola); participei do conselho estudantil e viajei de ônibus com grupos de estudantes ao norte da cidade para representar o Prep em conferências regionais. Comecei a usar roupas coloridas, a tirar o cabelo dos olhos e a olhar nos olhos das pessoas. Descobri que o tom de voz tinha importância. Mas acho que foram os próprios professores as lições mais importantes que aprendi no Prep. Meus professores, meus exemplos, tornaram-se minha bússola em um mundo que até então havia sido para mim misterioso e confuso.

Eva e eu nos tornamos amigas nas aulas de educação sexual que frequentávamos juntas depois do horário normal de aulas, às segundas e quartas-feiras. Havia 15 alunos inscritos naquela classe, 14 meninas e um menino, Jonathan, que garantiu a nós todas ser, em muitos sentidos, "uma das meninas". A matéria era mais uma que eu havia adicionado à minha agenda já mais que lotada, e correspondia a um crédito inteiro, um a mais para completar os 40 de que eu precisava para realizar minha meta de concluir o colegial em dois anos.

O nosso grupo reunia-se na sala retangular da orientadora educacional Jessie Klein; alguns de nós nos encolhíamos em um sofá-cama, e o restante sentava nas cadeiras metálicas que arrastávamos de uma sala vizinha para aquela aula. Uma mulher de nome Kate Barnhart sentava-se diante de nós. Ela era rechonchuda, usava enormes óculos redondos e cabelo crespo comprido, pintado de vermelho e arrepiado à moda Halloween. A jaqueta dela era uma colcha de retalhos de diferentes cores, como se fosse uma velha manta na qual alguém havia costurado mangas. Ela sorria muito, mostrando seus dentes pequenos e perfeitamente brancos; parecia feliz por nos ver, feliz por poder nos ensinar. Kate fazia parte de um programa chamado CASES, que preparava jovens – que, por terem cometido algum delito, estavam sob custódia do Estado – a educar seus parceiros para a prevenção de HIV/Aids. Jessie havia cedido a ela o piso da sala.

Kate introduziu o tema com a pergunta: "Alguém aqui já conheceu algum sujeito que se achava grande demais para usar camisinha?" O grupo todo irrompeu em risadinhas nervosas.

Jonathan levantou a mão: "*Eu!*"

"Obrigada, Jonathan", Kate disse, "porque é o que vamos fazer aqui, exatamente como ocorre na realidade. Quem mais? Por favor, levantem a mão!" Muitas garotas levantaram.

"Ótimo", Kate disse. "Já vamos começar. Agora levante a mão quem já esteve com um cara que se negou a usar camisinha!"

A maioria levantou a mão, inclusive eu. Eu tive que, muitas vezes, discutir com Carlos para que usasse camisinha, mas achava que esse era um problema só dele.

"Obrigada, podem baixar as mãos, meninas, e você também, Jonathan."

"Sim, *sinhora*", ele disse com voz efeminada e sotaque sulista, estalando os dedos. As meninas riram e alguém o cumprimentou, batendo suas mãos espalmadas nas dele.

"Muito bem. Agora eu vou pedir para vocês observarem *isto aqui*", Kate disse. Ela tirou uma camisinha vermelha de um saco, desembrulhou-a e começou a espichá-la com a perícia com que um pizzaiolo manipula a massa quente. Enquanto esticava a coisa de látex, ela explicava.

"O que vocês vão aprender neste curso é se capacitar para mostrar a seus companheiros tudo sobre como se prevenir do HIV/Aids, como também de todas as doenças sexualmente transmissíveis." Puxa, empurra, puxa, estica. "Mas antes *vocês* terão que aprender tudo sobre como se prevenir do vírus da Aids, como também de todas as outras doenças sexualmente transmissíveis e, para isso, nós vamos ter que ser um pouco ousados."

Com seus 10 dedos estendidos para fora de uma cama de gato, Kate esticou a base de uma camisinha a uma largura caricatural. Para o espanto coletivo da turma, ela começou a puxar a camisinha acima de sua cabeça, com seu penteado Halloween e tudo mais. Para proteger seus óculos, ela os colocou no colo. Puxando e esticando a camisinha de látex, ao som de nossas risadas, até cobrir todo seu rosto e nariz. Com as narinas, ela aspirou ar para dentro da camisinha, que ficou parecendo um daqueles palhaços que fazem espetáculos na rua, em cujas bocas a gente joga água até o balão rebentar e então a gente ganha um prêmio. Quando a coisa inflou-se a um tamanho razoável acima de sua cabeça, ela pegou um grampo de cabelo – como já havia feito um milhão de vezes – e furou-o com uma espetadela. Então, ela afastou um a um os pedaços de látex.

Achamos que ela merecia e todos nós batemos palmas. "E então, quem é grande demais para usar camisinha?", ela perguntou desafiadoramente, ajeitando o cabelo e recolocando seus óculos com formato de pires. "O primeiro passo para assumir o controle de sua saúde é ter consciência de ser merecedor dela. Você é importante e tem que pedir as coisas de que precisa. Seus direitos e necessidades, sua segurança e bem-estar são importantes. E *você* pode assumir o leme do navio com seu companheiro. Lembre-se de que tem algo que ele quer. Você tem mais poder que imagina." De sua mesa, Jessie sorriu para todos nós.

Eu olhei para Jessie e depois voltei a olhar para Kate, e senti-me tomada por um sentimento de orgulho. Adorei sentir que aquelas duas mulheres adultas chamavam-nos para algo que se podia chamar de papo de mulher. Aquilo me fez sentir alguém especial, como se elas estivessem compartilhando seus segredos conosco.

"O bem-estar de vocês tem uma relação direta com a autoestima de cada um, tanto mental quanto física e espiritualmente. O seu corpo é um templo e vocês têm que protegê-lo contra violações e abusos. Vocês terão que ser seus próprios guardiões!", Kate disse.

O entusiasmo dela tornou-se o meu entusiasmo. Eu pude perceber um vislumbre no que ela estava falando... como se pudesse existir algo belo em mim. Fiquei me perguntando por que deixei Carlos me tratar da maneira que me tratou; como havia permitido chegar tão perto de ele me destruir. Eu não havia me colocado diante de Carlos e não fora eu quem nos tirara da banheira naquele dia na casa de Ron – fora Lisa. "*Você tem que ser seu próprio guardião. Você tem que dizer o que acontece com você.*"

Nós passamos o resto da aula com Kate repassando uma lista do que ela chamou de "você sabia que?", uma série de conhecimentos apresentada em forma da pergunta "Você sabia que?"

"Você sabia que o creme *Cool Whip* pode causar candidíase? Como também qualquer coisa que contenha muito açúcar quando aplicada em seus grandes lábios. Vocês sabem o que são os grandes lábios?"

"Pode causar o quê?", ressoou na sala uma voz interessada. A dona da voz era uma gordinha bonita de olhos verdes, usando um piercing em forma de pino espetado no nariz e botas de couro de cano alto. Seu nome era Eva; eu já a havia visto em duas de minhas classes. Seu estilo era hip-hop com um toque de elegância. Seus lábios pintados com batom cor-de-rosa eram delineados com vermelho-escuro e seus longos cabelos castanhos com mechas loiras eram puxados para trás formando um reluzente rabo de cavalo.

"Ele causa mesmo *sempre* uma infecção?", ela perguntou. Todo mundo riu.

"No que você anda se metendo?", Jonathan perguntou, brincando e rindo, e, de novo, eles se cumprimentaram, batendo com as palmas das mãos.

Kate sorriu. "Não, querida, nem sempre, mas é algo que exige atenção."

"Oh", Eva disse, ainda demonstrando preocupação, mas lentamente começando a sorrir. "Bem... só estou perguntando", ela continuou, com as mãos levantadas para simular uma atitude de defesa.

"Porque na embalagem não consta nada disso e as garotas precisam saber", e então ela também caiu na risada, juntando-se a todos nós.

Eva morava na esquina da Twenty-eighth Street com a Eighth Avenue, bem perto do Prep. Além da visita a um dos apartamentos de um amigo de papai quando eu era pequena, nunca havia estado em uma casa em Manhattan. Eu esperava que sua família fosse "rica", pelo que papai costumava dizer, mas Eva e seu pai, Yurick, um sobrevivente do Holocausto, moravam em uma versão Chelsea dos projetos, em um dos sobrados de tijolos vermelhos de um conjunto que era basicamente ocupado por pessoas idosas e famílias de baixa renda. Yurick era pintor. A mãe dele, avó de Eva, retirou-o às escondidas do gueto de Varsóvia, quando ele ainda era bebê e, assim, salvou sua vida. Havia pinturas abstratas do Holocausto cobrindo todas as paredes do enorme e ensolarado apartamento de dois quartos em que eles moravam.

"Elas me fazem sentir culpa por ter comida", Eva disse, meio que brincando e apontando, por cima do micro-ondas, para um quadro que mostrava um grupo de pessoas esquálidas e apavoradas perdido no mato.

"Você é engraçada", eu disse enquanto ela estava nos servindo o almoço fora de hora, dois pratos de macarrão cremoso em forma de gravata-borboleta com ervilhas e cenouras. Eva sempre me fazia rir, era profundamente compreensiva e deixava a gente à vontade para conversar. No mesmo instante em que a vi na classe de Jessie, eu gostei dela.

Eva tornou-se a minha primeira amiga de verdade no Prep. As nossas conversas rápidas depois das aulas acabaram evoluindo, primeiro para almoços juntas nas escadarias de arenito castanho-avermelhado de Chelsea, depois para visitas a seu apartamento e, finalmente, para passar noites em sua casa. Nós rapidamente nos tornamos íntimas. Eu contei para Eva uma versão editada de minha situação, guardando toda a realidade para quando eu confiasse mais nela. Sem de fato nunca ter dito explicitamente que queria me ajudar, ela me ajudou muito. Nós passamos dezenas de noites e fizemos outros tantos passeios pela Twenty-eighth Street juntas. Eva sempre preparava algo para comermos, emprestava-me suas roupas e deixava que eu tomasse banho quente no banheiro do andar de cima. Era comum ela dividir seus lanches comigo na hora do recreio no Prep, sem nunca demonstrar qualquer sinal de se incomodar com isso.

"Seu pai tem muitas lembranças da guerra?", eu perguntei, já vestida de pijama e pronta para ir para a cama, certa noite em sua casa. Eu sempre achei mais fácil conversar sobre outras pessoas. E, depois de ter frequentado o curso "A História e Nós Mesmos", dado por Caleb, eu sabia tudo sobre genocídio e o Holocausto. Eu me sentia bem em poder envolver Eva em uma conversa, cujo tema eu conhecia.

"Mais ou menos. Ele era muito pequeno, mas o pai dele era o líder de uma importante organização judaica, de maneira que suas lembranças são mais de depois da guerra, quando meu avô atendia a sobreviventes na sala de estar da casa deles. Meu pai ouvia tudo, o que devia ser bastante difícil para uma criança", ela disse.

Eva adorava psicologia e entendia profundamente as pessoas, ouvindo o que elas contavam e sempre procurando descobrir suas motivações, dificuldades e necessidades. "Eu acho que pintar seus quadros é uma forma de catarse para ele", ela disse. "Quando uma pessoa passa por experiências traumáticas tão profundas, ela precisa fazer alguma coisa que a ajude a se curar. Alguma coisa que a ajude a entender todas as perdas que sofreu."

Eu limpava o prato que Eva me dava e, depois, ainda repetia.

"Tem lençóis limpos no sofá para você, Liz. Para quando você estiver cansada e pronta para dormir."

Na presença de Eva, eu me sentia totalmente compreendida e alguém que importava. Ela era segura, afetuosa e engraçada. Eu não via a hora de encontrá-la todos os dias e queria que ela fizesse parte de minha vida para sempre.

Às vezes, outro amigo recente do Prep juntava-se a nós na casa de Eva. O nome dele era James e fazia parte de nossa classe de história. James tinha mais de 1,80 m de altura, era mulato e tinha uma pele linda cor de caramelo, uma compleição muscular forte e uma desalinhada cabeleira afro. Ele gostava de tudo o que era japonês e costumava usar camisetas com caracteres japoneses no peito ou camisas velhas de artes marciais de sua classe de kung fu. Suas roupas estavam sempre desgrenhadas e dava uma impressão de inocência que me fazia querer ser sua amiga. A nossa ligação começou em um dia que o nosso professor passou a aula com, inadvertidamente, um tique nervoso, repetindo o som *okay* dezenas de vezes. Ele o fazia com tanta frequência e de maneira tão engraçada que girei os olhos pela sala em busca de cúmplices e vi James ao meu lado, segurando-se para não rir. Eu lhe passei um bilhete dizendo: "Matt diz *okay*", sublinhado com mais de 100 linhas. Ele explodiu em uma risada naquela sala minúscula e nós fomos convidados a mudar de lugar, o que fizemos ainda rindo em silêncio de nossa piada, mas continuamos olhando um para o outro pela sala. Depois, na hora do almoço, eu o vi comendo sozinho e recorri a uma lembrança de Sam para criar coragem de abordá-lo. Eu andei decidida até sua mesa e enfiei os dedos, *splat*, em seu purê de batatas.

"Este almoço está péssimo", eu disse. "Você quer vir comigo comer a minha iguaria preferida?"

Com um sorriso de descrédito na cara, ele me olhou, depois baixou os olhos para os meus dedos em sua comida, voltou a olhar para mim e disse "Com certeza".

Dividimos um sanduíche em um parque na saída do elevado West Side, olhando para a rebentação das ondas do Hudson. Eu devorei um saco de batatinhas fritas, olhando James andar de patins em círculos indolentes ao redor do pilar da ponte no ar fresco daquela tarde. Depois disso, começamos a lanchar juntos todos os dias e logo nós três, Eva, James e eu, passamos a andar juntos o tempo todo. Em algumas noites, eu dormia na casa de Eva; em outras, eu me deixava desabar na de James. James morava com sua mãe em um apartamento de um quarto em Washington Heights, bairro residencial próximo ao Bronx. No início, eu dormia na parte de cima de seu beliche. Nós ficávamos sentados conversando até altas horas da noite, diante das paredes forradas de postais do Monte Fuji e do lindo carvalho do lado de fora de sua janela. Mas acabei deitando-me ao lado de James para continuar conversando. Em certas noites, nós adormecíamos enroscados, contando nossas vidas um para o outro. Em outras, as coisas iam além disso. James era delicado e cuidadoso. As nossas transas eram muito carinhosas e simplesmente aconteciam, de forma natural, como a nossa amizade.

Eu dormia muito bem naquelas noites que passava com James, sabendo que estava em total segurança.

Eu havia perdido a minha família, mas estava construindo outra. Entre Eva, Bobby, Sam, Fief, Danny, Josh, James e Jamie, eu tinha um conjunto de pessoas em minha vida que estavam unidas pelo amor. Era naquelas pessoas que eu me apoiava para seguir em frente.

Não que Lisa e papai tivessem deixado de ser minha família, mas, depois da morte de mamãe, nós havíamos simplesmente nos afastado. Lisa continuou morando com Brick e papai continuava morando em um abrigo público. Acho que havia muitas mágoas não expressas entre nós. Eu sentia que Lisa culpava-me por tê-la deixado sozinha com mamãe nos piores momentos possíveis. E papai e eu não éramos mais os mesmos desde que eu fora levada para o abrigo provisório St. Anne. Algo vital havia se rompido entre nós e, com o passar do tempo, eu sentia que estávamos ficando cada vez mais distantes. Eu sentia que o havia decepcionado por ter deixado de ir à escola e por ter sido levada para um abrigo. Por mais irracional que fosse, eu achava que o havia abandonado. E depois, quando ele perdeu o apartamento da University Avenue e nem sequer me comunicou, aquilo foi tão doloroso para mim porque eu sabia que era uma prova de que havíamos nos distanciado. Eu não era mais a sua menininha que gostava de brincar com caminhõezinhos e o ajudava a despistar Lisa em suas saídas tarde da noite. Eu estava perdida para ele.

Sem uma vida em comum que nos ligasse, papai, Lisa e eu saímos das órbitas uns dos outros e passamos a levar vidas tão separadas que dificilmente nos víamos. Quando eu terminei meu primeiro ano colegial, a verdade era que mal sabíamos uns dos outros.

Com muita dificuldade, nós fizemos tentativas extremamente tímidas para nos encontrar. Passávamos alguns feriados e comemorações forçadas de aniversário em algum lugar que servia o bolo preferido de papai no Village. Eu trabalhei para o NYPIRG durante um segundo verão e, com minhas economias, pagava o bolo. Tais comemorações seguiam sempre a mesma rotina. Papai e eu chegávamos cedo, Lisa um pouco depois. Papai e eu tagarelávamos, mas não entrávamos em nenhum detalhe sobre o que estava acontecendo em nossas vidas. Quando Lisa chegava, nós tomávamos nossos lugares diante de uma mesa. Essa era a pior parte, porque não existe mesa para três. Sempre sobrava um lugar em nossa mesa, como se para anunciar claramente a ausência de mamãe. E, como os encontros costumavam ser no aniversário de um de nós, a garçonete trazia-nos o bolo com velinhas acesas e nós três, que na realidade não nos conhecíamos mais, cantávamos o Parabéns a Você para celebrar a vida do aniversariante.

Os aniversários de Lisa eram os mais difíceis, pois era quando o nervosismo de papai atingia seu ponto máximo. Ele sempre ficava muito ansioso na presença dela, muito mais que quando estava comigo. As únicas outras ocasiões que podia lembrar vagamente de vê-lo tão ansioso haviam sido as de nossos breves encontros com nossa irmã mais velha, Meredith. Ele parecia sentir-se culpado e ansioso por escapar. Naquelas ocasiões, eu não conseguia desviar os olhos dele, esfregando as mãos, impacientando-se enquanto se cantava parabéns e com um sorriso forçado ante o absurdo de estar cantando com relutância. Só de ver aquilo meu estômago embrulhava-se. Eu esperava que Lisa não percebesse nada. E eu me sentia grata por ela não saber que fora eu quem arranjara o encontro. Que ele me mandava à drogaria comprar um cartão de aniversário para Lisa. "Eu não sirvo para essas coisas, Lizzy, e estou mal de grana. Escolha um bem bonito, sim?", ele pedia. "Obrigado, Lizzy, você é o máximo."

Mas não era tarefa fácil escolher um cartão de aniversário de papai para Lisa. Todos eles eram feitos para homens que haviam cumprido suas responsabilidades de pai, cartões decorados com figuras vagas de papais, com dizeres como "*Este cartão é de seu pai amoroso.*"; "*Por todos os anos em que a vi crescer, eu tive o imenso prazer de criá-la.*" Mas aquilo não era verdade. "*Para minha filha em seu aniversário, a luz da minha vida.*" Como eu não queria ofender Lisa nem tampouco deixá-lo constrangido, arranjei uma solução alternativa. Nenhum deles sabia, mas, mais de uma vez, eu encontrei o cartão perfeito de papai para Lisa na seção de condolências da papelaria: "*Tenho pensado muito em você*" ou "*Neste dia, como em todos os outros, estou ao seu lado*", cartões que declaravam amor, mas deixavam espaço para insinuar a ocorrência de alguma tragédia que havia causado a separação. Aqueles eram os únicos cartões que passavam a mensagem de um pai como papai havia sido. A minha função, conforme atribuída por papai e aceita por mim, consistia em minimizar o constrangimento daquelas situações, para proporcionar a experiência de leveza da comemoração.

Pelo mesmo motivo, quando Lisa desviava os olhos ou ia ao banheiro, eu passava para papai o dinheiro para pagar a conta de nossas "comemorações". Quando a garçonete trazia a conta, papai pegava a carteira de couro preta e tirava dela o dinheiro que eu havia inserido. "É por minha conta", ele dizia. "Feliz aniversário, Lisa."

Não é que a gente não se amasse, pois a gente realmente se amava. Acho que não sabíamos mais como era estar juntos. Ninguém havia nos preparado para aquilo, o que fazer quando nossa família fosse atingida por uma tragédia. Nós não tínhamos ideia do que fazer quando a doença nos golpeasse, a doença mental atacasse e quando mamãe morresse. E não estávamos preparados para o que acontece quando não é mais a proximidade que nos leva a estar juntos, mas, pelo contrário, estar juntos implica um esforço na direção um do outro. Estávamos fazendo o melhor que podíamos com o que tínhamos.

Alguns dias após o meu aniversário de 18 anos, nós nos encontramos no mesmo lugar que costumávamos ir para comemorá-lo. Eu fui a primeira a chegar ao local e papai chegou alguns minutos depois. Esperamos juntos pela chegada de Lisa.

"Que tal a escola?", ele perguntou, escolhendo o assunto menos arriscado entre nós.

Eu estava indo bem na escola e ele sabia disso. Ele perguntou provavelmente porque a escola era a única coisa que sabia a meu respeito. Ele ficou revirando sua memória em busca de outro assunto para comentar e, surpreendentemente, surgiu com algo que ele havia lido no jornal: "Você sabia, Lizzy, que estão ocorrendo atualmente notáveis avanços nas pesquisas sobre a Aids e na produção de medicamentos para tratar a doença? Eles acham que estão próximos de encontrar sua cura".

Normalmente, nós procurávamos evitar qualquer assunto que nos levasse a mencionar mamãe. A perplexidade devia estar estampada em meu rosto porque, quando eu voltei a olhar para papai, ele desviou os olhos, fingindo querer ver se Lisa estava chegando. Mas não mudou de assunto. "Com os medicamentos de que dispomos hoje, a qualidade de vida de quem contraiu a doença... melhorou muito em relação ao que era. A pessoa pode realmente viver por muito tempo."

Eu estava tentando encontrar uma maneira respeitosa de sugerir a ele que mudássemos de assunto, quando ele soltou a bomba. "Eu a contraí, querida. Sou soropositivo. Fui diagnosticado em abril."

Em abril? Estávamos quase em outubro. Todo aquele tempo sem me dizer nada? Mesmo com a distância entre nós, como ele havia conseguido guardar isso só para si mesmo? Eu me senti como se tivesse acabado de levar um soco no estômago – meu coração disparou e o sangue subiu para a minha face. Olhei para ele, o único sobrevivente de meus pais, e a ideia de também perdê-lo assaltou-me; a ideia de sofrer mais uma perda. Parada ali na calçada, ao lado dele, o meu mundo foi perdendo todo o seu colorido.

Em meio ao tropel de pessoas andando pela calçada, Lisa emergiu. Antes de ela aproximar-se, papai inclinou-se para mim e sussurrou baixinho: "Por favor, Lizzy, não diga nada para Lisa".

Sentamo-nos diante de um bolo de aniversário ali, no mesmo lugar da Eleventh Street, e eu fiquei escutando toda a conversa entre papai e Lisa. Apesar de minha cabeça estar girando, eu tentei parecer normal. Comprar os cartões para os aniversários de Lisa, fazer reservas de mesa, ligar para lembrá-lo das ocasiões festivas, "Eu sou soropositivo, Lizzy, não diga nada para Lisa". Naquela noite, ele estava fazendo questão de contar piadas e rir, como eu não via há um bom tempo, mais que pretendia, eu desconfiei. Quando o bolo chegou, com 18 velinhas acesas, os dois cantaram o Parabéns a Você para mim e papai apertou delicadamente a minha mão por baixo da mesa – um toque desajeitado com sua mão trêmula. O contato físico era algo impróprio vindo da parte dele, e eu sei que fazê-lo exigiu muito dele. Eu senti em seu gesto um esforço para vencer a distância que havia entre nós e me dizer em silêncio: *"Eu sei, Lizzy, e estou com você"*. Eu não conseguia desviar os olhos dele. Estava absorta em sua imagem: meu pai batendo palmas diante da fumaça das velas apagadas de meu bolo de aniversário, tão vulnerável, mas ainda tão cheio de vida diante de mim, por enquanto. Eu queria agarrar-me a ele, protegê-lo da Aids. Eu queria fazer aquilo deixar de acontecer em nossa família, mantê-lo em segurança e trazer sua saúde de volta.

Que Deus me dê serenidade para aceitar as coisas que não posso mudar, coragem para mudar as coisas que posso mudar e sabedoria para distinguir umas das outras...

Eu não fiz nenhum desejo ao apagar as velas, mas escolhi perdoar meu pai e fazer em silêncio a promessa de empenhar-me em curar a nossa relação. Eu não cometeria o mesmo erro que havia cometido com mamãe, eu estaria com ele durante todo o processo da doença. Nós voltaríamos a fazer parte um da vida do outro. Não, ele não havia sido o melhor pai do mundo, mas era o meu pai e nós nos amávamos. Necessitávamos um do outro. Apesar de, em todos aqueles anos, ele ter me decepcionado muitas vezes, a vida já havia se provado ser curta demais para me apegar àquilo. Eu deixei, portanto, que minhas mágoas se fossem. Deixei que se fossem os anos de frustração entre nós. E, acima de tudo, abri mão do meu desejo de mudar meu pai e resolvi aceitá-lo como ele era. Eu peguei todo o meu sofrimento e soltei-o como se solta um punhado de balões no espaço, e escolhi perdoá-lo.

A ironia é que, apesar de todos os anos em que passei fugindo dela, a escola veio a ser meu refúgio. Durante os dois semestres restantes no Prep, eu espremi em minha agenda escolar o máximo de matérias possível e me apaixonei pela ideia de usar a educação como meio de reconstruir a minha vida. Comecei a gostar do sentimento de dever cumprido, que advinha das longas horas de aulas, e a saborear o processo criativo de ensaios cuidadosamente elaborados sobre Shakespeare e Salinger. Decidir como adequar exatamente quais palavras a quais sentenças era como resolver um quebra-cabeça, desafio que Perry tornava mais instigante com suas aulas entusiásticas sobre a motivação dos personagens, sintaxe e até mesmo com a afirmação arrojada, que fizera certa tarde, de que "a gramática salva vidas!" "A pontuação muda tudo", ele escrevera com giz branco no quadro-negro de nossa sala. "Vamos comer, vovô! – versus – Vamos comer vovô! Para o vovô, essas são frases *totalmente* diferentes", ele disse, de maneira provocadora, fazendo a classe irromper em risadinhas e suspiros. Eu então sorrira para Perry, com um sorriso de orelha a orelha, pela satisfação de que sua exuberância enchia-me.

Mas eu sei que não amava a escola por ela mesma. Nunca cheguei a ser realmente aquilo que chamam de pessoa "acadêmica", mas também nunca pretendi sê-lo. Eu gostava do fato de o meu trabalho existir em um contexto social, que se baseava na promessa de um futuro melhor. Eu sabia que o que eu adorava na escola era o fato de cada tarefa – leitura, escrita ou apresentação em classe – ser inseparável de minhas relações, tanto com meus professores quanto com meus novos amigos do Prep. Se eu cheguei a amar a escola, foi pelo que ela me proporcionava: vínculos com pessoas que me eram muito queridas. E nada era melhor que trabalhar para realizar meus sonhos ao lado das pessoas queridas que estavam buscando realizar a mesma coisa.

Como aquelas noites de estudo na casa de Eva, em que ela, James e eu nos esparramávamos na sala de estar, com livros e papéis espalhados pelas mesas, sofás e piso. Nós estudávamos lado a lado, passando horas juntos. Eu me encolhia no sofá, com a cabeça no colo de James, enquanto ele passava os dedos entre meus cabelos. Às vezes, fazíamos caretas um para o outro e ríamos das piadas sem graça um do outro, enquanto eu estudava e James folheava seu livro sobre os caracteres da língua japonesa. Ele praticava diligentemente a escrita, em linhas perfeitas, de fileiras de caracteres em páginas em branco de dezenas de cadernos novos. Eva cozinhava para nós, preparando seus pratos típicos de macarrão com molho de frango, ervilha e cenoura. E, nos dias em que podíamos nos dar o luxo, ela preparava pratos extras como recheados de cogumelo ou fatias de abacate. De minha parte, eu gostava de bater à porta de Eva com alguma comida para compartilhar e, assim, contribuir com algo. Apesar de minha agenda superlotada, eu não via nenhum problema em passar em algum lugar para pegar algumas coisas; o supermercado ficava bem perto dali – na esquina da Twenty-sixth Street com a Eighth Avenue, a dois quarteirões da casa de Eva.

Em uma noite em particular, depois das aulas noturnas, no percurso entre a Union Square e a casa de Eva, eu fui bolando um plano. Como já havia feito em muitas outras ocasiões, eu daria uma passada no supermercado, enfiaria algumas coisas de comer na mochila e sairia discretamente pelas portas automáticas. Dessa maneira, Eva, James e eu teríamos com o que nos empanturrar enquanto assistíssemos a um filme no sofá mais tarde naquela noite. Nós três estaríamos de barriga cheia, já aconchegados em nossos respectivos pijamas, e aquela seria uma noite perfeita. Eva já havia feito compras, mas, como eu não queria aparecer de mãos abanando, de um telefone público da Fourteenth Street eu prometi a ela levar um pacote de filé de frango e um pote de queijo parmesão (eu sabia que podia enfiar ambos os produtos na mochila em questão de segundos). Não era por falta de dinheiro para pagar; na realidade, eu andava com as economias que havia feito no segundo verão que trabalhei para o NYPIRG comigo para todos os lados. Mas dinheiro era sobrevivência e eu fazia tudo para economizá-lo. De maneira que, naquela noite, como havia feito em muitas outras, eu entrei no supermercado sem absolutamente nenhuma intenção de pagar.

No início, o plano estava dando certo. Eu tinha ambos os produtos na mão e estava buscando um lugar para enfiá-los na mochila quando, para minha surpresa, eu parei. Foi a visão de um gerente que me fez parar. Ele era um tipo latino, baixo e gordo, que usava gravata e uma caneta enfiada em cima da orelha. Eu vi de longe que ele estava verificando papéis em sua prancheta, conferindo uma entrega e dando ordens a diversos empregados. Ele estava suando. Olhei para os caixas registrando as compras de clientes e depois para uma mulher que enchia um carrinho com as sacolas que levaria para casa. Eu fiquei olhando para cada um deles e concluí que não queria roubar nada daquela loja; senti que era errado fazer aquilo. Ali estava o gerente dando duro para administrar aquele comércio e, pela primeira vez, eu estava realmente percebendo como as coisas funcionavam. Parada ali, eu não sabia como não havia percebido antes. Com aquele pote de queijo ralado e o pacote de filé de frango na mão, pronta para surrupiá-los, de repente eu senti que aquele era um ato desprezível.

Antes, naquele mesmo semestre no Prep, havia ocorrido um incidente de furto da carteira de alguém. Uma assembleia fora convocada e Perry havia dirigido as discussões. "A confiança foi quebrada em nossa comunidade. Isso coloca em questão se estamos seguros uns com os outros. Vai levar um tempo até conseguirmos recuperar a confiança perdida. O mal causado prejudicou toda a nossa comunidade."

A relação de causa e efeito dos atos praticados por alguém sobre um grupo maior de pessoas ficou clara naquele momento, para mim, no que dizia respeito ao Prep. Mas, quanto ao mundo lá fora, a ideia continuou abstrata. Até aquele dia em que eu estava ali, no supermercado, disposta a praticar outro de uma longa série de furtos, e meus olhos foram parar naquele gerente da loja. Antes do Prep, eu nunca havia sido parte do que todo mundo vivia chamando de "comunidade", e a ideia de que o que eu fazia tinha efeito sobre alguém além de mim mesma e do meu pequeno círculo me era totalmente estranha. Eu me sentia uma ilha.

Mas, naquele momento, lembrando a assembleia em nossa escola, eu comecei a perceber mais claramente a relação entre causa e efeito de meus próprios atos. Na melhor das hipóteses, o impacto dos furtos praticados ali naquela loja seria o aumento no preço das mercadorias. As famílias teriam que pagar mais pelas mercadorias para compensar, isso se elas pudessem pagar mais. Na pior das hipóteses, a loja encerraria seus negócios e tanto os caixas quanto o gerente perderiam seus empregos. A confiança das pessoas umas nas outras ficaria prejudicada, eu imaginei. Voltei a olhar para o gerente e pensei nas palavras de Perry. E fui para o caixa com o filé de frango e o pote de queijo ralado.

Não é que eu nunca mais tenha furtado, porque, para ser sincera, eu furtei, sim. Mas aquele dia representou o *começo* de meu propósito de nunca mais furtar, e foi o começo de um longo processo de aprendizado de que eu, na realidade, não era uma ilha.

Fui até o caixa com as mercadorias e escavei algumas cédulas do fundo de minha mochila. O caixa sorriu para mim e me deu algumas moedas de troco. Eu fiquei parada olhando para o homem que estava na ponta do balcão do caixa e que, com dois movimentos rápidos, colocou minhas compras em uma sacola. Pareceu-me que fora séculos atrás que eu própria havia feito aquilo para ganhar uns trocados. Na saída, eu dei o troco para o cara. "Gracias", ele disse, e eu segui meu caminho.

Os textos foram escritos em quadros sobre os quais haviam sido sopradas manchas de tinta vermelho vivo com salpicos de azul e amarelo na página branca, para dar vida à lição de biologia: *"As células B comunicam às células T que devem combater os males e as doenças"*.

Como membros de um grupo de três estudantes, Eva e eu escolhemos um formato original para a nossa apresentação das funções das células em ação em nosso sistema imunológico no combate ao vírus HIV/Aids. Juntas, nós tínhamos a responsabilidade de criar a imagem que o nosso grupo havia escolhido: lutadores em um ringue de boxe com suas luvas vermelhas erguidas à altura de seus queixos. Nas bordas do ringue, o treinador com uma toalha em volta do pescoço e garrafa d'água na mão era a célula B, a que dava as ordens. O boxeador menor representava a célula T e devia ser o combatente. O competidor maior representava o próprio HIV, o adversário alto e ameaçador.

Agachada, com seus longos cabelos puxados para trás das orelhas e seus brincos de argolas balançando, Eva estufou as bochechas para soprar a tinta sobre o papel. Sam, agora em seu segundo semestre no Prep, passou para ela uma caneta Sharpie para realçar ainda mais a rubrica: *"Como se fortalecer para combater a propagação do HIV"*.

"Será que eu devia mostrar as células doentes ameaçando as saudáveis, como se estivessem dizendo *Nós vamos acabar com vocês! Esperem pra ver!*", Sam disse, fazendo o gesto de um golpe de faca no ar. Nós três caímos na risada. Morando em um abrigo, as referências de Sam vinham todas de membros de gangues e prisões, e sua gíria tinha agora um viés mais marcante de rua. Tê-la como colega no Prep era como ter recuperado parte de minha família. Sam não frequentava diariamente a escola, mas com frequência suficiente para participar de nossa pequena comunidade; ela fez amizades e era muito querida por nossos professores. Eu estava mais do que feliz por tê-la ali. Aquela tarde era a de um grande dia para nós e Sam havia se vestido à altura: uma saia longa rasgada e uma camisa masculina totalmente abotoada, gravata listrada e coturnos.

"A ideia de apresentar uma luta de boxe é ótima, ousada", Sam concedeu, encolhendo os ombros e soprando a bola de seu chiclete. Ela se inclinou e desenhou espontaneamente um olho preto na cara do HIV. "Esqueçam esse cara", ela disse, demarcando-o com mais intensidade. "Ele deve ser nocauteado."

"Palavra", eu disse, fazendo uma careta para Sam. "Ótima ideia." De repente, eu também estava ajoelhada, com a caneta em punho, acrescentando ao HIV lábios caricaturais. "Vamos deixá-lo mais horrendo", eu disse a ela. Trabalhando lado a lado, nós arranhamos com força a página em branco com nossas canetas.

Nós tínhamos que fazer uma apresentação; uma pequena turma de estudantes nos aguardava na área central do Prep. Nossa tarefa era usar tais personagens para conscientizar nossos colegas da existência do HIV/Aids, fazendo a batalha celular entre o HIV/Aids e o sistema imunológico saltar para fora da página, para despertar nos outros a importância da prevenção. Bobby, Josh e Fief também estavam entre o grupo que nos aguardava, sentados entre os outros alunos do Prep. Eles também estavam estudando ali pelo segundo semestre. Eu precisei apenas de algumas semanas no Prep para perceber o quanto seu ambiente era acolhedor e o quanto seus professores eram confiáveis. E, assim que me certifiquei de como era estudar no Prep, de como podia ser estudar em um colégio, eu procurei meus amigos e incentivei-os a marcar uma entrevista. Eles foram admitidos e agora vários deles estavam matriculados. Sam, Bobby e eu tínhamos algumas classes em comum.

Às vezes, era complicado ter meus amigos como colegas do Prep. Mais de uma vez, alguns deles me instaram a matar aulas com eles. Era tão tentador vê-los sair pela porta da rua e ir para as ruas movimentadas de Manhattan. Eu queria ir com eles, como nos velhos tempos. E as aulas pareciam às vezes tão sem graça em comparação às aventuras que eu sabia que eles teriam, vagabundeando pelo Greenwich Village e pelo Chelsea, entrando às escondidas em um cinema ou divertindo-se em um parque. Além do mais, eu não queria ser a chata do grupo, séria e obediente ao regulamento da escola. Houve ocasiões em que foi muito difícil não matar aulas. Mas eu me atinha aos meus propósitos, aquelas pequenas colunas de A que eu havia preenchido naquela noite com caneta azul no alto da escadaria e a imagem daquela atleta na pista de corridas, saltando obstáculos e conquistando um A a cada vez. Eles estavam sendo vencidos um a um e eu estava escrevendo a minha história; ninguém me obrigava a ir ao colégio, a não ser eu mesma.

Além do mais, meu grupo do Prep era minha família e representava tudo para mim; ele fazia a escola parecer uma espécie de casa. Fazia-me lembrar daqueles episódios da série de humor *Cheers* a que papai e eu assistíamos pela TV até altas horas da noite, sentados juntos no sofá, como quando o personagem Norm, sempre que entrava em cena, todo mundo gritava seu nome em uníssono. Como criança, eu não entendia muito bem aquele humor, mas percebia que os personagens compartilhavam um sentimento de pertencer a algo em comum, e eu também queria ter isso, um lugar ao qual pertencer. Antes do Prep, e especialmente de meus amigos entrarem no Prep, eu jamais tivera um lugar no qual todos conheciam todos pelo nome, um lugar onde todos eram acolhidos e participavam das mesmas metas. E agora estávamos nós ali, trabalhando para melhorar nossas vidas, lado a lado. Aquilo significava tudo para mim.

"Vamos lá, pessoal. Acho que estão nos aguardando", Eva disse, erguendo os cartazes para o alto. Os personagens que ela havia desenhado eram um casal sentado à beira da cama, ambos preocupados por nenhum deles lembrar se haviam usado camisinha em uma noite de bebedeira em que fizeram sexo irresponsável. Eva havia desenhado a mulher com lábios mordidos por abelhas, um piercing no nariz e sobrancelhas franzidas de preocupação. Nos balões de pensamento, palavras como *confiança*, *escolha* e *consequência* apareciam realçadas. Equipadas com nossos materiais, nós três, Eva, Sam e eu, entramos pela porta da sala do encontro.

"Ninguém espera contrair o HIV", eu disse, abrindo a discussão na sala repleta de estudantes. Eu vestira um suéter verde e jeans azuis para a ocasião, peças das muitas roupas coloridas que eu havia começado a usar em lugar de meu clássico uniforme escuro.

"Mas o contágio acontece assim mesmo e destrói famílias e tira vidas. Nós estamos aqui hoje para impedir que isso aconteça com vocês. É esse o objetivo desse encontro."

Durante meia hora, Sam, Eva e eu utilizamos nossos cartazes e as informações que o programa CASES nos forneceu para a nossa apresentação. Quando chegamos à parte sobre como exatamente o HIV propagava-se pelo corpo humano, eu vi mamãe. Mas não a versão doente de mamãe no hospital – mas a sorridente, cheia de vida e de amor para dar. Eu a vi rindo comigo, segurando minha mão no Mosholu Parkway, soprando a felpa de um dente-de-leão para o alto e fazendo desejos, enquanto o HIV já se multiplicava em seu corpo. Seu desejo de que eu continuasse estudando, seu desejo de que eu construísse uma vida com possibilidades de escolher, seu desejo de que eu ficasse bem.

A máquina Xerox cuspiu 10 cópias perfeitamente claras das tabelas preenchidas com minhas notas. Sentada na sala vazia da orientadora educacional, Jessie, eu fui descendo com a ponta do indicador pelas colunas com as notas: 92, 94, 100, 100, 100, 98 – mais de 10 matérias por semestre no total, em muitas das quais eu havia obtido a nota máxima, A. Conforme havia planejado, eu estava conseguindo completar um ano de colégio por semestre. Naquela manhã, o restante dos alunos estava participando de uma assembleia na Central do Prep, bem ali ao lado da sala de Jessie. Minha tarefa para aquela sexta-feira, eu havia decidido, seria finalmente tratar dos pedidos de bolsa de estudos. Eu só submeteria os pedidos de ingresso em universidades mais para o final do ano, mas meu plano era garantir a bolsa com antecedência.

Jessie Klein, a orientadora educacional, ajudou-me a tomar essa decisão. No decorrer de todos os últimos meses, nós havíamos permanecido em sua pequena sala nos horários de almoço e depois das aulas, discutindo as minhas possibilidades de ingressar na universidade.

"Com suas notas, Liz, você tem muitas faculdades para escolher. Você está em ótimas condições", ela disse. "Mas você deve pensar em como pagar seus estudos o mais rápido possível."

Em uma daquelas tardes, Jessie entregara-me um envelope em papel-manilha cheio de pedidos de bolsa de estudos que ela mesma havia se dado o trabalho de selecionar como apropriadas para mim. As faculdades públicas, Jessie explicou-me, provavelmente concederiam a alguém com minhas notas financiamento total, sem nenhum problema. Eu teria apenas que preencher um formulário da FASFA, a sigla do órgão do governo federal que avaliava os pedidos de bolsas a estudantes. Mas, Jessie explicou, os outros tipos de escola podem ter custos muito mais altos e, por isso, a melhor coisa a se fazer era preencher o máximo de formulários possível para garantir todas as possibilidades de financiamento e manter todas as possibilidades de escolha, ideia que me pareceu excelente.

"Bem... então, se o custo das melhores faculdades for realmente alto", eu disse, pegando o envelope e abrindo-o para folhear o maço de papéis, "digamos que acima de 30 mil dólares por ano... essas bolsas conseguem cobri-lo?", eu perguntei a Jessie.

O olhar dela disse-me que eu não fazia ideia de com o que estava lidando.

Semanas depois, quando me preparava para passar a tarde trabalhando com o processo de pedidos de bolsas, logo entendi por que Jessie havia me olhado daquele jeito. Em sua sala desocupada, eu apaguei a luz fluorescente e preferi trabalhar à luz do dia, que penetrava através das persianas. Por quase uma hora, fiquei separando panfletos e brochuras decorados com fotos em papel brilhante de estudantes de diferentes procedências raciais, todos sorridentes, erguendo os polegares em sinal de aprovação à empresa que concedia empréstimos, bolsas e subvenções a estudantes. De tempos em tempos, do outro lado da parede que nos separava, toda a assembleia estudantil reunida irrompia em aplausos, em aprovação a uma série de anúncios dos professores que eu não conseguia ouvir direito. Eu havia decidido não participar daquela reunião, porque sabia que os prazos para os pedidos de bolsa estavam se aproximando rapidamente e eu tinha que me apressar. Com tantas informações para dar conta nos formulários de solicitação, comecei a folhear rapidamente o material em busca apenas da informação mais pertinente, ou seja, o montante do financiamento que ofereciam.

Aquela gente devia estar brincando! Que decepção! Tanto trabalho para preencher aquela papelada toda por tão pouco dinheiro! E tudo era muito complicado. Uma empresa de financiamento oferecia 500 dólares para o vencedor de um concurso de ensaios sobre "livre comércio no mercado livre". Outra salva de palmas veio da sala vizinha. Alguém assobiou alto. Eu coloquei de lado e deixei para depois aquele pedido; ele exigia que eu passasse algum tempo na biblioteca. Outra empresa oferecia 250 dólares ao estudante que escrevesse o melhor conto com viés político sobre qualquer político proeminente que tivesse exercido sua função nos últimos 100 anos. Havia outra bolsa de 400 dólares e mais de outra de mil dólares. Tais bolsas mal cobririam os custos com alimentação nas faculdades mais renomadas, eu pensei. Comecei a me perguntar como pessoas pobres conseguiriam obter uma boa educação sem 30 bolsas de estudos por ano. Finalmente, ao virar a página, eu encontrei aquela pela qual esperava, uma na qual Jessie havia escrito "PERFEITA PARA VOCÊ", com caneta azul. O questionário de solicitação era do Programa de Bolsas para Estudos Universitários do *The New York Times* e oferecia "12 mil dólares para cada ano de estudos universitários". Era evidente que eles tinham alguma noção do quanto custava estudar em uma faculdade renomada. O questionário, além de conter perguntas sobre média de notas e atividades extracurriculares, exigia um ensaio no qual eu deveria descrever possíveis obstáculos que tivera de superar em minha vida para me sair bem nos estudos.

Arregalei os olhos. Aquilo era sério? Quer dizer, de verdade? Era tão ridiculamente perfeito que tive de rir. Com uma braçada, empurrei tudo para o lado da mesa e abri meu caderno em uma página em branco para começar a esboçar meu ensaio. Minha mão avançou rapidamente pela página, demarcando os pontos a serem desenvolvidos. Escrevi um parágrafo em apenas alguns minutos. Era isso, eu pensei. Decidi fazer uma pausa e sair da sala para tomar água. Assim que eu saí, a assembleia na sala ao lado foi interrompida; estudantes começaram a sair da sala, conversando. Bessim, um dos alunos do último ano, aproximou-se de mim e pôs a mão em meu ombro. "Ótimo trabalho", ele disse. Com o copo na mão, eu olhei para ele, totalmente embasbacada.

"Ãhn, tudo bem", eu disse, confusa.

"Parabéns!", ele disse.

Eu continuei olhando embasbacada para a cara dele, até que finalmente perguntei: "Por quê?"

"Por todas as distinções", ele disse. "Chamaram seu nome para tudo quanto foi distinção. Portanto, parabéns."

Eu me afastei, totalmente pasma. Eu nem sabia que aquele encontro seria uma cerimônia de premiação.

Corri para o gabinete de Perry. Ele estava falando ao telefone, mas interrompeu para me dizer "Sentimos sua falta", antes de entregar uma pasta com meu nome.

De volta à sala de Jessie, eu abri a pasta e tirei dela as distinções que me haviam sido concedidas. Em papel branco de luxo, em letras desenhadas em azul, constava "Liz Murray". Era quase uma dúzia de distinções, incluindo a de melhor desempenho no papel de Hamlet, em uma apresentação de talentos escolares; por serviços prestados à comunidade, como a participação nas atividades de divulgação de informações sobre HIV/Aids do programa de educação sexual; e realizações notáveis em diversas áreas acadêmicas.

Eu retomei imediatamente o pedido de inscrição para a bolsa do *Times*. Pela janela do primeiro andar, vi que os estudantes lá fora aproximavam-se uns dos outros, fumavam, sopravam bolas de chiclete e conversavam. As aulas estavam encerradas por aquele dia.

Firmei a caneta sobre o papel, com as mãos trêmulas. Escrevi em uma espécie de transe, despejando tudo o que tinha a dizer naquela folha de papel. Minhas frustrações, minhas tristezas, *todos* os meus pesares moviam a caneta por aquela folha de papel; foram eles que escreveram o ensaio, ou o ensaio se escreveu por si mesmo. Seja lá como for, não era eu que estava escrevendo, porque eu não estava ali. Eu estava flutuando no ar, olhando para mim mesma lá embaixo, vendo minha mão mover-se febrilmente pela página, assistindo a tudo em minha vida que havia dificultado o meu progresso.

Quando o ensaio digitado emergiu da impressora naquela tarde, eu o juntei às cópias de minhas notas escolares. Tudo o que me restava a fazer era preencher o pedido de ingresso a faculdades.

Era apenas para ser uma fotografia da turma para o anuário da escola, nada mais. Eu não fazia ideia de que, por causa dela, eu acabaria solicitando ingresso a Harvard. Aconteceu quando os 10 primeiros alunos de um curso que abrangia toda a escola, intitulado Explorações Urbanas, foram escolhidos para uma pesquisa de campo em Boston. Perry queria nos recompensar pelo trabalho árduo. Juntamente com outra professora, Christina, ele embarcou o nosso grupo em um trem interurbano da Amtrack para uma viagem de fim de semana. O nosso "hotel" seria o alojamento estudantil da Universidade de Boston. Eva e eu fomos escolhidas para fazer a viagem e nos sentamos uma ao lado da outra no imenso trem, em que fomos conversando sem parar durante as quatro horas de viagem. Eu interrompia de vez em quando para apontar pela janela e gritar "Veja!" para a paisagem lá fora, fileiras de casas, cursos d'água cintilantes, céu aberto. Ela já havia viajado para Paris, com seu pai e avó, de maneira que viajar pela Amtrak não era nada de mais. Mas, assim mesmo, ela fazia a minha vontade, olhando para fora em busca do que me causava tanta surpresa.

Sendo a minha primeira viagem de trem interurbano, eu me sentia participando de uma aventura. A excitação fazia-me falar sem parar, levianamente. Nós havíamos passado ao vagão-restaurante para estarmos a sós e eu voltei a interromper Eva, dessa vez quando ela estava me falando de seu namorado, Adrian. Eu me levantei abruptamente do assento à frente dela para sentar-me ao seu lado. "Eu não tenho onde morar", confessei assim, meio que do nada. "Não conte a ninguém, sim?" Nós estávamos comendo roscas salgadas no vagão-restaurante, conversando sobre James e Adrian. Eu achei que minha revelação súbita pudesse soar pesada demais para aquele tipo de conversa.

"Não se preocupe, não vou contar", ela disse, sem parecer de forma alguma surpresa. Como eu havia passado tantas noites em sua casa, provavelmente aquela não era nenhuma novidade para ela. "Prometo", ela acrescentou, sorrindo para mim. Ela abriu o embrulho com as roscas. Pelo resto da viagem, nós fomos o confessionário uma da outra. Falamos sobre nossos namorados, sobre música e sobre nossos sonhos.

Eva também queria estudar na universidade, "ter um quarto do qual eu possa fechar a porta, trancá-la e passar o dia inteiro lendo. Alguma escola que ofereça uma educação realmente boa. Oh! E que seja em algum lugar perto da natureza, fora da cidade. Algum lugar que seja bonito, com árvores", ela disse. "E quero que Adrian vá comigo, também." Ela quis saber sobre meus planos.

"Eu não sei para onde quero ir... talvez Brown. Eu ouvi dizer que a universidade de lá é ótima. Talvez algum lugar na Califórnia", eu disse. "Sam e eu costumávamos dizer que íamos juntas morar lá... Eu também quero que seja um lugar bonito."

Os alojamentos para estudantes da Universidade de Boston constituíam um mundo à parte. Eva e eu dividimos o mesmo quarto. Eu larguei minhas coisas em cima de uma cama de solteiro e fui com meus colegas brincar de pega-pega. Eu me senti reviver nos corredores daquele lugar estranho e excitante. Corremos uns atrás dos outros, escorregando de meias pelos corredores, soltando gritos e risadas ao passarmos voando pela máquina de refrigerante, flâmulas esportivas em forma de triângulo e avisos pregados com tachas no alto das paredes dos corredores. Monique, uma garota alta de cabelo amarelo e brincos de argolas, correu atrás de mim e de Eva, e acabamos todas caindo no chão, rolando de tanto rir. Do lado de fora, havia uma enorme pista de corrida e, ao longe, a agitada cidade de Boston. Era aquilo que havia deixado Ken e outros tão animados ao falarem sobre o "alojamento de estudantes", aquele amplo espaço aberto simplesmente para se estar. Antes de sair para explorar, eu pendurei minhas camisetas no armário, coloquei o par de jeans de reserva dobrado em uma das gavetas, passei as pontas dos dedos na fotografia de mamãe e coloquei a moeda dela, dos Narcóticos Anônimos, no bolso da frente de meu jeans, para passar o dia com ela. Aquele quarto ali era o primeiro espaço em anos sobre o qual eu tinha alguma propriedade. E deu-me um pouquinho de orgulho saber que eu havia feito por merecê-lo. Eu poderia morar em um lugar como aquele, foi o que pensei.

Boston era uma cidade bonita. Perry conduziu-nos por ruas arborizadas, com prédios urbanos e casas de arenito, em uma região chamada Beacon Hill. Pelas janelas, dava para ver o piso do andar térreo daqueles antigos prédios e ter uma visão perfeita de suas salas de estar: lustres de cristal e velhas estantes de livros embutidas nas paredes de madeira, móveis antigos, quartos aquecidos por lareiras em brasa. Eu não me cansaria nunca de ficar olhando por aquelas janelas. Porque me fazia ter esperança. Havia simplesmente algo muito encantador naquelas casas, com suas janelas venezianas de cor cinza contra o verde exuberante das árvores cheias de flores brancas, cujas pétalas espalhavam-se pelas ruas pavimentadas com pedras arredondadas. O bairro parecia de outro mundo, até mágico.

Perry respondia a todas as minhas perguntas: "Quanto custam estas casas? Do que vivem seus moradores?... Como é a universidade?"

Ficamos famintos depois de caminhar a tarde toda. Havíamos combinado de almoçar em um restaurante chinês de nome Yenching, na Harvard Square. Mas, antes, Perry decidiu, nós tínhamos que tirar apenas uma fotografia em grupo – diante da estátua de John Harvard, no Harvard Yard. Eu tinha ouvido falar de Harvard na TV, mas nunca a havia visto, nem mesmo em fotografia, e estava muito curiosa.

Não sei se algum dia eu vou conseguir expressar em palavras a experiência de andar por aquele pátio naquela tarde, quando todas as minhas posses cabiam em uma mochila e a roupa que eu vestia estava amarfanhada e ainda cheirando à novidade de minha primeira viagem em um trem da Amtrak, que até então havia sido o ponto alto de minha experiência mundana.

Como eu já descrevi, por anos, talvez por toda a minha vida, eu senti como se houvesse um muro de tijolos no meio de tudo. Ali, parada, do lado de fora daquelas casas, eu quase pude visualizá-lo. De um lado do muro, estava a sociedade e, do outro, estavam eu e as pessoas do lugar de onde eu vinha. Separados.

Estar parada ali no Harvard Yard era como tocar o muro, passar as mãos por sua superfície áspera, questionar sua autoridade.

Havia estudantes andando pelo exuberante gramado verde, carregando livros ou empurrando bicicletas, vestindo suéteres vermelhos com a inscrição HARVARD no peito. A estátua estava cercada por um grupo de turistas japoneses posando para fotos. Nossa turma colocou-se na fila atrás deles para também tirar fotos. Havia estudantes de Harvard lendo estirados sobre toalhas no gramado. Parecia que as casas de tijolos vermelhos haviam sido construídas pelos mesmos arquitetos que construíram as antigas estruturas de aspecto imponente de

Beacon Hill, que eram tão antigas quanto inacessíveis. Mas também belas – e, ao ver aquelas casas, fui tomada por um profundo desejo de algo que eu não sabia explicar. O sentimento deve ter transparecido em meu rosto, porque, imediatamente, sem que tivéssemos trocado uma única palavra, Perry aproximou-se de mim e disse: "Ei, Liz, seria uma grande conquista, mas não impossível... Nunca pensou em se inscrever como candidata a Harvard?"

Eu parei tudo para assimilar as palavras de Perry. Não, com certeza, eu nunca havia nem considerado a possibilidade de me inscrever para estudar em Harvard. Mas ali, parada, tocando aquela parede, eu pensei que, embora o mais provável fosse eu não conseguir, havia pelo menos alguma possibilidade de conseguir.

Em uma tarde chuvosa de fevereiro, eu fechei meu guarda-chuva e atravessei as portas rotativas do prédio do *New York Times* na Forty-third Street, nas proximidades da Times Square, onde seria entrevistada para uma bolsa de estudos. Sam e eu havíamos percorrido os brechós da Fordham Road à procura do par de calças cáqui que eu estava usando, da camisa totalmente abotoada que era quase do meu tamanho e do par de botinas pretas que, encobertas pelas calças, pareciam sapatos sociais. Lisa havia me emprestado sua jaqueta de marinheiro que, mesmo com a falta de um botão, dava uma aparência profissional, eu pensei. Três mil colegiais haviam se candidatado para seis bolsas, dos quais foram escolhidos 21 finalistas. Eu era um deles e, naquela tarde estupidamente gelada, o dia da minha entrevista, eu estava preparada. Também estava cansada, pois já havia tido uma jornada atribulada.

Comecei com uma ida acompanhada de Lisa ao serviço de assistência social. O motivo era a solicitação para que pagassem o nosso aluguel. Nós precisávamos que pagassem o aluguel do apartamento em que estávamos morando.

Com o dinheiro que eu havia economizado no segundo verão que trabalhei para o NYPIRG, Lisa e eu fizemos um trato. Assim que eu completasse 18 anos e tivesse idade suficiente para legalmente assinar um contrato e não correr mais o risco de ser levada para um abrigo, eu empenharia todas as minhas economias, cada dólar delas, em um apartamento de um quarto para nós morarmos no Bedford Park. Depois de pagar as taxas imobiliárias, o primeiro mês de aluguel e um depósito de garantia, a compra de um colchão, várias panelas e frigideiras, uma mesa de cozinha e duas cadeiras, eu fiquei totalmente sem dinheiro. E eu tinha todas as horas do dia ocupadas com 11 matérias e inscrições em faculdades, em resumo, ocupada demais para procurar emprego. Em troca, Lisa, que tinha um emprego na Gap, pagaria todas as nossas contas até eu concluir os cursos e poder voltar a trabalhar. Com isso, ela também ficaria completamente dura. Com um orçamento tão apertado, nós poderíamos manter as luzes acesas, comprar às vezes alguma comida e dispor dos mais básicos serviços telefônicos, mas ainda com dificuldade para pagar o aluguel. Nossas fontes confiáveis de alimentação seriam a sopa servida aos pobres e, especialmente, os pacotes de mantimentos que eu recebia da *The Door*, que nos salvavam a vida. Como parte do trato, Sam moraria conosco; ela se mudou para o apartamento no mesmo dia em que Lisa e eu nos mudamos.

Em um sábado de dezembro, embaixo de uma forte nevasca, Lisa, Fief, Sam, Eva, Bobby, James e eu ajudamos Lisa a transportar suas coisas do apartamento de Brick, que ficava bem ali perto, para a nossa nova moradia. Transportando sacos e portando lanternas, nós corríamos, deslizando e escorregando na neve parcialmente derretida, vendo os grossos flocos brancos de neve iluminados pelas lâmpadas de rua, às duas horas da madrugada, rindo histericamente. James me empurrou para cima de um monte de neve e desmoronamos um em cima do outro; ele me beijou e me jogou no rosto um punhado de neve, fazendo-me gritar de frio e persegui-lo. Brick estava passando o final de semana fora da cidade e, assim, Sam e eu tivemos a oportunidade de encontrar sacos de coisas velhas que, depois de tanto tempo, nem lembrávamos mais ter deixado lá. Perto do final da noite, Fief e Bobby, com seus casacos de espuma North Face, transportaram a cama de Lisa até a van de trabalho do pai de Fief, escorregando no metal úmido do veículo com suas botas de neve.

A partir daquele dia, Lisa, Sam e eu estaríamos bem, era o que esperávamos. Mas, dois dias depois, Lisa perdeu o emprego. Nós ainda não havíamos quitado nenhuma conta. Dependíamos do salário de

Lisa para tudo. Quando ela recebeu seu último salário, ele acabou indo parar todo na compra de comida e não sobrou nada.

Naquele último semestre, eu tinha que concluir todo um ano de colégio, além de prestar entrevistas para ingressar na universidade. Eu não tinha como trabalhar. Havia semanas que eu vinha passando uma média de 10 horas por dia na escola, voltando para casa à noite para me debruçar sobre os pedidos de ingresso em faculdade, que eu espalhava sobre a mesa da cozinha, onde dividia com Lisa e Sam as porções de comida que conseguíamos na *The Door*. Fora terrivelmente imprudente despender todas as economias que havia feito enquanto trabalhara para o NYPIRG sem dispor de nenhum tempo livre para trabalhar e estando comprometida com a conclusão de tantos cursos, ao mesmo tempo em que fazia solicitações para ingressar em faculdades. Eu havia arriscado todas as minhas fichas em uma jogada que, agora, parecia não ter sido a mais acertada. Pelo menos, quando era só eu, eu podia usar-me de cautela e gastar o mínimo de dinheiro possível, usando as economias apenas para sobreviver. As economias que constituíam a minha única garantia de sobrevivência. Mas, depois de tê-las investido totalmente no aluguel de um apartamento, eu estava tão dura quanto no dia em que havia deixado o Motel Holiday. Todos os dias, eu saía para a escola e Lisa ficava debruçada sobre os classificados, sem conseguir nada. Em seguida, os avisos aterradores começaram a chegar pelo correio, contas em envelopes brancos com grossas linhas vermelhas sublinhando as datas de vencimento para a contagem regressiva. E a pressão sobre nós aumentava cada vez mais.

Recorrer à assistência pareceu-nos uma solução razoável. Eles tinham que nos ajudar. A ajuda do governo não era nada de novo para mim e Lisa. Nós havíamos acompanhado mamãe em muitas de suas idas até lá e sabíamos, portanto, o que esperar. No entanto, nada havia me preparado para a maneira com que aquela mulher rude e grosseira nos tratou. Nós fomos dispensadas várias vezes por, supostamente, não dispormos de um ou outro documento, nenhuma prova de que mamãe havia morrido ou de que papai não estava tomando conta de nós. Como provar algo que não está acontecendo? E se não conseguíssemos encontrar uma cópia da certidão de óbito de mamãe? Mas, então, no dia de minha entrevista para a bolsa de estudos, eu tinha a certeza de que havíamos feito tudo direito e que íamos ao escritório da assistência social naquela amanhã para finalizar o nosso pedido, tê-lo aprovado, pagar o aluguel e obter alguns vales alimentação.

"Você não preenche os requisitos para receber ajuda social", a mulher disse, de forma definitiva, fechando a pasta em suas mãos e jogando-a sobre sua mesa.

"O que significa isso?", eu perguntei, embora estivesse óbvio que ela não ia dar nenhuma explicação.

Ela inspirou de forma brusca, sibilando o ar através dos dentes, e girou as órbitas dos olhos. "*Significa* exatamente o que eu disse, Princesa. Que você não preenche os requisitos."

Princesa? Aquela maneira de me tratar levou-me de volta ao abrigo e aos motéis com Carlos. A vida estava me apresentando uma verdade: Havia exatamente tantas pessoas decidindo a minha vida *por* mim quantas carências havia nela. Quanto mais carente eu me mantinha, mais eu entregaria a outras pessoas o direito de decidir por mim. Decidi que haveria em minha vida tantas coisas que me tornariam forte que pessoas como aquela mulher se afastariam, até desaparecerem totalmente de minha vista.

"Eu entendo o que a senhora disse. Só estou perguntando por que não preencho os requisitos para receber ajuda." Ela repetiu um monte de palavras, girou muitas vezes mais as órbitas dos olhos, mas não deu nenhuma resposta convincente. Como muitas das outras pessoas que eu vi "recebendo ajuda" naquela manhã, eu me vi gritando para uma assistente social indiferente, outro tijolo daquele muro que se colocava no caminho da realização de meus anseios e da satisfação de minhas necessidades.

Senti minha raiva aumentar. Aquela mulher se tornou, naquele momento, todas as pessoas que algum dia disseram-me "não", todos os assistentes sociais que me frustraram e todos os professores daquelas primeiras escolas que me rejeitaram. Fiquei lívida. Ergui a mão, fazendo um movimento de "pode parar" mais perto possível do rosto dela que eu sabia ser razoável, e disse: "A senhora sabe de uma coisa? Eu vou me atrasar para a entrevista que poderá me abrir as portas de Harvard se continuar aqui lhe dando trela". A minha intenção era jogar na cara dela que, apesar de, naquele momento, ela ter algum poder sobre mim, eu iria para um lugar muito mais importante que uma assistência social e mais importante que ela.

Ela riu na minha cara. "É mesmo? Bem, eu tenho que atender a Sra. Yale, que é a próxima na fila, então, por que você não aproveita e vai logo para o seu encontro com *Haaar-vard?*"

O sangue subiu para a minha cabeça e eu saí dali rapidamente. Tudo bem, eu pensei, empurrando as portas e saindo daquele lugar miserável. Tudo bem, porque, embora aquela assistente social não tivesse acreditado, eu tinha sim uma entrevista com um ex-aluno de Harvard naquela tarde. Na verdade, a minha agenda para aquele dia estava lotada; primeiro, o que eu havia pensado que seria apenas um procedimento de rotina para aprovação de meu pedido de ajuda; depois, uma entrevista acadêmica no centro de Manhattan e, finalmente, a entrevista no *New York Times* para a bolsa de estudos. Para minimizar minhas ausências no colégio, eu marquei todos aqueles compromissos em um mesmo dia, três em um, por esperar que tudo fosse correr em perfeita tranquilidade: assistência social, Harvard, *New York Times*. Os trâmites com a assistência social, conforme acabou se evidenciando, foram os únicos a darem errado naquele dia.

Eu encontrei o ex-aluno de Harvard em sua sala, em um escritório de advocacia na East Fifties. Até hoje, lembro-me daquela entrevista como uma mistura nebulosa de gentileza e perguntas convencionais sobre escola, o que eu queria fazer na vida, que carreira eu pretendia seguir e minhas metas profissionais. Lembro apenas que, quando desci pelo elevador depois da entrevista, eu achei que havia me saído bem e que abri meu diário para conferir meu próximo compromisso, na West Forty-third Street, número 229.

Depois de entrar e me livrar da chuva gelada, passei pelo controle dos seguranças, dirigi-me para os elevadores e fui encaminhada para uma sala minúscula onde se encontravam reunidos os finalistas da bolsa de estudo. Ocupei uma cadeira livre e tratei logo de me inteirar de quem eram as pessoas ali presentes. Dois estudantes colegiais que pareciam estar extremamente nervosos estavam sentados com seus pais nos sofás daquela sala desprovida de ventilação. Alguém andava de um lado para outro; uma mãe não parava de passar a mão nos ombros de sua filha. Havia exemplares do *The New York Times* em uma pilha sobre uma mesinha.

Eu tinha consciência da importância de se conseguir uma bolsa de estudos, mas não da importância de se conseguir *aquela* bolsa, realmente não sabia. Eu sabia que sem uma bolsa de estudos, pelo menos parcial, eu não conseguiria estudar em uma das faculdades mais renomadas. Essas faculdades eram as que ofereciam o maior número de opções e era isso que eu estava buscando. O custo de estudar em Harvard era incrivelmente alto e, naquele momento, eu não tinha condições de pagar nem mesmo o que custava ali um sanduíche de peito de peru; eu sabia, portanto, que precisava de algum tipo de financiamento. Mas o que eu não sabia era a importância que advinha da conquista de uma bolsa de estudos concedida pelo *Times*. Eu nunca, nem uma única vez, havia visto alguém que eu conhecia pessoalmente ler o *The New York Times*. Eu simplesmente não fazia ideia do quanto ele era importante, em razão do poder de influência como jornal. Em minha vizinhança, se alguém lia jornal, era o *New York Post* ou o *New York Daily News*. As únicas pessoas que eu havia visto lendo o maior e mais grosso *The New York Times* eram profissionais, pessoas que pareciam altamente eficientes, normalmente no metrô. Com certeza, eu mesma nunca o havia lido. De maneira que toda aquela agitação, evidentemente por ansiedade, daquele cara ofegante andando de um lado para outro não fazia o menor sentido para mim. A minha ignorância de sua importância foi, portanto, uma bênção. E, àquela altura, depois de passar pela experiência no Prep, eu não estava demasiadamente ansiosa. Na verdade, depois de um longo dia, eu estava me sentindo bem em um lugar aquecido e cheguei até a relaxar em minha cadeira.

 Sentada ali naquela pequena sala de espera, para o que era meu terceiro compromisso do dia, meus olhos foram parar em uma mesa de iguarias. Garrafas de água perfeitamente enfileiradas ao lado de uma bandeja de croissants, pães e bolinhos. Uma mulher animada, com um belo sorriso e finas trancinhas afro, chamada Sheila, era a nossa anfitriã, encarregada de conferir a presença dos finalistas e nos preparar para a grande entrevista. Ela incentivou para que eu me servisse: "Por favor, queridinha, como ninguém até agora tocou em nada, vamos ter que jogar tudo fora. Por favor, tudo nesta bandeja é para ser consumido".

 Era tudo o que eu precisava ouvir. Quando anunciaram meu nome e ela deu a volta para ir à minha frente, eu tratei de rapidamente enfiar alguns daqueles quitutes em minha bolsa. Ela havia dito para eu ficar à vontade; além do mais, iam jogar tudo fora.

Eu entrei em uma sala de reuniões com uma enorme mesa de carvalho no centro, ao redor da qual estavam sentadas por volta de 12 pessoas, homens e mulheres, em trajes executivos. Havia um assento desocupado em uma das pontas da mesa, evidentemente para mim. Eu me encaminhei para ele.

Minhas mãos ainda estavam lambuzadas de açúcar dos bolinhos. "Desculpem, deem-me um segundo", eu disse, pegando um lenço de papel de uma caixa sobre a mesa. Enquanto eu limpava as mãos, uma dúzia de pares de olhos fixou-se em mim, esperando que eu terminasse.

Eu sabia que a entrevista seria sobre a minha dissertação. Eles haviam pedido para descrever um obstáculo que havia superado. Como, naquela altura, eu já havia completado 18 anos e não podia ser levada à força para a custódia da Assistência a Menores, eu escrevi na dissertação para o *New York Times* que não tinha onde morar. Não omiti nada.

Na entrevista, contei ainda mais do que escrevera. Contei a eles – professores, editores, pessoas em trajes executivos, usando braceletes e gravatas-borboleta que pareciam custar uma fortuna – sobre mamãe e papai; sobre o apartamento em que havíamos morado na University Avenue; sobre mamãe ter vendido o peru para o dia da Ação de Graças. Contei a eles como havia sobrevivido com a ajuda de amigos e passado noites em escadarias e corredores. Contei a eles como era passar dias sem ter o que comer e fazer refeições em lugares como o *The Door*. A sala ficou totalmente em silêncio. Um homem de gravata vermelha e óculos inclinou-se sobre a grande mesa de conferências e quebrou o silêncio.

"Liz... tem mais alguma coisa que você gostaria de nos contar?", ele perguntou.

Eu fiquei confusa. Evidentemente eu devia dizer alguma coisa impactante, alguma coisa que os fizesse acreditar que eu merecia a bolsa.

"Bem, eu preciso dessa bolsa de estudos", foi a primeira coisa que me veio à mente. "Eu só realmente preciso dela." Todos riram. Se eu tivesse pensado em algo mais complexo e que causasse mais impressão, eu teria dito, mas aquela era simplesmente a única verdade que me ocorrera.

Alguém disse que havia sido um prazer me conhecer. Várias pessoas apertaram a minha mão.

Um repórter de nome Randy levou-me a um refeitório no andar de cima, onde os funcionários do *Times* almoçavam diariamente. Todos ali andavam de um lado a outro em trajes de trabalho, crachás pendurados na cintura ou em seus chaveiros. O cara, que tinha por volta de 30 anos, usando uma camisa azul totalmente abotoada e gravata, sentou-se à minha frente. Ele se mostrou muito amável e me pagou o almoço.

"Lamento, Liz, não ter participado da entrevista oficial", ele disse, abrindo a caneta. "Você pode me contar como foi que você ficou sem ter onde morar? E por que seus pais não puderam cuidar de você?"

Ali, sentada diante dele, eu enchi a boca de macarrão quente com queijo e frango com tragadas de um delicioso suco de maçã. Minha cabeça zumbia de tanta excitação diante daquela refeição quente e da atenção do repórter. Eu estava empolgada por estar em um genuíno prédio de escritórios cheio de profissionais como aqueles que eu havia visto na TV. Depois de tudo o que eu havia passado nos últimos anos e, especialmente, tudo o que havia acontecido naquele mesmo dia, foi-me surpreendentemente fácil falar com aquele repórter. Contei tudo também para ele. Contei como havia sido minha infância, assistindo a meus pais se drogarem, sobre a perda de mamãe, sobre os motéis em que havia morado e até mesmo sobre a manhã daquele mesmo dia no escritório da assistência social.

Anos depois, eu me dei conta do quanto havia sido uma bênção eu não ter tido a noção real de que aquele era para ser um dia difícil. Se eu soubesse quão difícil era ser entrevistada pelo pessoal de Harvard ou do *New York Times*, se alguém tivesse me alertado que aquela seria uma árdua empreitada, quase impossível, talvez eu nunca tivesse ido até lá. Mas, como eu não sabia o bastante sobre o mundo para analisar a probabilidade de sucesso, eu simplesmente tive que ir lá e responder à entrevista. Nos anos que se seguiram, eu aprendi que o mundo está realmente repleto de pessoas prontas a dizer o quanto algo é ou não provável e o que significa ser realista. Mas o que eu também aprendi é que ninguém, *absolutamente ninguém*, sabe o que é realmente possível antes de tentá-lo.

Quando concluímos aquela conversa, pela segunda vez naquele dia, eu entrei no elevador com a sensação de que havia dado um passo à frente. E vi minha atleta correndo e saltando em velocidade máxima, deixando mais um obstáculo para trás.

Na sexta-feira seguinte, o telefone tocou em nosso apartamento. Eu fiquei realmente surpresa ao ouvi-lo tocar, pois esperava que, àquela altura, a linha já tivesse sido cortada. Havia semanas que vínhamos recebendo avisos de que o telefone e a luz seriam cortados. Na verdade, eu tinha certeza de que em poucas semanas nós perderíamos tudo, inclusive o apartamento. Eu já até planejara o que levaria comigo.

"Eu poderia, por favor, falar com Elizabeth Murray?", disse uma voz muito profissional quando eu atendi.

"Sou eu, Liz."

"Aqui é Roger Lehecka do Programa de Bolsas de Estudos do *New York Times*... Estou ligando para informar que você é um dos seis estudantes escolhidos para receber a bolsa de estudos do *New York Times*!"

Furacão. Esta é a palavra que me vem à mente quando penso em como descrever minha vida depois da conquista da bolsa de estudos. Uma comporta abriu-se e eu não tinha como saber que minha vida nunca mais seria a mesma. Se antes eu realmente não tinha noção disso, muito rapidamente eu tomei consciência do poder de influência do *The New York Times*.

Os seis contemplados com bolsas de estudos foram convocados a voltar ao *Times* para serem fotografados uma semana depois de terem sido notificados. Lisa foi comigo. Sentamo-nos naquela mesma sala de espera mal ventilada com os outros contemplados acompanhados de seus pais. Lisa foi adorável em sua maneira de olhar para tudo em volta da sala, segurando-se para não rir.

"Que lugar é este?", ela perguntou, dando uma risadinha. "É tudo tão engraçado."

"Também acho", eu disse, entrando na dela. Nós duas nos portamos com indiferença, apesar de estarmos aturdidas diante daquele ambiente.

Fui fotografada uma vez com todo o grupo de contemplados e depois sozinha. Para tirar a segunda fotografia, conduziram-me de elevador a um andar mais alto do prédio do *New York Times*, a uma de suas bibliotecas. Estar entre todas aquelas estantes de livros fez-me lembrar de todas as vezes em que papai havia me levado à biblioteca quando ainda morávamos na University Avenue. O fotógrafo me mandou sentar sobre o peitoril de uma grande janela, com a luz do sol penetrando na sala por trás de mim. Quando ele bateu a foto, eu me perguntei o que papai diria quando a visse; e também se mamãe de algum lugar estava me vendo.

Só tomei consciência no dia em que o artigo chegou às bancas de jornais, estampando os seis contemplados na capa do caderno metropolitano do jornal (ao lado de um artigo sobre Bill e Hillary Clinton) que o mundo inteiro veria. Todo mundo, inclusive meus professores do Prep, saberia tudo sobre mim. Uma parte minha ficou preocupada com a possibilidade de eles mudarem de opinião sobre mim. Mas a verdade revelou-se bem diferente. Perry ficou orgulhoso, como também todos os meus professores. Mas todos se mostraram preocupados em relação a como eu ia conseguir pagar o aluguel e continuar tendo onde morar. E meus professores não foram os únicos a se preocuparem.

Eu mencionara a escola em que estava estudando na entrevista para o *Times*. O fato criou algo que eu não havia previsto e que acabei chamando de *Brigada de Anjos*. Pessoas começaram a aparecer no Prep para me conhecer, me abraçar, me dizer palavras de encorajamento e levar roupas, comida e muito carinho. Elas queriam me ajudar, sem pedir nada em troca.

Uma torrente de correspondência começou a chegar pelo correio. Muitas pessoas de todas as partes dos Estados Unidos enviaram-me cartões com fotos de seus familiares sorrindo e convites para visitá-las em suas casas. Outras me enviaram livros. Um homem, ao tomar conhecimento de minha situação, reuniu seus amigos e entrou em contato com diversas pessoas de nossa comunidade, recolhendo dinheiro para pagar o aluguel atrasado do apartamento em que Lisa, Sam e eu morávamos. Pessoas que não conhecíamos pagaram o aluguel atrasado, mantiveram a luz acesa em nosso apartamento e encheram a nossa geladeira.

Eu nunca mais tive que passar uma noite ao relento, jamais.

O mais tocante em toda aquela generosidade inesperada foi a disposição para ajudar daquelas pessoas. Havia algo no astral delas e em seu modo de ser em geral quando elas apareciam na escola, sorrindo e olhando-me nos olhos, querendo saber do que eu estava necessitando, em todos os sentidos. Uma mulher de quarenta e tantos anos, usando um vestido amarelo, apareceu na frente da escola na hora da saída. April havia me deixado sair pelos fundos e, quando eu cheguei na frente da escola, aquela mulher estava ali me esperando; parecia nervosa, remexendo em seu colar, quando avançou em minha direção e se apresentou.

"Meu nome é Teressa. Terry... Antes de tudo, eu quero pedir desculpas a você", ela disse ali, parada na calçada da Nineteenth Street. Eu fiquei confusa; nunca a havia visto. Ela prosseguiu: "Há semanas que tenho o artigo a respeito de você pregado na porta de minha geladeira. Como não tenho dinheiro para te ajudar, achava que não podia fazer nada por você. Mas, ontem à noite, lavando a roupa de minha filha, ocorreu-me a ideia – como não pensei nisso antes? – de que talvez eu pudesse lavar sua roupa também. Quer dizer, seus pais, ou alguma outra pessoa devia ajudar você com essas coisas, enquanto você está ocupada com os deveres escolares". Eu fiquei olhando para ela sem conseguir acreditar. Ela voltou a perguntar, "Bem, e então? Você tem alguma roupa suja para eu lavar?".

Uma vez por semana, todas as semanas, ela dava uma passada na escola em sua minivan prateada para pegar minha roupa suja e devolvê-la limpa e perfeitamente dobrada, cumprindo sua palavra. Na maioria das vezes, ela deixava também um saco de biscoitos. "Não posso fazer muito, Liz, mas sei que isso eu posso", ela dizia. Assim, enquanto eu assistia às aulas de minhas 11 disciplinas, Teressa – Terry – lavava minha roupa.

As pessoas surgiam do nada, de todas as maneiras possíveis, para me ajudar. Quando tudo começou, eu não conseguia acreditar que fosse verdade. Não acreditava que alguém que não fosse da minha família nem fizesse parte da minha tribo de amigos mais próximos se dispusesse a me ajudar simplesmente por ter lido no jornal a meu respeito. Com toda a certeza, eu não achava que "aquelas pessoas", as pessoas que eu havia julgado como "separadas" de mim, fossem querer ajudar alguém como eu. Mas elas mostraram que queriam. Elas simplesmente deram sem querer nada em troca. E, ao fazerem isso, elas colocaram por terra cada tijolo de meu muro. Pela primeira vez, eu pude realmente perceber que não havia nenhuma diferença entre mim e os outros; éramos todos simplesmente pessoas. Assim como não havia nenhuma diferença real entre mim e as pessoas que realizavam suas metas, desde que eu estivesse disposta a fazer a minha parte e fosse capaz de aceitar alguma ajuda no decorrer do processo.

O objeto de minha preferência que recebi de uma mulher chamada Debbie Fike foi uma colcha feita à mão. Com a linda colcha, ela enviou uma pequena mensagem: "Faz frio nos alojamentos para estudantes. Que você se aqueça, sabendo que há pessoas que se importam com você".

Eu queria muito ir para a Universidade de Harvard. Quando recebi a carta me comunicando que não fui aceita, mas que fui colocada em uma lista de espera, dei uma de corajosa e procurei ver a coisa pelo lado positivo. Não era uma recusa e, portanto, eu tinha ainda a chance de ser aceita. Tantas coisas em minha vida mudaram simplesmente porque haviam me dado uma chance – eu me saí bem no Prep, fui contemplada com a bolsa de estudos do *The New York Times* e tinha até a minha Brigada de Anjos. Entrar na Harvard podia ainda vir a ser outra conquista daquela lista. Mas, por trás da fachada otimista, havia uma parte minha que se preocupava com a possibilidade de, depois de tudo de bom que me aconteceu, a minha parcela de sorte ter se esgotado. Seria aquele sonho simplesmente demais para querer que se realizasse?

A incerteza deixou-me apavorada. Eu me recusava a entregar qualquer coisa ao acaso e tratei, portanto, de não deixar aquele negócio de lista de espera à sua própria sorte. Muitos telefonemas foram dados e muitas cartas foram escritas em meu favor. Eu cheguei até a conseguir marcar uma segunda entrevista e todo mundo ajudou a me preparar. O pessoal do Prep apelou para a New Visions, uma organização com sede em Nova York que ajuda escolas alternativas como a nossa; eles enviaram um representante que me levou a fazer compras em uma loja da Banana Republic, para que eu tivesse alguma roupa adequada para usar. Lisa e eu nos comportamos como crianças na loja, dando risadas, tirando roupas dos cabides e colocando-as à frente para ver como ficavam. Ela me ajudou a escolher uma saia longa preta e um elegante blusão de mangas compridas. Também me compraram um par de sapatos de verdade para combinar com a saia.

Na segunda entrevista, assim como na primeira, eu me saí bem e as coisas pareceram promissoras. Mas, depois, eu continuei insegura quanto ao que iria acontecer. Disseram-me que aguardasse o recebimento de uma carta que selaria o meu destino. E foi o que eu fiz.

Aquelas últimas semanas no colégio resumiram-se na espera pela chegada do carteiro e no tamanho do envelope que ele me traria. Segundo meus professores, um envelope grande significava boa notícia, pois conteria uma carta de aprovação ou um maço de páginas com orientações sobre como proceder e um calendário com as datas em que eu deveria retornar àqueles imponentes prédios de tijolos vermelhos em New England. Mas um envelope pequeno traria má notícia, pois conteria a recusa formal em uma única folha de papel trazendo no alto o timbre em vermelho, que é o logotipo da Universidade de Harvard. Aquele timbre vinha aparecendo em todas as partes nos últimos meses, em minhas incessantes buscas na Internet, nos pedidos de inscrição que eu me esmerava em preencher nas salas vazias de meu colégio e em meus sonhos.

Nos últimos meses, Harvard havia se tornado o único foco de interesse de minha mente. A coisa começara muito bem, com pesquisas sobre estatísticas de admissão, ofertas de cursos e vida no campus. Tais buscas, eu concluí, eram compreensíveis, dada a minha condição de solicitante esperançosa. Mas, estar na lista de espera, a janela padrão de quatro meses entre a solicitação e a resposta, havia se arrastado até virar seis meses de agonia, e foi quando meu encantamento deteriorou-se em uma busca reconhecidamente sem sentido e obsessiva.

Por exemplo, quem sabia que, durante a Guerra de Independência dos Estados Unidos, balas de canhão foram disparadas para as janelas dos alojamentos de estudantes, provocando enormes crateras na calçada do pátio de Harvard? E que, ainda, ali, naquele mesmo pátio de Harvard, ocorria duas vezes por ano um evento chamado "Grito Primal", ritual que era realizado exatamente à meia-noite do dia anterior aos exames? Os estudantes se reúnem ali e, para se livrar do estresse, correm pelo menos uma volta em torno do pátio, totalmente nus, até mesmo no inverno. O momento mais instigante de minhas buscas ocorreu no dia em que eu usei a Internet para descobrir quantos quilômetros havia – mais de três mil – entre o Pátio de Harvard e a porta de minha casa.

Aqueles dias em que eu passei pesquisando bobagens na Internet proporcionavam-me na época a sensação de progresso. Eu não conseguia simplesmente ficar esperando; eu precisava sentir que estava fazendo alguma coisa. E, para mim, era melhor ler as mesmas informações muitas e muitas vezes que ficar sentada sem fazer nada.

Por esse mesmo motivo, eu vivia absolutamente em função de minhas idas até a caixa do correio. Todos os dias, caminhava apressada da estação da linha D do metrô em Bedford Park até o prédio em que morava, onde enfiava a chave na caixa de correspondência, ansiosa por receber a notícia que aguardava. Mas as semanas passavam-se e nada. Naqueles momentos, eu me sentia exatamente como mamãe nos dias de pagamento, incapaz de me acalmar, andando de um lado para outro do apartamento, como se aquilo fosse apressar a vinda da tão aguardada notícia. Como se qualquer coisa que eu fizesse na cidade de Nova York fosse exercer alguma influência sobre o comitê que tomaria a decisão lá longe, em Cambridge, Massachusetts.

Essa pressão que eu mesma me colocava era uma velha conhecida minha. Eu sentia como se toda a minha vida fosse uma sucessão de situações como aquela: algo crucial estava em jogo, o resultado poderia ser tanto favorável quanto desfavorável, e era incumbência minha mudá-lo – como naquelas noites na University Avenue em que mamãe e papai colocavam suas próprias vidas em perigo, saindo de casa a qualquer hora da noite, enquanto eu aguardava sua volta na janela, pronta para discar o 911. *Será que minha ligação para o número de emergência faria a diferença entre meus pais estarem bem ou feridos?* E quando ainda criança eu passava fome, o que teria acontecido se eu não tivesse arranjado um trabalho? *Quem teria me dado comida se eu mesma não tivesse providenciado?* E agora, com meu nome na lista de espera de Harvard, diante da agonizante incerteza, as mesmas perguntas persistiam: *O que eu devia fazer para resolver o problema?*

Do Prep, eu ligava para a secretaria de admissão todas as sextas-feiras sem falta para perguntar se a decisão já havia sido tomada e, em caso afirmativo, se a carta já havia sido enviada, e sempre obtinha a mesma resposta: "O comitê ainda não pronunciou sua decisão final", e que "minha ligação seria sempre bem-vinda" e, também, é claro que eu deveria aguardar para, em breve, receber a resposta pelo correio.

Então, em uma daquelas sextas-feiras, enfim, algo diferente. Embora ela não pudesse me dar nenhuma informação específica sobre admissão pelo telefone, a secretária me disse que a decisão havia de fato sido tomada e que a resposta já havia sido enviada pelo correio. Eu deveria recebê-la a qualquer momento, se é que já não estava na minha caixa de correspondência. Desliguei o telefone, mas continuei zanzando em volta da secretaria do Prep; e fui atrás de meus professores.

Durante meses eu os persegui com perguntas incessantes, e eles demonstraram uma paciência de santo comigo. Como o pai de Caleb era professor em Harvard, ele era o mais atormentado por mim. Em mais de uma ocasião, eu o encostei na parede depois das aulas, em sua sala minúscula, interrompendo seu trabalho para extrair informações dele. *Seu pai sabe como o comitê toma suas decisões? As pessoas que estão na lista de espera chegam alguma vez a serem admitidas?* Perry era outra vítima de minhas amolações. A capacidade que ele tinha para ouvir atentamente os outros e a demorar-se em dar suas respostas decisivas e sinceras deixava-o totalmente vulnerável à minha necessidade impiedosa de falar com ele sobre o assunto. Olhando agora para as coisas em retrocesso, eu não sei como meus professores conseguiram aguentar minha necessidade insaciável de falar, sem jamais acalmar meu nervosismo.

Naquela tarde, eu revirei a secretaria em busca de alguém com quem dividir a notícia. Felizmente para eles, a maioria dos professores estava em uma reunião. Apenas Perry encontrava-se disponível em sua sala, a mesma em que ele me entrevistou quase dois anos antes, quando eu o julguei ser uma "daquelas pessoas", quando eu ainda não conseguia olhar diretamente nos olhos dele, como tampouco de qualquer outra pessoa. Encontrei Perry à sua mesa de trabalho.

Ele ergueu os olhos e me olhou com curiosidade. "Olá", ele disse, largando a caneta para me dar atenção.

"Tenho uma boa notícia, Perry, eles me enviaram a carta. Logo vou saber... A essa hora, ela já pode estar em minha caixa de correspondência."

"Oh... que bom!", Perry disse, reclinando-se em sua poltrona e começando a esboçar um largo sorriso para mim, com uma expressão divertida estampada em seu rosto. "Ótimo", ele acrescentou. E não disse mais nenhuma palavra, absolutamente nada. Eu havia esperado uma reação um pouco mais entusiasmada.

"É maravilhoso", eu disse. "Você não acha?"

"Sim, Liz, é maravilhoso", ele disse meio que sorrindo. Sua expressão era mais maliciosa que sorridente.

"Estou querendo dizer que *é maravilhoso*", eu disse, como se quisesse impor-lhe a minha excitação. "Chegou a hora... Logo mais eu vou saber."

A expressão de Perry, que me era familiar depois de dois anos como sua aluna, dizia-me que ele estava prestes a me dar algum conselho.

"O que é?", eu perguntei, sorrindo nervosamente para ele. "Conheço esta *cara*." Eu respeitava a opinião de Perry e, se em sua mente estava lhe ocorrendo alguma coisa engraçada, eu queria saber. Ele se inclinou um pouco para frente e, dando de ombros, disse algo que nunca vou esquecer.

"É maravilhoso, Liz... Mas espero que você entenda que, independentemente da escola que você frequentar, você será sempre você. Para onde quer que você vá, seja faculdade, entrevista de emprego, relacionamentos, tudo... a resposta de Harvard é apenas um incidente para a pessoa que você realmente é. Dê a si mesma uma pausa... Você vai ficar realmente bem, seja qual for a resposta."

Se não amasse Perry e não confiasse nele, eu poderia ter pensado que ele estava minimizando algo que era muito importante para mim. Ou, no mínimo, que ele era simplesmente privilegiado demais para entender por que Harvard era tão importante para uma pessoa como eu, porque, diferentemente dele, eu não podia me dar o luxo de ser tão despreocupada. Mas eu amava e respeitava Perry, e minha confiança nele disse-me para tomar suas palavras em consideração. Eu assenti e disse, "Tudo bem, Perry", mas eu estava claramente abalada.

"Escute, Liz, o que estou querendo dizer é que, onde quer que você esteja, fará o melhor da situação. Olhe para a sua vida, você já... É por isso que eu sei que você vai ficar bem... Procure relaxar, tenha um pouco de compaixão de você mesma."

Aquelas palavras deixaram-me paralisada. A ideia de que eu merecia ou até mesmo podia me dar o luxo de relaxar, e a possibilidade de ter compaixão – por mim mesma...

No trem de volta para casa e na cama à noite (depois de eu ter chegado e não ter encontrado nada na caixa de correspondência), eu fiquei acordada, refletindo sobre as palavras de Perry, deixando-as ecoar em minha mente, enquanto considerava suas implicações. Em minha incessante luta pela sobrevivência, eu nunca havia parado nem por um único instante para considerar a enormidade de tudo o que havia acontecido comigo e como aquilo tudo impactara-me. Mas, como eu poderia parar por um momento? Havia coisas demais para eu fazer. A cada dia havia a pressão de uma necessidade para ser enfrentada, algum trabalho escolar para ser concluído, algum problema urgente que exigia solução.

Mas, deitada na cama naquela noite, as palavras de Perry desaceleraram o ritmo frenético de minha vida e deram-me permissão para parar, não para fazer qualquer coisa, mas simplesmente para pensar e sentir. Sozinha em meu quarto às escuras, o que veio à superfície não foi nada confortável. Por baixo de toda agitação de minha vida em busca de realizações, havia um catálogo aterrador de perdas: papai entregando-me às autoridades públicas sem absolutamente nenhum protesto; mamãe no quarto de hospital naquele dia, movendo a boca sem conseguir dar voz ao que queria; noites solitárias passadas em uma escadaria, perguntando-me quanto tempo levaria para que alguém percebesse que eu havia desaparecido. Ali deitada, debaixo dos cobertores, eu deixei os sentimentos virem à tona. Senti o gosto salgado de minhas lágrimas, deixei que elas escorressem, senti os lugares mais doloridos de meu coração e, finalmente, dei-me tempo para vivenciar o luto. Eu chorei até não poder mais.

Quando eu me permiti sentir toda a minha dor, deixar de resistir a ela ou encobri-la com qualquer distração, outra experiência veio à superfície. Disposta a encarar a minha dor, eu comecei a ver o seu inverso. As vitórias invisíveis de minha vida entraram em foco: os incontáveis atos de amor para com meus pais; o esforço para levantar da cama naquelas manhãs em casas de amigos para ir à escola; trabalhar por um salário que me garantisse o sustento de mim mesma; tirar o cabelo do rosto e arriscar-me a olhar as pessoas nos olhos; minhas amizades cheias de afeto; e cada santo dia em que eu seguira em frente quando, na verdade, preferiria entregar os pontos. Ao aceitar a minha dor, passei a poder reconhecer minha força para enfrentar tantas perdas.

Mais que tudo, no entanto, eu reconheci no fundo de meu coração que eu estava, de fato, bem, como Perry havia dito. Coisas horrendas haviam acontecido, mas não estavam mais acontecendo. Eu não estava mais dormindo na rua, mas segura em minha cama. E então, pela primeira vez em meses, eu foquei minha atenção em outra coisa que não fosse a carta de admissão e deixei que esse reconhecimento de que eu finalmente estava em segurança me levasse a relaxar e dormir.

No dia seguinte, um sábado mormacento de junho, eu peguei um livro e fui sentar-me na sacada, à espera do carteiro. Passaram-se horas. O carrinho de sorvete deu a volta no quarteirão. Vi mães vestindo legging e sandálias de plástico, balançando pesados chaveiros, empoleiradas nas sacadas, com os olhos grudados em seus filhos. Música latina estrondava de um alto-falante em um andar acima. Eu batia sem parar os pés no chão, transpirando ao sol, enquanto virava as páginas de meu livro. Com um olho na esquina, à espera que ele surgisse.

Finalmente, em algum momento no começo da tarde, eu vi o carteiro parado diante de um edifício perto do meu. Fechei o livro. Alguém parou-o para conversar e o deteve ali.

Será que o envelope é grande ou pequeno?

O carrinho de sorvete encostou ao meio-fio e crianças correram gritando para suas mães nas janelas da frente. Alguém havia aberto o hidrante para se aliviar do calor intenso. Perto dali, adolescentes batiam uma bola de basquete. Vi o carteiro aproximar-se, lentamente. Eu sabia que, muito provavelmente, ele trazia a carta para mim em sua bolsa. Mas, naquele momento de antecipação, eu me acalmei, recorrendo às palavras de Perry: *"Qualquer que seja o resultado, você ficará bem"*.

Depois de meses de ansiedade e preocupação, inquietação e caraminholação, ali estaria a resposta pela qual eu esperava, mas eu não estava sentindo a aflição que durante todo aquele tempo eu havia imaginado que sentiria. Uma simples constatação tomou o seu lugar: Na carta já estava qualquer que fosse a decisão e não havia nada que eu pudesse fazer para alterá-la. Naquele momento, ficou claro para mim que eu já fizera tudo o que podia.

Que Deus me dê serenidade para aceitar as coisas que não posso mudar, coragem para as coisas que posso mudar e sabedoria para distinguir umas das outras...

As coisas que ocorriam ao meu redor eram o resultado de minha concentração nas poucas áreas da vida que eu podia mudar e de minha aceitação de que havia muitas outras coisas que eu simplesmente não podia ter feito de maneira diferente.

Eu não podia salvar Sam de sua família, mas podia ser sua amiga. Eu jamais poderia mudar Carlos, mas podia deixar aquela relação e tomar conta de mim mesma. Eu não podia curar meus pais, por mais que quisesse, mas podia perdoá-los e amá-los.

Eu podia também escolher cavar para mim mesma uma vida que não fosse de maneira alguma definida pelo que já havia acontecido em meu passado.

Ao ver o carteiro aproximar-se, eu compreendi que a carta de Harvard, qualquer que fosse o seu conteúdo, não definiria nem acabaria com a minha vida. Ao contrário, o que eu estava começando a entender era que, independentemente de como as coisas se desenvolvessem dali em diante, qualquer que fosse o próximo capítulo, minha vida nunca seria o resultado de uma circunstância. Ela seria determinada, como sempre fora, por minha disposição a colocar um pé diante do outro, seguindo em frente, para o que desse e viesse.

Epílogo

Eu estava sentada no salão principal de exposições de um centro de convenções em Buenos Aires, Argentina, como uma das pessoas entre uma multidão que aguardava a subida do Dalai Lama ao palco. O verão estava em seu auge e, como o ar-condicionado não estava funcionando como deveria, a saia de meu conjunto começou a me dar coceira, fazendo-me revirar em meu assento que ficava em uma das primeiras fileiras, em frente ao palco. Eu tinha que lutar para conseguir uma boa visão por cima das cabeças das pessoas à minha frente, uma audiência formada de CEOs do mais alto nível oriundos de diferentes países do mundo. Eram 700 executivos de alto gabarito que se encontraram para a conferência anual em que trocavam experiências e sugestões; o Dalai Lama era o principal orador convidado. Depois dele, eu subiria ao palco como a próxima apresentadora.

Enquanto o Dalai Lama falava, um punhado de CEOs tinha a rara oportunidade de colocar suas perguntas a ele. A maioria das perguntas era de natureza complexa – política ou filosófica –, e, em suas respostas, o Dalai Lama era extremamente generoso e não economizava seu tempo. Com a ajuda de um tradutor, a Sua Santidade passava de 10 a 15 minutos respondendo meticulosamente a cada pergunta. Quando o tempo dele finalmente estava se esgotando, um dos organizadores da conferência percorreu com os olhos a sala em busca de alguém que seria escolhido para fazer a última pergunta. Como eu seria a próxima apresentadora do dia, esse alguém escolhido foi, por acaso, eu. Eu tinha permissão para fazer uma única pergunta ao Dalai Lama. Mas o que eu perguntaria a ele? Todos os olhares voltaram-se para mim naquele salão de exposições em absoluto silêncio; centenas de CEOs e até mesmo a Sua Santidade olharam para mim esperando que eu fizesse a pergunta. O que ocorreu a seguir seria uma das mais importantes lições de vida que eu já tive. Mas voltarei a essa lição mais adiante.

Para começar, uma pequena explanação sobre por que eu estava ali naquele dia. Aquele dia com o Dalai Lama tornou-se mais um dos acontecimentos de minha vida que levaram meus amigos do Bronx a me dar provocadoramente o apelido "Forrest Gump". Com o passar dos anos, eles se acostumaram a me ver viajar para muitos países, trabalhando com milhares de pessoas e realizando seminários e palestras com o intuito de inspirá-las. Na cidade de Nova York, eu fundei e atualmente dirijo a *Manifest Living*, uma organização criada para incentivar adultos a criar uma vida que tenha sentido para eles. Nesse trabalho, simplesmente aconteceu de eu encontrar o caminho que dá sentido à minha vida.

Eu não fazia a menor ideia de que as coisas iriam ocorrer dessa maneira. Tudo começou com aquele artigo publicado pelo *The New York Times*; depois, vieram outros meios de comunicação. Artigos em revistas, prêmios, um especial de meia hora no programa *20/20* e até mesmo um filme realizado pela Lifetime Television, intitulado *Homeless to Harvard: The Liz Murray Story*. O que ocorreu a partir dali foi uma série de acontecimentos com tantos episódios e detalhes que não dá para contar neste espaço restrito – é assunto para outra história. O que posso dizer aqui é que os anos que passei em Harvard até me formar, em 2009, foram repletos de experiências que me ensinaram lições sobre a força do espírito humano; a verdade de que pessoas de todas as condições sociais enfrentam adversidades e têm que aprender a superá-las. Finalmente, essas experiências inspiraram-me a desenvolver seminários com o propósito de fazer as pessoas se apropriarem de seu poder para mudar suas próprias vidas; essa é a minha paixão e o trabalho para o qual venho dedicando minha vida.

No decorrer desses anos, eu viajei, estudei por meio período e por tempo integral e até interrompi meus estudos por anos inteiros, mantendo minha residência fixa na cidade de Nova York, onde a maior força de sustentação de minha vida foram os relacionamentos com meus amigos e o tempo que passei cuidando de meu pai.

Papai deixou de usar drogas depois de ter sido diagnosticado portador do HIV. O abrigo em que ele morava teve um papel vital ao colocá-lo em contato com os recursos médicos apropriados para cada uma de suas doenças. Resumindo, depois de mais de 30 anos entupindo-se de drogas, papai foi diagnosticado como soropositivo, seu coração estava em péssimas condições e exigia uma séria cirurgia, tinha hepatite C e mais de três quartos de seu fígado estava perfurado por uma cirrose, que o deixara como uma esponja calcificada.

Certa tarde, na metade de um de meus primeiros semestres na faculdade, eu estava andando pelo pátio de Harvard, quando recebi uma chamada telefônica de um médico de papai, que me disse, em um tom de voz sussurrado, que o estado dele era grave. Como responsável por Peter Finnerty, "é melhor que você se apresse a voltar para Nova York antes que seja tarde demais", ele me disse. Papai havia sofrido um ataque cardíaco e estava respirando com a ajuda de aparelhos. Rapidamente tomei um ônibus para ir até ele (viagem que já havia se tornado rotina) e, logo depois de eu chegar, um sacerdote se colocou junto de papai para lhe dar a extrema unção. Segurando a mão de papai, eu procurei em sua face sinais de vida, mas seus olhos estavam bem fechados, os tubos pelos quais ele respirava faziam seu peito subir e descer, e sua testa estava enrugada como se ele estivesse extremamente preocupado.

De alguma maneira, papai conseguiu sobreviver a essa e a outras situações em que esteve à beira da morte, o que levou meus amigos que ajudaram a cuidar dele, de brincadeira para manter o astral de papai elevado, a lhe darem o apelido de "Peter Infinity", por sua capacidade de sobreviver a uma enormidade de doenças potencialmente fatais; coisa que fez papai dar risada, depois de removidos os tubos respiratórios. Ele achou o apelido tão engraçado que, quando a enfermeira assinou os papéis para sua alta, repetiu-o para ela, como tentativa (sem êxito) de fazê-la rir, insistindo em voz alta que tinha "mais vidas que um gato". Eu empurrei papai em uma cadeira de rodas através das portas corrediças do Mt. Sinai Hospital para ruas ensolaradas da cidade de Nova York e, daquele momento em diante, assumi total responsabilidade pelos cuidados dele.

Depois de ter ficado claro que a morte era uma possibilidade constante para papai, eu pedi a ele que fosse morar comigo em meu apartamento em Nova York. O estado de saúde dele exigia um regime rigoroso de cuidados médicos para mantê-lo vivo, o que incluía retornos aos médicos-chave, controle constante do sangue e outros exames clínicos (muitos deles dolorosos), além de quimioterapia para sua hepatite C e, para ajudar a conter a carga viral de seu HIV, também tratamento com medicamentos contra o vírus. Ou o "cocktail", como seus médicos referiam-se a eles – medicamentos que foram disponibilizados aos pacientes aidéticos só depois da morte de mamãe. Satisfazer as necessidades de papai, manter meus compromissos universitários em dia e viajar para realizar palestras e seminários dentro e fora dos Estados Unidos foram os propósitos que marcaram os anos seguintes de minha vida. Ocorreram muitos altos e baixos nesse período, e eu não teria conseguido dar conta deles sem o amor de meus amigos.

As manifestações de apoio que eu recebia eram simplesmente milagrosas. Em todos os acontecimentos de nossas vidas, meus amigos e eu estávamos ali para nos ajudar e, nesse processo, nós nos tornamos uma verdadeira família. Havia os meus amigos antigos, como Bobby, Eva, James, Jamie, Sam e Josh, e os novos, que vieram para ficar, como Ruben e Edwin. Nós comemorávamos juntos aniversários e datas festivas e até mesmo prestávamos ajuda às famílias uns dos outros quando em necessidade. A qualquer dia que eu chegasse de Boston, eu podia encontrar papai assistindo ao último episódio de *Law & Order* na sala de estar com Edwin sentado ao lado dele; eles dividiam um pacote de biscoitos e riam juntos.

Sempre que eu tinha que viajar ou me ausentar em função dos estudos, Edwin (Ed), que eu conheci por meio de Eva, cumpria fielmente seu compromisso de levar papai a seus exames médicos, fazer as compras de comida para ele e providenciar para que ele se mantivesse limpo e alimentado com refeições quentes. Mais que isso, ele se tornou amigo de papai. De propósito, Ed e eu tínhamos nossos apartamentos a uma distância que pudesse ser percorrida a pé em Nova York e, sempre que eu podia estar em casa, nós passávamos os dias indo ao restaurante mais próximo com papai, ou ao cinema, onde ajudávamos papai a introduzir clandestinamente suas barras de chocolate Snickers e sua garrafa d'água na sala de projeção. Ed e eu sorríamos em cumplicidade toda vez que papai desembrulhava uma barra de chocolate à luz tremeluzente da tela com um sorriso maroto no rosto. Naqueles momentos, eu acho que Ed e eu víamos em papai um pouquinho de satisfação por ter mais uma vez na vida passado a perna "no homem".

Lisa e Sam acabaram se acertando. Hoje, Sam é casada e vive feliz em Madison, no Wisconsin, com seu marido. Depois de anos de luta e seus próprios altos e baixos, Lisa conseguiu concluir seus estudos no Purchase College do estado de Nova York. Ela é atualmente professora de crianças autistas. Jamie é casada, tem dois filhos e vive em Nevada. Bobby está estudando enfermagem, é casado e vive feliz com sua mulher e dois filhos. Nós continuamos sendo parte essencial da vida uns dos outros.

Nos últimos anos de vida de papai, depois de eu ter me ausentado da faculdade por um tempo para permanecer com ele em Nova York após sua cirurgia cardíaca, eu voltei para concluir meus estudos em Cambridge e ele foi comigo. Alugamos uma casa de cinco quartos perto de Harvard, um para cada um de nós: Ed, Ruben, um primo pequeno de Ed, de quem ele tomava conta, papai e eu. Exatamente um mês antes de papai morrer, Ed e eu o acompanhamos em uma viagem que por muito tempo ele vinha desejando fazer a San Francisco. Papai desejava ardentemente nos mostrar os lugares que lhe haviam sido muito significativos em sua juventude. Nós nunca lhe fizemos perguntas específicas e ele tampouco nunca deu explicações. Ed e eu apenas o acompanhávamos nas visitas a seus lugares preferidos: Haight-Ashbury, Alcatraz e à livraria City Lights, que ele adorava. Juntos, nós estivemos diante das antigas prateleiras de madeira enquanto ele folheava os livros de Allen Ginsberg e Jack Kerouac, sorrindo consigo mesmo diante das passagens que lhe eram bem familiares. Quando voamos de volta para Boston no final daquela semana e eu estava sozinha em meu quarto, encontrei um cartão que papai havia colocado secretamente dentro de minha mala. Ele dizia:

"Lizzy, há muito tempo deixei meus sonhos para trás, mas agora eu sei que eles estão a salvo com você. Muito obrigado por ter feito de nós uma família de novo."

Eu fixei o cartão no alto da parede acima de minha escrivaninha, junto de todos os meus compromissos escolares, para poder vê-lo enquanto trabalhava. Toda vez que eu via a letra de papai que era minha velha conhecida, o amor por ele me preenchia e eu me sentia em paz, sabendo que ele estava por perto, aquecido e em segurança.

Apenas três semanas depois, papai foi dormir no andar de cima e não acordou mais. O coração dele parou de bater enquanto ele dormia. Papai havia se mantido sóbrio durante os oito últimos anos de sua vida e morreu com 64 anos. Por boa parte desses oito anos, ele dirigiu os encontros semanais de um "grupo de prevenção a recaídas" para viciados em recuperação e manteve um círculo estreito de amigos que participavam do grupo, por quem ele tinha grande apreço. Na noite em que ele morreu em meu apartamento, eu me vi cercada de amigos em meu quarto. Eva, Ruben, Ed e mais alguns amigos arrastaram dois colchões extras para dentro de meu quarto, para que pudéssemos nos amontoar debaixo das cobertas e ficar conversando. Trancamos bem a porta para que Ed e eu não tivéssemos que ouvir as crepitações dos walkie-talkies dos policiais e o pessoal médico levando papai para fora de nossa casa.

A pedido de papai, ele foi cremado. No Dia dos Pais, Lisa, Edwin, Ruben, Eva e eu espalhamos suas cinzas por sobre Greenwich Village, parando para colocar pequenos punhados em cada um de seus lugares preferidos: a entrada do prédio em que morava um amigo dele, em frente à clínica em que ele se submetera ao tratamento para se livrar das drogas com metadona e no quarteirão onde ele e mamãe começaram a morar juntos antes de pensar em ter filhos. Depois, pegamos o que restou de suas cinzas e misturamos com pétalas de rosa, soltamos por sobre o mar da calçada de tábuas de Battery Park. As pétalas cor-de-rosa afastaram-se, flutuando à luz do sol que desaparecia naquele final de tarde, e Lisa, meus amigos e eu ficamos sentados em um banco recostados um no outro, contando as histórias preferidas de papai que lembrávamos. Em silêncio, Ed estendeu uma mão e apertou a minha, com força, e eu tomei consciência de que, apesar de estarmos sentindo muito pesar, também estávamos orgulhosos por papai ter morrido feliz, cercado de pessoas que o amavam.

Quando eu me formei na faculdade, meus amigos Dick e Patty fizeram uma festa em minha homenagem na casa deles em Newton, Massachusetts, e Lisa e todos os meus amigos compareceram para celebrar. Quando trouxeram o bolo, levantei os olhos e vi todo aquele círculo de amigos que me apoiavam, um a um daqueles rostos tão queridos, tanto os antigos quanto os mais recentes: Lisa, Ruben, Anthony, Ed, Eva, Shari, Bobby, Su, Felice, Dick e Patty, Mary e Eddie, todos cantando em comemoração à minha formatura. Naquele momento, ali, eu os acolhi como minha família que se assemelhava a uma colcha de retalhos diversos, mas que eu amava igualmente cada um deles. Naquele momento, senti que meu coração havia sido aberto pelo amor que eu tive, antes de tudo, de mamãe e papai, o mesmo amor que eu sentia olhando para os meus amigos; o amor que eu continuo sentindo por todos de minha família.

Voltando ao dia em que eu tinha direito a fazer uma única pergunta ao Dalai Lama, esta foi a pergunta que eu lhe fiz: "Sua Santidade, o senhor inspira tantas pessoas, mas eu gostaria de saber o que te inspira?" Ele fez uma pausa e inclinou-se por um instante para falar com seu intérprete. Em seguida, a Sua Santidade voltou-se para mim e, dando uma risada sincera, disse: "Eu não sei; sou apenas um simples monge". Todo aquele enorme salão de conferências irrompeu em risadinhas e cochichos. Era de longe o tempo mais curto que ele havia despendido para responder a qualquer pergunta naquele dia, e esse fato não passou despercebido. Dada a resposta, a conferência do Dalai Lama foi abruptamente dada por encerrada, ele foi levado para trás do palco e os altos executivos e eu nos dispersamos para um intervalo em meio ao saguão abarrotado de gente. E foi quando me ocorreu a verdadeira lição daquela manhã, pelas reações dos outros, conforme eu as percebi.

Andando por aquele imenso salão de mármore entre uma multidão de executivos, eu tentava entender o que havia acabado de acontecer quando, de repente, um a um, os executivos aproximaram-se para me dizer o que cada um deles *sabia* o que a Sua Santidade realmente quis dizer com aquela resposta. O primeiro, um quarentão rude, se achegou e disse: "Eu vou dizer a você, foi muito zen da parte do Dalai Lama, muito zen o jeito dele responder à sua pergunta. A resposta dele tem tudo a ver com *simplicidade*". Uma mulher alta vestindo traje executivo foi a seguinte. "É profundo", ela disse, "isso de *não saber* absolutamente. Como monge, ele se entende com a ignorância que faz parte da condição humana". Depois veio um homem alto com o cenho enrugado, evidentemente irado, e disse: "Liz, ele não respondeu à sua pergunta sobre o que o inspira porque não quis se rebaixar ao nosso nível. É arrogância!".

Aproximadamente uma dúzia de executivos abordou-me durante aquele curto intervalo, e todos eles demonstraram absoluta certeza quanto ao *significado* da resposta do Dalai Lama. Até que finalmente mais tarde, quando eu estava atrás do palco testando o microfone para a minha própria conferência, um dos auxiliares do Dalai Lama procurou-me para pedir desculpas. "Sinto muito, Liz", ele disse, "o intérprete se atrapalhou com a sua pergunta e Sua Santidade não conseguiu entendê-la, bem... *a falha foi nossa*. Ops!"

Conforme foi revelado, a resposta do Dalai Lama não tinha absolutamente *nenhum* significado. Ou melhor, não havia nenhum sentido por trás do que cada uma das pessoas havia atribuído à resposta dele. E, o que é mais importante, cada uma das pessoas presenciou o mesmo fato e cada uma delas tirou sua própria conclusão.

Como eu estava pronta para iniciar minha própria palestra, eu dei uma espiada na plateia e sorri interiormente. Muito mais que as diferenças entre as pessoas, o que, ao contrário, ficou claríssimo para mim naquele momento foram suas semelhanças: a predisposição das pessoas para atribuir sentido a suas experiências. Como a certeza que eu tinha de meu amor por mamãe e papai; ou como no momento em que eu finalmente acreditei que podia, eu realmente pude mudar a minha vida. Cada um dos executivos tinha certeza de que a sua interpretação do que o Dalai Lama disse era a certa, exatamente como meus amigos de rua um dia estiveram certos de que simplesmente não havia "nenhuma saída". O que não era diferente da minha antiga crença na existência de "um muro" que me impedia de realizar meus sonhos, os mesmos muros que eu vejo vir abaixo quando os participantes de meus seminários finalmente entendem que o único momento para viver plenamente a vida é agora.

Quando eu estava entrando no palco iluminado, diante da sala lotada de executivos daquele enorme salão de exposições, eu os contemplei maravilhada ante a única coisa da qual eu tenho certeza: moradores de rua ou executivos, doutores ou professores, qualquer que seja sua origem e condição social, a mesma verdade vale para todos, a de que a vida tem o sentido que cada um dá a ela.

Agradecimentos

A minha mais profunda gratidão vai para a poderosa equipe de pessoas que trabalham na Hyperion, que, com paciência e fé, tornaram este livro realidade. Em particular, sou grata à minha editora, Leslie Wells, pelo trabalho diligente e pela visão sincera que dedicou a estas páginas. Sou igualmente agradecida a Ellen Archer e Elisabeth Dyssegaard, pelo apoio e pela dedicação a este livro. Muito obrigada pela paciência que tiveram comigo, por me apoiarem e acreditarem em minha história. Vocês duas têm a paciência dos santos.

Muito obrigada a meu agente Alan Nevins, da agência literária *Renaissance*, que esteve comigo desde o começo. O que posso lhe dizer, Alan? Desde o princípio você acreditou em minha história e depois se empenhou em fazê-la acontecer. Sou extremamente grata a você.

Tenho muito orgulho em reconhecer e agradecer ao autor Travis Montez, por suas sugestões, correções e trabalho árduo que foram fundamentais para tornar *Varando a Noite* possível. Travis, muito obrigada pelos trabalhos até tarde da noite, por sua disponibilidade e por dedicar seu tempo e talento excepcional de poeta aos detalhes deste projeto. Este livro não seria o mesmo sem a sua contribuição.

Obrigada à minha querida amiga e irmã Eva Bitter, por ajudar a estabelecer os alicerces deste livro. Eva, suas sugestões e correções foram essenciais ao processo de dar forma à minha história, e seu apoio e amor por todos esses anos me deram coragem para contá-la. Eu te amo.

Muito amor e gratidão ao meu amigo e irmão Robert Bender, que, desde o primeiro dia, sem nunca vacilar, apoiou os meus sonhos, inclusive o de escrever este livro. Bobby, muito obrigada por seu amor incondicional durante todos esses anos e por ser parte de minha família. Que tenhamos muitos tantos outros anos juntos.

Um muito obrigada muito especial para você, meu querido amigo Ruben, a "pessoa mais importante de minha vida". Ruben, este livro, assim como grande parte do que sou hoje, deve-se a você. Serei para sempre grata por seu apoio incansável e seu amor incondicional, por ter me aberto seu coração e sua família. Não existem palavras para expressar o que você significa para mim, Ruben. Eu te amo, *siempre*.

Amor e gratidão à minha irmã Lisa Murray, cuja vida aparece nas páginas deste livro. Lisa, muito obrigada por ter me apoiado durante todos esses anos. Foi o seu amor pela escrita que me inspirou a, pela primeira vez, pegar minha própria caneta, e eu agradeço a você por isso. Eu te amo.

Obrigada a você, "Sam", cuja vida também aparece nas páginas deste livro e cuja amizade ajudou-me a atravessar alguns dos momentos mais tenebrosos de minha vida. Sam, eu te amo.

A mais profunda gratidão a Alan Goldberg, do programa de TV *20/20*, cujo envolvimento e cuja visão transformaram a minha história, de um punhado de artigos de jornais, em filme, levando-a para dentro das casas de milhões de pessoas; com isso, ela pode fazer a diferença na vida dessas pessoas. Alan, eu quero agradecer a generosidade que você me ofereceu em meio ao turbilhão que foi a experiência de vivenciar tudo isso. A compaixão que você demonstrou para com a minha família deixou uma impressão em meu coração que eu jamais esquecerei.

A minha total gratidão a Christine Farrell, presidente do Washington Speakers Bureau, por seu amor e apoio incondicional que prestou durante todos esses anos, para que eu passasse minha mensagem a milhares de pessoas de todo o mundo. Christine, no momento em que meu pai exigia cuidados e eu tinha que, ao mesmo tempo, perseguir meus sonhos, seu trabalho incansável e sua sólida amizade deram-me ânimo para que isso fosse possível. Não tenho como medir ou expressar a diferença que você fez em minha vida. Muito obrigada.

Quero agradecer a meu professor, Perry, que aparece neste livro, por dedicar tanto de sua vida a ensinar. Perry, que maior dádiva você poderia ter oferecido a nós, alunos, do que a sua paixão? Muito obrigada por sua contribuição para tornar o colégio Humanities Preparatory um lugar onde qualquer um que deseje intensamente enriquecer sua mente e espírito pode entrar e participar de uma comunidade que o acolhe e enaltece.

Minha igualmente sincera gratidão aos meus professores do Prep. Este livro e muito de minha vida simplesmente não seriam os mesmos sem a atenção e o comprometimento que vocês têm com seus alunos. Minha mais profunda gratidão a vocês, Vincent Brevetti, Jessie Klein, Douglas Knecht, Caleb Perkins, Elijah Hawkes, Maria Hantzopoulos, Jorge Cordero, Susan Petrey, Christina Kemp e Matt Holzer.

Muito obrigada a Elizabeth Garrison e a seus filhos, meus irmãos porto-riquenhos, Rick e Danny, John e Sean, cujos nomes aparecem nas páginas deste livro e em cuja casa eu fui acolhida, alimentada e amada como se fosse um membro da família. Eu amo todos vocês e quero que saibam que serei para sempre agradecida pela diferença que fizeram em minha vida. Nós seremos para sempre uma família.

Muitas pessoas abriram as portas de suas casas para mim quando eu não tinha para onde ir, deram-me comida e, em alguns casos, chegaram a dividir comigo o pouco que tinham. Sou extremamente grata a vocês: Elizabeth Garrison, Paula Smajlaj, Julia Brignoni, Maria "Cookie" Porras, Martha Haddock, Margaret S., Jerzy Bitter, Daniel Lachica e Michelle Brown.

Meus agradecimentos especiais a meu amigo e colega conferencista Tony Litster, por suas generosas sugestões e pelo tempo dedicado à elaboração destas páginas até as primeiras horas da manhã. Muito obrigada, Tony.

Muito obrigada ao Programa de Bolsas de Estudos do *The New York Times*, por seu compromisso de prestar ajuda aos estudantes que se esforçam arduamente para melhorar suas vidas. Apesar de saber que esta lista está longe de incluir todas as pessoas do *Times* que fizeram diferença em minha vida, eu gostaria de agradecer em especial a: Arthur Gelb, Jack Rosenthal, Nancy Sharkey, Jan Sidorowicz, Dana Canedy, Cory Dean, aos falecidos Gerald Boyd, Chip McGrath, Bob Harris, Sheila Rule, Bill Schmidt e Roger Lehecka. De uma maneira ou de outra, eu testemunhei e me senti tocada pela dedicação de vocês, cuidando para que jovens possam ultrapassar os limites impostos pela pobreza e ter amplas possibilidades de progredir em suas vidas. Muito obrigada pela diferença que vocês vêm fazendo.

Eu gostaria de agradecer em particular a alguns amigos e familiares por seu apoio, ano após ano, em todos os momentos difíceis em que eu trabalhei neste livro. Seja direta ou indiretamente, o amor e o incentivo de vocês me deram ânimo para tornar este livro realidade. Eu amo todos vocês, pessoal: Bobby, Ruben, Edwin, Eva, Dave Santana, Chris, James, Shari Moy, Lisa, Arthur, Jamie, Josh, Ramiro, Felice, Fief, Ray, Melvin Miller, Dick e Patty Simon, Jaci Lebherz, Mary Gauthier, Ed Romanoff, Travis Montez, Robin Diane Lynn, Robinson Lynn, Dick Silberman, Lisa Layne e Lawrence Field.

E, por fim, mas não menos importante, muito obrigada a Stan Curtis e ao programa *Blessings in a Backpack*, pela permissão para que eu me tornasse porta-voz e defensora abdicada de sua causa em favor das crianças que passam fome em todos os Estados Unidos. Se eu tivesse acesso a um programa como o *Blessings in a Backpack* quando vivia subnutrida na cidade de Nova York, eu não precisaria ter ido dormir com fome em todas aquelas noites. Graças ao empenho constante de vocês, milhares de crianças de todas as partes dos Estados Unidos não têm que passar por isso.

Um convite pessoal de Liz Murray

Querido(a) leitor(a),

Atualmente, o propósito e a paixão de minha vida são promover seminários e palestras que ajudem outras pessoas a se apropriar de seu poder e investi-lo na melhoria de suas vidas. Nada me proporciona mais satisfação que ver pessoas superando obstáculos e alcançando o sucesso. Foi por isso que criei uma série de vídeos para meus leitores, que podem ser vistos gratuitamente: neles, eu conto histórias e compartilho ideias e ferramentas criadas para inspirá-los. Esses vídeos encontram-se disponíveis em minha página na Internet. Para participar das conversas sobre como se apropriar de sua vitalidade e realizar seus sonhos, eu gostaria de convidá-lo pessoalmente a visitar o *site*: www.manifestliving.com

Espero entrar em contato com você lá.

Enquanto isso, desejo que você seja muito abençoado.

Felicidade e Amor para Você,

Liz Murray

GRÁFICA PAYM
Tel. (11) 4392-3344
paym@terra.com.br